大周互娱
DA ZHOU HU YU

余生最甜是你，
最暖也是你！

囡囡 / 2022 ♡

余生有你甜又暖 2

囿囿有妖　著

天津出版传媒集团

天津人民出版社

图书在版编目（CIP）数据

余生有你，甜又暖.2/囧囧有妖著. --天津：天
津人民出版社，2020.12
ISBN 978-7-201-16027-6

Ⅰ.①余… Ⅱ.①囧… Ⅲ.①长篇小说—中国—当代
Ⅳ.①I247.5

中国版本图书馆CIP数据核字（2020）第217008号

余生有你，甜又暖2
YUSHENG YOU NI TIAN YOU NUAN 2

囧囧有妖 著

出　　版　天津人民出版社
出 版 人　刘　庆
地　　址　天津市和平区西康路35号康岳大厦
邮政编码　300051
邮购电话　（022）23332469
电子信箱　reader@tjrmcbs.com

出　　品　大周互娱
总 策 划　周　政
出版监制　曾筱佳
项目总监　段金燕
责任编辑　玮丽斯
特约编辑　陈　思
封面设计　袁　芳
版式设计　袁　芳
封面绘制　容　境

制版印刷　湖南凌宇纸品有限公司
经　　销　新华书店
开　　本　880毫米×1230毫米　1/32
印　　张　15
字　　数　570千字
版次印次　2020年12月第1版　2020年12月第1次印刷
定　　价　54.80元

目录
CONTENTS

Part1

这个男人，拥有着普通人无法想象的能力！

♥

JM集团公司大楼。

深夜，偌大的会议室内灯火通明，公司各大董事与元老都到齐了，所有人都在等着裴聿城给一个交代。

"黄毛小儿！还真当自己是裴家的掌舵人了？这么多年的老规矩，凭他一个人说废就废？"

"当年我们跟着裴董打江山的时候，他还穿着开裆裤呢，也敢在我们面前指手画脚！"

"无论如何，他今天必须给我们一个交代！"

"说得没错！他还真当这裴家是他只手遮天了？"

……

会议室内大概有三分之二的公司元老在呵斥怒骂，只有极少一部分人安静地坐在那里。吵嚷间，会议室的大门突然被推开。

裴聿城穿了一身浅灰色的西装，不紧不慢地迈步踏入，随即在首席上落座："抱歉，诸位久等了。"

程默则是在裴聿城左手边的位置落座。

裴聿城一到，一众元老顿时如同被点燃的炸药桶。

"裴总真是好大的架子，一群人去请，这才姗姗来迟！"其中一个五六十岁模样、身材臃肿的董事冷着脸开口。

坐在裴聿城右手边第一位头发花白的董事好整以暇地开口："裴总，今日，我们这些老家伙请你过来的原因，想必你已经清楚了。别的不说，只说我们这些人，好歹都是当年跟着你父亲一起打江山的，就算是没有功劳也有苦劳。之前你执意要扩展版图，减少了对原有投资项目的资金投入，看在你也是为了公司发展的份上，我们也不说什么了。现在倒好，你把我们这些人一个个的明升暗调，甚至还把我们手里的项目停了……对此，你是否应该给我们一个交代？”

这位董事的话一出来，与他站在同一阵营的其他董事连忙附和。

"冯老说得没错！裴聿城，就算你是JM集团的总裁，这么大的事情，你也无权擅自做决定！"

面对一众董事的抗议和质问，裴聿城一只手斜支着额头，另一只手习惯性地在桌上有节奏地轻轻敲击着，神色平静，似乎是在耐心地听着他们的话。

这时，一个始终没有开口说话的董事忍不住站起来开口："钱董，冯老，两位董事还请少安毋躁，方才冯老提到了最近扩展版图的计划，我来说两句。众所周知，裴总眼光独到，只要是他这两年投资的新项目，就没有一项是亏损的。至于职位调整，那也是根据公司发展需要进行的正常的人事调动。诸位若是真心为了公司的发展，就不应该只考虑自身的利益才是。"

说话的董事穿着深蓝色西装，头发梳得整整齐齐，面容刻板，四十多岁的模样，扫视着那些闹事的董事，面上满是不屑。

闻言，挺着啤酒肚的钱董事闻言顿时破口大骂："任鸿志！你少在这里说风凉话！话说得这么好听，敢情是这把火没有烧到你是吧？你一个半路进公司的狗腿子，仗着有这个黄毛小儿给你撑腰，也敢在我面前放肆！也不打听打听我在裴家是什么身份！"

任鸿志闻言涨红了脸，反驳道："你……钱董事！你非要我把话说得这么难听是吗？这些年，你们这些人仗着自己的身份、地位，利用职务之便吸了公司多少血，你们自己心里清楚。若是再继续下去，再大的公司也禁不住你们这么糟蹋！"

任鸿志这番话一出来，以钱董和冯老为首的董事们顿时怒发冲冠，拍着桌子就开始骂了起来。

"任鸿志，你说话可要凭证据！我们这些年为了公司任劳任怨，不是你能诋毁得了的！"

"太过分了！裴总，这件事你必须给我们一个交代！"

"不错！否则别怪我们惊动裴董事长！当年，裴董事长可是多次跟你叮嘱过，不许动我们的位置。我倒要看看，若是裴董事长知道你做的这些好事，你这个总裁的位置还能不能保得住？"

这些董事和元老仗着自己的资历老，还有董事长撑腰，说话自然是肆无忌惮。加之最近又有传闻说裴聿城得了重症，他们便忍不住出来搞事了。

裴聿城在公司之中也有一批心腹，但这些人大多是新人，没有几个人敢站出来跟这些元老级的高层正面对峙，只有任鸿志一直在跟他们争辩。

而身为裴聿城最大心腹的程默，却人如其名，从头到尾一个字都没说，只是面无表情地看着这些人，眸底似乎夹杂着一丝同情和怜悯。

裴聿城是从两年前才正式接手公司的。也是从那时起，裴聿城的性情大变，整个人突然变得温和了。外界对他的评价都是斯文有礼、温润如玉，不知情的人完全不可能想到两年前的裴聿城到底会是什么模样。

若是他们知道，今天也不会自寻死路。

裴聿城停住了敲击桌面的手指，他抬起头，目光缓缓地扫过众人，云淡风轻地开口："看来，诸位对我的意见很大。不过，这件事情倒是不必惊动父亲了。"

钱董抖了抖脸上的横肉，冷笑一声，道："哼，黄毛小儿，你现在知道怕了？告诉你，晚了！我们已经将你的事情上报给了裴董事长，而且准备亲自去一趟M国，把你这段时间的所作所为跟董事长说清楚！"

裴聿城清冷的面容上始终波澜不惊，温和地回道："诸位还请少安毋躁，晚辈倒是有一个让大家都满意的方法。"

听到裴聿城的话，那些闹事的董事顿时面露得意之色。这毛头小子，果然还是要妥协！

"早这么说不就行了！"

"等等，话别说得这么好听，你倒是先说说看，到底是什么方案？"

"若是不能让我们满意可没用！"

裴聿城笑了笑，眸底浮现出一抹令人不寒而栗的疯魔之色。

"是了……"

程默看着此刻的裴聿城，神色微微一变。他感受到，那个曾让世界都感受到绝望的男人回来了！

程默冷眼扫过在场众人，脑海中只有两个字：愚蠢。

在场的人根本不可能知道，这个男人究竟有多么疯狂，即便称之为"恐怖"也毫不为过。这几年来，他的伪装，天衣无缝。

然而，伪装终有卸去的一日。

这个男人拥有着普通人无法想象的能力，而他内心的疯狂，则足以让他动用能力给这个世界带来毁灭性的灾难。

程默看着身旁的男人，原本平淡的眸内浮现出一抹敬畏。

"进来。"此刻，裴聿城轻声开口。

随着裴聿城的话音落下，会议室的门被人从外面推开，三个年轻人迈步走了进来。

为首的男人，脸上带着如春风般的笑意，着一身高级定制西装，胸前的口袋里插着一朵白色郁金香，看起来高贵优雅；后方是一位穿着黑色劲装的女人，神色冷漠，整个人如同一块寒冰，令人不敢接近；站在最后的一人，看起来年岁不大，留着一头微卷的白发，脸上干干净净的，嘴巴里叼着一根棒棒糖，一脸的天真无邪。

"他们……"

看到眼前的三人，程默的目光终于不再平静。他如今虽是裴聿城身边最信任、亲近的心腹，但实际上，他的实力并不是最强的。他能待在裴聿城身边，仅仅是因为他的性子最温和、脾气最好而已。

但是这三个人就……

三人很快走到裴聿城的身侧站定。那个口袋里插着白色郁金香的年轻男人，缓步走至裴聿城身前，恭敬地弯下腰，行了个绅士礼，脸上始终挂着笑意。

看到三个陌生人的突然造访，闹事的董事们顿时有些不悦。

钱董板着脸道："他们是什么人？当这里是什么地方？敢随意进出！"

冯老有些不耐烦地开口："裴总就别卖关子了，还是赶紧告知我们，到底是什么让大家都满意的解决方案！"

那个口袋中插着白色郁金香的年轻男人轻轻一笑，不紧不慢地开口："让大家都满意的解决方案是什么，这么简单的问题都不知道答案吗？"年轻男人顿了顿，继续笑着说，"只要不满意的人都消失了，那么，方案自然便是大家都满意的了。"

男人明明一直在笑，那笑容却令人不寒而栗。

不知道怎么回事，明明只是三个年轻人，但是在他们走进会议室的一瞬间，整个会议室就仿佛陷入了一种极大的压迫感之中。尤其是这个男人的话，莫名让人毛骨悚然。

钱董一听这暗含着威胁意味的话，顿时用力拍着桌子怒吼道："裴聿城！你什么意思？威胁我……"

钱董话没说完，一枝白色郁金香便破空而来，径直穿透他肥厚的手背，将他的手钉在了桌面上。

"啊——"

刹那间，钱董陡然发出一阵痛苦的嘶吼声。

所有人都惊呆了，惊吓地盯着钱董那只流血不止的手。

他怎么敢当众伤害公司重要董事？！

听着钱董的哀号，裴聿城似乎有些不悦，清冷的目光缓缓朝着那伤人的年轻男人看去，说道："我让你动手了？"

伴随着这句话，裴聿城淡漠、清冷的目光瞬间冷到了极致。

年轻男人轻咳一声，咽了口吐沫，弱弱地开口："手滑……"

旁边的少年见年轻男人被裴聿城骂了，幸灾乐祸地白了他一眼："活该！不知道老大最讨厌暴力吗？"

年轻男人小声嘀咕："是是是，老大最讨厌暴力，老大最温柔，我这不是一时没习惯嘛……"

卷发少年丢掉了嘴里的棒棒糖，整理了一下衣服，从冷面女人手中接过一大叠文件，走到众董事面前，一边客客气气地挨个分发，一边开口："方才多有不敬，还请各位董事海涵。这些是我们精心为诸位准备的方案，相信一定能让诸位满意。"

随后，那些闹事的董事每个人都拿到了一份文件。

原本众董事还在等着裴聿城，想看看他到底准备了什么能让他们满意的方案。结果，当他们看清了手里方案的内容后，都齐刷刷地变了脸色。

钱董强忍着手掌上的剧痛，赶紧用双手把文件给捂住了；其他人的反应也差不多，众人脑门上冷汗涔涔。

这些文件里包含的内容，随便一条都足以让他们身败名裂。

可这些事情全都极为隐秘，裴聿城他……他到底是怎么发现的？还有他身边这突然冒出来的三个人，怎么看都不是简单的角色。

所有人像是第一次认识裴聿城一般，面上惊疑不定，充满了恐惧。

钱董的脸色顿时涨成了猪肝色，恼羞成怒地站起身，当众大喊大叫起来："裴聿城，你……你这是什么意思？居然敢跟我们玩阴的！你这个乳臭未干的黄毛小子，也敢算计我！我这就去给裴董事长打电话，告诉他你做的好事！你以为这些东西就能让我闭嘴了吗？你以为……你以为……"

裴聿城并没有理会钱董的大吼大叫，他缓缓地靠坐在椅背上，垂下眸子，点燃一支烟。

下一秒，隔着一层薄薄的烟雾，男人缓缓地抬起头来，那双夜色般的眸光穿透了镜片与烟雾，落在了钱董的脸上。一瞬间，钱董如同被割破了嗓子的鸭子，所有的话都被堵在嗓子眼，只能发出惊惶的声响。

首席上的男人，明明还是一副温文尔雅的模样，仿佛一个眼神，就能让人连灵魂都被冻结。

偌大的会议室里一片死寂。连一旁的程默和其他三人都纷纷收敛了呼吸，不敢直视男人的眼睛。这种碾压等级的威压，连他们都扛不住，更别说普通人了。

钱董汗如雨下，肥硕的身体抖得像筛糠。

所有人都被这种可怕的气氛吓得心跳快要停止。

就在这时，一阵突兀的手机铃声响了起来。

是裴聿城的手机响了。他轻吐出一口烟圈，并没有看手机，只是随手按下了接听键。

紧跟着，手机里传来一个女孩的声音："裴先生……"

几乎是在女孩声音响起的瞬间，整个会议室里令人心脏炸裂的压迫感陡然消失，就好像刚才发生的一切都是幻觉。

裴聿城拿起手机，脸上依旧没什么表情，但是，气氛陡然变了。

"有事？"裴聿城问道。

"有一点事……明天晚上……我们可以见个面吗？"女孩开口。

裴聿城应下："好。"

裴聿城挂了电话，目光重新扫向在座的所有人："从今天开始，由任鸿志接任JM集团财务部总监，统管JM集团亚洲分部。诸位可有意见？"

若是平时，宣布这么重磅的消息，下面的元老们早就已经破口大骂了，可是现在，整个会议室里鸦雀无声，没有人敢有丝毫异议。

"既然诸位意见统一，那就这样，散会。"

裴聿城说完，将会议剩下的收尾工作交给了程默，便起身离开。

那个穿着黑色劲装的年轻女人目光始终落在裴聿城的面上，态度恭敬地跟随在裴聿城的身后，年轻男人和少年也跟了上去。

脚步声在空荡荡的走廊里响起。

女人跟在裴聿城身后，神情欲言又止，终是忍不住开口追问："聿哥，想要让这些人听话其实轻而易举，他们就是欺软怕硬，不见棺材不掉泪，直接来点狠的，谅他们也不敢不听话，为什么还要弄得这么麻烦？让我们费那么多时间去查那些东西……"

听到女人的质疑，裴聿城脚步微顿，稍稍转过身，清冷的目光随意地落在女人的面颊上。

对上男人极寒的目光，女人顿时感到脊背一寒，垂下了头："是我逾矩了。"

裴聿城转过身，继续往前走。

大约过了好几秒，空荡荡的走廊里传来男人漫不经心的声音："她不喜欢。"

听到裴聿城的回答，女人还以为是自己的幻觉，好半天才回过神来。

她不喜欢……

一瞬间，女人的脸色惨如白纸，呆呆地站在原地，盯着前方男人冰冷的背影。

这时，身旁那个年轻男人看向女人，幽幽地开口："季澜，何必多此一问呢，老大这两年修身养性是为了谁，你还不清楚吗？"

那枝白色郁金香已重新插回了年轻男人胸前的口袋，只是那白色的花瓣上却染了血腥。

男人正说着话，这时手机里弹出了一条娱乐新闻："林烟绯闻男友名单一览……"

男人似笑非笑地看了那条八卦新闻一眼，说道："不过，可以安心啦，照着这个节奏发展下去，我估计老大也装不了多久了。你们知道吗？刚才听小默默说，今晚老大可是大发雷霆呢，也不知道他是受了什么刺激。"

"你们猜一猜，会不会是大嫂的哪个绯闻男友惹到老大了？是那个歌坛小天王卫徐风？还是沈朝暮？唐嘉业？"

少年嘴里叼着棒棒糖，斜了他一眼，回道："大嫂的绯闻男友遍布整个娱乐圈，我哪知道是谁？幸亏这两年老大不闻不问，否则早就世界毁灭了。若是老大继续跟前两年一样不管不问，彻底离开她还好，现在两人突然又在一起了，这些事情肯定是瞒不住的，老大怎么可能忍得住？到现在才碎一个杯子、坏一张书桌，已经是谢天谢地了，好吗？"

男人摸了摸下巴，面露不解地问："老大不是已经下定决心放她自由了吗？怎么突然又反悔了？"

少年耸了耸肩，回道："谁知道呢？可能还是忘不掉吧，当初我就觉得老大放走她不现实。"

一旁的黑衣女人脸上闪过一抹厌恶之色，冷着脸开口："一定是那个女人做了什么，否则聿哥怎么可能又跟她在一起了？"

少年眨了眨眼睛，迟疑道："澜姐，也不能这么说吧。那女人什么都不记得了，她都不知道老大是谁，以她现在的身份、地位，也没有接近老大的机会啊，她能做什么？"

年轻男人轻笑道："肯定是老大主动的啊，她现在什么都不记得了，以老大的智商，想骗她还不容易？"

少年白了他一眼："你这说的什么话，凭咱们老大那张脸，还需要骗吗？"

女人神色阴沉地扫了两人一眼："你们俩到现在还在为那个女人说话？星沉，你忘了你这只手是怎么废的了？还有你，秦欢，当初是谁在床上躺了三个月？"

少年扭动了一下左手的手腕，发出一阵"咔嚓咔嚓"的金属声响，心有余悸地叹了口气，道："这也不能怪老大，谁让我自己不注意呢，明知道老大控制不了自己，疑心病又特别重，还敢靠近那女人三步之内，跟她说话超过十个字，这不是自己找死嘛……"

年轻男人吐槽道："我才叫亏，好吗？她突然晕倒，我总不能任由她摔到地上不扶她吧？扶是一顿打，不扶肯定也是一顿打！我真是太难了……"
男人不知想到什么，摘下口袋里的白色郁金香，在指尖转动着，"说起来，我最佩服的还是林烟的那个前男友，叫什么来着……对了，韩逸轩！那个姓韩的男人命还真够大的！大哥刚放大嫂离开，大嫂紧跟着就跟那韩逸轩交往了，虽说老大那两年不知道这件事，但现在总该知道了吧？这么大一顶绿帽子扣下来，那韩逸轩居然到现在还活得好好的！老大这两年的脾气是真的好，真叫一个'陌上人如玉，公子世无双'，有时候我都要怀疑他是不是恢复正常了！"

少年叼着棒棒糖，盯着走廊尽头裴聿城的背影，冷不丁打了个哆嗦："说真的，我觉得这两年老大安静的样子更可怕……"

C级以下的实验体全都会被销毁。

这个消息对林烟来说打击太大了。一直以来她都心存希望，觉得弟弟肯定还活在这个世界的某个角落，不管他过得怎么样，只要他还活着，她就一定会找到他。但是，这个消息把她的希望全都击碎了。

林烟神色怔忪地站在阳台上，夜风冰冷地吹在脸上。正失神，手机铃声突然响了起来，来电显示是一个陌生的号码。

林烟随手接了起来："喂？哪位？"

"大嫂，是我。"

手机那头温柔的声音让林烟吃了一惊，好半晌才回过神来："裴……偶像？"

"抱歉，这么晚打扰你，有影响你休息吗？"裴南絮的声音听起来有些疲惫。

"没有没有，我还没睡呢，有什么事情吗？"林烟忙问。

裴南絮迟疑地开口："确实有点事情，可能要麻烦你帮个忙……"

林烟问道："帮忙？"

林烟心想，她有什么能够帮到裴南絮的？

"是的……"裴南絮欲言又止，沉默了一会儿，"你现在可以给我大哥打个电话吗？"

"啊？"林烟有些不解，"给裴先生打个电话？"

裴南絮道："是的。"

林烟有些疑惑地问："可是……为什么突然要给他打电话啊？需要我说些什么？"

裴南絮开口："只要你现在打个电话给他，随便说什么都可以的，或者，你可以约他明天晚上见个面？"

"这……"林烟完全被裴南絮弄得一头雾水，好端端的，为什么突然让她给裴聿城打电话？她现在正在酝酿和他分手，两人自然是联系越少越好。

手机那头，裴南絮极其诚恳地请求道："拜托了，可以吗？"

偶像的请求怎么能拒绝？

林烟当即应下："好的，那我待会儿就打。"

"谢谢！"裴南絮猛地松了口气。

尽管不知道裴南絮为什么会有这样的请求，但是对方态度这么恳切，语气又很着急的样子，应该是有什么急事。于是，林烟立刻给裴聿城打了个电话。

"喂，裴先生……"

电话很快被接起，那头传来男人低哑的声音："有事？"

也不知道是不是她的错觉，明明还是那个熟悉的声音，林烟却莫名地感觉脊背有些发寒。

林烟没有多想，继续开口："有一点事……明天晚上……我们可以见个面吗？"

裴聿城道："好。"

如同方才只是她的错觉，裴聿城的语气还是一如既往的温和有礼。

林烟挂断电话后，立即给裴南絮回复了一条短信：裴偶像，电话已经打过了，也已经按照你说的，约了裴先生明晚见面。

裴南絮：好，非常感谢！

林烟：不客气。

发完短信之后，林烟无奈地趴在栏杆上，叹了一口气。打电话容易，可是明晚和裴聿城的单独见面，她要怎么办？

第二天，剧组。

林烟的精神状态不是太好，化好妆之后她连游戏都不打了，一直坐在椅子上发呆。

多多站在旁边，偷看了她好半天，最后轻咳一声，忍不住开口："你也别太在意网上那些黑子了，在娱乐圈里混的，有人议论总比无人问津得好，而且你的演技还挺好的，就是以前接的戏太烂了，以后你听绫姐的话，好好拍戏，会慢慢好起来的……"

林烟稍稍抬起眼皮，意外地朝着多多看去，满脸的受宠若惊："多多宝贝，你是在安慰我吗？"

多多的脸色一僵："谁安慰你了？我不过是怕你状态差影响拍戏，砸了绫姐的招牌！听说今天韩逸轩会进组，你要是被影响了，今天的戏可就没法拍了！"

林烟笑眯眯地看着小丫头口是心非的模样："他进组跟我又对不上。你放心好啦，今天的戏份都很简单。"

卫徐风请了假，林烟后面一些零散的戏份被调到了前面。也不知道是不是受到的打击太大，她这几天每天都要发好几条伤春悲秋的微博。

重点是，每发一条，她就要被人骂一波。

林烟打起精神，顺利地拍完了今天的戏份。换好衣服卸了妆后，便拎着她那个印着"致富"字样的帆布包离开了剧组。

"烟姐，待会儿你是直接回去吗？"

"我约了朋友吃饭，一会儿直接坐地铁过去，你先走吧。"

"烟姐，等你的业绩好一点，让绫姐给你配辆车吧，不然你天天打车、坐地铁，也太不方便了。不过，等你业绩上去估计也到猴年马月了……"

林烟跟多多一边说话一边往外走，突然在走廊的拐角处迎面撞上一个人。

上次撞上了裴南絮，这次更惨，居然撞上了韩逸轩！

看到韩逸轩和他身旁的助理，多多瞬间瞪大了眼睛，下意识地一把拉住了林烟的衣服。

迎面撞上的四人，见到彼此都愣了一下。

韩逸轩抬起头，看到林烟，眉头微蹙。

一时之间，谁都没有开口说话。

林烟的目光只在韩逸轩的脸上停留了一瞬，便越过对方，径直朝前方走去。多多松了口气，快步跟上林烟。

两人刚走没几步，身后却突然传来男人的声音："林烟，我们谈谈。"

多多听到韩逸轩的话，简直头皮发麻。

多多心想：什么情况啊？怎么每次都是对方主动跟林烟搭话？裴南絮是这样，卫徐风也是这样，韩逸轩又是这样！这剧情的发展跟传闻中的完全不相符啊！

多多咽了口吐沫，小心翼翼地朝着一旁的林烟看去。林烟压根没搭理韩逸轩，如同没听到一般，继续朝前走。

韩逸轩直接拦在了林烟的身前，面色微冷地喊："林烟！"

莫名被拦住了去路的林烟不悦地看了眼手机上的时间："抱歉，韩先生，我晚上有约。"

韩逸轩不依不饶："我只说几句话。"

韩逸轩身上的男士香水味让林烟的心情更差了几分："你以为你想说，我就要听么？"

韩逸轩似乎有些不习惯林烟对自己的态度，脸色更难看了，面色冷硬地说："林烟，若不是书雅替你求情，你以为你还能好好地在这里拍戏？我最后一次警告你，书雅跟你不一样，她很单纯，很善良，她什么都不懂，我不允许任何人伤害她。如果让我发现你敢在背后使手段，做伤害书雅的事情，我会让你一辈子都无法在她面前出现。言尽于此，你好自为之！"

韩逸轩说完，便大步流星地转身离开。

站在一旁的多多大气都不敢出，直到韩逸轩走远了才捂着胸口发出了声："吓死我了……"

多多看向林烟，无奈地开口："烟姐，我说你要是为了红，跟男艺人炒个绯闻也就算了，怎么连韩逸轩都敢惹啊？你不知道韩家的势力在这里能只手遮天吗？刚才韩逸轩的话可不是吓唬你的，只要他一句话，就能让你从这个圈子里消失！"

林烟眨了眨眼睛，随口应了一声："哦。"

对于林烟有些敷衍的态度，多多有些不满："哦？你就没有别的想说的吗？"

"说什么？"林烟看了多多一眼，面无表情地开口，"说我前男友确实挺厉害的吗？那又怎样，我现男友更厉害！"

多多满头黑线，无语地说道："你一天不吹牛会死吗？韩逸轩是你前男友？你还有个更厉害的现男友？你怎么不上天呢！"

林烟撇撇嘴，这年头说真话怎么总没人信呢？

因为偶遇韩逸轩耽误了一些时间，已经快迟到了，于是林烟只好忍痛掏钱打车，赶去了与裴聿城约好的见面的地方。

林烟赶到的时候裴聿城已经到了，她还是迟到了几分钟。

见面的地方是裴聿城定的，餐厅后面的VIP区域是一个幽静的小花园，既高雅清幽，又能隔绝外界的打扰。

夜色迷离，点点星光洒落下来，白色的玫瑰沾染着夜露爬满了花架，裴聿城就坐在花架下的藤椅上，手里端着一只白瓷茶杯。

因为打乱了她的分手计划，林烟本来还是满心抗拒的见面，只因看了眼前这个穿着一袭复古西装，坐在藤椅上，犹如从欧洲中世纪油画中走出来的男人一眼，此刻的林烟满脑子就只剩下了"岁月静好""夜色撩人"。

林烟好半天才回过神来，忙开口："对不起，裴先生，我迟到了！抱歉让您久等了！"

裴聿城闻声，转过头来，回道："不要紧，我也刚到。"说完动作优雅地给她倒了杯茶。

林烟赶忙伸出双手去接茶杯："谢谢……"

接着，林烟便干坐在那里不知道该说什么了，只能一直喝水掩饰尴尬。

裴聿城今晚的心情似乎不错，那张本就颠倒众生的脸看上去更加感人了："林小姐约我是有什么事？"

林烟闻言一脸愁苦，她也不知道自己约他有什么事！她约他，不过是受裴南絮之托。

林烟斟酌了一下措辞："那个，没事没事，我能有什么事啊，冒昧约您出来实在抱歉，是不是打扰到您工作了？其实也没什么事，就是……就是想约您出来坐坐，吃吃饭，说说话而已……"

裴聿城抿了口茶，似笑非笑地朝着女孩看去："想我了？"

猝不及防地被撩，林烟口中含着的水喷了出来。

紧跟着，便有一只手在她的后背上温柔地轻抚着："还好吗？"

"没事，没事……"林烟红着脸，身体下意识地往后缩了缩。

还好，裴聿城很快便与她拉开了距离。

林烟终于缓过气来："总之，没打扰您就好……"

裴聿城道："我最近不忙。"

林烟闻言有些狐疑："啊，是吗？我中午还看到有财经新闻说，最近JM集团正在进行大革新，我还以为您肯定很忙呢。"

裴聿城的直觉可谓是相当敏锐了，察觉林烟的语气有些尴尬后，稍稍顿了顿，道："林小姐似乎……很失望？"

林烟吓了一跳，急忙摆手："怎么会？你不忙我当然开心了！"说完又开始一个劲地喝水。

她一心虚就忍不住喝水。在裴聿城面前说谎话实在是太艰难了，因为这个男人的眼神好像能够穿透人心，看透一切。

还好，裴聿城没有继续这个话题，转而拿起桌上的菜单，问道："你想吃什么？"

"我都可以的，你点吧。"林烟心不在焉地回答。

"好。"

裴聿城很快点完餐，而林烟则眼观鼻、鼻观心，默默地坐在那里继续喝水。

"这似乎是林小姐第一次主动约我。"裴聿城开口。

其实不是她约的……今天也是被迫营业的一天呢！

两人正说着话，林烟的手机突然响了一下，有一条微信消息。

是多多发过来的微信。担心多多是有什么工作上的事情，林烟点开了对话框。

多多发过来的是一个新闻链接，还有一张图片。林烟没有多想，点开了图片，结果就看到了自己和韩逸轩被放大的脸。

就在不久前，她和韩逸轩在走廊撞上的一幕居然被人偷拍，还迅速发到了网上。最过分的是，当时明明有两个助理在场的，但是发布人却故意把两个助理的画面给截掉了，图片上只剩下了林烟和韩逸轩两个人。于是，这两人面对面站在一起的画面便怎么看怎么暧昧了，放在外人眼中，完全可以有一万种解读方式！

更惨的是，林烟是在毫无防备的情况下当着裴聿城的面点开的……

裴聿城的余光此刻正落在了那张照片及标注的时间上。

照片的发布时间正是林烟来跟他约会前不久。在跟男朋友约会之前，却私会了前男友……林烟自己都觉得说不过去。

她赶紧把屏幕按灭了，跟裴聿城解释道："我收工的时候在走廊里刚好碰到了韩逸轩，当时我们俩的助理都在的……"

夜色中，裴聿城不知在思索什么，一直没有说话。

沉默之中，林烟莫名地感觉到有一种极其可怕的危险气息正在一点点逼近。不过，那种气息很快又收敛了，仿佛是她的错觉。

不知过了多久，裴聿城缓缓地点燃了一支烟，终于打破了沉默，开口问道："为什么喜欢韩逸轩？"

裴聿城此刻的表情像极了正妻在质问丈夫为什么在外面找小三，让林烟感到莫名的心虚。她之前分明解释过，她跟韩逸轩是在认识裴聿城之前交往的吧？

有一种刻在骨髓中般熟悉的恐惧感扑面而来。

到底是怎么回事？眼前的男人明明那么温柔，而且无论从哪方面来看都是模范男友，为什么她的内心始终有种抗拒感？其实这也是她一直抱着分手念头的原因之一。

今天这条八卦新闻也提醒了她，她前脚不过跟韩逸轩意外碰到，后脚就被人发布到网上，如果她继续跟裴聿城交往的话，太危险了！要是哪天被人曝光，可不是开玩笑的。

已经过了这么长时间了，她的身体一直都很正常，再没有出现异样，应该是没问题了。

林烟正想着尽快跟裴聿城提分手的事情，完全没有注意到，对面裴聿城放在桌面上的白瓷茶杯的杯身上，赫然已经爬满了蜘蛛网一般的裂痕，也没注意到裴聿城的眼中已经无法掩饰的阴鸷之色。

看着眼前的男人，林烟突然觉得这些日子以来自己的伪装太自私了。一直把责任推脱给所谓的第二人格，一次次地欺骗裴聿城。裴先生这么温和讲理，她好好地把原因向他说明不就行了吗，自己瞻前顾后的，到底在怕什么？

这一次，林烟决定不再敷衍了，回忆着开口："喜欢是一件没有道理的事情，喜欢就是喜欢，其实也没什么特别的理由。当年很多事情我已经记不清了，只记得那时候韩逸轩跟我说过一句话，他说喜欢我看起来自由自在的样子，就因为这句话，我跟他在一起了……"

男人仰靠在身后的椅子上，缓缓地开口："看来，林小姐忘记一个人，喜欢一个人，似乎都很容易。"

很容易？她也没有很容易就喜欢上别人吧？

林烟深吸一口气，看向裴聿城，最终还是决定说实话："裴先生，有一件事情，我想要跟你坦白。其实之前我跟您解释过的，但您似乎并不相信我，我的身体里真的有另外一个不属于我的意识，至少这个意识不是我的本意。"林烟整理了一下思路，继续道，"第一次，我躺在您别墅的床上，那次的意识不是我；第二次，我出现在您的病房里，那次的意识也不是我；还有闯入您家里不小心摔在您身上的那一次，也不是我……当时，我的身体被另外一个意识操控着，我自己完全不知道发生了什么。我知道这样的解释您肯定不会相信，所以后来我实在没办法了，才撒了那样的谎……"

裴聿城听着她的话，面上没有讶异，也看不出丝毫的波澜，这样的平静反而让林烟感到有些不安。

"是吗？什么谎？"裴聿城开口问道。

裴聿城的表情从头到尾都很平静。果然之前都是她的错觉吧？早知如此，她就不用纠结这么久才开口了。

林烟终于放心了，继续说道："就是那个，我说爱你爱得死去活来所以才会一次次跟踪你的谎……其实并不是这样的……我一开始都不认识您……在您别墅的床上那次也是我第一次见到您……"

裴聿城的神色平静得如同无风的海面，他静静地看着眼前的女孩，问道："为什么同意跟我交往？"

林烟哭丧着脸，回道："为了保命……我一而再再而三地对您不敬，就算您脾气再好，也不会饶过我的，而且我也怕我身体里的另一个意识会继续操控我的身体对您做不敬的事情，如果我有女朋友这个身份，就没问题了，所以当时就将错就错了，真的对不起，是我的错……"

裴聿城的手指有节奏地敲击着桌面："神魂颠倒、念念不忘、日思夜想……"

林烟听着从裴聿城口中说出的那些昔日自己曾说过的话，莫名地觉得有些羞耻："那也是怕您生气而信口胡诌的……"

裴聿城道："低血糖。"

林烟咽了口吐沫："那次我去找您，其实是为了帮裴宇堂解围的……"

裴聿城问："今晚呢？"

林烟结结巴巴地说："今晚……今晚其实是因为昨天裴南絮突然给我打了个电话……叫我打电话给你……约你今晚出来见面……我也不知道为什么……"

裴聿城顿时无语了。

这夜色浓得似墨，耳边只剩下夜风呼呼的声音。

过了良久，林烟终于听到裴聿城的声音："所以？"

林烟挠挠头，迟疑地说出了内心的真实想法："所以……我们……要不然……分个手？也不对……其实不用分手，一开始就是个误会……真的是个误会……而且……其实裴聿城先生您接受我应该也只是一时新奇吧？当时您也说过不结婚的……"

裴聿城敲击桌面的手指停了下来，四周彻底安静了："林小姐，你似乎误解了我的意思。"

林烟疑惑地看向他，问道："误解？"

裴聿城依旧是那副温和有礼的模样，漫不经心地开口："我说过可以不结婚，但是，没有说过可以分手。"

林烟愣住了："……"

听到这话，林烟一下子陷入了沉默。哪怕她再迟钝也能感觉到裴聿城此刻的状态不对。

裴聿城指尖夹着的烟已经燃尽。他掐了烟蒂，用沾染着烟草味的手指缓缓覆上女孩的脸颊，叹息般的声音在女孩的耳畔响起："林小姐，我后悔了。"

明明还是那声"林小姐"，却犹如一阵惊雷炸响在林烟的脑海里，带来了一阵剧痛感。

"啪——"的一声，林烟下意识地一把拍开了裴聿城的手，面上满是厌恶之色。

等她反应过来的时候，林烟才发现自己做了什么。她大吃一惊，刚才是怎么回事？

"裴先生，对不起……我……"

裴聿城看着自己被拍红的手背，低哑的声音如同呢喃自语："抱歉，我果然还是无法接受……"

"什么？"林烟蹙眉问道。

不等林烟回过神来，男人的目光便如同一座牢笼般铺天盖地地朝着她笼罩下来："无法接受，你不是我的。林小姐，我拒绝分手。从明天开始，我希望你可以停止这部戏的拍摄，并退出娱乐圈。当然，如果你喜欢现在的工作，你可以签约巅峰娱乐，我会帮你安排新的经纪人。你的住所，我也会重新派人安置。你的一切行程和工作安排，无论是你要做的事情还是要见的人，由我直接管理。"

林烟每听一个字，眉头便皱一分，她无法理解裴聿城这番话的含义，神色莫名地问道："裴先生，为什么？"

好端端的，为什么要她退出娱乐圈？还要前往裴聿城公司旗下的巅峰娱乐？

裴聿城的手指轻轻敲击着桌面，金丝眼镜的镜片上泛出一丝冷光："因为这样对你，对我，都好。"

此刻，林烟才完全明白了裴聿城话中的含义，他是想把她当成笼中的金丝雀?

当下，林烟面色微冷地开口："裴先生，我想你恐怕误会了什么，我们已经分手了。再说，就算没分手，你也没权利安排我的人生。"

"所以，你的回答?"裴聿城面无表情地看着眼前的女孩。

"我拒绝。"林烟毫不犹豫地回道。

闻声，裴聿城沉默了片刻，旋即，手指抵着镜框，轻轻朝上推了推，不急不慢地说："林小姐，你会同意的，明天早上，我在云间水庄等你。"

"裴聿城!"

林烟的话还没说完，裴聿城已经转身离开了小花园。

林烟的脸色一下子变得难看了起来。

为什么裴聿城突然像变了一个人?

还是说……这才是原本的他?

她早该料到的，有光，便有暗，这个世界上怎么可能有如此完美的人?

裴聿城有些过于完美了，完美得不真实。

之所以觉得他完美，不过是因为一直以来她只看到了裴聿城身上的光。其实从一开始，裴宇堂便多次提醒了她，只是她从来没有放在心上。

直到今天……

林烟打定主意，他提的那些要求她不答应便是了，但是，心头却莫名有种不太好的预感。

Part2

火星撞地球

♥

夜店某双层包厢。

秦欢手里把玩着白色郁金香斜倚在楼梯上，星沉嘴里叼着棒棒糖躺在沙发上，季澜一身黑衣抱着手臂站在门口，脸色不太好。裴南絮和裴宇堂两人也在。

裴南絮看了一眼四周，问道："程助理呢？"

"给聿哥换书桌去了！"秦欢说完看向裴南絮，笑着开口，"我说昨晚老大发飙发到一半怎么突然就收住了，原来是二少您找人救的火！"

裴南絮沉默了一会儿，道："我只是觉得大哥对待林小姐的态度很不一样，才姑且一试，没想到……所以，林小姐就是两年前的那个人？为什么她好像完全不认识大哥？"

秦欢耸耸肩，回道："她把跟聿哥有关的事情全都忘了，包括我们三个。"

"当年我们不在国外，很多事情不清楚。林小姐和我哥到底是怎么回事？"裴南絮沉吟着问。

秦欢斟酌了一下措辞，随即开口："怎么说呢？林烟跟聿哥的关系并非恋人那么简单，林烟还是聿哥的'稳定剂'。"

"稳定剂？"裴南絮的神色有些惊讶，"当初大哥的身体承受到了极限，差点爆体的时候，你们所谓的找到了'稳定剂'，难道并非是研制出了特效药物，而是……"

秦欢点头道："没错，林烟才是聿哥的'稳定剂'。"

"怎么可能？"裴南絮失神地喃喃道，同时十分不解，"林小姐的身上有什么特别的吗？"

秦欢耸耸肩，说："不知道，我们检查过林烟的身体，她的身体跟正常人没有任何不同，但不知道为什么，只要她在聿哥身边，聿哥就会稳定下来，我觉得也不一定是跟体质有关，反正没有比她更有效的'稳定剂'了。"

裴宇堂站在一旁全神贯注地听着，听到这里的时候，终于忍不住开口："那后来发生了什么事情？大哥回国之后，丝毫没有提过烟姐这个人啊！"

"别说他不提了，他也不允许我们提。"秦欢叹了口气，"当年的事情挺复杂的，原本聿哥的命令是不许我们在任何人面前提起林烟。不过，现在看样子应该不需要再隐瞒了。没想到聿哥又和她重新在一起了，还亲自介绍给你们认识，所以，告诉你也没什么了。"

躺在沙发上的星沉一边咬着棒棒糖一边开口："如果真的是药物，当然是没问题了，但林烟毕竟是个人。你们也知道聿哥的性子有多极端，偏偏林烟的性子比聿哥还极端，简直像火药一样，一点就炸。她最讨厌被束缚，可聿哥偏偏一刻都离不开她，这两人相处到最后会是什么结果，你们大概也能猜到吧……"

说到这个，秦欢也连连点头，附和道："你们都觉得聿哥可怕，其实要我说，那女人更可怕，命都不要也要自由，宁愿撞得车毁人亡也不回头！最后硬生生把聿哥逼得妥协。聿哥不仅放她走了，这两年还像变了一个人一样，修身养性，甚至一次火都没有发过，简直是奇迹！"

突然知道了这么一个惊天消息，裴宇堂惊讶道："难怪呢！我说大哥这两年脾气怎么突然变得这么好，好端端的，还突然看上了一个小艺人，没想到大哥和烟姐早就认识了！"

裴南絮好半晌才回过神来，说："所以，大哥现在是打算跟林小姐重新开始？"

秦欢摊手道："聿哥的心思我们哪里能猜得到？应该是吧……"

裴宇堂双手合十，虔诚地开口："还好烟姐什么都忘了，大哥现在又这么温柔，重新开始还是很有可能的啊！祝愿我大哥大嫂百年好合、白头偕老、琴瑟和鸣、早生贵子、床头吵架床尾和！"

星沉在一旁咕哝着："还是别太乐观吧，我总觉得老大现在的状态很危险，这两年他要是真忍住了一直不见她倒还好，一旦见到她了，知道了她这两年发生的事情，知道了她那些前男友和绯闻男友，老大还能忍得住？怒气值怕是早就到临界点了！只是他隐藏得好而已。"

秦欢白了少年一眼："能不能闭上你的乌鸦嘴？"

几人正说着话，下一秒，秦欢、星沉、季澜陡然变了脸色，齐刷刷地站了起来，满脸警惕，如临大敌一般朝着门口的方向看去。

怎么了？

连裴宇堂和裴南絮都察觉到了气氛不对，也下意识地看向门口的方向。接着，几人便看到门口处，一个气场强大的人影，从阴暗中缓缓迈步，走了进来。

男人身上穿着一身复古西装，但是，此刻本该整整齐齐的领带已经被扯开，松散随意地挂在脖间，衬衣的扣子解开了三颗，原本整洁的发丝也有些凌乱。

"老……老大……"

"聿哥……"

"大哥……"

包括裴南絮和裴宇堂在内的所有人，都发现了此刻裴聿城的状态不对劲。众人互看了一眼，面面相觑。一时之间，没人敢动，更不敢靠近。

最后，还是裴南絮先站了出来，小心翼翼地朝着裴聿城走了过去。

知道裴聿城不喝酒，于是裴南絮起身走到吧台，给裴聿城倒了一杯柠檬水端了过去，尽量用轻松的语气开口："大哥，你怎么来了？"

裴聿城没说话，那双黑沉的眸子在裴南絮的面上扫了一眼，随后，漫不经心地接过裴南絮递过来的柠檬水。

透明的玻璃杯在被裴聿城接过去的瞬间，便在他手中炸裂开来，碎片落了一地，就好像他完全无法控制自己的力气一般。

裴南絮一惊，手指被碎片划出了好几道血痕。

与此同时，就在杯子炸裂的瞬间，整个双层包厢里的气氛陡然压抑到了近乎恐怖的地步，所有人齐刷刷地缩到了角落里。

秦欢脸色突变，如临大敌地说："糟糕！老大的状态真的不对！小星，我就说你不要乌鸦嘴了！"

星沉也有些慌了，一把扔了嘴里的棒棒糖，压低声音道："聿哥这是受什么刺激了？之前心情不是挺好的吗？数值也一直很稳定！这……这状态……怎么好像到临界点了？"

星沉这边话音刚落，裴聿城手腕上的那块银色手表突然开始发出疯狂的警报声——

嘀嘀嘀……

嘀嘀嘀……

嘀嘀嘀……

那声音如同催命符一般在这间死寂的包厢里响起。

"这……什么声音？谁的闹钟响了？"听到这个突兀的声音，裴宇堂有些被吓到，结结巴巴地问。

秦欢无语地看了他一眼："哪有什么闹钟，三少，那是生命检测仪，聿哥的各项身体数值突然飙升，快要突破可承受的临界值了！"

"都两年了，一直好好的，前段时间那么危险都熬过去了，怎么现在突然变成这样了？"裴南絮顾不得手上的伤，满脸焦急地问。

星沉拿起一个抱枕攥在怀里，哭丧着脸道："我就说聿哥安静的时候更恐怖吧！你们不信，还说我是乌鸦嘴！他的身体根本就不是真的稳定下来了，他是在强行压制自己，整整压了两年多，终于到压制不住的这一天了……"

秦欢急得团团转："这不对，聿哥前段时间不是跟林烟重新开始了吗？他们见面的频率也不低，林烟比多少灵丹妙药都管用！有她这个'稳定剂'在，怎么会压不住？"

星沉迟疑道："难道是……'稳定剂'出了问题？"

似乎是被几人小声嘀咕的声音吵到，裴聿城一个眼神扫了过去，几人瞬间噤声，连大气都不敢出。

"让程默来见我。"

裴聿城说完便上了二楼。

楼上传来的警报声，一直没有停，且有越来越急促的趋势。

秦欢赶紧联系程默让他过来。

季澜则是满脸焦急，怒视几人一眼，催促道："你们还愣着做什么？还不叫医生！"

秦欢无奈摊手道："好歹跟在聿哥身边这么多年了，你是第一次遇到这种情况吗？那么多顶尖的专家、医生、教授，这些年资金不断地投入供他们研究，可什么有效的法子都没研究出来。别说医生了，谁来了也没用！"

季澜咬了咬牙，开口："那就把那个女人绑过来！"

秦欢闻言一脸惊悚地缩了缩头："没聿哥的命令，谁敢啊？"

星沉紧张得又重新掏出了一根棒棒糖，幽幽道："我也觉得，这个时候最好不要叫她过来，凭我的直觉，'稳定剂'八成是出问题了。"

一旁的裴南絮不知想到什么，沉吟着开口："昨晚我让林烟给大哥打了个电话，并且随口跟她说，可以约大哥今晚见个面，大哥今晚是不是去见林烟了？"

星沉听到这话，立即开口："聿哥今晚去见林烟了？那我赌一根棒棒糖，'稳定剂'肯定是出问题了！"

"那我们也不能就这样什么都不做，无论有没有办法，总之，现在先把所有专家调过来，然后我去通知父亲。"裴南絮开口。

季澜沉着脸色道："好，我刚才已经打过电话了，M国那边也已经联系过。"

江枫华庭。

林烟回到公寓之后，精神状态一直不怎么好，头疼欲裂，脑袋像针扎一样疼。

躺到床上后，她一觉便睡到了第二天晚上。

这时，一阵敲门声响起。

汪景阳站在门口，刚要说话，一看到林烟就变了脸色："你脸色怎么这么差？又被黑粉围堵了？"

林烟不知道该说什么："……"

一亿个黑粉也抵不上一个裴聿城的杀伤力大。

"进来吧，找我干吗？"林烟揉了揉额头。

"没事就不能找你了？你这几天一直早出晚归的，搬过来之后都没见过你几次。"汪景阳的语气有些哀怨。

林烟白了他一眼："姐要赚钱，可没工夫跟你鬼混。"

汪景阳嘀咕道："我看……你这样自己一个人这么辛苦……还不如……不如找个男朋友呢……"

林烟无言以对。

呵呵，男朋友她找了。不仅找了，而且已经分手了。虽然，分手好像并没成功。

"林烟……我说……"汪景阳看着林烟，欲言又止。

"说说说，说什么啊，自己都还单身，还有脸说别人。"林烟瞥了汪景阳一眼，他这算不算五十步笑百步？

昨天晚上才和裴聿城分了手，她心绪正烦躁，自己还有一大堆的事情没搞定呢，哪有心情和汪景阳废话？

"我还有事，要出趟门，晚点再说。"言罢，林烟转身离开了公寓。

"你单身，我也单身……一加一不就等于二了吗！"见林烟已经离开，汪景阳在房间里黑着脸嘀咕道。

再过不久，便是外公车队的淘汰赛，趁着比赛前的这段时间，林烟需要先将规则搞清楚。

被所谓的恋爱和男人左右心情和生活的这种错误，她不会再犯第二次了。至于裴聿城昨天说的那些话，只要她撑死不答应便是了。

出门后，林烟打了一辆出租车，来到母亲的住处。

林烟敲了敲门，过了数十秒后，"吱呀"一声，房门才打开，贺暮云站在门前。

"小烟，你怎么来了？"贺暮云看着林烟，神色有些诡异，似乎没想到林烟会突然过来。

"妈，您怎么了？"敏锐地察觉到母亲贺暮云的神色有些不对，林烟蹙眉问道。

"没什么……妈挺好的啊……"贺暮云嘴角含笑，摇了摇头道，但表情好像是在掩饰什么。

"妈，到底出什么事了？"林烟如何能够不了解自己的母亲，贺暮云这样，肯定是有心事。

"不会是因为谢铮叔叔吧？"林烟看向贺暮云，别有深意地问道。

闻言，贺暮云蹙起眉头："小烟，别胡说。"

见林烟大有打破砂锅问到底的架势，贺暮云知道自己架不住林烟无止境的追问，也知道林烟早晚会知道的，最终只能够如实回答："是因为这个房子，马上面临拆迁了。"

"啊，拆迁？"林烟的神色莫名有些激动，"妈，那多好啊，什么时候拆？要不要我过来帮忙一起拆？"

贺暮云顿时无语："……"

"小烟，这个房子存在一些产权问题，所以拆迁后，一分钱赔偿都拿不到。"贺暮云解释道。

"啊？"林烟一愣。

"不仅是房子拆迁的事……还有，你谢叔叔的公司好像出了一点问题，今天你谢叔叔过来时，我看他一直站在楼下，脸色很不好，我便多问了几句……"

"谢叔叔的公司怎么了？"林烟忙问。

"他原本跟朋友说好了，从朋友那拿一些资金周转，但不知道为什么，那个朋友忽然反悔了。"贺暮云叹了口气，"还有你外公的车队，也莫名其妙地遭到严重的排挤和打压，恐怕连几天后的淘汰赛也无法进行了，随时都会被解散。"

"什么！"听贺暮云说完之后，林烟的神色顿时一变，怎么越听越觉得不对劲？

"这都是什么时候发生的事情？"林烟问。

"都是今天早上刚得知的。"贺暮云回答。

林烟愣住了："……"

短短一晚上的时间，这么多事情全挤到一起，还全是自己身边的人……

"小烟，你外公现在因为这件事茶饭不思，几天后的车队淘汰赛是外公最后的执著和尊严，如果连淘汰赛都没得比，车队就要解散，我怕这个对你外公打击太大。"贺暮云满脸愁容地说。

其实房子拆迁和产权纠纷的问题，对贺暮云来说都没关系，她主要还是担心林烟外公那边。

"妈，我知道了，还有，谢铮叔叔那边怎么样？"林烟沉着脸色，看向贺暮云问道。

"情况不是很好，如果资金的窟窿补不上，公司也会面临破产的风险。"贺暮云道。

所有的事情都是今天早上才发生的。再结合昨天晚上裴聿城放出的那番话，林烟大概明白是怎么一回事了。难怪当时裴聿城那么自信笃定地说她会同意。当时她以为裴聿城最多是被分手了，气愤之下才会说出那些话，怎么也没想到他会做到这个地步。不仅插手她的事情，为了让她就范，竟然还不惜对她身边的人下手。

林烟自心底升起一股极其强烈的厌恶和排斥感，那种刻入灵魂般的恐惧感再次笼罩着她。

"小烟，你没事吧？我不想告诉你，就是怕你担心。"贺暮云一脸担忧地问道。

林烟忙回过神来，微笑着对母亲开口："妈，我没事的，对了，我这边还有点工作要忙，就先走了。"

"好好好，你去忙你的吧，家里的事情就不要操心了！"

"好的，妈。"

几乎是刚迈出家门的瞬间，林烟的脸色便冷了下来。

她这小暴脾气，瞬间被点燃了！

裴聿城！

她怎么也没想到，裴聿城居然是这样的人。明明那么好，那么完美无瑕的一个人，怎么会做出这些事？

此刻的她对裴聿城有的不仅是恐惧和厌恶，还有失望。就好像突然看清满心仰望的皎洁明月，真实面目却是污浊的泥沼。可那之前又是怎么回事？难道都是他的伪装吗？

下了楼，林烟立即给裴聿城打了个电话。几乎是她按下拨通键的瞬间，那头就接了起来。

不等她开口，手机那头就传来了男人低沉的声音："SE酒吧。"

那个声音，丝毫不似平日里的温和清越，而是如同坠入深渊里的寒冰。

男人报了一个地址，随后便挂断了电话。

林烟盯着被挂断的手机，见裴聿城又是这种态度，火气顿时更大了。

这完全就是在威胁她！

林烟深吸了一口气，强压着怒火，立即打车去了裴聿城所说的地方。

这个夜店的地址很偏僻，在一个小巷子里，大门锈迹斑斑的，光从外面看，不知道的人肯定还以为是个废弃的仓库。但是，推开门之后，里面却是别有洞天。

大概是因为还没到营业时间，酒吧里没有什么人。

林烟刚走进去，就看到一个熟悉的面孔，一名青年穿着一身整整齐齐的西装等在那里。她上次在裴聿城的别墅里看到过这人，是裴聿城的助理，叫程默。

程默看到林烟，态度恭敬有礼："林小姐，这边请。"

林烟冷着脸，面无表情地跟了上去。

经历过韩逸轩，她已经发过誓，以后只一心赚钱，再也不掺和那些风花雪月的事情了，没想到没多久，她又被美色整到这种地步。而这次，比韩逸轩还要让她愤怒！

动她可以，但是，动她身边的人，绝对不行！这是她的底线！

还想逼她妥协，逼她服软？她这辈子就不知道"服软"两个字怎么写！她的字典里，只有"宁为玉碎，不为瓦全"！

很快，程默领着林烟走到一间私密的双层包厢内。

林烟站在门口，朝着里面大致扫了一眼。只见包厢内阴暗森冷，装饰奢华复古，奇怪的是这包厢里的茶几是碎裂的，花瓶也是碎的，壁画歪歪扭扭地挂着，旁边还有各种倒塌的柜子和装饰品。整个包厢里里一片狼藉，也不知道是发生了什么。

沙发上坐着一个卷发少年，少年的嘴里叼着一根棒棒糖。另一个穿着黑色劲装、扎着马尾的女孩正在满脸焦急地来回走动。

一楼对面的楼梯处斜倚着一个年轻男人，男人穿着考究，留着黑色长发，被不知道什么金属材质的发圈扎到了脑后，暗红色西装胸前的口袋里插着一朵白色郁金香。不过，那朵郁金香的花瓣已经被摘得七零八落的，只剩下了蔫蔫的几片。

几乎是林烟刚迈进来的瞬间，三人立即直起身，齐刷刷地朝着她的方向看去，尤其是中间那个黑衣女孩，看着她的目光冰冷刺骨，如同跟她有什么深仇大恨一般。

林烟没工夫理会这三人，对一旁带路的程默开口："裴聿城呢？"

不等程默开口，突然一人从斜刺里冒了出来，激动不已地冲着林烟喊道："大嫂！大嫂你可算是来了！"

看到裴宇堂，林烟的脸色才稍稍缓和了几分："三少。"

"大嫂……"

不等裴宇堂说完，林烟眉头微蹙，打断了他的话："三少，你还是叫我的名字吧。"

"为什么？"裴宇堂莫名有种不太好的预感。

这时，裴南絮也走了过来，他的脸色似乎非常疲惫，见到林烟，立即焦急地开口追问："林小姐，昨晚你跟我哥见面了吗？冒昧问一句，昨晚……是不是发生了什么？"

"我跟你哥已经分手了。"林烟面无表情地回道。

听到林烟的话，裴南絮瞬间变了脸色。

裴宇堂一脸天塌下来了的表情："你……你说什么？你跟我大哥分手了？！"

不仅是裴宇堂，屋里的其他几个人脸色都变了。

秦欢默默扶额："难怪呢！"

星沉一边咬着棒棒糖一边耸肩道："我就说'稳定剂'出问题了吧，怎么样？你们全都欠我一根棒棒糖！"

一身黑衣的季澜听到这话，神色阴沉地走到了林烟的面前。女孩靠近的那一瞬间，林烟顿时感觉到了一股巨大的压迫感和危险气息。

"林烟！你怎么敢？！你以为你是什么东西？"

听到女孩劈头盖脸砸过来的这句话，林烟的脸色也瞬间阴沉了下来，垂着眸子发出一声低笑："不敢？我倒是想问问，我分个手而已，有什么不敢？我跟谁分手，我是什么，又关你什么事？！"

"你……"季澜周身的森冷气息顿时铺天盖地地倾泻下来，右手如同利爪一般朝着林烟的脖子扼去。

好快！这女孩的动作实在是太快了，简直像是非人类！林烟极其狼狈地闪身躲开，但还是跟跄了好几步。季澜居高临下地看着林烟，如同看着一只微不足道的蝼蚁，眸子里满是轻蔑之色。

这时候，一旁的秦欢看不下去了，赶紧出来打圆场："季澜，你疯了！你知道自己在做什么吗？"

季澜一个冰冷的眼神把秦欢逼退："我在做什么？这个女人居然敢拒绝聿哥！她有什么资格？她以为她是谁？"

裴聿城是很多人眼中的恶魔，但同样也是很多人眼中的信仰，神圣而不可侵犯。林烟的举动对季澜来说，就如同一个乞丐将她的信仰拖入了泥潭，并且还不屑一顾地狠狠踩了几脚。

这让季澜完全无法忍受！

"季澜，你冷静一点！别忘了聿哥他……"秦欢捏着眉心开口，试图制止她。

女孩打断了秦欢，杀气腾腾地朝着对面的林烟看去："那又怎样？既然需要的只是她的躯体，那她愿不愿意又有什么关系？我有一千种办法让她认清现实！"

林烟听着女孩的话，眸底的火光一点点化作了森冷的寒冰。

这些人是强盗吗？不愿意就逼人家？还有，需要的只是她的躯体是什么意思？

果然是有什么样的老大，就有什么样的手下！

季澜目光阴沉地看向林烟："我最后给你一次机会，乖乖回到聿哥身边，听从他的一切命令。"

林烟轻笑一声，一字一顿地开口："如果……我拒绝呢？"

"拒绝……"季澜盯着林烟，许久后，嘴角微微上扬，"你还没有拒绝的资格。"

话音未落，季澜的身影如同鬼魅般朝着林烟逼近。这一次，林烟没有退后，也没有闪避，硬生生地任由女孩攻击过来。

就在季澜靠近的一瞬间，林烟的手缓缓动了。

季澜的速度已经快到不似常人，林烟的一双眸子，竟在这一瞬间，有些无法捕捉到季澜的身形。等林烟看到季澜时，季澜已经来到她身旁。林烟的脸上拂过一阵强烈的风力，当下，季澜抬手，看似随意地一掌朝着林烟劈去。几乎出于本能，林烟抬手阻挡。

"砰！"

只见，林烟双手挡在身前，整个人却是跟跄朝着后方退去。

当下，林烟眸内浮现出一抹诡异之色——这女人是什么怪物？在林烟的记忆中，这也是她有生之年第一次遇到能让自己吃亏的对手。不仅如此，林烟还能看出，这个季澜根本未用全力。

"我说季澜，你没事吧，你把她打死了怎么办？"秦欢看向季澜，眸内浮现出一抹不悦之色。

"我有分寸，这只是给她一个教训，让她认清自己的地位。"季澜淡淡开口。

"打伤也不行啊。"秦欢继续道。等下老大回来，要是看见林烟被打伤，连他恐怕都要受牵连。

"闭嘴，与你无关。"季澜冷声道。

秦欢无语了，不再劝她。

此刻，季澜盯着林烟，脸上的笑意更加浓烈了几分："你当真不愿乖乖听话？"

"你可以试试。"林烟冷声道。

"一夜之间，你身旁的人都因为你而受到牵连，即便如此，你都无所谓？"季澜讽笑道。

"是你！"闻声，林烟顿时暴怒。

这个女孩一看就是裴聿城的手下，肯定是裴聿城指使她这么做的！

"看来，你到现在还没认清自己的位置。"

说话间，季澜瞬间消失在原地，速度太快，以至于林烟用肉眼仅看见一道黑影。

季澜此刻的速度比之前更快了。林烟还未能回过神来，就被季澜一把抓住了脖子。

　　季澜扼着林烟的脖子，巨大的力道让林烟有些喘不过气来。

　　"别……逼我。"林烟只觉得一阵头晕目眩，意识有些消散。

　　"逼你？"季澜盯着林烟，嘴角微微上扬，嘴角是无情的嘲意，"你配吗？"

　　这种让林烟极为排斥的感觉，陌生而遥远，不知已经有多久，她没有再次失控过……为什么要招惹她？！

　　此刻，林烟眸底的寒冰如同有什么封印被解除一般，不易察觉地开始一点点龟裂，破碎……

　　在这昏暗的酒吧内，根本无人察觉林烟眼下的变化。

　　此刻的林烟眸内没有任何情感，右手轻轻抓住了季澜的手臂。下一秒，只听"砰"的一声，季澜的手臂瞬间被甩了出去，身躯也被震退了数步。

　　季澜眸内浮现出惊诧之色，此刻，手臂逐渐传来了剧烈的疼痛和麻痹感。

　　"秦欢，你做什么？！"忽然，季澜朝一旁的秦欢看去。

　　闻声，秦欢一脸懵："我怎么了？"

　　"方才不是你用暗器袭击我？"季澜的声音里带着一丝怒气。

　　秦欢没好气地回道："你有病吧，我都没动过。"

　　"不是你？"季澜眉头微微蹙起，旋即，目光又落在星沉的身上。

　　酒吧的灯光有些昏暗，季澜压根未看见方才是林烟一击将她震退，因而误以为是秦欢或是星沉用暗器偷袭她。

　　星沉吃着棒棒糖，一脸莫名其妙地与季澜四目相对："别看我，我什么都没做过。"

　　不等季澜继续开口，秦欢用手指了指一旁的林烟。此刻，失控状态下的林烟，全身散发着骇人的戾气，正大步朝着季澜走去，莫名的威压感，让秦欢都觉得有些不自在。

　　"我怎么觉得这个女人忽然变得这么可怕……是幻觉吧？"秦欢把玩着手中的骰子，口中嘀咕着。

　　"是你身上的疼痛感不够剧烈吗？"眼见林烟这般神态，季澜眸内寒光一闪。

　　须臾间，季澜变掌法为拳，朝着大步走来的林烟重重挥去。这一拳的力道极大，随着拳头挥动的轨迹，甚至能够听到呼啸的拳风。

　　"你疯了吗？！"见状，秦欢大声喝道。

　　此刻的林烟，速度更快了，她在季澜靠近她之前，还未等季澜反应过来，便瞬间扼住了季澜的咽喉。

林烟所处的位置背对着灯光，一团黑暗，无人能看清林烟究竟做了什么，甚至连季澜本人都感知不到。

林烟冷漠地看着季澜，只要她愿意，可以在瞬间，捏碎这个女人的脖子。此时，一直在沙发上安静吃着棒棒糖的星沉，忽然动了。

"砰——"

伴随着一声巨大的声响，季澜的身体被星沉一脚踹飞了出去。

一头微卷白发的星沉，双手插在裤兜，冷冷地瞥了一眼被自己踹飞的季澜："还要继续吗？"

"哟，小星星生气了。"不远处，秦欢将手中的筛子随意地扣在了桌面。

"星沉，你做什么？！"季澜盯着星沉，冷声喝道。

"在救你。"星辰冷漠地回道。

旁人没看见，星沉却是看得一清二楚，如果不是他一脚将季澜踹飞，季澜的脖子，恐怕早被这个女人捏碎了。只是季澜自己却毫不知情，真是可笑。

连一旁的裴宇堂也发现了，平日里看上去软萌又嘴甜，甚至有些胆小的林烟，现在整个人的感觉已经全都变了。

"你在救我？你以为老大真会看上她？她只是个'稳定剂'罢了。"季澜冷笑道。

季澜并不知晓星沉话中的含义，她以为星沉的意思是，如果她伤了那个女人，老大不会放过她。

"白痴。"星沉双肩一耸，"随你，继续吧。"

说罢，星沉便坐回了原处。

很快，季澜重新起身直逼林烟。

此时，林烟看向季澜，尽量不让自己完全失控，一旦完全失控……她都知道自己的力量高于常人，但是，这些年来她极少使用，也不愿使用，尤其是在她情绪失控的时候，这种力量可能比她想象中的还要可怕与极端。

季澜面上的杀气更重了，口中喃喃着："现在，既然她连充当'稳定剂'的作用都没有了，留着她也没有意义，现在的她只会让老大更加失控！她根本没有资格继续留在老大身边，她不配！"

季澜并没有发现，在她说话的时候，身后的楼梯上，一人从黑暗中缓缓踱步走了下来。

"聿……聿哥……"站在季澜对面的秦欢，第一时间看到了来人裴聿城。

听到秦欢的话，季澜的面上顿时爬满惊恐，下意识地转过身去。

就在她转身的一瞬间，裴聿城忽然动了。只见，裴聿城的手掌轻轻地放在了季澜的左肩上。

下一秒，季澜的身体便如同风筝一般被甩飞出去，狠狠地砸在了一旁的玻璃酒柜上。玻璃酒柜轰然倒塌，柜子及里面的酒全都碎裂。

现场满是狼藉，连楼梯扶手都在巨大的冲击力之下被撞倒。

巨大的碎响声之后，整个包厢内一片死寂，所有人都噤若寒蝉地看着楼梯上的男人。

原本就一片狼藉的包厢里，此刻更加混乱，简直跟废墟差不多。

裴宇堂哭丧着脸，心想大哥又要开始拆家了……这可怎么办啊？原本还以为等大嫂过来可以哄一哄大哥的，完全没想到大嫂的性子会这么火爆。现在倒好，这两人撞在一起，不是火星撞地球吗？

被摔在地上的季澜，顾不得身上骨头断裂般的疼痛，狠狈不已地立即爬起来，恭敬地半跪在了裴聿城的身前："聿哥……"

裴聿城并没有看眼前的季澜，他一出来视线便一直落在林烟的身上。

林烟看到终于出现的裴聿城，捏了捏放在身侧的拳头。

男人穿着一件白色衬衫，头发略微有些凌乱却不失美感，金色边框的眼镜泛着森森寒光，没有了平日里温和的感觉，眸底好像深不见底的黑洞，完全像变了一个人。

不。或许，这才是真正的裴聿城。

此时，房间里再没有一人敢开口，所有人退远了一些，大气都不敢出。

裴聿城缓步走下楼梯，漫不经心地整了整袖口，随后抬起头来，静静地看着眼前眸中满是怒焰的女孩，问道："考虑好了？"

听闻裴聿城所言，林烟眉头深深皱起，旋即，"砰"的一声，她的双手狠狠地拍打在裴聿城身旁的桌上。

见林烟这般火爆，裴宇堂比任何人都要紧张。这是做什么啊，说好的"稳定剂"呢？大哥身边的桌子都快被她拍碎了！

在裴宇堂的记忆中，似乎还没有谁敢当着大哥的面拍桌子！这是要出事，出大事啊！

裴聿城坐在沙发上，面色阴冷到了极致，连附近的秦欢和星沉都本能地嗅到了极度危险的气息。两人的额头渗出一丝冷汗，旋即面面相觑。

林烟狠狠地瞪着裴聿城，道："别废话，我有事问你！"

"问。"男人开口。

林烟双眸微眯："我母亲的房子，谢叔叔的公司，还有我外公那边……都是你做的？"

裴聿城并不否认，颔首道："是。"

林烟紧捏的双拳顿时再次收紧，冷笑着出声："所以，这就是你所谓的'我一定会同意'？"

"你会同意。"男人用的是完全肯定的语气。说罢，一双充满了危险气息的眸子，与林烟四目相对。

林烟深吸了一口气，强行压下了心头的怒火，试图跟裴聿城好好沟通："到底要怎样，你才肯放过我的家人？"

"你知道该怎么做。"裴聿城面无表情地看着她。

如果没有这么激动，林烟或许会发现，此刻眼前的这个男人状态其实很不对劲。

听到这话，林烟冷笑出声，刚才黑衣女孩的那句"留在裴聿城身边，听从他的一切命令"浮现在她脑海。

"我要怎么做？乖乖做你的金丝雀还是奴隶？对你唯命是从？"林烟盯着眼前的男人，语气没有一丝温度，一字一顿道，"那可真是抱歉，裴先生大概是不太了解我，我这个人就是个臭石头，油盐不进，最讨厌的就是被人威胁。大不了，玉石俱焚！"

女孩话音落下的瞬间，裴聿城原本如同死水般平静的眸子顿时泛起波澜。与此同时，他腕上那块银色的手表开始发出"嘀嘀嘀"的声响……

"糟了……完了……"一听到警报声，秦欢立即变了脸色。

其他人也都慌了神。

裴宇堂急得团团转："怎么办，怎么办？你们倒是想想办法啊！"

裴南絮神色焦急地说："M国的研究没有任何进展，何况大哥不配合，专家来了也没用。"裴南絮顿了顿，继续开口，"其实，这件事情，大哥确实做得有些过分了。若是换了别的女人，说不定就妥协了。但林烟这个性子，宁为玉碎不为瓦全，如此威胁她，恐怕只会把事情弄得更糟糕。"

秦欢面上露出心有余悸的表情，赞同地说："你说得真是太对了！你认为，为什么林烟的作用这么重要，当年却没人敢限制她？是不敢！这妹子性子太刚了！连聿哥都照刚不误！就算她失忆了，她的这个暴脾气还是一点都没变……最惨的是老大现在也是失控状态，他已经完全不知道自己在做什么了，他只是在凭本能，想用一切可能留住林烟的方式留住她。我看这次是收不了场了……死定了……死定了……"

季澜目光冰冷地朝着林烟看去，听着不停作响的警报声，面色更加阴沉："我早就说过，她就是颗不定时炸弹，聿哥迟早会被她害死。"

秦欢轻咳一声："话也不能这么说，之前要不是因为她，老大早就不知道死了多少次了，不过现在，她确实还是离老大远一点比较好……"

裴宇堂急得抱住脑袋："你们不是说烟姐是大哥的'稳定剂'吗？现在

怎么成了炸药桶了？要是烟姐的稳定作用失效了，那我大哥怎么办？"

秦欢头疼不已地抓着头发："我看当务之急还是先把这两人分开，别让她继续刺激老大了！"

"玉石俱焚……"裴聿城一字一顿地呢喃着，他缓缓地闭上眼睛，如同是回忆起什么令他极其痛苦的事情，口腔里盈满了血腥的味道。

林烟话音落下的瞬间，裴聿城手表上报警的声音，以一种令人心慌的频率剧烈地响了起来。林烟此刻才发现裴聿城的手表不知道为什么从刚才起就一直在响。

林烟并没有多想，此刻的她已经完全被愤怒冲昏了头脑，加上身体里那股失控的感觉，满脸愤怒地继续开口："裴聿城，恕我直言，就算你有亿万家产，就算你地位尊崇、高不可攀又怎样，你自私自利，冷血无情，不懂得尊重别人，更不会去爱一个人。我林烟这辈子就算是喜欢阿猫阿狗，也绝对不会喜欢你，在我的字典里，就没有'服软'这两个字！"

嘀嘀嘀……

嘀嘀嘀……

嘀嘀嘀……

林烟愤怒的话音落下的瞬间，伴随着越来越可怕的警报声，裴聿城突然捂住胸口，脸上的血色尽褪。

"聿哥！"

"老大——"

秦欢、裴宇堂等人瞬间变了脸色。

突然，裴聿城站起身来，一只手颤抖着抓住了林烟的手臂。见状，林烟眸内寒光微闪，可还未等她有任何动作，眼前的裴聿城，身躯竟是摇摇欲坠。

"你……"林烟满脸不解地盯着裴聿城。

下一秒，却见裴聿城突然喷出一口鲜血，身体如同到了极限。

眼见裴聿城就要摔倒，离得最近的秦欢立即准备去扶，但是，才靠近一步，就被裴聿城打飞了。

秦欢摔在一堆碎片上，扶着腰哀号着："差点忘了，不能在这个时候靠近老大！二少，三少，你们千万别过去……去了就废了……"

失控时的老大，他们三个人同时出手都架不住，更别提裴宇堂和裴南絮了。

林烟完全没想到男人会突然吐血，她脸上近乎失控的愤怒表情陡然僵住，下一秒，面色一空，换成了一抹慌乱。

林烟呆呆地站在那里，看着眼前的男人，身体里如同被火焰燃烧的血液一点点冷却了下来。

裴聿城终于支撑到了极限，身体缓缓地朝着地面倒去。

林烟瞳孔微缩，几乎是下意识地，一把将裴聿城的身体扶住，但是，却被裴聿城避开了。

林烟脸色微僵，下一秒，动作稍微强硬了些，强行将裴聿城给扶住："你还有脾气了？我才是快被你气死的那个好吗？"

裴聿城捂着胸口不住地咳嗽。

眼看裴聿城好像又要吐血了，林烟急得团团转，慌不择路之下，几乎毫不犹豫地妥协道："好好好！我的错！我的错！全都是我的错！你别激动了！别激动！"

"有没有搞错啊！不过是情侣之间吵个架而已，怎么还被我气吐血了……"林烟小声嘀咕道。

她有这么凶吗？

她刚才好像确实挺凶的……但也是他欺负人在先啊……

算了算了，不管了！人家都吐血了！

林烟也不管对谁错了，她只知道，在她看见裴聿城满脸虚弱地吐血的那一瞬间，她就什么脾气都没有了。

裴聿城似乎还有些抗拒林烟的碰触，但是，在林烟第三次扶住他的时候，他终于不再反抗了。

于是，林烟赶紧小心翼翼地将裴聿城扶到了沙发上，然后用小手一下一下地顺着男人的后背，关切地问道："你好点了吗？"

嘀嘀嘀……

嘀嘀嘀……

裴聿城手表上的警报器依然在急促地响着，但是，频率缓慢了不少。

这手表到底是什么玩意？一直叫得人心慌意乱的！

林烟不耐烦地看了那块手表一眼，随即朝着裴聿城看去。此刻男人身上的衣服乱糟糟的，额头上满是冷汗，那张俊脸更是惨白虚弱之态，金丝眼镜下的眼睛紧闭着，躺在沙发上奄奄一息……林烟心头的罪恶感瞬间升了起来。

有没有搞错！明明她才是被欺负的那个吧，为什么现在好像她欺负了他一样？

不管怎么样，林烟现在已经一句重话都不敢说了，满脑子想的都是她居然把人给气吐血了！

总之，先把人安抚下来再说。

Part3

真相是黑暗污浊的泥沼，但深处却掩埋着微光。

♥

林烟放软了声音，一边轻轻拍着裴聿城的后背，一边极其温柔地开口："别生气了，好不好？我知道错了……真的……"

虽然她也不知道自己错在哪儿了……别管哪儿错了，反正道歉就对了！

"我……我不该对你这么凶……但是那也不能怪我……谁让你对我身边的人动手……我也是一时情急……"林烟絮絮叨叨地说着。

因为裴聿城的身体太虚弱，她只能虚扶着他，裴聿城几乎靠在了她的身上。

看着男人痛苦的表情，林烟觉得心脏像被刀割了一样，她咬了咬牙，道："大不了……大不了不分手了……我们复合，但是，你也不可以再威胁我了！好不好？"

只是话刚说出口，林烟又觉得自己有些好笑，裴聿城在乎的，或许根本不是分手，而是他的权威不容受到挑战吧。

裴聿城沉默了好一会儿，不知过了多久，他开口："好。"

闻声，林烟的眼中瞬间闪过一丝诧异。

他居然答应了……这么容易就答应了？

林烟好半天才回过神来，目光微亮，道："你确定？你可是答应我了！我妈妈那边，我谢叔叔那边，你不可以再那么做了，我不喜欢你那么做。"

裴聿城缓缓地睁开眼睛，漆黑的眸子一眨不眨地盯着眼前的女孩："嗯。"

林烟继续说："还有我外公那边……"

裴聿城道："好。"

林烟有些无语，同时又有些疑惑。

有没有搞错啊！她闹得这么天翻地覆的，以为他有多凶残，结果她随便说几句好话，他就什么都同意了？

林烟呆呆地盯着眼前的男人，一脸懵。所以，她气得半死不活，抱着你死我活的心态跑过来闹，到底是为什么？

林烟继续试探着开口："那……那也不许插手我的工作了……什么给我换公司、换经纪人……还要管我行程之类的……我也不喜欢……行吗？"

不过这一次，裴聿城却没有同意："不行。"

林烟卡壳了一下："……"

既然什么都同意，为什么提到这些就不行？而且态度如此坚决……总不可能是因为在别的剧组，自己会接触许多男艺人，他会吃醋吧？

裴聿城会那么在乎她？怎么可能呢？

林烟眼珠子转了转，随后，露出几分难过的表情，委屈兮兮地朝男人看去，双手合十地请求道："那……裴先生，我能不能迟一些再去你安排的公司？我这边还有事情没处理完，我答应你，等我处理完了一定过去，好不好？"

裴聿城沉默了几秒钟后，答道："好。"

林烟这下更无语了。

果然啊……又答应了……

林烟其实有些懵。她真的没想到裴聿城这么好哄。

嘀嘀嘀……

男人手腕上那块银色的手表发出的声音越来越微弱。

与此同时，旁边如临大敌、急得团团转的秦欢等人也懵了。

裴宇堂盯着陡然轻声细语、娇滴滴的林烟，诧异地说："说好的字典里没有'服软'两个字呢？"

秦欢盯着林烟说啥就听啥的自家老大，不可置信地说："我家老大不可能这么好说话……"

星沉看完了全程，惊得嘴里的棒棒糖都掉到了地上："聿哥的状态稳下来了！不愧是……强效'稳定剂'啊！"

见裴聿城答应了，林烟眼睛一亮，生怕他反悔，忙拉住他的手，道："那我们就这么说定了！"

几乎在女孩的小手覆上男人手背的一瞬间，男人腕上那块一直在断断续续发出"嘀嘀"声响的银色手表，彻底安静了。

林烟狐疑地盯着裴聿城腕上的那只手表嘀咕："这手表这么高级？还带闹钟功能的吗？"

裴聿城顿时无语。

众人也无语了。

裴宇堂激动地说："我们连想法都一样！真是父子连心啊！"

当裴聿城腕上的手表彻底停止响动后，一旁始终没有开口的程默，迈步走了过来，解释道："林小姐，有件事情，您误会了。我想，有必要跟您解释一下。方才您所说的，关于您母亲、叔叔，以及外公发生的变故，均非裴总所为。"

闻言，林烟神色微怔："什么？"

可他刚才自己都承认了！

程默颔首，笃定地说："裴总下达的一切指令都会先经过我，而我从未接到过这些命令。"

昨天晚上，裴总确实叫他过去了一趟，但是，什么命令也没有下达。他就站在一旁，看着裴总抽了一个晚上的烟……

所以，这些事情不可能是裴总做的。方才他就想和林烟解释了，但无奈于刚才的情形他完全插不上嘴，而后裴总还承认了，他就更没办法说话了。

直到此刻，见两人总算冷静下来了，程默才终于找到机会把事情说清楚。随后，程默朝着角落里还半跪在那里的季澜看去。

此刻，女孩的脸上满是冷汗，表情依旧愤恨，咬着牙开口："是我做的，聿哥并不知情！"

闻言，林烟眉头紧蹙，难怪之前这个女孩对她说了那些威胁的话，原来是她擅自做的决定。当时她被气昏了头，还以为是裴聿城下的命令。

秦欢等人都满脸惊讶地朝季澜看去。

"季澜！你真疯了？这种事情也敢做！"秦欢一脸的不可思议。没想到季澜的胆子这么大，他还真以为是聿哥做的呢。因为那种行事风格确实很像聿哥，所以他完全没怀疑。谁知道，这次居然是季澜擅作主张！

季澜挺直着脊背，脸上的表情仍旧是不服的样子。星沉摇摇头，露出一个怜悯的表情。

林烟目光微冷地朝着女孩看了一眼，随即看向裴聿城，神色有些复杂："不是你做的，那你刚才为什么要承认？"

裴聿城没有说话。

裴聿城没有什么表情，也没有将责任全推到季澜身上，只淡淡地开口说了一句："并没有区别，这确实是我想做的。"

不否认，是因为这是他内心深处最阴暗的想法。何况，她也这么认定。

林烟听着裴聿城的话，心里说不出什么滋味。

怎么会没有区别呢？就算裴聿城真的有那样的想法，但是，他最终还是没有那么做。没有人比他更清楚，在失控的时候想要控制自己，有多困难。

其实，裴聿城真正坚持的，只有让她去巅峰娱乐这一件事。

林烟不由得回想起裴南絮去剧组接她的那次，裴聿城在车上对她说的话。当时，她问裴聿城，是否介意她名声差、被全网黑、被人骂……

"介意。"

"需要我帮你解决他们吗？"

这是裴聿城当时的回答。

他介意的，是那些欺负她、辱骂她的人。

裴聿城不否认，究竟是因为他确实想过那么做，还是觉得，她根本就不会相信他，所以不想解释？

虽然真相是黑暗污浊的泥沼，但深处却掩埋着微光。

"喀……"裴聿城又是一阵咳嗽。

林烟见状，顿时扫了眼裴聿城的那些手下，怒吼了一声："喂，人都吐血了，你们还愣着干吗？快叫医生啊！"

被吼得一脸懵的众人顿时无语了："……"

你刚才不是还恨不得把老大打一顿吗？

"之前有传言你重病、昏迷不醒什么的……难道都是真的？"林烟面色微凝地喃喃道。

闻言，裴宇堂立即跳出来道："大嫂，这个你就不用担心了，只要你陪在我哥身边，别跟我哥吵架、闹分手，我哥就绝对健健康康的！"

什么鬼？林烟无语地白了裴宇堂一眼："难道我是灵芝仙丹吗？"

这时，旁边的秦欢、星沉、程默等人都盯着林烟，露出一副"你可不就是灵芝仙丹"的表情。

"我问你正事呢！"林烟没好气道。

"我也是很正经地回答你啊……"裴宇堂弱弱地嘀咕。只要大哥不失控，那就什么问题都没有。

林烟觉得这些人实在是太不靠谱了，她松开裴聿城的手，然后翻找着手机，准备自己打电话叫车送裴聿城去医院。

结果，她刚松开裴聿城的手，他手腕上那只银色的手表又开始"嘀嘀嘀"地叫了起来。

一旁的众人顿时紧张了起来。

裴宇堂盯着手表，慌里慌张地开口："看看看！我就说不能分！不能分手的吧！"

林烟被裴宇堂吓得赶紧又重新抓住了裴聿城的手，那手表"嘀嘀嘀"的响声立即缓慢了不少，不过，还是响个不停。林烟此刻才发现，包括裴宇堂在内的所有人一听到裴聿城的手表嘀嘀作响，都会露出无比紧张的表情。

刚才裴聿城突然吐血，好像也是手表开始剧烈响动的时候。难道这手表是类似医疗中用到的身体检测仪？是跟裴聿城的身体状态挂钩的？

潜意识告诉她，裴聿城，还有这块手表，似乎跟她有什么关联。但又完全想不通，怎么可能会跟她有关系呢！

"这……不是手表？是身体检测仪吗？"林烟试探着开口问。

裴聿城没有否认。

林烟听着还在继续作响的手表，着急地问道："所以说，这真的是身体检测仪？它一响就证明你的身体状态不好？刚刚不是响了吗？怎么又开始了！那……那怎么才可以让它别再响了？"

裴聿城静静地看着女孩有些焦急的小脸，下一秒，缓缓俯下身，在女孩的唇角轻轻地落下一吻。

伴随着这个羽毛一般的轻吻，裴聿城开口："这样就可以。"

下一秒，仪器恢复了安静。

林烟愣了一下，一时间说不出话来。

旁边的几个人，默默地看着刚才明明还吵得天翻地覆，这会儿又开始撒狗粮的两个人，纷纷做出无语状。

裴宇堂无比欣慰，激动地说："太好了！我的祈祷起作用了！"

这不就是床头吵架床尾和吗？

林烟瞪大了眼睛，睫毛飞快地扑闪着，直到裴聿城已经起身，她才反应过来。她盯着裴聿城好半天，随后去看他手腕上的那块手表。

安安静静的……居然真的不响了。

这是什么神奇的手表？难道她真是什么灵丹妙药不成？

这时，程默接到了一个电话，低声说了几句后，走过来向裴聿城汇报："裴总，Wilson教授和医疗团队已经到了，现在人在云间水庄，要不要请他给您做个诊断？"

林烟一听，不等裴聿城说话，立即开口："医生过来了吗？那赶紧让他给裴先生看一下吧！"

程默闻言，迟疑地朝着裴聿城看去。

裴聿城一向很厌恶那些医生，若非是失去意识，都不会让他们接近。

裴聿城道："备车吧。"

听到这话，几乎所有人都松了口气。

好了好了，复合了，天下太平！他们终于不用再过心惊胆战、血雨腥风的日子了！

和平万岁！狗粮万岁！

只有季澜，一直跪在原地，神色愈加阴鸷。

云间水庄。

裴聿城身上接上了各种仪器的导线，正在屋内做详细的身体检查。

检查过程不可以被打扰，林烟便在屋外的小花园里等着。这时，一阵手机铃声响起，是她母亲打过来的。

林烟急忙接起电话："喂，妈？怎么了？有什么事吗？"

手机那头传来贺暮云有些欣喜的声音："没事没事！妈就是打电话告诉你一下，家里的事情你别担心了，我刚刚得到消息，都已经解决了。"

林烟有些惊讶："都解决了吗？"这么快……

"是的，说来也奇怪，开发商突然发通知说计划有变，不拆迁了，你谢叔叔也打电话过来说事情解决了。"贺暮云回道。

"那外公那边呢？"林烟问。

贺暮云道："我现在就在你外公这呢，我也不太清楚具体的情况，总之，乐风说比赛可以正常进行了。"

"那就好！"林烟松了口气，"我这边还有些事情要忙，等晚些时候，我就去外公那边找你。"

"好好好，小烟啊，你别急，路上慢点知道吗？"

"好的，妈我知道了！"

林烟说完便挂了电话。刚挂了电话，一转身，就看到裴南絮隔着几步的距离，站在她的身后。

"裴偶像……"林烟喃喃道。

"林小姐，今天真的多谢你了，如果不是你，我大哥可能真的会有危险。"裴南絮脸上满是感激。

闻言，林烟轻咳一声，有些窘迫。今天她这火爆脾气没收住，居然在偶像面前爆发出来了，简直形象尽毁！

"我也有错，是我太冲动了，如果我当时冷静一点，好好跟裴先生沟通的话，或许也不会因为误会闹成这样……"林烟有些不好意思地说。

裴南絮看着女孩，迟疑了一下，询问道："林小姐，可以冒昧问你一个问题吗？"

林烟道："什么问题？"

"为什么要跟我哥分手？是我哥做错了什么事情，惹你不开心了吗？"裴南絮有些不解，之前两人分明交往得好好的，他不明白为什么两人昨晚会突然分手。

林烟心想：怎么可能！在此之前，裴聿城在她眼里一直都是模范男友好不好？

林烟挠挠头，一脸纠结，她也是有苦衷的。问题是，从一开始，她跟裴聿城在一起就是个误会。要不是因为她的意识经常不受自己控制，她干吗要急着跟裴聿城分手啊！

当发现自己的这些想法之后，林烟吓了一跳。难道她只是因为自己意识失控，才要跟裴聿城分手吗？

林烟收回思绪，斟酌了一下措辞，回道："这件事情有点复杂，我有不得已的原因，不过，没事，回头我会把所有的事情跟裴先生说清楚的，到时候分不分手，由裴先生自己决定吧。"

裴南絮轻笑一声，语气笃定："不管是因为什么，我哥都不会跟你分手的。"

原本他还很好奇为什么大哥对一个突然冒出来的女孩这么在意，猜测他会不会是一时兴起。

但是，当得知大哥这两年的改变全都是因为这个女孩后，他才终于认清她在大哥心中的分量。

林烟也不知道裴南絮为什么这么肯定。其实她还觉得奇怪，她跟裴聿城认识没多久，她一直以为裴聿城只是跟她玩玩的，到最后才发现，裴聿城比她想象中的还要认真。而她，才是随便玩玩的那个。想到这里，她心里难免有些发虚。

"对了，裴先生的身体怎么样了？"林烟急忙问。

"正在做全面的检测，这期间不可以有任何人打扰，检测的时间估计会比较长，所以，我哥让我安排司机，先送你回去休息。"

"确定没什么问题了？"

"检测结果还没出来，但是从仪器的数值上看，目前是很稳定的，不用担心。"

"冒昧问一句，裴先生到底得了什么病？"林烟迟疑地问道。

"这……我也解释不清楚……"裴南絮尽量用通俗易懂的方式解释道，"你可以理解成某种不可以受刺激的疾病，如果病人受到刺激，身体失控，就会有危险。"

听到裴南絮的话，林烟不经意地想起裴聿城之前的那个吻。

她对裴聿城的影响力……这么大？她真成灵丹妙药了？

"这样啊……"林烟下意识地觉得事情没有那么简单。要是真像裴南絮说的那么轻松，那他们听到手表响时，就不会是一副世界末日、天要塌下来的表情了。

无论如何，事情总算是都解决了。

林烟跟裴南絮聊完，确定裴聿城已经没有大碍之后，才让司机将她送到了外公那边。

她担心母亲一个人在外公那边又会被大舅他们欺负。去之前，林烟特地去附近的商场给外公买了点东西，而后拎着大包小包进了老宅。

此刻，外公贺定坤等人坐在大厅，母亲贺暮云也在这里。

"烟姐，你来了。"眼见林烟走了进来，二表弟贺乐风快步走上前，一把接过了林烟手里的大包小包。

"你们来做什么？"大表哥贺明凯瞥了林烟一眼，又朝着不远处的贺暮云看去，冷笑道，"车队明天一早就要进行淘汰赛，有些人什么都不懂，还非要来凑个热闹。"

"明凯哥，别那么说……"贺乐风眉头微蹙，看向贺明凯，轻声说道。

"别那么说？"贺明凯瞥了贺乐风一眼，冷声笑道，"那我应该怎么说？家里现在变成这个样子，是谁害的，你自己心里没点数吗？"

"明凯哥，这种事情也不能怪姑姑和烟姐啊，大家都不想的。而且，目前主要还是因为车队的实力不行……否则的话，也不会落到今天这样的田地。"贺乐风小声道。

忽然，大舅贺雄冷声道："小风，你个小孩子懂什么？你明凯哥说得不错，况且，如果不是资金出现问题，车队没有钱投入，以你明凯哥的实力，车队说不定早已经迈入国内二线，甚至是一线了。"

"爸，别跟他们说了，他们根本什么都不懂，尤其是这对母女，叫人见了就倒胃口。"贺明凯一脸嫌弃地说。

"好了！"老爷子贺定坤眉头深锁，满脸不悦。

见老爷子发怒，众人不敢再多说什么。

"对了，爷爷，爸，告诉你们一个好消息。"贺明凯的嘴角微微上扬，满脸骄傲。

"什么消息？"贺雄问道。

"就是疾飞车队的老板，裴宇堂。"贺明凯笑道，"我之前偶然认识了疾风车队的老板，经过几次的沟通，他答应明天来看我们车队的比赛，只要明天车队表现得稍微好一些，或许就能得到裴宇堂的投资。"

"裴宇堂？"贺雄一顿，"好像没听说过。"

贺乐风道："还是比较有实力的，疾风车队的赛车装备还算是一流的，只是赛车手不行，名次始终上不去。不过，这不重要，如果疾风车队的老板愿意投资的话，就算我们的车队输掉比赛，那也没什么关系了。"

"疾风车队，我倒是知道。"老爷子贺定坤看了贺明凯一眼，说道，"只不过，你确定疾风车队的老板明天会来观赛，还有意向要投资？"

"哈哈，爷爷，你就放心吧，我和疾风车队的老板关系不错，肯定没有什么问题，我可以保证。"贺明凯语气笃定地说。

"嗯。明凯，我还真没想到，你能把疾风车队的老板叫过来，这段时间你也辛苦了。"贺定坤看向贺明凯，点了点头。

"明凯，干得不错，你给我们长脸了。"贺雄看着贺明凯，神色欣慰地说。

随后，他瞥了一眼林烟和贺暮云，冷笑道："不像某些人，只会索取和坑害家人，没有一丝一毫的贡献，还　着脸当什么事都没发生过。"

此刻，林烟瞥了大舅贺雄和大表哥贺明凯一眼，却是连搭理两人的欲望也没有。

"吃饭吧。"外公贺定坤开口。

片刻后，在饭桌上，贺雄看向贺乐风，问道："小风，你之前说领航员的事情解决了，明天没问题吧？"

"应该没问题吧。"贺乐风的目光落在了林烟身上。

当即，林烟回给贺乐风一个放宽心的眼神。

"我说小风，什么叫应该没问题？场地赛如果没有领航员，那是不能上场的，即便能上场，你一个人这场地要怎么跑？这不是开玩笑吗！"贺雄眉头深锁地说。

"嗯，我知道，明天，领航员没问题的。"贺乐风点了点头。

"这个领航员到底是谁，你从外面请的？"贺明凯看向贺乐风问道。

一直以来，贺乐风因为不太会说话，加上场地赛的表现一直不怎么样，所以，几乎没有人愿意给他当领航员。前段时间，贺乐风的最后一位领航员也跑了。

"我之前和烟姐商量了，明天的场地淘汰赛，烟姐也会参加，我的领航员就让烟姐来做。"贺乐风沉思片刻后，回答道。

话音落下，在场众人都愣住了，连一直没有开口的贺暮云，神色也微微一变。

林烟要去担任领航员？

"小烟，你要做小风的领航员？"贺暮云看着林烟，神色诧异地问道。

闻声，林烟颔首，道："妈，我早和小风说好了。我也是家中的一分子，想为家里出点力。"

"那……小烟，你有把握吗？"贺暮云有些不确定地问。

领航员虽然不比赛车手位置重要，但对专业的要求更高，需要拥有超强的记忆力和分析能力，否则根本做不了领航员。

"妈，没事，我会尽力的。"林烟笑道。

不等贺暮云继续开口，大舅贺雄瞬间站起身来，怒视着林烟道："开什么国际玩笑，你来当领航员？你脑子没问题吧，你以为你是谁？"

"我算是明白了，什么家中的一分子，想为家里出点力，我看她们是想把这个家，把爷爷的车队彻底给毁了！"当即，贺明凯冷声笑道。

"大舅，明凯哥，烟姐既然说能担任领航员，那一定是有把握的。况且，如果没有领航员的话，我连一圈赛道都跑不下来。"一旁的贺乐风看向贺雄和贺明凯，叹息道。

"把握？小风，你的脑子被烧坏了吗？"贺雄瞥了一眼贺乐风，不屑地说道，"我听说她高中辍学后就去外地打工了，她懂什么赛车，她还真以为是坐在出租车副驾驶座呢？你知不知道这场淘汰赛意味着什么？"

不给贺乐风继续开口的机会，贺雄继续道："你明凯哥，好不容易才把疾风车队的老板裴宇堂请过来，为这个家做了多大贡献！她想干什么，想毁了车队？让疾风车队的老板认为我们什么都不懂，随便什么阿猫阿狗都敢换上去当领航员？"

"爸，我相信小烟。既然小烟说可以，那应该不会出什么问题。"一旁，贺暮云朝着老爷子贺定坤语气肯定地说道。

对于自己的女儿，贺暮云自然最是了解，即便林烟没有很高的领航员水准，但她自小记忆力就比较好，只要给她点时间去熟悉，勉强应付一下，应该没什么问题。

"爸，你也知道，小烟从小记忆力就比较强，而且，小风之前的领航员，也都是最初级的领航员，如果让小烟去熟悉一下赛道，就算比不过初级领航员，也能凑合吧。"贺暮云见贺定坤没说话，继续道。

"你懂什么！"贺雄狠狠地瞪了贺暮云一眼，"领航员是什么人都能当的？记忆力好有什么用，场地的分析能力呢？综合素质呢？你们以为是这在玩过家家？"

"真是个笑话。"贺明凯瞥了林烟一眼，"到底谁给她的勇气？真是林子大了，什么鸟都有。"

"够了！"不等林烟开口说话，老爷子贺定坤用力地拍了一下桌子。

当即，再无人开口说话。

"明天早上比赛就开始了，现在就算想给小风临时找一个领航员，也根本找不到，况且，这场比赛的重点不在小风身上，所以，就让小烟去当小风的领航员吧，就算是为了凑个人数。"贺定坤沉默片刻后，出声道。

很快，贺定坤的目光落在了贺明凯身上，道："明凯，明天的场地赛，你的责任重大，不管怎样，哪怕是输，也一定要在前三位到达终点！这样一来，疾风车队的老板或许还会投资。"

"前三……"

听到老爷子贺定坤说的话，贺明凯的面色有些为难，他的水准虽然还算不错，但要在前三位跑到场地终点，只怕有点困难。明天的淘汰赛，加上他们，一共有三支队伍，而三支队伍足足有十几辆车上场。

见贺明凯神色有异，贺定坤轻声叹了口气，道："明凯，你就尽力而为吧，让小风和剩下的几位上场的队员，全力辅助你，应该还是有希望的。"

"指望他们？"贺雄的目光落在林烟身上，当即发出一声不屑的冷笑。

"外公，我会尽力而为，和小风一起拿下这场淘汰赛。"林烟看向贺定坤，轻声道。

"好，不过，你和小风尽力辅助明凯就行，只要让明凯进入前三，那就算是输，也不至于输得那么难看了。"贺定坤道。

"外公，我知道了。"林烟点了点头。

这种比赛，林烟其实根本提不起一丝一毫的兴趣，如果不是看在外公的面子上，她根本不可能参加，更不可能去做什么领航员。但事已至此，保住外公的车队才是当务之急。

"哈哈，爷爷，你瞧瞧这外行人的口气，和小风一起拿下这场淘汰赛？我都想笑，这人啊，贵有自知之明，她连赛车是什么估摸着都不知道，把赛车当成出租车了。"贺明凯瞥了林烟一眼，不屑道。

闻言，林烟也没多说什么。的确，面对贺明凯这种层次的赛车手，她甚至连交谈的欲望也没有，他们之间，有的不是代沟，恐怕得是鸿沟。

"算了，明凯，爷爷都已经发话了，你明天专心跑自己的就行，即便是输了，那也不是你的问题，你就当她不存在，别影响自己的发挥。"一旁，贺雄朝着贺明凯道。

"爸，我明白，放心吧，明天我尽力而为。"贺明凯点了点头，笑道，"就算输了，只要能让疾风车队的老板裴宇堂看见我的实力，投资的事情也会有希望的。"

说话间，林烟的手机铃声突然响了起来。林烟取出手机，看了一眼来电显示——裴—熊孩子—三少。

林烟站起身，走出大厅，到院子里，接起了电话。

"喂，大嫂吗？"裴宇堂的声音从电话的另一头传出。

"怎么，你大哥又出什么问题了？"林烟的眉头微微蹙起。

"我大哥？"裴宇堂顿时一愣，旋即道，"没啊，我大哥好得很，专家正在给他做会诊，现在没什么问题！"

"那你有什么事？"林烟好奇地问道。

"大嫂，你怎么对我这么冷漠？你这样会伤害到我幼小的心灵的。"裴宇堂叹息道。

林烟有些无语。

打电话不都是有事情说吗，不直奔主题，她的套餐不包含免费通话时间，收费很贵的，好吗！

"大嫂，你还在吗？你说话啊！"裴宇堂急忙道。

"在在在，有什么事，你倒是说啊！"林烟略微有些无奈地答道。

"大嫂，那个贺家的车队就是你外公的车队吧？"裴宇堂问道。

"嗯，是的。"林烟道。

"那就好，我还怕之前是我搞错了呢。"裴宇堂道，"贺家车队基本上属于最末流的赛车队了，要钱没钱，要人没人，要啥没啥……"

"你到底想说什么？"林烟一脸懵，他打这个电话来，该不会就是为了吐槽外公的车队有多不堪吧？

"大嫂，我之前听说，贺家的车队明天要进行淘汰赛，我估计大嫂你肯定也会出现，毕竟，这贺家车队万一输了，那就要解散了！今天贺家车队的队员，就是那个贺明凯找到我，让我去观赛，我答应了。大嫂，你明天会出现吧？你要是不参赛，那还有什么意思，我肯定就不去了！"

搞了半天，原来是这么回事。之前她还纳闷，这裴宇堂怎么会看上贺家的车队。

"明天我会参赛的。"林烟沉默片刻后开口。

"大嫂，我知道了，我明天一定会提前到的，给你加油助威……和贺家进行淘汰赛的两个车队，连我的车队都不如，大嫂你用一根脚趾头都够虐他们了，肯定不需要加油，这完全就是王者虐废铁啊，不行，我要通知Z神他们，他们都想看你的比赛！"裴宇堂笑道。

"没事了吧，没事我挂了。"林烟说着挂了电话。

嘟嘟嘟嘟……

裴宇堂无言以对。

挂掉电话后，林烟回到了屋内。

大约半刻钟后，贺雄的电话忽然响起。

"什么？真的？！"贺雄接通电话后，顿时脸上浮现出难以置信的神色。

"好，我明白了，明天务必按照最高规格，好好招待！"贺雄正色道。

"爸，谁啊？"等贺雄挂掉电话后，贺明凯有些莫名地问道。

"老爷子，明凯，告诉你们一件不可思议的事情。"贺雄神色激动地说道，"你们知道，明天谁要过来看咱们的比赛吗？"

贺定坤道："直接说。"

"爸，是ZH1！"贺雄神色兴奋地说。

"你说……ZH1？"听闻贺雄所言，贺定坤的身躯为之一振。

ZH1，国内顶尖战队！贺定坤关注ZH1这个战队已经很多年了，他十分喜欢ZH1的队长Z神和木木等人。

"爸，真的假的，ZH1明天要来看我们比赛？"一时间，贺明凯也有些不敢相信。

前段时间，ZH1被疾风战队的老板请去参加一场友谊赛，就在那次，他还见过ZH1的几位队员，只可惜他没进场资格。

"等等。"贺定坤很快冷静了下来,重新看向贺雄,问道,"是哪个ZH1?"

"老爷子,还能是哪个ZH1战队,就是您一直关注、最喜欢的那个国内顶尖ZH1!"贺雄回道。

"ZH1怎么可能来观看我们的比赛?我们之间没有任何交集啊。"贺定坤的神色疑惑。

"哈哈,老爷子,疾风战队的老板裴宇堂是ZH1战队的赞助商之一,裴宇堂这次是看在我儿子、您孙子,贺明凯的面子上来的,ZH1肯定也是跟着裴宇堂一起来看明凯的!"贺雄急忙道。

闻言,贺明凯眸内浮现出一抹难以言喻的兴奋之色,顿时拍了拍桌子,说道:"我前一段时间还遇到过Z神,没想到,Z神明天能亲自来看我的场地赛!"

林烟满头黑线。

这对父子⋯⋯戏怎么这么多?ZH1,真是来看他们的吗?不过,裴宇堂的速度和效率未免也太快了,打电话的时候说要通知Z神,这才多久,ZH1居然就要来看比赛了。

当初和Speed的比赛结束后,Z神给她打过数次电话,但她一直在忙,没有接。其实林烟知道Z神想的是什么,他无非是想让她加入ZH1赛车队,只不过,她对ZH1赛车队,当真是一点兴趣也没有。

"ZH1⋯⋯明凯哥,你也太厉害了!"贺乐风一脸震惊地看向贺明凯。

ZH1代表着什么,身为赛车手的贺乐风自然清楚的。这种国内顶级的战队,别说专程为了某个人去观看比赛,就是想见他们一面都难如登天!

贺乐风没想到,贺明凯居然有这么大的本事,不仅把疾风车队的老板请来了,连ZH1都答应亲自到场!

因为太晚了,林烟便和母亲在老宅留宿了一晚。

这几天事情太多,林烟的脑袋都大了,晚上躺在床上怎么也睡不着,便披着衣服出了门。

老宅的不远处是一片近海,海滩上空空如也,四下无人。林烟吹着海风,心情这才稍稍平静了。

自从她被禁赛回国之后,发生了太多的事情,她所熟知的一切,早已经面目全非。

这辈子,不知道她还有没有希望重回赛场?

不过她现在最焦急的,还是弟弟的生死,她必须尽快找到那个实验室,找到弟弟,她要把幕后真凶揪出来,千刀万剐!

至于林书雅⋯⋯她当年之所以对林书雅那么好,也是因为她已经失去了最亲的弟弟，所以将所有的关心都倾注在了她唯一的妹妹林书雅身上。这些年遇到的这么多艰难，甚至是当年的绑架都没有击垮她，她却差点因为林书雅而堕入深渊。

好在，斩断了牵绊，她还可以重新开始。想到这里，林烟的脑海里不由得浮现出裴聿城温柔浅笑的脸……差点忘了，还有个更棘手的问题要解决，她得好好想想，到时候怎么跟裴聿城解释清楚。

林烟躺在柔软的海滩上，思绪渐渐飘远，一丝困意袭来。

"扑通……"

"咕噜咕噜咕噜！"

忽然，耳畔传来一阵怪异的声响，尤其是在这四下无人的深夜，简直令人头皮发麻。

闻声，林烟瞬间困意全无，警惕地朝着四周打探。只不过，四周空荡荡的，别说人了，就是连个鬼影都没看见。

"咕噜咕噜……"

然而，那诡异的声音却未散去，反而出现的频率越来越高。

林烟的鸡皮疙瘩起了一身。

借着月光，林烟的余光忽然扫到，海边……竟有几把钥匙！林烟连忙跑上前，盯着那些钥匙，心想，该不会是有人溺水了吧？

此刻，海面上还在不停地冒着泡泡。林烟来不及深想，连忙靠近岸边，伸手便朝着海里捞去。

大约过了几秒钟，林烟的手臂重重地往上一提。只见一个相貌俊俏的年轻男人，被林烟抓着头发从海里提了上来。

年轻男人被林烟提到半空，一双眸子死死地盯着林烟。

"你……没事吧？"林烟蹙眉问道。

"滚……滚……"男人开口。

林烟沉默了一下。

"不好意思，我还以为你溺水了……"林烟有些尴尬，旋即松开了手。

男人的身躯再次落入海里。

男人的双手不停地拍打着水面，断断续续地喊道："我……我……我是……刚才……不小心……滚……滚……滚下来了！"

终于将男人的话听完整，林烟大吃一惊，再次一把抓住男人的头发，将男人抓到了岸边。

"没事吧？"看着男人大口喘息，林烟问道。

"有……有……"

"我帮你打120！"林烟立即取出手机。

"有……有个……头的事！"男人愤愤道。

此刻，林烟看着眼前全身湿透的男人，神色有些古怪。她来到海滩后，根本没见到一个人，这男人是什么时候滚到海里去的？

林烟双臂环胸，托着下巴，看着男人，一脸沉思状。

"看……看……看我……做什么？"男人甩了甩身上的海水，朝着林烟问道。

"你什么时候滚到海里去的？"林烟问道。

"有……一个……一个小时了吧。"男人想了想，如实说道。

"一个小时？"

闻言，林烟蒙了一下。难怪自己来到这片海滩时没看见他。滚到海里一个小时了，怎么没把他淹死呢？

"没事就好。"

林烟打量了男人几眼，重新坐回了原处。

很快，男人跟了上来，看着林烟许久，眸内浮现出一抹古怪的神色。

"怎么了？"林烟眉头微蹙。

"你……你的……长相……有……有点……像……"男人盯着林烟，结结巴巴地开口。

"你认错人了！我不是！"

难道遇到黑粉了？林烟斩钉截铁地摇了摇头。这大晚上的，她没化妆，还披头散发的，这样都能认出她来？

"像……我以前认识的……一个……一个……变……变态！"男人回道。

林烟顿时满头黑线。

还不等林烟开口，男人的眸内却是闪过一抹寒光，朝着海滩的前方望去。

"帮……帮我个……忙……"男人急忙朝着林烟开口。

"滚。"林烟面无表情地瞥了男人一眼。

前一秒说她像个变态，后一秒又找她帮忙，刚才就不应该救他！

"别说你……见……见过我！"

男人说罢，在林烟诧异的目光下，"扑通"一声，又重新滚回了海中。

Part 4

SSS级体质者

　　林烟满脸莫名其妙，还不等她多想，数名身着黑色劲装的年轻男女，快步走到了此处，为首的男人正朝着四处打量。

　　"就在附近。"黑衣男人开口。

　　"刚才不是找过了吗？"另外一位女性面无表情道。

　　林烟不动声色地朝着几名年轻男女看去，思忖着，刚才那结巴，不会是为了躲他们，才故意滚到海里去的吧？不仅如此，为首的黑衣男人手中拿着的像是某种追踪器。

　　"你。"忽然之间，其中一个女人走到林烟身旁，冷声开口，"有没有在这附近看见一个结巴？"

　　说罢，女人取出一张相片，在林烟的眼前晃了晃。这相片中的男人，正是刚刚滚到海中的结巴。

　　"……没见过，我来这里有一会儿了，除了你们，没看到别人。"林烟沉思片刻后，摇了摇头道。

　　林烟虽然不清楚这些人和方才那个结巴有什么恩怨，但多一事不如少一事，而且本就与她没什么关系。

　　"没见过？"

　　年轻女性冷冷地打量着林烟，试图从林烟的眼中找出蛛丝马迹，可林烟的眸子平静得如同一口深井。

　　很快，年轻女性转身，未再继续与林烟对话。

　　"队长，应该没有。"年轻女性朝着为首的男人开口。

　　"有意思。"

　　男人并没有离开的打算，一双眸子直直地盯着林烟，嘴角微微上扬，勾勒出一丝冷漠的笑意。此刻，为首男人手中的追踪器，突然不停地传出刺耳的声响。

很快，男人缓步走至林烟身旁，并将手中的追踪器朝着林烟靠近。下一秒，追踪器的显示屏上出现了红色的光芒。

　　几乎在一瞬间，年轻男人身后的数人，迅速上前，彻底将林烟围了起来。

　　"不简单啊，A级体质。"男人盯着林烟，脸上的笑意不减，"就算是回收价的话，也不低了。"

　　"什么意思？"林烟看着眼前的数人，眉头微微蹙起，他们怎会知晓自己是A级体质？！

　　"意思就是，你很值钱。"男人舔了舔略微有些干燥的嘴唇，同时朝着一旁的年轻女性使了个眼色。

　　几乎没有任何的征兆，年轻女性一记掌刀挥下，正朝着林烟的颈处劈去。

　　"唰！"

　　只听一道破空声响起，这年轻女性的力道大得惊人，这一记掌刀下去，只怕是磐石都能被她劈碎。

　　电光石火间，林烟的身躯迅速朝着后方退了一步。旋即，一声闷响传来，年轻女性的一记掌刀劈空，仿佛连空气都为之一滞。林烟的瞳孔微缩，凭她的判断，眼前的这几人，绝不是普通人。

　　"看来，仪器真没什么问题，果然有效果，A级体质者。"看见林烟的躲闪后，为首男人脸上的笑意更浓了。

　　"你们是什么人？"林烟冷声道。

　　"嘘……"当即，为首的男人将食指放在嘴边，做出一个噤声的手势，轻轻笑道，"别着急，你会知道的。"

　　说罢，年轻女性再次对着林烟出手，招招来势汹汹，毫不留情。一时间，林烟的心中升起无名之火，她想好好地在海边吹风，本来心情还算不错，这下子全被这群人搅和了。

　　"砰！"

　　林烟一把握住年轻女性挥来的拳头。这女人的拳头上，套着一层钢圈指虎，杀伤力极强。

　　"你们到底是什么人？"林烟面无表情地盯着年轻女性，掌中发力，死死握住了女人的手臂。

　　感受到林烟的掌心力道，年轻女人眉头深锁，额头渗出一丝冷汗。

　　"滚。"

　　林烟一声冷喝，迅速上前半步，右腿的膝盖猛地上提，狠狠地撞在年轻女性的腹部上。而后，年轻女人自口中发出一声惊呼，整个人如同断线的风筝，横飞出十数米外后重重地摔落在了沙石上。

"A级的体质的确不错，难怪价格不低。"为首的男人瞥了一眼被林烟以膝撞飞的年轻女性后，目光重新落在林烟身上。

林烟刚欲开口，却见剩下的几个年轻男人瞬间有了动作，几人几乎同时朝着她袭去。

林烟的反应极快，瞬间了抓住了其中两人，以蛮力将两人狠狠地甩到了海里。下一秒，拳影闪过，林烟本能地用掌推挡。一道巨力自林烟的手掌传遍全身，只觉虎口发麻，险些裂开。

正当林烟后退时，为首的男人几乎是贴着林烟的面，迅速上前，一把扼住了林烟的脖子。

"A级虽然不错，但如何与S级抗衡？"男人盯着林烟，嘴角微微上扬。

随着男人的话音落下，林烟的眸内浮现出一抹寒光，问道："你也是从实验室出来的？"

"实验室？"听闻林烟所言，为首的男人冷笑道，"搞了半天，只是实验室出来的货，啧啧，真够廉价的。"

"少废话！我弟弟在哪？"一想到这些人可能跟弟弟的失踪有关，林烟有些失控。

"你弟弟？"为首的男人瞥了林烟一眼，"说什么傻话，我怎么知道谁是你弟弟？"

"不说实话吗……"几乎在一瞬间，林烟的额头浮现出一抹青筋，瞳孔略微朝外扩散。

"砰！"

当下，林烟一拳轰在男人的腹部。

男人的面容有些扭曲，身躯有些踉跄，迅速朝着后方退了几步。

"队长，她好像不是A级的……"此刻，一位年轻男人蹙眉开口。

为首的男人一声冷哼，道："级别越高，价格越高，用那个。"

随着男人话音落下，几名年轻男人纷纷取出巴掌大的气囊，并狠狠地朝着林烟掷去。处于半受控状态下的林烟，徒手将飞来的气囊劈碎。然而，气囊破碎之后，却形成了一个网状物，猝不及防之下，林烟被罩在其中。

下一秒，林烟只觉得自己好似被雷电击中，剧烈的痛感让林烟的意志力有些消散。

"哼，浪费我一个气囊。"为首的男人瞥了林烟一眼，嘴角扯出一丝怜悯的笑意。

此时此刻，难以言喻的痛楚，让置身网中的林烟无法动弹，她僵硬着身躯，甚至连动一动手指也无法做到。这是林烟有生以来首次感受到的自己无法忍受的痛。然而，伴随着这种痛楚，林烟的脑海中却浮现出一幅幅破碎不堪的画面，那些并不属于自己的画面。

她看见了弟弟、林跃通、母亲还有外公等人。不过，这些亲人看向自己时，却是满脸的惊惧之色。好像是在哀求她，放过他们……

陌生的实验室内，她看见自己满脸冷酷，眸底浮现着阴霾，好像……所有人都很怕她。

这些零零散散的画面，让林烟感到有些恐惧和陌生。

然而，正在此刻，画面陡然一变——竟是她与裴聿城相拥而眠的画面。随后，是无尽的争吵，甚至，隐约之间，她听见一道若有若无的声音，在呼唤着她——

"妈妈……"

很快，剧烈的痛楚让林烟再度清醒，方才脑海中所呈现出的画面像是幻觉。

林烟拼尽了全力，想要将这网状物甩掉，然而，身躯依然无法动弹。

与此同时，云间水庄。

裴宇堂盯着突然垂直倒地的裴聿城，口中的果汁喷了一地，赶紧一把将失去了意识的裴聿城扶住。

"大哥！你怎么了，大哥？！快来人！大哥晕倒了！"

海滩。

"她居然还在挣扎，到现在都没昏死吗？真够可怕的，我一定将你卖个好价钱。"为首的男人玩味地笑道。

为首的男人话音刚落，他手中的追踪器，忽然传出尖锐的警报声。

"嗯？"

见状，为首的男人顿时一愣。他手中的追踪定位器，的确有警报功能，他猎捕过太多的变异体质者，但从未有这种情况发生。即便是遇到高阶变异体质者，警报声也没有这样尖锐、频繁过。

"队长，怎么回事？"

另外几名年轻男子，看着为首男人手中的追踪器，满脸不解。

"不知道，出故障了吗？"为首男人的神色有一瞬间的疑惑。

"队……队长，你快看！"忽然，其中一名年轻男子指着警报器，满脸震惊。

为首的男子下意识地朝着警报器望去——警报器屏幕上原本的红色光芒，瞬间变了色！

"橙色？！"

眼见警报器从红色转为橙色，为首男人的面色顿时一变。

追踪器显示有许多颜色，对应着各种级别层次的变异体质者。红色为A级变异体质，橙色为S级变异体质，黄色为S+级，绿色为SS级，黑色为SSS级。

"队长，变成绿色了！"忽然，其中一人满脸骇然地大声喊道。

附近出现了SS级变异体质者？！

然而，当为首男人朝着显示器看去时，绿色却又在瞬间转化为黑色。

"SSS？！"见状，为首的男人虎躯一震，警惕地朝着四周打量。只不过，这片海滩上，除了他们，根本没有别人。

追踪器上的警报声，愈发强烈刺耳，仿佛是对末日降临的抗议和嘶吼。

"一定是出故障了。"

为首的男人眉头微微蹙起，怎么可能存在黑色SSS级变异体质者？！

"队长，你看那女人！"

闻声，为首的男人朝着林烟望去。

"怎么可能？！"

只见，"林烟"已经重新站了起来，电网持续发出强烈的电芒，并未失效。下一秒，"林烟"在众目睽睽之下，轻描淡写地将电网撕开，然后随手丢在了一旁。

"追踪器出了问题，连限制武器也出了问题。"为首的男人口中喃喃。

"队长，我去处理吧，她现在应该没多少战斗力了。"其中一名刀疤脸男人，朝着破网而出的"林烟"大步走去。

很快，刀疤脸男子走到"林烟"身旁，冷漠出声道："是你自己束手就擒，还是需要我动手？"

"林烟"站在原地，在自己的口袋里摸了摸，似在找什么。

"看来，你的确很倔强。"刀疤脸男子冷笑道。

"林烟"在口袋里摸索了片刻后，一双冷漠的眸子忽然盯上了刀疤脸男子。

"有火吗？""林烟"淡淡开口。

"找死！"刀疤脸男子被女孩淡漠的态度激怒，厉声一喝，抬手便朝着"林烟"轰去。

"砰！"

只听一声闷响，在众人难以置信的目光下，刀疤脸男子彻底昏死当场，然而，却无人见到"林烟"出手。

此刻，"林烟"一只手搭在已昏死的刀疤脸男子左肩处，另外一只手在刀疤脸男子的口袋里摸索。

很快，"林烟"从刀疤脸男子的口袋中取出了香烟和火。下一秒，"林烟"随手将刀疤脸男子甩进了不远处的海中。

"林烟"站在原地，随意地把玩着手中的打火机，旋即，"啪"的一声，黑夜中，火光燃起，香烟被点燃，烟雾在黑夜中缭绕。"林烟"站在原地，一双冰冷的眸子缓缓扫过在场众人。

但凡是与"林烟"双眸对视的男女，都下意识地移开了目光。不知为何，一股莫名的压力，让几人感到心跳加速，心中微凉。即便是为首的男人，对上"林烟"那一双冰冷彻骨、没有丝毫情感的冷漠眸子后，神色也有些不太自然。

此刻，为首的男人死死地盯着"林烟"，自口中传出一声冰冷的笑意："还真是小瞧你了，居然还有战斗力。"

"队长，速战速决吧，队伍中有人受伤了。"其中一名年轻男子看向刚被从海里捞起的刀疤脸，轻声开口。

"而且，我觉得这女人……哪里有些古怪，也不知道是不是我的错觉。"

"刚才追踪器警报提示，还有SSS体质者存在，说不定附近真有SSS出现，此地不宜久留。"

闻声，为首的男人沉思片刻后点了点头，旋即手臂朝着前方扬去。下一秒，"林烟"再次被众人围了起来。男人身上追踪器的警报声愈发刺耳，让人心烦意乱。男人看着追踪器，眉头轻蹙，随手将追踪器的电源关闭。

面对数人的围攻，"林烟"却是站在原地，没有丝毫动作，那神色，好似高高在上的"女神"俯视着一群跳梁小丑。

"一个A级体质者而已，竟然蔑视我们？！"其中一名年轻男性，被"林烟"那高高在上的冷傲之态弄得有些发毛，当即破口骂道。

"打断她的手脚，让她跪地求饶！"

"哈哈哈，手脚都被打断了，还怎么跪地求饶？"

"实在不行，匍匐在地求饶也行。"

然而，面对众人的讥讽，"林烟"却不为所动，右手依然自在地把玩着掌间的打火机。

"你真是找死！"

话音落下，数人瞬间朝着"林烟"挥拳攻去。这几人的拳头极重，一拳挥出，若被正面砸中，且不说血肉身躯，便是磐石都会被轰碎。

"唰！"

一直站在原地的"林烟"，忽地有了动作。"林烟"寸步未移，将掌中的打火机随意地弹了出去。

打火机弹出去的瞬间，好似离弦之箭，速度快到极致，在空中划出一道弧线。旋即，"砰"的一声轻响，冲在最前方的年轻男人，被打火机砸中面门，几乎在同时，打火机炸开。打火机的碎片扎入了年轻男人的皮肉内，而打火机附带的冲击力，生生将年轻男人震飞至数米外。

"啊，我的脸！"

年轻男人目眦欲裂，凶狠地盯着"林烟"，若是目光能杀人，只怕"林烟"早就死了千万次。

当即，其余几人面面相觑，打火机也能如此伤人？

不幸中的万幸，还好那打火机是塑料质地的，若是铜铁材质……后果不堪设想。

"都一起上，不必再手下留情。"忽然，为首男人冷声下令道。

"嗖！"

伴随着男人的命令，下一秒，其中一名年轻女性，朝着"林烟"一拳轰出，力道之大，难以想象，这一拳挥在半空，竟有破风之声响起。

"林烟"瞥了那名挥拳而出的年轻女性一眼，未有任何动作。下一秒，年轻女性自口中发出一声惨叫，她的面容因承受着剧烈的痛苦呈现出扭曲状，首足对调，她一头撞在了沙滩上，昏了过去。

接着，只听到"扑通"声不绝于耳。数名年轻男女的身躯如同狂风中的纸片，纷纷被甩至海中。

"队长！"

情急之下，剩余的几人，急忙看向为首的男人。

话音刚落，男人冷笑一声，已是朝着"林烟"挥拳而出。然而，站在原地，从始至终一步未移的"林烟"，却只是伸出一根手指，挡在身前。

"哈哈哈……你真是……可爱！"

为首的男人见状，大声狂笑，眸底浮现出一抹嗜血的疯狂，一个A级体质者，用一根手指去挡S级体质者的全力一击？这与找死有什么区别？！

"轰隆！"

下一秒，海滩上传出惊人的闷响声。此时此刻，数名年轻男女看着"林烟"，瞳孔猛地一阵缩动。

为首男人脸上的笑意瞬间僵住，难以置信地看着眼前的"林烟"——这女人，不仅用一根手指挡住了他的全力一击，甚至还震得他全身发麻？！

"这不可能……"男人摇了摇头，满脸骇然，"骗人的吧？"

不给男人反应的机会，"林烟"用拇指和食指瞬间掐住他的脖颈，在男人惊恐的面容下，将其生生提到了半空。任由男人如何挣扎，也逃不掉。"林烟"的虎口之间，仿佛有一座大山，压得他喘不过气来。

"你……"

如今，为首的男人全身已经被冷汗浸透，看着眼前判若两人的女孩，眸内浮现出一抹畏惧感。

"不……不可能……A级……不可能！"

男人盯着"林烟"，情绪似是有些失控。眼前的女孩并未开口说话，整个人如同万年冰川，冷漠得让人无法呼吸。他明显能够感受到，"林烟"掌心的力道越来越惊人。几个呼吸的工夫，男人便已满脸涨红，旋即昏了过去。

下一秒，"林烟"将男人软绵绵的身躯推到一旁。

片刻后，"林烟"将燃尽的烟头掐灭，轻轻装入口袋，头也未回地离开了海滩。

"咕噜咕噜……"

等"林烟"离开后，结巴男子将双手伸出海面，扒着海滩爬了出来。

相貌俊俏的结巴男子朝着"林烟"离开的方向打量了许久。

"恶……恶人……自……自有……恶人……磨，碰……碰到……硬茬……茬子了吧！"结巴男瞥了一眼昏倒在地的男人，冷笑道。

此刻，"林烟"行走在不知名的小路上。很快，女孩的目光由冷漠化作迷茫，再到恢复清明。

林烟打了个激灵，下意识地朝着四周打量。当即，一脸茫然。

海滩呢？还有之前要抓自己的几名年轻男女也不见了踪影。

林烟眉头深蹙，难道自己又犯病了？

她的记忆，仅停留在自己被类似电网的东西缠住，然后，脑海中浮现出许多的混乱画面，之后的事情，她一点印象也没有了。

此处距离海滩并不算很远，林烟朝着四处望了望，这里是一条小路，平日里很少有人出没，尤其到了夜间。

很快，林烟感觉脑袋有些眩晕，于是顾不得形象，随处找了个地方坐了下来。不知道为什么，她总觉得自己身上软绵绵的，好像所有的力气都被抽光了，不仅如此，脑袋晕乎乎的，还生疼，就好像喝醉酒了一般。之前到底发生了什么，她想了许久都未能记起一丝一毫来。

海滩处。

此刻，那几个年轻男女耗尽所有力气，才从海中爬了上来。众人全身湿漉漉的，面色惨白，身躯不由自主地微微颤抖着，为首的那个男人已经苏醒，眸内满是惊恐。

之前，"林烟"所做的一切，已经完全超出他们所能够理解的范围。区区一个A级体质者，怎么可能会如此的可怕？

"队长，通知上面吧……刚才那女人太恐怖了，绝对不是我们能够处理的！"其中一名年轻女性，朝着为首男人建议道。

"她居然放过我们了，太不可思议了，我原本以为，我今天必死无疑……"刀疤脸男子想起之前的经历便不寒而栗。

"怎么可能会有这么恐怖的女人，她不是A级体质吗？"为首的男人面色阴沉，咬牙切齿道。

"通报上层！"片刻后，为首男人冷声喝道。

"队长，咱们先走吧，等下那女人要是回来……咱们就太危险了！"

"我知道一条小路，咱们绕路走，真倒霉，遇到个变态怪物！"

说罢，几人搀扶着男人，摇摇晃晃地朝着小路走去。

走了没多久，刀疤脸男子就见有个人正坐在路中央，歪着脑袋，好似在思考什么。

"滚开！"刀疤脸男子心情本就不好，见有人坐在路中央拦着路，随口骂道。

不知道发生了什么的林烟，被刀疤脸男子一声怒喝拉回了现实，她下意识地转身，朝着刀疤脸男子看去。

就在林烟转头的一瞬间，刀疤脸男子也借着月光，看清了林烟的脸。

"嘶！"

几乎是一瞬间，刀疤脸男子倒吸了一口凉气，双足逆行退了数步，直至一个跟跄，跌坐在地。而林烟看清这一伙全身湿漉漉，身上还滴着水的年轻男女后，本能地反应也是一愣，旋即站起身，眸底满是戒备。

这伙人，究竟是什么来头，这般阴魂不散，自己走到哪他们就追到哪？

"你你你……你……是你！"刀疤脸男子满脸惊恐地指着林烟，双手撑着地面，双腿前蹬，朝着后方爬去，恨不得爹妈给自己多生几条腿。

"阴魂不散！"

林烟眸内寒光微闪，整个人飞速掠过，抬起一脚便狠狠地甩在了刀疤脸男子的面门上。当即，刀疤脸男子被林烟一脚踹飞，整个人好似一团陀螺，直接滚到了为首男人的脚边。

来不及喊痛，刀疤脸男子惊恐地朝着众人急呼道："快跑啊，那女人故意在这里拦我们，她要杀我们！"

"啊？"

随着刀疤脸男子话音落下，包括为首男子在内的众人面色皆是一变。当即，众人顺着刀疤脸男子的目光朝着前方望去。

"别过来！你别过来啊！"刀疤脸男子盯着火气腾腾的林烟，满脸惊惧。

林烟无语了。

什么情况？她又不是他们这么多人的对手，该怕、该跑的不是她吗？

按照逻辑推算，难道不是这些人四处寻找她，要继续抓她？

更让林烟无法理解的是，此刻的这些人，看见自己，就像见鬼了一样。

愤怒、羞耻、惊惧、恐慌……这些人脸上的神色复杂，像是打翻了的五味瓶。

林烟神色古怪，试探性地朝着前方走去。结果，林烟前进一步，那几名年轻男女便后退几步。

"你干什么，你想怎么样？"其中一名年轻女性，看着林烟上前，尖声叫道。

"你们到底想如何？"林烟看向前方的众人，冷声喝道。

她压根就不认识他们，他们却先对她出手，还拿电网电她，差点没将她电死。虽说林烟无法记起后面究竟发生了什么事，但也有可能是因为电网的关系，自己完全失控，从电网里逃了出去。她没想到的是，这些人居然又追了上来。她有那么值钱吗？

此刻，众人一个个像吃了苍蝇一样恶心。在海滩上，把他们在场的每个人都打得半死，还差点要他们命的，难道不是她？现在又在这个鬼地方拦住他们的去路，不想给他们留下活路，这变态现在还问他们想怎样！

他们想怎样？他们想让自己爹妈再给他们生几条腿，让他们跑得快点行不行？

"别过来了！你要是再过来……我们就……不客气了！"刀疤脸男子额头冷汗溢出，看向林烟，大声喝道。

"客气？"

听闻刀疤脸所言，林烟笑了。他们对她客气过吗？

只是此刻，众人的表现让林烟实在有些摸不着头脑，之前凶狠无比、喊打喊杀，现在见到自己却像见了阎王一样。难道，她之前真的没控制住，完全失控了？

"误会，你先站在那别动，对对对，就跟我们我们保持这个距离，我跟你解释一下，这全都是误会……"为首的男人看着面无表情的林烟，大声喊道。

"哦？"林烟盯着为首男人，冷声笑道，"你说说，有什么误会？"

虽说林烟并不知晓之前发生了什么，不过看这几人的态度，此刻似乎对自己十分畏惧。林烟心中也有些许疑惑，每次她完全失控，醒来后都会留有些许相关记忆，这次却完全没有任何的记忆，按照常理和经验来判断，不应该是她完全失控了才对。可如果不是完全失控，以这群人的能耐，尤其是那个为首的队长，为何都对她如此畏惧？

"其实……我们是找错人了，之前找的不是你……我们跟你道歉，你看行不行？"为首的男人盯着林烟，暗暗咬牙切齿，表面却是满面笑意。

"误会？"林烟眉头微蹙。

他是将她当成傻子吗？虽然之后发生了什么，她的记忆断层了，完全无法想起，但之前发生的事情，她可没忘记。这群人不是用什么定位器检测出她是A级体质，还要将她抓走换钱吗？

林烟心想：以这些人现在的状态，或许，她能够问出一些什么来。

为首的男人刚想说话，林烟不耐烦地问道："别跟我废话，我问你，我弟弟在哪？"

"啊？"

随着林烟话音落下，在场数人都是一愣。

她弟弟在哪？她弟弟到底是谁？

谁认识这个女怪物的弟弟啊！别说是她弟弟，就连她是谁，他们都不知道好吗！

"女士，我们真不认识你弟弟，不仅不认识你弟弟，我们连你是谁都不知道。"为首的男人盯着林烟，急忙开口解释道。

这女人到底有多恐怖，他们已经领教过了，眼下他们只想保命而已。

"不认识我？"林烟一眼扫过为首的男子几人，冷笑道，"真当我傻吗？"

"不不不，您真的误会了，我们谁要是认识你弟弟，或者抓了你弟弟，我们谁就天打五雷轰！"刀疤脸男子急忙道。

"你们抓了我弟弟？"林烟神色顿时一变。

刀疤脸男子和为首的男人顿时无语。

这变态女人是选择性地听别人说话吗！谁抓她弟弟了？

"你们到底是谁？之前为何要攻击我？"林烟看着几人，继续追问。

"我们……"刀疤脸男子刚欲说话，可话至嘴边，面色微变，好似意识到了什么，连忙闭上了嘴。

"跑！"为首的男人盯着林烟，咬了咬牙，旋即朝着众人大声喊道。

刹那间，数名青年男女，动作一致地拔腿便朝着后方逃去。

见状，林烟本能地便要去追。然而，刚刚迈开双腿，却又觉得哪里不对。如果她真追上去，他们那么多人，还有电网，她也打不过啊！而且，她连那些人是谁都搞不清楚，贸然追上去，绝对不是理智之举。狗急了还跳墙，更何况是人呢？

无奈之下，林烟只能眼睁睁地看着那群人逃离了此处。

休息片刻后，林烟的脑袋终于清醒了许多，原本想取出手机看看时间，可口袋里除了手机之外……还有……林烟盯着被掐灭的半截烟头，陷入了沉思。

这烟头，的确是从自己口袋里面掏出来的，可她又不抽烟，口袋里面怎么会有烟头？

林烟神色古怪，却也没有深想，转身离开了此处。

回到老宅时，已是深夜时分。老宅的大厅只剩下表弟贺乐风一个人。

"烟姐，你去哪了，这么晚才回来？"贺乐风看向林烟，开口问道。

"去海滩吹了会儿风。"林烟朝着贺乐风轻声笑道。今晚的遭遇，林烟并不打算和任何人提及，也完全没有必要。

明日一早便是车队的淘汰赛，作为贺乐风的领航员，林烟可不想影响他的心情。

"小风，这么晚还不睡？"林烟看着贺乐风，开口问道。

"烟姐，我有点紧张。"贺乐风看向林烟，轻轻叹了口气。对于明天的淘汰赛，他没有一丝一毫的把握。

"没事，放轻松。"林烟朝着贺乐风笑道。

"唉……"贺乐风摇了摇头，"烟姐，你可能对赛车队不太了解，其实以我们贺家车队的实力，想要胜过明天比赛的两个车队，真的太难了！"

早在最初，贺家车队还有一些能够镇场子的赛车手和有些名气的领航员，大大小小的比赛，还能够拼一拼。然而，到了今时今日，那些领航员和赛车手，因为贺家车队的没落，早已经选择了离开，跳槽到其他车队。如今的贺家车队，根本不堪一击，只能算是垫底。

"小风，这还没比呢，结果如何，谁也难说，不是吗？"林烟看着贺乐风，开口笑道。

"烟姐，主要是我的能力太差了，而且心态也不是很好，很怕拖明凯哥的后腿，连累整个车队，如果车队到时候真的解散了……"贺乐风眉头紧锁地说道。

其实，对于贺乐风的担忧，林烟也能够理解。毕竟，明日一战，对贺家车队意义重大，如果输掉比赛，贺家车队很有可能就要被迫解散。

"对了，烟姐，这几天我都在看前两年的全球联赛。"忽然，贺乐风话锋一转，朝着大厅的电视看去。

此刻，大屏幕上正在重播着几年前的那场全球联赛，赛车驰骋而过。

"这是全球第二联赛。"林烟下意识开口。

闻声，贺乐风微微一愣："烟姐，你知道全球第二联赛？"

林烟点了点头，道："嗯……知道一点。"

"这场是浪蟒大神的成名战。"贺乐风笑道，"烟姐，你看，就是那辆红色的赛车，太帅了！浪蟒大神可是赛道死神Yeva的徒弟。"

"是挺厉害的。"林烟道。

"我听说，国外目前想拍一部以全球第二联赛为背景的赛车系列电影，主角就是浪蟒大神！"

"啊？"林烟神色诧异，"浪蟒去拍电影？"

"不是浪蟒大神拍电影，是男主以浪蟒为原型，现在就差赛道死神Yeva的选角了，好像是片方为了情怀，在最后的结局虚构了一场赛道死神Yeva和浪蟒的比赛，绝对值得期待，只可惜赛道死神Yeva的人选，到现在都没定下来。"贺乐风道。

林烟坐在沙发上，咬了口苹果，看着神色略微激动的贺乐风，有些懵。

国外正在筹备这种系列的电影？她怎么不知道？

按照贺乐风说的，这部电影的主角是浪蟒，而赛道死神Yeva的角色只是作为最后的噱头呈现，在巅峰之赛的赛场上，赛道死神Yeva现身，与自己的徒弟浪蟒比了一场。

可就算如此，片方也应该通知赛道死神Yeva本人吧！不过仔细想想，她都已经被禁赛了，就算是片方想要找她，又该从哪里找起？

林烟心想，一定是浪蟒擅自做主，答应了片方，同意他和傅赛道死神Yeva的原型选角，并且拍摄电影。只不过，打着情怀的旗号是几个意思？她还没死呢。

瞬间，林烟就脑补出一个场景——

巅峰赛道上，浪蟒费尽九牛二虎之力，拿下了冠军。在赛道上，夕阳西落，浪蟒抱着头盔，神色落寞，想念起自己的师傅——赛道死神Yeva。斜阳播撒出余辉，赛道上金灿一片，浪蟒孤独朝着赛车走去。

就在这一瞬间，赛道死神Yeva出现了！

看到自己的师傅，浪蟒热泪盈眶。结果，两人就开始在巅峰赛道上进行对决。

林烟顿时无语。

怎么感觉……她还是死了？这都什么跟什么，千万别这么演啊！

再说了，谁能胜任赛道死神Yeva的角色？千万不能毁她形象！

正当林烟沉思之时，贺乐风拉了拉她的衣角："烟姐，快看！"

闻声，林烟朝着电视望去。此刻，屏幕上正是全球第一联赛的画面。一辆银色赛车疾速行驶而过，瞬间冲至终点。下一秒，全场沸腾。

"Yeva！"

"Yeva！"

"Yeva！"

所有观众在同一时间起立，看着这辆银色的卫冕之王。

此刻，林烟的眸内莫名地波动着。那是她的专属座驾"银色星空"！

很快，车门打开，穿着银色赛车服的赛道死神Yeva缓步从车内走出，朝着四面八方挥手致敬。

"太帅了！天哪，太帅了！"

忽然，贺乐风从沙发上一跃而起，眸内满是激动。

"烟姐，你看到没？这就是浪蟒大神的师傅，Yeva！不仅浪蟒大神，死亡屠夫也是Yeva的徒弟！"贺乐风激动道。

林烟说："知道了知道了，你别蹦了，等下沙发都散架了。"

"烟姐，在我的职业生涯中，我要是能和赛道死神Yeva……不，能和Yeva的任何一位徒弟跑一场，我都死而无憾！"贺乐风道。

"加油，总有一天，你的愿望会实现的。"林烟笑道。

贺乐风摇了摇头，道："太难了，像我们这种层次的，在人家眼中，连蝼蚁都不算。"

林烟起身，朝着贺乐风道："赶快休息去吧，保证明天精力充沛，如果明天真被淘汰了，让你和他们去跑一场，也没什么意思。"

说罢，林烟背对着贺乐风挥了挥手，朝着客房走去。

"烟姐……你等一下！"忽然，贺乐风叫住林烟。

此刻，贺乐风站在沙发上，目光落在屏幕中从银色星空中走出来的赛道死神Yeva，旋即又朝着林烟打量。反复看了多次，贺乐风的神色愈发古怪。

"奇怪……怎么感觉哪里有些不对……"贺乐风盯着林烟，口中喃喃自语。

"怎么了？"林烟有些莫名其妙地盯着贺乐风，他怎么叫住自己又不说话？

"烟姐，我也是刚刚才发现，你看看赛道死神Yeva，和你的身材是不是很像？除了比你稍微高一点之外，哪里都很像啊！"贺乐风朝着林烟开口。

林烟有些无语。比她……高一点？！

那是戴着头盔比较显高好吗！

如果摘掉头盔，她们何止身材像，连五官都长得一模一样呢！

"洗洗睡吧。"林烟叹了口气道，而后转身离开。

"唉，烟姐真的很像啊！"贺乐风的声音从后方传出。

Part5

请出示您的领航员执照

♥

躺在客房的大床上，林烟感慨万千。这些年发生的事情，实在是太多了。

林烟估摸着，自己的经历足够写成一本曲折离奇的书。尤其是今天，那个结巴，还有来追捕结巴的一群人，究竟是什么来头？他们和实验室有没有关系？对于这些问题，林烟仍毫无头绪。

其实，林烟在意的是，那队长当众说出要把她卖了换钱的话。如果他们是普通人，那无疑是人贩子。可那些人不是普通人，随身带着奇怪的仪器，竟然能够检测出自己的体质。

"会不会是赏金猎人？"林烟躺在床上，眉头微微蹙起。

翻来覆去，林烟最终打了一个电话，将今天的事情详细地说了一遍。

"你的猜测十分正确。"很快，一道声音从电话中传出，"其实，有很多类似这样的组织，专门以追捕变异体质者为业，而追捕的人本身也是变异体质者，他们上面的组织大多十分神秘，且关系网错综复杂，以后遇到这样的人，尽量远离。"

"那我弟弟会不会和他们有关？"林烟急忙问道。

"按照逻辑来推算的话，应该没有什么关联。"

挂断电话后，林烟躺在床上，不停地回想着今天所发生的一切。在被网状物限制后，她的脑海中，浮现出许多不属于自己记忆的画面，隐约之间，甚至听见一个哀怨的声音，叫自己妈妈……甚至，她还和裴聿城相拥而眠。想到此处，林烟不由得打了个寒战，一定是她的精神出问题了！

翌日，清晨时分。

林烟早早地起了床，母亲贺暮云已经准备好了早餐。

"小烟，刷牙洗脸，然后吃饭。"贺暮云取下围裙，朝着林烟道。

闻声，林烟点了点头，洗漱完毕后，来到饭桌边。

没多久，老爷子贺定坤和贺雄还有贺明凯几人，分别从房间里走了出来。

贺明凯瞥了林烟一眼，道："今天，如果你拖了我的后腿，这个家以后绝对容不下你们！"

不等林烟开口，贺雄走上前，冷声道："今天的比赛，国内顶尖的ZH1还有疾风车队的老板裴宇堂，可都是冲着明凯来的，别给明凯丢人现眼。"

"大哥，小烟不怎么懂赛车队的事，她也只是好心帮忙而已，你怎么能这样说？"贺暮云看向贺雄，蹙眉开口。

"不懂就老老实实在家待着，跑去赛道凑什么热闹？我告诉你们，这次国内顶尖的战队和赞助投资商都在，如果因为你们出了什么纰漏，我让你们吃不了兜着走！ZH1那种赛车队，还有裴宇堂，如果不是因为明凯，他们会关注这种小比赛？还亲自来给明凯助威？"

见贺暮云不说话，贺雄冷笑道："明凯给这个家、车队，带来了这么大的荣耀和希望，到了赛道上，一切都得听明凯的！"

"爸，你犯得着和她们说这么多吗，她们懂什么？"贺明凯瞥了林烟和贺暮云一眼，满脸不屑道。

"好了！吵什么！"忽然，老爷子贺定坤冷声喝道。

"爸，我说的都是事实，你看，这次如果不是因为明凯，ZH1还有那个疾风车队的老板裴宇堂，怎么可能会来关注咱们？"当即，贺雄朝着贺定坤小声道。

闻声，老爷子也没多说什么，目光却是落在了贺明凯身上。

片刻后，贺定坤朝着贺明凯道："小凯，这次你立了大功。在赛道上一定要好好表现，就算输了这场比赛，只要你表现得好，说不定还有机会进入ZH1这种顶尖赛车队。"

"爷爷，你放心吧！只要某些人不拖后腿，我不敢说能赢，但是，就算输也能输得漂亮。"贺明凯朝着贺定坤点了点头道。

此刻，林烟瞥了贺雄与贺明凯一眼，心想：这对父子，的确是搞不清楚状况。只是，林烟也懒得搭理他们，她这次的目的只有一个，保住外公的车队，至于其他的事情，她也没兴趣理会。

吃完早餐后，林烟与贺家一行人前往赛场。

这一次的赛道，和之前与Speed所比试的赛道完全不同。之前林烟与Speed比试的赛道是场地赛。

所谓场地赛，是在搭建好的赛车场里按指定的路线行驶。而非场地赛，却是在野外进行，路况十分复杂，这才体现出领航员的价值。

这次的比赛场地，是在郊区野外，场地很大，大多是山路的组合。

"B级的野外赛道……"看着四周的赛道场地，贺乐风神情有些不自然。

以往，贺乐风所跑的野外赛，大多是C级场地。B级场地虽说他也跑过几次，但每次都不是很理想，加上自己的领航员也不够专业，很容易有意外状况发生。

"你们给我记住。"此刻，贺雄带着贺明凯走了过来，冷声道，"等会儿比赛开始，你们就负责阻拦其他两队的赛车，让明凯能够始终跑在最前方，懂吗？"

林烟刚想说些什么，贺乐风却重重地点了点头，急忙回道："好，我和烟姐一定会尽力的，保证凯哥的行驶顺畅。"

林烟无语了。

"还有，她只是凑数的，你跑你自己的，别听她的，她什么都不懂。"贺雄瞥了一眼林烟。

贺乐风看向贺雄，轻声道："大伯，我和烟姐都会尽力而为的。"

等贺雄离开之后，林烟与贺乐风两人坐在一旁，看着贺家车队进行赛前检查。

"的确没什么好装备。"林烟瞥了几眼后，轻声说道。

贺乐风略微有些尴尬："烟姐，其实还行吧，虽然比不上那些大的赛车队，但基础的装备，该有的我们都有。"

林烟不禁扶额。要是连基础的装备都没有，还能上路吗？什么叫基础？

"烟姐，其实赛车除了装备之外，赛车手的判断和技术也很关键。"贺乐风道。

闻声，林烟微微一笑，除了辅助性的装备之外，最主要的就是赛车，但是能够达到赛车标准的车，再差又能差到哪去？只要不是装备悬殊，技术足以弥补。

"小风，小烟，下来。"

片刻后，老爷子贺定坤朝着林烟喊道。

闻声，林烟与贺乐风点了点头，同时起身，朝着备赛场走去。

"小风，赛车服。"

老爷子贺定坤将一套银色的赛车服递给贺乐风。

"耐燃赛车鞋，耐燃面罩，耐燃手套，还有头盔，自己检查一下，然后给小烟一套。"贺定坤道。

"爷爷，我知道了。"贺乐风蹲在一旁，仔细检查着赛车装备。

确认无误后，贺乐风将银色赛车服穿在自己身上，旋即看向林烟："烟姐，之前我那个领航员是个男的，估计他的装备你用不了，前几天专门给你定制了一套，我等会儿去车上拿给你。"

"好。"林烟点了点头。

很快，林烟的目光落在贺乐风已经套在身上的赛车服，眸内浮现出一抹古怪之色。

"小风，咱们的赛车服，我怎么看着有些眼熟？"林烟开口问道。

贺家车队的赛车服，除了队标不同，款式颜色都和她曾经的赛车服相差无几，如果不仔细辨别，很容易认错。

听闻林烟此言，贺乐风却是笑道："烟姐，你看着肯定觉得熟悉，你昨天晚上还见过呢。"

"昨晚还见过？"林烟神色有些莫名。

"对啊。"贺乐风点了点头，解释道，"昨晚我们不是一起看了赛车录像吗？赛道死神Yeva穿的就是这样的赛车服。"

林烟无语了，她果然没有猜错。

"哈哈，烟姐，你不知道，其实我们的赛车服，在国内的塞车圈是很流行的，大大小小的赛车队，都喜欢这种银色赛车服。"贺乐风笑道。

对于国内的赛车圈，林烟还真不太了解。

"赛道死神Yeva自从蝉联几届的全球第一联赛冠军后，这种银色的赛车服就流行起来了，包括赛道死神Yeva的几个徒弟，他们之后用的全是银色赛车服。"贺乐风解释道。

"废话说完了没？"还不等林烟开口，贺雄和贺明凯两人大步走上前。

"她就是个充数的，能懂什么？浪费时间，赶快检查自己的车去。"贺雄不耐烦地挥手道。

听闻贺雄的话，贺乐风一拍脑门，才发现自己光顾着聊天，险些忘记检查车况。

"烟姐，这辆银色的赛车就是我的座驾。"贺乐风站在银色赛车旁，朝着林烟笑道。

林烟顿时无语。

为什么这辆车的外形，也那么像自己的"银色星空"？

"小风，你们没有专业检查车况的人？"林烟看向贺乐风，很少见赛车手自己进行赛前车辆检查的。即便有，也是专业的人员进行检测后，赛车手再习惯性地检查一遍。

"以前有，不过因为资金问题，爷爷说，能省一点是一点。我们虽然不专业，但如果有问题，也能看出来。"贺乐风道。

林烟点了点头，如今贺家车队的确挺穷的。

"烟姐，你看这赛车也觉得眼熟吧？其实，爷爷是浪蟒大神还有车皇死亡屠夫的忠实粉丝，更是对赛道死神Yeva有一种狂热的崇拜，所以我们贺家车队的赛车也好，赛车服也罢，都跟赛道死神Yeva的很像。"贺乐风笑道。

"是吗？"林烟捏了捏下巴，她的影响力有那么大？连外公都是自己的忠实粉丝？

林烟也没想到，浪蟒和屠夫那几个熊孩子，如今的影响力会这么大。尤其是浪蟒，国外居然都以他为原型，开始制作电影了。

"烟姐，你看我这车怎么样？"贺乐风擦了擦脸上的汗，朝着林烟笑道。

闻声，林烟下意识地朝着贺乐风的银色座驾打量。

"想听实话还是假话？"林烟朝着贺乐风问道。

贺乐风一愣，显然没想到林烟会这么说，当即回道："要不先说个假话看看？"

"假话？"林烟轻声一笑，绕着贺乐风银色的座驾走了一圈，"你的座驾是贺家车队里最好的，尤其这发动机，近乎完美。"

贺乐风沉默了一下。

"那真话？"贺乐风继续道。

"什么破车。"林烟淡淡道。

"烟姐，其实还行吧！"贺乐风有些不太服气。

"贺家车队中，贺明凯的车最好，另外几辆稍有不如，你的车是最差的。"林烟直截了当道。

"明凯哥的技术最好，综合实力也是最强的，这也无可厚非。"贺乐风笑道。

"对了，烟姐，你要不要考虑加入我们贺家车队？我看烟姐你对赛车也挺感兴趣的。你要是有这方面的想法，我可以收你做徒弟，教你基础知识和技术。"不给林烟开口的机会，贺乐风继续笑道。

听闻贺乐风所言，林烟叹了口气，道："我可以考虑一下。"

"可惜，明凯哥对你成见很深，不然的话，让明凯哥教你，效果肯定是最好的。"贺乐风想了想道。

林烟顿时无语。

"对了，烟姐，你的装备。"说话间，贺乐风打开车门，将一套银色的赛车服递给了林烟。

当即，林烟接过银色赛车服，朝着贺乐风道了一声谢。不等林烟将赛车服套上，老爷子贺定坤又将林烟和贺乐风叫了过去。

"爷爷，怎么了？"贺乐风来到老爷子身旁，开口问道。

"小风，你们一起帮明凯检查下车况。"贺定坤道。

这一次，老爷子贺定坤对贺明凯所寄托的希望实在是太大了，所以，想要做到万无一失。

"好的。"贺乐风答应了下来，快步走到贺明凯身旁，对着贺明凯的车辆开始检查。

林烟站在一旁，闲来无事，目光落在了贺明凯的赛车上。

"小风，哥的车没什么问题吧？"贺明凯将手套脱下来，拍了拍手，朝着贺乐风道。

"嗯，没什么问题的，车况良好。"贺乐风点了点头。

"放心吧明凯，我都检查过了，没问题。"一旁，一位留着寸头的年轻男人笑道。

"行，没事就好。"老爷子贺定坤道。

一直不曾开口的林烟看向老爷子贺定坤，说："外公，他这辆车左后轮气压太高了，容易爆胎。"

"什么？"

随着林烟的话音落下，在场众人，包括贺乐风，都是一愣。

气压过高，容易爆胎？怎么看出来的？

"你在胡说什么？"留着寸头的年轻男人顿时一怒。

"乐风，这女人是谁啊？在这乱说什么！"寸头男人朝着贺乐风道。

"李哥，这是我表姐，林烟，她今天是我的领航员。"贺乐风解释道。

当下，贺乐风又朝着林烟介绍道："烟姐，这位是李荣哥，荣哥是明凯哥的领航员。"

"哦，反正左后胎的气压有点高，不信就算了。"林烟耸了耸肩，无奈道。

闻声，李荣黑着脸，打开车门，将仪表盘通电。

仪表盘上有气压显示。李荣看了一眼仪表盘，道："仪表盘显示正常。"

林烟说："那就是仪表盘坏了。"

"你给我闭嘴！"忽然，一旁的贺雄朝着林烟怒声呵斥，"什么也不懂，你在这里胡说什么！"

"等等，她是贺乐风的领航员？"李荣皱着眉头道，"她什么都不懂，怎么能当领航员，这等会儿不是害了贺乐风吗？"

"别管她，乐风的领航员之前跑了，她今天只是过来充数的。"贺雄满脸不耐烦地说。

李荣瞥了眼林烟，旋即摇了摇头。

"我只是提醒一下，信不信由你们。"林烟一耸双肩，她纯粹只是为了外公的车队着想。

林烟说罢，打了个哈欠，转身朝着贺乐风那辆银色的赛车走去，直接坐入副驾驶，开始换装。

正当此时，贺雄的电话响起，场外人员通知，ZH1赛队和疾风车队的老板裴宇堂来了。

"好，我知道了，把他们安排在贵宾休息厅，我跟明凯马上过去迎接！"

贺雄挂断电话后，与老爷子还有贺明凯一同朝着场外走去。

贵宾厅内。

Z神看向裴宇堂，有些不确定地问道："林烟小姐真的会参加这种场外赛？"

Z神之前接到裴宇堂的电话时便十分诧异，以林烟的水准，怎么可能看得上这种比赛？

"当然了。"裴宇堂急忙道，"贺家车队的老爷子是她外公，还有那个什么贺明凯，好像是她的大表哥。"

"林烟小姐的大表哥吗？"

ZH1的木木点了点头，道："原来，林烟小姐是出身赛车世家，难怪那么厉害，她那个表哥也应该挺厉害的吧。"

裴宇堂道："那我就不知道了，反正现在贺家车队处于垫底的水平，要真厉害，还能玩出这成绩来？估计都不怎么样，否则的话，这次也不用烟姐来救场。"

裴宇堂的话刚说完，贺雄、贺明凯等人恰好推门而入。

"欢迎！"见到ZH1全队和裴宇堂后，老爷子贺定坤兴奋地出声。贺定坤完全没想到，贺明凯有这么大的能耐，ZH1全队真的都来了。

"您好。"Z神上前，与贺定坤握手。

"诸位快坐。"贺定坤笑道。

闻声，裴宇堂等人点了点头，坐下身去。

"哈哈，您就是Z神吧，久仰大名，ZH1在咱们国内的名气太大了，你们的赛事，明凯经常去看的，没想到今天有幸见到本尊了！"贺雄连忙笑道。

"爸，我跟Z神还有堂少，都是老熟人了！"贺明凯道。

"熟人？"

木木和Z神等人都是一愣，他们好像根本不认识这个男人吧？

"他就是烟姐的表哥，叫什么贺明凯。"裴宇堂朝着Z神轻声附耳道。

"原来如此……"闻声，Z神微微颔首。

"今天，诸位为了明凯亲自过来，真是让我们贺家车队蓬荜生辉！Z神，您等会儿就看明凯的表现吧。"贺雄朝着Z神笑道。

"哦……哦，好的。"Z神的神色略微有些尴尬。

ZH1的其他队员也有些晕，他们是为了贺明凯亲自前来？

他们这次过来，明明是为了看林烟的表演……话虽如此，这贺明凯毕竟是林烟的表哥，他们自然不好多说什么。

"Z神，您应该看过我家明凯的比赛吧，您认为我家明凯有没有资格进入ZH1战队当替补？"很快，贺雄话锋一转，笑着问道。

Z神沉默了一下，他还真没看过。

"嗯……还可以，还可以。"Z神尴尬笑道。

说话间，贵宾室内的电视屏幕忽然打开。屏幕上出现了一整条野外赛道，是由无人机进行航拍并且实时传到贵宾室内的电视屏幕上的。Z神定睛一看，只见一辆银色的赛车旁，站着一位身着银色赛车服的女孩，正是林烟。

"明凯，时间差不多了，我们先去赛场。"贺雄朝着贺明凯道。

闻声，贺明凯点了点头。

"几位就先在这里休息、看比赛，明凯他们先去比赛了。"贺定坤笑道。

"好的，你们先忙。"木木领首道。

等几人离开之后，木木蹙眉道："不对啊，林烟小姐这次好像不是赛车手？"

"难道是领航员？"Z神也是微微一愣。

"不会吧，怎么回事？"裴宇堂神色诧异，怎么跟他预想的不一样？

"那小孩是贺乐风吧，贺家车队技术最差的一个，烟姐给她当领航员？"裴宇堂一脸懵。

此刻，ZH1全队与裴宇堂都陷入了沉默，这贺家车队的人都是傻子吗？

不让她当赛车手，让她去当领航员？林烟技术再好，当了领航员也发挥不了赛车实力，这场比赛要怎么赢？

很快，贺雄将贺明凯送回备赛场后，跟着父亲又返回贵宾室内。

见到老爷子与贺雄，Z神指了指屏幕里的林烟，神色古怪地问道："我想问下，她是那个贺乐风的领航员吗？"

贺定坤点了点头，道："是的。"

有了亲耳所闻，ZH1全员更加不懂了，这是什么比赛战术？

贺家车队的这场比赛，是淘汰赛，如果这场比赛输掉，贺家车队可能会面临解散。而且，贺家战队这场淘汰赛的两个对手，分别是老汤车队和闪电队。其中，老汤车队的综合能力最强，而贺家车队不止一次输给老汤车队，准确来说是从来没有赢过。

如果让林烟上场的话，赢这一场淘汰赛完全没有悬念。然而，贺家车队却是选择让林烟去当贺乐风的领航员，这是什么心态和想法？贺家车队……难道是奔着解散去的？

领航员和赛车手完全是两码事，就算林烟的实力再强，也不可能带贺家车队赢下这场淘汰赛吧？

"其实……"Z神看向贺定坤与贺雄两人，欲言又止。

"Z神想说什么吗？"贺定坤好奇地问道。

"嗯……我是这样认为的，赛车手与领航员完全是不同的概念，领航员需要一位专业度极高的专业人士去担任，所以，让她去做领航员……恐怕不太合适吧。"Z神善意地提醒道。

Z神的话音落下，贺雄回道："唉……Z神，你有所不知，我们也没办法，贺乐风的领航员前几天离开了贺家车队，我们临时抽不出人手来，只能随便找个人凑下人数。"

"啊？"闻言，裴宇堂一脸懵懂，随便找个人凑数？

"牛，实在是牛！佩服！"当即，裴宇堂对着贺雄竖起了大拇指。

随便找个人……就找了一个随随便便就虐了Speed战队数位队员的林烟，他们贺家车队怎么不上天呢？

"你们可能误会队长的意思了……"木木神色尴尬道。

Z神的意思是：林烟的实力过于强劲，不适合去做领航员，直接上场跑就能赢。而领航员就应该让一位专业的人士来担任，怎么能让主宰赛道输赢的赛车手去担任？这样的话，贺家车队不就是奔着解散去的吗？

"我知道Z神的意思，不过，请你们放心！"贺雄笑道，"这一场比赛是由我儿子贺明凯作为主力，贺乐风和那个凑数的领航员，只是作为辅助而已，不会有大问题的。"

裴宇堂和ZH1全员皆是无语。

"队长，这贺家车队的人，是不是脑子有什么问题？"趁着贺雄等人离开的间隙，某位ZH1的成员看向自家队长Z神，开口说道。

闻声，Z神的神色也有些古怪。让林烟去当领航员，的确玩得有些大。换做他们任何一个人上场，都可以赢下这场比赛，可如果让他们去当领航员，那便没了用武之地。赛车手不碰赛车，如何带队伍走向胜利？

"队长，等比赛结束之后，我们真的要和林烟小姐跑一场？"木木朝着Z神问道。

如果真去和林烟跑，那不是找虐吗？

听闻此言，Z神轻笑道："自然是有这样的打算，来之前我便已经决定了。"

"队长，这恐怕是自找没趣吧，连Speed都是林小姐的手下败将。"某位ZH1成员蹙眉道。

虽说他们今天没穿队服，就算是跑输了，也不会代表ZH1，可明明知道技不如人，还要去比，这不是自己给自己找不痛快吗？

"那也未必。"Z神摇了摇头，"据我们之前的了解，林烟小姐只是场地赛很厉害，这种场外赛却是我们比较擅长的，而且，就算输了，败在林烟小姐手下也不丢人。"

裴宇堂眸内光泽微闪，连忙站起身来，举手道："对对对，带我一个，我也想跑一圈！"

SHI全体成员无语。

此刻，备赛场上，老汤车队和另外一家赛车队都已到齐。

"哈哈，老爷子，来得挺早的。"老汤夹着个公文包，缓步走到贺定坤身旁，开口笑道。

见到老汤，贺定坤的面色微微一变，却也不愿搭理他。

"老爷子，您说说，这原本，我收了您的车队，您这边还能拿到一笔钱，也足够家里开销了。这么大年纪，都半截身子入土的人了，拿着钱去外面吃喝玩乐享享福多好！这比赛要是输了，车队被解散，您再被气着，多不好啊！"老汤见贺定坤不说话，继续笑道。

"你给我滚！"贺定坤气得全身微颤。

"哟，老爷子，瞧您这话说的，我也是好心，您看看您，一把年纪了，还这样没素质，真是坏人变老了。"老汤叹了口气。

不给老爷子开口的机会，老汤的目光忽然落在穿着赛车服的林烟身上，开口问道："等等，她是干吗的？"

"她是做什么的，与你有什么关系！"贺定坤怒声回道。

"呵呵，老爷子，这当然是有关系，您的车队是和我的车队比赛，我了解一下不为过吧？再说了，我之前可是听闻，贺乐风那小子的领航员都跑了，没有领航员，贺乐风可不能上场的。"老汤冷笑道。

"谁说我没领航员！"当下，贺乐风走上前，冷冷地看向老汤，旋即指向林烟，"她就是我的领航员。"

"她是你的领航员？"闻言，老汤盯着林烟，一副若有所思的样子。

然而，一旁的贺定坤却是面色微变，目光落在贺乐风的身上，眉头蹙起。

"哦……新领航员？"老汤盯着林烟，捏了捏下巴，旋即朝着林烟道，"小姑娘，来，把你的领航员执照拿给我看看。"

随着老汤的话音落下，贺定坤和贺乐风的面色都开始变得不自然。林烟只是他们临时拉过来凑人数的，哪里有什么领航员的执照。

像这种初级车赛，从来不会去检查领航员的执照。但也有规定，领航员必须有专业的领航员执照，如果没有执照，则不能够参加比赛。而且，贺定坤已经将林烟作为领航员的替补信息上报给了赛事方，如果老汤真的动真格，要追查林烟的领航员执照，贺家车队很可能因为这件事而被直接淘汰。

"你又不是赛事方，凭什么要求看我领航员的执照？"贺乐风朝着老汤喊道。

闻声，老汤点了点头，道："对，小风啊，还是你的脑子好用，我这就给赛事方打电话，让他们来查，谢谢你提醒我。"

说罢，老汤取出手机，给赛事方打电话。见状，贺乐风面色愈发难看，恨不得给自己几个巴掌，如果不是他一直乱说话，肯定不会发生这种事情。

一旁的林烟有些无语，像这种过家家的比赛，还需要专业的领航员执照？应该不会那么严格吧。

"你别太过分了！"贺定坤朝着老汤怒声喝道。

"过分？"老汤看向贺定坤，微微一笑，"老爷子，您瞧瞧，我是怕您老了、糊涂了，不遵守比赛规则，作弊。随便拉个人来滥竽充数，到时候出了事怎么办？我这也是为了您着想。"不给老爷子开口的机会，老汤继续笑道，"哟，老爷子，您别这么激动，该不会真被我说中了吧，她难道没有领航员的执照？"

贺定坤黑着一张脸，身躯微颤。

"老爷子，那麻烦可大了，她如果真没执照，你们就是公然违反了比赛的规定，那是要被禁赛的，应该没那么严重吧……啊？"老汤大声笑道。

此刻，贺乐风心急如焚，这个老汤，真像一只老狐狸！

"贺家车队的负责人在哪里？"

片刻后，赛事方几个工作人员来到现场询问。

"您好……"贺定坤朝着几个工作人员笑道。

"是这样的，有人举报，你们车队中有一位领航员没有执照。"一位工作人员开口，"那位领航员在哪里？"

"这里。"林烟挥了挥手道。

"您好，请出示您的领航员执照，如果没有的话，您无法以领航员的身份参加这场比赛。"工作人员面色严肃道。

林烟歪着脑袋，沉思片刻后，朝着工作人员道："那个……我要是说我没带的话，你会不会相信？"

其实，林烟说出这句话后，便有些后悔了，她自己都不信，更何况别人。

"哈哈，老爷子，要不要让你家领航员回去取了执照再来？"老汤看向贺定坤笑道。

贺定坤黑着脸，并未回击。

"女士，你到底有没有领航员执照？"工作人员正色道。

"有……还是没有啊？"林烟的目光落在了贺乐风的身上，她到底是应该有还是没有。

"烟姐，你……有吧？"贺乐风的脑袋有些空白，林烟的摇摆不定让他的头皮有些发麻。

"哦，那我有。"林烟一本正经道。

工作人员颔首："好的，那请你出示一下。"

林烟："我没带。"

工作人员和贺乐风皆是无语。

"你确定自己拥有领航员的执照是吗？"工作人员神色严肃地问道。

林烟卡壳了一下，她这时候应该说什么，有没有人教教她？

"好的，既然你确定有执照，就跟我们去下办公室，我们可以联网查询。"工作人员说道。

她也没说自己确定啊。无奈之下，林烟只能跟着几位工作人员去了办公区域。

此刻，办公室内。一个穿着职业装的年轻男人正坐在电脑前，林烟坐在他的对面。

"姓名。"工作人员道。

"林烟。"林烟叹了口气。

"稍等。"工作人员点了点头，开始查询。

片刻之后，工作人员的目光落在林烟身上，蹙眉道："女士，你并没有领航员的执照信息！"

将林烟带回来的几位工作人员，面色一变。她没有领航员执照，那就表示贺家车队违反了规则！

"这场比赛，贺家车队出局，至于违反的规定，做记录上报！"其中一位工作人员冷声道。

闻声，林烟急忙开口："别别别，别啊！"

"女士，你没有领航员执照，是绝对禁止参加任何有关于赛车的赛事的！"工作人员严肃道。

"我在国内的确是没有，但……我在国外有啊！"林烟道。

"国外？"工作人员冷声道，"小姐，只有全球联赛的领航员执照才能全球通用！所以，就算你拥有国外的领航员执照，在国内也是无效的。"

林烟点头道："我明白，我的领航员执照就是全球联赛的执照。"

随着林烟话音落下，坐在电脑前的工作人员口中的茶水险些喷出来。

全球联赛的领航员执照？这女孩莫不是受刺激了？她要是真有全球联赛的领航员执照，还来参加这种水准的比赛？

见几位工作人员的目光愈发凌厉，林烟也是满心无奈，其实，最初她是有国内领航员执照的，但后面因为没有审核就注销了，再加上自己后来又有了全球联赛的领航员执照，也就不需要国内的执照了，因此，林烟也没再管过这些事。而且，她是赛车手，又不是领航员。

"我真有，不信你们查吧。"林烟无奈道。

"行。"一旁的工作人员朝着电脑前的工作人员道，"查！我看她玩什么把戏！"

林烟点了点头，道："对，查查吧，应该还没过期……"

"明白了。"工作人员联网到全球联赛，旋即朝着林烟道，"将头部对准摄像头。"

经过一系列的面部识别后，工作人员道："我在全球联赛上，并没有查询到这位女士的相关领航员执照。"

话音落下，另外几位工作人员的目光，同时落在林烟身上。

"不会吧……"林烟神色诧异道，"不可能这么快过期啊……"

"女士，还有什么要说的吗？"其中一位工作人员已经有些不耐烦。

"有有有……"林烟蹙眉开口，"你查的是全球第几联赛啊？"

"全球第三联赛。"负责查询的工作人员回道。

林烟无语了。难怪查不到，她又没参加过全球第三联赛。

"要不……你往上查查，查查第二联赛、第一联赛什么的……"林烟笑道。

工作人员无语地看着她。

"全球第二联赛？"闻言，几位工作人员都笑了，这女人，脑子没问题吧？

"你到底有没有领航员执照？！"为首的工作人员厉声质问道。

"别生气，我真有，不信你们继续查。"林烟道。

"还全球第二联赛，你知道第二联赛是什么概念吗？"为首的工作人员冷笑开口，"你是在拖延时间吗？我告诉你，没用的，只要违反了规定，就一定会被处罚！"

林烟道："唉……先查了再说。"

"好，继续给她查！"为首的工作人员道。

林烟按照提示，继续将头部对准摄像头。

"没有查到这位女士全球第二联赛的领航员相关信息。"负责查询的工作人员道。

"那就查全球第一联赛吧，这回肯定是有的。"林烟尴尬地笑道。

自己最初参加全球第二联赛时，的确有全球第二联赛的领航员执照，只不过后来去了全球第一联赛，就没怎么关注过全球第二联赛，因为时间太长，所以全球第二联赛的执照应该是被注销了。但林烟可以保证，全球第一联赛的执照，绝对还在！

"全球第一联赛？！"随着林烟话音落下，为首的工作人员道，"查，给她查！"

"女士，请你继续对准摄像头，如果全球第一联赛的领航员执照信息也查不出，希望你可以如实交代贺家车队的情况。"负责查询的工作人员正色道。

"好的。"林烟点了点头。

林烟调整好姿势，目光看向摄像头。摄像头灯光一闪，负责查询的工作人员目光便落在了电脑屏幕上。

大约十几秒后，负责查询的工作人员瞳孔猛然一缩，脸上浮现出难以置信的神色。当即，这位工作人员摘下眼镜，揉了揉自己的双眸，然后重新戴上眼镜，仔细地盯着电脑屏幕，不多久，又朝着林烟望去。

"不……这……怎么……"负责查询的工作人员盯着林烟，身躯一颤。

工作人员很快收回目光，神色愕然，继续朝着电脑屏幕望去。电脑屏幕显示信息——

全球第一联赛：第一联赛执照，持有人"Yeva"，中文名：林烟。

Part6

赛道死神

♥

负责查询的工作人员此刻盯着电脑屏幕，脑中一片空白。

"怎么了？"很快，其中一位工作人员问道。

"查到了吗？"林烟也轻声问道。

"查……查到了……"坐在电脑前的工作人员，下意识地咽了咽口水，目光缓缓地落在林烟身上。

电脑屏幕上显示的Yeva的照片、姓名，还有长相，都和眼前这个女孩一模一样！

作为赛道死神Yeva的忠实粉丝，他自然知晓，Yeva从未公开露过面，而且Yeva的相貌，只有她那几个徒弟知晓。

"真有？"

当即，几位工作人员神色有些诡异，为首的工作人员快步朝着电脑走去。查询人员见状，几乎是下意识地用水杯挡住了林烟的照片和英文名"Yeva"。

很快，为首的工作人员的目光落在了电脑屏幕上。

"全球第一联赛执照，持有人中文姓名：林烟"。

当看到电脑屏幕上的这行字后，为首的工作人员神色一诧，惊讶地看向林烟。

"林……林小姐，您真有全球第一联赛的执照？！"工作人员难以置信道。

闻声，林烟这才松了口气，点头道："以前在国外待过，顺道考的。"

"顺道……"

听闻林烟所言，在场的几位工作人员面面相觑。这个女孩，竟然真有全球联赛执照，并且是全球第一联赛！

全球联赛，是赛车赛事的圣地，又分三个阶层。像国内顶尖车队，最多也就只能参加全球第三联赛，可即便如此，也已有了吹嘘的资本。这个女孩居然拥有全球第一联赛的执照！

等确定了林烟的执照资格后，坐在电脑前的查询人员毫不犹豫地将网站关闭，目光落在对面的林烟身上，心脏还在怦怦直跳。

怎么回事……怎么可能？这个女孩居然就是他的偶像！赛道死神Yeva！

为首的工作人员看着林烟，有些激动地问道："林小姐，您以领航员的身份参加过全球第一联赛吗？是给哪位赛车手领航的？"

"没有。"林烟摇了摇头。

"没有？"工作人员一愣。

"没有以领航员的身份参加过全球第一联赛。"林烟道。

一直以来，她都是以赛车手的身份参赛，领航员执照只是顺手考的，图个方便而已，她可从来没有以领航员的身份上过场。

"这……"

几位工作人员面面相觑，有全球第一联赛的执照，却没有实战比赛过？那这执照的含金量，未免有些不足。

"那，全球第二联赛，林烟小姐一定有过吧？方便告诉我们是和哪位赛车手合作吗？"为首的工作人员继续问道。

"也没有。"林烟耸了耸肩。

"那第三……"

"并没有。"

在场的工作人员皆是无语。

"所以，林烟小姐的意思是，只考了个全球第一联赛的领航员执照，但从来没有以领航员的身份，参加过全球三大联赛的赛事，是这样吗？"

"是的，从来没有。"林烟点了点头。

听闻林烟亲口承认，几位工作人员的神色，从激动到失望，也只在这一瞬间。

"林小姐，那您应该以领航员的身份，参加过许多顶尖车队的比赛吧？"

闻声，林烟摇了摇头，道："其实……这是我第一次以领航员的身份参加比赛。"

得到了林烟的回答后，为首人员的眸内浮现出一抹失望之色。

其实，能够考取全球第一联赛领航员执照的专业人士不在少数，但考到执照和上场比赛却完全是两回事。考取了全球第一联赛的领航员执照，代表其有参加全球第一联赛的资格，但这并不代表全球第一联赛就会要你。有资格和有能力并不相同。

在几位工作人员看来，只要参加过全球第一联赛，哪怕是第二联赛或者第三联赛的赛事，她的执照含金量都有巨大提升，只可惜，她什么比赛都没参加过。

但不管怎么样，眼前这个女孩，能够考取全球第一联赛的执照，放在国内，也属于顶尖的领航员人才了。

"林小姐，我给您一个建议，这是你的首战，我认为，您应该去找国内那些一线，或是顶尖的车队合作比赛，您的专业知识一定要配合一位专业级别的赛车手才能够发挥出来，贺家车队的贺乐风……你们完全不匹配，赛道上的输赢，决定权不在领航员手中，而是在于赛车手的把控。"为首的工作人员好心提醒道。

"是的，林小姐，你拿着全球第一联赛的执照，如果首战输掉……对你未来的职业生涯会有一定的影响，您现在退出这场比赛还来得及。"另外一位工作人员也连声附和。

他们还是第一次遇见拥有全球第一联赛领航员执照的专业领航员。可领航员再专业，配合的赛车手技术不行，那也是回天乏术，只能眼睁睁地输掉比赛。

任何一位专业的领航员，对于赛车手的选择，都是最为注重的。顶尖的领航员配上一位低级赛车手，这对组合未免让人觉得太可惜了。

领航员的作用，是帮助赛车手将水平发挥到极致，像贺乐风这种本身实力水平就有限的赛车手，就算发挥到极致了又能怎样？

"贺乐风是我表弟……"林烟有些尴尬道。

"表弟！原来是这样，难怪呢！"

几位工作人员这才明白，为什么林烟愿意给贺乐风当领航员。

但……哪有这么坑姐的？别说这女孩没有参加过任何比赛，就算是全球第一联赛赛场上的那些知名领航员亲自来了，也不能带贺家车队赢下比赛。

领航员就是海，赛车手是海中的游鱼。高段位的领航员配上高段位的赛车手，那就是大海和鲸的组合。

配上贺乐风？不好意思，那叫翻皮水。贺乐风就是一根海草，在大海里连个浪都翻不起来，还能指望他倒海？

这是林烟的家事，几位工作人员虽然为此感到惋惜，但也不好多说什么。

林烟叹了口气，她就当个领航员，怎么这么麻烦。

"林小姐，您可以去参加比赛了，给您带来的不便，我们感到很抱歉。"为首的工作人员对林烟的态度瞬间好转。

毕竟，眼前的女孩可是拥有全球第一联赛领航员执照的专业人才。

见几位工作人员离开，林烟从座位上起身，打算返回赛场。

"林小姐，请等一下！"林烟还没迈出几步，就被负责查询的工作人员叫住。

"啊，怎么了？"闻声，林烟停住脚步，有些不解地问道。

"您稍等！"工作人员朝着四处打量，确定无人之后，立即上前，一把将大门关了起来。

林烟愣住了，这有几个意思？

此刻，戴着眼镜的工作人员盯着林烟，神色激动道："您……您就是……赛道死神，Yeva！"

随着工作人员的话音落下，林烟的神色顿时一变。他是怎么知道的？

"我？"林烟笑了笑，道，"你认错人了吧。"

"林小姐……你有没有查询过自己全球第一联赛的执照信息？"工作人员激动地开口。

林烟下意识地摇了摇头，她之前在全球第一联赛拿了第二届冠军后，顺手考了一下，之后就再也没有关注过。

"林小姐，您的全球第一联赛领航员执照的信息上，有您的中文名……也有英文名……"工作人员看着林烟解释道。

话音落下，林烟一拍脑门。这么说，自己当年好像还真是以Yeva的名义去考的执照。

"不过，林小姐您放心，我是您的忠实粉丝！我知道您从来不在外界公开自己的相貌，所以，刚才我那几位同事过来查阅时，我帮您隐去了Yeva的身份！"工作人员道。

这位工作人员看着林烟，目光里充满了期待。

"啊，是这样吗？那真是太谢谢你了。"林烟朝着工作人员笑道。

随着林烟"谢谢"两个字说出口，工作人员激动得险些跳了起来，方才所做的一切，太值得了！

"偶像，您有浪蟒大神和屠夫大神的联系方式吗？"工作人员急忙问道。

林烟无语了。

"不对，啊，对不起，我太激动了！我是想要您的联系方式，我能请您吃饭吗？不不不……您能给我签个名吗？"说话之间，工作人员递给林烟一支笔，并快速跑去工作柜下面取出了自己的衣服，让林烟在他的衣服上签名。

片刻后，看着衣服上的"Yeva"字样，工作人员如获至宝，激动得手舞足蹈。

"偶像，您好像好久都没上场比赛了。当年您还说，会再次参加巅峰之赛的，什么时候啊？现在国外好多大论坛都说您可能被禁赛了，这绝对都是谣传！"工作人员激动地说道。

"哦，对了，您知道国内的一位明星吗？他叫卫徐风，也是您的超级铁杆粉丝，这场比赛卫徐风晚点也会过来看，如果让他知道……"

还没等眼前这位工作人员的话说完，林烟连忙做出一个噤声的手势。

"保密……保密……"林烟朝着工作人员道。

以卫徐风那个缠人的劲头，要是真被他知道了……

"对对对，保密！"工作人员重重点了点头。

当然了，他保密是保密，但如果别人看出来了，那可不关他的事。

"偶像，我有一个非常过分的要求……我能留您的联系方式吗？"工作人员盯着林烟，神色有些紧张。

他居然在和赛道死神Yeva面对面地交流，不仅如此，他甚至胆大到问赛道死神要联系方式！这个世界真的太疯狂了！

林烟随手写了个号码递给工作人员："有空请我吃饭啊，我要先去比赛了！"

林烟说完，头也没回地离开了办公场地。

看着手中的纸条，工作人员简直要幸福得昏过去了。他的偶像，真的给了他联系方式！

当即，工作人员取出手机，拨打了一通电话："喂，我要请假！啥，不给请？那你就当我旷工吧，我要去看今天的比赛！"

备赛场。

此刻，老爷子和贺乐风的面色都有些难看。

"烟姐？"

林烟终于晃晃悠悠地走了过来。

"没事了，正常比赛。"林烟道。

随着林烟话音落下，老爷子还有贺乐风都是一愣。一旁，老汤的面色似乎有些难看，没想到，这女孩真有领航员执照。但也没关系，就让贺家车队再跑最后一场。

"哎呀，你看这事闹的，差点引起误会。"老汤笑了笑，"行吧，那咱们也别浪费时间了，都抓紧点，比赛马上就要开始了。"说罢，老汤转身离开。

等老汤离开后，贺乐风这才松了口气，朝着林烟道："烟姐，刚才吓死我了！"

"小烟，你确定没问题了吗？"老爷子蹙眉看向林烟。

"外公，没问题。"林烟笑道。

"嗯，那我就放心了。"贺定坤点了点头，朝着贺乐风道，"赶快去把明凯叫过来，十分钟后上车！"

此时此刻，场外。

一辆超跑缓缓地停靠在了一旁。

卫徐风戴着墨镜和黑色口罩，缓缓地从车上走了下来。

卫徐风是公认的铁杆赛车迷，无论什么样的赛车队他都会关注，无论什么样的赛车比赛，只要有时间，他都会亲临现场观赛。

"来了。"很快，之前那位戴着眼镜的工作人员快步走了过来。

"你今天没上班？"卫徐风看着工作人员，奇怪道。

"我今天要旷工！"工作人员道。

"哦？之前不是嚷嚷着要为赛车行业奉献自己的一份心力，这么快就腻了？看来，体验生活也不容易。"卫徐风笑道。

"你懂什么，我这是旷工看比赛！"工作人员急忙道。

"你不是说，对这种级别的赛事毫无兴趣吗？"卫徐风瞥了工作人员一眼。

"唉，我对……你不知道……其实……"工作人员似是想说些什么，但最终还是闭上了嘴。

"怎么了？"卫徐风感到不解。

工作人员盯着卫徐风，欲言又止。

"祁邵元，老实说吧，我还不了解你，你能守住什么秘密？"卫徐风瞥了工作人员一眼。

"秘密，你知道什么叫秘密吗？不能说！我答应她了，打死我，我都不能说！"工作人员显得有些痛苦。

闻声，卫徐风眸内浮现出一抹诧异之色。

多年前，卫徐风和祁邵元相识于全球第一联赛的VIP贵宾席上。自那之后的每一届赛事，两人都是结伴而行。卫徐风对祁邵元再了解不过了，那一张嘴巴松得和棉裤带一样，别说旁人的秘密守不住，自己的秘密也从来没守住过。

"祁邵元……"

"别问，问就是没秘密！"祁邵元不等他说完，坚定地摇了摇头，"是兄弟就别逼我，这件事我要是跟你说了，我就再也没资格当小迷弟了！"

"神经病，当小蜜蜂去吧你。"卫徐风瞥了对方一眼，随即头也不回，关上车门后，大步朝着贵宾厅走去。

见状，祁邵元喊道："唉，等我一下，咱们一起看，我今天特意旷工……"

备赛场上。

三家赛车队已经准备就绪，贺家车队这边，贺明凯也已经归位，老爷子贺定坤正在确定战术。

"记住，你们所有人的任务一定是辅助明凯，阻拦别的赛车手超越他！"贺定坤道。

"尤其是小风你。"一旁的贺雄看向贺乐风，"你给我记住，她只是一个充数的，小风你等于没有领航员，所以，一定要更加仔细专心！"

闻言，贺乐风点了点头。

很快，贺雄冷冷地看向林烟："记住，在副驾驶座上不要跟小风说话，你爱干吗我管不着，可如果影响了小风的发挥，拖了明凯的后腿，我让你吃不了兜着走！"

听闻贺雄此言，林烟一声冷笑，刚想说些什么，身前的贺乐风却急忙道："大舅，你放心吧，烟姐不会影响我的！"

"最好是。"贺雄冷声道。

"别废话了，去初始点。"贺定坤道。

片刻后，一行人来到了初始点。

天空上方，有许多无人机正在进行航拍，因为是场外的越野赛，前方都是山路，所以没有观众席，只设有观赛厅，通过航拍进行现场直播。

"上车！"贺定坤道。

闻声，贺家车队的众人迅速进入车内。

林烟缓缓举起怀中的头盔，并戴在了头上。此时此刻，现场不少人的目光瞬间被林烟吸引过去。

银色的战衣，银色的头盔，银色的车……尤其是那身材，与众人记忆中的某个人，太过于相似。

几乎是一瞬间，贺定坤看着眼前的外孙女，神色一诧。他怎么从来没发现，自己的外孙女和他最喜欢的赛车手——赛道死神Yeva如此相似，尤其是戴上头盔后的林烟，和她简直太像了！

此时此刻，贵宾室内。

卫徐风进了房间，刚坐到座位上，目光就瞬间被电视里的直播画面吸引。

"这……"卫徐风的神色有些恍惚，他的目光落在电视上，眉头深深蹙起，眸内有一瞬间的疑惑。

"老大……"卫徐风口中喃喃。

"老大"是Yeva的粉丝对她的昵称。

"哈哈，怎么样，惊不惊喜，激不激动，兴不兴奋？"一旁，祁邵元一屁股坐在卫徐风身旁，开口笑道。

闻声，卫徐风转过头，瞥了一眼祁邵元，道："的确挺像老大的，可惜，太无聊。"

在国内外的赛车圈，都喜欢用银色作为配色，这已经十分常见，甚至许多赛车手会去模仿赛道死神Yeva的造型。

祁邵元顿时无语。

"这个人是谁？"卫徐风指着电视上的林烟，朝祁邵元问道。

祁邵元道："你说呢。"

"贺家车队的新人吗？"卫徐风问道。

祁邵元什么都不想说了。

他还能说什么？直接告诉卫徐风，你这个粉丝不合格，连赛道死神Yeva本尊都认不出来？

只不过，这真怪不得卫徐风，换做任何人，恐怕都不可能相信Yeva会亲临，还是参加这么低等级的赛事。

"算是吧。"最终，祁邵元叹了口气道，"贺家车队那个贺乐风的新领航员。"

卫徐风点了点头，也没多说什么，继续观看比赛。

"你说，老大为什么这么久都没消息了？下一届的全球第一联赛，老大该不会也不参加吧？"卫徐风没能安静两分钟，就再度朝着一旁的祁邵元开口。

"我怎么知道，说不定远在天边近在眼前呢！"祁邵元坐起身来，直视卫徐风。

"近在眼前？"卫徐风微微一愣，旋即蹙眉道，"你的意思……老大真是这的人？"

祁邵元无语了。他自认已经暗示得足够到位了。

"肯定是啊。"祁邵元点头道。

"那也不一定，或许是其他国家的人呢。"卫徐风道。

"我说是就是，如果不是的话我就一头撞死。"祁邵元有些激动地说道，"再说了，你不是见过老大吗？"

卫徐风叹了口气："唉，那时候老大戴着口罩，看不清啊……不过，说实话，我可以肯定，老大绝对是个绝世美女，而且，除了我，估计没别的粉丝见过老大真人了！"

"没人见过老大真人？"闻言，祁邵元一声冷笑，"呵呵……"

他不仅见过老大的真人，还见过老大的真面目，跟老大说过话，老大还让自己请她吃饭，并且他还帮了老大的忙，老大亲口对他道了谢！更甚者，老大给他留了联系方式！

"人比人，气死人啊，真可怜。"祁邵元盯着卫徐风，啧啧道。

卫徐风看着祁邵元笑道："你也别灰心，有的是机会。或许，哪一天你也能跟我一样，近距离接触老大，别自艾自怜了。"

祁邵元无语了。

他可怜的明明是卫徐风好不好？这个人到现在还搞不清状况。

可怜的不仅是卫徐风没见过老大的真面目，而且老大明明近在眼前，他却茫然不知。祁邵元想说个清楚，可自己答应过老大，不告诉任何人，心里憋得难受……他真的太难了。

祁邵元好想不管不顾地将一切说出来，然后指着卫徐风的脑袋嘲笑他。

可这是老大的秘密！

不行，他绝对不能说，打死都不能说……最多暗示！

"这场比赛，贺家肯定输了。"忽然，卫徐风话锋一转，朝着祁邵元道。

祁邵元微微一愣，旋即摇头道："别胡说，贺家绝对赢！"

闻声，卫徐风瞥了祁邵元一眼，冷笑道："老汤车队的实力最强，贺家车队从来没赢过他们，尤其在这个节骨眼，贺乐风这个拖油瓶还临时换了一位领航员，两人只怕都没开始磨合，贺家车队胜出的概率是零。"

作为知名骨灰级专业赛车赛事观众，如果连这一点都看不出来，那他这些年对各大赛队的赛事都白研究了。

"唉，要不这样，我们来打个赌怎么样？我赌贺家车队赢，如果我赢了，我要老大的签名照！"祁邵元急忙说道。

卫徐风珍藏了一张赛道死神Yeva的签名照，平日里放在家中供着，看都不给看一眼，祁邵元已经垂涎许久了。

"呵呵，跟我赌老大的签名照，行啊，你拿什么来赌？"卫徐风冷笑道。

"老大的签名衣！"祁邵元激动道。

"签名衣？！"卫徐风顿时一惊，诧异道，"你有？"

"废话！"祁邵元立即站起身来，走至卫徐风身旁，大拇指朝后微微一勾，"自己看！"

当即，卫徐风下意识地朝着祁邵元的背后望去——"Yeva"。

"肯定是假的！"卫徐风不假思索地冷笑道。

"你仔细看清楚，到底是不是老大的字迹！"祁邵元怒道。居然说老大给他的签名是假的，无法容忍！

于是，卫徐风重新朝着祁邵元的背部打量，大约几个呼吸之后，卫徐风的眉头忽然深深蹙起。

不是假的……的确是老大的字迹。

卫徐风有一张签名照，而且老大曾亲自在他身上写过签名，所以，他对赛道死神Yeva的字迹太熟悉了。

卫徐风忽然激动地从座位上站了起来，动手就要去扒祁邵元的衣服。

"干什么，要抢是不是？"祁邵元连忙转身，朝着后方退了几步。

"你从哪弄来的？！"卫徐风死死地盯着祁邵元，咬牙切齿地问道，眸内充满了妒忌。

他花了那么多钱，才在慈善晚宴上拍到一条项链，原本见到真人是有要签名的机会的，结果因为没纸，衣服材质也写不上去，只能签在腰上……后来他费了九牛二虎之力，才终于弄到一张签名照片，祁邵元这货倒好，居然不动声色地搞来一件签名衣！

不能忍……绝对不能忍！

而且，最让卫徐风觉得奇怪的是，以祁邵元的性格，如果他真有老大的签名衣，铁定早就拿着大喇叭满世界嚷嚷了，怎么可能隐忍至今才来炫耀？

"你小心点啊，喂，要是弄花了，我跟你玩菜刀！"祁邵元连忙将衣服脱了下来，看见签名没事，这才松了口气。刚签的，容易弄花！

"等下，你这个签名……怎么像是刚签的？"卫徐风神色古怪地问道。

"呵呵，要你管，是真的就行。"祁邵元傲然一笑。

"……你这一定是假的！冒充的，这墨都还没完全干透！"卫徐风咬牙切齿道。

"胡说，这可是老大亲手给我签的！对了，我再告诉你一个小秘密，我有老大的联系方式，怎么样，气不气？嫉不嫉妒？羡不羡慕？"祁邵元大声笑道，满脸得意之色。

"老大亲手给你签的？你还有联系方式？"此时此刻，卫徐风一脸的不可置信。

"怎么样？别说什么假的，字迹是真的，不信咱们去找专业机构鉴定。"祁邵元傲然道。

"你！"卫徐风眸底升腾起一片愤恨，看祁邵元的态度，不像在说假话。

"哈哈哈，无能的怒吼！"祁邵元重新回到座位上，跷着二郎腿抖个不停。

"你小子，肯定有什么事情瞒着我，快说！"卫徐风走到祁邵元身旁。

"哪有什么秘密，没有啊。"祁邵元摇了摇头。

"你方才说有老大的联系方式？到底怎么回事，你给我说清楚！不行，你把老大的联系方式给我！"卫徐风急忙道。

祁邵元的面色一变，这才想起来，自己刚才得意过头说漏了嘴，果然，他这大嘴巴子，真的保守不住什么秘密啊！

"快点给我老大的联系方式！"此刻，卫徐风的神色有些激动。

"哪……哪有啊，我刚才是吹牛的，我怎么可能有老大的联系方式？但这件签名衣是真的。"祁邵元喃喃道。

老大是他一个人的，他才不会告诉其他人老大的联系方式！

不，不对……主要是得守秘密，告诉他老大的联系方式，不就相当于把老大给卖了吗？嗯……他就是这么想的。

"就知道你没句实话，你怎么可能有老大的联系方式？"卫徐风冷笑道，重新回到座位。

不等祁邵元开口，卫徐风继续道："我和你赌了，如果这场比赛贺家车队能够胜出，我的签名照就归你了，但如果贺家车队输掉比赛，你身上的签名衣必须给我。"

闻声，祁邵元连忙点头："好，好啊！简直太好了！"

这次，他一定要卫徐风输得一把眼泪一把鼻涕。老大本尊就在贺家车队，虽然只是一个领航员，但他绝对不相信贺家车队会输，因为有赛道死神Yeva在啊！

"坐直了！"卫徐风见祁邵元准备躺下去，忽然冷声喊道。

祁邵元下意识地坐直了身子，一脸懵地看着卫徐风："干吗？"

"别把我的签名衣给弄花了。"卫徐风冷声道。

祁邵元狠狠地瞪了卫徐风一眼："我的！"

"很快就是我的了。"卫徐风冷笑道。

"小子，你会为你的狂妄和无知付出惨重代价的！"祁邵元咬牙道。

"少废话，衣服给我脱掉，好好包着，别弄脏了。这么珍贵的东西，谁让你穿在身上的？"卫徐风眉头深蹙。

祁邵元无语了。

他也不想穿，但这是他的战服好吗！他要为老大加油，不然他才舍不得穿！

祁邵元摸了摸鼻子，旋即摇头道："我凭啥脱，现在还是我的，我就得穿着。"

"我再问你一遍，你脱不脱？"卫徐风瞥了祁邵元一眼，他已经完全把这件衣服当成了自己的所有物。

"不脱不脱，就不脱！"祁邵元坚持道。

祁邵元的话音落下，卫徐风便站起身来，大步朝着祁邵元走去，冷声道："你不脱，行，我亲自帮你脱！"

"卫徐风，你住手……"

此时此刻，初始点。

"准备，上车！"

老爷子的话音落下，众人迅速进入赛车内。

林烟迈着步子走向副驾驶座，捣鼓了半天，硬是没将车门打开。见状，老爷子眉头微蹙，她连车门都不会开？

贺雄一声冷笑，道："真是丢人现眼。"

"烟姐，你这……"驾驶座内，贺乐风一脸无奈地看着林烟。

"帮我开门！"林烟面无表情道。

这种低级赛车的门，她还是第一次开。

贺乐风无奈地解开安全带，从车内帮林烟开了门，林烟这才弯腰进入车内。

贺乐风重新系好安全带，朝着林烟道："烟姐，安全带系好。"

一切准备就绪后，贺乐风有些紧张地握着方向盘，眼睛一眨不眨地盯着前方的号令旗。

"别紧张。"林烟朝着贺乐风鼓励道。

"烟姐……我没紧张！"贺乐风回道。

"脑门都出汗了。"林烟抽出一张纸巾，将贺乐风脸上的汗擦去。

身为一名赛车手，这还没开始跑呢，怎么就出汗了？

"将后视镜调整到九十度。"林烟提醒道。

"哦……对，差点忘了！"贺乐风急忙调整后视镜。

就在调整后视镜的同时，一声枪响，旋即，号令旗随风飘动。

"轰！"

几乎在一瞬间，所有的车辆冲出初始点，迅速地朝着前方疾行而去。

"糟糕！"贺乐风骂了一声，连忙踩下油门。

贺乐风原本起步便慢了一些，又加上本身水平有限，此刻成了三个车队中的倒数第一。

副驾驶座上的林烟心想：这技术，真的是要翻车了，不忍直视。

这场赛道全程是山路，路况十分复杂，贺乐风只能左顾右盼，不敢将速度提升到极致。

"油门踩到底。"林烟冷声道。

"啊……烟姐，你别乱指挥，很危险的！"贺乐风下意识开口。

"油门踩到底，别让我再说第二遍。"林烟喝道。

"烟姐……"贺乐风的目光落在林烟身上。

"别看我，看前方！"林烟蹙眉道。

"唉……"贺乐风叹了口气，只能猛踩油门，将速度提了上去。

片刻后，贺乐风所驾驶的车辆即将经过前方山路弯道。此刻，前方有一辆老汤车队的赛车，见到山路弯道，速度立刻降了下来。很快，贺乐风看见山路弯道，也下意识地减了油门。

"油门踩到底！"林烟冷声指挥道。

"烟姐，那是山路弯道啊！"贺乐风急忙开口。

"别废话，听我指挥，你只负责踩油门和控制方向。"林烟蹙眉道。

此刻的林烟，气场全变，与平时判若两人。

官方直播厅里，老爷子盯着屏幕上贺乐风的车辆情况，不由得叹息。

贺雄摇了摇头，道："爸，你也别怪小风，毕竟他没有领航员，跑到最后一名，他也着实没什么办法。"

贺定坤叹息一声，摇了摇头道："只有把希望寄托到另外几名队员身上了，希望他们能够辅助明凯甩掉其他队的车辆，一路畅通。"

对于贺乐风，老爷子已经完全失望了。

"爸，放心吧，明凯没问题的。"贺雄笑道。

3号贵宾厅。

此刻，ZH1全队都在盯着电视屏幕。

"贺乐风那小子，还真是扶不起来的阿斗啊！林小姐给他当领航员真是白瞎了，这场肯定是最后一名，没得跑。"

"可不是嘛，连起步都比别人晚，一路不敢提速，这还怎么追？我估计人家跑完两圈，他还在第一圈。"

"林小姐真是太可惜，技术再好的赛车手，遇到这种情况，也无力回天。"

木木笑了笑，说道："其实，这也没什么办法。毕竟，林烟是一位很优秀的赛车手，作为领航员，只能是配合辅助赛车手，赛车手的技术不行，领航员能有什么办法？"

2号贵宾厅。

卫徐风盯着电视屏幕，嘴角微微上扬，说道："现在贺家车队已经是垫底了，那个贺明凯速度最快，排名比较靠前，但贺明凯的前面，还有三辆车。"

祁邵元冷笑一声："急什么，你等着吧，贺乐风那辆车一定会发力的！"

"发力？"卫徐风白了祁邵元一眼，"最后一名，拿命发力？"

"我不管！我说他行，他就一定行！"祁邵元怒道。

卫徐风扶额。祁邵元这小子今天是不是有毛病？

Part7

这是她带过的最差的一位赛车手

♥

山路赛场。

贺乐风所驾驶的银色赛车，速度瞬间慢了下来。

"提速。"林烟喊道。

"烟姐，前面是山路弯道！"贺乐风急忙开口。

"我让你提速！"林烟冷冷地看向贺乐风。

如果他继续这样玩，不如直接认输得了。他可以技术不行，但不能不听话！

如果技术不行，话也不听，这场比赛输定了。

"好吧……"

不知为何，此刻的林烟，让贺乐风心中多少有些畏惧。

"轰！"

油门踩到底后，银色车辆的速度瞬间提升到了极致，朝着前方同在山路弯道的赛车追赶而去。

"烟姐，马上就是山路弯道了，很危险的！"理智让贺乐风不得不开口。

"听我指挥。"林烟淡漠出声。

当即，贺乐风叹了口气。也罢，反正他已经是最后一名，无所谓了。

大约十余秒后，贺乐风所驾驶的赛车，已经追上前方老汤车队的赛车。然而，老汤车队的赛车驾驶员，却是从车窗的位置伸出了左手，大拇指向下，似是在嘲讽贺乐风。

"超他。"林烟喊道。

"怎么超啊？"贺乐风蹙眉道。

"车辆靠山体，方向右打90度。"林烟发号施令。

"不管了，干他！"贺乐风咬了咬牙，按照林烟的指令行动。

眼见贺乐风所驾驶的银色赛车即将冲至山体，前方的赛车手迅速将赛车朝着右侧行驶，从而阻止贺乐风的超车。

贺家车队与老汤手底下的车队进行过多次比赛，对于贺乐风的风格，老汤车队的赛车手都有过研究。无论是赛车水平，还是赛车装备，贺乐风在贺家车队都属于垫底，但今日的风格，却是与以往大相径庭。

贺乐风平日在赛道上十分谨慎平稳，尤其是这种场外拉力赛，今日他却敢在山体的急转弯道超车，不由得让老汤家这位赛车手有些匪夷所思。只不过，他如何会让贺乐风这般轻易地超过去？

"不行……他不让我……"

此刻，贺乐风眉头深深蹙起，下意识地便要松开油门，放弃超车。

"继续。"林烟冷声道。

"啊……烟姐，继续的话，会撞到前面的车！"贺乐风急忙解释道。

身为赛车手，贺乐风自然是有自己的判断力，而这种情况下，根本没有任何条件超车。

林烟有些无语。她算是服了，怎么会有这么窝囊的赛车手？

这种靠近山体的间距，超过前车，根本连技术都算不上好吗？而且，前方那位老汤家的赛车手，水平也是菜得可以，这种阻拦的方式，根本闭着眼都能超过去的，没有一点技术含量。贺乐风这样畏首畏尾，成为低级赛车中垫底的选手，一点也不冤。

"如果你不想外公的车队解散就听我的，如果你觉得这场比赛输赢无所谓，你现在就可以靠边停车。"林烟看向贺乐风，目光阴冷。

"唉，烟姐……算我求求你，别再捣乱了，你又不懂赛车，按照你说的，很容易出事故。在这种山路上，一旦出事，都是大事故！"贺乐风蹙眉道。

林烟有些无奈地叹了口气。

如今，赛车的方向盘在贺乐风的手中，即便她的实力再强，没有方向盘的掌控权，加上贺乐风根本不听话，就算天王老子来了，也是徒劳无功。

这贺乐风完全就是扶不起来的阿斗，朽木不可雕啊！

林烟看着贺乐风，冷笑一声："小风，以你的水平，也难怪在这种赛事中垫底。"

听闻林烟所言，贺乐风微微一愣："烟姐，你这是什么意思……烟姐，你根本不懂赛车，我不能因为怄气去做那么危险的事情！"

闻声，林烟摇了摇头，说道："谈何怄气？前方那辆赛车对你这般侮辱，你都无动于衷？你再看看他，他所驾驶的车辆右侧，距离山体起码还有五米以上的距离，你的车宽多少，有五米？"

不等贺乐风开口，林烟轻声一笑，说道："罢了，赶快跑完这圈，你便放我下来吧，你姐坐不得这窝囊车。"

"烟姐，你……你怎么能这么说？你接触过赛车吗？你碰过赛车吗？明明什么都不懂，还胡乱指挥我！"贺乐风气不过。

"我一个没碰过赛车的人，都敢去超他，你敢吗？"林烟冷笑道。

闻言，贺乐风的怒火瞬间涌上心头："我有什么不敢的？！"

"你敢？那你超一个给我看看？"林烟瞥了贺乐风一眼。

"超就超！"

贺乐风咬了咬牙，"轰"的一声车鸣，油门瞬间踩到底，迅速朝着前方行驶而去。

前方的赛车手从后视镜见到贺乐风所驾驶的赛车猛追直上，神色微微一愣，他这是要在山体弯道超车？这贺乐风不怕死？！

当即，前方的赛车手一声冷笑，驾驶赛车继续朝着后侧山体靠近，贺乐风的方向盘往哪打，他所驾驶的赛车便往哪里移，他倒要看看，贺乐风如何能超过他？

"该死的！"贺乐风见状，骂了一声，前方车辆与山体的距离渐渐减少了。

以贺乐风的视觉来判断，如今，左侧与右侧，都没有超车条件，自己的方向盘往哪打，前方的车辆便往哪移动，这是把他给吃死了。

"真是冤家路窄！"贺乐风咬牙切齿道，"每次老汤车队都是让前面那个孙子堵我。"

"然后呢？"林烟问道。

"然后？哪有什么然后，每次起步他都比我快，在我前面堵我，我有什么办法？又超不过去。"贺乐风回道。

"不行，今天说什么都要超了他！"贺乐风咬牙道。

平常也就罢了，今天连一个不懂赛车的表姐都瞧不起自己，这怎么能忍！

虽说自己的能力不怎么样，但也不至于每次都是倒数第一吧？

贺乐风所驾驶的银色赛车速度极快，眨眼之间，便已接近前方的赛车。

"方向回正。"忽然，林烟开口。

"回正？"贺乐风一愣，"回正不是撞上去了？"

"起开！"林烟面无表情地一把抓住贺乐风的方向盘。

"别闹！"贺乐风顿时一惊。

被林烟从副驾驶座抓住方向盘的那一瞬间，贺乐风再也不敢移动方向盘，生怕出什么意外。

"烟姐，你干什么？快松手！"眼看着林烟坐在副驾驶座抢过方向盘后，竟是用左手在操控方向盘，贺乐风吓出了一身冷汗。

"离合！"林烟冷声道。

贺乐风下意识地踩下离合。

"刹车踩到底。"林烟继续道。

"这个速度，踩急刹车？"贺乐风诧异地看着林烟。

现在，方向盘被林烟的左手掌控着，贺乐风不敢移动方向盘分毫，生怕与方向盘的操作起了冲突，导致车身侧翻。

而且，就算踩下急刹车，也比让林烟拽着方向盘乱来好吧！

当即，贺乐风咬了咬牙，一把将刹车踩到底。

然而，下一秒，让贺乐风难以置信的是，在急刹车踩下去的瞬间，车辆却比直线还要平稳，稳稳地朝着前方移去——银色车辆呈现一个漂亮的180度侧边滑移！

"松刹，给油！"林烟道。

这一次，贺乐风听了林烟的话，立时将油门踩到底。

"唰！"

银色赛车的车头紧贴着山体，横向漂移而过，而且就在横向漂移的同时，顺带超越了前车。

"我……什么？！"

老汤赛车队原本挡在贺乐风前方的驾驶员，一脸懵地看着贺乐风所驾驶的银色车辆，呈现出一个惊艳的侧翼甩尾后，车头直接贴着山体就这样漂移了过去。而且，还顺带着超过了他所驾驶的车辆！

更离谱的是，此时此刻，那辆银色的赛车，仍在以极快的速度呈现着漂移的状态！这是如何做到的？

不对，这一幕有些眼熟，他好像曾经在哪里看见过？

VIP贵宾室。

"贺乐风那小子有这么牛？"

看着电视屏幕上的特写镜头，裴宇堂目瞪口呆。

"等一下，这……我看着怎么有点熟悉，好像在哪里见过？！"ZH1的队员神色惊诧，难以置信。

"车皇死亡屠夫的成名绝技……侧翼横漂？"Z神瞬间站起了身，难以置信地看着电视屏幕。

"这怎么可能！"

ZH1的一众队员面面相觑。

贺乐风是什么级别的赛车手，他们心中有数，仅凭贺乐风的水平，能玩出这种技术含量的侧翼横漂，简直是在开国际玩笑！

"巧合，一定是巧合，瞎猫碰到死耗子了。"某位ZH1队员说道。他绝对不相信，以贺乐风的水准，能够玩出这么漂亮的侧翼横漂来。

"这种水准的漂移，危险度极高，细节点也很多，尤其对于方向盘的精准把控程度，需要达到主宰级别，是对方向盘的把控精准到了能够彻底主宰的地步。否则，就算能够甩出这种侧翼横漂，也绝对不可能如此的完美。"Z神蹙眉分析道。

闻声，在场众人面面相觑。

此刻，似乎赛场官方人员也被贺乐风所驾驶的银色车辆惊艳到，甚至给出一个特写的慢镜头回放，加入了细致的现场解说。

解说员解说道："能够看出，贺家车队的这位选手所驾驶的银色车辆，竟然打出了一个侧翼横漂！简直太漂亮了，如果没看错的话，驾驶银色车辆的选手是贺家车队的贺乐风，及他的新领航员……贺乐风这位选手，我们并不陌生，之前的几场比赛，嗯……表现得中规中矩，但他今天的方向把控、油门、刹车及离合之间的完美转换与配合，简直做得太棒了！"

"不知大家看见没有？山体急转弯道大约有八十米，而贺乐风首先是被老汤车队的赛车手死死地挡住，贺乐风将车辆速度放慢，行驶了四十米左右的距离后，瞬间在五秒之内完成了侧翼横漂。这里有一个非常可怕的细节点，贺乐风这位选手是给足了油，然后才进行的侧翼横漂，在顺带超过了前方车辆后，以侧翼横漂完成了山体急转弯，这个距离，大概又有四十米。而在贺乐风完成山体急转弯的瞬间，银色车辆再次恢复直行……这个操作有没有很像上一届全球第一联赛上，车皇死亡屠夫逆袭帕神的那个经典成名动作！"

提及"上一届全球第一联赛"时，解说下意识笑了笑，似乎将贺乐风拿去与全球第一联赛的职业选手相比，有些可笑。

解说员继续说道："方才被贺乐风超越的老汤车队赛车手，大家也很熟悉了，张毅，上几场与贺乐风的排位几乎没怎么改变过，一个倒数第一，一个倒数第二。而这一次，看来，贺乐风是一雪前耻，摘掉了倒数第一的头衔，抢了张毅的倒数第二。就是不知道张毅会不会重新夺回自己这倒数第二的名次，好了，让我们拭目以待。"

2号贵宾厅。

卫徐风盯着电视上的特写慢镜头，神色惊诧。

老汤车队与贺家车队的比赛，他看过许多次，贺乐风是什么水平的赛车手，他心中一清二楚，这是他最瞧不上的一位赛车手。然而，贺乐风却做出如此漂亮的侧翼横漂！

这怎么可能？！

"哈哈哈。"一旁的祁邵元大笑，盯着卫徐风，"怎么样，我都说了，这一次贺家车队必胜，而这必胜的关键点，就是这个贺乐风了。"

卫徐风一声冷笑："巧合而已，就凭他，能靠着自己的技术独立完成这个侧翼横漂？"

对于贺乐风，卫徐风十分不屑。

"先不说这个……你看这个侧翼横漂，是不是觉得有些眼熟？"祁邵元轻声试探道。

"的确不陌生。"卫徐风点了点头。

"当然不陌生了，是死亡屠夫的成名动作。"祁邵元道。

"我想起来了，的确是这样，所以，一定是贺乐风误打误撞，这只是巧合罢了。"卫徐风道。

"你应该想想，死亡屠夫是谁的徒弟，他的成名动作，肯定是他师傅教的……"祁邵元疯狂暗示。

然而，卫徐风似乎未听懂祁邵元的暗示，蹙着眉头看向电视，口中喃喃："奇怪了……回放的详解过程不太像巧合，到底怎么回事？"

赛道上，赛车一脱离山体急转弯道，林烟便松开了握着方向盘的手，让贺乐风继续平稳行驶。

此刻，贺乐风一脸震撼地看向副驾驶座上的林烟。刚才发生了什么？他的脑袋有点晕。

"别看我，看路！"林烟蹙眉道。

这种场外赛道路况极为复杂，赛车的速度又快，贺乐风不看路况看人，是赛车手最大的禁忌。

"天呐，烟姐……刚才，我打出一个侧翼横漂，真的……侧翼横漂！"贺乐风神色激动，身躯都有些颤抖。

林烟没有理会贺乐风，面色专注地提醒道："保持左线，飞跳，进入4挡短右弯。"

林烟继续道："路变宽加速，行驶120米，飞跳，4挡左弯，半开油门通过。"

贺乐风乖乖地按照林烟说的去做了，结果发现，前方的路况与林烟说的一模一样。

做完一连串动作之后，贺乐风又超过了一个对手……

贺乐风神色震撼，烟姐不是说只混了个最低等级的领航员驾照而已吗？怎么会对一个完全陌生的赛道了如指掌？

要知道，在拉力赛、越野赛中，领航员都扮演着极为重要的角色，可以说是车手的第二双眼睛。如果领航员能够充分了解比赛线路中的各种状况，并且结合车手的自身状况，在比赛过程中精确地指导车手，车手可谓是如虎添翼。但是，这种级别的领航员实在是太少了，尤其是在国内，很多人甚至觉得领航员只是坐在副驾驶座上给车手读报纸的可有可无的存在。他在现实比赛中，还从来没遇到过这么专业的领航员！

如果硬要说有的话，那就是在电视上！在全球职业联赛的回放中，他见过！

"不对！"忽然，贺乐风好像意识到了什么，满脸震撼，"刚才那个侧翼横漂……根本不是我打出来的！"

贺乐风神色惊骇，盯着副驾驶座上一脸淡漠的林烟。

之前的山体急转弯道，他都是听林烟的命令在操作，首先是方向回正，然后踩下离合还有急刹车，最后是油给到底……每一步，每一个细节，现在想想，都跟他没有一丝一毫的关系！而且，最重要的是，那时候，林烟坐在副驾驶座上，目视前方，并且用左手握着他正前方的方向盘！

一切的动作，都是林烟完成的！

而他的作用，就只是踩了个刹车，给了个油，还都是林烟让他那么做的。

"烟姐，你……"贺乐风的脸上浮现出难以置信的的神色。

"别看我！"林烟有些不耐烦地瞥了贺乐风一眼，"看路！"

她都说多少遍了？从上车开始，贺乐风看了她多少次，这才是真正的找死！

林烟发誓，这个表弟贺乐风，是她带过的最差的一位赛车手，简直差到令人发指的地步，几乎就是烂泥扶不上墙了。当年死亡屠夫和浪蝶要是像贺乐风这样，林烟早就一脚把他们踹飞了。

林烟反复告诉自己：这是亲表弟，亲表弟……

"哦！"当即，贺乐风连连点头，目视前方，不敢继续看林烟了。

"烟姐，我刚才……不不，不是我……是烟姐你完成的侧翼横漂……到底是怎么做到的？太厉害了！"贺乐风的声音有些激动。

虽然这个侧翼横漂，跟他八竿子打不着，但起码他参与了，好歹他给了一脚刹车，还给了一脚油门！

林烟并没有搭理贺乐风，继续提醒道："入5挡长左弯，飞跳，行驶80米，4挡右弯，连4挡左弯，加速满油，保持直行线。"

"哦……"贺乐风急忙按照林烟所言进行操控。

"路变窄，入2挡，入3挡短右弯，半油，连4挡短左弯。"林烟目视前方，继续道。

贺乐风咽了咽口水，林烟的指令精准到了极致，这绝对是专业中的专业！这样的领航员，简直是所有赛车手梦寐以求的！

只是，贺乐风忽然意识到，凭自己的水准配这样的领航员，是不是暴殄天物，太浪费了？

"烟姐，你到底是什么来头？"贺乐风试探道。

"你不认识我？"林烟挑眉扫了他一眼。

"不是……我的意思是，唉，算了……我都不知道怎么说了，烟姐，你说怎么就怎么吧，我全听你的！"贺乐风急忙道。

在短短的时间内，仅因为林烟的领航作用，他凭着自己的驾驶能力，已经连续超过了前方的四辆车，其中包括三辆贺家车队的赛车，还有一辆老汤车队的赛车。

至此，老爷子才注意到了贺乐风所驾驶的车辆。

"冲到第四了？"

贺定坤神色诧异，有些不敢相信自己的眼睛。

贺乐风的赛车水平，贺定坤自然知晓，否则，也不会将车队综合性能最差的那辆赛车给贺乐风。

"小风的运气这么好？"一旁的贺雄道。

"应该是他后面的那些赛车出现了什么小问题。"贺定坤若有所思地说。

除此之外，想来也没有别的理由可以解释了。别说贺乐风没有专业领航员，就算有，以贺乐风的水平，能跑到第四，那都算得上是奇迹。

当下，贺乐风的前方还有三辆赛车，其中两辆是老汤车队的，还有一辆便是贺明凯的。

而贺明凯的车就在贺乐风正前方，此刻的第一名与第二名，全部都是老汤车队的赛车，并且即将跑完第一圈。

林烟看着前方的路况，不由得陷入了沉思。

贺乐风耽误了太长时间，在初始点，他的起步晚了许多，后来在山体急转弯道时犹豫不决，又耽误了许多时间。

如今的情况不太理想，除非贺乐风停车，换她上场，否则，就算贺乐风现在再听话，最多也只能够超越前方的贺明凯，想要取得第一，根本不太现实。

"烟姐，咱们要输了。"贺乐风叹了口气，有些无奈道。

贺明凯的车，距离他们还有一段距离。

之前，老爷子制定的战术，是让他们全力辅助贺明凯，阻挡一切想要超越贺明凯的车辆。

可是，现在贺明凯是第三，贺乐风是第四，再往后的车辆，已经追不上来，而主宰这场比赛胜败的，便只有老汤车队的第一名还有第二名。然而，第一名与第二名距离他们很远，追肯定是追不上的。他们更不可能将贺明凯送上第一。

这样看来，结局只有一个，这场比赛，贺家车队已经输了。

大约过了数十秒后，贺乐风驾驶着银色赛车已经跑完一圈，回到初始点了，而老汤车队的两位赛车手，早已经提前开始跑第二圈。

而且，能够很明显地看出，贺明凯的驾驶水平，与前方老汤车队的第一名和第二名有着不小的差距，指望贺明凯追上去，也不太现实。

"完了！"贺乐风的神色有些不甘。

"刹车。"忽然，坐在副驾驶座上的林烟，果断开口。

几乎是下意识地，贺乐风踩下了刹车，将银色的赛车停在了第一圈的初始点。

"烟姐，怎么了？"停下车后，贺乐风有些无法理解地看着林烟。

"在这里等着就行。"林烟面无表情地回道。

"啊？不跑了？"贺乐风一愣。

"别说话，听我指挥。"林烟道。

贺乐风本想说些什么，但最终还是点了点头，没有继续多言。

大约过了数分钟，之前被贺乐风甩掉的几辆老汤车队的赛车，又纷纷追了上来，虽不知贺乐风的赛车为何停住，但也没人搭理。

片刻后，贵宾厅内的电视屏幕上，再一次出现贺乐风所驾驶车辆的特写镜头。

解说员解说着："贺乐风的车辆已经完全停止，不知道是不是车出现了问题，目前已经又沦为最后一名。确实有些奇怪，如果车出现问题，车手应该第一时间通报，并且进行紧急补救，但这位赛车手却无动于衷，这种情况，说实话，我也是第一次见，很……很奇怪。"

贵宾厅内，众人并不清楚贺乐风的车发生了什么。

贺定坤眉头深蹙："小风到底在干什么，是不是车辆出现了故障，为什么没有通报？"

贺雄在一旁，神色也有些疑惑："没收到通报，应该不是车有问题。虽然这场比赛我们的车队没有胜出的希望，但他也不至于干脆就不跑了。"

"混账！"老爷子顿时一怒。

就算是必输的比赛，也得跑完全程！

当即，贺雄调整对讲机的专用频道，联系到了贺乐风的车辆频道。

很快，贺乐风车辆的音响内出现了贺雄的声音："贺乐风，你在搞什么？车出问题了为什么不通报？"

听闻此言，贺乐风微微一愣，开口回道："大伯……车子没出问题……"

"没出问题？"贺雄喝道，"没出问题你怎么把车给停了！"

"是……是烟姐让我停的……"贺乐风有些尴尬地说，其实，他也不太明白，烟姐为何让自己停车。

"你说什么？林烟让你停车？！"贺雄神色顿时一变，吼道，"她算什么东西？她让你停车，你就停车？贺乐风，你的脑子是不是有问题？她什么都不懂，你听一个来凑数的人的话？"

"关掉，聒噪。"林烟有些不耐烦地说道。

然而，林烟的声音却被贺雄收入了耳中。

"林烟，谁让你指挥贺乐风的？你连方向盘都没摸过，你指挥贺乐风停车，真把自己当专业领航员了？"贺雄厉声怒喝。

"还不关？"林烟瞥了一眼贺乐风。

"哦……"贺乐风点了点头，直接关闭了音响。

果然，音响关闭后，清静了许多。

只是，林烟让贺乐风停车的行为，包括ZHI和卫徐风等人都完全没看懂。

原本，贺乐风处在第四的位置，保持下去，就算输，也不至于惨败，现在可好，又被打回原形，又回到了第一，倒数的。

"小烟为什么要让小风停车！"老爷子面色难看极了。

"爸，我早就说了，不应该让这种人来参加比赛，她什么都不懂，本来小风能跑个第四的，她居然让小风停车，现在又成了倒数第一，可笑至极。"贺雄冷笑道。

"轰！"

此刻，初始点的后方，传来一阵轰鸣之声。

林烟通过后视镜打量片刻，嘴角微微上扬："来了。"

"什么来了？"贺乐风不解地问道。

"第一和第二来了。"林烟回道。

"是啊，他们这都第三圈了，我们才第一圈……"贺乐风叹了口气。

"踩油门，速度提到40码。"林烟正色道。

"哦哦！"贺乐风连忙进行操作。

只见，贺乐风驾驶银色赛车，就像蜗牛一般，缓慢地朝着前方跑去。

当老汤车队第一和第二名即将来临时，林烟再次用右手，一把握住了贺乐风的方向盘，死死地挡住了后方两辆赛车的车道。

此刻，只见贺乐风所驾驶的银色车辆，就如同狗皮膏药一般，在前方紧贴着后方两辆赛车，完全不给他们任何超车的机会。

初始点前方，老汤车队的两位赛车手，疯狂左右移动，想要摆脱前方银色车辆的阻拦，只可惜，他们无论如何也摆脱不了，银色的车辆就在前方，始终和他们保持着一段距离。

"滚开！"其中一位赛车手怒声大骂，"我们是第三圈，你才第一圈，你不去跑圈，拦我们做什么？"

闻声，林烟嘴角微微上扬，勾勒出一丝莫名的笑意。

这场拉力赛的规则她可是看得清清楚楚，并没有说跑第一圈的车辆禁止与跑第三圈的车辆发生任何竞技和非竞技式的接触较量。

此刻，贺乐风的神色愈发惊讶。

他明白了……他终于知道，刚才表姐为什么让自己跑完第一圈便停在初始点了。不是因为比赛必输，不用继续跑了，而是因为……她要在初始点等跑完第三圈的第一名和第二名！

"打开对讲机，把频道调整好，告诉外公，让贺明凯追上来之后，直接从右侧超车，速度一定要快。"林烟指挥道。

"好！"贺乐风点了点头，彻底松开了方向盘。现在方向盘在林烟手中，跟他似乎也没什么关系。

"爷爷……告诉明凯哥，到了第三圈后，从右侧超车，速度一定要快，千万别减速！"贺乐风连忙将林烟的话转告给了老爷子，说完之后，又关闭了音响。

"唰！"

数十秒内，贺明凯所驾驶的赛车迅速冲了上来，直接朝着林烟的车尾撞去。

当即，林烟轻转方向盘，让贺明凯的车辆瞬间通过，完成超车。

而这一幕，再次被特写镜头记录下来。

此刻，所有贵宾厅内的人纷纷议论起来。

"这是什么比赛，这战术也太恶心了吧！"ZH1某位队员，看着贺乐风所驾驶的银色赛车，啧啧开口。

"还真是没见过，人家都最后一圈了，贺乐风才跑完第一圈，他居然去拦跑最后一圈的几辆赛车！"

"天才啊！"裴宇堂满脸佩服。

"这……这应当犯规了吧？"

Z神盯着电视屏幕，若有所思，片刻后开口："你们以为是战术的缘故？"

"队长，难道不是？"

"如果让你们任何一个人上场，包括我，就算利用相同的战术，也不可能同时拦下两辆车。"Z神看着电视屏幕，倒吸一口凉气。

现如今，那辆银色赛车拦下的车，已经超过了七辆，老汤车队和另外一个队的车辆，全部都被拦了下来，只有贺家车队的车能够通行。

随着Z神的解释，贵宾厅内的众人，陷入了沉默。

"真够无耻的。"卫徐风盯着那辆银色车辆冷笑道。

"什么叫无耻，这叫战术！"祁邵元蹙眉道。

"呵呵，这种赛事的规则并不完善，否则这得算犯规。"卫徐风摇了摇头，"实力不济，就做出这么卑鄙的行径来，太无耻了。"

大厅内，贺定坤与贺雄的目光，都盯在贺明凯身上。他们只知晓贺乐风在后方挡车，但注意力却丝毫不在贺乐风的车上。

"爸，明凯第一了！"贺雄神色激动道。

闻声，贺定坤眸内浮现出一抹兴奋，颔首道："车队的另外两辆车，也分别是第二和第三了，最后一圈只要稳住，我们就赢了！"

赛车初始点。

林烟忽然将方向盘回正，并让贺乐风踩下了刹车。

"烟姐，咱们不拦了吗？"贺乐风急忙问道。

"不用了。"林烟摇了摇头，说道，"现在让他们去追，也不可能追得上。"

的确，现如今，贺明凯等人马上就要跑完第四圈了。

"靠右边，倒车。"林烟忽然下令。

"哦！"

虽然不知道林烟这么做的目的，但贺乐风已经本能地对林烟言听计从了。

很快，贺乐风便将银色赛车倒离了初始点，林烟一直没有说话，贺乐风便一直倒着车。

大约几分钟后，等贺明凯的车从左侧行驶而过，林烟这才让贺乐风停住，换挡朝前开去，跟在贺明凯的车后。

"烟姐，这是什么意思，你能告诉我吗？"贺乐风神色好奇地问。

"贺明凯的车胎，马上就该爆了。"林烟面无表情地回道。

"啊？"闻声，贺乐风神色一变。

果不其然，跟在后方的贺乐风朝着贺明凯的车辆望去，那辆车的轮胎已经变形。

不过，贺雄那边似乎有了提示，所以，目前贺明凯的车速不快，反正他已经接近终点了。

"砰！"

大约几个呼吸的工夫，只听一声巨响，贺明凯的车辆爆胎了，车身也在打滑，朝着右侧偏移，距离终点，大约还有七八十米。

"把他的车撞进去。"林烟下令道。

"好！"贺乐风瞬间踩住油门，但车速并不快，用车头顶住了贺明凯的赛车后，稳速朝着终点驶去。

不稍片刻，贺明凯的车辆便被送到了终点，成为本场比赛的第一名。

旋即，贺家车队的第二辆和第三辆车紧随其后，同时冲入终点。

此刻，贺明凯打开车门，气势汹汹地朝着贺乐风走来，满脸不悦道："小风，你撞我的车干什么？"

"明凯哥……我是怕你被老汤的车给超了，这才送你进了终点。"贺乐风解释道。

"胡说，我距离终点就七八十米，还要你送？"贺明凯冷笑道，"你是不是看自己又跑了个倒数第一，心理不平衡，所以想找点存在感？别以为我爆胎了，把我撞进终点，我的第一就和你们两个有关系了！"

贺乐风无语了。

林烟瞥了贺明凯一眼，没有任何想搭理他的欲望。

把他送入终点，只是为了老爷子而已，如果贺明凯因为爆胎，被老汤车队的车追上了，最多也只算个平局，否则，干嘛管他？

没多久，老爷子贺定坤与贺雄两人便赶了过来。

"明凯，干得漂亮！"贺雄拍了拍贺明凯的肩膀，满脸兴奋。

"爸，我之前都说了，没问题的，一切交给我！"贺明凯微微一笑。

"明凯，不错。"贺定坤看着贺明凯，满脸欣慰。

"爷爷……"一旁，贺乐风眉头微蹙。

贺乐风心想：这场比赛能赢跟贺明凯有什么关系？如果没有表姐，这场比赛贺家早就输了！

只不过，现下四处都是欢呼声，众人只关注最后的赢家，谁也没看贺乐风与林烟半眼。

林烟朝着贺乐风摇了摇头，只要这场比赛赢了，外公能高兴，她的目的便达到了，至于谁主导这场比赛的胜利，已经不重要了。

"林烟，贺乐风，你们两个之前在搞什么？林烟，尤其是你，你让贺乐风停车？"贺雄忽然看向两人，厉声喝道。

闻声，全场安静了下来，目光落在林烟与贺乐风的身上，几位贺家赛车手，眸内浮现出一抹浓浓的不屑。

一个吊车尾，一个充数的，果然，其他人都跑完了第四圈，他们两人却只跑完第一圈。

"大伯，如果不是烟姐在前面拦车，明凯哥还有他们，能跑到终点？"贺乐风满脸的不服气。

"笑话！"当即，贺明凯上前，"找什么理由，倒数第一就是倒数第

101

一，多练习车技就是了，找借口能让你的实力上升？如果这次没有我们，车队能赢？！就靠你？还有她？"

"明凯哥……你！"

贺乐风气至面色铁青，到底怎么回事，贺明凯等人在车上专心开车，或许没注意到真实情况，但如果他们看一遍回放，马上就会知道！

如果没有表姐，他们什么都不是，还想跑第一？跑马拉松去吧！

他们俩之所以跑倒数第一，完全是表姐牺牲小我，保全大局，也不知道是谁什么都不懂。

"好了，小风，咱们赢了就行，结果才最重要。"林烟看向贺乐风，轻声笑道。

这种级别的比赛，跟小孩子过家家没有任何区别，林烟当真没有一颗争夺输赢的心。如果连这种层次的比赛，她都要去争，那她还真是越活越回去了。

"我告诉你，以后给我滚得远远的，不要再回老宅，还好你是贺乐风的领航员，我从没听说过，领航员让赛车手在车况和路况完好的情况下停车的！"贺雄冷冷地盯着林烟道，"一个什么都不懂的人，跑来坑害车队，我看你就是巴不得坑死我们贺家！"

"好了！"不等林烟开口，老爷子不悦地看向贺雄，"说什么坑害，小烟也是来帮忙的，她不懂赛车，又是第一次坐在赛车的副座，速度过快，身体不舒服，让小风停车，可以理解！"

"爸……"贺雄眉头微蹙。

"别说了，你只要记住，我们赢了，其他的都不重要！"贺定坤道。

忽然，Z神等人与裴宇堂快步走来。

"恭喜。"Z神笑道。

见状，贺雄与老爷子连忙上前。

"哈哈，Z神，明凯没让ZH1失望吧。"贺雄笑道。

"还不错。"Z神尴尬一笑。

"对了，既然比赛已经结束，我们想……比一场，正好，让贺家的老爷子，还有贺家车队，来个见证。"Z神的目光落在了全副武装的林烟身上。

"和Z神您跑一场？"贺雄一愣，旋即目光落在贺明凯身上。

Z神是要亲自试试他儿子？

"是这样，仅跑一圈足矣，我们ZH1全员上阵。"Z神笑道。

"哈哈，Z神，明凯哪里能跑得过你们？不过，既然Z神看得起明凯，那是他的荣幸。"贺雄拍了拍贺明凯的肩膀。

"明凯，还不谢谢Z神给你这个机会，ZH1全员上阵，这是你几辈子修来的福气，现在就能和ZH1这种顶尖赛队在赛道上比试。"老爷子显得有些激动，这也是他，还有整个贺家车队的荣耀。

"这……"Z神的神色有些古怪，心中明白，这是贺家老爷子与贺雄等人误会了。

他要交战的是林烟。至于贺明凯？ZH1的任何一位队员，都不会有任何兴趣。

不过这些人都是林烟的亲属，Z神等人自然不便说出心中的真实想法，也只能将错就错。

"那这样吧……让明凯跟我们跑，贺家车队再出一人，如何？"Z神笑道。

"行啊，Z神您看中谁，您亲自挑！"贺雄急忙道。

闻声，Z神不假思索地看向全副武装的林烟，笑道："就她吧。"

"她？！"

Z神的话音落下，贺家车队几位队员面上的期待瞬间消失，竟然让一个什么都不懂、连方向盘都没摸过的女人，上赛道和ZH1比？

"Z神……您要不重新选一位？"贺雄蹙眉道。

"不必了。"Z神笑道，"就是她。"

"Z神，是这样的，我这位外孙女是一个领航员，并不是赛车手……要不……"老爷子委婉道。

"老爷子，没关系的，就她了。"Z神坚持道。

Z神这般要求，如果他们继续推辞，反而适得其反，无奈之下，老爷子只好同意了。

"小烟，速度放慢点……随便跑跑就行，别开太快了。"老爷子走到林烟身旁，轻声交代。

贺定坤是怕林烟出事，故此多说了一句。

莫名中枪的林烟有些无语。

她心想：自己好像没答应要跑吧？这种赛道，她真的是没有任何兴趣啊！

贺雄瞥了林烟一眼，冷笑道："小烟，这些可都是国内顶尖的赛车手，你真是沾了明凯的光，能跟这样的赛车手在赛道上跑一场，这以后说出去，恐怕都没人相信。"

"算了，爸，和Z神跑，又没指望能赢，就让她在后面慢慢跑着玩就行了，不用管她。"贺明凯瞥了林烟一眼，面无表情道。

闻声，裴宇堂的目光落在贺明凯父子身上，那种眼神仿佛是在看傻子。

等会儿真跑起来，希望他们别吓得跪在地上就行。

"林小姐，请吧。"Z神笑道。

林烟无语。

这算是赶鸭子上架吗？

不过，话都说到这个份上了，她要是不跑，似乎也显得矫情。

"行吧，那咱们就跑一圈，速战速决。"林烟耸了耸肩，说完便直接打开了车门，进入了之前那辆银色赛车的驾驶座。

至于ZHl全体队员，则是将他们的专属赛车开进了场地，停在了初始点。

看着林烟进入赛车，ZHl的众队员苦着脸，面面相觑。为什么一定要跟她跑？他们真的跑不赢啊！

Part8

赛车队WW的挑战，我们贺家车队接了。

♥

不远处，贺明凯则是换了一辆赛车。

正当ZH1队员准备上车时，一个穿着西装的中年男人快步入场，在众人诧异的目光下，走到了林烟的银色赛车旁，并敲了敲车门。

林烟摇下车窗，看向面带笑意的中年男人，神色有些疑惑。

"这位女士，您好。"中年男人微笑着开口。

"您是？"林烟问道。

"是这样的，可以让我进副驾驶座吗？我想和您聊聊。"中年男子解释道。

没有多想，林烟推开副驾驶座的车门，看着中年男人坐进来。

"女士，您可以称呼我为马丁。"中年男人十分有礼貌地自我介绍道。

"林烟。"

"林小姐，幸会。"中年男人点了点头。

"那个，马丁先生，请问你找我到底有什么事？我这边还忙着比赛呢……"林烟看向马丁，满脸的莫名其妙。

"呵呵，林小姐，您的这个比赛并不重要。林小姐也是赛车圈子里的人，应该知道，国外马上要拍摄一部赛车题材的大制作电影吧。"马丁笑道。

"以浪蟒为原型的那个？"林烟若有所思，这事她倒听说过一些。

"不错。"马丁点了点头，"林小姐，实不相瞒，我看您的外形、身材，都十分符合这部电影中的一个角色，不知林小姐有没有兴趣试试？"

"适合谁？"林烟脱口而出。

"这个角色嘛，我相信林小姐绝对不陌生，并且，如果能够试镜成功，相信林小姐也会因为出演的角色感到无比的荣耀和自豪，她就是地表最快，赛道死神——Yeva！"

"哦。"林烟面无表情地应了一声。

马丁有些惊讶，那可是赛道死神Yeva，这女孩怎么看不出一丁点的兴奋和激动？

林烟万万没想到，自己就来跑个比赛，居然还能捞到一单工作，但是……自己演自己……她真没什么兴趣，完全没有挑战。

"只有大约五分钟的镜头，有将近七位数的薪酬，您真的不考虑一下吗？"马丁追问道。

"马丁先生，我认为，这就是为我量身定做的！这个角色非我莫属！"林烟忽然站起身来，可却一头撞在了车顶。

马丁无语了。刚才还一脸风轻云淡、毫无兴趣的神色呢？

"来，马丁先生，你出来。"

林烟揉了揉脑袋，迅速地打开车门，走了下去。

见马丁也下车后，林烟一脚蹬在引擎盖上，轻声笑道："马丁先生，怎么样，像不像？"

"那个，林小姐，还比不比啊？"一旁，ZH1的某位队员看向林烟，神色不解地问道。马上要开赛了，林烟和这穿着西装的中年男人，在谈什么呢？

"去去去！"林烟挥了挥手，"比什么，我这谈着一单七位数的生意呢，别捣蛋！"

闻言，ZH1的木木和Z神等人一脸茫然，好好的，怎么突然谈上生意了？

林烟没搭理ZH1的队员，目光直视马丁，轻声笑道："马丁先生，这个角色肯定非我莫属，你看我这个动作像不像？"

马丁盯着林烟，若有所思道："这样不太像吧，Yeva应该没有这么粗暴吧……不过，我对你们赛车圈也不了解，我只是负责在国内选角，试镜是由高层的专业人员主持的，但我可以给林小姐您一个试镜的资格。"

林烟无语了，心里暗自吐槽：你对Yeva都不了解，说这么多干什么啊！

不过，为了将近七位数的客串片酬，她只能忍了。

"马丁先生，实不相瞒，我除了是赛车手之外，还是一名专业的演员，由我出演，简直不要太适合了！对了，我要是去试镜的话，你觉得通过的几率大吗？"林烟盯着马丁，微微一笑。

马丁退后数步，仔细打量林烟，点了点头道："我之前恶补了Yeva的纪录视频，觉得林小姐你的外形是很符合的，但想通过试镜，难度也很大。

"单说在国内，获得试镜资格的，已经有了一千多人，而且，据我最新得到的消息，国内一位十分有名气的女演员也获得了试镜资格，且呼声极高。"

"呼声极高？"林烟一愣，"谁啊？"

马丁沉思片刻后，回道："好像是叫……哦，跟林小姐您一个姓，是一位叫林书雅的女演员。"

随着马丁的话音落下，林烟眸内浮现出一抹寒光。

林书雅？演赛道死神Yeva？她也配！

如果不是因为林书雅，赛道死神Yeva怎么可能会被禁赛！

其实，林烟赛道死神Yeva的身份，林书雅并不知晓。当年在国外，林书雅来看望她时，林烟也从未与林书雅提及过。所以，自始至终，林书雅只知道她是一名赛车手，并且小有名气，收入不错，但从来没想过，她的亲姐姐就会是赛道死神Yeva。

"林小姐，如果不出意外的话，赛道死神Yeva的人选，可能会落在林书雅的手中，但……我想，林书雅并不是赛车手，所以，我认为我还有点机会。所以这些天，我四处看赛车比赛，想从其中多找出一些与赛道死神Yeva外形相似的女赛车手，毕竟，如果片方采用了我推荐的人选，我的报酬也不少……"马丁十分诚实地说道。

林烟无语了。搞了半天，原来是类似于星探、个广泛撒网的剧组工作人员啊。

像这种大制作的制片方里，类似马丁这样的工作人员，起码都得有上百人，四处找寻合适的人选，但又没有任何话语权，最多是给看中的人一个试镜机会。

"那你找到多少相似的了？"林烟没好气地问道。

马丁笑了笑，回道："加上林小姐的话，有十几位了……其实我只是碰碰运气，毕竟，林书雅在国内的名气极大。而且，林书雅的外形也酷似赛道死神Yeva，所以……"

林烟看着马丁，嘴角微微抽动，这人倒还诚实！

"好了，林小姐，这是我的名片，如果林小姐考虑好了，可以去碰碰运气。"马丁说罢，硬塞给林烟一张名片，而后头也不回地离开了。

看着马丁远去的背影，林烟恨不得抽出五十米的大刀劈向他，逗她玩呢？！

"小烟，怎么了？"

片刻后，老爷子走上前，开口问道。

林烟摇了摇头，回道："外公，没什么。"

还未等老爷子说话，后方突然传出一阵轰鸣之声。

下一秒，好几辆红色的超跑进入了众人的视线之中。

见到那些红色超跑，Z神等一众ZHI的队员，面色微微一变。

其中一辆红色超跑，一个甩尾，地面上大量的泥土灰尘，溅到了林烟身上。

林烟呛咳一声，看向眼前的红色超跑，眉头深蹙。

很快，几辆红色超跑停了下来，从车内走出数位青年。

"WW？"

见到走下来的队员，老爷子贺定坤还有贺雄等人，神色都是一震。

"哇塞，烟姐，是双W赛队！"贺乐风站在林烟身旁，兴奋地开口。

"双W？"林烟神色疑惑。

对于国内的赛车队，林烟并不熟悉。

"烟姐，你连双W都不知道？"贺乐风盯着林烟，小声解释道，"双W，国内顶级战队之一，之前在全球第三联赛上，败在了ZHl手中。不过，最近WW换了一位新队长，他可是曾经蝉联三届全球第三联赛的冠军！"

"哦……"林烟若有所思，全球第三联赛……她没了解过，现如今，就算让她说出几位全球第二联赛的知名选手，她也未必能说得上来。

"呵，Z神，跑到这种地方来躲着我们。"其中一位戴着墨镜的寸头青年，看向一旁的Z神，冷笑道。

"有事？"Z神开口。

"当然。"寸头青年冷笑着说，"给你们发战书，下个月全球第三联赛的资格赛，WW挑战你们ZHl。"

此刻，木木等一众ZHl队员神色有些难看。

这次报名参加全球第三联赛的全国一共有几百个车队，通过抽签，两两进行比赛。

对于ZHl来说，这一届的全球第三联赛他们已经准备了太久，现在只要再赢一场资格赛，他们就可以进入全球第三联赛了。

但是，全球第三联赛，还有一个额外的规则，车队也有"主动挑战权"。

上一届全球第三联赛上，ZHl亲手将WW送出赛道，双W怀恨在心，这次便来寻仇了。只要WW下个月能击败ZHl，这一届的全球第三联赛，ZHl便失去参赛资格了。

"你们什么意思？上一届全球第三联赛，技不如人，怀恨在心？"某位ZHl队员怒道。

"真是笑话，是否应战全看你们自己，我们可没强求，不是吗？"寸头青年回道。

这青年说得没错，WW有挑战权，ZHl也有拒绝的权利。

说话之间，许多专注于赛车节目的媒体，在工作人员的带领下进入了场地。

见到这么多的媒体，Z神眉头深蹙。

看来WW早有准备，叫了这么多媒体来，如果他们不接受挑战，岂不是让人觉得他们怕了WW。

这分明就是在强行逼他们应战！

"Z神，今年ZH1车队还未尝败绩，是因为车队交战的制度问题吗？还是因为ZH1的运气比较好，没有碰到像WW这样的顶尖战队？"

某位记者看向Z神，开口问道。

"请问Z神，为什么今天ZH1全员来看贺家车队这种小车队的赛事？是为了逃避WW战队的挑战吗？"

"Z神，关于WW战队的挑战，ZH1有什么说法吗？你们是接受还是拒绝？"

"Z神，张昊在今年加入了WW战队，并且担任队长，请问是不是这个原因导致ZH1不敢接受WW的挑战，害怕输掉比赛，无法参加这一届的全球第三联赛赛事？"

面对众多媒体的提问，Z神不由得捏了捏眉心。WW今天是有备而来，如果接受WW的挑战，有张昊这位蝉联了三届全球第三联赛冠军的强力赛车手，ZH1几乎不可能取得胜利。可如果不接受挑战，不需要明天，只要等到晚上，他们ZH1在国内赛车圈的名望便会一落千丈，更会让支持ZH1的庞大粉丝群体失望。这对于ZH1而言，更加无法接受。

"Z神，难道ZH1不敢与WW一战，如今只能欺压这种小女孩了吗？"其中一位赛车圈的媒体记者，目光落在站在银色赛车旁的林烟身上，开口反问道。

"不错，刚才我们看见，ZH1全队似乎是想和贺家这种低级车队上赛道，这究竟是什么意思？难道ZH1最擅长的就是以强欺弱，遇强不战？"

此时此刻，老爷子贺定坤面色微微一变，这跟他们贺家车队有什么关系？ZH1是希望收贺明凯进入车队，所以才想要试试贺明凯的实力。

"这位女士，请问刚才你是要和ZH1战队进行比赛吗？"忽然，某位记者走到林烟身旁，开口问道。

林烟戴着头盔，看不清面容，仅露出那双极为明亮的眼睛。

她瞥了眼前的记者一眼：你给我钱了没？没给酬金就随便把我当枪使？

"是啊。"林烟轻声笑道。

当即，在场的众媒体记者露出一副"果然如此"的表情。

"我们是在进行训练赛，准备迎战WW赛车战队。"忽然，林烟话锋一转。

随着林烟话音落下，且不说在场的众媒体记者惊呆了，便是连贺家车队、ZH1众人也愣在了原地。

这种话岂能乱说，林烟这样一来，岂不是把ZH1全员赶鸭子上架了？

"队长Z神说了，WW实力太差，找贺家车队当陪练就行。"林烟接着说道。

"找贺家车队当陪练就行？"

在场众人面面相觑。Z神和一众ZH1队员诧异地看向林烟，她这是什么意思？

"Z神还说，就WW这种战队，不配他们亲自出手。所以，就委托我们贺家车队出面，接受WW的挑战。"林烟继续道。

"小烟！"

老爷子眉头深锁，这不是胡闹吗！

"她想干什么？"一旁的贺雄怒道。

她是故意让贺家当众出丑？

让贺家车队去和WW比赛？且不说比赛结果没有任何悬念，WW也不可能会接受挑战。

而且，一旦WW接受挑战，那贺家车队战败后，必会遭到WW战队粉丝的围攻，这种战队碰瓷，是赛车圈内最为低级的行径。

所谓的战队碰瓷，便是像贺家车队这样的低级赛车队，和国内顶级豪门级别的赛车队比赛，从而提高自身名气的一种手段。

如果WW接受挑战，贺家车队赢了比赛，那贺家将会一跃冲天，可一旦输了比赛，便会遭受赛车圈内的鄙视。老爷子贺定坤最在乎面子，真如这样的话，还不如让贺家车队原地解散算了！

此刻，所有媒体的镜头，纷纷对准了林烟。像这种狂言，他们还是第一次听闻，只觉得这个女人当真嚣张到了极致。

"这位女士，您是贺家车队的队员吧？您可知道，贺家车队的这种行为，属于战队碰瓷？"

"呵呵，近些年都很少见到战队碰瓷了。贺家车队这种几乎快要解散的车队，是想在解散之前拼死一搏，碰瓷WW战队吗？"

林烟歪着脑袋，看向一众眸内充满不屑和鄙夷的媒体记者，其实，他们说得倒也不假，在以往，车队碰瓷可不算什么罕见事。

像贺家车队这种层次的低级车队，无论从哪方面而言，与WW战队都不属于同一个世界。

只不过，林烟这般说，也有她的目的。

光是赢了这次的比赛，对于贺家来说不过是杯水车薪，还远远不够，她必须用点特殊手段了。

没想到这时候WW正好送上门来。只要赢下来，不但能够帮ZH1解围，还能让贺家车队名气飙升，这以后的赞助必然不会少，也算是圆了外公的一个梦。

只不过，想让贺家车队同WW战队跑上一场，并不容易，需要ZH1车队的配合。

此刻，贺雄等一众贺家车队的队员，冷冷地盯着林烟。

这女人，完全是想将他们贺家车队带入深渊！

多年前，战队碰瓷可以称为一种战术，可随着时间的推移，战队碰瓷越发让人瞧不起，即便是出了名，也只是徒增骂名。

现在，战队碰瓷几乎成为历史。最近一次的战队碰瓷，发生在两年前。一支小车队强行碰瓷豪门车队之一的老牌赛车队"KO"，随之招来赛车圈的全网怒喷，之后，那支小车队的赞助商撤资，高层被解雇，甚至迫于巨大的舆论压力，小车队宣告解散。

谁曾想，如今的贺家车队，连两年前那支小车队都不如，却碰瓷了豪门赛车队WW。

"这位小姐，你们贺家车队也是够无耻的。"此刻，某位赛事记者盯着林烟，冷声笑道。

就算贺家车队要碰瓷，也该找个水平差不多的车队去碰，直接找上WW，怕是想出名想疯了？

"各位，其实……"此刻，老爷子贺定坤上前，额头已出了一片冷汗。

"其实，WW战队的实力也就马马虎虎，我感觉没我们贺家车队厉害。"林烟笑道。

当即，贺定坤有些不满地看向林烟。

她知不知道，她今日所言，足以将贺家车队带入深渊，万劫不复？

"对，这位小姐说得太对了。"还不等贺定坤开口，老汤夹着个公文包，大步走了过来，轻声笑道，"大家好，我是老汤车队的老板，贺家车队，今年跟我们老汤车队比了七场，惨败六场，这次也是侥幸赢下比赛……这种没有实力、马上快解散的车队，临死之前去碰个瓷，说不定还能起死回生呢！毕竟，这年头只要有热度、有名气，就能赚到钱嘛！"

老汤一声冷笑，眸光扫过林烟。就是这个该死的贺家领航员！如果不是她，他们老汤车队岂能输掉比赛？贺定坤与贺雄等人没将注意力放在林烟的身上，他可是全程看着那辆银色赛车，甚至，他还弄到了贺乐风驾驶的那台银色车辆内的录音！

原本，他便觉得奇怪，以贺乐风那种垫底的水平，这次的表现怎么可能如此亮眼，生生将贺家车队一手抬了起来？听完录音之后，他才发现，一切都是因为这个女孩——超专业级的领航员！

虽然，这个女孩不会开赛车，但她作为领航员的专业能力，已经超乎想象！如果她不是贺定坤的孙女，他无论如何都要将这个女孩挖到老汤车队。

老汤的目光，在林烟身上打量了片刻。

111

既然人挖不过来，那就彻底毁灭她！

这女孩的领航员能力虽然强，但竟敢跑去碰WW的瓷，脑子恐怕有点问题。

幸好贺家车队这是自己要作死，如果不是这样，他一时半会儿还真想不到什么点子能够摧毁贺家车队的！

说罢，老汤挥了挥手，头也不回地离开了现场。

贺雄怒视着林烟，这个女人和她的母亲，都是贺家的吸血虫、白眼狼，不能给家族带来任何的荣耀，反而是要摧毁贺家！

"各位……各位，请听我说，这是一个误会！"贺雄连忙上前解释。

"误会？有什么可误会的，她是你们贺家车队的队员，话已经说得清清楚楚、明明白白了。"

"难道，她不是你们贺家车队的人？"

"这……"贺雄不知说些什么才好，林烟的确是以贺家领航员的身份参赛的。

"哈哈。"忽然，WW战队的寸头青年一声冷笑，看向Z神，"没想到，ZH1如今混到这种地步，自己不敢应战，却让个小车队出来碰瓷。"

不给Z神开口的机会，寸头男子的目光落在林烟身上："你们可没资格和WW玩。"

"没资格吗？"林烟嘴角微微上扬，看向Z神，"如果，我们贺家车队是ZH1的替补车队，那应该有资格了吧？"

随着林烟话音落下，所有人的目光纷纷落在了Z神身上。Z神不仅是ZH1车队的队长，还是老板之一。如果Z神承认，那贺家车队作为替补二队，的确是有资格替ZH1接下这场比赛。

当然，如果贺家车队输了，ZH1也需要付出相同的代价，ZH1同样无法参加这一届的全球第三联赛。

"Z神，贺家车队是ZH1的替补二队？"某位记者急忙问道。

闻声，Z神蹙眉不语。

"相信我。"此刻，林烟走到Z神身旁，轻轻拍了拍Z神的左肩，低语道。

Z神与林烟四目相对，许久之后，Z神仿佛做出了什么重大的决定，看向众多的媒体记者，道："是……"

今日，ZH1进退两难，不能接受挑战，更不能拒绝挑战。接受，就代表失败，无缘这一届的全球第三联赛；可要是拒绝，后果也不是ZH1能够承担的。

或许真的有一线生机。

他不想赌，可到了这个时候，却又不得不赌。

随着Z神话音落下，全场一阵哗然。

"呵，有意思，堂堂老牌车队，居然帮着这种小车队来碰瓷我WW，是为了恶心我们吧？"寸头青年冷笑道。

不等寸头青年继续开口，林烟目光如炬，淡淡出声："所以，WW的挑战，我们贺家车队，接了。"

最后，这场比赛就这么定了下来，全场记者一片哗然。

另一边，比赛结束后，卫徐风和祁邵元走出了VIP大厅。

"啊哈哈哈哈！我赢了！记得把老大的签名照给我！"祁邵元满脸兴奋地开口。

这场比赛在他看来，简直是毫无悬念。

相比祁邵元的春风得意，卫徐风的脸色则是黑如锅底："这不可能，贺家怎么可能会赢？贺明凯那个废物和贺乐风绝对没有那个本事，其他几个队员也都是垃圾，压根帮不到什么忙……贺乐风还原死亡屠夫的那一招，就算是贺乐风那小子再学个八百年，也不可能学会。至于后面那一圈的无耻战术，就算他想要小聪明，也要他有那个本事才行！要知道，第一名和第二名的那两个车手的技术，足够甩贺乐风十条街，他凭什么能同时拦住那两个人，将两个赛车手都封住，最后让贺明凯那废物得到第一？"

现场直播的镜头基本都是对准几个种子选手，给贺家的镜头极少，贺明凯最后突然夺冠，这个结果，不仅是卫徐风不相信，也超出了所有人的预料。

现在贺明凯得了第一，车迷和媒体都非常好奇和关注，等到赛后，组委会和举办方肯定会放出完整的录像，还原贺明凯夺冠的过程。

估计只有等到那个时候，他们才能知道贺明凯到底是怎么夺冠的。

听着卫徐风滔滔不绝的分析，祁邵元差点忍不住脱口而出：别多想啦，不过是Yeva亲自上阵，帮贺家开了个挂而已！

"难道问题出在贺乐风的那个女领航员……"卫徐风自言自语地嘀咕。

这场比赛，贺家唯一的不确定因素，只有贺乐风新换的领航员，那个身形酷似老大的女人。

祁邵元闻言，心情有些小激动，这小子终于开窍了吗？

刚这么想着，就听到卫徐风黑着脸道："不可能，那女人估计就是一个哗众取宠的花瓶！"

祁邵元无语了。

如今的赛车圈里有个很恶臭的现象，女赛车手本来就稀少，还有很多车队为了炒作，故意弄几个漂亮的女赛车手为车队炒热度，实际上什么实力都没有。

祁邵元彻底无语了，索性开口："卫徐风，别纠结了，接受现实吧！

你要是实在舍不得那张签名照，把你脖子上的那条项链给我，我也没有意见！"

祁邵元一边说，一边眼睛发光地盯着卫徐风脖子上挂着的那个小圆牌。比起签名照，其实他更惦记这条Yeva戴过的项链。都怪他消息来得比卫徐风慢了一步，不知道那天的慈善晚宴老大会参加，否则怎么会让这小子占了便宜！

不过没关系，现在他可是唯一见过老大真人的粉丝了！

"你做梦呢！"卫徐风喷了祁邵元一脸。

祁邵元道："喂，卫徐风，愿赌服输，你该不会是要耍赖吧？"

卫徐风道："胡说，分明是贺家耍赖，使了什么见不得人的手段！"

两人正边走边吵，这时，迎面撞上一个人。

林烟见这边没什么人了，便摘下了头盔，结果刚摘下头盔，一抬头就看到两个熟悉的人影从VIP观赛厅内走了出来。

其中一个是刚才那个工作人员，还有一个竟然是卫徐风……

老大！

一看到林烟，祁邵元顿时跟打了鸡血一样，差点脱口而出，还好及时打住。

卫徐风完全没想到会在这里遇到林烟，盯着女孩的脸，一时愣在了那里："林烟？"

随后，他的目光在林烟身上的银色赛车服上扫了一眼，又看了眼赛车服上贺家车队的标志，下一秒，脸色一下子沉了下来："你就是贺家车队贺乐风的那个领航员？"

卫徐风怎么也没想到，那个贺乐风的领航员，那个酷似老大的女人，竟然会是林烟！

林烟看到卫徐风，脸色也有些难看，真是冤家路窄。

"……卫少爷，好巧啊！"林烟敷衍着打了个招呼。

卫徐风盯着林烟，感觉这一身银色赛车服穿在她的身上无比碍眼，冷笑连连，道："巧什么巧！林烟！你又跟踪我？"

林烟疑惑了："哈？"

"我是不是已经警告过你了，别再企图为了接近我，故意模仿Yeva？你这种人也配碰赛车？也配穿这种颜色的赛车服？"卫徐风盯着林烟的赛车服，那感觉好像恨不得把她的衣服烧了。

林烟嘴角抽搐，满脸无奈地说："这位少爷，您是不是有被迫害妄想症？"

"呵，跟我玩欲擒故纵？你倒是说说，你混进贺家这个小破车队有什么目的？"卫徐风一副"我早就已经看透了你"的表情。

林烟挑眉道："这个小破车队是我外公的，我来我外公的车队帮忙，有问题吗？"

卫徐风怒声道："没想到你连自己的外公也要利用！"

此时，林烟已经懒得理他了。

此刻，一旁的祁邵元听着两人的对话，已经呆若木鸡。

这会儿，祁邵元才想起来，难怪之前他刚看到林烟的时候觉得这么眼熟。林烟……难道是之前跟卫徐风传过绯闻的那个女艺人？

原来老大的另一重身份是娱乐圈的艺人！

对了，卫徐风那小子不是跟林烟在一个剧组拍戏吗，演的还是情侣！

卫徐风这臭小子！他是走了什么狗屎运啊！居然能跟老大传绯闻！还能跟老大演情侣！

想到这里，祁邵元气得都快把自己的牙齿咬碎了。

可是，卫徐风居然完全没认出老大来！这个假粉丝！

卫徐风掏出手机，怒道："林烟，你就死了这条心吧！小爷现在就把当初发的那条微博置顶！请你每天都好好地看一遍，认清楚事实！"

"卫徐风你小子，你知道你在跟谁说话吗？"身后的祁邵元终于有些忍不住了。

"她是谁，你倒是说说看！"卫徐风瞪着祁邵元道。

"她是……"

眼见着祁邵元就要说出口，林烟笑眯眯地继续开口："哎呀，被你们发现了，我就是赛道死神Yeva！"

卫徐风额头青筋暴跳，道："林烟！你再敢玷污我女神，小爷让你吃不了兜着走！"

祁邵元一脸看傻子的表情，道："卫徐风，搞不好她真的是呢……"

话还没说完，就被卫徐风喷了一脸："祁邵元，你也疯了是吧？"

卫徐风似乎不愿多看林烟一眼，"哼"了一声，便大步流星地离开了。

林烟勾唇，露出意料之中的表情。她越是这么说，卫徐风反而越是不相信了。

趁着卫徐风走远，祁邵元忙凑到林烟跟前："老大，卫徐风他……"

林烟做了个噤声的手势："记得帮我保密。"

祁邵元连连点头，乖巧地开口："记得记得！我一定保密！老大您放心！"

林烟这才满意地微笑着离开了。

林烟走后，祁邵元又盯着她的背影看了好半天，这才心满意足。

这时，祁邵元突然想起卫徐风的话，刚才卫徐风刚才说置顶了一条微博，是什么微博？

出于好奇，祁邵元点开微博，然后，就看到了那条微博的内容——

卫徐风：看上她？除非我眼瞎！

此时此刻，祁邵元对卫徐风的嫉妒，已经全都化作了深深的同情。

他心想：不知道卫徐风知道真相的那天，会是什么心情……

备赛室里。

贺家车队和ZH1车队的人全都在，所有人的脸色都有些凝重。

林烟也换下赛车服，走了进来。

"林烟！你这个扫把星，是不是非要闹得我们贺家家破人亡才甘心！我今天非要好好教训教训你！"贺雄一见到林烟，顿时勃然大怒，说着就要冲上去，想扇林烟巴掌。

不过，还没来得及靠近，就有一只手牢牢地扼住了他的手腕。

居然敢对他大嫂动手！

看到裴宇堂，贺雄的脸色才稍稍缓和下来，解释道："裴少，您也看到了，这次我们明凯费尽千辛万苦，好不容易才拿到了第一，没有辜负您的期望，可谁知道一切都被这丫头搞砸了，她分明就是想害死我们贺家！"

裴宇堂撇撇嘴，他什么时候对贺明凯有期望了？

早知道不拦着他了，要是大嫂亲自出手，能把他揍得半身不遂。

一旁的贺乐风听到贺雄的话，气得不行，什么千辛万苦，好不容易才拿到第一？分明完全是靠着烟姐的辅助才让贺明凯拿到第一的好吗？只是他都说八百遍了，还是没人信。

此刻，贺定坤坐在一旁，面色异常凝重，看向林烟道："赛车圈不是娱乐圈，小烟，你这次太冲动了。"

贺雄闻言，立即看向林烟怒骂道："你天天在外面丢人现眼、败坏门风也就算了，现在居然还把你娱乐圈那套不入流的手段带了过来。我们贺家的车队，当年在国内是什么样的威望？现在沦落到用这种低级手段碰瓷？就算拉到了赞助，名声也全都败坏了，到时候你让我们贺家怎么在圈子里立足？贺家的脸都被你丢尽了！"

"够了。"贺定坤打断贺雄的话，随后朝着一旁的Z神看去。

贺定坤的面色凝重又复杂，林烟胡闹也就算了，但他没想到，Z神居然会赞同林烟的话！

贺定坤开口："事情既然已经发生了，还是应该想一下怎么解决，Z神，很抱歉连累了贵车队。"

Z神摇摇头道："没什么连累不连累的，这是我慎重考虑后的决定。"

听到Z神的话，贺定坤和贺雄等人面面相觑。难道……Z神对明凯这么有信心吗？

Z神不动声色地朝着一旁的林烟看去，说："我对贺家的车队有信心。"

听到这话，贺雄顿时如同打了鸡血一般，激动地说道："真没想到Z神您这么看重明凯！您放心，冲着您这句话，明凯也一定会努力的！"

贺明凯感觉自己被Z神这么当众夸赞，面上有光，加上他刚刚还力挽狂澜拿了第一，自信心更是爆棚："Z神，我一定不辜负你的期望！"

Z神和裴宇堂两人对视了一眼，表情有些难以形容。

下个月就要比赛了，这点时间，就算他再努力也没用。

Z神见林烟没说话，便也没再多说什么。算了，组委会和主办方肯定会放出更详细的赛事视频，到时候他们就知道，这场比赛贺明凯能够赢，到底是托谁的福。

既然刚刚林烟做出承诺，那么就表示，这次她肯定会亲自上场。ZHI想胜过WW是绝对没有可能的事情，如今，他也只能相信林烟，冒险一试。

其实林烟也在庆幸，她被全球联赛禁赛了，是无法参加任何一场全球联赛的，还好，这次的比赛等级太低，只是一场资格赛，她可以上场。

"太讨厌了，本来还以为今天可以和大嫂你比一场呢！结果被这些破事打断了！"趁着其他人都在跟Z神说话，裴宇堂压低声音在林烟耳边开口，"烟姐，你怎么会跑去做贺乐风那小子的领航员？一个能拿MVP的ADC，跑去给他打辅助？这也太暴殄天物了吧！"

其实，这次确实有点冒险。一方面，外公那边不可能让她作为赛车手上场；另一方面，今天的这场比赛是拉力赛，这种野外的比赛太耗费体力，以她左腿现在的恢复情况，她无法亲自上场。

林烟也没解释。她注意到，裴宇堂对自己的称呼又改成"大嫂"了，神情有些复杂，轻咳一声，开口问道："你哥的身体怎么样了？"

裴宇堂闻言顿时满面愁容："连续做了各种复杂的检查，目前暂时是稳定下来了，可是……"

林烟问道："可是什么？"

"稳定也只是暂时的，我哥现在的身体状态就好像是一块千钧重的大石头悬在一根头发丝上，反正很棘手，而且我大哥昨晚好端端的，又晕倒了……"

林烟顿时面色一紧："昨晚还晕倒了？你怎么不早说？他现在人怎样了？"

裴宇堂道："现在已经没有大碍了，其实之前也发生过好多次了，总是毫无征兆地就晕了，不知道是不是病情恶化的后遗症……"

林烟沉吟道："你大哥他……到底是什么病啊？"

裴宇堂的眼珠子转了转，回道："我大哥的身体一直都很弱，他平时不表现出来，只是强撑着而已，他绝对不能再受任何刺激了！尤其是来自感情上的刺激！"

"还好，烟姐你跟我大哥复合了！我大哥的状态也好多了！"裴宇堂说完，紧张地朝着林烟看去，小心翼翼地开口，"大嫂，你确定已经跟我大哥复合了，不会再闹分手了吧？"

林烟有些迟疑。其实她本来还想跟裴聿城解释清楚的，至于到时候两人分不分手，可以由裴裴聿城来决定。但是，现在听裴宇堂这话……裴聿城的身体这么虚弱，她哪里还敢刺激他？

现在看来，好像只能骗到底了。

"大嫂？"

最终，林烟还是开口："是是是，复合了，那天你不是都听到了吗！"

听到林烟这么说，裴宇堂心底的一块大石头总算是放了下来："那就好，那就好……对了，我大哥让我跟你说一声，他接下来几天有事需要去M国一趟。"

林烟闻言，眉头微蹙："这个时候长途奔波，你大哥的身体没问题吗？"

裴宇堂回道："放心，多亏大嫂你温柔体贴、贤惠善良，把我哥哄好了，我哥的身体暂时还是很稳定的！"

林烟看了他一眼："你刚刚不还说，你哥的身体状态是一根头发丝悬着大石头吗？"

裴宇堂道："只要你不跟我哥吵架、分手，那就不是根头发丝，是定海神针！"

定海神针……林烟顿时无语了。

不过，裴聿城为什么不直接打电话跟她说，还让裴宇堂给她带话？

她还以为裴聿城的真面目如同裴宇堂所说，是个专制严苛、掌控欲特别强的人，这次撕破脸之后，他肯定不会再伪装了。

现在的裴聿城好像又恢复到了她初见他时的状态，永远保持着让她舒服的适当距离。她感觉有些分不清，到底哪个才是真实的他了。

Part9

林小姐，思你成疾。

♥

赛场大厅。

裴宇堂和ZHI的众队员已经离开。

没多久，贺家众人脸色不悦地缓步走入大厅。

贺家众队员几乎都躲着林烟，似乎与林烟一道行走，都算是耻辱。

"原本，明凯带领我们已经拿下了这场比赛，这对于我们车队来说，是莫大的荣耀！结果，却因为一个什么都不懂的女人，让咱们贺家车队颜面尽失！"进入大厅后，某位贺家赛队的队员，狠狠地瞥了一眼刚踏入大门的林烟，毫无顾忌地开口。

"老爷子，这车队我是待不下去了，对不起，我要离开！"其中一位留着中分头的青年男子，走到贺定坤身旁，黑着脸说道。

闻言，贺定坤微微一愣，目光落在青年男子身上，蹙眉道："王廖，怎么了？"

"老爷子，我知道林烟是您的外孙女，但是……您怎么能让她在我们车队里胡来？"王廖有意无意地看向林烟，冷声道，"今天，明凯带我们赢了老汤车队，可以说是一雪前耻，本来大伙儿心情都很不错，但是……您这个外孙女……"

不等王廖说完，另外一位青年打断道："老爷子，王廖说得没错，您这个外孙女什么都不懂，或许她承受不住赛车的速度，但她也不能让贺乐风在赛道上停车吧！如果不是明凯，我们贺家车队今天彻彻底底地被当成笑话了！"

"两位，已经成笑话了好吗，就算赢了又怎么样？她以为她是谁？敢在众多赛车圈媒体记者面前挑衅WW战队？真把自己当成专业的领航员了？还是专业的赛车手？本来这场比赛，她就已经给我们添了巨大的麻烦，险些让我们成为耻辱，居然还不自知！"

听着众多贺家队员的抱怨，贺乐风本想说些什么，最终却是叹了口气，这里似乎轮不上他说话。

"爸，如果今天不是明凯，我们如何收场？我是看透了，她比她母亲还要狠毒！"贺雄冷声道。

"好了！"老爷子眉头深锁，看向贺雄，"她母亲是你亲妹妹，她是你外甥女！"

"外甥女？"贺雄冷笑道，"爸，我可没这福气，有这种专来坑害自己人的外甥女。"

贺定坤叹了口气，目光落在站立在门前的林烟身上："小烟，你先回去吧。"

闻声，林烟面无表情地点了点头，转身离开。

"明凯，今天幸亏有你，否则，我们贺家车队，真让那扫把星彻底毁了！"贺雄看向一旁的贺明凯道。

"爸，依我看，咱们贺家和她那种人断绝关系算了，她什么本事都没有，坑害家人的本领倒是一绝。"贺明凯面无表情地说道。

然而，不等贺明凯继续多说什么，大厅的电视里却传出了解说员诧异的声音。

解说："好，这场比赛已经结束，不过，我们却发现了一些比较诡异的镜头和实况录音，是关于贺家车队的……不，准确来说，是关于贺乐风那位领航员的……"

解说的话音刚落，贺家众人，目光近乎同时朝着电视望去。

此刻，电视里传出了林烟的声音。

林烟："超他。"

贺乐风："怎么超啊？"

林烟："车辆靠山体，方向右打90度。"

下一秒，电视屏幕上的特写镜头出现，并以慢动作的形式呈现。

只见，贺乐风所驾驶的银色赛车，以十分刁钻的角度，猛然提速，瞬间超过了前方老汤车队的车辆。

银色赛车在超车的一瞬间，车头倾斜，车位猛摆，对着山体漂移了足足四十米的距离，等到山体弯道结束的一瞬间，银色车辆再次回正，直行而去，不过眨眼工夫，后方的赛车便没了踪迹。

"这……"

"侧翼横漂！"

"这是侧翼横漂？！"

当下，贺家众人的目光，瞬间落在一旁不曾开过口的贺乐风身上，便是连老爷子贺定坤的眸内也浮现出一抹惊诧和难以置信。

"这应该是巧合吧。"王廖看了贺乐风一眼，面无表情地说道。

还不等贺乐风开口，林烟的声音再次出现："路变宽加速，行驶120米，飞跳，4挡左弯，半开油门通过。"

"入5挡长左弯，飞跳，行驶80米，4挡右弯，连4挡左弯，加速满油，保持直行线。"

"路变宽加速，行驶120米，飞跳，4挡左弯，半开油门通过。"

……

"这是……专业级领航员的路书？"某位贺家队员一脸震撼地问道。

"临时路书！"另外一人难以置信地开口。

所谓的临时路书，并非死记硬背下来的路况，而是根据当时的地形、路况，以及当时所有可能发生的事，临时综合判断出最为准确的行驶数据，然而，就算是专业级领航员，也很难做到这一点！

"那是谁的领航员？"

"好像是……贺……贺乐风的？"

"是那个女人？！怎么可能！"

"不可能是她！"

贺家车队的众人，纷纷瞪大双眼，难以置信。

"刹车。"

下一秒，林烟的声音再度传来。

"烟姐，怎么了？"

"在这里等着就行。"

"啊？不跑了？"

"别说话，听我指挥。"

紧接着，电视屏幕上的一幕，让贺家车队众人目瞪口呆了。

只见，刚刚跑完第一圈便停车的银色车辆，瞬间冲出，拦住了刚跑完第三圈，排在第一名和第二名的两位老汤车队队员的车辆。

在林烟极其精准的判断和指挥之下，无论那两位队员如何绞尽脑汁，始终无法超越贺乐风所驾驶的银色车辆。

正当众人满目震撼时，林烟的声音再度传出。

"打开收音机，把频道调整好，告诉外公，让贺明凯追上来之后，直接从右侧进行超车，速度一定要快。"

随后，原本排在第三的贺明凯，驾驶着车辆终于追了上来，而贺乐风所驾驶的银色赛车，以极快的速度给贺明凯留出了超车空间，让贺明凯顺利地完成了超车。

没多久，贺家的赛车相继进入视线，而每一辆贺家的赛车，都被贺乐风所驾驶的银色车辆放走，不仅如此，在放走他们的同时，又十分巧妙地瞬间堵住了老汤车队的赛车!

当时,贺家车队众人在驾驶车辆,并未感觉到什么,可看了特写的镜头回放就不同了,尤其是清楚还原了当时赛况的特写慢镜头!

"这……这……我的车也是……骗人的吧!"王廖难以置信地盯着电视屏幕中,被最前方银色车辆放行的便是他所驾驶的那辆赛车。

"这……"老爷子贺定坤瞬间从座位上站起身来,神色震撼。

贺雄神色阴沉,一旁,贺明凯的神色也逐渐变得难看。

"后退!"

林烟的声音传出。

"靠右边,倒车。"

"烟姐,这是什么意思,你能告诉我吗?"

"贺明凯的车胎,马上就该爆了。"

旋即,只听"砰"的一声,贺明凯所驾驶的车辆果然爆胎。

"把贺明凯的车撞进去!"又是林烟的声音。

……

看到这里,大厅内所有贺家的队员都已经一片死寂,面上全是无法置信的表情。

刚才还在得意扬扬、以功臣自居的贺明凯面色彻底僵在了那里。

这不可能!

此时此刻,有视频、有真相,贺乐风憋屈了这么久,总算是可以扬眉吐气了。他站起身来,瞥了一眼呆若木鸡的众人,冷笑道:"一个个的,装什么大尾巴狼?如果没有烟姐,你们还想跑到终点,赢下这场比赛?做你们的春秋大梦去吧!"

这一刻,贺乐风憋在胸口的闷气终于发泄出来了。

与此同时,电视中,解说员激动地开口:"发现这些后,我很震惊,在咱们国内,居然还有这样另类的领航员,可以说,这位领航员,一手将贺家车队送入了终点,拿下了胜利!"

"这……这女人居然……这么强?!"

"这种领航能力……我在国内还未见过!"

"怎么可能,她不是什么都不懂吗?"

数位贺家车队的队员纷纷议论着。

这个时候,有队员想起了林烟上场前说的话,恍然大悟地说:"对了,我记得这女人之前给明凯检查赛车的时候,说过明凯的车子轮胎有问题,没想到真有问题……"

"是啊,要不是最后她让贺乐风故意撞上去,我们就要因为这种低级错误而功亏一篑了！"

可以说，整场比赛，从头到尾，都是林烟以她精准到可怕的判断力，一手把贺明凯推到第一的位置的。

一时之间，众人看向贺明凯时，原本崇拜的目光变得有些异样了。他们还以为这场比赛真的是贺明凯超常发挥了，没想到真相竟然是这样。

贺明凯一直死死地盯着大屏幕，听到解说员最后的那句"是她一手将贺家车队送入终点"时，脸色更加难看了。该死的，居然说他是靠着女人才拿到这个第一名？

此刻，贺雄的神色有些狐疑，这丫头怎么会懂这些？

他记得，老四还在世的时候，这丫头跟老四走得很近，估计这些也是跟老四学来的。

"哼！"贺雄冷哼一声，道，"还真没看出来，那丫头的领航能力居然还算不错……可那又怎么样，领航员能力强，能和赛车手相比？碰瓷双W战队，输了比赛之后，我们会成为业界笑柄！"不给旁人开口的机会，贺雄继续说道："就算她有领航员的专业水准，但是，她以为她是什么？专业级的赛车手？能够和双W战队一战的赛车手？！就算她领航能力再强，她也不可能坐在驾驶的位子上，更不可能跑赢任何一位双W的队员！"

听到父亲的话，贺明凯阴沉的脸色稍微缓和了几分："我爸说得没错，别说是双W的队员了，就算是我们贺家车队的队员，她都不可能跑得过！"

闻言，其他队员也点点头。

这话倒是没错的，毕竟赛车是需要实战和操作的，纸上谈兵再厉害，也只能是个领航员而已。

贺雄居高临下地说："不过，那丫头的领航能力确实可以，回头可以让她配合辅助明凯，倒是勉强够格！"

贺雄说完，看向一旁的贺明凯。

贺明凯轻咳一声，神色傲然地说："可以让她试试。"

旁边的贺乐风听到这里，眉头紧蹙。烟姐作为领航员的专业能力或许不如国内顶尖战队的领航员，但也应该差不了太多吧，可这两人却一副勉为其难的表情，得了便宜又卖乖。

贺定坤闻言，沉吟着开口："小烟的领航水平，应该算是达到了专业级，如果配上明凯的话，其实也还不错的。"

"是啊！"其中一位贺家车队队员点头笑道，"林烟小姐的领航实力，绝对算是我们贺家战队几位领航员中最强的了，让林烟做明凯的领航员，也不算亏待她了！"

"你们几个领航员，觉得林烟怎么样？"某位贺家车队队员看向一旁的几位领航员。

"还行吧，不能说顶尖，但也过得去了。"

"其实，咱们这次的胜利，林烟的确有很大功劳，但也有投机取巧的成分。她算不上顶尖的领航员，但是配明凯的话，应该问题不大的。"

"青礼，你觉得怎么样？"贺明凯的目光落在一名青年身上，"你是我们贺家最专业的领航员，你来评价看看。"

青礼笑了笑，说道："还可以吧，出其不意，脑子很灵光，不过，虽然路书很专业，但应该都是提前死记硬背下来的，不能用顶尖来形容，但也算不错了。"

"那这样，青礼，这些日子你多带带林烟，让她跟你学习学习。"贺雄说道。

"我可没收徒弟的习惯……"青礼一愣，旋即又道，"不过，既然贺雄叔你开口了，我要是不同意，也说不过去，不过我很严格的。"

"那个，我觉得，还是先问过烟姐的意见比较好吧？"贺乐风眉头微蹙道。

那个青礼，勉强只能算个中级领航员，居然这般为难地要收烟姐做徒弟？！

贺雄面上一副林烟占了大便宜的表情，不屑地说："她能有什么意见？明凯是我们贺家最好的赛车手，担负着贺家的希望，能给明凯做领航员，那是她的荣幸！而且，青礼是咱们贺家最有实力的领航员，让青礼当她师傅，她不得感恩戴德？"

"就是啊，连ZH1的队长Z神都那么看重明凯，让林烟当明凯的领航员，这表示我们已经很重视她了！"

最后，贺定坤沉吟片刻，打断贺雄等人，开口："回头我找个时间，跟小烟商量一下。"

与此同时，郊外某栋高级别墅。

卫徐风正约了一群朋友在家里吃饭、喝酒，祁邵元也在。

卫徐风交往的"狐朋狗友"大多和他一样，是赛车爱好者。

别墅宽敞奢华的客厅里，有个巨大的液晶屏，此刻，大屏幕上，正在播放着赛事新闻，正好就是今天下午贺家的那场比赛。

"可以说，这位领航员，是她一手将贺家车队送入了终点，拿下了胜利……"

电视里传出解说员兴奋的声音。

今天的这场比赛原本因为赛事等级很低，并没有什么关注度，但是，后来赛况实录发布之后，倒是引起了不少关注。加上后来双W挑战ZH1的劲爆新闻，热度又被推向了一个新的高度，现在圈子里很多人都开始关注起来。

客厅里的那些赛车发烧友，此刻也在饶有兴致地议论着。

"女赛车手极少，但是女性领航员倒是挺多的，毕竟女人在细节和理论方面还是有优势的，贺家这个领航员，倒是有几把刷子！"

"听说是贺定坤的外孙女，确实挺专业的，玩战术还可以，不过，就算再专业，也只能做做领航员了。这女人居然放出豪言代表贺家接受了双W的挑战，有点太飘了吧？"

"无知者无畏啊！她以为实战跟纸上谈兵一样呢？"

……

现在的视频网站全都有弹幕，只见大屏幕的弹幕上，充斥了不少粉丝的骂声。

一部分粉丝是在惊叹林烟的专业能力，另一部分大多是双W车队的粉丝，都在痛斥林烟故意碰瓷。

"还以为是个什么厉害人物呢，看来不过是纸上谈兵的能力不错而已，毫无实力，只会哗众取宠！"

"大言不惭地敢接受WW的挑战，谁给她的脸？会点理论知识就以为自己会开赛车了？她当赛车是出租车吗？想开就能开？"

"期待下个月WW把他们按在地上碾压，好彻底清除一下圈子里这种碰瓷的不良风气！"

"为我双W加油！求我大W教她做人！"

……

卫徐风靠坐在椅背上看电视，神色有些恍惚。电视里，方才播放的林烟和贺乐风的录音，一直盘旋在他的脑海里。那个说话的气场和语气，竟然令他有些热血沸腾。

没想到，林烟那女人真有两把刷子……看来也是下了功夫的，她毕竟是出身赛车世家，懂这些理论知识也不足为奇。对于真正的专业人员，卫徐风都很欣赏和尊重。

如果她没有故意模仿Yeva，或许自己也不会这么讨厌她。

客厅里，最格格不入的要数祁邵元了。这家伙全程都在刷手机，也不知道是什么东西这么吸引他。

卫徐风见祁邵元恨不得把眼珠子都黏在手机上的架势，没好气地一把将他的手机抽了过来："看什么呢？你都看一晚上了！什么时候成网瘾少年了？"

说完，余光便扫向祁邵元的手机屏幕，随后就看到祁邵元正在看林烟的微博，对话框里是祁邵元编辑好了还没来得及发出去的评论：啊！嗑死我了！这是什么绝美的小仙女啊！吹爆我烟姐！烟姐最棒！烟姐最美！今天也是为神仙小姐姐神魂颠倒的一天！

祁邵元的微博ID：烟姐一生推

卫徐风看着祁邵元的这段评论，又看了眼祁邵元新改的微博ID，表情像见鬼了一般，说道："祁邵元……你没毛病吧？脑子被撞坏了？"

祁邵元一把将自己的手机夺了回来："你才有毛病呢！把手机还我！"

说完立即把这段评论发了出去，然后，继续给林烟的每条暴富微博都评论和点赞。

祁邵元那些格格不入的夸赞，夹杂在一群骂声之中，如同鹤立鸡群，无比醒目。

"你居然追星……追星也就算了……你追谁不好……追这种女人？我看你不是脑子坏了！而是脑子丢了！"卫徐风满脸的不可思议。

祁邵元用一种看透一切的表情，居高临下地瞥了卫徐风一眼："你懂什么！从今天开始，我就是烟姐的骨灰级死忠粉了！我不准你侮辱我的神仙小姐姐！"

"就因为她跟Yeva比较像？她那完全是东施效颦好吗！你眼瞎啊！就你这样，你还好意思说是老大的粉丝？我看你是个假粉！"卫徐风气不打一处来。

祁邵元闻言满头黑线地吼道："你才眼瞎！你才假粉好吗！"

卫徐风这个最眼瞎的假粉丝，居然还好意思骂他眼瞎？

卫徐风一脸鄙夷地说："假的就是假的！就算再像，我也绝对不可能背叛老大！那女人放出那种可笑的大话，我倒要看看，等到实战的时候她敢不敢上！"

祁邵元冷笑一声。

晚上，林烟正坐在电脑前刷微博，突然接到了多多的夺命连环Call。

"烟姐！你又做了什么？"手机刚接通，就传来了多多激动的声音。

林烟眨了眨眼睛，道："我又做什么了？"

"你自己去看卫徐风的微博！"

"啊？卫徐风？"

林烟一边说着，一边用鼠标狐疑地点进了卫徐风的微博。

然后就看到，卫徐风的微博页面上，非常醒目地置顶了一条微博。正是之前他说除非他眼瞎才会看上她的那条。

林烟嘴角微抽，这才想起之前卫徐风跟她争吵时说过的话。

这家伙，是小学生吗？还真把那条微博置顶了。受点刺激就要发条微博，搞事情啊……

算了算了，看在他是自己粉丝的分上，就不跟这家伙计较了。

她想，她真是太宠粉了。

手机那头传来多多快哭的声音："你跟韩逸轩在一起说话的那张照片已经招来不少骂声了，这个节骨眼上，卫徐风突然又做出这样的举动，这不是雪上加霜嘛！那张照片分明就是有人故意曲解你的。卫徐风就更不可理喻了，这几天分明是他主动黏上来的吧。这个别人不知道，他自己还能不清楚吗？他现在这么做又是什么意思？"

林烟听着多多的话，嘴角微勾。

这丫头大概连自己都没发现，她的态度已经开始偏着她了。

"淡定淡定，撑过这几天就好，反正我没几场戏，很快就杀青了！以后我绝对不会进这种死亡剧组了！"林烟安抚道。

多多说："少骗人了，多给你点钱，什么剧组你不敢进？"

对此，林烟竟无力反驳。

没想到认识不久，多多对她的了解已经这么深刻了。

其实她刚才说的话都是心里话，倒不是因为怕黑粉，万千黑粉她也无所畏惧，她主要是怕男朋友吃醋啊。

接下来的几天，林烟的拍摄行程安排得很满，几乎没有休息的时间。

期间外公那边给她打了一次电话，商量下个月跟WW比赛的事情，林烟准备这些天抓紧把剧组这边的工作完成，然后去外公那边详细商议。

后来赛车现场的录像和录音报道，她也看到了，虽然她作为领航员的能力算是被肯定了，不过，在众人眼中，理论知识不等于实战水平，领航员和赛车手是完全不同的两个领域，她如果想直接上场，还要花时间跟外公谈一下。

剧组这边的拍摄倒是一切顺利。林烟扮演一个没有感情的赚钱机器已经非常得心应手；卫徐风虽然对她还是挺嫌弃的，但他拍摄的时候还是挺敬业的，并且把林翩若那种又爱又恨的感觉演得相当传神。

转眼间，林烟只剩下最后一场戏便可以彻底杀青了。

这场是跟裴南絮的对手戏。

裴南絮这会儿正在跟蒋思霏对戏，林烟化好了妆，在休息区等着。

今天这场戏的拍摄地点在远郊一处景区，环境清幽，风景宜人。

林烟躺在休息区的椅子上，看着远处正在拍摄的裴南絮，不免有些紧张，毕竟这是她第一次正式跟自己的偶像演对手戏。

一旁的多多颇为惊讶地朝林烟看了一眼，心想：难得林烟也有紧张的时候啊。之前拍了那么多天，不管是跟谁对戏，她都是一副无所谓的态度，跟卫徐风的戏份更是完成得非常顺利。不过，林烟毕竟是裴南絮的粉丝，估计是因为这个比较激动。

"烟姐，你激动归激动，待会儿可要克制住自己，别做些什么不该做的……"多多忍不住提醒了一句。

林烟为了待会儿能更好地入戏，演出霸道总裁的气场，一边点开手机里裴聿城的视频反复观看，一边回道："放心吧，我很惜命……"

再说了，她也不敢啊！

多多的余光无意间看到林烟的手机，发现林烟从刚才起就一直在反复看的视频，似乎都是同一个男人。只是仓促一眼，仅凭一个侧影就能看出，那是个非常帅的男人。

多多一见，顿时露出警惕的表情，试探着开口："烟姐，你偷偷摸摸地在看什么呀？都看半天了！"

林烟闻言挑眉，托着下巴，轻笑一声道："看小哥哥的视频呀，怎么啦？我还不能看看吗？"

多多嘴角微抽，此时，她看到林烟的视频里，闪出一个男人只围着一条浴巾站在泳池边上的背影，顿时脸色更黑了："你……你你大白天的看这种东西？你能不能收敛一点？"

林烟疑惑地说："啧……为什么要收敛？"

她心想：我看我男朋友，就算花痴一点又怎么了？

说起来，裴聿城去国外已经一个星期了，这段时间，她跟裴聿城没有过任何联系。

裴聿城没有主动给她打过电话，连一条短信都没有，两人都是通过裴宇堂或者裴南絮传话。

两人这种诡异的相处方式，就好像不久前那个失控状态下的裴聿城只是她在梦中见到的一样。

之前她还担心裴聿城撕破脸后，会过度干涉和管控她，可现在看来，她的担心完全是多余的。

林烟正跟多多说着话，这时，不远处传来一声"cut"，裴南絮和蒋思霏的对手戏拍完了。

导演姜一鸣跟裴南絮、蒋思霏聊了一会儿，随后，朝着林烟走了过来。

"林烟啊，准备得怎么样了？"姜一鸣关切地问道。

林烟急忙起身，回道："还好吧……"

其实心里挺没谱的，毕竟"画虎画皮难画骨"，之前的戏份，她还能靠着恶补应付过去，可今天这场需要跟裴南絮飙戏，互飙气场，怕是够呛。

不过，姜一鸣似乎对她非常有信心，满脸笑意地说："你不用紧张，只要正常发挥就可以了，那天你的试镜非常完美，相信我，你就是林翩若的最佳人选，就按照你那天的表现足够了！怕是连南絮也压不过你的气场！"

林烟一听姜导提起那天的试镜，顿时更加心虚了。那天的试镜根本就不是在她清醒的状态下演的。

就在这时，裴南絮也走了过来，微笑着开口："林小姐那天试镜的录像我也看过，确实演得很好，很期待和林小姐的对戏。"

林烟听到裴南絮的话，简直受宠若惊："您谬赞了，我当时也是超常发挥……"

"哈哈，林烟啊，别谦虚了，你当时的表现不可能是随便超常发挥就能办得到的！好了好了，没什么问题的话，咱们现在就开始吧？"姜一鸣迫不及待地说道。

没办法了，姑且一试吧。她恶补了这么长时间的演技，或许真能把潜力给激发出来呢……

很快，姜一鸣通知所有工作人员准备，拍摄正式开始。

今天的这场戏，正是林烟试镜时的那一场，男主陈敬受到挫折一蹶不振，林翩若作为陈敬的死对头，去医院找他谈判，想要跟他合作。唯一不同的是，之前试镜时跟她对戏的假人，而今变成了裴南絮。

拍摄场景是在疗养院的病房内，男主躺在病床上。

"3，2，1！Action！"姜一鸣喊下开始，灯光、摄像就位。

裴南絮扮演的男主陈敬躺在病床上，化妆师将裴南絮的脸色化得有些苍白虚弱，下巴上隐隐还有些胡茬，与平时判若两人。

即便如此，镜头中的裴南絮依旧极富魅力，并且多了几分颓废的美感。

陈敬这一生没有败过，这是他人生中的第一次失败。他待在疗养院，与外界隔绝，断了一切联系，整整半个月，除了女朋友，他不肯见任何人。就在这天，疗养院来了一个不速之客——林翩若。

林烟身穿黑色小西装，戴着宽大的墨镜，推开病房的门。

当看到林翩若出现在这里，躺在病床上，正看着窗外发呆、神色有些迷茫的陈敬，气场瞬间变了。

方才还是一副完全无害、没有威胁的状态，当林翩若出现的瞬间，裴南絮的气场顿时炸裂，那个商场巨鳄，那个杀伐果决的男人，回来了。

突如其来的冷冽目光，让林烟倒抽了一口冷气。

不愧是专业演员！这种表现力！明明平时是那么温柔的人，此刻连丝毫温柔的影子都没有了。

林烟赶紧从粉丝状态切换过来，无视了陈敬不善的目光，径自走到病床旁边的椅子上坐了下来。

面对着这个商场上的死敌，陈敬双眸微眯，精光迸射："林总大驾光临，有失远迎。"

此刻，陈敬看似不动声色，但是那陡然倾泻出来的压迫感，却让周围的工作人员都感觉到了极大的压力，更别说就坐在旁边的林烟了。

林烟集中所有的注意力才让撑住了气场，勉强说出了台词："陈总，不过这点小风小浪，便一蹶不振？"

不远处，姜一鸣盯着摄像机，脸色微变。

感觉不对……虽然看似表情、台词、语气都对，但是，林烟的气场完全被压住了，这跟他想象中的完全不同。

此刻，穿着病床服的裴南絮脸色苍白，甚至完全没有了昔日里的威严，但随便一个眼神，就能让人感觉，他依旧是那个不曾倒下的陈敬，他看着林烟的表情，就像她不过是个落井下石的小丑。

就算龙入浅滩，但龙终究还是龙。

林烟深深地被眼前的裴南絮演绎的陈敬震撼住了。

林烟道："跟我合作，是你唯一的选择……"

姜一鸣看到这里，直接摇了摇头："Cut！停下吧！这场不行，重来！"

林烟猛地卸下一口气，她自己也知道，她刚刚演得怕是不行。

姜一鸣面色复杂地朝着林烟走过去："林烟啊，怎么了？是不是今天状态不太好？"

裴南絮连忙开口："其实，林小姐刚才已经演得不错了。"

姜一鸣点点头，说："我并不是说林烟刚才演得不好，相反，林烟，对于你这样非专业的演员来说，确实已经非常好了。但是，我对你的期望不仅限于此，你完全可以做得更好，明白吗？"

林烟闻言，不知道该回什么。她失去意识的时候，到底是怎么演的？真演得那么好吗？

裴南絮耐心地说道："没关系，我们可以多试几次。"

姜一鸣看向林烟，开始给她讲戏："这场戏的台词其实不多，重点是你，是你的气场，要知道，剧中的林翩若可是陈敬唯一的对手，她的气场怎么可以被陈敬完全压得死死的？虽然我可以让南絮收敛一下气场，好配合你，但是如果这样的话，整场戏的水平瞬间就跌下来了，所以，唯一的办法是，你的脚步必须跟上南絮才行！比如你的第一句台词状态就已经不对了，显得你像是来幸灾乐祸的。第二句台词，你已经完全被南絮的气场压过去了，这样你要怎么让观众相信，你仅凭着一句话、一个眼神，就能让陈敬同意跟你合作？"

林烟认真地听着姜一鸣的话，点头道："我明白了……"

但明白归明白，短时间之内，她怎么可能做到？

裴南絮这种级别的影帝，在他气场全开的时候，就算是放眼整个娱乐圈，也不可能有谁的气场能压过他。

现在，让她一个刚恶补演戏没多久的非专业演员去压他的气场，几乎是不可能的。

可是，听姜一鸣的语气，似乎是对她试镜时的表现非常满意。

要是没有那次的对比，或许姜一鸣今天就对她放行了，正因为有对比，导致姜一鸣对她的要求和期望极高。

"好了，没事，我们再来一次。"姜一鸣安抚道。

林烟点点头，深吸一口气："好。"

这一次，林烟努力让自己排除裴南絮的干扰，不被他的气场影响。

"林总大驾光临，有失远迎。"裴南絮的语气没有突然被林翩若找上门的愤怒，反而无比平静，然而这平静中自然而然的矜傲，瞬间显得林翩若好像是个无关紧要的人。

"陈总，不过这点小风小浪，便一蹶不振？"林烟再次说出台词。

"Cut——"姜一鸣再次喊停，"林烟！你的气场呢？还不如上一次！记住你不能被南絮压住！不能被他压住懂吗？"

林烟快哭了，说道："姜导，我也不想的啊！可是，拜托，那可是裴南絮！娱乐圈唯一拿下大满贯，出道即巅峰的裴南絮啊！以他这演技，别说整个娱乐圈了，就算是真正商场上的那些大BOSS，也没谁压得过他吧……"

只怪她的偶像太厉害了！

不对，有一个人的气场一定可以碾压……

裴聿城。

裴南絮听着林烟的话，忍不住失笑："林小姐谬赞了。"

对于林烟的话，姜一鸣倒也同意："林烟，我知道，我当然知道了，所以当初选林翩若这个角色的时候，我就一直很担心，但是，还好被我发现你了！你只要拿出你那天试镜时的水平，就算是……就算是一半的水平，也绝对够了！你好好找找状态！"

林烟顿时无语。

又是试镜！她身上另一个意识到底是什么啊？这么厉害的吗？

"林烟，我相信你，你一定可以的！再来一次！"姜一鸣依旧对她信心满满。

好吧。

于是，林烟只能继续。

可是，接下来的几次，姜一鸣依旧是一次都不满意。

短短几次拍摄，林烟觉得自己快被掏空了，可姜一鸣还是那一句"气场不够"。

"不行，完全不行……算了，休息一会儿吧，林烟你好好找找状态！"姜一鸣的脸色有些不太好。

大概是希望越大，失望越大。

最后，林烟近乎虚脱地摊在了休息椅上，感叹道："感觉身体被掏空……"

裴南絮在林烟旁边坐了下来，安慰道："慢慢来，别着急，你作为新人，能演成这样，已经很好了，只是姜导对你的要求比较高。"

林烟叹气道："我知道的……"而后看向裴南絮，"那个，我那天试镜的时候，演得真的很好吗？"

裴南絮想了想，道："怎么说呢，你当时演得几乎已经不能用'演'字来形容了，你当时的表演毫无演戏的痕迹，就好像，你完完全全就是林翩若，而且你……"

林烟问道："而且什么？"

裴南絮迟疑道："而且……你有一瞬间的气场，甚至跟我哥极像，有那样精彩的试镜在先，也难怪姜导对你要求这么严格了。"

"不会吧？"林烟闻言震惊不已。

她虽然一直在以裴丰城的视频为蓝本学习，但那都是演个性形态，就算再超水平发挥也不可能演出裴丰城的气场啊！

林烟正惊讶着，这时，她的手机突然响了起来。有一条新的微信信息。

林烟看清楚微信是谁发过来的之后，顿时瞪大眼睛。

裴丰城？！一个星期没联系了，裴丰城居然给她发信息了！

裴南絮道："怎么了？谁的信息？"

林烟轻咳一声，压低声音道："你哥……"

裴南絮轻笑道："我哥居然主动给你发短信了？"

林烟问："怎么了？很奇怪吗？"

作为情侣，这么久都不发信息才奇怪吧？

"没什么。"裴南絮轻咳一声，止住了话。

接着，林烟点开了那条微信，随后便看到了微信内容。

裴丰城：食之无味，寝难成眠。

食之无味，寝难成眠？

林烟盯着裴丰城这条突如其来的短信，眉头微蹙。

什么意思？难道是裴丰城的身体状态又不好了吗？

她就说吧！怎么能在那种身体状况下跑去长途奔波呢？

一旁的裴南絮见林烟的脸色不对，忙追问："怎么了？我哥说什么了？"

林烟担忧之下，直接将手机拿给了裴南絮："你看你哥给我发的信息，是不是他的病情恶化了啊？"

裴南絮一听，顿时脸色微变，随后去看那条信息。

食之无味，寝难成眠？

照理说，以他哥的性子，不可能跟林烟说这种话啊。

林烟正准备发信息问问裴聿城，下一秒，手机又收到了一条信息。

林烟急忙去看，随后便看到，裴聿城又发了几个字过来——

林小姐，思你成疾。

林烟和裴南絮皆是无语。

空气中弥漫着一阵尴尬的沉默。

林烟脸颊上的温度不受控制地越来越高，近乎沸腾。

裴南絮轻咳一声，非礼勿视般地移开了视线。之前裴宇堂一直跟他抱怨受刺激的时候，他还没什么感觉，今天算是深刻感受到了。

这波狗粮简直……猝不及防。

林烟的脸红透了，这男人……整整一个星期不联系、这一联系就这么刺激！能不能考虑一下她心脏的承受能力啊？

裴南絮为了避免林烟尴尬，非常识趣地走到了另一边。

林烟尴尬不已地看了裴南絮一眼，做贼一样把手机拿到了角落里。

反复看着裴聿城发过来的短信，心脏跳得飞快。

果然美色就是祸水，这让她待会儿还怎么冷静下来演戏啊！

这男人看上去那么绅士，可说起情话来简直要人命！

一句简简单单的"我想你了"，也能说得这么撩人。

偏偏这种能把林烟肉麻死的情话，从裴聿城口中说出来，却让她的钢铁直女心都变得柔软起来了。

她要怎么回复呢？

林烟绞尽脑汁都不知道该回什么好，无奈之下，只能求助网友——

怎么回复男朋友的信息比较好？

请问要怎么讨男朋友开心？

Part10

这怕是死亡列车！开往地狱的吧？

♥

"林烟，准备一下，下一场要开拍了！"

这时，不远处的工作人员扬声提醒。

"好的，来了来了！"林烟来不及回复，只能连忙收起手机，努力调整好情绪。

不过，显然效果不大。

裴南絮见林烟有些恍惚，轻咳一声，关切地问了一句："大嫂，你还好吧？"

林烟黑着脸看向裴南絮："你看我像还好的样子吗？"

状态完全被裴丰城的一句话打乱了好吗！

"我问你一个问题，请你务必认真回答我，你大哥到底有多少任女朋友？有没有一百任？"林烟忍不住问道。她觉得如果没有一百个女朋友，他绝对练不出这种技能！

裴南絮哭笑不得地回答："怎么可能？据我所知，只有你一个。"

"……"

她每次听到这个答案都觉得极其不科学。

"林烟，怎么样，休息一下，是不是能找到感觉了？"姜一鸣期待地问。

林烟不知道该怎么回答。

裴南絮开口："我也调整一下，再试试吧。"

于是，拍摄继续开始。

裴南絮："林总大驾光临，有失远迎。"

林烟："陈总，不过这点小风小浪，便一蹶不振？"

裴南絮双眸微眯："……"

姜一鸣突然喊停："Cut！南絮，我刚才说什么了，你不能故意减弱你的气场，切记不要收，这场戏你的气场必须爆发到极致！再来一次！"

第二次继续开始。

裴南絮："林总大驾光临，有失远迎。"

林烟："陈总，不过这点小风小浪……"

姜一鸣再次喊停："林烟！你是怎么回事？试镜时试的就是现在这场戏，你当时的状态不是很好吗？连我和冯制片都被你的气场惊到了！今天怎么就是调整不过来？"

眼看天色越来越晚，这么一场戏，已经连续NG了几十次，所有人都已经精疲力竭。

这么多次了，就是演不出想要的效果，姜一鸣也难免有些急了。

剧组为了赶进度，分成了AB两个组同时进行拍摄，冯安华和副导演在A组那边，得知B组这边的情况之后，冯安华也赶了过来。

"老姜啊！怎么回事啊？我看林烟演得挺不错的了！差不多就行了，咱们还在赶进度呢，要是规定时间内完不成，影响了上映时间怎么办？"冯安华开口劝道。

"你懂什么！这就叫不错了？你忘了她那天试镜的时候是什么状态了？上映时间算什么！你知不知道这场戏有多重要？什么叫差不多就行了？在我姜一鸣这里只有最好，没有差不多！"姜一鸣早就忍冯安华很久了，听到他的劝说直接爆发了。

冯安华被喷了一脸，无奈地摸了摸鼻子："姜导，冷静，冷静……我说句公道话啊！刚才两人的对戏我看了，南絮的演技你也知道的，演技太好了，你又非要他气场全开，南絮可是整个娱乐圈演技实力的天花板，你强迫林烟一个完全没学过演戏的新人，一定要在气场上压过他，这不是强人所难吗？"

此刻，姜一鸣终于稍稍冷静下来，他心里也很清楚，但是，大概真的是那天林烟试镜时候的状态太符合他的要求，以至于他太希望林烟能够发挥出那次的水平了。

"林烟，你那次是怎么演的，要不，你试着回忆一下？"冯安华建议道。

林烟现在也是一个头两个大，她要是记得就好了。问题是她完全不记得了。

"抱歉，那次可能确实只是碰巧……"林烟无奈地开口。

姜一鸣闻言，说不失望是不可能的，但林烟的表现其实已经够好了。

"算了，是我对你要求太高了，最后再来一次吧！南絮你这次可以稍微收一点……"姜一鸣终于还是做出了妥协。

冯安华松了口气，赶紧道："大家各就各位，最后再来一次！"

与此同时，私人飞机上。

男人静静地坐在机舱内，目光一直落在手机上。信息已经发过去了很久，林烟一直没有回复。

男人看着窗外，思绪也跟着飘远。

终于，泛滥的思念如同潮水般蔓延，裹挟着他的灵魂，穿越遥远的距离，朝着女孩的所在而去。

六千米的高空上，男人缓缓地闭上眼睛，手中的手机缓缓地滑落在地面，意识抽离……

"各就各位，最后一次！林烟，你可以了吗？"姜一鸣开口。

"没事，放轻松！"裴南絮安抚道。

姜一鸣终于松口了，他就可以稍微收敛一点气场，这样林烟会好演得多。

"好。"林烟深吸一口气。自己NG了这么多次，还是在跟裴南絮对戏的时候，说不难受是不可能的。可是还能怎么办呢？她的演技现在是不可能压过裴南絮的。

"我好了，开始吧！"林烟开口。

剧务拿着板子打了一下，紧跟着，拍摄开始。

疗养院的病房门口，林烟闭了闭眼睛，调整着状态，身形笔直地站在那里。

下一秒，女孩睁开眼睛，推开了病房的门。

就在林烟推开门的瞬间，摄像机立即推进，给了她一个近距离特写。

当女孩睁开眼睛，推开门的刹那，那双原本明亮而璀璨的眸子，瞬间变成了深不见底的海。明明看似平静而和煦，却如同蕴藏着令人不敢直视的强大压迫感。

仅仅是推开门时那一个云淡风轻的抬眸看向病床上裴南絮的眼神，那上位者的威压如同无处不在的空气如影随形地笼罩下来。

病床上，原本还准备收敛气场的裴南絮，心头不由得一惊。

已经不抱希望的姜一鸣也瞪大了眼睛，连呼吸都不敢大声，眼睛一眨不眨地盯着摄像机里的"林烟"。

裴聿城重新睁开眼睛的时候，便发现周围的一切都已经变了。

裴南絮……各种打灯、摄像机……姜一鸣、冯安华……这不可能是属于他的视角。

他的意识，再次不受他控制地附在了林烟的身体里。

此刻，裴聿城也终于确认了这段时间意识失控的原因，似乎只要他情绪不稳，或者太过想念林烟的时候，他的意识便会自动附到林烟的身上。

果然，他的灵魂总是比身体要诚实。

一旁的众人只看到"林烟"推开门之后，周身的气场给人的感觉突然完全变了。

女孩的目光带着几分探究，朝着疗养院的病房内略打量了一眼，目光落在裴南絮的身上时稍稍顿了顿，随后又掠过周围剧组的工作人员。

几乎所有被那目光扫到的人都不禁神色微震。明明还是同一个人，怎么一个推门之后，给人的感觉就完全变了？

裴聿城不知察觉了什么，眉头稍稍蹙起。

林烟的左腿上传来熟悉的疼痛之感。

紧接着，他的余光看到了不远处剧务手中的打板，从板子上的信息来看，今天这场戏已经NG了三十多次。

下一秒，众人只见摄像机前，"林烟"不紧不慢地走了进来。

不同于刚才的林烟如临大敌般地挺直脊背迈入，此刻的女孩完全处于放松的状态，甚至如同闲庭漫步一般，旁若无人地在裴南絮病床旁的沙发上坐了下来。但眉宇之间陡然倾泻而出的冷意，让人完全不敢直视。

明明什么都没有做，甚至连台词都还没有说，那股完全属于上位者的气息铺天盖地地覆盖了整个空间。

坐下之后，左腿的承受力消失，疼痛立即缓解了一些。裴聿城的脸色依旧不太好看，沉邃的眸子淡淡地看着病床上的裴南絮，手指关节有节奏地敲击着。

裴南絮对上裴聿城的眼神，看着"林烟"那个不易察觉的小动作，不由自主地打了个寒战。

他竟然……竟然从林烟的身上，感受到了只有面对自己的大哥时，才有可能出现的惊慌和忌惮。

当旁边的姜一鸣回过神来时，差点老泪纵横。

飙戏了！林烟这丫头，终于开始飙戏了！

林翮若是谁？

她是一个对权力的掌控欲完全不亚于男人的商业帝王，她毕生追逐的只有事业，不受任何事情影响，从某种意义上说，男主陈敬对她的影响力，比男朋友还要大。

她最在乎的是什么？

是对手！而陈敬便是她唯一的对手，所以当看到陈敬竟然因为一次失败便如此消沉的时候，才会露出冷漠和不满，甚至是斥责的表情。

林翮若推门进入病房之后，先是随意地打量了一眼病房的环境，随后，目光落在病床上落魄消沉的陈敬身上，顿时露出不满斥责的情绪，神色也冷了下来。"林烟"的表演从气场到微表情，都表现得太合适了。

而且在剧中连陈敬都败过，但林翩若从无败绩。不同于其他那些打着宫斗剧、职场剧的旗号，女主实际上在谈恋爱的剧情，这部电影中的林翩若算是唯一一个醉心于事业的女性角色，她的事业心甚至胜过男人，完全是一股清流，所以才会得到那么多书粉的喜爱。

所以，姜一鸣要求林烟一定要压过裴南絮的气场，否则她的人设根本立不住。

现在，林烟的表演终于完全撑起了这个人物，气场稳稳地压住了裴南絮。太完美了！

别说姜一鸣了，就连一旁的外行人冯安华看到"林烟"此刻的表现之后，也是惊叹不已。

"这小丫头，很厉害啊……就算是上面那位大BOSS亲临，大概也不过是这个气场了吧？"冯安华咋舌不已。

姜一鸣对此也很同意，林烟每次飙戏的时候，给人的感觉确实太像大BOSS了！

"安静！"姜一鸣压低声音说道，紧张而激动地继续看着两人的表现。

病床上的裴南絮惊悚地发现，以他的演技，竟然差点被"林烟"压戏。他赶紧努力让自己稳住心神，说出接下来的台词："林总大驾光临，有失远迎。"

"林烟"闻言，敲击沙发扶手的手指顿住，眉宇之间却依旧结着一层阴鸷和冰霜，眸底也酝酿着风暴。显然，裴聿城对于演戏让林烟太过劳累这件事，非常不满。

一瞬间，冯安华和姜一鸣的心中同时升起一种毛骨悚然的感觉。

什么情况？怎么觉得背后凉飕飕的？

其实，离"林烟"最近的裴南絮面对的压力更大，只是他强撑着而已。

"林烟"的目光随意地落在窗外，似乎是在思索和回忆着什么……

裴宇堂：明明大嫂你才是娱乐圈的最牛关系户好吧！你为什么不直接把我大哥搬出来算了？

林烟：那还是算了吧，到时候那些人骂你大哥眼瞎怎么办？至少等我成功逆袭了再说！

裴宇堂：那有什么，我大哥肯定不会在意这些的！

林烟：那不行！你大哥不在意我在意，你大哥是最好、最厉害、最完美的，无论哪方面都是，所以他的女朋友也必须是最好的！

……

裴聿城的脑海中浮现女孩的话，面上的神色终于缓和了几分，阴鸷和冰霜散去，只剩下面无表情的淡漠。

裴聿城看过《棋逢对手》的剧本，凭借他过目不忘的记忆力，对林烟的戏份自然更清楚。而且，这场戏还正好是当初林烟试镜时就演过的。

既然这是她的愿望，那么便帮她实现好了。

"陈总，不过这点小风小浪，便一蹶不振？"摄像机镜头中，"林烟"缓缓说出这句台词。说完后，直接站起身，迈步离开。

离开之前，只留下一句："跟我合作，是你唯一的选择。"

"Cut！完美！收工——"

姜一鸣激动地喊下了结束，盯着摄像机里"林烟"离开病房那一幕的背影，别提多满意了。

明明不过是随随便便地将这些话说了出来，甚至连技巧都没有，但每一句话都如同带着万钧之力，比他想象中的效果还要好！

整场戏，裴南絮竟然差点被林烟压得毫无存在感！他没看错人，这丫头，真是太有天赋了！

"林烟！太棒了！我就知道你可以的！"姜一鸣看着林烟的表情，就像是看着一个宝藏。

裴南絮也由衷地开口称赞道："确实很厉害，连我都差点被压戏。"

裴南絮正笑着，但笑容突然僵在了脸上。

怎么回事？明明拍摄已经结束了，林烟身上那股熟悉的让他忌惮和惊慌的感觉，怎么还在？

一时之间，气氛变得有些诡异。

冯安华轻咳一声，打着哈哈道："入戏太深，肯定是入戏太深了，哈哈！"

姜一鸣也跟着附和："不错，这样的戏份确实比较耗费精力！林烟，恭喜杀青！"

他怎么也没想到，毫无演戏经验的林烟，会给他这么多的惊喜。不仅与卫徐风的对手戏完成得完美，这场跟裴南絮的高难度戏份也超出他预期的效果。

此刻，周围的工作人员纷纷鼓起了掌。虽然一开始大家对林烟的印象都不太好，但经过这段时间的接触，发现林烟完全不像他们想象中的那么难相处，反而极其接地气，演技也进步非常大。

"恭喜恭喜！"

"林烟，恭喜杀青！"

有工作人员捧着一束花走过来，表示祝贺。

当林烟清醒过来的时候，看到的就是这样一幅画面——

姜一鸣一边领头鼓掌，一边满意不已地看着她各种夸赞，自己怀里被塞了一束花，工作人员也在旁边跟着鼓掌，祝贺她杀青。

杀青？她这场戏都还没拍完呢，怎么就杀青了？

林烟整个人还有些懵："杀青？"

"是的，这是你的最后一场戏份！"裴南絮开口。

"怎么会，我……"

我不是一直拍不出姜一鸣想要的效果吗？

林烟没有说出这句话，而是迅速反应过来了——她怕是又发病了。

她的记忆还停留在准备开始拍摄的时候，然后中间的记忆就完全断层了，跟之前几次发病的情形一模一样。

该死的，这么长时间不发作，她还以为自己已经恢复正常了呢！怎么突然又开始了？

林烟顿时有些慌，担心她会不会在没意识的状态下，又做了什么。以她对自己的了解，在她昏迷时，她身体的另一个意识，几乎每次都会做出一些不可描述的事情……之前几次是对裴聿城，万一……万一那家伙今天兽性大发，对裴南絮也做出什么怎么办？

"裴偶像，我刚刚……有没有做什么……不太对劲……的事情？"林烟小心翼翼地询问。

"不太对劲的事情？"裴南絮有些不明白林烟为什么突然这么问。

林烟挠挠头，也不知道该怎么解释，于是看向姜一鸣，轻咳一声开口："姜导，我可以看一下我刚才拍的那场戏吗？"

"当然可以了！"姜一鸣说着，将林烟领到了摄像机前，"你可以再回看一下，记住这种感觉！"

点开回放，屏幕上出现了方才那场疗养院谈判的拍摄画面。当自己的身影从画面中出现的瞬间，林烟的脸色顿时变了。

这……这是她？

这是被裴聿城上身了吧！

打死她也不相信自己能够演到这种程度。有些东西演技精湛可以演出来，但有些东西是天生的、不可复制的。

这还是她第一次亲眼看到自己失去意识的样子。林烟盯着摄像机中的"自己"，有种极其诡异的感觉。那种感觉，不像短暂的失忆，相反，就好像她真的换了一个人。

"对了，林烟啊，正好今天剧组有个聚餐，晚上记得过来参加！"冯安华的话打断了林烟的思绪。

"啊……好的好的……"林烟挥去脑子里乱七八糟的思绪，回过神来。

"你怎么过去？"这时，一旁的裴南絮询问。

"我坐地铁。"林烟回道。

裴南絮眉头微蹙，说道："这边位置比较偏，打不到车，你要去地铁站的话，怕是需要步行很久。要不然，你坐我的车？"

林烟一听，顿时眼睛一亮。不过下一秒，立即忙不迭地摇头婉拒道："不用了！我自己过去就可以了！"

开玩笑！她好不容易才安稳度过了一个星期，万一又闹出什么幺蛾子，她找谁说理去？

一旁的冯安华见状，表情有些微妙。

虽然裴南絮为人绅士温柔，但实际上，他的温柔是非常有距离感和分寸的。没想到他会主动邀请林烟上自己的车，这是不是关心过度了？

"冯制片，剧组有多余的车吗？"裴南絮大概也觉得不太妥当，于是看向冯安华问道。

冯安华忙回道："有的有的，剧组有安排保姆车。这样，林烟，你在这等一会儿，我让人通知司机，让他过来接你！"

林烟忙道谢："谢谢冯制片！"

裴南絮这才安心地和林烟等人告别："那我就先行一步了。"

"好的好的，再见！"

林烟拿着包，在门口等了大概有一刻钟，一辆黑色的保姆车缓缓地停靠过来。

司机探着脑袋开口："是林小姐吧？冯制片让我过来接您，请上车吧！"

"好。"林烟点了点头，随即拉开了后座的车门。

下一秒，林烟盯着后座车厢内坐着的四个男人，大脑直接当机了。

穿着黑色皮夹克、破洞牛仔裤，红发凌乱不羁的卫徐风；一身花衬衫，领口解开了三颗扣子，长着一双勾人的桃花眼，吊儿郎当地斜靠在椅背上的沈朝暮；十七八岁模样，身着浅蓝色运动卫衣，长相俊朗乖巧的唐嘉业；一席奢华复古的宝蓝色西装，外表矜贵冷漠的韩逸轩。

林烟说不出话来。

一定……一定是她打开车门的方式有问题！

林烟"砰"的一声又把车门给关了回去！

一秒钟，两秒钟，三秒钟……

"唰"地一下，车门又被人从里面拉开了。

靠近车门处的沈朝暮眨着那双潋滟的桃花眼，笑眯眯地看向林烟："嗨，绯闻女友，怎么不上车？"

林烟顿时语塞了。

为什么这四个家伙也会在车上？她好不容易熬到了杀青，以为就要解脱了，现在居然给她来了这么一出？

什么保姆车？这分明是死亡列车！开往地狱的吧？

"嗨，绯闻女友，怎么不上车？"

沈朝暮的这声"上车"听在林烟的耳中，简直就和"上路吧"一样。

让她上这辆车！开什么国际玩笑！

原本林烟还在庆幸，虽然这个剧组的"地雷"很多，但她只跟卫徐风和裴南絮有对手戏，其他几个人应该遇不到，撞上韩逸轩那次是纯属偶然。

谁能想到，老天爷不玩则已，一玩就玩了个大的！

剧组为了赶进度，分成了AB两个组同时拍摄，林烟在B组，其他人在A组。估计这几个人都是在隔壁剧组拍戏的，因为晚上要聚餐，便正好一起坐剧组的车过去了。

"那个……不……不用了……我自己过去就好……"林烟满脸写着"拒绝"。

沈朝暮见林烟一副仿若看着一车子毒蛇猛兽的表情，不由得有些好笑："你确定？这里很偏僻，打不到车的，你要是想步行到有车的地方的话，估计天都黑了。"

林烟下意识地垂眸看了一眼自己的左腿，眉头微蹙，她现在的身体状况，不宜再过度走动了。而且，剧组不可能给她单独安排一辆车。

沈朝暮见状，勾着唇道："你要是继续站在门外不上车的话，若是被人拍到……"

林烟顿时神色一紧，最后只能硬着头皮，咬牙上了车！反正待在车里又不会被拍到！而且还能省钱！

这辆保姆车非常奢华宽敞，后座设置了六个座位，分为三排，每排两个座位，并且都带自动按摩功能。副驾驶座上坐着一名工作人员，第一排坐着的是卫徐风和沈朝暮，第二排坐着唐嘉业，第三排坐着韩逸轩。

车上还剩下两个空座位，唐嘉业旁边的位置，以及韩逸轩旁边的位置。

现在林烟面临两个选择——她是要坐在唐嘉业旁边，还是坐在韩逸轩旁边？

林烟弯着腰，保持着迈步上车的姿势，一时间犯了难。

正在闭目养神的卫徐风稍稍地睁开眼睛，朝着林烟斜睨了一眼，唐嘉业坐在第二排，打开了椅子上的小桌板，桌板上放着一叠试卷，他正在埋头苦写，似乎是在赶作业。韩逸轩坐在最后一排靠窗的位置，看着她的目光一如既往的阴沉，且带着一丝不易察觉的冷漠。

距离她最近、坐在第一排门边的沈朝暮托着下巴，一脸看好戏地朝林烟眨了眨眼睛："怎么？绯闻女友小姐，挑花眼了？"

林烟脸色微黑，这家伙，能不能别再一口一个"绯闻女友"了？

林烟白了沈朝暮一眼，最终上了车，坐在了沈朝暮的身后，也就是唐嘉业旁边的位置上。

沈朝暮见状，眉头微挑，一副意外的表情，朝着后方的林烟探出脑袋："我还以为你会坐在最后一排呢。"沈朝暮一边说，一边意味深长地朝着坐在最后一排的韩逸轩看了一眼。

林烟看了沈朝暮一眼，生无可恋地开口："有区别吗？死哪里不是死，还要挑地方吗？"

沈朝暮、唐嘉业、韩逸轩和卫徐风四人皆是无语。

"死在你们谁的粉丝手里不是死，有区别吗？"林烟小声嘀咕着。

"哈哈哈……"沈朝暮没想到林烟会这么回答，先是一愣，随即笑出了声，颇感兴趣地朝着眼前的女孩看去。

女孩素面朝天，只扎了一个简单的马尾，如此随性的打扮，也掩饰不住她姣好的面容，尤其是那双灵动的眼睛和透出的那种慵懒、随意却暗藏着凌厉的气质，完全不像传闻中的柔弱、矫情，反而让人看一眼便被吸引。现实生活中的林烟，不仅长相和之前网络上发布的那些照片、视频不同，连性格似乎也相差甚远。

沈朝暮托着下巴，老狐狸一般打量着眼前的女孩，揶揄着开口："我突然发现，今天人倒是挺齐的！就差一个裴南絮，你在咱们剧组的绯闻男友就凑齐了！"

听到这话，林烟的一张小脸顿时黑了个彻底。

听他这语气，好像还觉得挺遗憾的样子？简直是看热闹不嫌事大！

沈朝暮笑眯眯地说："不过没关系，咱们四个也够凑一桌麻将了！"

林烟无言以对。您可闭嘴吧！

林烟一个眼刀扫过去，凉凉地开口："哪里比得上沈前辈您，绯闻女友加起来够召唤一条神龙！"

沈朝暮因为外形潇洒俊朗，嘴甜又会撩，屡次被评为粉丝心中的最佳情人人选。就是私生活有些过于多姿多彩，绯闻漫天飞，经常换女朋友，是娱乐圈有名的花花公子，跟他交往过的女艺人不在少数。

沈朝暮有些骄傲地回道："过奖过奖！长江后浪推前浪，我迟早会被林小姐拍死在沙滩上！"

林烟嘴角抽搐，心想：拍你个头啊！

林烟将外套的拉链拉到了最顶端，遮住了半张脸，又把鸭舌帽压低了一些，不再搭理沈朝暮。

沈朝暮见状，继续开口："这车窗有贴膜，外面是看不到里面的，不用这么紧张。何况，我不介意再多几段绯闻。"

他债多不压身，当然不介意了！但是，她可不一样！

林烟无语地朝着沈朝暮看去，面无表情地开口："我介意，谢谢。"林烟说完，顿了顿，为了让沈朝暮闭嘴，继续说道，"我男朋友会吃醋。"

林烟觉得挺难得的，因为她终于意识到自己是个有男朋友的人了。主要也是因为上次发脾气时的裴聿城太吓人了，让她不记着都不行。

听到这话，后排的韩逸轩眉头不易察觉地蹙了蹙，卫徐风的眸子也眯了眯。

沈朝暮眉头微挑："你有男朋友了？"

林烟瞥了沈朝暮一眼："有问题？"

虽然她不能让人知道她男朋友的身份，不过，她也没打算隐瞒自己有男朋友的这件事。

沈朝暮闻言，露出震惊的表情："不会吧！我们几个里面，居然有一个人是真的？"

林烟顿时额头青筋暴跳。

他这是什么理解能力？她什么时候说过她的男朋友，就是他们几人中的一个了？

听到沈朝暮的话，车厢内的其他人顿时也下意识地将目光落在了林烟的身上，连正在写作业的唐嘉业都抬起了头。

林烟正要开口解释，沈朝暮已经自顾自地猜了起来："该不会是卫徐风吧？之前我还觉得挺奇怪的，以卫徐风的性格，竟然没把你赶出剧组，原来是因为你们有一……"

不等沈朝暮说完，卫徐风已经黑着脸打断了他："沈朝暮，你找死是吧？"

像林烟这样没有实力、只能靠炒作上位的女艺人，是卫徐风最为鄙夷的一类人。在他眼中，只有像老大那样帅气、强大、从不依附任何人的女孩子才是最有魅力、最迷人的！他可不要被林烟这种女人玷污了！

沈朝暮笑得像只狐狸："好吧好吧，差点忘了你置顶的微博！何况我记得你发过誓，你要为你的Yeva女神守身如玉！"

卫徐风"哼"了一声。

沈朝暮说完，又将目光落在了韩逸轩的身上，继续猜道："那是……轩哥？"

话音刚落，韩逸轩的表情也顿时冷了几分，目光极其不悦地朝着林烟看去，似乎在警告林烟不要乱说话。

沈朝暮边想边喃喃道："不过好像不可能啊……"

谁不知道，韩逸轩已经有主了？

不等沈朝暮说出这句话，林烟的目光在韩逸轩的面上掠过，漫不经心地开口："当然不可能了，我眼睛又不瞎！"

此话一出，韩逸轩的脸色顿时变得有些难看。本来他以为林烟是想继续纠缠自己，到处宣扬他是她的男朋友这件事，没想到这一次，她直接否认了，还说出这样的话。

对于林烟这么不给面子的回答，沈朝暮倒是觉得有些意外，他还以为她会继续缠着韩逸轩。接着，不知想到了什么，沈朝暮一脸惊悚地看向斜后方正在写作业的唐嘉业，又惊愕地看向林烟道："咱们小椰子还未成年呢！请你做个人，好吗？"

唐嘉业直接呛咳出声，艰难地摆着手说道："不是……我……我不是……"

林烟捏着拳头，忍无可忍地朝沈朝暮瞪了过去："谁说是他了！你才应该做个人吧！"他脑子里到底在想些啥！

"可是，也不是我啊，那会是谁？"沈朝暮越想越觉得好奇。

林烟白了他一眼："我有说是你们中的一个吗？拜托能不能别再脑补了，沈前辈！"

这一路上，林烟差点被沈朝暮气死。

好不容易熬到了酒店门口，林烟几乎是飞奔着下了车。

包厢里，冯安华等人已经到了。

一看到冯安华，林烟立即快步走了过去："冯制片……"

"哎呀，林烟，你到了啊！"见林烟的脸色似乎不太好，冯安华问道，"怎么了？"

林烟深吸了一口气："冯制片，保姆车是您叫过来的吗？"

"是啊，不用谢，咱们剧组对待艺人一向都是这么照顾的！"冯安华笑着说。

林烟嘴角微抽，说："那您知道车上还有其他人吗？"

"卫少好像在吧，怎么了？"冯安华不解地问。

林烟道："韩逸轩，沈朝暮，还有唐嘉业也在车上。"

知情后，冯安华也无语了。

紧接着，冯安华便看到卫徐风、韩逸轩、沈朝暮以及唐嘉业跟在林烟身后，陆续走了进来。

冯安华盯着同时进来的几人，顿时愣住，半晌后，弱弱地开口："他们三个怎么也在啊？"

林烟捏了捏眉心，叹气道："冯制片，是因为我今天杀青了，用不到我了，所以您就要卸磨杀驴吗？"

冯安华轻咳一声："呵呵，林烟，瞧你说的，这是什么话？误会误会，我也不知道他们也上了那辆车啊，没出什么事吧？"

刚从修罗场逃出来的林烟，已经完全不想说话了。

"幸亏是没出什么事，要是被狗仔拍到，我会被这几位的粉丝活活骂得自闭！"

被黑粉骂到自闭是小，要是被裴聿城知道，那她才是别想活了！

冯安华开口安抚道："其实吧，被拍到也没什么，就当是给咱们剧组的宣发部创造KPI了。你的一条绯闻可抵得上不少流量呢！"

何况是这么劲爆的同框！

林烟闻言黑着脸，严重怀疑冯安华是在故意搞事情，而且还想搞一波大的！

今天剧组的人到得还挺齐的，从导演、副导演、编剧到制片人，还有剧中的一众主演全都凑到了一起。

韩逸轩在剧中虽然只是个跑龙套的，但是因为他的咖位高，背景又雄厚，于是也受到了邀请，并且坐在了裴南絮这个首座的旁边。

之前韩逸轩是韩家大少爷的身份并没有对外公布，因为某次狗仔的爆料，众人才知道原来韩逸轩还是有名的望族韩家的大少爷，当时掀起了不小的风波。

林烟一开始也不知道这件事，她认识韩逸轩的时候，他还只是个普通的留学生，也是在交往很久之后，她才知晓韩逸轩的家世。

不过，当时她并不觉得有什么，毕竟赛车圈里的有钱人实在是太多了，她那个赛车等级的圈子里有钱人更多，可能随便拉出来一个人，家里都有亿万家产。因为除去一些确实天赋异禀的赛车手，没钱的根本玩不起赛车，玩得起赛车的，多多少少身份都不简单。

后来，林烟是在无意之中跟林书雅透露了韩逸轩的家世。也许从那时起，林书雅对韩逸轩就动了心思。

林书雅早就知道了韩逸轩的背景，但林烟后来听到韩逸轩口口声声说，只有林书雅爱的是他的人，而不是看中他的钱。林书雅在所有的采访中也都声称自己是看了新闻才知道韩逸轩的真实身份……对比，林烟只想冷笑。

冯安华敷衍地安抚了林烟几句，便赶忙像花蝴蝶一样满场寒暄去了。

裴南絮见林烟顺利到达，这才放心，正想开口说话，他的手机却在这时响了起来，来电显示是"大哥"，于是，他急忙推门出去接电话。

一旁的林烟扫了一眼圆桌，找了个不起眼的位置坐了下来。

安心坐下来之后，林烟猛然想起了一个问题——惨了，她忘了回复裴聿城的短信了！

林烟急忙掏出手机，点开微信，盯着裴聿城最后那句"林小姐，思你成疾"，双颊不由得又有些发烫。

Part11

林小姐，你到底对我有怎样的误解，
才会认为，我在你面前，冷静……自持？

♥

包厢门外。

手机那头的人不知道说了什么，裴南絮满脸意外："什么……现在就要见吗？这个恐怕不太方便……不过，没事没事……我来想办法吧！我会安排好的！"

挂了电话之后，裴南絮又打电话将自己的助理叫了过来。

"絮哥，你叫我？"

"你帮我看一下……"裴南絮斟酌着措辞，想着要怎么开口。

"看什么，絮哥？"小助理不解地问。

裴南絮轻咳一声："看一下这家酒店有没有适合……适合单独相处，并且确保不会被记者拍到的地方！"

小助理还是有些不太理解："单独相处？是需要谈事情的地方吗？"

裴南絮没办法，只能直言："适合私会的地方。"

小助理闻言，一脸惊讶地问道："私……私会？！絮哥，你问这个做什么？"

难道他们家絮哥要跟哪个女孩子私会？

小助理问："是……是在这家酒店里？"

裴南絮回道："嗯。"

小助理哭丧着脸："絮哥你可别乱来啊，絮哥你难道要跟女人幽会？就算是你要私会，也不用这么着急吧？"

裴南絮说："你去安排就行了，不该问的别多问。"

小助理欲言又止，最后还是不敢多嘴，只能按照裴南絮的要求去做了。

片刻后，小助理气喘吁吁地回来了："要是在酒店房间里私会的话，被拍到的可能性很大，而且一旦被拍到进出房间，那就绝对说不清了，所以肯定不合适。我刚去摸查了一下，十三楼消防通道那边挺隐秘的，有个废弃的杂物室，绝对不会被人发现……"

裴南絮点头道："知道了。"

说完，裴南絮拨了一通电话。

打完电话，裴南絮又发了一条短信。等终于忙完，他才松了口气，推门重新回到了包厢。

林烟在包厢内绞尽脑汁地想着要怎么回复裴聿城，突然收到了一条短信。

短信是裴南絮发过来的，内容有些奇怪。

裴南絮：大嫂，你去一下十三楼消防通道旁边的杂物室。

林烟奇怪地看着这条短信。让她去那里做什么？

正在这时，裴南絮推门回到了座位，林烟便下意识地朝着裴南絮投去狐疑的眼神。裴南絮朝着她略点了下头，然后用手指点了点手机，示意她赶紧过去。

虽然裴南絮的要求实在很奇怪，但既然裴南絮这么说，肯定是有什么事情才对。于是林烟当即起身，朝着包厢外面走去。

"林烟，你去哪？马上要开席了！"姜一鸣随口问了一句。

"我……我去洗手间！"林烟敷衍地答道，随后赶紧出了门。

林烟担心会耽误裴南絮的要事，于是很快就赶到了裴南絮所说的地方。

楼道里空荡荡的，一个人都没有，只能听到林烟刻意放轻的脚步声。

终于找到了一块挂着"杂物室"牌子的房间，林烟站在门口，眨了眨眼睛，看着眼前生锈破旧的铁门，更加纳闷了。

裴南絮到底叫她来这里干吗？虽然是偶像的要求，不过这也太奇怪了吧？

要是换个人约她来这种地方，她都要怀疑是黑粉要找个小黑屋谋害她了！

林烟站在杂物室门口，紧张地咽了口吐沫。心想里面该不会冲出一屋子黑粉把她蒙头暴揍一顿吧？

不能怪她胡思乱想，主要是裴南絮突然让她来这种地方，实在是太奇怪了！

林烟摇摇头，挥去脑子里的胡思乱想。刚才在包厢的时候，她已经跟裴南絮当面确认过了，裴南絮肯定是有什么事情找她才对。想到这里，林烟急忙走到了杂物室门前，伸出手，试探性地缓缓推了一下杂物室的门。

那扇门落满了灰尘，外面的锁也生了锈，林烟轻轻一推，门便开了一道缝隙，看来只是虚掩着。见状，林烟稍稍用了些力气，下一秒，"吱呀"一声，杂物室的门被完全推开。

林烟迈步走了进去。杂物室里没有开灯，一片昏暗，只有斜上方一扇小小的窗户，透露出些许光线，隐约可以看到室内杂乱堆放的陈设，屋子里乱糟糟的，满是灰尘和蜘蛛网，看来已经很久没人来过这里了。

林烟正思索着裴南絮的意图，这时，突然在一片昏暗之中看到了一点红色的光亮。那抹光亮在夜色之中，明灭闪动着。

等林烟稍稍适应了昏暗的光线后，才终于看清了，那红色的光亮，是一支点燃的烟。而昏暗中，斜立在破旧的高柜旁的，是一抹颀长的人影。

夜风吹散了墨色的云层，斜上方那扇小小的窗口透出来的光线亮了几分。

那人穿着一袭长款风衣，略垂着眸子，指间夹着一支香烟，烟头静静地燃烧着，红色的光亮在黑暗中明灭不定。

似乎是察觉到了林烟的脚步声，正在抽烟的男人稍稍朝着林烟的方向偏过了头。

感受着淡淡的烟草气息，虽然林烟看不太清男人的面容，但还是第一时间认出了他。

他是裴聿城。

黑暗之中，男人眸底的情绪似乎比这夜色还要浓稠。废弃的杂物室里，一片静谧，而夜色中男人的侧影，魅惑得令人心悸。

就在林烟满脸惊愕地愣在那里时，耳边传来男人低哑的声音——

"过来。"

夜风彻底拨开乌云。林烟终于完全看清男人的脸。

夜色之中，男人穿着宽大、随意的风衣，风尘仆仆的，脸色有些疲惫，看向她的视线看似清冷，却在一瞬间点燃了她的情绪，那低哑的声音，更是让她全身一紧。

林烟眨了眨眼睛，下意识地一步步朝着男人的方向走去，一边走，一边惊讶地开口："裴先生？真的是你！裴南絮突然让我来这里，我刚刚还在奇怪，到底是有什么事情呢……"

林烟小心地避开了脚下那些乱七八糟的杂物，朝着裴聿城的方向走去。此刻，她距离裴聿城还有两三步远。

"裴先生，你不是要下个星期才能回来吗？怎么突然回国了？还在这个地方……"

话没说完，下一秒，林烟腰间陡然一紧，剩下的话全被卡在了嗓子眼。

男人的眸光一如既往的清冷，静静地看着眼前的女孩，他不紧不慢地扔了指间的烟，将其踩灭。没等林烟走到跟前，他长臂一伸，用力地将她拥入怀中。

未等林烟反应过来，她已经被揽入一个带着夜风凉意的怀里。刹那间，整个世界都盈满了那熟悉的森林般幽远的气息，夹杂着淡淡的烟草味。

他们交往了这么久，甚至也亲过，但她从未与裴聿城这么近距离地接触过。

因为裴聿城实在不像那种有太激烈情绪的人，连每次撩拨她的时候都看似游刃有余，但是这个拥抱，似乎传递和泄露了一丝主人不稳定的情绪。

因为这个突如其来的拥抱，林烟脑袋一空，瞬间愣在了那里。随即，脑海中响起了裴聿城的那一句——思你成疾……

裴聿城突然提前赶回来，并且出现在这里，难道是因为……

因为想她，所以提前赶了回来？

因为想要立刻见她，却又顾忌她说过的，不能让人知道他们的关系，所以才让裴南絮安排了这样的见面？

一瞬间，林烟有点被自己的这个想法吓到。

安静的杂物室里，只剩下两人的呼吸声。

嘀……

嘀……

嘀……

这时，静谧之中突然传来突兀又熟悉的声音。

林烟下意识地朝着裴聿城的手表看去，根据她的推测，这块手表应该就是某种医疗检测仪了。似乎是只要裴聿城受到刺激，身体指标超标，这块表就会报警。

她是哪里又刺激到他了？

听见这个警报器响了，林烟顿时紧张起来："……响了……手表又响了……得去找医生……"

林烟刚动了一下，立即又被按了回去。

"没事，一会儿就好。"男人开口。

怎么会没事？！之前裴宇堂跟她说得那么严重！

林烟顿时急了："怎么没事，三少都已经跟我说过你的身体情况了，说你不能受刺激，你是不是这次出国太累了？"

裴聿城听着林烟焦急不已的声音，缓缓地睁开了微阖的眼睛，眸底泛着一抹笑意，颔首道："嗯。"

她就知道！

林烟正要说话，下一秒，裴聿城继续道："思念过度。"

林烟被噎了一下："……"

发短信说，和裴聿城本人亲口说，完全是两种不同的感觉啊。发短信她还勉强可以受得住，可是现在……她觉得自己有点受刺激过度了……

这么说，他真的是因为太想她，所以才不惜让裴南絮安排了这么一个破地方，也要跟她见面吗？

想到这里，林烟有种说不出的感觉。

为了避免刺激过度，大脑错乱，林烟赶紧胡乱转移了话题："那……那个什么……还没来得及跟你说，我母亲、外公，还有我谢叔叔那边的事情已经解决了，谢谢你。"

裴聿城开口："林小姐不必客气，原本便是因我而起的。"

"可毕竟不是你做的……之前是我误会你了……抱歉……"林烟解释道，"毕竟以您的权势，想要逼我有无数种方法，那些也不过是您一句话就能办到的事情。所以，当时激动之下，我才会误以为是你做的，但没想到……"

裴聿城终于将女孩松开，又恢复了一贯的风轻云淡，淡淡道："想知道为什么？"

林烟下意识地点点头。

裴聿城的态度和做法，很多时候都是自相矛盾的，让她完全想不通。看过裴聿城的真面目之后，她完全不怀疑，裴聿城真的会做出这种事情来，所以她确实不明白为什么裴聿城没有那么做。

"确实……有点想不通……"林烟坦诚地开口。

昏暗之中，男人带着一身风尘，静静地注视她，说道："舍不得。"

因为，舍不得？

话音落下的瞬间，林烟的心脏如同被什么击中了一般，麻痹的感觉瞬间顺着心脏蔓延到四肢百骸。

作孽！她随便找了个话题，本来是想缓解一下情绪的，怎么最后却更刺激了？

林烟这会儿彻底凌乱了，裴聿城对自己到底是什么态度？

真是……像雾像雨又像风……完全捉摸不透……

林烟尴尬地挠挠头，不知道该怎么回应，喃喃道："那个……这个地方……是裴南絮找的吗？"

裴聿城回道："嗯。"

林烟轻咳一声："确实还挺安全的……"

也亏得裴南絮，堂堂一个大明星，却要为他俩找个能私会的地方而操心。

林烟看着眼前的裴聿城，表情复杂，这个男人明明不久前还恨不得掌控她的一切，现在又如此体贴地配合她。

"你好像提前了好几天回来，那边的事情忙完了吗？"林烟随口问道。

"还剩一些事情收尾，不必我亲自在场。"裴聿城回道。

林烟道："哦……对了，我今天杀青了。"

裴聿城道："嗯，知道。"

咦？知道？大概是裴南絮告诉他的吧。

在这间破旧昏暗的小黑屋里，两人有一搭没一搭地聊了起来。

林烟看着眼前身处糟糕环境里也依旧犹如天神般的男人，顿时有种很不真实的感觉。

之前还准备等见面的时候试探着跟裴聿城解释清楚的，但自从上次跟裴宇堂聊过之后，得知了裴聿城的身体状况，林烟便完全打消了这个念头。何况……

林烟看向裴聿城腕上的手表。那块手表还在一直响着，虽然响动的频率似乎呈放缓的趋势，不过断断续续的"嘀嘀嘀"就没停过，她哪里还敢开口？

林烟轻咳一声，装作不经意地闲聊道："对了，最近我有一个闺密，她挺烦恼的，一直在找我倾诉。她之所以跟她男朋友在一起，不是因为喜欢他，是因为一些特殊的原因——逢场作戏假装在一起的，现在我闺密就很纠结，到底要不要告诉她男朋友这件事情……"

裴聿城静静地听着女孩的话，神色讳莫如深，完全看不出他在想什么。

"裴先生，这种事情，你怎么看？"林烟小心翼翼地问道。

林烟的话音落下后，一时之间，两人都没有说话，狭小的屋子里一片安静。

不知过了多久，耳边传来男人低沉的声音："逢场作戏和终生不渝之间的区别在于，逢场作戏稍微长一些。"

林烟闻言，反复探究着这句话的含义。这是王尔德的一句名言。

"什么意思？"林烟没听懂。

裴聿城的眸底倒映着夜色，语气坚定："如果是骗我，那就骗我一辈子。"

裴聿城是用的第一人称来回答她的。

林烟莫名有种被看穿的错觉，不由得吓了一跳。同时，她也明白了裴聿城的意思。

所谓逢场作戏，若是逢场作戏一辈子，又有谁能区分它与终生不渝的区别呢？

所以，即使明知道是欺骗，他也不在意吗？这得多喜欢和深爱对方，才能忍受这种欺骗呢？

这么想着，林烟心里顿时"咯噔"一下。

裴聿城深爱着她？她是不是疯了！

"啊……呵呵……这样啊……"林烟干笑着，随即赶忙撇清关系，"那个，我说的是我闺密的事情，跟我没关系，我当然是不可能做这种事情的。上次和您提分手，其实也是因为我跟那个谁传出绯闻的事情，因为我担心有一天你会被我连累，所以我才一时冲动，忍痛提了分手……"

裴聿城似笑非笑地看着眼前神色慌乱、急忙解释的女孩，淡淡开口："其实，逢场作戏也不能排除另一种可能。"

"什么可能？"林烟先是一愣，随即盯着裴聿城问。

她很好奇，还能有什么可能？

裴聿城看着林烟道："假戏真做。"

"……"

林烟怔住，下一秒，心脏顿时狂跳。

假戏真做？她怎么突然觉得好心虚啊？

冷静！冷静！刚刚说这么多，都是在聊一个假设，只是假设而已！

林烟搓了搓脸，让自己冷静了下来，轻咳一声，继续说道："其实当时我提分手，一方面是因为我的名声太差怕连累你，另一方面也是因为……"

裴聿城并没有打断她，耐心地听着女孩的话。

"因为裴先生从一开始起，对待我的态度就太不真实了！"

"不真实……"裴聿城低喃。

林烟点头道："是的……因为从第一次见面开始，您都是温和有礼、冷静自持的，即使是您上次生气了，您生气过后，很快又恢复了原来的态度。虽然我的经验不多，但我觉得，这好像……也不像是恋爱和喜欢的状态……"既然已经说出来了，林烟索性说出了自己所有的疑虑，"所以，我一直以为您只是无聊，随便跟我玩玩的……"

听到这里，裴聿城终于抬起眸子，朝着女孩看去，自言自语般喃喃道："冷静自持……"

林烟点点头："是啊……"

男人的眸色一点点转深："看来，林小姐对我，似乎有些误解。"

"误解？"林烟疑惑地眨了眨眼睛。

在女孩狐疑的目光之下，裴聿城戴着银色手表的那只手缓缓地抬了起来，接着，修长的手指缓缓地覆上女孩身侧的一只小手，一点一点地与女孩的手指十指交握……

另一边，剧组聚餐的包厢里。

眼见着就要开席了，林烟却还没回来。桌上的蒋思霏和其他几个女艺人已经开始颇有微词。

"怎么还少一个人？"

"好像是林烟！"

"一个女四号，架子倒是挺大的，让我们这么多人等她一个人？"

冯安华一听，也面露不悦："是啊，林烟呢？刚刚还看到她在这儿呢，怎么突然不见人了？"

裴南絮神色温和地开口："方才见她去洗手间了，应该稍后便到，都是自己人，不用太拘泥这些，我们先开席吧。"

听到裴南絮开口说话了，其他人才稍稍收了声。

怎么总觉得裴南絮对林烟有特别关照？

不过，裴南絮对谁都很好，众人也没有多想。只有沈朝暮摸着下巴，不由得朝裴南絮多打量了几眼。

怎么总觉得裴南絮和林烟之间……哪里有不对？

裴南絮说完，掏出手机，给裴聿城发了一条短信，可是，等了半天，那边毫无回应。于是，他只能又给林烟拨了一通电话，想提醒一下林烟注意时间。

可是，林烟的手机关机了……裴南絮盯着手机，顿时有些头疼了。今天的场合，林烟不宜迟到太久，不然很容易引人怀疑。

与此同时，昏暗的杂物室内。

林烟只觉得被握住的掌心一阵灼热，而此刻男人注视过来的目光燃烧的温度，更让她不敢对视。

下一秒，裴聿城的另一只手轻轻地扣在女孩的脑后，靠近到了呼吸相闻的距离。

一个极轻的吻，试探性地落在女孩的额头。随后，缓缓而下，落在了女孩的唇上。

林烟瞬间瞪大双眼，不敢出声。

惊慌失措间，裴聿城缓缓地牵引着她的手，覆在了他左胸心脏的位置。

当手指覆上裴聿城心脏处的一瞬间，林烟几乎呆滞在了那里。每次和裴聿城亲近的时候，她的大脑一片空白，情绪一团乱，心跳更是快得像是有无数头小鹿在乱撞，而裴聿城，每次却是淡定自若、冷静自持，就好像一个局外人。所以也不能怪林烟总是有那样的想法，觉得裴聿城就是在玩玩。

可是此刻，林烟无比清晰地感受到了裴聿城的这一动作，掌心之下，男人的心脏跳得那么剧烈！一下一下，如擂鼓一般撞击在她的掌心！而男人那微凉的掌心，也变得越来越炙热……

这……绝对不可能是淡定、冷静的表现！

一个几乎不可能的想法，陡然浮现在了林烟的脑海里。

"林小姐……"很快，男人便离开了她的唇，手指依旧将她的手按在自己的心口处，低哑而磁性的声音如叹息一般，夹杂着几分无奈，响起在她的耳畔，"你到底对我有怎样的误解，才会认为，我在你面前，冷静……自持？"

林烟说不出话了。

她觉得自己这会儿就是个火车头，已经超速到要冲出轨道的那种。

方才只是短短的几秒钟，但是裴聿城心跳的触感依旧停留在掌心里，如此真实。

真的假的？！裴聿城竟然……竟然……真的瞎了眼？！

掌心下那颗心脏快速而有力的跳动，是与男人平日里的冷静截然相反的炙热。

林烟呆呆地愣在那里，回不过神来。只觉她的大脑如同塞满糨糊，一片混乱。

原本一直断断续续响着的警报声，不知什么时候突然停了下来。

咚咚咚。

就在这时候，身后突然传来了一阵极轻的敲门声。林烟吓了一跳，满脸警惕地转身朝着门口的方向看去。

完了！这么隐蔽的地方还有人来？

林烟正惊慌着，这时，门口响起了熟悉的声音："哥，大嫂……"

"裴南絮？"

林烟听到裴南絮的声音，猛地松了口气，赶忙伸手打开了杂物室的门。

林烟道："你怎么来了？"

裴南絮看看林烟，又看了看自家亲哥。

此刻，两人的手还牵在一起。

裴南絮朝着明显一身冷意的自家亲哥看了一眼，一脸为难。他也不想在这种时候过来打扰他们的，可是，不要影响到林烟的工作，这也是大哥自己下的命令啊！

裴南絮只能强撑着解释道："大嫂，饭席已经开始了，你若太长时间不回去不太好，而且也容易被有心之人发现，我刚才给你们打了电话，结果都没人接，我又不放心让别人过来，所以，只能自己来通知你了。"

林烟闻言下意识地看了眼自己的手机，这才发现她的手机没电了。

听到裴南絮的这番话，林烟感动不已。

这是什么世纪绝佳小叔子啊！也太贴心了吧！她的偶像简直是天使下凡！

"抱歉抱歉，我这就回去……"林烟急忙开口，随即看向裴聿城道，"裴先生，那我就先走了……"

她好端端的谈个恋爱，怎么弄得跟偷情一样？最滑稽的是，居然还要麻烦她家这位娱乐圈顶流的偶像给她打掩护！

不过，还好裴南絮突然出现，化解了她的尴尬。

林烟跟裴聿城说了一声，随即便准备赶紧闪人。结果，她这边刚走出一步，身体却突然动不了了。

下一秒，她一低头，这才发现，自己的手还被裴聿城握在掌心里，始终没有松开。

"……"林烟僵硬着身体，扭过头，朝着身旁的男人看去。

此刻，男人的面容隐藏在阴影里，不过，即使看不清表情，林烟也能感受到他身上散发出来的低气压。

而刚才男人手腕上那块好不容易已经停止响动的手表，又开始疯狂地响了起来。

林烟和裴南絮皆是沉默。

裴南絮轻咳一声，非常明智地选择了先行退出去。

明明是光明正大的恋爱，却要委屈裴聿城偷偷摸摸地见面。现在刚见面没多久，她又要走了。

林烟看着男人这一身风尘仆仆地站在狭窄阴暗的屋子里，心莫名就软了下来。

"不然……我随便找个理由，不去了吧？"林烟刚说完这句话，就开始在心里泪流满面地唾弃自己。

说好了拒绝美色，专心奔事业呢？

裴聿城看着女孩懊恼又无奈的表情，那只拉着女孩的手抬了起来，放置在女孩的脑袋上，轻轻地揉了揉："不用。"

"可是你……"林烟垂眸盯着裴聿城的手表。

可是这玩意还是一直在响……

从刚才裴聿城心脏的跳动，到这块破手表的警报声，她不得不承认一件事情，那就是：她确实可以影响到裴聿城的情绪。

"没关系，一会儿就好。"裴聿城开口。

大概过了几秒钟之后，裴聿城腕上的手表终于停止了响动。那些所有躁动的情绪，似乎是被主人强行压了下来。

林烟见裴聿城这么体贴，更加愧疚和自责了，说道："对不起，我们明明是在交往，却因为我个人的原因，让你为了迁就我，只能偷偷摸摸地跟我见面。"

裴聿城的眸底闪过一抹暗芒，轻笑着开口："也有光明正大的见面方式。"

林烟疑惑了一下："啊？什么方式？"

裴聿城没有回答，朝着她身后看了一眼道："去吧。"

"哦……"林烟这才点点头，推门走了出去。

裴南絮正尽职尽责地在门口不远处守着，大概是怕有人过来，好提前预警。

"裴偶像，麻烦您了！"林烟连连感激道。

"大嫂客气了，应该的。"裴南絮笑着开口。

裴南絮一边走一边朝着林烟打量了几眼，试探性地开口："大嫂，你跟我哥的关系真的很好，我哥一回来就急着要见你！以前从没见他对什么人这么上心过！"

"是吗？"林烟神色微赧。

"对了，还有上次那个自作主张的属下，我哥已经惩罚过她了，你别介意，这种事情以后肯定不会再发生了。"裴南絮解释道。现在他哥好不容易跟林烟复合了，他生怕林烟再因为什么事情闹分手。

林烟闻言，双眸微眯道："那个女孩子……她是不是喜欢你哥？"

裴南絮闻言吓了一跳："怎么会？没有吧……"

"是吗？"

那女孩看裴聿城的眼神明明那么火热，几乎都毫不掩饰了。

"当然了，他们只是普通的上下属关系而已。"裴南絮生怕林烟误会，急忙解释道，接着赶紧转开话题，"我们快点过去吧，不然离开太久，万一被发现……"

裴南絮跟林烟一边说话，一边快步赶往剧组聚餐的包厢。刚走到包厢那一层的楼梯里，不想在走道里迎面撞上了一个人。

空荡的楼梯走道中，沈朝暮站在角落里，手里点着一支烟，正在吞云吐雾。而林烟和裴南絮则是并肩从楼下走上来。

刹那间，三双眼睛交织在了一起，三个人全都愣在了那里，瞬间陷入沉默。

当看到林烟跟裴南絮并肩出现在这四下无人的楼梯间时，沈朝暮叼在嘴里的烟"吧唧"一下掉在了地上，他满脸惊愕，瞠目结舌地盯着两人。

林烟……林烟和……裴……裴南絮？！

"你……你们……"

他这是发现了什么惊天大秘密？

之前在车上的时候，他还在开玩笑地问林烟，她那几个绯闻男友里面，有没有谁是真的。他猜遍了车上的所有人，却唯独忘了……裴南絮！

林烟和裴南絮？这仿佛天上地下般的两个人，这……这怎么可能？

此刻，林烟也傻眼了，没想到他们已经这么小心了，居然还会在这种情况下撞到人。而这人还是沈朝暮，她的绯闻男友之一！在楼道这种地方，孤

157

男寡女的，她跟裴南絮走在一起，好像怎么说都说不清了吧？

原本她和裴南絮是准备走到这里就一前一后进包厢的，谁知道，还没来得及错开时间，就已经撞上了沈朝暮。谁能想到这家伙不好好在包厢里待着，会溜达到这里来？

裴南絮眉头微蹙，脸色也有些不太好看。

"你不在包厢吃饭，来这里做什么？"林烟一脸无语。

沈朝暮愣愣地开口："包厢里太闷了，我过来抽根烟、透透气，那……你们俩呢？"

林烟摸了摸下巴，沉吟道："如果我说……我们也是出来透透气的，你信吗？"

沈朝暮："你觉得我会信吗？"

"……"

好像不太会信的样子。

沈朝暮震惊不已地盯着林烟开口："我的天！林烟！所以，你刚刚在车上说的男朋友，就是裴南絮吗？"

这下，裴南絮和林烟都不知道该怎么解释了。

沈朝暮满脸世界观被颠覆的表情："不可能！不可能！这怎么可能！林烟你和裴南絮？你们两个怎么会在一起？"

林烟双眸微眯："我们俩怎么了？你至于这么震惊吗？"

她跟裴南絮就这么让人难以置信？

真是没见识！看到她和裴南絮就已经被吓成这样了，若是知道她男朋友的真实身份，他得吓成什么样？

"怎么不至于！"沈朝暮激动道，"你跟裴南絮交往这件事情要是被曝出去，整个娱乐圈都得爆炸！"

林烟撇撇嘴，这倒是真的。只不过他不知道，真相会更加爆炸。

此时，裴南絮也只能连忙开口解释道："沈先生，你误会了，不是你想的那样……"

林烟也附和着："谁跟你说，我在交往的人是裴南絮了？"

沈朝暮闻言，不等林烟说完，立即连连点头，做了一个给嘴巴拉拉链的手势："我懂，我全都懂！放心，我嘴巴很严的，什么都不会说！"

林烟嘴角抽搐，他到底懂什么了？

"抱歉，打扰了，你们继续，继续……"

无奈沈朝暮完全不听解释，非常识相地闪人了。

裴南絮站在原地，叹了口气，苦笑着看了林烟一眼，这样子怕是有口说不清了。

"怎么办？"林烟哭丧着脸道。

裴南絮安抚道："这件事情，就算我们解释，也解释不清了。还好，沈朝暮这人，虽然私生活有些乱，不过，人品还不错，应该不会在外面乱说的，回头我也会跟他说一声，让他不要外传。"

　　"好像也只能这样了……"

　　林烟只能安慰自己，好在被撞见的不是她和裴聿城！

　　片刻后，林烟和裴南絮总算是顺利地进入了包厢。

　　虽然两人不是同一时间进去的，但是，沈朝暮、裴南絮、林烟三人先后进来，还是惹得众人侧目。

　　坐在裴南絮旁边的沈朝暮一看到林烟进来，立即站起身，对着林烟开口："林烟，你这个位置好像比较透气，来来来，跟我换一个吧！"

　　说完就走到了林烟面前，强行要跟她换座位。一边说一边还给她使眼色，一副"我识趣吧"的表情。

　　"……"林烟简直无语了，她看看裴南絮，再看看沈朝暮，两相对比之下，真是深刻体现了有一个靠谱助攻的重要性。

　　最后，林烟就这样被沈朝暮强行换到了裴南絮旁边的位置。

　　更惨的是，她这个位置，左边是裴南絮，右边是韩逸轩，右边的右边是蒋思霏。

　　真是够了！之前她好不容易才避开了所有的地雷，找了一个安全的位置，现在全被沈朝暮毁了。

　　见林烟被沈朝暮换到了裴南絮旁边的位置，桌上的几个女艺人的脸色都变得不太好了，尤其是蒋思霏这个女一号。

　　"思霏姐，裴南絮旁边的位置应该是你这个女一号才对吧，沈朝暮也就算了，林烟凭什么　着脸坐在那里？"蒋思霏一旁的贺姗姗满脸嫉恨地打抱不平道。

　　原本以贺姗姗的戏份是没资格来参加聚会的，不过，因为韩逸轩和林书雅这层关系，冯安华还是邀请了她。

　　仗着韩逸轩这个表姐夫在这里撑腰，贺姗姗说话的声音丝毫不收敛，桌上的人都听到了。

　　众人只是嫉恨林烟，也不管是沈朝暮自己要求换位置的，反倒觉得是林烟勾三搭四，一边勾着沈朝暮，一边又搭向裴南絮。

　　林烟咬着牙朝对面的沈朝暮瞪了一眼，后者居然还一脸无辜。算了，以她现在的名声，就算是什么都不做，呼吸也是错。

　　她心想：随意吧……你们开心就好。

　　冯安华打着圆场："太好了，人总算是来齐了！来来来！大家举杯！我们所有人干一杯！"

冯安华话音落下，众人纷纷给面子地举起了酒杯。

这部戏的拍摄进程很快，今天不仅是林烟杀青，包括蒋思霏在内的其他几位艺人也杀青了，只有裴南絮和沈朝暮等几个戏份比较重的角色还要继续拍摄。

"今天也是思霏杀青的日子，我们敬思霏一杯！"冯安华殷勤地看向蒋思霏，特意开口。

虽然今天林烟也杀青，不过她只是一个小小的配角，自然是无关紧要了。

"谢谢冯制片，谢谢姜导，感谢大家这些天的关照！"蒋思霏落落大方地站起身，回敬众人。

"哈哈哈，思霏你太客气了，是我们要感谢你才对，有你撑着，咱们这部电影肯定会火爆！"冯安华恭维道。

蒋思霏神色羞赧地朝着裴南絮的方向看了一眼："我哪里比得上裴南絮，就算是火爆，也该是他的功劳。"

裴南絮听着蒋思霏的话，没有什么表情，只是淡淡地笑了笑。

现在的蒋思霏，今非昔比，是林书雅的经纪公司力捧的新人，各种资源不要钱一样、大把地往她身上砸。

冯安华看重她的潜力，自然也是捧着她，天花乱坠地吹捧着："裴南絮咱们自然是不用多说了，无论是演技和实力都已经是巅峰了。不过思霏你也前途无量，年纪轻轻就拿了这么多重量级的大奖，圈子里谁不认可你的实力！你的演技，放眼整个娱乐圈的女艺人，也没几个比得上的，妥妥的美貌与实力并存，你和裴南絮一样，是咱们这部戏的灵魂所在！"

冯安华混迹娱乐圈多年，见人说人话，见鬼说鬼话，每一句话都说到了蒋思霏的心坎上，把蒋思霏哄得心花怒放。

不过，蒋思霏面上还是一副谦逊的表情，回道："冯制片您谬赞了，我还有很多需要学习的地方，学海无涯，我始终坚信，只有脚踏实地，凭借实力才能走得长远。"

蒋思霏说这番话时，目光若有若无地落在林烟的身上。

一旁的贺姗姗听到这话，立即附和道："思霏姐，你说得实在是太好了，咱们娱乐圈就应该多一些像你这样的艺人才对。可惜啊，有些人，什么实力都没有，业务水平烂得不行，整天只会蹭热度、炒绯闻，不然就活不下去。听说，今天跟裴南絮拍的一场非常简单的戏都NG了几十次，害得所有人都只能陪着她一起加班，真是一颗老鼠屎坏了一锅粥，降低了我们剧组的档次……"

贺姗姗这话是在说谁，众人自然是心知肚明。

这段时间的分组拍摄，剧组中只有部分人见识过林烟的演技，亲自和林烟对过戏的艺人也不多。所以，饭桌上不少人对林烟都抱着排斥和鄙夷的态度。

不过，姜一鸣、卫徐风、裴南絮这些人却很清楚，尤其是卫徐风这个林烟的头号黑子。

听到贺姗姗这话，卫徐风的眉头不易察觉地蹙了蹙。尽管他很讨厌林烟，但也不得不承认，她的演技无可挑剔。甚至可以说，跟林烟对戏，是他拍戏以来最轻松的一次。

不过，今天剧组里传闻她跟裴南絮的一场戏NG了几十次，倒是让他感到些许意外。毕竟林烟跟他的戏份大部分都是一场就过的，而且她的天赋和学习能力惊人，就算偶尔NG，也能很快找到感觉，怎么轮到和裴南絮对戏就NG了这么多次？

卫徐风心想：终究不是科班出身，估计发挥不稳定吧。

至于裴南絮，自然不会在这个时候出声。他若开口帮林烟说话，只会给林烟惹来更多的麻烦。

何况他也完全不必多言，等电影上映，林烟的演技如何，观众又不是瞎子。

虽然林烟的戏份不多，不过以他的经验，他敢断言，这部电影中最有可能大爆的角色，就是林烟饰演的林翩若。

反倒是被冯安华夸得天上有地上无的蒋思霏，在这部戏中的表现，当真配不上她的名头。

不过蒋思霏有一句话倒是说得没错，一个演员，最重要的还是演技和实力。

Part12

温柔乡，英雄冢啊！

♥

饭桌上，觥筹交错。

裴南絮身边的这个位置实在是太惹眼，林烟只能埋头吃饭，尽量削弱她的存在感。

酒过三巡，有个工作人员突然推门进来，附在冯安华耳边说了句什么。

"什么，林书雅过来了？"冯安华闻言顿时有些惊讶，急忙便要起身去迎接。

说话之间，包厢的门被推开，一席奢华小礼服、光彩夺目的林书雅走了进来。

"林小姐！"

"哇！是林书雅！"

"表姐！"

看到林书雅的瞬间，包厢内的众人顿时热情地打起了招呼。韩逸轩一直阴沉的脸在看到来人的瞬间，也顿时变得温柔起来。

贺姗姗开心地迎了上去，热情地挽住了林书雅的手臂："表姐，你怎么来了？"

林书雅笑着回道："今天正好在这边参加一个饭局，然后听逸轩哥说你们剧组在这里聚餐，便不请自来了！"说完看向冯安华和姜一鸣道："抱歉打扰了，冯制片和姜导不会介意吧？"

冯安华顿时满脸笑意地开口："书雅，你这是哪儿的话！多少人想求你来都求不来呢！你今天能来，我们剧组真是蓬荜生辉！快，快请坐！"

冯安华说完便吩咐人让服务员多准备一副碗筷。

韩逸轩旁边的蒋思霏自觉地站起身："书雅，坐这边吧！"

韩逸轩起身朝着女孩走过去，体贴地牵着她在座位上坐了下来，声音也瞬间温柔似水："不是说忙吗？"

"再忙也没有逸轩哥哥重要啊！"林书雅娇声开口，顿时惹得包厢内一阵起哄。

林书雅的话让韩逸轩很是受用，面上满是宠溺地神色。眼前这个女孩，无论什么时候，总是将他看作最重要的存在，总是用依赖的目光仰视着自己。

林书雅说完，又熟络地朝着卫徐风的方向看去："徐风，很期待你的主题曲！一定很好听！"

卫徐风板了一晚上的脸，在面对林书雅时，稍稍缓和了几分："谢谢。"

饭桌上，林书雅可谓是如鱼得水。女孩纯真又亲切，如同天使一般，言谈举止优雅高贵，无论是谁都很喜欢她，不仅傲娇小爷卫少难得神色温和，花花公子沈朝暮对待美人也是态度殷勤，而韩逸轩的眸底始终都是满满溢出的宠溺之色。

"对了，表姐，你参加的是什么饭局啊？"贺姗姗问。

林书雅拨了拨鬓边的发丝，眸底闪过一抹傲然之色："今晚约的是加西亚导演。"

贺姗姗一听，顿时满脸激动："哇！是那个著名的好莱坞导演吗？听说他最近要拍一部赛车题材的片子，表姐，你要跟加西亚导演合作拍电影了吗？"

听到贺姗姗的话，饭桌上的其他人也是满脸惊讶。

加西亚可是好莱坞一线导演，捧红了无数艺人，国内娱乐圈的艺人都以能出演他的电影为最高荣誉。

林书雅笑而不语，一旁的蒋思霏帮着回道："这部片子早就定下来了，林小姐会在其中出演一个非常重要的角色，而且这个角色是加西亚导演亲自内定的。"

"哇，表姐好厉害！"贺姗姗一脸崇拜。

神色淡然的林书雅宠辱不惊地开口："不过是运气好而已，加上正好我本人对赛车也比较感兴趣，对一些相关知识比较了解，可能比较符合人物原型，所以导演才选中了我。"

"何止是了解啊，堪比专业人员了！"蒋思霏恭维道。

"那也是因为表姐你优秀，博学多才！什么都懂！"贺姗姗说着，似笑非笑地看向林烟，扬声道，"难怪思霏姐会跳槽到表姐你这里呢，果然，这物以类聚，人以群分，优秀的人都是跟优秀的人在一起的，不像某些人……"

这时，林书雅的目光落了林烟身上，微笑着开口："姐姐，差点忘了跟你打招呼，好久不见，听说姐姐今天杀青了，祝贺姐姐！"

见林书雅跟林烟说话，韩逸轩顿时满脸警惕地朝着林烟看去，似乎生怕林烟又发疯对林书雅做些什么。

对于林烟，其实韩逸轩原本也欣赏过她的潇洒、独立，喜欢她像风一样自由的个性，也享受过她无微不至的关心和照顾。眼前这个女孩，当她对一个人好的时候，总是全身心、毫无保留地付出，如同火焰般热烈和炙热。在他被赶出家门、流离于国外，人生中最灰暗的那段时间里，是林烟一直陪伴着他。

他也曾真心喜欢过她。

可他毕竟是个男人，怎么能忍受一直依靠一个女人的帮助？

直到他回到国内后，林烟拜托他照顾自己的妹妹——林书雅。

林书雅跟林烟完全不同，不同于林烟的世故、老练，林书雅干净、单纯得如同一张白纸，对他更是全身心地依赖和仰慕，瞬间打动了他。刚开始，他和林书雅的关系被发现之后，他对林烟还是有些愧疚和自责的，也一直试图想要弥补她。可是，那时候的林烟情绪却突然变得非常不稳定，如同变了一个人。

时间久了，反复听她诉说着当年那些事情，听她一遍遍地帮他回忆他当年有多落魄，看着她跟疯子一样地当众找他和书雅的麻烦，他的愧疚便一点点变成了厌烦。

当初他曾喜欢过的那个女孩，竟变得如此面目可憎。而温柔贴心的林书雅，就这样完全走进了他的心里。林烟越是找林书雅的麻烦，他就越是厌恶她。

韩逸轩警惕的表情让林烟觉得颇为好笑，看来自己之前确实挺傻的，以至于韩逸轩竟以为她还会跟以前一样，会为了这样两个人，当众大闹，丑态百出。

林烟缓缓地端起酒杯，朝着林书雅回敬了一杯，微笑着开口："多谢。"

林书雅看着林烟风轻云淡的表情，不由得暗自蹙眉。不知道从什么时候起，林烟突然又恢复了从前那漠视一切的模样，让她打心底里厌恶。现在林烟都已经一无所有了，凭什么还用这种眼神看着她？

韩逸轩松了一口气，同时也有些狐疑。面前的林烟素净白皙的小脸上那慵懒而淡漠的表情，是他从未见过的。

从前他们交往时，林烟虽然性子大大咧咧的，但在他面前一直是体贴又热情的；跟她分手后，她则是阴郁、疯狂的。但他从没见过这样的林烟——漠然而轻蔑，似乎一切都不在她的眼中。

贺姗姗撇撇嘴，满脸嘲讽道："表姐，你干吗还对她这么好？她前不久还在不要脸地买通稿，炒作和表姐夫的绯闻呢！"

听到这话，饭桌上顿时一阵小声议论，众人都是一副看好戏的表情。

林烟闻言，垂眸轻笑，百无聊赖地转动着手里的红酒杯，浅抿了一口，幽幽开口："贺小姐，咱们剧组的大咖这么多，裴偶像这足以吊打你一百个表姐夫的娱乐圈顶流人物坐镇在这里，我若要炒作、蹭热度，放着裴偶像不蹭，非要蹭一个客串？"

裴南絮尴尬地轻咳一声。

林烟继续道："我就算是跟沈朝暮炒作，以我们俩各自的绯闻数量，也算是强强联合啊！"

沈朝暮："……"

强强联合……这形容……可以的。

林烟将杯中的红酒一饮而尽，笑眯眯道："所以啊，真是抱歉了，我林烟就算要炒作，也不是和谁都炒的。"

林烟这不以为耻，反以为荣的态度，把贺姗姗噎得没话说了。

"你……"贺姗姗气得拍着桌子站了起来，"你算个什么东西，居然敢大言不惭地说瞧不上逸轩哥，你不就是明知道我逸轩哥的家世好，才死缠着他不放的吗？"

林烟顿时挑眉道："这家世好的，难道就只有一个韩家吗？你把咱们卫少放在哪里了？"

韩家虽然根深叶大，是世家之一，但卫家也是不相上下，甚至这两年的发展速度不亚于韩家。

卫徐风："……"

林烟又道："就算是比鲜嫩，韩先生也比不上唐嘉业啊！"

唐嘉业："……"

林烟随便几句话，桌上的裴南絮、沈朝暮、卫徐风、唐嘉业全都躺了一遍枪。

贺姗姗气得直跺脚："你……你不要脸！当初也不知道是谁非说逸轩哥是自己男朋友的！"

林烟叹气道："谁还能没有的时候呢？"

贺姗姗被堵得说不出话。

围观的众人叹为观止。

裴南絮低头喝了口茶，在旁边轻咳一声。他似乎低估了大嫂的战斗力，光靠着这一张嘴，就足以"杀人不见血"了。

此刻，韩逸轩的脸色已经阴沉了下来，目光微暗地朝着林烟看去。

林烟这样子似乎是有些醉意了，为免后面收不住场，冯安华赶紧出来打哈哈，勉强把话题给岔开了。

深夜，这顿饭总算是结束了。

"这个林烟，真是太可恶了！没见过这么不要脸的人！"贺姗姗愤愤不平地说道。

蒋思霏冷笑道："牙尖嘴利，巧舌如簧，这种人，也只会占一点嘴上便宜罢了！"

"林烟最近在剧组怎么样？"林书雅一边抚着精致的指甲，一边漫不经心地问了一句。

贺姗姗一副毫不把林烟放在眼里的表情："书雅姐你放心好了，这个草包，演技一塌糊涂，今天跟裴南絮的一场戏还NG了几十次！这部电影这么多大咖在里面，还有思霏姐，到时候一对比，她还不就是个小丑，不被骂死才怪呢！"

蒋思霏轻嗤一声："她之前还自寻死路，跟赵红绫一起打赌，要用三个月的时间拿回业绩第一呢。"

林书雅轻叹一声，摇摇头："我还以为赵红绫有几分本事，没想到也不过如此。"

蒋思霏眸光微闪："林小姐，到时候等电影上映之后，我们完全可以再加一把火，让她彻底滚出娱乐圈！"

聚会结束之后，林烟回到了家里。

当天晚上，林烟接到外公贺定坤的电话，让她第二天中午去老宅吃饭。因为《棋逢对手》中自己的戏份已经杀青，没什么需要忙的，林烟便一口答应了下来。

次日，中午时分，林烟打了一辆出租车，前往老宅。

此刻贺家的老宅内，十分热闹，贺家车队的所有队员都来了。

"外公，你让烟姐给明凯哥当领航员，我感觉不太合适。实在不行的话，烟姐还是可以当我的领航员，毕竟，我跟烟姐合作过一次，有了默契。"贺乐风看向不远处的贺定坤，开口提议道。

"哈哈，贺乐风，你还是算了吧，林烟的领航员技术算不错了，配明凯应该问题不大，但是配你的话，我感觉是有点浪费，我也是说实话，你别生气啊！"其中一位贺家的赛车手，看向贺乐风笑道。

听闻此言，贺乐风眉宇之间有些许不服气，如果上次不是他和林烟配合得好，你们这些人谁能冲到终点？现在居然说这种话。

"都几点了，怎么还没过来？"没多久，贺家车队某位领航员神色有些不耐，冷声道，"虽然她领航水平算得上专业水准，但是和青礼比，应该还差远了，今天让她来拜师跟青礼学学，居然这么不守时。"

"就是啊，要不是青礼病了，身体不舒服，哪里还能轮到她来当明凯的领航员？"一旁，年轻男人微微一笑，却也没有多说什么。那个林烟，在他眼中不过如此，可能因为她是女性的关系，当初的解说员对她过于吹捧了。

"青礼，你说，之前那场比赛，林烟所说出来的路书，那么详细的路面情况，是不是临时发挥的？"此刻，某位贺家的赛车手，目光落在青礼身上。

闻声，青礼微微一笑，淡淡道："当然不可能临时发挥，就算全球第三联赛的那些顶尖领航员，也未必能够达到那种层次，林烟是一早就背好了路面情况，所以路书详细，不过，这些都是专业领航员的基础素质，只能说，林烟的确具备了专业领航员的能力吧。"

"说得也对。"

"还有，那个侧翼横漂到底是怎么甩出来的，太诡异了……"

青礼沉思片刻后，开口："应该是乐风碰巧甩出来的，这跟林烟肯定没什么关系。"

"谁说没关系的？"听闻青礼所言，一旁的贺乐风忽然站起身来，蹙眉道，"是烟姐……"

"林烟怎么了？"青礼笑着问道。

贺乐风神色有些疑惑，的确，当日侧翼横漂发生得实在是太快了，其实，他们好像也没有做什么，但就是做出来了，可具体是如何操作的，以贺乐风的理解，他还真是说不出来。

"……我也不知道，反正，肯定是我和烟姐配合甩出来的。"贺乐风坚持道。

"废话，当然是你们配合甩出来的，不是你们甩的，还能是鬼甩的？"其中一位赛车手笑道，"都知道是你们甩的，但你要说出，到底是怎么甩出来的。"

侧翼横漂到底是怎么甩出来的？

贺乐风沉思片刻后，疑惑道："好像，就是烟姐让我踩刹车，然后，我一脚刹车下去，就甩出来了……"

随着贺乐风话音落下，贺家车队众人面面相觑，几位赛车手不由得笑了起来。

"哈哈，乐风，你看看，你连说都说不清楚，还一脚刹车踩下去就甩出来，你们这不是运气是什么？"

"我不是说了吗，我不太清楚，反正我就踩一脚刹车，是烟姐……"

然而，还没等贺乐风说完，青礼便轻声一笑，说道："乐风，你好歹也是一名职业赛车手，有些话，和我们说说也就罢了，可如果到外面还这么说，会贻笑大方的。林烟最多是一名有着职业素养的领航员，她的理论知识，的确有可能比你强，但论及真正的驾驶技术，她都没办法与你相比。"

贺乐风虽然不服气，但又不知道应该如何去反驳。因为林烟当时在车上的指挥，太过于简单，而方向盘又一直是林烟在把控，贺乐风也没看清她的操作。

　　如今的贺乐风是心中憋着气，有理说不清。不过也好，下一场和WW这种顶尖赛队的比试马上就要开始了，就算赢不了，也能够让这些人见识见识烟姐的领航员水平！

　　甚至，与双W的这场比赛，也可能不是拉力赛，如果是常规的场地赛，不需要领航员，烟姐还能亲自上场！

　　只不过，贺乐风心中也没底，他只知道林烟的领航员水平绝对属于顶尖大神级别的，但如果林烟成了赛车手……只怕是有点悬。

　　"青礼，依你看，林烟的水平，到底有没有资格成为明凯的领航员？"片刻后，贺雄看向青礼问道。

　　闻声，青礼笑道："雄叔，你之前不都说了吗？让我训练她几天，等我训练完，应该是没有问题，勉强能够配上明凯的驾驶水准。"

　　"嗯，你这么说我也就放心了，林烟能跟你学习学习，那是她的福气。"贺雄笑道。

　　还未等众人继续深聊，林烟就提着大包小包走进了老宅。

　　"小烟来了。"看见林烟进门，老爷子贺定坤笑道。

　　"外公，给你买了点礼物。"林烟将东西放在屋内，转身看向贺定坤道。

　　杀青之后，剩下的一部分片酬，剧组也发给她了。

　　"你们赚钱不容易，外公这什么都不缺，不用乱买东西，先坐下说吧。"贺定坤道。

　　"对了，外公你这么急着叫我来，有什么要紧的事吗？"林烟坐在沙发上问道。

　　"能有什么事，还不都是你干的好事？"贺明凯瞥了林烟一眼，"要不是你，我们也不用搅和到WW和ZH1这种豪门战队的争斗中来。"

　　当即，林烟瞥了贺明凯一眼，可还不等林烟开口，贺雄便冷着脸道："林烟，青礼是我们贺家车队最厉害的领航员，一直跟明凯合作。不过，最近青礼的身体不太舒服，需要休养一段时间，青礼已经答应了收你为徒，等你学得差不多了，就跟明凯合作，好好当明凯的领航员。"

　　听闻贺雄所言，林烟瞥了一眼不远处嘴角含笑的青礼："拜他为师？"

　　"当然了。"贺雄点了点头道，"青礼也说了，你的领航员水平还可以，但是，现在配明凯的话还是不行，拜青礼为师，先让青礼带带你，等差不多了，再去当明凯的领航员。"

"林烟小姐，你的领航员水平，比我们可是高多了，但跟青礼比还是要差一些，如果要成为明凯的领航员，让青礼带你一段时间，还是非常有必要的。"其中一位领航员朝着林烟笑道。

成为贺明凯的领航员？拜贺家战队的一位普通领航员为师？

林烟眨了眨眼睛，心情有些难以形容。

"拜师？我看好像没这个必要吧。"林烟干笑一声，开口。

闻言，青礼的面色微微一变，瞥了一眼林烟，淡淡地说："如果不是看在你是老爷子外孙女的分上，我是不可能教你的。"

听着对方不善的语气，林烟斜支着脑袋，微微挑眉，看向那男人："请问，你谁啊？"

随着林烟的话音落下，青礼的面色顿时难看了几分。

"林烟，你怎么说话的？青礼是你的前辈，人家做专业领航员的时候，你还不知道在哪！"贺雄朝着林烟喝道。

不等林烟开口，青礼冷笑道："老爷子，雄叔，不是我不愿意收她，只不过，这种本领不大却又目中无人的人，我的确教不来。"

此刻，不少领航员的目光落在林烟身上，之前他们对于林烟的一些好感，在这一刻全都烟消云散。

"林烟小姐，青礼是我们贺家车队的领航员中水平最高的，以你目前的水平，恐怕配不上明凯，你不让青礼教，如何成为明凯的领航员？"其中一位领航员，有些不悦地看向林烟。

"谁说我要当贺明凯的领航员了？"林烟淡淡出声道。

自从上次做了一次贺乐风的领航员后，林烟就已经发誓，绝对不会再当任何人的领航员，太来气了，坐在副驾驶座，却恨不得一脚将主驾驶的赛车手给踹下车去。还是自己坐在驾驶位上最靠谱。

"林烟，你要知道，能成为明凯的领航员，和WW战队跑上一场，是你的荣幸！如果没有明凯，你能有和WW这样的豪门战队交手的资格？"贺雄蹙眉道。

林烟懒得搭理贺雄，看向刚从里屋出来的老爷子："外公，比赛什么时候开始？"

"过几天吧，ZH1说等通知。"贺定坤道。

"外公，我知道了，我还有点事，就先走了，比赛当天，我会过去的。"

林烟说罢，便转身离开了贺家老宅。

离开老宅后，林烟拨通了Z神的电话。

"林小姐有什么吩咐？"Z神的态度很是殷勤。

"比赛尽量提前吧，还有，到时候定场地的时候，别选拉力赛了，选常规的场地赛，不需要领航员。"林烟道。

Z神闻言开口："这倒是没什么问题，我去安排。"

反正这场比赛，无论在什么场地都一样，他们几乎没有胜算。

挂断电话后，林烟这才松了口气。贺家战队的那些领航员，完全说不通，还是早些把这场比赛跑完，给外公一个交代，自己也好功成身退。

以这次比赛的热度，足够贺家东山再起。

这几天时间里，WW战队要与贺家战队比赛的消息已经传了出去。网上论坛对ZHl和贺家战队的骂声一阵高过一阵。

我要开GTR：什么贺家车队，一个快要解散的低级战队，和我双W比？谁给他们的勇气，碰瓷也碰得太明显了吧，贺家车队滚出赛车圈！

秋名山车神经：那个贺家战队的领航员，你们知道是谁吗？已经曝出来了，就是那个娱乐圈的林烟！

好猪吃好饲料：就是那个到处蹭热度的狗皮膏药林烟？

打肿脸充包子：就是那个林烟，娱乐圈蹭遍了，如今跑到赛车圈来碰瓷！

发家致富：这个女人是我见过最恶心的，为了火，什么事都能做出来，她懂什么赛车，还领航员？领哪去？她外公是贺家战队的老大，就是靠着这个关系混进去的！

林烟一生黑，一黑黑一生：这个女人还要脸不要？之前蹭我们偶像的热度，现在又来碰瓷我双W？！

……

林烟躺在公寓的沙发上，一边嗑着瓜子，一边看着自己被全网狂喷。

这么久了，她终于被黑出圈了，战绩从娱乐圈扩大到了赛车圈。

很快，一阵电话铃声响起。

手机那头传来Z神凝重的声音："林烟小姐，你看到网上的消息了吗？现在的情况很不乐观，这样下去，你们贺家车队以后只怕都没办法在圈内立足了！"

林烟微微一笑，不以为意地说道："看了，没事，赢了就行。"

"赢……"听着林烟这轻松不已，仿佛在说"今天天气很好"一般的语气，电话那头一度陷入了深深的沉默。

片刻后，Z神的声音才重新传出："林烟小姐，你的实力我很清楚。但是……你们贺家战队其他人的实力……而且，WW战队的队员，实力都很平均，战术奇多，再加上他们的新任队长实力很强，恐怕……"

Z神的言外之意已经很明显，这场比赛的胜算实在不大。

"没事，比赛什么时候开始？"林烟问道。

"后天早上，宁南赛道竞技场。"Z神答道。说完，他叹了口气，继续劝道："林烟小姐，你们现在退出还来得及，归根结底，这是我们ZH1车队的事情，我不想把你们贺家车队拉下水……"

Z神还在一直不放心地唠叨，这时林烟突然有个电话打进来，于是随便敷衍了几句，便挂断了电话。

一看屏幕上的来电显示，果然，是赵红绫打过来的。

"喂，绫姐……"

"网上的爆料是怎么回事？你要作为贺家车队的领航员，参加全球第三联赛国内的资格赛？"赵红绫开门见山地问道。

林烟眨了眨眼睛："领航员，没有呀。"

赵红绫闻言松了口气，心想大概是黑粉乱传的谣言。

结果，下一秒，便听到林烟说："不是领航员，是我自己开车。"

赵红绫顿时无语："……"

手机那头安静了好几秒钟。

赵红绫以为脱离了林书雅的控制之后，林烟已经恢复理智了，完全没想到她会突然来这一出。

"你是觉得自己还不够出圈？"赵红绫叹了口气，不知道该说什么，斟酌了一下措辞，然后开口，"林烟，我知道，你可能急着想要复出，但是，任何事情都是过犹不及。适量的热度可能会给你带来一些利益，但是，你的负面新闻如果再这么增加下去，粉丝抵制得太过强烈，你可能真的会被封杀。这段时间我试着先给你争取一些资源，但是没有人敢用你，这次若不是你运气好进了《棋逢对手》剧组，怕是再无机会了。"

听着手机那头的赵红绫耐心地跟自己解释，林烟心中微暖："绫姐，我明白的，你放心，我知道我自己在做什么，对这场比赛我有把握。"

赵红绫眉头微蹙，不懂林烟怎么有自信说出这样的话。就算她是贺定坤的外孙女，也不代表她会赛车，而且之前她只以领航员的身份上过场，跟亲自开车完全不是一回事。即使赵红绫是个外行，也明白理论和实践不是一回事，何况她之前了解过一些情况，知道WW战队实力非常强，连ZH1车队都不是他们的对手。

所以，林烟在这个时候冒出头，别说是其他网友，即使是她也难免会认为林烟是想蹭一波热度。

可是，不知道为什么，听到林烟的话后，赵红绫心中却还是莫名地想要信任她。这段时间，林烟确实改变了不少，不像是会因为一时着急，就做出不顾后果的事情的人。

"好吧，如果有什么需要我这边配合的，随时给我打电话。"赵红绫开口。

"好，谢谢绫姐。"林烟顿了顿，问道，"绫姐，你那边怎么样了？那些人还在找你麻烦吗？"

"没事，我很好。"赵红绫的语气听不出什么起伏。

林烟双眸微眯，怎么可能会好？一群落井下石的人，之前碍于赵红绫手下有蒋思霏撑着，不敢说什么，现在全都认定三月之期一到赵红绫就要被撤职，自然不会放过这个打压奚落她的机会，那些人为了不让她完成业绩，肯定会想方设法抢夺她手里的资源。

"对了，这段时间你暂时没有行程，多多我就先抽调给其他艺人了。"赵红绫解释道。

"好的，没问题，我自己会注意的。"林烟表示理解，毕竟多多也不是她的专属助理，只是暂时过来带她的。

跟赵红绫通话之后，林烟给多多发了一条微信。

烟城疏雨隔斜阳：多多宝贝啊，你放心，苟富贵不相忘，等我富贵的那天，就让你做我的专属助理！

启星娱乐钱多多：那我大概是等不到那天了，幸好幸好！

烟城疏雨隔斜阳：多多宝贝你怎么可以说这么不吉利的话！我要发条微博去去晦气！

手机那头，多多对着林烟雷打不动、每天必发的那条微博都快无语了。

启星娱乐钱多多：这种时候，你能不能别再发微博了！

烟城疏雨隔斜阳：为啥？

启星娱乐钱多多：你自己去看卫徐风的微博！

卫徐风？她那位小粉丝又做什么了？

林烟好奇地点开卫徐风的微博看了一眼，然后就看到……玻璃心卫少爷，又开始点名她了。

起因是有个博主发了一条微博，内容是：烟姐加油，烟姐最棒，全世界最爱你，你一定会赢的！等你教WW做人，把WW按在地上摩擦！

这个博主不知道是出于什么心态，还特意艾特了卫徐风。

于是，卫徐风居然转发了这个粉丝的微博，直接怼道：哗众取宠，东施效颦，要是那女人能赢，我就裸奔！

林烟看到这条微博，眉头微挑，露出些许同情的目光。

要玩这么大的吗？

真是对不起了，小迷弟。

与此同时，林烟还注意到了被卫徐风转发的那条微博，博主的ID是"烟姐一生推"，看起来好像是林烟的粉丝。除了上次看到的那个"一朵小烟花"之外，她居然还有别的粉丝？

该不会是个披皮黑吧？毕竟这个"烟姐一生推"的发言太像是在故意捧她，为了引战了。哪有粉丝敢这么早就断定她会赢的？

林烟思索片刻，突然发现这个ID有些眼熟，这才发现，这个ID最近在自己的微博上也非常活跃，几乎给她的每条微博都点赞评论了，首页也全都是跟她相关的内容。

如果他是个披皮黑的话，那装得还真挺像的。

林烟一边思索，一边随手点开了私信，结果无意间在一片怒骂之中，看到"烟姐一生推"也给她发了私信。

烟姐一生推：老大，我已经买了门票了，期待老大重返赛场，老大最棒！老大加油！

老大？

只有Yeva的粉丝才会称呼她为老大，这个"烟姐一生推"到底是谁？居然知道她的真实身份？

据她所知，她这个身份，没有任何人知道才对。

哦不对，好像还真有一个。

难道是那天那个查询领航员执照时认出她的工作人员？好像叫什么祁邵元？

启星娱乐钱多多："之前我就想问你了，你的微信ID和头像怎么改了？你头像里的男人是谁？裴南絮吗？好像没看过裴南絮这张私照。"

手机那头，多多突然警惕地发了一条信息过来。林烟头像中的照片背景似乎是在家里拍的私照，不像是裴南絮。

烟城疏雨隔斜阳："……是啊，是裴偶像……"他哥。

林烟正靠坐在飘窗边上忽悠着多多，余光却不经意间瞥到楼下停靠着一辆熟悉的车子。

怎么有点像裴聿城的车？

林烟拉开窗户，又仔细看了一眼，这一次，不仅看到了车，还看到车旁似乎站着一个人。

不会吧！裴聿城大晚上的没事站在她家楼下做什么？而且既然来了，为什么不告诉她？

林烟一骨碌爬起来，随意地披了一件外套，随即下了楼，准备下去确认一下。

楼下小区的路旁，亮着一盏昏暗的路灯，黑色的车子静静地停靠在那里，男人颀长的身形在路灯下被拉成了一个长长的影子。

"裴先生？"林烟站在四五步远的地方，试探着唤了一声。

男人闻声，夹着烟的手指微顿，旋即顺着女孩声音传来的方向转过

173

身来。

"真的是你!"看清男人的脸后,林烟一脸意外。

裴聿城的身上穿着一袭正装,只是领带被扯开了,里面浅色的衬衫也解开了两颗扣子,发丝因为夜风的吹拂,也略显凌乱。

"裴先生,你怎么在这里?"林烟忙走了过去。

裴聿城手中的烟静静地燃烧着,他开口:"刚好路过。"

路过……林烟的目光扫过裴聿城的脚下,那里已经散落着不少烟头。

"路过……你来多久了?怎么也不跟我说一声?要不要上去坐坐?"林烟问道。

女孩话音落下的瞬间,裴聿城神色微顿,眼底似乎划过一抹意外。

林烟觉得自己的话应该没什么问题才对,却不知道为什么裴聿城竟然会露出意外的表情。就算是普通朋友,请人家上去坐坐也是应该的吧,何况她和裴聿城还是恋人关系。

路灯下,裴聿城看着女孩天真无邪的小脸,缓缓开口:"人的欲望是无止境的,得到了一点,便会想要更多。"

"啊?"林烟听得一头雾水,没明白裴聿城这话是什么意思。她不过是请他上去坐坐而已,他怎么突然回了一句这么深奥的话?

"什么意思……"林烟愣愣地问。

裴聿城垂眸,轻笑一声,漫不经心地开口:"在你面前,我没什么自制力的意思。"

林烟顿了一下,后知后觉的她明白了裴聿城的意思之后,顿时有些窘迫。

她只是觉得出于礼貌应该请他上去喝杯茶,真没别的意思啊!再说她也没那个胆子啊!

"见你一面便已经足够。"裴聿城伸手抚了抚女孩的发丝,随即道了一声"晚安",便转身离开了。

自从她跟裴聿城复合之后,裴聿城除了让她去巅峰娱乐这个要求,其他一切都恢复了和往常一样,两人除了偶尔发发信息,基本保持互不干扰的状态。

难得他"路过"一趟,还只见了一面便走了。而且,若不是她自己发现了下来查看,估计他都不会让她知道。

见你一面便已经足够……林烟的耳边回响着裴聿城的这句话,下意识地抬手摸了摸刚才被裴聿城碰触的地方,莫名感觉心底有一块坚硬的地方蓦然变得柔软,一点点地塌陷了下去。

意识到自己的失神,林烟赶紧紧摇摇头,让自己冷静下来。

清醒一点!清醒一点!温柔乡,英雄冢啊!

这两天时间，林烟一直都在关注着那部国外赛车影片的情况。

片名林烟已经知晓，叫《赛道故事》。讲述男主角浪蟒初出茅庐，进入赛车圈，连续拿下两届全球第二联赛的冠军后，却陷入了人生低谷，直至遇到了自己的师傅——赛道死神Yeva，技艺大成，走上人生巅峰，进军全球第一联赛。甚至其中还有一段浪蟒的爱情故事。

看完《赛道故事》的剧情后，林烟认为，这部电影还是挺良心的，起码做足了功课，的确现实也是那么回事。只可惜，赛道死神Yeva的戏份不是很多，只是作为情怀和噱头。

要说影响力和知名度，赛道死神Yeva在赛车圈内，很少有人能够与之相比。利用赛道死神Yeva来吸引观众，的确有着极好的效果。

而且，片方对于扮演赛道死神Yeva的人选十分看重，万分严格，也正因为如此，这个角色的扮演者到现在都还未选出来。

林烟原本想去试试，毕竟时间短、片酬高，还是本色出演。

然而，这场戏的竞争太大，想要拿下赛道死神Yeva的角色，并不容易。

《赛道故事》这场戏不是当务之急，还是得先赢下在宁南竞技场与WW战队的比赛。

Part13

她一个人，赢了整个WW!

♥

翌日清晨，林烟早早便来到了宁南竞技场。

因为林烟提前与ZHI通过气的缘故，所以这场比赛被定为场地赛，并不需要领航员。而林烟更是直接跳过贺家车队，让ZHI给了她一个参赛名额。

也不知道裴聿城会不会看到自己最近的八卦新闻。

裴聿城这么讨厌赛车，万一被他知道自己居然要参加赛车比赛，岂不是完蛋了？！

不过，裴聿城这样的大佬，每天日理万机，应该不会去关注这些八卦吧。想到这里，林烟又安下心来。

此刻，宁南竞技场已经人满为患。因为这场比赛情况特殊，所以，尽管这只是一场资格赛，但是备受圈内关注。

贺家车队众人也已经早早来到了比赛场地。

"那个女人也来了。"

此刻，某位贺家车队的领航员，看见不远处的林烟，眉头蹙起，满脸厌恶之色。

原本贺家车队的领航员对林烟的确还是有一些好感的，只是前两天林烟的一番表现，却是让他们对林烟的好感荡然无存。

更加让他们气恼的是，林烟居然与ZHI通气，换掉了贺家战队一位实力不错的赛车手，改为让林烟出场。

"领航员亲自上场开赛车，真是头一次听说。"青礼瞥了林烟一眼，冷声笑道。

"她一个领航员，硬是换掉我们一个实力不错的赛车手，谁给她的勇气？"

"真是可笑，真以为自己懂一些领航员的理论知识，就能跑去当赛车手了！"

"雄叔，本来我们就没可能胜出，让这个女人这么一搅和，更没得玩了。"

闻声，贺雄的目光阴沉地落在林烟身上。

"小烟想上，那就让她上吧，反正这一场，也从来没想过赢。"老爷子贺定坤叹了口气。

至于林烟是否与ZH1通气，换掉了贺家车队一位赛车手上场的资格，贺定坤根本不关心。他们贺家车队这场比赛的对手是谁？

国内老牌豪门战队之一的WW。

以贺家车队如今的水平，想要赢双W，那和痴人说梦也没有什么区别。

现在老爷子贺定坤所要考虑的问题是，贺家车队战败之后所要面对的一切。虽说有ZH1的官宣，承认贺家车队是ZH1的替补战队，但仅仅如此，还根本不够。如今，网上的谩骂声已是铺天盖地，与双W的比赛输掉之后，车队碰瓷的恶名，他们是肯定了。不仅如此，贺家车队可能再也找不到任何赞助与投资。

"这个女人，她居然把我换下来了？"此刻，一位戴着鸭舌帽的贺家车队赛车手，冷冷地盯着林烟。

"张云，算你倒霉。不过，这场和WW的比赛反正也不会赢，你被替换下来，也就无所谓了。"一位贺家车队队员看向戴着鸭舌帽的年轻男人道。

"话虽如此，可要是别人也就算了，她？凭什么？她知道油门、离合还有刹车在哪吗？她真以为之前投机取巧赢了老汤车队，就可以在贺家车队肆意妄为了？！"张云冷声喝道。

"算了吧，毕竟那女人是老爷子的外孙女。"

"外孙女又怎么样？再说了，她要是真想为贺家出力，就应该好好地去和青礼学习，争取让ZH1将比赛换成拉力赛，就算赢不了WW，也起码能把明凯的名声打出去吧！"张云瞥了一眼不远处的林烟，满脸冷笑，眸内厌恶之色毫无掩饰。

"好了，不要管她。"此刻，贺明凯出声道，"跑我们自己的就行，把她当成空气。"

"谁会去管她，只是这个女人把张云给换下去了，实在是可恶，就算不能赢，这种赛道有多重要，这是她能够胡来的地方？"

"其实，我觉得，林烟小姐可能也没什么坏心，充其量就是无知了一些，认为自己掌握了领航员的一些理论知识，就能上场碰赛车了。"贺家一位赛车手叹了口气，道。

片刻后，卫徐风和祁邵元走入竞技场内。

这场赛道比试，由于是挑战赛的缘故，所以赛车圈的记者无法进入其

177

中，只有各队队员与工作人员，还有极少数被邀请的贵宾才能进入，像卫徐风和祁邵元两人便是以贵宾身份入场的。

"对于这场比赛，我真没有太大的兴趣。"在贵宾席坐下后，卫徐风百无聊赖地开口。

"没兴趣？"祁邵元瞥了他一眼，满脸怀疑，"你这个连老汤战队和贺家车队这种级别的比赛都会去现场看的赛车狂热者，你现在告诉我，你对WW战队的比赛没兴趣？"

"不，你错了。"卫徐风看向祁邵元，"我感兴趣的是实力相差不大的赛道比赛，因为差距不大，不确定因素才会更多，才更有看点。这WW战队和贺家车队还需要看吗？"

祁邵元捏着下巴，若有所思地说："不对吧，当年老大每次比赛咱们都去现场观看，难道……有老大在场的赛道比赛会有什么悬念吗？"

"老大是例外，看老大的比赛，是在享受视觉冲击，更是享受全程碾压的快感。"卫徐风摇了摇头道。

"看比赛就看比赛，不要说那么多废话。搞不好，贺家车队能赢呢。"祁邵元笑道。

"贺家车队赢WW？"卫徐风看向祁邵元，"要是贺家车队赢了，我裸奔！祁邵元，以你的水准，不应该说出贺家车队万一能赢这种话来才对吧。"

祁邵元冷笑一声，要不是知道老大在，他才不会来看这种毫无悬念的比赛。

老大不在，这场比赛毫无悬念。

老大在，这场比赛毫无悬念。

这就是语言的魅力，博大精深！

此刻，祁邵元神色有些复杂地盯着卫徐风，这家伙还真发了微博，如果贺家车队赢了，他就去裸奔。

他怎么对自己如此的残忍……是个狠人啊！

此刻，Z神等一众ZHl的队员，来到贺家车队处。

见状，贺家车队的全体队员纷纷起身，朝着ZHl队员点头示意。

"今天就辛苦大家了。"木木笑道。

闻声，贺雄道："哪里的话，这是Z神和ZHl的队员信任我家明凯，给我家明凯表现的机会，就算赢不了WW这种老牌车队，明凯也一定不会让大家失望的。"

"放心吧，我今天的状态还不错。"贺明凯道。

Z神和ZHl队员皆是无语。

"Z神，有个事想跟你说下，就是能不能把林烟换下来，还是让张云上场？不然她一定会连累车队的。"贺雄看着Z神道。

"把林烟换下来？"

ZH1的一众队员，神色诧异，甚至是有些难以置信地盯着贺雄。

这人脑子没什么问题吧？

他们之所以接受贺家车队作为ZH1的替补战队，完全是看的林烟的面子。当然，这也不仅仅是面子的原因。如果，贺家车队不派林烟上场的话，仅凭着贺家车队这些乌合之众，还能与WW这样的国内顶尖战队在赛道上一较高下？

就算是林烟亲自出马，ZH1众人都没有十足的把握，更别提林烟不上场了。

只是眼前这个男人是林烟小姐的亲大舅。既然是林烟小姐的大舅，那么他们心中的想法，便不好直接说出来了。难道要他们跟贺雄说，你儿子贺明凯，还有你这个父亲贺雄，在我们眼里什么都不是，让贺家车队成为ZH1的替补战队，主要是看林烟小姐的面子，还有林烟小姐答应亲自上阵，跟你儿子贺明凯一毛钱的关系都没有？

"呵呵，贺雄叔，是这样的，有明文规定，比赛开始的当日无法替换队员。"Z神未说话，一旁的某位ZH1队员便看向贺雄，笑着解围道。

听闻ZH1队员所言，贺雄若有所思。

的确是有这样的规定，在比赛当日，上场的队员都已经确定并且报备，所以，没有办法临时替换队员。

"那个，其实我有句话想跟大家说一下。"贺雄沉思片刻后，目光看向Z神和一众ZH1的队员。

"贺雄叔，你有什么事情，直接说就是了。"ZH1的木木笑道。

"是这样的，那个林烟，只是一个普通的领航员，懂的只是理论知识。要是让她上场，只怕会闹出什么笑话。她虽然是明凯的表妹，但大家也没必要理会她的无理取闹。"贺雄说道。

贺雄以为，这次ZH1之所以将贺家车队的赛车手张云换下来，一定是看在林烟是明凯表妹的分上。

闻言，在场ZH1的众人面面相觑。这贺雄对他儿子到底是哪里来的自信？

他儿子或许在低等级别的赛车战队中，赛车技术还算得上不错，但放到中等级别的战队中，连做替补队员的资格都没有，更别提国内顶尖战队了。

"诸位，比赛马上开始，辛苦了。"Z神看向贺雄、贺明凯以及贺家车队众人，微微一笑道。

言罢，Z神并未多说什么，当即带着ZH1的众队员离开。

"你们看！"

等Z神带着ZH1众队员离开之后，贺家车队的领航员们，目光便落在了不远处刚进场的一群人身上。

"看着有点面熟。"青礼轻声道。

"等下……可不是面熟，这不是Speed战队的人吗？！"贺家战队的某位赛车手神色惊诧，难以置信道。

"什么？！"

"Speed？！"

"空……空军的战队，Speed！"

"就是那个，曾经上过全球第二联赛，与浪蟒大神比过的空军？"

"不错，就是他！"

此刻，贺雄神色激动，看向身旁的贺明凯："明凯，你看到没有？这场比赛有多轰动，连Speed全队都来了！"

"明凯，这是你的机会。"青礼正色道，"连Speed这种级别的战队都亲自现身观战……"

青礼的话音刚刚落下，WW战队的众人便立即迎了上去。

"Speed大驾光临，有失远迎！"其中一位WW的队员急忙道。

Speed的队长空军，在国际赛车圈的名声也是不小。

"诸位稍等，我让我们队长过来！"WW队员激动道。

"不必了。"忽然，为首穿着白色休闲衫的英俊男子瞥了WW战队众人一眼，冷声说道，"我们过来，又不是看你们的。"

"啊？"

随着空军的话音落下，一众WW战队成员神色诧异。

这场比赛，是WW战队与贺家车队的比赛，Speed不是为了WW战队而来，那是……

"这次，我们过来，主要是为了贺家车队，你们忙去吧。"其中一位Speed队员不耐烦道。

像WW这种国内顶尖豪门战队，在他们眼中，什么都不是。

这一次，Speed来的目的十分明确——观看赛道死神Yeva的赛道技术。

最近一段时间，空军已经完全打探到了林烟的底细——贺家车队老板贺定坤的外孙女。

Speed的众队员，以及队长空军，万万没想到，曾经叱咤全球第一联赛的卫冕之王，赛道死神Yeva，居然是国内一个低级车队老板的外孙女。

像贺家车队这种等级的小车队，居然能够出现像Yeva这样的传奇，当真令人难以置信。

"真不敢相信，我们当初居然和Yeva比了一场，天哪，就算输了，我也觉得是莫大的荣耀。"其中一位Speed的队员，满脸激动道。

"嘘，你小声点，别让人听去了，Yeva从来没有在外界露过面，你要是把这件事传出去，肯定会被Yeva弄死的！"

"Yeva小姐那么漂亮，怎么可能会是那么凶残的人？"

"你也太天真了吧，'赛道死神'，你以为'死神'这个名号是怎么来的？还有，之前宋耀南那些人，差点被Yeva打死，这消息可是货真价实的！"

"赛道死神Yeva，可是全球第一联赛顶级赛车手中有名的暴脾气赛车手。听说，她的人和她的驾驶风格一样！"

此刻，贺家众人看向贺明凯，神色震撼，有些难以置信。

一旁，领航员青礼道："刚才，Speed的队长空军说，他们亲自前来观看这场比赛，不是为了WW，而是因为我们贺家车队……"

"因为贺家车队？"

当即，众位赛车手的目光，落在了老爷子贺定坤身上。

此刻，贺定坤的神色也十分疑惑，他和Speed这种传奇车队，并没有任何的交集，更加不认识Speed的队员和队长空军，充其量只是在录像中看过Speed的比赛。

所以，Speed，怎么会因为贺家车队而亲临宁南竞技场？

"我并不认识 Speed车队的队长和队员，和他们也没有什么交集。"老爷子贺定坤神色肯定道。

闻声，一旁的青礼若有所思，旋即，目光落在了贺明凯身上。

"既然是这样，那么Speed应该是为了明凯来的，难道Speed注意到了明凯，认为明凯的潜力很大？"

随着青礼的话音落下，贺雄连连点头道："不错，一定是这样！"

当即，贺雄的目光落在贺定坤身上，神色有些激动："爸，Speed应该是为了明凯来的！"

贺定坤闻言却是摇了摇头，笑道："明凯的实力虽然还不错，但是能入ZHI的眼，已经算是奇迹了。Speed这种传奇赛车队，不可能。"

"不可能？爷爷，怎么不可能？连Speed的队长空军都说了，他们是为了我们贺家车队来的，爷爷你又不认识他们。在贺家车队中，我的驾驶技术最好，他们不是为了我来的，还能是为了谁？"贺明凯蹙眉道。

"爸，明凯说得对，我们这些人，没一个和Speed有交集的，他们肯定是为了明凯来的。明凯虽然现在技术还达不到顶尖层次，但是潜力巨大，他们这种传奇赛车队，最喜欢到处寻找有潜力的年轻赛车手。"贺雄开口。

老爷子看向贺雄，似是想要说些什么，但最终一言不发。

这说来也有点奇怪，以贺明凯的水准，不可能会被Speed这样的传奇赛车队看中，就算贺明凯真的有些潜力，也不至于让Speed全队亲临啊。难道是他真的老了，看不到贺明凯身上隐藏着巨大的潜力？

过了没多久，空军带领一众Speed的队员，来到贺家车队所在处。

看着激动的贺家众人，队长空军笑道："你们就是贺家车队，久仰久仰，能够培养出Y……没事，我们今天就是来随便看看，挺喜欢你们贺家车队的一位队员，希望没有打扰到你们。"

听闻空军此言，贺雄急忙上前："哪里哪里，Speed能亲临现场，给我们家明凯加油助威，真是我们的福气！"

听闻贺雄此言，Speed队员包括队长空军都是一愣，他们家明凯？

贺家车队的车手，贺定坤的孙子，Yeva的表哥……

"呵呵，看好你们，加油。"空军有些尴尬地笑了笑，但毕竟他们是Yeva的家人，他自然也不好多说。

等空军带着Speed的队员前往贵宾席位后，青礼的嘴角微微上扬："如何，我没说错吧？Speed这次就是冲着明凯来的。"

贺雄激动地看向贺定坤："爸，怎么样，你看到了没？"

闻声，老爷子贺定坤的神色更加疑惑了，不应该啊……贺明凯的潜力，连Speed都亲临现场观看？莫不成他真的老了，跟不上时代了？

很快，WW战队与贺家车队，纷纷进入各自的备赛场，而双方的赛车，也已经开上了赛道，只等比赛开始。

备赛场内，贺雄冷冷地看向林烟，冷声道："林烟，这场比赛，你如果影响了明凯的发挥，后果自负！"

"林烟小姐，你要知道，明凯是被ZH1看中的赛车。还有，这一次，连 Speed的空军和一众队员全来了，虽然以林烟小姐你的层次，可能不知道Speed车队，但无论如何，我还是希望你，不要上赛道比较好，你可以说身体不舒服，申请离开。这样，我们可以让张云重新上场。"

听闻此言，林烟面无表情地瞥了一眼青礼，淡淡开口："滚。"

随着林烟的话音落下，贺家车队众人皆是一愣，这个林烟居然让青礼滚？她知道自己在和谁说话吗？贺家车队最强的领航员！连老爷子都要给青礼几分面子！

"你……说什么？"

此刻，青礼盯着林烟，眸内寒光微闪。这个女人，她以为她是个什么东西？

"林烟，你敢这么对青礼说话？"贺雄看着林烟，怒声大喝。

然而，林烟只是打了个哈欠，直接带上头盔，看也没看贺雄等人一眼，直接转身离开了备赛场，第一个进入赛道，打开赛车门，坐到了驾驶位上。

"这个混账！"

见林烟进入了赛道，贺雄额头青筋浮现。

"爸，她算是什么！没有我，她能见到ZH1战队，见到Speed战队，还有贵宾席内的那么多大人物？真是和她妈一样，都是彻彻底底的白眼狼！"贺明凯冷声道。

"算了。"青礼看向贺雄，"雄叔，这场比赛至关重要，就当她不存在吧。不过，我希望以后，这个女人不要再和贺家车队扯上任何的关系。我感觉她会害了明凯，害了贺家车队。"

"哼，这个死丫头……"贺雄冷声道，"老爷子就是太惯着她了，等这次比完，我一定要让她付出代价！"

宁南竞技场，贵宾席。

卫徐风盯着远处落座的一群人，神色有些诧异，用手背捣了捣身旁的祁邵元："喂，那是不是空军的队伍？"

闻声，祁邵元也朝着前方望去，旋即点头回道："Speed，的确是空军的队伍。"

得到肯定的答案后，卫徐风神色有些古怪："如果是WW对战ZH1，或许我还能理解，WW跟贺家车队跑赛道，Speed怎么会来？没听说过Speed和WW或者贺家车队有什么交集啊，层次差太多了。"

对于Speed这种层次的赛队会来宁南竞技场观看比赛，祁邵元倒也觉得有些奇怪，按理说，老大的身份只有他知道，Speed应该不可能知晓林烟就是Yeva，既然如此，Speed怎么会来？

"对了。"此刻，卫徐风话锋一转，目光落在了祁邵元身上，"你听说了吗？老大的消息。"

"老大怎么了？"祁邵元下意识地问道。

"老大退下来了，好像是因伤退役。"卫徐风叹了口气，眸内有些失落。

"听说了，但具体怎么回事，我也不知道。"祁邵元道。

当初，在国外，Yeva因为被查出服用违禁药物遭到禁赛，这件事并未传出去，而且疑点重重，所以，后来就宣布了Yeva因伤退役。

首先，Yeva的实力有目共睹，赛道死神Yeva的名号不是吹出来的，在全球第一联赛上，她几乎没有任何对手，并且是多个赛道的纪录保持者。

以Yeva的水平而言，在比赛时服用违禁药物，实在没有道理。况且，赛车不同于其他比赛，服用违禁药物对于赛车比赛没有一丝一毫的好处，反而会让选手的发挥失常，甚至引发不可逆的严重事故，任何一位赛车手，但凡是个正常人，有着正常人的思维，都绝不可能去服用违禁药物。

只不过，当时的Yeva对此没有任何解释，而是黯然神伤地离开了赛场。再加上，当时的几大财团对Yeva及Yeva的赛车队恨之入骨。

那几个大财团的旗下，都有着世界顶尖的车队。奈何世界第一联赛，完全成了Yeva的主宰场，这让他们十分憎恶Yeva。所以他们利用此事大做文章，Yeva只能选择沉默地离开，毕竟，不管怎么说，赛车属于竞技项目，而竞技项目服用违禁药物是违规的。

几大财团虽然以此事作为把柄，对Yeva及其身后的赛车队施加压力，但那几大财团也知道，Yeva服用违禁药物的事情根本站不住脚，以Yeva的实力，和她在赛车圈的影响力，跑个第一联赛还要服用违禁药物，根本不可能有人相信，因此，他们也默认了Yeva因伤退役的说法。

直到最近，Yeva的事情才逐渐曝了出来，外界也只是知晓，Yeva是因为受伤，暂时不能再碰赛车，所以暂时退役，至于她在何处养伤，又是否有机会或者打算重返赛道，目前没有任何消息，外界更是无人知晓。

而如今，恐怕谁也无法料想到，曾经叱咤全球第一联赛的Yeva，居然会在国内的宁南竞技场，帮着贺家车队这种层次的小车队打比赛。

贵宾席上，空军盯着赛道初始点的一辆银色赛车，口中喃喃道："真是难以置信，赛道死神Yeva，不是因伤退役了吗？"

"队长，就算Yeva有伤，她闭着眼也能随便虐WW这种层次的赛车队吧，差距太大了，根本不是一个世界的。"某位Speed队员道。

"别说闭着眼跑赢WW，就算闭着眼跑赢队长，也……也应该是随随便便的事吧。"另外一位队员道，说完还不忘偷偷看了一眼身旁的空军。

空军没开口反驳，毕竟，这算是实话。就算Yeva负伤退役，在赛道上跑赢他，那也跟玩似的。

备赛场内。

贺家车队众人已经准备就绪。这场比赛，贺家车队没有制定任何的战术，因为他们与WW的实力悬殊过大，无论是何种战术，对于双W车队而言，都没有任何意义，还不如让队员们随意发挥。

"明凯，大胆一些，这场比赛是你赛车生涯的转折点。"临近上场时，一旁的青礼朝着贺明凯道。

"这场比赛，我们肯定是没机会赢的，但这已经不重要了。ZH1如此重视你，再不济，你也能够成为ZH1的队员。而且，今天连空军都亲自到场，这足以证明你的潜力巨大，我认为Speed战队对你是有点想法的，这场跑完之后，Speed战队会邀请你加入他们的战队。"青礼继续说道。

听闻此言，贺雄点了点头，看向贺明凯："明凯，好好跑，WW没什么的，不要被他们的名气吓到了。青礼说得不错，如果你能够进入Speed战队，以你的潜力日后你能甩WW战队的人八条街！"

"爸，我明白。"贺明凯满脸傲然之色。

"明凯，无论你到时候选择ZHI还是Speed，我都会跟你一起，帮你挖掘更深层的潜力，这一场，看你的了。"青礼嘴角微微上扬。

"比赛快开始了，上场吧。"片刻后，老爷子贺定坤走过来说道。

贺家战队众人连连点头，朝着初始点走去。

如今，WW战队的成员已经准备就绪，全员进入赛车。至于贺家车队的队员，也纷纷打开车门，入座驾驶位。

眼见比赛即将开始，全场安静了下来。

随着号令旗的挥动，只听"嗡"的一声，十多辆赛车瞬间朝着前方冲去。

然而，在初始点上，还剩下一辆银色的赛车。

"那是贺家车队的赛车？"

"还不跑吗？"

"怎么回事？"

见状，众人完全无法理解，这种事情，还从来未发生过。

老爷子贺定坤与贺雄站在场下，目光紧盯着那辆未有任何动作的银色赛车。

"爸，这就是你那个好外孙女，简直把我们贺家车队的脸丢尽了！"贺雄冷笑道。

"算了，随小烟去吧，反正小烟也不懂驾驶，这样反而更安全一些。"老爷子贺定坤道。

"爸，你真该庆幸，你有明凯这样的孙子。"贺雄道。

"怎么回事……"贵宾席上，空军盯着一直尚未起跑的银色赛车，口中喃喃道。

这可不像是Yeva的风格。对于Yeva的赛车风格，空军研究得十分透彻，而这次，他却有些看不懂了。

"队长，应该是故意放水的吧？"忽然，一旁的Speed队员说道。

空军顿时一愣。放水？

"队长，Yeva是什么水准，WW是什么水准，我要是Yeva，面对WW这样的战队，我也没什么兴趣，要是不放点水，那还跑什么？未免也太无聊了。"

此刻，初始点的银色赛车上。

"……死亡模式到底在哪？"

林烟歪着脑袋，目光紧紧地盯着中控屏。

这些赛车全是ZHI提供的，林烟并未提前熟悉车辆。

"找到了。"

片刻后，林烟微微一笑，手指在中控屏上轻点了几下。下一秒，只听见银色赛车发出如同野兽嘶吼般的声音。当即，林烟拉上手刹，左脚踩着刹车，右脚狠狠地将油门踩到底。刹那间，那如野兽一般的声浪更甚。两只后轮疯狂摆动，可车辆依旧停在原地。

场下，Z神看着银色赛车，眉头深蹙："她把所有辅助系统都关闭了。"

"不会吧，林烟小姐到底怎么想的，不至于吧！"

木木道："我相信林烟小姐，她的驾驶技术，我相信Speed已经深刻领教过了。"

听闻木木所言，众人这才稍稍放下了心。的确，林烟的驾驶技术，他们亲眼见识过。

"唰！"

随着木木的话音落下，只见林烟所驾驶的那辆银色赛车，瞬间化作一道银色的光泽，以极快的速度朝着前方驶去。

此刻的赛道上，一股无力的绝望感在贺家车队众人的心中渐渐涌现。

平常观赛时，不觉得有什么，但是真正上了赛道，和WW进行比试之后，他们才发现，WW的赛道掌控力，实在是太恐怖了，已经远远不是他们能够承受的了。任何一位WW的队员，都可以十分轻易地碾压他们。

"怎么可能这么强……"贺明凯咬牙切齿，可无论如何都追不上WW战队的任何一辆赛车，甚至连尾气都吃不到。

解说："好了，我们终于看到，贺家车队的那辆银色赛车有所行动，如果我没看错的话，这位赛车手应该是对车辆不太熟悉，哈哈，这功课一看就没做到位，居然关闭了所有驾驶辅助系统……要知道，在初始点的最前期，关闭所有辅助系统，没有任何意义，反而，进行深度操控时会产生一定的危险。当然了，关闭所有辅助系统后，这位贺家车队赛车手所驾驶的车辆，速度的确是非常快，但前方就是第一个弯道急转，这位赛车手最好马上开启辅助系统……"

此时，那辆银色赛车终于重新回到了大众的视线内，而前方大约四五百米处，迎来了第一个赛道急转弯。

解说："大概距离三百米的位置，这位贺家车队的赛车手，依然没有打开任何车辆辅助系统，我认为，这可能是贺家车队唯一一位十分有想法的赛车手，可即便如此，在没有打开任何车辆辅助系统的情况下，要如何过这个赛道急转弯？"

随着解说的话音落下，众人只见，林烟所驾驶的银色车辆，方向一个急转，车身迅速摆动，由于没有任何的车辆辅助系统，银色赛车摆动的幅度更加夸张。

正当此时，银色车辆猛地加速，车辆前右轮，竟是擦着弯道的路牙飘了过去。这一处的弯道急转弯很短，当银色车辆冲过急转弯道后，依然处于漂移失控的状态，而在其正前方，恰巧是贺家车队的一位赛车手所驾驶的车辆。

前方的贺家车队赛车手只觉得似乎有野兽咆哮的声音传来，下意识地朝着后视镜望去。只见，林烟所驾驶的车辆，竟是将他的赛车当成了弯道的路牙，自他左侧飘了过去。

当超越这位贺家车队赛车手的车辆之后，林烟轻转方向，瞬间稳住了车身，并将方向回正，眨眼间便没了踪影。

解说："漂亮！这操作真是太漂亮了！贺家车队的这辆车果然有两把刷子，在这种赛道上，关闭了所有车辆辅助系统后，还如此流畅地完成了弯道急转弯，甚至将自家的队友车辆当成了辅助弯道漂移超过，Nice！（太好了）"

"骗人的吧，那是林烟？"被林烟所超越的贺家赛车手，神色震撼地说。

此刻，林烟因关闭了车辆辅助系统的原因，车辆的速度要远超平常，不过眨眼之间，数辆贺家车队队员的赛车都已被林烟随意超过。

目前，林烟的正前方，是贺明凯的车辆。

"她怎么会追上来？"

通过后视镜，贺明凯看见了林烟所驾驶的银色赛车，当即一愣。随后，几乎是下意识地，贺明凯将车辆死死地挡在了银色赛车的正前方，不让林烟超车。

"碍事。"

林烟面无表情，强行将贺明凯的车辆别开。超越贺明凯后，林烟的银色赛车堵在贺明凯的车辆前，还故意带了一脚刹车。

见状，贺明凯面色大变，急踩刹车，可即便如此，惯性使然，车辆依然朝着银色赛车的车尾撞去。

下一秒，林烟微微一笑，瞬间将油门踩到底，"唰"地一声，银色车辆便没了踪影。

"浑蛋！"

此刻，贺明凯的车辆停了下来，惊出一身冷汗来。

那该死的女人，是在故意玩他！

"不可能……怎么可能！"贺明凯无法相信，林烟怎么可能会开赛车，还在如此短暂的时间内，就超越了自己的赛车？

此刻，银色赛车开启狂暴模式，直追前方WW战队的车辆。

"天呐，这女人是疯子吗？"

"别挡她！她关闭了所有辅助系统，她真的会撞上来的！"某位WW队员面色苍白地说，额头满是冷汗，要不是自己躲得快，刚才就要和那辆银色赛车同归于尽了！

"队长，我顶不住了……这疯子突围了！马上就要追上你了！"其中一位WW队员不甘心地停下车来，将频道调整好，朝着WW的队长喊道。

"怎么会有这种人……不可能的，贺家车队……哪里有这种水平？"

敢放弃所有辅助系统，不将所有的赛车放在眼中，在这赛道上横冲直撞，哪怕是被前车故意挡住，居然也敢将油门踩到底，不踩一丁点的刹车！这种情况，只有两种可能。

第一种，这女人是十足的疯子，她不是来赛车的，她是来自杀的！

第二种，这女人有十足的把握，即便是如此，在最后关头，她也能够完美地处理好一切可能发生的情况。

只不过，WW的队员却不想去赌，他们是来比赛的，不是来跟别人同归于尽的！如果不让道，万一真的撞上，以这样的冲击力来估算，必定车毁人亡！

"哦。"此刻，WW战队队长，通过后视镜，发现了紧追不舍的银色赛车。

在这样的赛道上，设置了许多赛道障碍，并非是全程跑直线，所以，只要处理得足够完美，前车的距离便会被瞬间拉近，除非，两人的车辆情况，甚至是赛车手的技术水平判断完全一致，唯有如此，才会一直保持着距离。

但显然，情况并非如此。

此刻，银色赛车紧随其后，而前方的最后一条赛道极窄，没有任何的超车空间，不仅如此，也没有任何缓冲区域。按照逻辑，前面的车不可能被后车超越。

"想超，那就来试试。"WW队长微微一笑，瞬间驶进了最后的极窄赛道。

见状，银色赛车内的林烟若有所思，几乎在前方车辆进入极窄赛道的同时，她所驾驶的银色车辆朝着左侧移动，而在临近赛道外的最边缘，有着断裂式上坡！

"她……想做什么？！"

场下，Z神神色惊诧，这样不是要冲离赛道了？一旦冲离赛道，就会被立刻淘汰。

压根不给旁人细想的机会，只见，银色车辆没有任何的缓冲，瞬间冲上了断裂式的高坡。并且，在进入断裂高坡后，银色车辆的速度再次提升。

"唰！"

下一秒，在众人难以置信的目光内，银色赛车瞬间冲过了断裂高坡，整个车辆飞了起来，在离开断裂高坡的同时，林烟将方向盘朝右方打死。

原本是要飞出赛道的银色车辆，在这一刻，竟然奇迹般地返回了赛道区域。

"砰！"

一声巨响，银色赛车落地，不偏不倚地落在了WW战队队长车辆的正前方。

"什么？！"

此刻，双W战队队长看着前方落地的银色赛车，瞳孔猛然一缩。方才他全程都在看着后视镜，所以，银色赛车的一举一动都被他看得一清二楚。

此刻，双W战队队长的脑袋一片空白，眼睁睁地看着银色车辆冲过了终点，自己却没有任何扭转局面和阻拦的余地。

一切都发生得太快，并且太出乎意料。

"骗……骗人的……骗人的吧！"

此刻，场下，贺家车队众人，目瞪口呆。包括老爷子贺定坤，也是神色呆滞地愣在了原地。

自从林烟所驾驶的银色车辆超过贺明凯后，他们便觉得有些不对，直至此刻，他们才发现，林烟所驾驶的银色赛车，根本就是在作秀……

每一次操作都不是正常的操作，全是在秀！

贺家队伍中，几位领航员神色震撼——那真是林烟所驾驶的车辆？

别的暂且不说，只说最后超越WW战队队长的这一波操作，惊艳都不足以形容，简直太秀了！

"怎么会这样……她……她……怎么可能？"贺雄盯着漫不经心地打开车门，从赛车内缓步走出来的林烟，神色震撼到无以复加。

年轻时，贺雄也是一位赛车手，跑过不少赛道，也接触过不少的赛车手，可这样的驾驶技术，他从来都没有见过。

不远处，青礼脸上的笑容早已经僵住。

"她……是她开车的吗？车上会不会有别人？"其中一位领航员，满脸狐疑地开口。

"我觉得一定有古怪，怎么可能有这种驾驶技术，这更像是某种表演！"另外一位坐在青礼身旁的领航员急道。

"傻子吗？"当即，被替换掉的张云瞥了那两位领航员一眼，"是你们傻还是WW傻？这种比赛，还能作弊不成？那辆车上只有林烟一个人。"

随着张云的话音落下，两位领航员哑口无言。

"她把我换掉，现在我没话说，她一个人赢了整个WW……"张云盯着赛道终点的银色车辆，满脸震撼。

贺定坤站在远处，到现在都还未缓过神来。

"不可能……她怎么会这么强？她只是一个领航员！她怎么可能会超过明凯！"贺雄的脸色也很难看。

"她不是超过明凯，她这根本就是在秀场的同时，顺便超了整条赛道的所有赛车手。"此刻，空军缓步走了过来。旋即，空军看向身旁的贺定坤，轻声笑道："贺前辈，您的外孙女真的是太厉害了，看得出，贺前辈年轻的时候，应该也是一位十分出色的赛车手。"

闻声，贺定坤这才回过神来："哦……空军大神，您过誉了……"

"不可能的！一定有问题！要么就是运气好。"忽然，贺雄急忙开口。

"运气？"Speed的某位队员眉头忽然深锁，看着贺雄等人，"恐怕你们对Y……对林烟小姐有什么误会吧？这完全在我们的意料之中，我们这次来，就是为了看林烟小姐的比赛，怎么会是运气好呢？"

"你说什么？"贺雄一愣。

"你们……你们不是为了明凯来的吗？"青礼眉头瞬间蹙起，看向空军等人。

"明凯？"其中一位队员微微愣神，"明凯是谁啊？"

"哦，就是林烟小姐的表哥吧，也是贺家车队的一位普通赛车手。"另外一位队员解释道。

他们……他们连贺明凯是谁都不知道？贺雄和青礼等人难以置信。

还有，他们说明凯是贺家车队的普通赛车手？怎么会是普通赛车手？

Part14

谢谢你信任我，在我被全世界唾弃的时候。

❤

　　林烟取下头盔，来到了贺家车队处。ZHI队员众人满脸激动地跟了上来。

　　"Speed的各位，好久不见。"Z神看向空军等人微微一愣，旋即开口。

　　"是啊，距离上次败给林烟小姐，已经过去不短时间了。林烟小姐上次一个人把我们全员送出赛道，这次又是一个人把WW送出赛道，不过，WW也就他们队长强一些而已。"某位Speed队员笑道。

　　随着此人话音落下，青礼和贺雄等人彻底呆滞在原地。

　　林烟……前不久亲手将Speed全员送出赛道？！

　　此刻，贺家车队众人，神色有些呆滞。尤其贺家车队的几位领航员，更是难以置信。亲手将Speed全员送出了赛道，并且，只靠林烟一个人！这种事情怎么可能是真的！

　　但是，以Speed有必要说谎吗？他们图什么？

　　而且，今日，他们也是亲眼所见，林烟的确是将WW全员送出了赛道……

　　贺家车队众人面面相觑，所以说，从最开始，林烟就有了顶尖的赛车驾驶技术？！

　　如今想想，上次与老汤车队的淘汰赛，哪里是什么巧合，林烟不仅是一位顶尖的领航员，还是一位顶尖的赛车手！

　　可笑的是，他们居然一直在嘲讽林烟，甚至认为林烟应该拜青礼为师！

　　几位贺家赛车手的目光，落在了一旁青礼的身上。想起青礼之前所说过的话，当真是可笑至极。

　　他还说林烟的领航水平只是一般……上次能赢完全是靠运气？

　　青礼在贺家车队中，领航水平的确是最强的，但他们贺家车队，只是一个小车队罢了，青礼最多也就只有接近中级领航员的水平。这种水平的人，居然冷嘲热讽一位顶尖的赛车手和顶尖的领航员！

　　如今，不少贺家车队成员才明白，为什么林烟面对冷嘲热讽，一直都未曾反驳过了。换位思考一下，如果他们是顶尖的赛车手和领航员，遇到一些菜鸟，只怕他们也不会去解释什么。因为不屑！

是不屑一顾，所以不会去解释什么。

是层次相差太大，才不屑去解释什么！

当下，不少曾经嘲讽过甚至教育过林烟的队员，面红耳赤，恨不得找个地缝钻进去！

"林烟，你居然敢在赛道上坑我！"没过多久，贺明凯大步走来，怒视林烟，冷声喝道，"爷爷，爸，如果不是她的话，我不可能只取得这个成绩，她根本是在故意害我，想让我在ZHl和Speed面前失了面子！"

闻声，贺雄咬了咬牙，似是想要说些什么，可最终一个字也未能说出口。

"ZHl和Speed都是为了我来的。没有我，你能参加这种比赛吗？你在哪里偷学的车技，你居然在赛道上坑我，你这个白眼狼！"贺明凯怒不可遏。

"这位朋友，"忽然，空军的目光落在贺明凯身上，淡淡开口，"我想，你可能有什么误会。我们Speed这次来，纯粹只是给林烟小姐加油助威，至于你……抱歉，我们真的不认识，我说话可能有些难听，请不要介意，以你的赛车水准，可能连国内最普通的正规赛车队都不容易进入。"

贺明凯顿时愣在原地，他说什么，Speed不是为了自己来的？

"呵呵，明凯兄弟，其实你能参加这种规模的比赛……不，是你们贺家能够参加这种规模的比赛，完全是因为我们对林烟小姐有足够的信心，才会让贺家车队作为我们ZHl的替补战队，代为出场。你的确是误会了。" ZHl的木木朝着贺明凯笑道。

如今，无论是Speed也好，还是ZHl也罢，都已经看清楚，这贺明凯与林烟之间的关系应该不怎么样，甚至有些像仇人。既然如此，他们也完全没有必要看在林烟的面子上，再给贺明凯等人台阶下了。

"贺明凯，你这车技，随便从一些正规的普通车队拉出一位队员，你都未必跑得赢。你和你父亲，到底是哪里来的自信？"一位ZHl的队员，瞥了贺明凯与贺雄一眼。

"对了，还有你那个领航员，叫什么青礼的，连最基本的路书都记不全，居然还要林烟小姐拜他为师？这恐怕是我这辈子听过最好笑的笑话了。"

"就是啊，林烟小姐当初一个人就把Speed的几位队员都虐了，还拜他为师？是不是坐在井里太久，不知道天空是什么样了？"

听到这些话，青礼黑着一张脸，却什么话也说不出。

"林烟……就她？跑赢Speed？！"贺明凯难以置信道，"不可能，绝对不可能的！一定是哪里出了问题，她凭什么！"

当即，空军的目光落在林烟身上，轻轻笑道："林烟小姐……那个，能不能交换一下联系方式什么的，我有一些赛车技巧想请教林烟小姐……"

"我？"林烟看向空军，旋即微笑着开口，"空军大神，我的驾驶技术都是皮毛，上次赢Speed和今天赢WW，都是运气好而已。"

空军急忙道："林小姐，您太谦虚了！"

空军心想：开什么国际玩笑！当我不知道，你是赛道死神Yeva……Yeva吗！

"我说的都是实话。"林烟深吸一口气，耐着性子再次拒绝道。

话说这Speed的队长空军对她的态度未免也太奇怪了吧？就算上次赢了他们，也不至于这么献殷勤吧！毕竟赛车手一般都挺傲气的，就算输了，大多也是谁也不服谁。

贺家车队众人惊诧地看着林烟，空军大神居然要和林烟交换联系方式，而且，还被林烟拒绝了！

"林小姐，别这样，就留个吧，我保证不随便打扰林小姐。真的！"空军死缠烂打道。

赛道死神Yeva的联系方式啊！他一定得要到手！

趁着Yeva此刻还是以林烟的身份示人，不然，等哪天她恢复了赛道死神Yeva的身份，别说要联系方式，到时候见她一面都是千难万难！

面对空军的死缠烂打，林烟一脸无语。最后迫于无奈，她也只能与空军交换了联系方式。得到林烟的联系方式后，空军这才心满意足。

"好了，林烟小姐，今天就不打扰了，我们还有事，就先走了。"

说罢，空军见好就收，带着Speed众人离开了。

"队长，把联系方式给我吧！"

"队长……我……我也想要！"

林烟顿时无语："……"

这场比赛胜出后，WW的人一直都未出面，似是满心不服，不过林烟也不在乎，这和她倒没什么关系，WW不出面，不代表这场比赛的胜负就不作数。

"外公，我还有点事，就先走了。"林烟将头盔和手套丢在一旁，看向贺定坤笑道。

还未等贺定坤回过神来，林烟已经独自离去，只留下一脸震撼的贺家众人。

此刻，最激动的莫过于ZHI车队了。原本若是他们自己跟WW比，不仅要输了比赛，失去进入全球第三联赛的资格，还会被整个赛车圈嘲讽。WW的目的本就是故意挑衅，借机报复！

可现在，他们ZH1却奇迹般地赢下了比赛，获得了进入全球第三联赛的门票！

Z神从未如此庆幸过自己当初的决定！真是太明智了！

Z神看向贺定坤，感激地开口："贺老先生，贺家车队的这个人情，我们记下了，劳烦代我感谢林烟小姐！"

贺定坤此刻还处在震惊之中，闻言急忙开口："您太客气了……"

其实贺家车队完全没帮上什么忙，都是林烟……

Z神叹了口气，一脸遗憾道："之前我原本是打算邀请林烟小姐来我们ZH1车队的，但是林烟小姐拒绝了，当时我还奇怪她拒绝我的理由，后来才知道原因。没想到她是您的外孙女，难怪她坚持要留下帮贺家车队了。"

此刻，一旁的贺家车队的众人听到这里，面面相觑，神色都有些不太自然。

人家林烟拒绝了Z神的邀请，来贺家车队帮忙，可是他们对林烟那种态度，甚至还以为一切都是贺明凯的功劳。若是贺明凯真有那个本事，他们贺家车队也不至于落到今天这个地步。终究是他们坐井观天，太过自大了。

与此同时，贵宾席上。

祁邵元盯着目瞪口呆的卫徐风，右手在卫徐风的眼前晃了晃，笑眯眯地开口："兄弟，还奔吗？"

某人可是发了微博说，要是贺家车队赢了，他就直接去裸奔的！

"奔你个头！"卫徐风回过神来，狠狠地瞪了祁邵元一眼。

"卫先生，我想采访你一下，请问你此刻的心情以及心理活动……"祁邵元坐在卫徐风身旁，轻声笑道。

卫徐风眉头深蹙，脑海中还是之前的赛道画面。

怎么可能！林烟的赛车技术居然这么强？

难不成她是赛车天才？这段时间练出来的？

或者说，原本她的车技就很强？

可她就算再厉害，也不可能跑赢WW这种国内顶尖的车队吧？

难道有什么问题？

但他可是亲眼所见，林烟的驾驶水平的确很强，而且也确实是林烟开的车，不会有假。

"林烟，她不像是在跑比赛，像是在表演……"卫徐风口中喃喃。

其实，普通的赛车手都能够达到较好的赛道舞台效果，但用舞台效果跑赢WW，那纯属天方夜谭。

除非，WW故意让林烟赢。

只不过，想想也不太现实，WW凭什么让贺家车队赢下这场比赛？

"唉，卫徐风，快点兑现承诺！你上次还差我一张签名照呢！你这样不太合适吧？"祁邵元盯着卫徐风笑道。

卫徐风没好气地白了祁邵元一眼："滚！"

另一边，林烟刚离开备赛区，经过看台的时候，余光无意间一瞥，居然看到了一个熟悉的身影。

看清那人是谁后，林烟顿时脚下一个趔趄，吓得魂飞魄散！

裴……裴聿城……

为什么裴聿城会出现在这里？还坐在VIP看台上？

林烟的整个大脑都成了宕机的状态……

更加刺激的是，裴聿城似乎也看到她了。

林烟僵直着身体站在原地。这时，裴宇堂一溜小跑朝着她跑了过来。

一看到裴宇堂，林烟急忙把他拽过来，小声追问："你哥怎么会来这里？你告诉你哥我比赛的事情了？"

裴宇堂哭丧着脸说道："怎么可能！我嘴很严的好不好！我也不知道我哥怎么知道的，他突然出现，我都懵了！"

"你怎么不早告诉我？"

"当时你已经快比赛了，我怕影响你比赛时的发挥嘛！"

"影响你个头！"

这种级别的比赛，有什么事情能影响到她的发挥？

不过……林烟朝着裴聿城的方向看了一眼，弱弱地咽了口吐沫。

好像也不一定……搞不好真的会影响……

"嫂子，现在你还是想想应该怎么办吧！你俩好不容易复合了，可别又闹分手，我真的承受不住这打击。"裴宇堂满脸绝望地开口。

林烟闻言，脸色微黑，是她和裴聿城分手，又不是他分手，他要承受什么打击？

林烟头疼道："话说，你哥真有这么讨厌赛车吗？"

裴宇堂咕哝着开口："我哥就是因为赛车的事情，才把我赶出家门的。每次我只要提到赛车两个字，不，就算是我开车速度稍微快一点，我哥都会生气，你觉得呢？"

林烟一惊："那岂不是完了吗？"

裴宇堂道："我也觉得……"

林烟无语了："……"

没办法，最后，林烟只能硬着头皮朝着裴聿城的方向走去。

男人今天穿着一身日常的休闲装，明明是很随意的装扮，却依旧帅得让她心脏如同小鹿乱撞。

"比赛结束了？"裴聿城看向女孩，开口。

从男人面上的表情看，似乎看不出生气的痕迹。不过，裴聿城的情绪本来就极难揣测，所以林烟也摸不准他现在是什么态度。

林烟闻言，小心翼翼地点点头："是的……结束了。"

裴聿城道："一起吃晚饭？"

林烟怎么可能不答应，忙连连点头："好……好……"

说完，就跟着裴聿城上了车。

车上，林烟忍不住开口询问："那个，裴先生，我刚刚的比赛……你看了？"

裴聿城点头："看了。"

林烟心中默默垂泪，这岂不是被当众抓包吗？

"这个……那个……怎么说好呢……其实……"

要不就说她压根不会赛车，而且也不喜欢赛车，完全是为了外公的车队，被赶鸭子上架的，会赢也是瞎猫撞上了死耗子？

林烟正绞尽脑汁地想着怎么解释，裴聿城宽大的手掌突然在她的发顶揉了揉，用富有磁性而低哑的声音开口："赢了比赛，想要什么奖励？"

"啊？"林烟没有反应过来，愣在了那里。

裴聿城不但不生气，还要给她奖励？

副驾驶座上，竖着耳朵的裴宇堂一脸讶异。

"没什么想要的吗？"裴聿城深沉的眸光静静地看着她，顿了顿，继续开口，"要什么都可以。"

男人眸中的纵容和宠溺，如同温暖的海水一般包裹着她，简直足以将她淹没。

林烟被撩到无话可说："……"

裴宇堂一脸疑惑："？"

他的比赛大哥一场都没有看过，嫂子的比赛大哥却亲自来了现场！

他赢了，连一个车轮子都捞不到，嫂子赢了，却要啥给啥！

他哥简直就是……世界驰名"双标"！

算了算了，只要大哥和嫂子恩恩爱爱，他受多少委屈都无所谓！

其实，林烟对于裴聿城的态度也挺意外的，她呆呆地试探："裴先生，我去赛车，你不生气吗？"

裴聿城斜支着额头，镜片后的眸子专注地看着眼前的女孩，轻声道："为什么生气？赛场上的你很美。"

裴聿城话音落下的瞬间，林烟感觉自己的心脏像被融化成了春日里汩汩流淌的小溪。

如果说之前她对裴聿城只是偶尔有些心动，那么此刻，林烟第一次有了想跟裴聿城在一起的感觉。

裴宇堂偏头，看向一旁驾驶座上的程助理："其实我赛车的时候也很帅的……"

程默表示并不想理他。

"想好了吗？"裴聿城问。

林烟回过神来，被自己的脑海中刚才闪过的念头吓了一跳。

疯了吧！她居然真的敢妄想裴聿城！

林烟挠挠头，急忙开口："奖励什么的就不用了吧，而且我好像也没什么想要的……"

其实，裴聿城那句"要什么都可以"，还真挺蛊惑人心的。

裴聿城不在意道："不急，可以慢慢想，随时有效。"

很快，车子行驶到了裴聿城的别墅。

林烟刚进屋里，便看到裴南絮也在。

见三人回来，裴南絮起身，微笑着开口："你们回来了！"随后看向林烟，问道："大嫂，听说你今天参加了一场赛车比赛？"

"是的，你怎么知道？"

"无意间看到了那些八卦新闻知道的，本来想跟大哥一起去给你捧场，只是今天有通告，没能过去。"裴南絮解释道。

"原来如此……"

果然还是因为那些八卦新闻泄露了她的消息，只是没想到裴聿城也会看那些八卦。

"比赛结果怎么样？"裴南絮问。

因为只是一场低等级的资格赛，所以并不会在电视上播出，更别说实况直播了。而且圈外的人更不会关注这种赛事，只有在现场的一些车迷，才可能在第一时间知道比赛结果。

不等林烟开口，裴宇堂立即激动地插嘴道："有我大嫂出马，当然是稳赢了！"

裴南絮轻笑着开口："没想到大嫂还有这样的特殊技能，其实，这次比赛也可以作为一个很好的点运作一下，改变一下粉丝对你的印象。"

林烟连连点头："嗯嗯，我也是这么想的。之前我的经纪人赵红绫跟公司约定了三个月之内要做到业绩第一，否则就得辞去艺人经济部总监的位置，所以我一直在想办法冲业绩。现在剩下的时间已经不多了，所以我想在电影上映后造一波势，再用这次的比赛造势……"

裴南絮听着林烟的分析，说："看来，你早已经计划好了。难怪我哥对你那么有信心。之前我们问他需不需要帮你的时候，他还说，你自己可以

197

解决。"

林烟听到这话，意外地朝着一旁的裴聿城看去。

裴聿城给予她的这种信任、理解与尊重，比单纯的心动，更加打动她。

"谢谢……"林烟看向裴聿城，忍不住道了一声谢，"谢谢你……信任我。"

在她被全世界唾弃的时候。

裴聿城俯身，帮林烟倒了一杯果汁，随口说道："不客气，我的眼光一向很好。"

听到裴聿城的这句话，林烟感觉自己就像被打了鸡血一样！

当她自己都觉得裴聿城可能眼瞎的时候，裴聿城却说，他的眼光一向很好！

林烟顿时激动地开口："我答应了裴先生您要进巅峰娱乐的，肯定要风风光光地签进去。所以您放心，我一定会努力的！"

这话听起来怎么那么像"风风光光地嫁过去"？

裴聿城看着女孩一副要努力工作、报效公司的模样，眸底闪过一抹无奈，他随即从抽屉里拿出一份文件："合约已经准备好了，你看一下有没有需要修改的地方，如果没问题的话，随时可以签。"

林烟接过合约，道："那个……可不可以……买一送二？我的经纪人和助理，都在一起合作很久了，而且我的经纪人很有能力的，小助理也很细心，温柔、听话、嘴又甜！"

裴聿城回道："你决定就好，经纪人和助理的合约，回头我会让我的助理再准备一份。"

没想到裴聿城想都没想就同意了！此时此刻，林烟看着眼前的男人，仿佛看到他背后生出了一对洁白的翅膀！这简直就是天使！

"晚上想吃什么？我给你做。"裴聿城开口，作势准备下厨。

听到这话，林烟条件反射似的从鸡血满满的状态切换到了毛骨悚然。

裴聿城又要做饭了！

一旁的裴宇堂一口果汁喷了出来，裴南絮也顿时满脸紧张。

林烟急忙开口："不用了不用了！怎么能让裴先生您又亲自下厨做饭呢？"

"是啊，大哥，还是让家里的厨师做吧！正好大嫂还没尝过新请的厨师的手艺呢！"裴宇堂附和道。

裴南絮补充道："大哥，我不知道你准备亲自下厨，已经让厨房准备饭菜了。"

见裴聿城似乎还在考虑，林烟一把挽住裴聿城的手臂："我们平时见面时间这么少，好不容易见一次，你多陪陪我好不好？"

裴聿城看着自己被女孩挽住的手臂："好。"

裴宇堂一脸激动：大嫂，干得漂亮！

裴南絮也松了口气。

为了避免裴聿城想不开又要下厨，林烟把裴聿城带进了卧室里。

林烟本来还担心跟裴聿城单独相处，会因为不知道聊什么而冷场，结果，裴聿城非常自然地跟她聊着一些生活中的小事，完全没有想象中的尴尬。

客厅里。

裴南絮看向程默："我哥的状态怎么样了？"

程默点开手机中的一张照片，开口："从上次开始，裴总的身体就一直处于极度不稳定的状态，董事长已经把M国那边的专家都召集到了国内，随时待命，以防会有突发情况。

"方才医生那边传来了检测数据，说裴总今天一共有六次数值超标，但有一个时间段非常稳定，所以问我这段时间裴总在做什么。

"我看了下，数值稳定的时间，正好是从裴总去赛场见林小姐到现在的这段时间。"

裴宇堂啧啧咂舌："不愧是我烟姐啊！就是强！话说，如果大嫂一天二十四小时都待在我哥身边，那我哥岂不是不治而愈？"

裴南絮蹙眉道："怎么可能让她一天二十四小时自由受限，你忘了上次的事情了？"

裴宇堂连连点头："也是也是，虽然大嫂的'稳定剂'作用很厉害，但是，这'稳定剂'本身也是个定时炸弹！上次大嫂发飙的样子太可怕了！"

程默也表示赞同，说道："现在裴总和林小姐的关系能稳定下来，已经是最好的结果，不能操之过急。"

裴宇堂道："反正只要大嫂不跟大哥分手，一切都好说！有什么事情我去求大嫂不就行了！"

林烟留下来吃了晚饭，晚饭过后又跟裴聿城和裴南絮聊了一下合约的事情。

因为裴聿城的身体状态不稳定，又不喜欢别人接近他，所以，裴南絮最近这段时间都住在别墅这边，方便照顾他。

至于裴宇堂，作为一个离家出走的人，平时他是不能随便来这里的，所以趁着林烟在，他赶紧多享受了一下住大别墅的感觉。

很快便到了晚上十一点多。

裴聿城开口提醒："很晚了，早点回去休息。"

林烟都没有注意时间，直到裴聿城提醒才发现已经很晚了。

"哦哦，好的，那我先走了！裴先生你也早点休息！"林烟站起身道。

见林烟要走，坐在沙发上打游戏的裴宇堂也立即站起身："那我也走了！"

大嫂不在，他可不敢单独留在这里。

裴聿城和裴南絮将林烟送到了门口，然后让裴宇堂顺带送林烟回去。裴宇堂闻言眨了眨眼睛，眉头微蹙，好奇为什么大哥不亲自送？

只是，他不敢反驳大哥的话，也没敢问。他觉得大哥跟嫂子的关系太疏离了，一点都不像男女朋友。

这进展未免也太慢了点吧？

"好的，我一定把嫂子安全送到家！"裴宇堂一边说，一边忍不住在心中吐槽，就算让嫂子大晚上的单独在外面，有危险的也是别人。

林烟跟裴聿城和裴南絮道别，随后上了裴宇堂的车子。

在她身后，裴聿城并没有立刻回屋，而是垂下眸子，点了一支烟，静静地站在夜色里，看着缓缓离开的车子。

嘀……

嘀……

嘀……

手腕上，银色手表的警报声，从微弱、缓慢，到急促、强烈……

"哥，你没事吧？"裴南絮紧张地站在一旁，欲言又止。

在裴南絮看来，从小到大，大哥在他们兄弟的心目中都是冰冷而疏离的，对于感情也一向淡漠，如同一个无所不能的神，没有任何破绽，也没有任何人类的正常感情。

直到，林烟出现。

虽然不知道缘由，但林烟在大哥心中的地位，似乎比他们想象中的还要重要。

对于大哥而言，他的人生之中，没有任何人和任何事情能够脱离他的掌控。这是第一次，他对一个人如此小心珍视，如此紧张克制。

渐渐开远的车子里，副驾驶座上，林烟眉头微蹙，下意识地回头朝着身后的方向看了一眼，似乎隐约听到熟悉的手表警报的响声。

不知道为什么，她总是有些心神不宁。脑海中不由得浮现出那天晚上，裴聿城站在自己楼下的画面……

裴宇堂没发现林烟的心不在焉，激动道："'爸爸'你实在是太牛了！居然赢了WW！你收我做徒弟吧！我要拜你为师！"

林烟白了他一眼，没什么心情跟他瞎唠嗑，随口说道："我拒绝。"

裴宇堂顿时一脸委屈："为什么呀？"

林烟道："我不随便收徒。"

她手下带出来的人，就没有全球第一联赛以下的赛车手。

裴宇堂理直气壮地开口："那我跟别人能一样吗？我好歹还是你小叔子呢！让我走个后门不行吗？"

林烟居然无法反驳！

可是，"爸爸"、小叔子，要是再加个徒弟，这是什么复杂又诡异的关系？

林烟随口敷衍道："我觉得现在这样就挺好的，要是变成师徒，我岂不是降了一个辈分！"

裴宇堂认真思考了一下，随即开口："不会呀！不是有句话叫'一日为师，终身为父'吗？总之，无论何时，这点是绝对不会变的！"

听着裴宇堂信誓旦旦的保证，林烟满脸无语。

裴宇堂见林烟不说话，眼珠子转了转，突然激动道："你不收我为徒也没关系，反正我叫你一声'爸爸'，你本来就应该教我！你说对吧！徒弟算什么！徒弟你可以收很多个，可儿子，就只有我一个！"

林烟无语了，心想：够了！难道你就没想过，你还有两个哥哥吗？你这样单方面地认了一个多真的好吗？

"你怎么心不在焉的？想什么呢？"裴宇堂发现林烟的情绪有些不对劲。

林烟撑着额头，目光从后视镜里看着后面越来越远的裴家别墅，喃喃道："想你哥……"

裴宇堂一阵猛咳，低声抱怨着："大嫂，下次塞狗粮的时候提醒我一声好不好？这么猝不及防地塞，我会被噎到的！"

"你哥最近的身体状况怎么样了？恢复了吗？"林烟问。

裴宇堂回道："怎么可能恢复了？每天都要发作好几次，就像过山车一样忽上忽下的，极其不稳定……"

林烟闻言眉头紧蹙，那为什么裴聿城总是跟她说没有大碍……她还以为以裴聿城的背景，那些专家肯定有办法的。

"不过，只要跟大嫂你在一起，我哥的状态就特别稳定！"

这一点，其实林烟自己也发现了。原本她是不太相信的，觉得那只是巧合。

当车子即将离开别墅区，开上主道的时候，林烟突然对着一旁的裴宇堂开口："等等，停一下，调头，回别墅。"

"啊？回别墅？现在？"裴宇堂一愣。

"对！现在！"林烟焦急道，怕自己一犹豫，又后悔了。

什么越好看的生物越有毒，这一次，她只想随着自己的心，任性一次。

"哦哦，好！"裴宇堂以为她有什么急事，只能赶紧掉了个头，又重新返回。

别墅门口。

摇曳的树荫之下，点点星光透过缝隙洒落下来。

裴聿城依旧保持着林烟离开时的姿势，安静地站在那里，指间夹着的烟一口都没有抽，淡淡的烟雾在指间缭绕。虽然他脸上依旧是那副清冷、淡漠的神情，可腕上的手表断断续续的响声，却透露了主人的真实情绪。

身后不远处，裴南絮不放心，站在几步远的地方陪着。

夜风有些凉，裴南絮朝裴聿城看了一眼，终究还是有些担心他的身体，提醒道："哥，回屋吧，外面凉。"

裴聿城略点了下头，扔了手中的烟蒂，踩灭，转身朝着屋内走去。

就在两人迈步准备进屋的时候，身后突然传来一阵汽车引擎的声音。

裴南絮转过身去，惊讶地看着又开车回来的裴宇堂："宇堂？"

与此同时，裴宇堂和林烟也走下了车。

"你们怎么又回来了？"裴南絮下意识地问道。

裴宇堂挠挠头："我也不知道，大嫂让我回来的！"

看到林烟返回，裴聿城也朝着女孩看去，面色并无任何异样，开口问道："是落下了什么？"

林烟快步走到了男人身前，抬头朝着眼前的男人看去，回道："嗯，是……"

"是什么？我去帮你找。"裴聿城开口。

正欲转身，身侧的一只手掌却突然被一只柔软的小手拉住，而后对上了一双灿若星辰的眸子。

随后，便听到女孩咕哝着开口："没，没落东西……是……落下了你。"

裴聿城："……"

一旁的裴南絮："……"

裴宇堂："……"

裴聿城似乎有些没反应过来，向来对自己恭恭敬敬、疏离客气的林烟，竟突然对自己说出这样一句话来。

对上男人有些错愕的眼神，林烟的脸有些发烫，一鼓作气继续开口："你之前不是说，我赢了，所以你要给我奖励吗？还说想要什么都可以？"

裴聿城道："是……"

"哦，那我要……我要跟你一起住，可以吗？"林烟有些羞涩地说道。

裴聿城："……"

裴南絮："……"

裴宇堂："……"

他刚刚……听到了啥？

裴聿城一向波澜不惊的眸底，此刻明显闪过一抹错愕。

裴南絮和裴宇堂也完全没料到林烟会突然主动撒狗粮，还一撒就是成吨的量。

一时之间，三人全都愣在那里，空气陷入了死寂。

林烟轻咳一声："不可以吗？"

其实林烟的想法很简单，别人对她投之以桃，她便报之以李。裴聿城对于她赛车的事情和娱乐圈的工作，全都是理解和尊重的态度，甚至，是欣赏的态度，这是让她觉得最感动的地方。

现在，明知道裴聿城的身体状态不好，连裴南絮都减少了工作量过来照看他。不管这层关系是不是假的、是不是做戏，她好歹是裴聿城的女朋友，无论如何也该做些什么才是。

此刻，裴聿城对上女孩的目光，那双夜色般的眸子一瞬间如同落满了星辉，低声开口："当然可以。"

这么长时间以来，这是林烟第一次尝试着主动靠近他。

裴宇堂呆呆地站在车旁，感觉此刻的自己和他二哥简直就像是两个无比明亮的大瓦电灯泡。

"这……这就住一起了？之前我还想说我哥和大嫂进展太过缓慢呢，结果，瞬间就飙起来了？"裴宇堂简直叹为观止，"这车速！"

裴南絮轻咳一声，开口："看来，之前我们都忘了另一种可能……"

林烟会主动亲近大哥这个可能……

林烟对大哥的态度确实是太客气了，甚至有些惧怕他，裴南絮完全没想到林烟居然会主动要求住下来。这样一来，她和大哥在一起相处的时间便大大增加，对于大哥的身体恢复太有利了！

裴宇堂激动不已道："哈哈，我就说嘛！只要我大嫂和大哥不分手，感情越来越好，他们自然蜜里调油、恨不得二十四小时都不分开！有什么好担心的！我看让那一群专家坐飞机赶过来，还不如我大嫂随便说一句话呢！"

裴南絮闻言笑了笑，倒也没反驳。

"只是，作为一名单身人士，实在有些心酸……"裴宇堂悲伤地叹了口气，"为了专心搞事业，我都好久没谈恋爱了！"

想当年他也是浪里小白龙，交往过不少对象来着。不过自从爱上了赛车，不管什么女人他都觉得没意思了，他只想跟赛车谈恋爱！

从没谈过恋爱的裴南絮尴尬地轻咳了一声。

林烟直到这时才想起来裴南絮和裴宇堂也在一边，轻咳一声开口："那个什么，我没别的意思。裴先生最近不是身体状态不太好吗，所以我想着，住一起也好有个照应，不然连裴南絮都特意推了工作抽出时间来，我这个女朋友什么也不做多不好……"

裴聿城轻笑一声："没关系，有别的意思也可以。"

……

向来集万千宠爱于一身的裴南絮，第一次觉得，自己好像有些多余。

林烟本来没多想的，听完裴聿城这句"有别的意思也可以"，顿时不受控制地开始浮想联翩了。话说回来，她的要求也确实是太容易让人误会了。

裴聿城该不会认为她是有什么企图才提出跟他一起住的吧？

苍天为证，她真没有！她的初衷明明是很纯洁的！不过现在好像也说不清楚了。

一旁的裴宇堂欢天喜地地开口："大嫂，大嫂，我现在就去帮你搬家吧！"

林烟无语地看着裴宇堂这一副开心得像过年一样的表情："现在太晚了，我要先回去把东西收拾一下，而且那房子是我一个朋友帮我租的，我要搬走也得跟他说一声。"

裴聿城眸光微闪："汪景阳？"

林烟点点头，神色略有些惊讶："对，就是汪景阳，裴先生你怎么知道我朋友的名字？"

"你提过。"裴聿城随口说道。

林烟道："啊？是吗？"

她不记得自己在裴聿城面前提过汪景阳……大概是她无意间提起过吧。

"说一声也是应该的。"裴聿城开口，"你整理好之后，给我打电话，我去接你。"

"好的！"

Part15

巅峰娱乐大概是看中了我的潜力？

♥

回到公寓。

林烟本来是准备第二天早上去找汪景阳的，没想到刚走到楼下，正好撞上了汪景阳。

"嗨，狗子！"林烟眼睛一亮，忙走上前去。

"这么晚才回来？"汪景阳眉头微蹙地看了她一眼。

林烟道："太好了，我正好有事跟你说，不如你请我吃夜宵吧！"

汪景阳瞅了她一眼："为什么我要请你夜宵？"

林烟挑眉，一副理所当然的表情："我今天的比赛赢了！你就不为我庆祝一下吗？"

汪景阳白了她一眼："得了吧你，要是每赢一场比赛都要我请你吃顿饭，我岂不是要倾家荡产！再说这种小比赛还让我请你吃饭，你也好意思？"

汪景阳知道林烟今天去帮贺家车队比赛的事情，不过结果不用想也知道，他压根没多关注。

"你还没回答我呢，你怎么这么晚回来？"汪景阳追问道。

林烟莫名一阵心虚，眼珠子转了转，说道："我为什么就不能这么晚回来了？"

"你最近不是没工作吗？比赛应该早就结束了，你在国内又没什么朋友，为什么这么晚回来？"汪景阳又绕了回去。

林烟翻了个白眼，直接回道："我在国内是没什么朋友，可我有男朋友不行吗？"

汪景阳一瞬间还以为自己听错了："你说什么？你有什么？"

"男朋友！"

"你又喝多了？"汪景阳一脸嫌弃。

林烟道："没喝多，我真有男朋友了！"

原本林烟觉得和裴聿城应该也交往不了多久，便没打算跟汪景阳说，省得他问东问西。但是按照现在这个情况，短期内怕是不可能分手了，汪景阳怎么说也是她兄弟，没必要刻意瞒着他。

汪景阳无语道："是是是，你有男朋友了，你是不是要告诉我，你男朋友就是裴南絮？"

追星女孩一般都把偶像当男朋友和老公，林烟也没少对着裴南絮的海报说她男朋友真帅，汪景阳早就习惯了。

林烟开口："虽然不是裴南絮，不过确实跟裴南絮有些关系就是了……"

汪景阳见林烟一本正经，并不像是开玩笑的样子，眸光微凝："还真有？是谁？"

林烟道："裴南絮的大哥，裴聿城。"

汪景阳无语了："……"

汪景阳愣了一下，很快反应过来，嘴角微抽道："女人可真是善变的生物！你之前不是还说会一直喜欢裴南絮的吗？一辈子不爬墙的吗？怎么，现在居然也换墙头了？"

汪景阳显然没当真，觉得林烟只是又换了一个追星对象。

毕竟他俩现在住得这么近，林烟平时的动态他太清楚了，她怎么可能在他眼皮子底下交了男朋友，他却完全不知道？而且他跟林烟认识这么多年了，还能不了解她吗？

只要是她做过的决定，就绝对不会改变。

之前她说要四大皆空，一心工作，不可能这个时候谈恋爱的，何况不久前她才在韩逸轩那里撞得头破血流，更不可能在这么短的时间里突然交个新男朋友，对象还是一个跟她绝对不可能有交集的男人。

林烟无语了，满脸的无奈和憋屈，这年头说真话怎么总是没人信？

林烟说："不是换墙头！男朋友可以换！但是我的墙头绝对不会换！我确实是有男朋友了！你怎么就不信我呢？"

汪景阳直接回道："我信你个鬼！"

林烟无话反驳。

没错，她真是见鬼了，所以才莫名其妙地多了这个男朋友的！

"你是要我相信堂堂JM集团的老板是个脑子有问题的瞎子？"汪景阳斜了她一眼道。

林烟双眸微眯："你……给我再说一遍！"

汪景阳吓得脊背一寒，连连后退着说道："我的意思是……是你特别有内涵……一般人根本没办法欣赏，只能看到一些表面的东西……除非是像我这样同样有内涵、不肤浅的人才能感受得到……"汪景阳小声地嘀咕着。

林烟深吸一口气，实在懒得再解释了。之前她没有跟汪景阳说，就是因为已经料到了会是这个结果。

好吧，反正她该说的都已经说过了，到时候汪景阳可不能怪她不够兄弟义气，故意瞒着他。

"对了，你刚才说有事情跟我说，是什么事？"汪景阳问道。

林烟说："我是要跟你说，我准备搬家了，搬去我男朋友那里。"

汪景阳道："醒醒兄弟！你真追星追傻了？"

林烟无语了，心想：你才傻了！

"反正我准备搬走了。"林烟直接道。

汪景阳有些惊讶，眉头微蹙道："你要搬去哪里？这房子不是刚租下来没几个月吗？"

林烟想了想，说道："既然你不相信我是要搬去我男朋友那里，也可以理解成，我是要搬去公司宿舍住。"

裴聿城是她老板，说是公司宿舍，貌似也没什么问题吧！

"就你现在这破业绩，公司不一脚把你踹出去就不错了，还给你安排宿舍？"汪景阳一脸不相信。

林烟"哼"了一声："我跳槽了不行？新公司给我安排了超级大别墅！"

汪景阳听林烟这语气，似乎是真的要搬走，脸色微黑："恕我提醒你一句啊，别忘了你付了一年的房租，现在违约不租的话，房租可是不退的！"

闻言，林烟感觉心脏顿时一阵绞痛："不会吧……"

林烟这才想起来，当初的合约上确实有这么一条。违约房租不退，而且不能转租。

汪景阳满意地看着林烟肉疼的表情，轻咳一声，说道："反正你钱都付过了，不如等租期到了再搬去公司宿舍算了！"

她都答应过裴聿城了，这时候肯定不可能反悔的。最终，林烟只能咬牙道："不退就不退吧！大不了这屋子就放那好了！"

汪景阳闻言，简直震惊了，因为他太清楚林烟有多抠门了。没想到就算租金不退，她都坚持要搬走。

"你是跳槽到了什么公司？居然肯做出这么大的牺牲！"汪景阳本以为林烟就算跳槽也是个不入流的经纪公司，现在不由得有些好奇。

"现在还没正式签约呢，等我明天去跟绫姐商量一下，确定了再告诉你！"林烟敷衍道。

要是她说自己签约了巅峰娱乐，汪景阳肯定不相信，又要瞎问半天。

回到公寓后，林烟将自己的东西整理了一下。

她的东西不多，一个行李箱加一个大包就装完了。装好之后，明天便可以直接搬走。林烟转悠了一圈，看了看还有什么落下的。

对了，差点忘了重要的东西！

林烟在枕头底下翻了翻，随后翻出了一整颗大蒜，一面八卦镜，还有几张乱七八糟的纸。

上次她明明买了很多回来，结果汪景阳跟她说，她自己要求汪景阳把那些东西扔了。

后来她又买了不少，藏在了枕头下面。虽然看起来似乎没什么用——杀青那天她跟裴南絮最后那一场戏，显然不是她自己完成的。

不过，那次那个意识倒是没有给她惹事，难道还帮了她大忙！

难道是因为终于得偿所愿，把裴聿城追到了手？

想到这里，林烟突然想起来一件事，她本来还担心失去意识的时候，另一个意识会对其他男艺人也做出什么，结果，她从头到尾好像只对裴聿城做过……

所以说，原来她身体里的另一重意识，最终目的只有裴聿城？

妈呀！那么，现在她跟裴聿城住在一起，岂不是等于亲手把裴聿城送入了虎口吗？

林烟手里攥着一串大蒜，脸色都白了！

不行，她一定得想个办法，把裴聿城保护好，绝对不能再让这种事情发生！

第二天，林烟去了一趟启星娱乐，准备找赵红绫聊下近期的安排，顺便说下签约巅峰娱乐的事情。

到了公司，刚走到赵红绫的办公室门口，便看到门口围了不少人，正在那指指点点，还有不少员工正在殷勤地进进出出搬东西。

林烟余光扫了一眼，注意到他们正往外搬的都是赵红绫的物品。

赵红绫冷眼站在一旁，多多正又气又急地试图阻拦那些人。

"住手！别搬了！高经纪人！你这是什么意思？你凭什么霸占绫姐的办公室？"

一个穿着考究的中年男人得意扬扬地坐在原本属于赵红绫的位置上，满脸嘲讽地开口："什么意思？你说什么意思？完不成业绩就从总监的位置上滚下来！这个办公室，本来就应该属于有能力的人！"

这时，高志威旁边一个容貌艳丽、打扮时尚的年轻女孩，朝着赵红绫的方向瞥了一眼，冷笑一声："完不成业绩就自己辞去总监的位置，这可是赵总监当初自己放出的话！"

"可现在三个月的期限明明还没到！"多多咬着牙反驳道。

虽然当初那个赌注根本就不可能完成，也不过是多拖延三个月而已，可是，这些人，就这么迫不及待吗？

这时，旁边围观的其他艺人也开口："只剩下不到一个星期的时间了，还指望在这么短的时间里超过威哥这一季度的业绩？做梦呢？"

"就是啊！这几个月茜茜的资源好到爆，两部大制作的电影要上映，一部大女主的电视剧即将开拍，还成了CA的国内代言人！你们拿什么跟人家比？难道要拿那个被骂得连门都不敢出的狗皮膏药吗？"

"哈哈哈，林烟那个狗皮膏药，就算赵红绫让她蹭遍整个娱乐圈，也赶不上茜茜的一根小手指好吗？可别侮辱茜茜了！"

"可不是嘛，唯一一部快要上映的电影还是个女四号，这边还没播出，就已经在网上被骂到不能见人了！到时候肯定被蒋思霏的演技衬成渣渣！"

"听说之前还丢人丢到赛车圈了呢！"

高志威原本是赵红绫下属的经纪人，与赵红绫这种注重实绩的经纪人不同，高志威最喜欢拉关系。安茜茜是高志威手下的女艺人，外貌条件挺不错，只是娱乐圈长得好看的女艺人太多了，她没什么特长，一直不温不火。最近高志威给安茜茜找了一个挺厉害的老板做后台，于是安茜茜一下子就飞了，资源好到爆炸，瞬间破了启星娱乐的业绩纪录。这个业绩放在这里，就算是赵红绫带着蒋思霏的那时候也赶不上。

在公司里，一向是谁的业绩最高，谁就能横着走。

高志威现在春风得意，早已经把艺人经济部总监这个位置视为了囊中之物，哪里会把赵红绫放在眼里。至于其他员工，眼见着赵红绫失势，肯定是再也起不来了，自然全都倒戈到了高志威那边。

"无论如何，现在期限没到，绫姐还是总监，你们就是没权力这么做！"多多强忍着怒气喊道。

高志威笑了笑："哦……期限没到？期限确实没到，不过，我就是要赶你们出去，你能把我怎样？有种去老板那告状！你试试看他理不理你？"

安茜茜双臂环胸，轻啐一声道："都沦落到企图靠林烟这种劣迹艺人翻身了，还当自己是当初手下带着一线明星的艺人经济部总监呢！"

安茜茜现在傍上了大款，自然更加肆无忌惮，葱根般白嫩的手指随手挥了挥，娇声命令："不用管他们，给我继续搬！对了，三楼的休息室也给我腾出来，以后除了我，谁也不可以用！"

多多一听脸色更黑了，三楼的休息室是绫姐自己出钱布置和装修的，为了蒋思霏回公司的时候能有一个安心休息的地方，他们连这个也惦记！

那些员工一听安茜茜开口了，立即粗鲁地推开多多，继续搬了起来。

听说安茜茜这次傍上的后台来头非常大，就算是他们启星娱乐的老板，现在也不敢惹安茜茜，完全把她当成了一尊佛，就差供起来了。

安茜茜要个办公室和休息间而已，自然是不在话下。

说完，安茜茜慢悠悠地踱步到一排书柜前，目光落在一个水晶奖杯上，随即伸出手，将那个奖杯拿了起来。

"哟，蒋思霏的最佳女配奖杯呢……"

这是蒋思霏第一次得奖，虽然只是一个最佳女配的奖杯，却也是赵红绫最珍视的奖杯。

是这个奖杯，在她身处黑暗最艰难的时候，在她好几次坚持不住想要放弃的时候，让她看到了希望的曙光，让她继续坚持自己的道路，最后，一步一步让她带着蒋思霏，一路走到了现在的位置。而她也一步步凭借业绩坐上了艺人经济部总监的位置，得以在这个圈子里拥有了属于自己的一片小天地。

赵红绫看着那个奖杯，满脸黯然。可是，就在她好不容易熬出了头，准备向着更高的地方前进的时候，蒋思霏毫不犹豫地毁约离开，她所有的心血付诸一空。

下一秒，耳边突然传来"哐啷"一声脆响。

赵红绫那双如古井般死寂的眸子陡然泛起了惊涛，眼见着那个水晶奖杯从安茜茜的手里滑落，一下子摔在了脚下，四分五裂。

"安茜茜！"多多看到被摔碎的奖杯，尖叫出声。

"哎呀，真是抱歉，手滑了。"安茜茜嘴里说着，面上却没有丝毫歉意。

"你……你们太过分了！"多多直接红了眼眶。

她最清楚赵红绫有多重视这个奖杯了，每天早上都要细心擦拭一遍，心情不好，遇到困难的时候，赵红绫也喜欢拿着这个奖杯看上两眼。

这些人，简直是狗仗人势！

赵红绫愣愣地盯着那些碎片，缓缓俯下身，手指朝着那些碎片碰去。尖利的碎片瞬间划破指尖，流出鲜红的血液。可是，赵红绫却好似没有看到一般，继续拾着那些碎片。

"啧，真是晦气！这可是我的新办公室！"高志威不满地抱怨。

说着，高志威便要让人把她赶走："赵红绫，别赖在这里了，快滚吧！你可别怪我不够仁义，从今天开始，你就做我的助理吧，我还给你留了一楼那间杂物室！否则，凭你现在这样的业绩，连办公室都不配有，知道吗？"

身后不远处的林烟看到这里，微勾了一下嘴角。

这个高志威，算盘打得可真好啊，自己没能力，也压根不懂培养新人，只会到处拉关系，所以就强迫赵红绫做他的助理，为他作嫁衣，到时候就算赵红绫是做出了业绩，那功劳也全是他的。还一副假仁假义的姿态，想得倒是挺美！

"还愣着做什么？没听到高哥的话吗？还不把你们这些破烂搬到你们自己的办公室去！"其中一个员工满脸不耐烦地把一个破纸箱塞到多多的怀里。

安茜茜"啧"了一声，好整以暇地开口："赵总监啊，要知道，这次蒋思霏跳槽，你有着不可推卸的责任。你给公司造成了这么大的损失，公司没赶你走已经不错了，多亏了高哥在老板面前为你说好话，你才能留下来，做高哥的助理！做人可不能不知道感恩！"

高志威摸了摸下巴，继续开口："对了，你手下除了蒋思霏，也实在是没什么人能拿得出手了。那个林烟虽然整天被黑，但那张脸倒是还能看。我已经跟上面说过了，从今天开始，林烟就转到我手下了，以后由我负责林烟的一切行程和工作安排！"

赵红绫本来一直没有说话，直到听到这里，才开口："不可能！"

她太清楚高志威的为人了！林烟这样的女艺人到了他的手里，就是他手里的一颗棋子，而且他绝对不会真心捧林烟的。他只会让林烟去陪那些投资人，然后给自己手下的嫡系艺人换取资源。

高志威冷笑一声："赵总监……哦不，你现在已经不是了。赵小姐，恕我提醒一句，你现在可没资格决定艺人的归属！"

高志威话音刚落，身后突然传来女孩清越的声音——

"多谢未来的高总监好意……"

林烟一步一步地走进了办公室，缓缓俯身，将赵红绫扶了起来，随后，微笑着说道："不过，真是抱歉，高总监，你还没资格命令我。"

高志威见林烟拒绝了自己，脸色顿时阴沉了几分："你算什么东西？我肯要你，那是你的荣幸！不然就凭你这副德行，除了一身黑点，要学历没学历，要演技没演技，谁肯要你？居然还敢拒绝我！"

高志威顿了顿，继续说道："还有，林烟，我没资格命令你？你搞清楚状况，现在这个公司里，我高志威说了算，我让你做什么，你就得做什么，别蹬鼻子上脸，给脸不要脸！"

林烟静静地看着高志威在那摆官威，也不说话。

高志威见林烟不说话，以为她是服软了，一副给一巴掌再给一颗甜枣的语气，施舍般的开口："过几天我安排了一个饭局，记得打扮得漂亮一点准时参加，要是搞砸了，我可让你吃不了兜着走！"

等高志威终于说完了，林烟才开口："别说你是总监，就算是老板也没用。我已经准备跟公司解约了。从今天开始，我不再是启星娱乐的人。"

听到林烟这话，高志威顿时愣了一下："你说什么？你要跟公司解约？"

以林烟现在的处境，启星娱乐还愿意要她，她就应该感恩戴德了，可她居然敢跟公司解约？

这种扶不起的艺人，唯一的用处就是拿来讨好那些老板，给茜茜换点资源，到时候分林烟一点肉汤，就已经算是对她天大的恩赐了。她居然还敢跟公司解约，谁给她的勇气？而且她哪里来的钱解约，况且解约之后，哪个公司会要她这种麻烦精？

不仅是高志威，连一旁的赵红绫和多多都有些惊讶了。

多多急忙拉住了林烟："烟姐，你要解约？你疯了！"

启星娱乐虽然是个小公司，但好歹还算个庇护所，有绫姐照看她，一旦离开启星娱乐，她真的就没有任何地方可去了。

"你之前什么通告都没有，连饭都吃不起了，你都忘了吗？"多多焦急地提醒道。

安茜茜见林烟拒绝了，脸色也有些不太好。最近她看中了一部不错的片子，但是投资人很难缠，她不想应付，便出主意让高志威把林烟叫过去陪那个投资人。谁知道，林烟居然不识好歹。

安茜茜用一副出于好意又隐隐带着几分威胁的语气开口："林烟，这小助理说得没错，你可想清楚了，威哥肯要你，还肯带你去饭局，给你提供机会，那可是你天大的运气，过了这村儿就没这店儿了！等到流落街头了再后悔可来不及！"

赵红绫眉头微蹙，走到林烟身旁："林烟，你别着急，这件事情不是没有转圜的余地，我会去跟老板谈谈。无论如何，我在公司也做了这么多年，老板多少会给我一些面子。"

其实老板会纵容高志威这么做，表示他的态度已经很明显了。就算赵红绫拼死拼活在公司做了这么多年，曾经创造过再高的业绩，在老板眼中，她如今也只是一个没办法为他创造价值的弃子。

林烟正这么想着，身后便传来员工们恭敬地打招呼的声音——

"老板！"

"老板来了！"

"老板好！"

只见一个大腹便便的男人在美女助理的陪同之下走了过来，满脸不悦地呵斥道："一个个的不好好工作，都在闹什么？"

一见到老板，高志威立即迎了上去，满脸堆笑地开口："老板您来了！这么点小事情，怎么还惊动您了？我这边就可以解决的！"

安茜茜走到了老板的另一边，亲昵地挽住他的手臂，满脸委屈的表情，嗲声告状："老板，你来得正好，你管管她们呀！赵红绫让公司蒙受了这么大的损失，还有这个林烟，让公司丢了多大的脸，现在威哥看在绫姐在公司工作多年的份上，把她调到了自己身边做助理，还愿意接受林烟这个累赘。结果，这两个人倒好，完全不领情！"安茜茜一副义愤填膺的表情，"林烟方才还威胁说要解约呢！"

"是吗？"启星娱乐的老总杜鹏盛阴沉着脸，朝着一旁的林烟和赵红绫看去。

赵红绫生怕林烟冲动之下又做出什么冲动的事情，忙将林烟护到身后，上前一步开口："杜总，林烟跟着我这么长时间了，我比较了解她，希望可以由我继续接手她，至于我……我可以接受做高总监的助理。"

杜鹏盛闻言，神色很是不满。在杜鹏盛看来，赵红绫服从公司的安排是理所应当的，她的业绩都跌成这样了，让她做总监助理，难道还委屈了她不成？现在她居然还用这件事情来跟他谈条件？

杜鹏盛态度更冷了几分："关于把你调去给高总监做助理，包括林烟由高总监接手的事情，高总监已经跟我说过，我也已经批准了，所以，不用再讨论了。从今天开始，你做高总监的助理，至于林烟，以后就跟着高总监了，高总监让她做什么，她就得乖乖听话，一切听从高总监的安排！"

赵红绫没想到杜鹏盛一点余地和情面都不留，脸色一白："杜总，我……"

杜鹏盛此刻已经有些不耐烦了，厉声打断她："赵红绫，你这次捅了这么大的篓子，我能让你继续留在公司，已经是很念情分了，你别得寸进尺！"

一旁，林烟淡淡地笑了笑，缓缓地开口："杜总，当初启星娱乐不过是个名不见经传的小作坊，甚至好几次差点倒闭，公司的经纪人只剩下绫姐一个。在公司最困难的时候，是绫姐不离不弃，一路陪着公司走了过来，也是绫姐带出了蒋思霏，为公司打响了名气，让公司渐渐走上正轨，现在您这是……卸磨杀驴？"

杜鹏盛听到林烟这话，顿时勃然大怒："你是什么东西，敢这么对我说话！"

见林烟惹怒老板，高志威和安茜茜都是一脸的幸灾乐祸。

高志威赶紧趁机上前安抚杜鹏盛："老板，你别跟这些狼心狗肺的家伙一般见识，什么叫都是赵红绫为公司打响了名气，明明是老板您慧眼识珠，手段卓群！"

安茜茜也鄙夷地看向林烟道："赵红绫不过是沾了公司的光而已！你还以为启星娱乐没了赵红绫就不行了吗？林烟，你别不识好歹了，威哥现在可是艺人经济总监，多少人想跟着威哥都没办法，你居然还挑三拣四！真当自己是韩逸轩的女朋友了？还是以为裴南絮会看上你？真是笑死人了！"

杜鹏盛听完这话，顿时舒心了不少："茜茜，不用跟她们废话了，总之，要么听从公司安排，要么就给我滚出公司！"

赵红绫对公司原本还心存着一份留恋的，此刻已经彻底心寒。

杜鹏盛道："我只给你们一天时间考虑，给我好好想清楚吧！"

林烟笑了笑，风轻云淡地回道："不用考虑了，我解约。"

有大佬撑腰的感觉就是好啊！反正巅峰娱乐的合约她都已经拿到手也签过字了，这个时候，她就可以毫不顾忌地提"解约"了。

听到林烟这话，杜鹏盛、高志威和安茜茜的脸色顿时都有些不太好看。

"林烟，别给你脸不要脸！"高志威冷着脸开口。

赵红绫站在一旁，欲言又止，这一次，她没有再阻止林烟。她现在已经自身难保，在老板面前完全说不上话，林烟就算留在启星，她也护不住林烟了。

多多大概也想到了这一点，没有再出声。

不过，解约……解约的违约金可不是小数目！

赵红绫正担忧着，林烟却懒得再跟他们废话，挥了挥手，直接拉着赵红绫和多多转身离开。

"绫姐，安心啦！就算天塌下来，还有我呢！"林烟低声道。

还有……大佬呢……

赵红绫带着多多和林烟一起把东西收拾了一下，随即离开了公司。

安茜茜看着三人离开的方向，凑到高志威耳边，压低声音道："威哥，这个林烟居然还敢放狠话要跟公司解约，不会是赵红绫帮她找到了什么下家吧？不然她凭什么这么嚣张？如果是这样的话，那几天后的酒席怎么办？"安茜茜有些担忧。

一旁的高志威闻言，笑了一声，道："茜茜，你可真是天真，赵红绫没了蒋思霏，就是老虎没了牙，什么用处都没有，她有什么本事帮林烟找到下家？至于林烟，得罪了凯胜娱乐，哪个公司敢要她，哪个经纪人敢捧她？林书雅肯定是希望她越惨越好！林烟这辈子都不可能出头的！"

听到这里，安茜茜顿时安心了，开心不已地点点头："还是威哥你聪明！幸亏我当初跟了威哥你，不然要是跟了赵红绫，还不知道哪天才能出头呢！"

高志威洋洋得意道："呵呵，知道就好！只要你乖乖听话，你不仅会是启星娱乐的一姐，日后，还会是整个娱乐圈的一姐！你啊，就等着吧，林烟到时候自然会哭着回来求我！"

另一边，林烟跟多多一起来到了赵红绫的住所。

多多一路上都没有说话，情绪低沉地坐在了沙发上。

"绫姐，现在可怎么办？杜总完全不念情面，只听那个高志威和安茜茜的！高志威明明对业务一窍不通，居然好意思让你做他的助理，他脸皮怎么那么厚？"多多越想越气愤。

赵红绫叹了口气，道："现在如果不答应他的条件，便只能离开公司了。"

林烟听到这里，看向赵红绫，试探着开口："绫姐，其实我刚才就想说了，以你的能力，去哪里不行，何必非要待在启星娱乐？太屈才了！"

林烟一边说话，一边思索着要怎么跟赵红绫提带她们去巅峰娱乐的事情。

赵红绫闻言，苦笑道："林烟，有些事情没那么简单。"

林烟心想：难道绫姐还有什么隐情？

多多看了林烟一眼，解释道："烟姐，你来公司不久，有些事情你不知道，杜鹏盛做事可恶心了，对于一些离开启星的人，不管是艺人还是经纪人，都会被他往死里黑！其他公司都不敢要！蒋思霏那种被凯胜娱乐挖去的是例外！她有后台，杜鹏盛才不敢下手！"多多说着又补充了一句，"当然了，你已经被黑成这样了倒是不用担心，就怕他们也不会放过绫姐。"

这个时候了都不忘毒舌一下她？

"嗯，说得有道理，那我就不用怕他们了！"林烟开口。

赵红绫摇摇头道，忧心忡忡地说道："林烟，事情没你想得那么简单，你现在等于是半封杀的状态，解约之后，路只会更难走，没有其他公司敢要你的。而我现在的情况，已经自身难保，怕是也帮不到你了……"

说到这里，赵红绫和多多都陷入了沉默。现在她们的情况太糟糕了，几乎陷入了绝境。

赵红绫看了多多一眼，多多顿时明白了她的意思，不等她开口，多多直接打断道："绫姐，你别劝我！我说过了，你去哪里，我就去哪里！你留在启星，我就留在启星！你要是走，我也跟你走！就算是再小的公司，我也愿意跟着你！"

赵红绫闻言，无奈地叹了口气，不知道该说什么。

林烟托着下巴，看看赵红绫，又看看多多："那个什么……绫姐，多多，有件事情我想听一下你们的意见！"

多多看向林烟，问道："什么事情？"

赵红绫道："你说。"

林烟轻咳一声道："跟启星娱乐解约之后，我打算去巅峰娱乐，你们愿意跟我一起去吗？"

赵红绫和多多一阵无语。

215

一时之间，几人陷入了诡异的沉默中。

半响后，多多才一阵呛咳着开口："烟姐，你是被刺激得精神失常了吗？"

林烟早料到多多会是这个反应，无奈道："没，我是认真的，其实今天我来公司找绫姐，就是为了说这件事情。"

多多嘴角抽搐："烟姐，不是我说你，真的，就算是做梦，也要有个限度！你知道巅峰娱乐是什么样的公司吗？你知道能进巅峰娱乐的都是什么样的艺人吗？蒋思霏那么厉害，也只能去凯胜娱乐旗下的分公司——万众传媒！连巅峰娱乐的小拇指都抱不上！"

林烟摸了摸下巴，思索道："这么厉害？"

"当然了！巅峰娱乐可不是一般的经纪公司，人家的靠山是JM集团！是裴家！那是你的偶像裴南絮那样最顶尖的艺人所在的经纪公司！是整个行业的顶端！里面大佬如云！整个娱乐圈大半的一线、超一线大咖都是出自巅峰娱乐！是娱乐圈里，唯一一个比凯胜娱乐的势力还强的经纪公司！裴聿城，那个商界巨鳄，大佬中的大佬，你总知道吧？巅峰娱乐幕后的大老板就是他！娱乐圈最厉害的后台！"多多滔滔不绝地给林烟进行科普。

林烟受教地点点头，听着多多这么夸裴聿城，莫名地感到荣幸。

"裴聿城嘛，我知道啊！"她男朋友，她能不知道吗？

听完后，林烟继续开口："所以，你们到底要不要跟我去？"

"烟姐，你怕是已经彻底疯了……"多多一副疲惫不堪、不想再跟林烟交流的表情，"绫姐，你劝劝她吧！劝她想开一点，不要这么不切实际！居然还想进巅峰娱乐！真的是疯了！"

林烟托着下巴，挑眉道："要是我真的能进巅峰娱乐呢？"

多多白了她一眼："之前我说过，要是你能做到三个月内业绩第一，我就给你做小伏低，端茶倒水！你要是能进巅峰娱乐，让我叫你奶奶都行！"

林烟点点头："哦，这样啊……没想到我年纪轻轻，就要多一个孙女了。"

林烟说着，从帆布包里掏出了一份合约，放在了多多和赵红绫面前的茶几上。

林烟拿出的那份合约的封面上，赫然写着——

巅峰娱乐艺人合约书

甲方：巅峰娱乐公司

乙方：林烟

……

多多呆滞了几秒钟，快速地拿起那份合约书看了看。合约她虽然看不太懂，但是合约上的甲方、乙方她总是看得懂的。

"绫姐，你看看这份合约……"多多急忙将合约书递到赵红绫的手里。

赵红绫仔细地翻开看了看，竟然真的是巅峰娱乐的合约书。

"烟姐，这份合约书该不会是你伪造的吧？"多多怎么也无法相信，巅峰娱乐竟然会签林烟。

林烟嘴角微抽："请问我伪造这玩意儿有什么好处？"

多多想了想，也觉得林烟没必要做这种完全没意义的事情。

所以说，这份合约，难道是真的？

说话间，林烟从包里又拿出另外两份合约："绫姐，这个是你的经纪约，还有多多的助理合约。"

多多又将那两份合约拿过来看了看，随即跟赵红绫对视了一眼，两人的表情都有些不可思议。

有种天上掉馅饼，被砸晕了的感觉是怎么回事？

"林烟，这到底是怎么一回事？"赵红绫忙问道。她实在想不明白，林烟到底是怎么拿到巅峰娱乐的合约的，甚至连她和多多的合约都拿到了！

巅峰娱乐是出了名的严苛，艺人非超一线不挖，收的新人的资质也都极高，对经纪人的资历要求也是如此。

虽然她带出了一个影后蒋思霏，在启星娱乐这样的地方，已经可以坐到艺人经济部总监的位置，但是如果放在巅峰娱乐，像她这样的经纪人一抓就是一大把。

林烟自然没办法说实话，倒不是她不相信赵红绫和多多，只是她跟裴聿城的关系，知道的人越少越好。

于是，林烟认真斟酌了一下措辞，随即解释道："其实我也挺意外的，巅峰娱乐大概是看中了我的潜力吧？认为我肯定会火的！"林烟的故事越编越溜，"没想到，这年头还有这么慧眼识珠的公司！"

多多听着林烟这番自夸，默默地黑了脸，忍不住开口："巅峰娱乐的什么人脑壳坏掉了？会看中烟姐你的潜力？"

林烟抖了抖手里的合约书："我再给你一次重新组织语言的机会！"

多多道："……巅峰娱乐的什么人脑壳坏掉了，会看中'奶奶'你的潜力？"

林烟这才满意地点点头："乖'孙女'！"

多多无语了："……"

赵红绫正要说点什么，这时，她的邮箱里突然弹出了几封工作邮件。

"又出什么事了绫姐？"多多急忙问。

赵红绫看着躺在邮箱中的邮件，有些失神地开口："我被辞退了，林烟也被解约了。"

多多气得快要爆炸："这些人真是狼心狗肺！他们凭什么赶走绫姐！还有那个高志威，他算什么东西，小人得志！之前在绫姐手下的时候，一口一个姐，现在居然好意思让绫姐给他做助理，还一副给了我们天大恩赐的语气，我们不答应竟然直接把人赶出公司！绫姐为了这个公司花费了多少心血？"

赵红绫看着邮箱，长长地叹了口气，心头最后那丝留恋，终于也消失殆尽了。

林烟轻笑一声，道："多多宝贝，冷静，早就能料到的结果，不是吗？高志威现在就是给我们下马威，想等着我们碰得头破血流再回去找他们，然后乖乖被他们压榨呢！只可惜……"林烟一边摇摇头一边说道，"只可惜，他们没料到我们的新东家眼睛这么瞎……是我们的新东家后台这么硬！"

多多无语了。

这句话倒是没毛病，这新东家后台何止是硬啊，她就算烧八辈子高香也想都不敢想！

林烟看向两人，说道："绫姐，多多，你们要是都觉得没问题的话，就签个字吧，签完字，合约就生效了！"

赵红绫和多多对视了一眼。

赵红绫出于谨慎，还是多问了一句："找你签约的是巅峰娱乐的什么人？他的权限似乎很高，否则，不可能有权利连我也一起签下来，还给你自己挑选助理的自由。"

这个问题的答案林烟早就跟裴聿城对好了，于是直接报了一个巅峰娱乐艺人经济部负责人的名字："是三组的迟盛。"

巅峰娱乐的艺人经济部门分为好几个组别，每月各个组别之间的竞争都相当激烈，迟盛是三组的组长。

赵红绫听到这个名字，顿时放心了一大半："原来是他……这个人我倒是有所耳闻，做事不拘一格，喜欢签一些特别的艺人，虽然在巅峰娱乐的业绩不算特别突出，但是为人倒是很正派，应该不会有什么问题。"

"嗯嗯，绫姐你说没问题的话，肯定就是没问题了！"

赵红绫无奈地看着林烟这副没心没肺的模样："你把合约留给我，我帮你仔细看下，确定没问题再签。"

林烟道："好的，辛苦绫姐了！"

"对了，你要签约巅峰娱乐的事情，一定得先保密，不要透露给任何不信任的人，这不是小事，到时候怕是会引起不小的风波。

"关于如何官宣之类的问题，巅峰娱乐那边应该有自己的打算，等我看完合约，我们跟迟组长约个时间，具体商谈一下。"赵红绫叮嘱道。

"好的，我知道了，谢谢绫姐。"

赵红绫拿着这三份合约，有种说不出的心情："你也算否极泰来了，虽然未来会面临更大的挑战，但这也是你最大的机遇……"

同时，也是她的挑战和机遇。其实之前就已经有很多经纪公司开高价挖她，那些公司虽然比不上巅峰娱乐，但也比启星娱乐好太多，可她从未想过要离开。没想到，最后她居然会以这样一种方式离开启星娱乐。

赵红绫顿了顿，看向林烟，开口："另外，谢谢。林烟，谢谢你信任我。"

林烟一时还有些不习惯赵红绫这么认真，笑着开口："绫姐你说的哪里话，我给你惹了那么多麻烦，你从来都没有放弃我，在我心里，不管到哪里，也只认你这一个经纪人。"

多多听着林烟这一番话，面色微微有些波动，咕哝着开口："哼……没想到你还挺讲义气……算了，过去我确实对你有些误会，我向你道歉。也谢谢你让我做你的助理，让我能继续跟着绫姐，以后我一定会好好工作的！就算你没拿到业绩第一，我也一定会把你当成祖宗一样照顾好！"

"那真是谢谢你了！"

Part16

少年，你这个想法很危险！

♥

搞定了启星娱乐这边的事情之后，林烟便立即赶回去搬家了。

刚到公寓楼下，就看到一辆低调的商务车停在了那里。

裴宇堂一见到林烟，立即打开车门走了下来："大嫂，你可回来了！那边的事情解决了没有？"

林烟神清气爽地弹了个响指："搞定！成功被炒鱿鱼了！"

裴宇堂摸不着头脑地嘀咕："第一次见到被炒鱿鱼还这么开心的人！"

林烟得意地说："你难道没有听说过这样一句话吗？忘不掉旧爱，不过是新欢不够好！"

"……"

身后突然传来熟悉的轻笑声，林烟一转头就看到裴丰城从车子后座走了下来，顿时满脸尴尬："裴先生……您也来了啊？"

今天裴丰城穿着白色打底衬衣和薄薄的浅灰色羊毛衫，外面罩着一件黑色风衣，露出修长的颈脖线条，整个人看起来风度翩翩。

"看来，我这个新欢，林小姐还算满意？"男人轻笑着开口。

林烟没想到自己随便浪一下就被抓了个正着，硬着头皮道："满意满意！当然满意了！不能更满意了！"

一旁默默当电灯泡的裴宇堂沉默了。

"对了，三少，你怎么把裴先生也叫过来了？搬家这种重活、累活，怎么能麻烦裴先生做呢！裴先生的身体现在这么虚弱！"林烟抱怨道。

裴宇堂闻言一脸委屈："……"

所以，他就应该做的吗？还有，他哥哪里虚弱了？他哥的战力值恐怖到令人害怕好吗？

算了算了，本来就是他自己说出去的话，还能怎么办？只能泪水往肚子里咽，怎么也要帮他哥维持住这个柔弱的人设。

裴聿城看着女孩担心维护他的模样，伸出微凉的手掌，轻轻揉了揉女孩的脑袋："没关系，宇堂负责搬家，我负责接你。"

男人低沉温柔的话语响起在耳边，再一次被撩的林烟不由得捂住了小心脏，无论被这男人撩多少次，都能让她感觉自己像是第一次被撩的十八岁少女一样。

旁边的裴宇堂第三次陷入了沉默。

裴宇堂哀怨地瞅着两人，终于忍不住开口："虽然我乐意吃你们俩的狗粮，但不意味着你们可以屠狗好吗！"

三人很快上楼，来到了林烟住的出租屋。

她的东西大部分都已经在昨晚就收拾打包好了，只剩一些零碎的小物件，林烟又检查了一遍，看看有没有遗漏。

裴聿城站在客厅中央，打量了一眼这间陌生又熟悉的屋子，目光在林烟曾经给自己贴过小纸条的台灯上扫了一眼，嘴角不易察觉地勾了勾。

那台灯上的纸条依旧还贴在上面。

"这个台灯你还要吗大嫂？"裴宇堂一边帮着收拾一边问道，"咦，这台灯上怎么还贴着这么大一张纸，大嫂你写的什么啊？不要靠近裴……"

正在埋头整理的林烟闻言，顿时脸色大变，一个箭步冲上前去，把台灯连带着上面的纸条一起塞进了垃圾桶："不要了不要了！都扔了吧！"

"哦……"

裴宇堂继续收拾，拎起一个包，无意间看到了里面露出的东西，于是一脸狐疑道："大嫂，这里面怎么还有一串大蒜啊？你要这玩意儿做什么？"

林烟没好气地把东西塞了回去："我留着吃不行吗？"

裴宇堂闻言，表情有些难以形容。不过，本着"对的是对的，错的也是对的，总之大嫂绝对不会有错"这一原则，裴宇堂立即开口："原来如此！大蒜挺好的！大蒜杀菌、消炎，防治肿瘤、癌症，还能降低血脂和胆固醇！大嫂你可真会养生！"

林烟松了口气，道："没错没错……"

这边话未说完，偏偏这个时候，"哐啷"一声，那个大包因为装的东西太多了，包里的八卦镜等乱七八糟的东西也全陆续掉了出来。

林烟："……"

裴宇堂："……"

裴聿城："……"这些东西，他记得自己上次已经扔了。

221

裴宇堂好奇地把东西捡了起来："大嫂？这些又是干吗的？"

裴宇堂没想到在林烟住的地方几乎没看到什么属于女孩子该有的东西，奇奇怪怪、匪夷所思的东西倒是一大堆。

林烟满脸黑线，偷瞄了一旁的裴聿城一眼，一边收拾，一边一本正经地说："装饰品啊！你不觉得很有格调吗？总之你搬的时候切记小心点，千万别弄坏了！"

裴宇堂眨了眨眼睛："装……饰品？"

林烟干笑着点点头，其实她也觉得自己挺扯的……

正想着说些什么把话圆回去，裴宇堂却眼睛闪闪发光地摸着那些东西，语气夸张地说："大嫂！你果然是眼光独到！连家里的装饰品都是这么的与众不同，简直是娱乐圈的一股清流！真不愧是我大嫂！大嫂你这些东西都是哪里买的，回头把链接发给我，我要在我住的地方也摆放一些！跟上我大嫂的品位！"

林烟听完裴宇堂这滔滔不绝的一番话，嘴角抽搐，下巴都差点掉下来："……"

少年，你是认真的吗？

然而，此刻裴宇堂的眸子里满是崇拜和激动，夸得那叫一个真心实意，完全不像是在开玩笑。

裴宇堂又重复了一遍："大嫂！记得把链接发我呀！"

林烟无语了："……"

林烟尴尬地朝着一旁的裴聿城看了一眼，裴聿城放下手里的八卦镜，轻笑一声："是很特别。"

林烟的表情很是一言难尽。

这裴家的人，审美都这么诡异的吗？

难道是她的审美出了问题？

"大嫂，还有什么东西需要搬的吗？"

"卧室还有一些。"

"好的好的！"

裴宇堂进去之后，林烟给裴聿城倒了杯水，说："裴先生，你在这边稍等片刻，我东西不多，一会儿就搬完了！"

裴聿城道："好。"

林烟说完，便跟着裴宇堂进了卧室。

刚走进去，就看到裴宇堂以一副相当复杂的表情盯着自己。林烟觉得莫名其妙，又怎么了？

"怎么了？"林烟问。

裴宇堂扭头朝着正对着门的那面墙瞄去，用手指了指墙上，弱弱地开口："这……也是装饰品？"

林烟顺着裴宇堂的目光看去，接着就看到了墙上的那幅巨大的裴南絮的写真海报！

这一次，裴宇堂盯着那幅海报，那一句"大嫂你真有品位"实在是没胆子说出来了。

上次裴宇堂给她的签名版海报，她不敢拿出来，已经拿去压箱底了。这张海报还是她刚迷上裴南絮的时候买的，一直贴在床边没动过，以至于她完全把它给忘了。

裴宇堂表情惊恐地看向林烟，道："大嫂，你之所以突然提出要搬去我大哥那里住，该不会是因为……因为我二哥吧？因为我二哥最近也住在我大哥那边？"

林烟更加惊恐了。

少年，你这个想法很危险好吗！

"你脑子里又在瞎想什么呢？说多少遍了，我跟你二哥只是纯洁的粉丝和偶像的关系！再说了，在认识你大哥之前，你二哥都不知道我是谁好不好！"林烟辩解道。

此刻，裴宇堂又开始自顾自地陷入了若是到时候真的掐起来，我是支持大哥，还是支持二哥的深深纠结之中。

"反正，大嫂，你千万坚定住立场啊，不然我和二哥都得死，就算你不在乎我的命，也得在乎二哥的命吧！"

林烟嘴角抽搐："知道了知道了，你大哥随便对我笑一下都能把我迷得七荤八素的，我哪里还有心思想七想八！别再脑补了，还不快帮我把海报揭下来！"

听到这话，裴宇堂终于稍稍安心了几分。他个子高，手忙脚乱地就开始揭海报。

"小心点啊，别撕坏了！"虽然这张海报上面连签名都是打印上去的，而且只要十块钱，不过毕竟是她买回来的第一张海报。

上学那时候，她就已经开始喜欢裴南絮了。那时候，她和许多无忧无虑的少女一样，喜欢好看的裙子，喜欢亮晶晶的发夹，也喜欢追星。只是后来……

裴南絮对于她而言，就像是她那段被迫终止的青春岁月，虽然短暂，却是她最美好、最单纯的经历。

"知道知道！肯定不会给你弄坏！"裴宇堂一边回道一边一点点往下撕着。

林烟正站在那里盯着裴宇堂，这时候，身后突然传来一阵脚步声——

"需要帮忙吗？"

林烟和裴宇堂皆是一阵惊慌。

"哧啦"一声，裴宇堂被吓得手一抖，直接把海报撕出了一个大口子。

林烟眼睁睁地看着那道大口子，捂住胸口，差点吐血。

不过这个时候，她哪里还顾得上海报……怎么办怎么办？

为什么她的人生不是在翻车，就是在翻车的路上？

上次裴聿城发飙的导火索，裴南絮的海报就是其中之一……

裴宇堂张开手，企图用身体挡住海报。

与此同时，裴聿城已经迈步从身后走了进来……

千钧一发之际，林烟"嗖"地一下转过身，径直朝着裴聿城飞扑过去，因为惯性，裴聿城朝后退了两步。

在裴聿城讶异且狐疑的目光之下，林烟踮起脚尖，眼一闭，心一横，便朝着裴聿城的唇吻去……

"……"

在一旁的裴宇堂看得叹为观止。呆滞了片刻之后，裴宇堂赶紧趁机把海报撕了下来，卷好塞进了箱子里，"砰"地一声关上，上锁！

这下安全了！

裴聿城方才落在裴南絮海报上的余光瞬间转移到女孩身上，双眸几乎是瞬间幽暗下去。

呼吸之间全都是女孩身上清爽的沐浴露气息，夹杂着女孩身上独有的冷香。

这是女孩第一次主动亲近他。虽然她这么做的理由让他心情不太好，不过……已经抵消了。

林烟也不确定裴聿城到底看到海报了没有，亲完之后，装作什么事都没发生，说道："……对不起，想到以后可以有很多时间跟裴先生待在一起了，一时有些太开心了……"

他当然知道她这张嘴有多会哄人，更清楚她也只有在做了亏心事的时候才会哄他。不过……

裴聿城俯身，在女孩的额头轻轻落下一吻，哑声道："我也是。"

不过，即使是饮鸩止渴，依旧甘之如饴。

一旁的裴宇堂心中惊疑不定，刚才他大哥进来得太突然，好像已经看到这幅海报了吧？

不过他的样子像是完全没看到一样，也没生气？

是真的没看到，还是轻易地被大嫂哄好了？

很快，林烟的东西收拾好了，三人将东西全都搬到了楼下的车里，随即驱车朝着裴聿城别墅的方向开去。

车上，林烟收到了汪景阳的信息。

狗子：我提前下班了，我去帮你搬家！

烟城疏雨隔斜阳：不用不用，我这边已经搞定了。

狗子：这么快？怎么不等我？

烟城疏雨隔斜阳：又没多少东西，不用麻烦你了。

手机那头，汪景阳看着林烟这修改后的微信名字，总觉得有一种很不好的预感。

云间水庄。

到了别墅之后，裴南絮出来帮着他们一起将林烟的行李搬了进去。

"还好有大嫂过来帮忙照顾大哥，我刚已经跟经纪人说，帮我恢复了一些工作。"裴南絮微笑着说道。

言外之意，他不会待在家里太久的，你们完全可以好好享受二人世界。

要不是因为答应了父亲，他这段时间也不会一直住在这边看着大哥。林烟过来之后，他肯定不会再继续住这边了。

"您太客气了，应该的应该的……"林烟忙开口，一边说，一边特意牵住了裴聿城的手。

方才裴宇堂提醒她，她才想到，这段时间裴南絮也是住在这边的，为免裴聿城误会，她得更注意一点才行。

裴聿城看了一眼女孩小心地牵着自己的手，看向裴南絮的目光，难得的温和。

进屋之后，林烟脊背一僵，突然想起了一件事情——搬过来之后，她要住在哪个房间？

不会是要跟裴聿城住一间吧？

"裴先生，那个……请问一下，我住在哪间？"林烟举起手，弱弱地问。

裴聿城用那双勾魂摄魄的眸子轻轻地朝着女孩看去，潋滟的眸底泛起一抹揶揄的笑意，缓缓开口："你想住在哪间？"

这句"你想住在哪间"，听得林烟的双颊顿时有些发烫，她可没有什么不该有的想法啊！

裴聿城没有再逗她，说道："房间已经帮你准备好了，是主卧隔壁的客房。"

林烟顿时松了口气："好的好的，谢谢裴先生！"

裴聿城领着林烟朝着客房的方向走去，跟在后面的裴宇堂见状则是焦急不已。

盼星星盼月亮，这车速好不容易飚起来了，这个时候怎么可以刹车呢？

裴宇堂忍不住了，急忙追上林烟，压低声音在林烟耳边撺掇道："大嫂，我看到你喜欢的那些装饰，想着你是不是有点怕鬼？我跟你说，男人的阳气都比较旺盛，比什么驱鬼的利器都有效！"

林烟嘴角抽搐，沉默了。

裴聿城能驱鬼？

就裴聿城这姿色，招鬼还差不多吧！

她哪里敢跟裴聿城住在一个房间，万一给了那神出鬼没的另一个意识可乘之机，对裴聿城做了什么，她岂不是成了千古罪人！

那她多吃亏啊！

每次都背锅不说，还完全不知道过程……

林烟面不改色地回道："你想多了，那些就是装饰，为了让房间显得有品位！"

"那……那你要是为了让屋子看起来有品位，还要啥摆设和装饰品，直接把我哥放进去，没有比这更有品位的了！"此刻的裴宇堂简直像个推销员。

"……"

裴聿城将林烟带到屋里，林烟站在门口，上下打量着。

整个房间是宁静又高雅的莫兰迪色系，布置舒适又简洁，生活用品也是一应俱全，几乎没有什么需要她再去准备的。

裴聿城道："如果有什么需要的，可以跟我说。"

"不用不用，已经很好了，没什么缺的，谢谢裴先生，我把我的东西整理一下就好！"林烟急忙开口。

林烟看着这间舒适的大房间，又看了看眼前的男人，想起几个月前差点流落街头的自己，有种恍若隔世的感觉。

从地狱到天堂，也不过如此了！

她突然觉得那个逼着她为了保命而必须逢场作戏跟裴聿城谈恋爱的"意识"也不是完全在坑她。

"你先整理，有问题叫我，我去做饭。"裴聿城说道。

林烟顿时一惊，做……做饭……

脑子里"当"的一声巨响之后，林烟又从天堂，掉到了地狱……

"大哥大嫂，我车队那边还有点急事，车队那个老王你知道吧，他被车撞了！我得赶紧过去看一下！我就先走了啊！不用送我！拜拜！"裴宇堂反应迅速，直接开溜了。

林烟一把将裴宇堂揪住，咬牙切齿地压低声音，道："你就这么把我丢下了？"

裴宇堂哭丧着脸，道："大嫂，你让我被我哥揍一顿都行，但是让我吃我哥做的饭，我真的做不到啊！"

说完他立即脚底抹油，跑得比兔子还快。

林烟磨着牙，没义气的家伙！

林烟只能把目光移向"最后的希望"——裴南絮。

接收到林烟求助的信号，裴南絮轻咳一声，说道："我今晚有个饭局……"

毕竟大嫂第一天搬过来，原本他是特意回避，好让她跟大哥可以单独相处的。没想到竟然躲过了一劫，倒是意外的收获。

林烟道："……好吧。"

没想到，连偶像都抛弃了她。林烟朝着厨房的方向看了一眼，忍不住问裴南絮："我有个问题，难道……难道裴先生他不知道自己做的饭菜很……很难吃吗？"

她记得那天他明明也吃了啊？

裴南絮闻言面色微怔，随后摇摇头道："大哥他……确实不知道。"

"他怎么会不知道呢？他自己也吃了的！"林烟不解道。

裴南絮沉默了一会儿，回道："因为，我哥他从小就没有味觉。"

"什么……"林烟闻言，顿时愣在了那里。

"你是说，裴先生他没有味觉？"林烟满脸惊讶，这是她没有想到的

"是的。所以，对于普通人来说很容易感知的油盐酱醋酸甜苦辣，他都完全不知道是什么。"裴南絮解释道。

"原来是这样……难怪……"林烟喃喃道，"可是，怎么会没有味觉呢？是什么原因造成的？没办法治疗吗？"

"这个，我也不太清楚，反正从我记事起就知道，大哥是没有味觉的，似乎是天生的，大哥也不喜欢别人提起这些。不过，我大哥倒是挺喜欢做饭的，以前就经常做饭给我们吃……"裴南絮神色无奈地说道。

其实他原本就是跟大哥住在一起的，但是后来实在有些受不了大哥的厨艺，所以才搬了出去。

林烟有些无语。

她怎么有点怀疑裴宇堂离家出走的真实原因了呢？

真正的原因，该不会是为了不吃他哥做的饭吧？

这时，裴南絮接了个电话，大概是经纪人那边在催他。

接完电话后，裴南絮开口："林小姐，我先走了，我哥就拜托您照看一下了。"

"好的好的，没问题，你放心！"

裴南絮离开之后，林烟站在原地，陷入了纠结。

原本还想着怎么也不能让裴聿城做饭的，但是，在听完南絮的话之后，林烟又犹豫了。

要是自己这会儿激动地跑过去说不让他做饭，岂不是太伤人了！

但是，要是不阻止他的话，又太伤自己了……

林烟的目光落在厨房里那个颀长的身影上。此刻男人脱下了身上的外套，衣服袖子随意地半卷着，正在洗菜。

怎么连做个饭也这么赏心悦目？

算了算了，不就一顿饭嘛！有什么大不了的！又吃不死人！

很快，裴聿城将饭菜全都做好了。

说真的，裴聿城做事相当严谨，动作又特别好看，尤其是那双修长的手，在做这些事情的时候，让人都挪不开眼睛，光是从他做菜的过程来看，简直就像是在完成一件艺术品，让人很期待成品出炉。

当然，前提是没有亲口尝过裴聿城做的菜的情况下。

此时此刻，林烟坐在饭桌前，如坐针毡。吃个饭而已，她却莫名有种即将上刑场的感觉。

"尝尝。"裴聿城贴心地给她夹了一块红烧肉。

"好的，谢谢！我自己来就好！"

林烟看了那块红烧肉一眼，看颜色和卖相倒是还可以。

或许，也没那么可怕？搞不好上次是运气差，吃到了最难吃的一次呢？

于是，林烟这么想着，随即将红烧肉放到了嘴里。

下一秒，就在她咀嚼的瞬间——

林烟清晰地感觉到了……死亡的滋味！

居然比上次吃到的还难吃！

这怕是真的要吃死人啊！

原来，上次不是运气差吃到了最难吃的，而是上次运气太好了，她没懂得珍惜……

能做得这么难吃，也是很不容易吧？

大佬，您到底是怎么做到的啊？

对着裴聿城这么一张如此下饭的脸，她都食难下咽，可见这些食物的杀伤力是有多强！

真该让裴聿城的那些疯狂的女粉丝都来尝尝他做的食物，到时候绝对是大规模脱粉现场。

而此刻作为女朋友的林烟，却只能默默地往肚子里咽。

"好吃……好好吃……"林烟道。

人生如戏，全靠演技。

"喜欢就好，外面的食物不健康，回头等你开始工作了，我帮你准备盒饭，你可以带过去吃。"裴聿城开口。

林烟筷子上夹的鹌鹑蛋，"吧唧"一声掉回了盘子里。

晴天霹雳，也不过如此了。

然而即使内心已经被那些饭菜腐蚀成了荒芜的沙漠，林烟仍保持着微笑，回道："好，好啊！谢谢裴先生！"

这难道就是……爱情的感觉吗？

如果不是真爱，谁能做得到啊？

等到一顿饭终于吃完，林烟感觉自己刚才就像是渡过了一场天劫。

"还辛苦您亲自为我做饭，我去洗碗吧！"林烟主动开口。

裴聿城揉了揉女孩的脑袋："不用，去休息吧，你负责吃就好。"

林烟沉默了。

你负责吃就好……原本这句话该是多浪漫的一句情话！

到了她这里，却成了催命符。

林烟觉得自己确实需要缓一缓，于是回到了房间里，赶紧偷偷把自己带过来的零食全都翻找了出来。她连续撕开了好几颗牛奶糖，一股脑儿地塞进了嘴里。

当糖果的味道在嘴里化开的时候，林烟才总算有了些许回到了人间的感觉。幸亏她把零食全都带过来了。

很多艺人都喜欢节食减肥，不过林烟的身体消耗量比常人大很多，所以倒是不需要刻意节食，东西还是照常吃，家里也备了不少零食。只要不吃太多，就不会长胖。

赛车手也是需要严格控制体重的职业，所以在这方面她还是挺注意的。

吃了些零食之后，林烟总算是缓过来了，随后她开始整理起自己的东西。

看着其中一个大袋子里的大蒜等物品……林烟扫了眼这间装饰优雅的屋子，怎么都觉得这些东西放在这里太破坏风格了。

不过，没办法，保住节操要紧！

之前那段时间她都很正常，说不定就有这些东西的功劳呢！

眼见着窗外夜色渐深，林烟神色一紧，赶紧把所有的东西都挂上去再说。

挂好东西之后，林烟掏出了今天被裴宇堂撕坏的海报。

这倒霉孩子！知道这张海报她保存多少年了吗？居然撕了这么大一个

口子！

算了，回头找他再讹一张限量版的去！

林烟正准备找胶带把海报黏好，这时，身后突然传来裴聿城的声音——

"收拾好了？需要帮忙吗？"

林烟一口血差点喷了出来，她吓了个半死，赶紧把海报踢到了床底下。

这人可真不能做亏心事，真是吓死她了！差点忘了这是裴聿城的家里，她得更加小心才行！

林烟稳住情绪，拿起一串大蒜，一边把大蒜往柜门的把手上挂，一边回道："不用不用，我都整理得差不多了！"

林烟大概不知道，裴聿城的反应速度比常人要快很多。

所以，她自以为动作很快，但裴聿城其实已经看到了她往床底下藏东西的动作。

不过，男人面上平静无波，只扫了眼林烟挂在屋里的东西，柔声道："好，那早点休息。"

林烟连连点头："好的好的，裴先生你也早点睡！"

裴聿城略一颔首，随即转身离开。

看到男人终于走了，林烟才松了口气。

不过，转瞬裴聿城刚迈出一步，却又突然顿住脚步，转头看向她，道："对了，林小姐……"

"怎……怎么了？"林烟以为裴聿城还有什么事情要交代自己，投去询问的目光。

不会是被他发现什么了吧？

柔和的光线之下，男人颀长的身影被镀上了一层淡金色的光，脸上的镜片有轻微的反光，遮挡了男人眸中的情绪。

男人逆着光看着她，用大提琴般低沉的声音说道："如果晚上一个人睡害怕，可以来找我。"

林烟先是一愣，随即一阵呛咳。

这这这……这难道是邀请吗？

看着女孩受惊的模样，裴聿城轻笑一声，随即转身回了隔壁主卧，只剩下了林烟呆呆地站在屋子里。

此刻她的脑子乱成了一锅粥。

冷静冷静！

想什么呢，裴聿城不就是很正常地关心她一句，怕她第一次在陌生的地方住不习惯吗？

怎么可能会是……会是什么邀请……

就算是邀请……感觉也弥补不了她今天晚上吃的这顿饭……

收拾洗漱一番之后，林烟躺到了床上。

身下的被褥柔软、蓬松，空气里是从窗外飘进来的树木花草的清香，耳边不时传来不知名鸟兽的低鸣声。

脑海中纷乱的思绪渐渐飘远，林烟渐渐进入了梦乡。

隔壁的主卧内。

男人手中拿着一本书靠坐在床头，身上的睡衣随意地披散着，男人摘下眼镜，露出一双比夜色还深沉的眸子。

主卧和林烟所在的客卧距离很近，加上窗户开着，动静稍微大一些，都能够听见。

察觉隔壁的林烟应该已经入睡，男人放下手里的书，躺了下来。

夜越来越深……

林烟早就睡熟。

可是，就在她沉睡的时候，却隐约从隔壁的主卧内断断续续地传来"嘀嘀嘀"的声响……

云间水庄大门口。

裴南絮为了给他哥和林烟制造单独相处的机会，原本是准备第二天再回去的。

结果，半夜里，却突然接到了专家组那边的消息，说他哥的身体数值突然开始持续突破临界点。

大哥的身体怎么可能突然出问题？明明林烟就在家里啊！

他也是因为知道有林烟在，大哥不会出问题，所以他才放心离开的，却没想到专家会突然给他打电话。裴南絮只能连夜赶了回去。

路上他给林烟打了个电话，可林烟大概是睡着了，手机关机了没人接。当他赶到的时候，一群专家、教授都到了，秦欢和星沉也在。

"怎么回事？"裴南絮气喘吁吁地问道。

秦欢也是一脸迷茫："不知道，明明已经稳定了一天一夜了，我们还以为开始好转了，谁知道突然又开始了！而且持续时间非常长，到现在还没停呢！我说二少，你怎么也没在身边陪着！聿哥现在这个情况，哪里离得了人？"

裴南絮神色焦急地说："林小姐在我哥这里，所以我以为，不会有问题……"

秦欢闻言顿时一愣，惊讶地开口："林小姐？你说林烟？她今晚留宿在聿哥这了？"

裴南絮道："目前是住在一起了。"

231

秦欢顿时露出跟裴宇堂如出一辙的欢天喜地的表情："不仅复合了！还同居了？真的假的！那不是太好了吗？那……既然有林烟这个强力'稳定剂'在，聿哥应该不会有任何问题才对！这是怎么回事？林烟又失效了？"

裴南絮摇摇头，道："我刚赶回来，也不知道情况，林小姐的手机关机了打不通，现在完全不知道里面的情况。"

裴聿城发病的时候，除了林烟之外的其他人都不能太靠近他，因为他随时可能失控，而且，其他人在他旁边还可能会刺激到他的情绪。所以一时之间，他们在不知情的前提下，也不敢贸然行动。

星沉闻言，咬了咬口中的棒棒糖，神色有些狐疑。

这时，其中一个医生一手拿着一个手机大小的黑色仪器，一手拎着一个特质的铁灰色箱子，沉声道："现在的情况太危险了，必须立刻给大少爷注射一针稳定剂！"

裴南絮盯着医生手里的那个箱子，眉头紧蹙："谭教授，你们不是说这个新研制出来的稳定剂副作用很大吗？"

秦欢也附和道："是啊，聿哥的身体本来就很虚弱了，这个时候注射稳定剂，他的身体怎么受得了？"

"照理说不应该啊，只要林小姐在，聿哥便不会失控，从未有过例外，除非……"星沉分析道。

裴南絮知道星沉是什么意思，立即解释道："这段时间他们的关系很好，我临走的时候，我哥还在给林小姐做晚饭。"

秦欢一听，顿时露出了惊悚的表情："聿哥给林烟做饭？！你怎么能让聿哥给那女人做饭？完了完了完了！那女人吃完聿哥做的饭，肯定要跟他分手了！"

"……"

裴南絮轻咳一声，道："林小姐上次吃过我哥做的饭，当时她和我们一样，选择了善意地隐瞒，并没有因为这个对我哥有什么不满。"

秦欢闻言沉吟良久，感叹不已："没想到那女人对聿哥……居然是真爱？"

星沉蹙眉道："别瞎扯了，现在还是想想该怎么办！这稳定剂，到底是打，还是不打？"

听到星沉的话，秦欢和裴南絮都陷入了沉默。就算裴南絮是裴聿城的亲弟弟，他也没办法做这么大的决定。

秦欢嘀咕道："我觉得还是能不打就别打了吧！之前老大哪次注射稳定剂不是被折腾得半死……"

谭教授不满地朝着秦欢看了一眼，随即严肃地看向裴南絮道："二少爷，请开门带我们进去，大少爷现在必须立刻注射稳定剂，就算是稳定剂有副作用，但是也比丢了命要好。

"大少爷现在的身体情况，再拖延一分钟都很危险，裴董事长有过命令，让我们在这种情况下务必第一时间给大少爷注射稳定剂。至于那个女人，她最多能影响裴先生的情绪，暂时性地延缓发作而已，怎么可能代替得了稳定剂的作用？"

裴南絮有些动摇了："那么……这个新研制出来的稳定剂，副作用到底是什么？"

谭教授说道："目前知道的副作用跟之前差不多，可能影响到身体的防御机制，造成免疫机制的损伤，另外，身体也会有一定程度的溃烂，因为大少爷发病太急了，新研制出来的药物我们还没做完最后的检测，所以其他的一些副作用，我们暂时也无法预料。"

"什么？"裴南絮听完，脸色更加难看了。

光是损伤免疫机制就已经够严重了，何况还可能有更多无法预测的情况出现。

但是，正如谭教授所说的，这种情况下，保命要紧。

这时，一旁的秦欢开口："老谭啊，你别怪我说话太直白，问题是，之前你们研制出来的那些稳定剂，也不见得有多大作用。聿哥那破手表，还不是三天两头地响！而且还副作用一大堆，把聿哥折腾得半死……"

谭教授一听，气得胡子都要翘起来了："你个毛头小子，懂什么？你知道这些稳定剂耗费了我们多少心血吗？我敢说，除了我带队的实验室，绝对没有第二个人能研制得出来！如果不是我，大少爷的身体根本撑不了这么久！"

秦欢摸了摸鼻子，嘀咕道："我说的都是实话，瞅瞅您，还生气了！您那玩意儿，本来就不如林烟纯天然、无公害……"

谭教授怒道："你个毛头小子！既然你说那个女人比我的稳定剂作用还大，现在她就在大少爷身边，大少爷怎么还是发作了？"

秦欢摸了摸下巴，说道："虽然是住在一起了啦！但是……"秦欢说着，看向一旁的裴南絮，"二少，她和聿哥睡在一起吗？"

裴南絮的神色微微有些尴尬，轻咳一声道："没有，是分房睡的。"

秦欢顿时弹了个响指："那就对了！我还以为他们睡在一起的呢！住一起又不是时时刻刻待在一块，会发作那就是因为离'稳定剂'还不够近！"

裴南絮一阵沉默。

虽然秦欢这话有点……但也不无道理。

最后，裴南絮只能先带那些专家进了屋。

另一边，林烟依旧一无所知地躺在床上睡觉。

林烟之前睡得很熟时，手机却突然响了起来，她嫌吵，就下意识地把手机关机了。

等迷迷糊糊反应过来的时候，她担心是赵红绫那边找她有什么急事，于是又开机看了一下，随后就看到了好几通来自裴南絮的未接电话。

这大半夜的，裴南絮找她做什么？

她正奇怪呢，就透过窗户正好看到大门口站着一群人，其中就有裴南絮。

这是什么情况？

林烟来不及多想，急忙走下床，准备去门口看到底是什么情况。

林烟一出房门，正好撞上了裴南絮等人走进来。

一看到林烟，裴南絮立即迎了上去："林小姐！你没事吧？"

"啊？我没事……裴南絮，你这么急给我打电话是有什么事情？抱歉之前我在睡觉，迷迷糊糊就给关机了！还有你们大晚上的在这里是？"林烟狐疑地朝秦欢、星沉，还有那些专家、教授看了一眼。

秦欢和星沉她都认识，上次见过，好像少了那个穿黑衣服的女孩子。

秦欢急忙挤开裴南絮，凑上前来："嫂子！"

林烟无语地看着突然过来套近乎的男人，心里在想：你是谁啊？

秦欢急忙道："嫂子，聿哥他的身体状态现在很危险，你知道他现在具体是什么情况吗？"

林烟听到这话，脸色立刻变了："很危险？怎么会！我们吃完晚饭之后，就各自睡下了！没有任何异常！"

"哎！你们怎么能各自睡下呢！"秦欢痛心疾首道。

林烟疑惑了："啊？"

这是什么意思？

秦欢轻咳一声，道："我的意思是……反正聿哥现在的身体情况很危险，你自己看！"

秦欢说着，把教授手里那个手机大小的仪器拿给她看，只见上面的曲线持续爆高，仪器上的红灯还一直触目惊心地亮着。

"那你们还愣在这里干吗？！赶紧进去啊！"林烟一脸无语道，就差直接把人给踹进去了。

"这女孩的话说得没错，你这小子，如果再继续废话，大少爷就真的性命不保了！全都给我让开！"白发老者怒气冲冲地说道。

秦欢急忙把人拦住，对林烟开口："大嫂，不能让他们去！是药三分毒，能压制住聿哥病情的药物副作用太大了，能不用最好别用！"

林烟的神色满是不赞同："你这是什么逻辑？生病了不用药，那用什么？就算是副作用大，也比没命了强吧？当然是应该听医生的！"

"嫂子，你别相信这些糟老头子的鬼话，他们给聿哥研制的那些药物和毒药差不多了，他们只管完成任务，暂时稳住病情，哪管聿哥要遭多少罪！那样不人不鬼地活着，连接触到空气都可能有危险，那还能叫活着吗？"秦欢焦急地说。

"竖子无知，你懂什么，敢在这里胡言乱语……"谭教授气得半死。

这小子三番两次质疑他们研究出来的心血，简直是目中无人，谭教授身后的其他专家也纷纷斥责起来。

"我们才是专业人员，你们若是为了大少爷好，就赶紧让开！"

"就是，否则真出了什么事情，你们担得起责吗？"

"就算药物的副作用再大，难道比没命了强？"

……

林烟被吵得脑袋疼，但秦欢的那些话，又确实让她有些在意，她迟疑地问秦欢："那除了吃药之外，你还有别的方法吗？"

秦欢一听有戏，立即回道："有的有的有的，只要你去陪聿哥一起睡觉……我的意思是，只要你待在聿哥的视线范围内就行！如果有肢体碰触，那就更棒了！"

林烟在旁边听得满头黑线，这都什么跟什么啊？

沉默半晌之后，林烟严肃地开口："我觉得吧，还是医生的话比较靠谱……"

毕竟这个秦欢怎么看都有点神经兮兮的。就算是裴聿城的病很受情绪影响，而她有时候可以让裴聿城的情绪稳定一些，但这都这么危险了，怎么还能如此儿戏？真把她当灵丹妙药了？

"哎哟！嫂子你怎么就不信我呢！你就是聿哥的药！你比什么镇定剂、什么乱七八糟的药都有用！"

"臭小子！你竟然说我研制的东西乱七八……"

眼见着一群人又要吵起来，林烟的脸色顿时冷了下来："全都给我闭嘴！我进去看看裴先生的情况！"

"什么！不行！这太危险了！这个时候的大少爷谁都不可以靠近……"

不等那个白发的教授说完，林烟已经走到裴聿城的卧室门前，拧开房门的钥匙走了进去。

众人还没反应过来。

裴南絮吃了一惊，想阻止，却已经来不及了。

谭教授也满脸愕然："这小姑娘！不要命了吗？"

这个时候敢靠近裴聿城，非死即伤！

235

就算要给裴聿城注射稳定剂，他们每次也都是用专用的仪器远程操控的。

　　事已至此，众人只能眼睁睁地看着女孩冒冒失失地闯了进去，随后所有人都紧张地盯着谭教授手中那个一直闪红光的仪器。

Part17

只要是有你在的地方，地狱又如何？

♥

  室内并没有像上次一样的一片狼藉，更没有外面那些人说的可怕场景。

  房间里很安静，除了一直在响的手表警报的声音。

  裴聿城此刻正安静地躺在床上沉睡着。只是，此刻男人的表情不太寻常，额上满是汗珠，神情痛苦，呼吸也越来越急促，似乎正在经历着什么极其可怕的事情。

  林烟急忙上前几步。几乎就在她靠近的一瞬间，床上的男人猛然睁开了眼睛。

  夜色之中，那双眼中透出的是林烟从未见过的可怕，冰冷到了极致，如同嗜血的野兽一般，似乎随时都能将一切毁灭。

  一股巨大的压迫感瞬间充斥了整个房间，让林烟头皮发麻，脚步如同生了根一般长在了原地，再也不敢前进半步。

  与此同时，裴聿城腕上的那块手表像是受了什么刺激一般，更加急促地响了起来。

  那声音让人毛骨悚然，好像是在预兆着即将来临的可怕危险。

  林烟脑海深处瞬间涌现出巨大的恐惧感，她的第一反应是拔腿就跑，逃离眼前的男人，眼前的危险。但是，在她冒出这样的想法的瞬间，裴聿城的目光，变得更加可怕了……

  林烟强行镇定下来，告诉自己一定要冷静。

  裴聿城现在的情况，好像是做噩梦时突然被她惊醒，所以一时之间没有认出她来而已。

  所以，冷静！冷静！别害怕。

  她隐约觉得，自己害怕的态度，似乎会刺激到对方。

  脑海中瞬间回忆起男人一直以来对待自己的温柔，想到裴聿城的那一句"舍不得"，想到他那句"想要什么奖励"，想到他对自己说"你赛场上的样子很美"……

林烟闭上眼睛，站在原地，壮着胆子，轻声开口："裴先生……"

只剩下警报声的屋子里，女孩那句轻轻的"裴先生"，就像是照进一片阴暗沼泽里的一抹微弱的光。

裴聿城冰冷的眸光微微一晃，似是回过神来。随即，那双可怕的瞳仁渐渐恢复焦距，视线缓缓落在了眼前的女孩身上。

"裴先生，你感觉怎么样，没事吧？"林烟眉头微蹙，看着缓缓从床上坐起身的男人，轻声问道。

然而，林烟未能等到男人言语上的回应。裴聿城好似完全没有情感与理智的野兽，在须臾之间，已来到林烟的身旁。

此刻，林烟与裴聿城四目相对。裴聿城的眸子，宛若浩瀚星辰，令人迷醉。

只是，林烟现在却无暇欣赏，自其眸内浮现出的，是令人窒息的冰冷。

对上这双冰寒彻骨的眸子，林烟甚至想拔腿便跑。

"裴先生……您还好吗？"林烟看向裴聿城，尽量平复自己的心绪。

随着林烟话音落下，裴聿城却是忽然伸出手，林烟还未来得及反应，便一把扼住了林烟的右臂。

感受到男人手掌的力量，林烟的额头渗出一丝冷汗，他，是想把她的手臂给撕下来吗？

这恋爱谈得也太要命了吧？

"裴……"

未等林烟开口，裴聿城眸内的寒光更甚。

"轰隆！"

下一秒，屋外的众人，只听房内传来一声巨响。

"怎么回事？！"

裴南絮面色微变，作势便要朝房内冲去。

秦欢连忙一把拉住了裴南絮："二少！等等！"

"这月黑风高……"秦欢盯着裴南絮，微微笑道，"这月黑风高，孤男寡女共处一室……这肯定是在交流感情啊，动静大了点，能理解，完全能理解。二少，你可千万别捣乱！"

裴南絮闻言有些无语，这么大的动静，真的是在交流感情吗？

此刻，屋内。

裴聿城漫步到床边，像是在寻找什么。

林烟则是躲在了书桌下面，捂住了嘴，大气都不敢出。还好刚才挣脱得快，否则，裴聿城那一脚，岂不是要把她给踢飞？

林烟没想到，裴聿城的身手，竟然如此的可怕！

林烟还没来得及多想，却见一对幽暗的眸子，正在注视着自己。

林烟本来是藏在办公桌下的，不承想，裴聿城看起来不太清醒，但反应极快，立即发现了她。

"裴先生……"

未等林烟把话说完，实木书桌竟被裴聿城一掌掀飞。下一秒，裴聿城伸出手，朝着林烟抓去。

"该死！"

林烟咬了咬牙，虽不知发生了什么，但此刻的裴聿城，显然不正常。

没时间犹豫了，林烟一拳朝着裴聿城挥去，希望能够逼退裴聿城，自己好逃离。

还有，外面那群傻子，难道听不见房内的声音？！居然连个人影都没有！

"砰！"

林烟一拳挥出，可几乎在一瞬间，就被裴聿城一掌握住。裴聿城的手掌，宛若一座高山，任由林烟如何使劲，却始终无法挣脱。

完蛋了！死定了！

然而……就在林烟觉得自己死定了的时候，她明显感觉到了，当裴聿城的手，触到她手掌的瞬间，那原本可怕的力道竟然一点点收了回去。冰冷的目光也一点点恢复温度……

林烟下意识地动了动自己被男人握住的小手，再次试探着唤了一声："裴先生？"

裴聿城轻轻揉捏了一下女孩的小手，身上的戾气如同退潮的海水一般骤然消退。

林烟惊喜地注意到，裴聿城总算是醒过来了，甚至连他手腕上的银色手表，不知道什么时候也已经停止了响动，就好像刚才什么都没有发生过。

难道……难道自己对裴聿城的影响真的这么大？不仅能影响他的情绪，还能治病救人？

这也太不可思议了吧！

她努力回想着最近几次跟裴聿城接触时的场景，似乎真的是这样。

"裴先生！是我！您……您是不是做噩梦了？"林烟尽量用温柔的声音轻声道。

裴聿城看着眼前的女孩，只见女孩身上穿着睡衣、拖鞋，正尴尬地站在他对面几步远的地方，进也不是，退也不是。

"林小姐？"

"是……是我……"林烟听到裴聿城的声音，猛然松了口气。

裴聿城松开女孩的手，捏了捏眉心："怎么了？"

"……那个……"林烟挠挠头，一时之间也不知道该怎么回答。

难道她要说这大晚上的外面已经兵荒马乱，她心急之下赶紧跑进来看他，结果就直接跟他打了一架？而且现在裴聿城的状态，林烟也不敢确定他已经彻底平静了。

"裴先生，你之前不是说，如果……如果我晚上一个人睡觉害怕的话，可以来找你的吗？"林烟抬头，眨了眨眼睛朝着男人看去，继续道，"我害怕……"

害怕确实是真的！所以，此刻林烟面上惊惧的表情完全不用装。

裴聿城闻言，神色微怔，眸底最后一丝阴郁之色也完全消失，清冷的目光一点点融化。

林烟见状，胆子稍稍大了一些，说道："对不起，我不该随便闯进来的……是不是打扰到你了？"

裴聿城的脸色是病态的苍白，眼底一片青黑色的阴影，神情也有些恍惚，看起来异常虚弱，跟方才暴戾的模样判若两人。

林烟有些犹豫，心想：要不要趁着裴聿城这会儿放松警惕了赶紧逃命，要不然待会儿他万一又失控，她可真是要谈一场送命的恋爱了。

都怪裴宇堂那个坑货，总是跟她灌输裴聿城很柔弱的观念，让她差点忘了那次他失控的时候，是怎么一掌把那个黑衣女孩抽飞了的。还有当时那个夜店里的一片狼藉，估计也是出自裴聿城之手吧！

她这是搬到了什么危险的地方？

想到这里，林烟果断决定——拉住了裴聿城的手！

女孩伸出小手，悄悄地将男人宽大的手掌牵住，软软地开口："要是待在你身边，我就不害怕了。"

一说完这话，林烟就恨不得抽自己两巴掌！

为什么要说出完全相反的话？恋爱中的女人都是这么口是心非的吗？

明明想要逃跑的，可是，等她反应过来的时候，她却已经拉住了裴聿城的手。

她是吃了熊心豹子胆了吗？就不怕下一秒裴聿城拍向她的天灵盖？

林烟打了个哆嗦，肠子都悔青了，这边正后悔着，下一秒，却骤然落入了一个温暖的怀抱。刹那间，鼻间盈满了男人熟悉的清冽气息。

月光透过窗户洒落进来，照射着静静相依的两个人，偌大的卧室里，一片静谧。

男人腕上那块银色的手表安安静静的，再无任何声响。

"砰——"

下一秒，一声撞门的巨响，打破了这份安静。

"大哥，林小姐……"裴南絮刚破门而入，便看到了两人拥在一起的画面。

裴南絮和一旁的秦欢以及身后远远站着的专家、教授们，看到这一幕都傻了。

谭教授不可思议地盯着手中的仪器："稳定了……稳定下来了……"

秦欢眨了眨眼睛，激动地说道："二少！你看！我就说是在交流感情吧，你非不信！"

于是，裴南絮便这么尴尬地站在了原地。

屋内的两人就这样被打断。

触到裴聿城冰冷的目光之后，裴南絮和秦欢等人赶紧麻溜地退了出去。

"大哥，抱歉，因为仪器数值异常，我们不放心，所以过来查看一下，对不起，打扰到你们了！"

话音刚落，"砰"地一声，房门严严实实地被关上。

门外，裴南絮等人一副劫后余生的表情。

秦欢盯着数值无比稳定的仪器，得意扬扬地说道："怎么样，老头？我就说纯天然的'稳定剂'最好用吧！抱一下立刻什么都搞定！比你那化学制品好多了！"

虽然裴聿城暂时稳定了下来，但是谁也不敢掉以轻心，裴南絮、秦欢、星沉以及几个专家还是在屋外守了一整夜，也做好了所有应急的准备。

第二天早上，除了秦欢以外，所有人都顶着巨大的熊猫眼。

秦欢伸了个懒腰，说道："我就说有那女人在，准没事！你们就是喜欢瞎操心。"

看着秦欢这副没心没肺的样子，星沉淡淡地瞥了他一眼，习惯性地动了动自己的左手，左手顿时发出了金属摩擦的"嘎吱嘎吱"的声响。

那是秦欢运气好，没有见过聿哥真正失控时可怕的样子。而他，亲眼见过。至今他都不敢再次去想当时的情形。

当时，他竟能保住一条命，只废一只手，现在想来，真是他福大命大了。

确定裴聿城的情况目前已经稳定下来之后，众人这才离开。

此刻，宽敞明亮的卧室内。

纯白色的大床上，林烟躺在男人的身旁一夜未眠。

她小心翼翼地牵着男人的手，一整晚都没敢松开。她生怕一松手，他手腕上那块"死亡手表"就会又开始"嘀嘀嘀"地响……

她错了，她真的错了！她突然发现自己犯了个天大的错误！

之前她一直告诉自己，要相信裴聿城温柔善良的一面，却忘了他恐怕可怕的那一面。

她忘了，那温柔和善良都是他的伪装。

只是他的伪装实在是太成功了，她被裴聿城天使的一面，一步一步诱拐着，进了地狱。

但是真的不能怪她，这个世界上，没有任何一个人，能够承受住这个男人刻意伪装出来的温柔。

要过来住，是她自己说出来的话，现在想反悔是不可能了……何况她也不敢。

林烟睁大眼睛躺在床上，一整晚精神都处于高度紧张的状态，当掌心下面被她握住的手突然动了动，她便警觉地发现了。

林烟的目光立即顺着那只手缓缓往上，朝着身旁的男人看去。只见男人不知什么时候已经醒了，那双墨色的眸子正静静地凝视着她。

林烟吓了一跳，她缩了缩脖子，连大气都不敢出，轻咳一声，小心翼翼地开口："裴先生……你……你醒了……"

裴聿城没有说话，清晨的阳光洒在男人的脸上，却丝毫无法融化那张脸上的冰冷和森寒之意。

裴聿城不说话的样子，让林烟更加不安了，紧张之下她屏住了呼吸，不敢再轻易开口。万一不小心哪句话就刺激到他了呢？

不知过了多久，男人的目光落在女孩的小手上，修长的手指轻轻勾了勾女孩的手心，漫不经心地说道："……后悔了？"

男人话音刚落，林烟的心头骤然"咯噔"一下。

此刻，裴聿城的目光，如同完全将她看穿，让她从里到外都无所遁形。

这男人也太可怕了吧？一眼就看穿了她在想什么？

而且，此刻的裴聿城，给她一种极其陌生的感觉，就好像她从来没有真正认识和了解过。

后悔？

当然后悔了！她能不后悔吗？

但是此时此刻，打死她也不敢说出这两个字的。

裴聿城之前还好好的，到底为什么突然就失控了？就因为做了个噩梦？

俗话说日有所思，夜有所梦，他是受了什么刺激了才突然做噩梦，还让他突然失控？

难道说……她白天藏海报的事被发现了？而且还被他发现了两次？

应该……不会……这么……倒霉吧？

林烟也来不及多想了，此刻为了保命，只能眨了眨眼睛装傻："啊？

后……后悔？后悔什么？"

裴聿城的手指一点一点将女孩的手掌扣住，随后反手压住，压低声音道："后悔来到我身边……后悔……被我拉入地狱。"

男人低沉的声音和森冷的目光如同锁链一般，将她一点点扯入黑暗深处。

林烟："……"

后悔是挺后悔的，但是你凭本事把我拐进来的，我也认了，难道还能分手吗？

最终，林烟扬起小脸，极其诚恳地微笑着说："怎么会呢？有你在的地方，就算是荒无人烟的沙漠，对我而言也是绿洲！你是荒漠尽头的水源，你是雪山之巅的暖阳，你是无尽黑夜里的星光！"

林烟大概万万没想到，自己勤学的演技，有朝一日能用来救命。这说明什么？

这说明人一定要好好学习、天天向上，多一门手艺，就多一门谋生的手段！

而且她还要继续努力，不断升级、进化才可以应对同时也在不断升级关卡难度的BOSS。

这次，在强大的压迫感的促使之下，林烟更快地进入了状态。她对上男人的目光，表情更加诚挚地继续说道："再说了，就算是你带我去往无间炼狱又如何？那里有你啊！"

裴聿城听着女孩的话，目光陡然剧烈晃动了一下，像是陷入了某种复杂的思绪之中。

这是他此生从未奢望过可以从女孩口中听到的话。没想到，有朝一日，竟然真的听到了。

只要是有你在的地方……地狱又如何？那里有你啊。

这句话反复回响在耳边，就像是一杯毒酒，虽然他明知是毒，却一尝再尝，饮鸩止渴。

裴聿城神色微怔着，过了良久，他才扯了扯嘴角，似是垂眸笑了笑，薄唇轻启，低喃了一句什么。

小骗子……

男人的声音太轻了，所以林烟没能听清，便小心翼翼地询问道："裴先生……您说什么？我没听清……"

"林小姐不必紧张……"裴聿城轻笑一声，继续保持着轻轻捏着女孩的手的姿势，缓缓开口，"无论你说什么瞎话，我都信。"

林烟闻言，差点被自己的口水呛到，急忙道："没……没没有！我没说瞎话！我那字字句句都是发自肺腑的真心之言！"

243

裴聿城："嗯，我信。"

"……"

清晨，启星娱乐。

新官上任三把火，高志威坐上艺人经济部总监的位置之后，一大早就召集了所有人开会，一副接管大权的架势，底下那些趋炎附势的人纷纷谄媚恭维。

"真是大快人心，可算是把林烟那个狗皮膏药给赶出去了！要不是因为高总监，那女人还被赵红绫护着，到现在还留在公司里，到处给我们公司抹黑呢！"

"就是，就赵红绫那工作能力，也好意思坐在总监的位置上，什么慧眼识珠，居然把林烟那种垃圾当成宝，真当以为她能火不成？"

"噗？林烟能火？她要是能火，我就把这张桌子吞下去！"

安茜茜坐在高志威的左手边，娇笑一声开口："你们也别这么说，人家的新电影马上就要上映了，那可是真正的大制作呢！各路大咖加盟！说不定她就乘着东风大火了呢！"

众人闻言，眸底满是鄙夷和嘲讽。

"就算电影火了，跟她有半毛钱的关系？茜茜，你没看见现在网上都把她骂成什么样了？就因为她，好多粉丝连着电影都一起抵制了，这部电影的制片人这会儿估计正焦头烂额，肠子都悔青了吧！林烟这种人，什么本事没有，就会炒作，恶臭不堪，在整个圈子里都已经黑透了，总之，谁沾上她谁倒霉！"说话之人话锋一转，立刻看向高志威，又开始恭维起来，"还好高总监雷霆手段，一来就帮我们把这颗老鼠屎给赶了出去，否则，怕是我们公司都要被连累！"

"就是就是，高总监肯定能带领我们启星娱乐走向更高峰！"

听着众人的谄媚，高志威面上满是得意之色，跟相关负责人下令道："你们倒是提醒了我，既然林烟已经跟我们公司解约了，那么，从此以后她跟我们公司就没有任何关系了。公关部等下就去安排一下，公开发一份声明，说清楚这件事情，别到时候给公司惹了一身骚。"

"明白的，总监，我早就已经安排下去了。"公关部负责人立即开口。

很快，启星娱乐的官方微博便发布了一条声明，宣布已经与旗下艺人林烟正式解约。

启星娱乐只是个业内的小公司，全因为蒋思霏才有些名气。不过，这条声明发出来后，倒是引起了一阵不小的关注。下面的评论全都是在欢呼大快人心的，不少人力挺启星娱乐的做法。

"林烟这个娱乐圈毒瘤，总算是被赶出去了！启星娱乐这波干得漂亮！"

"不过，启星娱乐早干吗去了？把这种艺人一直留在公司！难怪之前蒋思霏都待不下去，最后去了万众传媒！"

"据说是因为启星娱乐内部最近换高层了，之前那个总监一直护着林烟，果然还是新来的高层比较有眼光！"

……

完全变了样的奢华办公室里，高志威坐在电脑跟前，看着网友对自己的夸赞，满脸的春风得意。

"茜茜，等着吧，过几天她就会乖乖上门求我的！不过，到时候，我可就不会这么好说话了，哼……"

最近几天，启星娱乐对于网上的消息盯得很紧，尤其是各大知名论坛。

目前《棋逢对手》这部电影还没上映，就已经遭到了全网的抵制。这种情况也在启星娱乐的意料之中。

安茜茜冷笑不已："林烟这种货色，本身就是靠着各种绯闻才有了些许知名度，她参演的电影，被全网抵制太正常了！"

闻声，高志威嘴角微微上扬："这部电影的官方剧组不久前放出了宣传片，这原本宣传片里还有林烟出现，只不过，就因为这几天全网抵制的关系，林烟在宣传片里面的戏份都已经被删掉了！"

此刻，旁边的一个经纪人笑道："高总监，这才哪到哪呢？再过一段时间，或许《棋逢对手》这部电影里，林烟的所有戏份都会被删除，甚至重新选角拍摄也说不定！"

虽说，林烟的角色在《棋逢对手》这部电影中很有分量，戏份却是不多，如果全网抵制的话，将林烟所参演的戏份全部删除，也不是没有可能。

此刻，《棋逢对手》剧组确实已经被这件事情弄得焦头烂额。在此之前，他们已经尽量弱化林烟的存在感，但没想到上映之前还是遭到了这么大规模的抵制。

这其中自然是有他们对家的手笔，加上其他势力从中下黑手，想趁着这个机会打压他们。但是，因为林烟的名声实在是太差了，粉丝稍微煽动一下，便引得群情激奋，全网抵制。

如今大势已定，就算他们花钱买水军都已经压不下去，而且还会适得其反。更糟糕的是，许多圈子里名声很好的知名影评人，都开始带着粉丝抵制《棋逢对手》，并声称，今后只要有林烟参演的电影或电视剧，他们坚决抵制，绝不观看。

在这样的情况下，剧组面临着巨大的压力。

剧组会议上。

冯安华这会儿已经是焦头烂额，他愤怒地拍着桌子："删！全都删掉！让宣发那边这段时间发布的所有宣传花絮和视频都不准出现任何跟林烟相关的内容！"

"冯制片，我们已经删过了，连之前发的也删掉重发了，可是……效果不大……现在谁不知道林烟出演了我们这部片子呢？"工作人员叫着苦。

这时，一旁的副导演吴文海朝着一旁的姜一鸣看了一眼，冷笑着开口："若不是当初有人力挺林烟，一定要让她出演女四号，今天咱们也不会遇到这种棘手的问题。现在就因为这颗老鼠屎，咱们几千万的投资，就要这么打水漂了！有些人，总要负起责任来吧？"

姜一鸣沉着脸，一言不发。他坚信自己没错，但他也很清楚，剧组是要赚钱的。这个圈子并非是一个只谈是非对错的地方。

冯安华沉声道："那就把林烟的戏份全都删了，然后发个公告向影迷道歉！"

直到听到这话，姜一鸣才变了脸色："不行！"

副导演吴文海挑眉道："姜导，你不会到了这个时候还要帮林烟说话吧？"

姜一鸣说："如果要删林烟的戏份，那么卫徐风的戏份也必须全删，毕竟这两人的戏份都是一起的。不仅如此，林烟的戏份虽然不多，但是承上启下，尤其她跟裴南絮的那一场戏至关重要，删掉之后，这部电影便毁了！"

提到卫徐风，众人总算是有些忌惮了，卫小天王可不是好惹的。

"这也不行，那也不行，姜导您倒是想个法子啊！电影都已经定档了，马上就要上映，想换人补拍都来不及！再说毁了总比血本无归好吧？"吴文海开口。

不仅是他，此刻会议中的其他剧组成员也难免有些埋怨。

冯安华没有说话，他跟姜一鸣合作了多年，两人的关系一直都很不错，但这次的事情，姜一鸣的责任确实很大，无法推脱。

会议室里众人七嘴八舌地抱怨、议论着。

这时，姜一鸣突然缓缓站起身，面色肃穆地开口："作为这部戏的总导演，我反对删除林烟的戏份，我决定，电影如期上映。到时候，如果这部电影亏损，由我这个总导演一力承担后果，我会去跟投资人解释。散会！"

姜一鸣说完，弯下腰，缓缓对在座的所有人鞠了个躬。

整个会议室里，鸦雀无声。

好半天，才有人小声嘀咕："如果这部电影亏损？现在这部电影是亏定了吧？"

"就是啊，没看到我们的排片都惨成什么样了吗？各大院线都不愿意上我们的片子，给的场次全都是午夜场……"

"原本肯定能赚钱的片子，全被那个狗皮膏药毁了，真是倒霉，姜导这次真是看走眼了，还死不承认……"

云间水庄。

度过了第一天的惊魂一夜后，接下来的几天还算风平浪静。裴聿城平时工作很忙，经常很晚才回来，这两天他们几乎没碰过面，两人目前看起来相安无事。

林烟百无聊赖地在床上翻滚着，时不时拿出手机刷一刷新闻。

当看见启星娱乐的最新公告时，林烟托着下巴勾了勾唇，这高志威，还真不要脸。居然利用她给公司刷好感度，还一副正义使者、替天行道的嘴脸。

只不过，林烟也懒得去解释和澄清什么，就现阶段而言，自己不开口都已经被网友骂得死去活来了，万一开了口，那还了得？

因为《棋逢对手》即将上映，她赢来了新一波狂风暴雨般的全网黑。

演戏是她的工作，本职工作已经做好，对得起自己那份片酬便好，至于后续如何，已经不是她能够干涉的问题，一切只看上映之后观众的反应。

"大嫂！"

这时，屋外传来了裴宇堂的声音。

"门没锁，进。"林烟道。

闻声，裴宇堂这才大步进了屋。

"你怎么又来了？"林烟的目光落在裴宇堂身上。

裴宇堂一脸谄媚地说："我当然是来给你传递消息的！"顺便来蹭一下豪华别墅的游戏室和游泳池。

也就是因为林烟在这里，他才敢溜过来，否则打死他也不敢回来！

裴宇堂这两天找了各种借口来别墅玩，林烟已经习惯了，也没揭穿他："什么消息？"

"算了，你自己看。"当即，裴宇堂将手机扔给林烟。

当看完裴宇堂手机上的内容后，林烟神色淡漠，就是启星娱乐之前发的公告。

"不得不说，你是真的火啊！"裴宇堂盯着林烟，"这公告才发出来多久，留言就已经十万多了，转发六万……你都快赶上一线艺人了。"

不得不说，被全网黑也是一种能力。因为林烟的存在，网络环境终于暂时和平了，只要你黑林烟，那你就是我的兄弟姐妹，我们就是一家人。

"我没瞎，早就看到了，谢谢。"林烟回道。

裴宇堂嘿嘿一笑，神秘地开口："那……还有一个消息，你一定不知道！"

"什么消息我不知道？"林烟问。

"听说《棋逢对手》剧组内部都已经吵得快打起来了，就为了删不删你戏份的事情，最后，是姜一鸣以一己之力扛下了所有的责任，阻止了删除你的戏份，决定如期上映！"裴宇堂激动地说着，"你别说，真没想到这剧组里还算有个聪明人！要是那些说要删你戏份的人，知道你是他们的投资方巅峰娱乐的老板娘，不知道会是什么表情呢？啧啧……"

林烟原本一心只想着做好自己的本职工作，对于电影上映之后的事情并不太关心，此刻，听到裴宇堂的话，对于姜一鸣对自己的信任和维护，难免还是有些动容。

希望到时候，她能对得起姜导的这份维护吧。

"对了，这两天……你跟我哥相处得怎么样？"裴宇堂忍了好几天，终于忍不住了，八卦地问道。

自己之所以会自投罗网，被裴宇堂洗脑是很大一部分原因。林烟一想到这个就来气。

说好的身娇体弱呢？

武力值爆表！还会读心术！她简直是亲手把自己送到了狼窝！

林烟漫不经心地瞥了裴宇堂一眼，似笑非笑地开口："呵，相处得怎么样？你是问我跟你哪个哥哥？"

一听到这话，裴宇堂先是一呆，接着吓得魂飞魄散："大大大……大嫂！你可别乱来啊！千万别乱来！冷静！你不会真对我二哥……"

林烟"哼"了一声，怒声质问："乱来你个头！我还没问你呢！你不是跟我说，说你大哥的身体现在特别虚弱吗？不是说你哥连站立走路都困难吗？结果，你知道我来的第一天晚上，发生了什么丧心病狂的事情吗？"

裴宇堂瞪大了眼睛，双眸闪闪发光，问道："发生了什么事情？我大哥他对你做了什么？"

林烟无语了。

这熊孩子怎么一副一脸期待的表情？

"你大哥跟我打了一架！我差点连小命都没了！"林烟怒道。

"打……打架……"裴宇堂惊呆了，"这深更半夜，孤男寡女同居一室，你们俩……就不能做点有意义的事情吗？结果跑去……打架？"

林烟约了赵红绫谈签约的事情，没工夫跟裴宇堂继续瞎扯，她收拾一下便去了赵红绫的公寓。

此时，多多和赵红绫两人正在反复审查着合约。

"多多，去开门。"听见门铃声，赵红绫道。

当即，多多起身，打开了门。

"烟姐，你来了。"看见林烟，多多打着招呼。

"叫我什么？"林烟微微一笑。

多多无语了："……"

"奶奶，你来了！"多多嘴角微微抽动，重新开口。

"乖。"林烟点了点头，将包丢在了沙发上。

"林烟，我仔细看过了，我们的合同都没什么问题，只是……"赵红绫的目光落在林烟身上，神色有些古怪。

"绫姐，怎么了？"林烟问道。

"就是薪酬的问题。"赵红绫开门见山地说道。

林烟道："绫姐，是薪酬太低了，不满意吗？"

"不是。"赵红绫摇了摇头，"恰恰相反，是薪酬太高了。"

赵红绫之前特意去了解了一下巅峰娱乐的薪酬情况，一些老牌经纪人的提成和保底，的确很理想，但是，赵红绫的这份合约，薪酬比起那些巅峰娱乐的老牌经纪人，还要多一些。而按照正常逻辑，他们这些跳槽过去的，初期的保底薪酬和提成分红，都应该无法和那些资深的工作人员相比才对。

"那不就行了！绫姐，你是觉得还有什么问题吗？"林烟不解。

赵红绫颔首，道："对于巅峰娱乐给的待遇，我自然是十分满意，我只是奇怪，巅峰娱乐为什么会愿意花那么大的价钱？我看过了，你的艺人合约，给出的待遇也很好！"

"那还用问吗？巅峰娱乐认为所签之人值这个价，他们才会开，他们又不是做慈善的。"林烟笑道。

对于林烟的说辞，赵红绫也没有怀疑。

正如林烟所说，巅峰娱乐不是慈善机构，他们的确是看中一个人的能力与潜力后，才会进行估价。

按照赵红绫之前所想，他们的薪酬和分成，必定要低于巅峰娱乐的平均水平，但如今的情况，却是赵红绫没有料到的。

一般经纪人的收入是跟着艺人走的，因为巅峰娱乐给林烟的待遇很好，所以才连带着她和多多的待遇也很好。以往，像她这样的经纪人，从不敢去想能够进入巅峰娱乐这样大的巨头公司。

"我的工资也涨了好几倍呢！"多多盯着林烟，满脸兴奋道。

巅峰娱乐那边，助理的工资都是由公司直接支付的。

多多的家境并不好，她可以算是家中的顶梁柱了。其实，在启星娱乐拿的工资，她已经十分满足。

现在，巅峰娱乐给她开出的工资，是启星娱乐的六倍！并且，这仅仅只是实习期的工资，如果她表现好，工资还有极大的上涨空间。

起初看完合约，多多就感觉自己像在做梦，根本难以置信。

林烟和赵红绫等候了一会儿，很快，巅峰娱乐那边的工作人员过来了。来人是巅峰娱乐那边负责签约的和法务部的工作人员。

不愧是巅峰娱乐，工作人员相当专业，过来之后，任何废话没有，直接让法务跟他们确认了一遍合约的内容，确保双方都没有异议之后，便将合约签下了。

工作人员起身，与林烟握手："林小姐，欢迎加入巅峰娱乐。请您签约之后，暂时不要对外宣传，巅峰娱乐这边将会有人与您的经纪人赵小姐对接，安排您接下来的行程和工作人员。"

林烟道："好的，谢谢，辛苦了。"

工作人员又跟林烟还有赵红绫交代了几句，随后便离开了公寓。

赵红绫和多多看着签完字盖完章的合约，第一次有了真实感。她们真的跟巅峰娱乐签约了！

多多咬了咬自己的手背："妈呀，真的不是在做梦，我老钱家祖坟冒青烟了……"

聊完合约的事情之后，赵红绫的目光落在林烟身上，沉吟道："对了，林烟，《棋逢对手》就快上映了，这部电影的排片，你了解过吗？"

林烟点点头："大致听说了。"

赵红绫翻开几组数据，说道："你也知道，现在情况并不乐观，你参演的这部电影，播放时段几乎都在午夜场或者早上场，而且，每天仅有一场排片。"

"之前，好几部与《棋逢对手》同时段上映的电影，都是打算为这部电影让路的，可现在又都重新排上片了。想来他们是认为，这部戏对他们不可能造成任何威胁，换句话说，你这部戏，可能会扑得很惨。"赵红绫分析道。

"是因为网上的负面消息吧？"林烟开口。

闻声，赵红绫点了点头，如实说道："的确，与全网抵制有很大的关系，尤其是现在一些比较出名的影评人，都因为你，对这部戏十分抗拒，从而进行抵制。排片方也不是慈善机构，因为全网抵制的关系，就将这部电影排到了午夜场，力求将损失减少到最小。"

赵红绫盯着林烟道："所以，你要做好心理准备。"

听完赵红绫的分析，林烟叹了口气，淡淡地道："我只是一个演员，我的职责就是把我的戏份演好，至于别的，我无能为力，也不是我应该去操心的事。"

"心态很好。"赵红绫道，"不过，你也不用太担心，既然现在有了巅峰娱乐的合约，而且你本身也有实力，便还有翻盘的机会。"

赵红绫大概知道后面搞事情的都是些什么人，除了启星娱乐之外，凯胜娱乐林书雅那边也出了不少力。他们的目的便是希望通过这一次，让整个娱乐圈彻底封杀林烟。

这种方法对付其他公司的艺人还有可能，但是去封杀巅峰娱乐的艺人，他们还没有那么大的本事。巅峰娱乐现在既然签下了林烟，自然不会放着她不管，任由她砸自己的招牌。

就算《棋逢对手》这部电影扑了，只要林烟能继续稳住心态，保持业务水平，有巅峰娱乐的资源做后台，她还是有信心慢慢带着林烟一点点经营形象的。

拍摄这部电影的时候，多多是全程跟着林烟的，所以很清楚林烟是真的演得很好，此刻也在为她打抱不平："这件事情后面肯定是有人在故意引导舆论！不过，网上这些人也太人云亦云了吧！电影都没看过，就开始骂！难道他们都没有自己的思想吗？"

"我一向相信一个道理。"林烟开口。

"什么道理？"多多问道。

"一力破千巧，无论是什么阴谋诡计，在真正的实力面前都是不堪一击。"

……林烟又开始日常自恋了。

Part18

有人说，"甜"是一种令人愉悦的味道。

♥

巅峰娱乐公司大厦，顶层总裁办公室。

巅峰娱乐老板楚嘉尧满脸好奇地朝着沙发上的男人看去："南絮，快老实交代，居然让我签下一个声名狼藉的十八线女艺人！你跟这个林烟到底是什么关系？"

裴南絮已经被楚嘉尧连续追问了好几天，无奈地再次回答："不是说过了吗？这次的合作让我觉得这女孩确实很有潜力，你签了她不会后悔。"

"你确定你不是看上她了？"楚嘉尧满脸怀疑，"你必须要知道，这件事情的影响是非常大的，你要是谈恋爱了，还是跟这种声名狼藉的小艺人谈恋爱，咱们整个公司都要'地震'，到时候我可没法跟BOSS交代！"

裴南絮无语了。

但事实是，跟林烟谈恋爱的就是你家BOSS。

"放心，不是你想的那样，我也没有要恋爱的打算，如果有，肯定也会通知你这个经纪人的。"裴南絮没办法，只能再三保证。

裴南絮不归巅峰娱乐的任何一个经纪人负责，而是由楚嘉尧直接管理他的一切事务。

所以说，楚嘉尧这个老板，就是他的经纪人。

"就因为合作过之后觉得她很有潜力，所以就亲自跟我开口，让我想办法签下她？我怎么这么不相信呢？有潜力的女艺人那么多，你也没跟我开过口，为什么偏偏要帮她？"楚嘉尧还是心存疑惑。

裴南絮知道楚嘉尧不是那么好骗的，只能回道："因为我相信未来她会是巅峰娱乐最红的艺人，这个理由可以吗？"

楚嘉尧用余光看向办公桌上的笔记本电脑，扫了一眼屏幕上粉丝们对林烟铺天盖地的谩骂："你确定？"

某知名影评人：我之前一直都认为姜一鸣是娱乐圈最有良心的导演，现在我收回这句话！《棋逢对手》烂片预定！这辈子我不会再进电影院看任何一部姜一鸣导演的作品，真的是太让我失望了！

某粉圈大V：天哪！我还以为剧组已经把林烟给换了呢，没想到最后还是用了她，真是一个人拉低整个剧组的平均水平，这个剧组是疯了吧？还是认为我们这些粉丝的钱真这么好赚，什么都能往我们嘴里塞？真是不好意思，这次我们不吃！

卫徐风官方后援团：真是什么CP都敢往我们嘴里塞啊，居然让林烟这种人跟我们家少爷演情侣，还想让我们粉丝去看这种电影？强烈抵制《棋逢对手》！

某忠实书粉：选这种人来演我翩若女王！剧组就这样还想我们书粉买单去影院支持票房？做梦吧！死也不会贡献一张电影票的！

……

深夜，某酒吧VIP包厢。

贺姗姗指着手机刷到的那些微博，笑得前仰后合："哎呀，真是笑死我了！林烟之前还在我面前趾高气扬的呢！现在都被人骂成这样了！我就说嘛，她以为她抢过去的东西，就是她的了？那也要看看她有没有这个命吃下去！"

"原本就是意料之中的事情，之前我就劝过姜导，只可惜他不听，依旧坚持如期上映，还连累了所有同组的艺人。"蒋思霏叹了口气，说道。

林书雅坐在沙发中间，手里优雅地端了一杯红酒："等电影扑得头破血流，他们自然知道后悔。"

"只是可惜了，林小姐你好不容易才帮我争取到了这部片子的女一……"蒋思霏有些委屈。

林书雅自然知道蒋思霏在担心什么，轻笑一声开口安慰："放心好了，现在这些，不过就是为了让他们明白一件事情而已，这个娱乐圈只要谁敢用林烟，面临的会是什么代价。到时候冯安华自然会删去林烟的戏份，到时候电影重新上映，你再联合其他大咖宣传一下不就行了？"

林书雅才不关心蒋思霏，她现在最想要的……只有让林烟万劫不复！

蒋思霏闻言顿时满脸欣喜："还是林小姐您想得周到！"

两日后，《棋逢对手》首映。

电影院内的观众很少，尤其是午夜场，几乎没有什么人观看。

帝都最大的电影城里。

某位著名影评人坐在一个不起眼的角落里，神色愈发震撼，尤其是当他看到林翩若这个角色出场的时候。

女孩着一席黑色晚礼服，冰冷清绝，气场强大，几乎只一眼便将人带入她所饰演的角色之中。

"这……怎么可能？"

原本，这位影评人是特意为了裴南絮和蒋思霏而来的，但看完这部电影后，他久久无法平静。

裴南絮的演技，自然是没有话说，而让这位影评人难以置信的是，其中一位看似不起眼的配角，却完全抢夺了女主角的风头。

这个女艺人不就是最近在网上被骂得很惨的林烟吗？

但是与传言完全不同的是，她将林翩若这个角色演绎得入木三分，完美地还原了书中的角色！

此刻的影院，除了这位影评人之外，只有零星的几个观众，还都是林烟的黑粉。他们来观看这部影片的目的，是为了回去之后更好地骂林烟。

然而……当林烟出现的第一眼，所有人的第一感觉都是——林烟真的太美了。

之前蒋思霏出现的时候，他们还在惊喜，说她不扮丑了原来也挺好看的，可是，当林烟出现的那一瞬间，片中所有的女艺人全都因之失色。

更让人难以置信的是，她和小天王卫徐风的对手戏，不仅完全没有网上传言的那样油腻不堪，反而让人少女心炸裂！

最后她跟裴南絮的那场戏，气场更是爆炸！

看完整场电影之后，所有人的脑海中，只剩下了一个念头——真香！

翌日清晨。

某位影评人的一条微博上了热搜——

"吹爆《棋逢对手》，吹爆林翩若！"

倒不是这位影评人的影响力有多大，仅仅是因为这个影片人的评论在一片骂声之中实在是太显眼了。

基本上所有的评论都在骂这个影评人是在哗众取宠，想红想疯了。

于是，这位影评人又发了一条微博解释——

"我不管林烟这个人怎么样，我只说这部电影中林烟的表现。《棋逢对手》是我最近两年来看过的电影中最好的一部，而林烟是我近两年来看过的艺人中，演技让我最惊艳的一位！她在剧中的表现，不仅丝毫没有拉低这部电影的品质，相反，她是这部电影中不可或缺的一部分，如果这部电影真的把她的情节删除了，那么这绝对将会是这部电影最大的损失！在这里，我要向之前被我质疑和抨击过的姜一鸣导演道歉，姜导的决定是正确的！希望大家不要被舆论所引导，让真正的好电影被埋没！"

这条微博刚发出来的时候，这条影评下面几乎全都是黑粉的咒骂。

"一开始我以为这人是为了博取关注，为了红，现在看来，你怕是林烟请来的水军吧！"

"这种违心的瞎话也说得出来，水军无疑了！你到底收了林烟多少黑钱？"

这个影评人大概是被逼急了，直接在评论下面回复——

"大家可以自己去看，如果大家看完之后，摸着良心说不好看！我可以退你们票钱！"

这个影评人虽然粉丝不多，影响力也不算大，但是平日里直言直语，从不为任何片子洗地。

于是，下面开始有一小撮粉丝评论道——

"我看过这个博主以前的很多影评，都挺中肯的，我觉得博主不至于收钱做这种事情吧？"

"哈哈哈……退票钱这话都敢说？说真的，我真的有点好奇，想去看看这部电影了！"

与此同时，某黑粉深夜发布的一条微博，也引起了一阵不小的波动。

"我去！你们快去看《棋逢对手》啊！一定要去看《棋逢对手》！看完之后你们会爱上林烟的！从今天开始，我宣布，我对林烟黑转粉了！林烟和卫徐风在电影里演的这对CP简直是太好了！"

因为这个人是林烟的资深黑粉，所有的动态都是关于林烟的黑料，所以关注她的粉丝大部分也都是林烟的黑子。大家看到她的这条动态之后，全都以为她疯了。

"什么情况啊姐妹？你昨晚不是去看林烟的这部电影了吗？说好回来之后跟我们分享一下林烟的烂演技的呢？怎么还吹起来了？"

"林烟给你灌了什么迷魂汤？"

"姐妹们！她没有疯！昨晚我跟她一起去看《棋逢对手》的，本来我们是准备偷拍一些黑料，回来骂死林烟的，结果……结果真……打脸啊！"

此人是林烟的小黑粉，林烟就算是请水军，也不可能请这种人，所以这个粉丝的话引起了不少人的好奇，最后被一个林烟的大黑子转发之后，热度越来越大。

虽然大家都还在怀疑这些话的真实性，但人都是有好奇心的，看到这些评论之后，确实有不少人被勾起了兴趣。

尤其是后来那个黑粉还放出了不少现场拍的照片。

第一张照片是林烟穿着一身黑色小礼服第一次出场的画面。虽然在电影院偷拍的图片有点糊，但是丝毫不影响林烟的颜值。

第二张照片是林烟跟卫徐风在一起的画面，女孩手里拿着电话，宠溺地朝卫徐风看去，眸底却不带丝毫感情。

最后一张是林烟坐在病房里，漫不经心地与裴南絮交谈的画面，光从照片上就能看出女孩身上强大的气场。

之前《棋逢对手》剧组宣传的时候完全不敢放林烟的画面，唯一一个有林烟侧影的片段，最后还删除了，所以有关林烟的拍摄画面完全没有机会流传出来。

当看到这些电影中的剧照之后，不少粉丝都惊呆了。

"是我的眼神出问题了吗？林烟在剧中的造型好美！简直跟我心目中的翩若女王完全重叠！"

"光是看这颜值的话，确实可以了，可是脸可以整，演技还能整不成？哪有吹得那么夸张？"

"莫名从林烟和卫徐风之间看出了CP感，我是不是疯了？有点想去看看了啊！"

……

在这种好奇心的驱使下，不少粉丝走进了电影院。

最先的一大批观众，大多是林烟的黑粉。当这批黑粉看完电影从影院走出来的一瞬间，几乎每个人都在各个社交平台发表了自己的影评，好评如潮。

后面渐渐地引起了不少专业影评人的关注。这些影评人在看过电影之后，纷纷转发了上次被骂上热搜的那个影评人的微博，大家给出的都是好评，纷纷表示这是一部完全被低估的电影。

当天晚上，"吹爆林烟演技"这个夺人眼球的关键词迅速登上了热搜第一。

而各大影院午夜场的《棋逢对手》一时之间居然被好奇的影迷挤爆，各大影院午夜场均座无虚席，最后竟是一票难求。

那些亲自去电影院看过电影的观众的声音，如同小溪一般渐渐汇聚，最后凝聚成了一股巨大的洪流，席卷了整个网络。

"我为我之前对姜一鸣导演的攻击道歉，姜导真是娱乐圈为数不多的良心导演了，林翩若这个角色非林烟莫属！想骂我的人就骂吧！这一次，我摸着良心吹爆林烟演技！"

"看到林烟出现之后，我几乎不敢相信自己的眼睛，这真的是林烟吗？演技进步也太大了吧！这段时间林烟身上到底发生了什么？"

"我是卫徐风的粉丝，我以为看到林烟跟我家宝宝的对手戏之后，肯定会产生生理性厌恶，但是没想到林烟的演技真的太好了，让我完全忘了她是林烟！这对CP发的糖甚至嗑得我有点上头！只可惜，林烟的戏份实在是太少了！"

"我是这部电影的书粉，作为书粉，难免对选角更加严苛一些，所以当时刚知道出演林翩若的女艺人是林烟的时候，我确实挺生气的，感觉自己心目中的女神被亵渎了。但是看完电影之后，我真的很感谢林烟，感谢她把翩若女王塑造得这么完美！"

……

网上的好评越来越多，虽然还是有很多骂林烟的黑粉及水军企图控场，可是，到了最后，看电影的人越来越多，根本已经压不住了。

最后，整个网络上，包括《棋逢对手》的官博都被同一条评论给疯狂刷屏了。

这条评论只有两个字——真香！

从前三天的无人问津，到第四天和第五天的午夜场爆满，到了第六天的时候，各大院线都已经开始迅速提高《棋逢对手》的排片率。

多数林烟的黑粉，都为这部戏的票房做出了巨大贡献，带来了很高的话题度，使得这部电影的票房，伴随着林烟的人气一起，跟云霄飞车一般开始飞速上涨，席卷全网！

娱乐圈就是这样一个神奇的地方，前一秒你可能还是个无名之辈，后一秒就一夜走红。前一秒你还在被全网抵制，后一秒就开始被全网夸赞！

林烟听到这个消息的时候，还在床上睡觉。

这几天骂她的人太多、太狠了，赵红绫怕她受影响，勒令她断网，不许关注外界的舆论。

平时裴聿城工作不在家的时候，林烟一个人待在这个大别墅里还是挺安逸的。正好赵红绫又不许她上网，她便权当是休假了。

"喂，绫姐？怎么了？又出什么幺蛾子了？"林烟迷迷糊糊地问。

手机那头，不等赵红绫开口，便传来了多多激动的声音："姑奶奶！你火了！"

"啊？我不是一直都很火吗？"林烟挑眉。

"不是！不是黑你的那种火！是真的火了！现在全网都在夸你的演技！因为你，《棋逢对手》的票房一路疯涨！刚才剧组那边的冯制片还给绫姐打了电话，想联系你，邀请你参加电影的宣传活动呢！"多多激动不已地解释道。

林烟稍微清醒了一些："请我参加电影宣传？"

冯安华之前都恨不得她是个隐形人，现在居然主动邀请她参加电影的宣传活动？

看样子，多多的话是真的了！

林烟其实想过，电影的口碑应该会有好转，但没料到在这短短几天时间里，居然会有这么大的转变。

"是巅峰娱乐那边出手了？"林烟问道。

手机那头，赵红绫说道："巅峰娱乐那边说他们没有做什么，这次确实是因为你的表现才让这部电影起死回生。"

"也多亏姜一鸣导演的坚持，才能让这部片子顺利上映。"林烟开口。

"不用谦虚了，你的表现确实很好。其实，之前大家骂你，很大一部分原因还是觉得你没有实力，这是作为一个演员的致命伤。而现在，你让大家看到了你的实力，也让他们看到了你的诚意。"赵红绫继续说道，"冯安华那边还不知道我现在依旧是你的经纪人，他因为联系不到你，所以才联系了我，我暂时也没跟他透露太多。不过，我帮你打听了一下，他确实是诚心邀请你参加电影宣传活动的，这个活动，倒是可以参加一下，对你也有好处。"

林烟点点头："好的，绫姐你帮我安排就好。"

挂了电话之后，林烟看了眼手机上的时间，估摸着裴聿城这会儿应该快回来了。

果然，刚放下手机，便听到了开门的声音，随即门口传来一阵熟悉的脚步声。

只见裴聿城穿着一身蓝灰色西装，手腕上挂着一件驼色大衣，一边扯着领口的领带，一边踱步走了进来，身后跟着的秦欢正时不时跟裴聿城汇报着什么。以往总是吊儿郎当地叼着棒棒糖的星沉今天看上去似有心事，一言不发地跟在后面。

林烟正盘腿坐在沙发上，怀里抱着个柔软舒适的抱枕，见状忙站起身："裴先生！您回来了！"

照理说，他们不仅是男女朋友，而且都已经算同居了，双方之间的称呼却没改，似乎有点奇怪。

不过，时间长了她早已经习惯了，裴聿城也没有刻意纠正过她，她便直接就这么喊了。否则，如果让她真的去喊裴聿城的名字的话，总是莫名有几分亵渎的感觉。

裴聿城今晚似乎喝了点酒，神情比平日里看上去更慵懒散漫了几分，那双眸子也更加幽暗深邃，夹杂着几分不清醒的迷离。

听到女孩的声音，裴聿城的目光朝着女孩看去，眸底的清冷慵懒化为潋滟的水光，随后，当那道目光落在了被女孩抱在怀里的枕头上时，却一点点变冷了下来。

林烟被裴聿城盯得有些莫名其妙，眨了眨眼睛，不知道他在看什么。

半晌后才发现，他好像是在看自己怀里的枕头……

这个枕头又怎么了？裴聿城的目光怎么这么……不友善？

可是，好端端的，为什么要对一个枕头不友善？

住进来的这几天，她已经够小心了，把所有的危险物品都已经藏得严严实实了，这个枕头是裴聿城家里的东西，不是她带过来的，她是哪里又招惹到他了？

林烟下意识地朝着裴聿城身后的秦欢投去狐疑的眼神：你家BOSS什么情况？

秦欢轻咳一声，随即默默扶额，做了一个"扔掉"的姿势。

"啊？"

秦欢朝她挥手是什么意思？林烟更加不解了。

秦欢见林烟不明白自己的意思，又用口型对她说了"扔掉"两个字。

与此同时，裴聿城已经缓缓踱步，走到了林烟的面前。

伴随着男人的逼近，巨大的压迫感也倾泻而来，林烟不由得往后缩了半步，下意识地把怀里的枕头抱紧了一些……

随后，便见裴聿城走到女孩跟前，而他腕上银色的手表，居然开始"嘀嘀嘀"地响起来了……

什么情况啊？！

一听到这死亡一般的催命响声，林烟全身的汗毛都要竖起来了。

这几天明明都好好的，怎么好端端的又开始"嘀嘀"作响了？！

难道又要打一架不成？

打死她她也不想再跟裴聿城打一架了啊！

上次砸坏的那个书桌让她心痛了好几个晚上，这个屋子里的东西肯定都不便宜，随便砸坏一个那得多贵啊！

身后的秦欢和星沉一听到警报声也都变了脸色，两个人一起开始对着林烟七手八脚地比画起来。

无奈的是，林烟完全看不懂他们俩挥来挥去的在做什么。

千钧一发之际，还是林烟自己福至心灵，意识到了什么。

裴聿城看着她怀里这个抱枕的眼神，跟他看到裴南絮海报时的眼神是一模一样的！

下一秒，林烟果断"嗖"地一声将怀里的抱枕有多远扔多远。随后，直接上前，一把将裴聿城抱住，一脸认真地开口："这什么破抱枕啊！又硬又硌！抱着一点都不舒服！里面肯定是黑心棉做的！还是纯天然的抱枕最好了……"

嘀嘀嘀……

嘀嘀……

嘀……

手表不响了。

秦欢和星沉猛地松了口气，仿佛劫后余生。

此刻，裴聿城似乎稍稍清醒了几分，目光柔和地看向林烟道："饿吗？想吃什么？"

裴聿城的神情就好像什么都没有发生过，如果不是警报声真的响过，林烟都要以为刚才的场景是自己的错觉了。

算起来，林烟现在第二怕的东西是裴聿城的手表警报声，第一怕的就是裴聿城这句"饿吗？想吃什么"了。

闻言，林烟顿时比方才还要惊恐，赶紧开口："不饿不饿不饿，我已经吃过了！不用给我做了！"

林烟的表情要多诚恳有多诚恳，竭尽全力地逃避着裴聿城给她下厨做饭。

"对了，裴先生，你喝酒了吧？身体一定不舒服！我去厨房给你煮点醒酒汤！你等着啊！"林烟一边说，一边扶着裴聿城在沙发上坐了下来。

还好，大概她的这个主动的拥抱和扔枕头的果断取悦了对方，裴聿城此刻的情绪已经完全平静了下来，恢复了一贯的温润有礼："谢谢。"

林烟道："不客气，不客气！"

林烟在心里说：只要你不进厨房，怎么都可以！

趁着星沉在跟裴聿城聊公事，林烟将秦欢叫到一旁，问道："那个，这位郁金香先生，请问刚才到底是什么情况？那个枕头怎么了？"

"林小姐，我叫秦欢！"秦欢先是自我介绍了一下，随即，朝着那个被扔到墙角的枕头看了一眼，"那是二少的私人用品，你不知道吗？"

"啊！这是裴南絮的？我不知道！我看放在沙发上，以为是家里的东西呢！"林烟恍然大悟。

"好像是粉丝送给二少的，二少很珍惜，习惯随身带着，幸亏你刚扔得快……"秦欢也被吓得够呛。

林烟心有余悸地拍着小心脏，她刚才居然当着裴聿城的面，把裴南絮的私人用品紧紧抱在怀里，简直是不要命了！

不过，她家偶像真是太有爱了，还随身带着粉丝送的抱枕！可她居然说裴南絮的枕头里是黑心棉！

对不起！裴偶像！她真是迫不得已的！

"这也太危险了，这样的话，那岂不是处处是坑……回头我还是跟裴南絮和裴宇堂都确认下家里的东西，不要乱碰到不该碰的吧……"林烟嘀咕着。

不然，家里这么大，她哪里知道什么东西是谁的，什么东西不能乱碰？

整个别墅里，最豪华的地方，不是卧室，不是书房，也不是泳池、健身房，而是厨房。

这间厨房非常宽敞，有个巨大的冰柜，里面各种新鲜食材一应俱全，厨具也都极其高档。能看得出来裴聿城是真的非常喜欢做饭了。

林烟很快找出了做醒酒汤需要的材料，随即按照网上的教程开始做了起来。

其实她的厨艺也很差，但起码是正常人的水平，跟裴聿城那种地狱模式完全不能相提并论。

林烟一边在厨房里做着醒酒汤，一边时不时探着脑袋朝着客厅的方向看去。她总觉得那个"棒棒糖"今天的情绪似乎有些不对劲。

那个"棒棒糖"叫什么来着？好像是叫星沉？

果然，林烟刚探着脑袋过去，便看到星沉跟裴聿城汇报完工作之后，没有离开，依旧站在裴聿城的跟前，心事沉沉。

裴聿城见少年没动，于是抬起眸子，朝着少年看了一眼："怎么，还有事？"

星沉神情挣扎，满脸的欲言又止。

一旁的秦欢见状，似乎是察觉到了他想要做什么，赶紧在旁边用力摇头，用口型提醒道："喂！别作死……"

星沉大概是看裴聿城今晚的心情不错，最终，还是深吸一口气，上前了一步，开口："是的，聿哥，我有件事情想要求您！"

听到星沉的话，秦欢顿时绝望地抚了抚额头，焦急地在旁边压低声音提醒："星沉，你疯了，你怎么也犯这种低级错误……"说完，他赶紧上前，企图把星沉拉走，"聿哥，星沉他没事，他就是今晚喝多了，有点话痨！你不用理他！"

星沉目光微凝，朝着秦欢看了一眼，坚定地将秦欢的手臂拉了下来。秦欢不是星沉的对手，直接被他挣脱了。

星沉冲到了裴聿城的面前，说道："聿哥，小月已经受罚这么久了，可不可以让她回来？那种地方她不能再继续待下去了！否则她……"

"星沉！"秦欢狠狠地瞪了星沉一眼，他这是在找死！

然而，裴聿城坐在一旁，正随意地翻阅着文件，看似十分随意地说道："否则，什么？"

"别说了！"秦欢盯着面无表情、看似人畜无害的男人，额头渗出一丝冷汗。

"否则……小月会……"

"唰！"

几乎在星沉开口的同时，原本坐在一旁翻阅文件的裴聿城，右手有了动作。

星沉的额头，不知被什么击中，整个人被掀翻在地，面容有些痛苦。

"聿哥……"星沉的身躯有些颤抖，目光落在好似从未有过动作的裴聿城身上。

"嗯，否则什么？"裴聿城头也不抬，漫不经心道。

"聿哥……小月……"

"砰！"

这一次，星沉的身躯宛若断线风筝，狠狠地撞在了不远处的书架上，书籍洒落满地。

"否则什么？"裴聿城轻轻地抬了抬金边眼镜，云淡风轻地开口。

然而，此刻的星沉沉默了，强忍着身上的痛楚，扶着身旁的书架，勉强站起身来。

看着星沉没有继续开口，秦欢这才放下心来。

旁人不了解裴聿城，但他最了解不过。这个男人，根本没有一丝一毫的情感，仿佛就是按照程序设定好的机器，冰冷而残酷。

如果，星沉继续这般不识抬举……他可能，会死……

哪怕星沉自小跟着他，裴聿城也不可能会有丝毫的心软，就如同星沉口中的小月。

这个男人真的太恐怖了，恐怖到只是坐在远处，看似无害，却仅是一眼，便能让人从头冷到脚。

不要妄图与裴聿城打感情牌，他根本没有感情。

林烟蹙着眉头，探头朝着客厅打量。

那星沉，到底怎么回事？

客厅内，裴聿城将最后一页文件看完，目光缓缓地落在星沉身上。

裴聿城那张温和的面容明明看上去没有丝毫变化，但周身的气氛瞬间令人不寒而栗，巨大的压迫感让星沉额上的冷汗一层层流淌下来。

"你刚才说什么？"裴聿城淡漠出声。

听闻裴聿城此言，星沉和秦欢的身躯都是一颤。

此刻的秦欢，哪里敢开口，如果他敢说一个字，不止星沉要遭殃，连他都会遭受无妄之灾！

"聿哥，没……我没说什么。"星沉咬了咬牙道。

裴聿城淡淡开口："如果我没记错的话，凌月距离惩罚结束的日子，还有两年。"

听到裴聿城主动提及，星沉的眸光顿时一亮，好似有了希望，当即点头："聿哥，是的，小月，她快支持不住了，还有两年，太长了！"

裴聿城若有所思："是吗？"

当即，裴聿城纤长的手指，缓慢而有节奏地轻轻敲着书桌："那就再加十年吧。"

"什么？！"

此时此刻，星沉完全呆滞原地，身躯微微颤抖，眸内浮现出难以置信的神色。

两年，小月已经撑不住了。

十年！

为什么会这样！他到底做了什么！

是他，是他害了小月……他以为，裴聿城因为那个女人的来到，会有所改变，会多了一丝从不曾有过的人情味，但如今，星沉才发现，他错了，错得离谱。

"想不想去陪她？"

忽然，裴聿城话锋一转。

"聿哥……我……"星沉的眸内，浮现出一抹惊慌之色。

哪怕是死，他也绝对不能去那个地方，那个只有绝望的实验室！

"你还没回答我。"裴聿城面无表情地看着星沉。

"我……不去……"星沉的呼吸略微有些急促。

"下去。"裴聿城道。

当即，秦欢急忙搀着星沉，连滚带爬地退了出去。

厨房，林烟盯着秦欢扶着一瘸一拐的星沉路过此处时，连忙探出脑袋唤了一声——

"喂！"

忽然一颗脑袋伸出来，把秦欢吓得打了个激灵。

"林小姐？"看清是林烟之后，星沉微微一愣。

"过来过来……"林烟急忙招呼两人。

"干什么？"秦欢有些疑惑。

当即，林烟也不解释，一把将两人拽进了厨房。

"刚才怎么回事？"林烟将厨房的门关上，盯着星沉和秦欢两人询问。

她刚才离得太远了，听得云里雾里，裴聿城突然暴怒，这两人又直接拍拍屁股走了，留下她一个人在这里面对着暴怒状态下的裴聿城，实在是让她很惊慌，当然要问清楚了！

"没事，什么事都没发生，林小姐，你好奇心太重了，这可不是什么好事。"秦欢道。

然而，一旁的星沉，看着林烟，眸光却是微微一闪。

"林烟小姐，对……林小姐一定可以帮我！"星沉略微有些激动地盯着林烟。

"我？"林烟下意识指向自己，满脸莫名。

"星沉！"当即，秦欢眉头深皱，"你疯了，你想害死她？"

"不会的，说不定……聿哥会听她的……"

此刻的林烟，对于星沉来说便是救命稻草。

"星沉，什么该做，什么不该做，你心里明白，聿哥是什么人，林小姐不知道，但你我心知肚明。如果刚才，你继续说下去，我或许就得为你收尸了，你清楚吗？"秦欢正色道。

闻声，星沉下意识地看向自己的金属手臂，他知道……他知道裴聿城到底是什么样的人，可……这是他最后的机会了，他不能让小月……继续留在那个地方！

"到底什么事？"看着星辰与秦欢如此，林烟更加紧张了。

到底是什么要命的事情啊？

"林小姐……是我们的一位伙伴，叫凌月，她从小就跟着聿哥，但几年前，因为犯了一些小错，被聿哥惩罚。"星沉盯着林烟，如实说道。

"这样啊，既然是小错，我感觉裴先生也不是小肚量的人，一点小错，差不多就行了，也不至于太严重吧？"林烟道。

"不至于？"秦欢嘴角微微抽动，"刚才这傻子跟聿哥求情，原本，小月两年后就能回来，结果，这一求情，自己弄了一身伤，而小月的刑期，还增加了十年！"

"啊？"听闻此言，林烟神色微诧。

不至于吧？裴聿城这么不近人情？

"林烟小姐，求你了，你可以帮我和聿哥求求情吗？只要……只要恢复到两年的时间就可以！"星沉激动道。

看着面前伤痕累累的星沉，林烟一脸为难。星沉可是裴聿城的心腹，他刚才去求情都成了这副模样，还让那个小月加重了惩罚。她虽然也很想帮忙，可她实在是爱莫能助。

"这……虽然我也很想帮你，可是，连你这个心腹去求情都没用，我跟裴先生才认识几天……"林烟弱弱地说道。

星沉急忙道："林烟小姐，只要您答应帮我，您让我做什么都可以！"

林烟叹气："不是我不帮你，我是真的爱莫能助，我……"

星沉道："或者你也直接可以开个价！"

林烟神色无奈："这不是钱不钱的问题！"

林烟继续道："你开多少钱？"

星沉："……"

秦欢："……"

意识到自己说了什么之后，林烟恨不得抽自己一巴掌，她这是疯了吗，要钱不要命了！

林烟发现自己嘴瓢之后，急忙改口："口误口误！不是钱的问题，是我确实没那个本事啊……"

星沉闻言，神色有些绝望，但还是不想放弃，颤抖着说道："林烟小姐，或许，您还没意识到您对聿哥的重要性，他是真的很重视您，您的话比我们任何人的话都有用。当然，我知道，要您帮我这样冒险太过分，我也知道很可能就算您去说也改变不了聿哥的决定，但是，我所求不多，只求您……求您试一试，可以吗？为此，我愿意付出任何代价！"星沉说着，曲起膝盖便要给林烟下跪。

"别，我受不起。"林烟急忙阻止了星沉的动作。

林烟沉默了一会儿，思索良久之后，开口："这样吧，回头我找个合适的机会，挑个裴先生心情好的时候提一下，我会尽力一试，但是结果到底会怎样，我不保证……"

星沉听到林烟的话，顿时满脸激动："谢谢！谢谢您，林小姐！您需要我做什么，我都赴汤蹈火，在所不辞！"

林烟神色无奈道："我倒是没什么要求，只希望……日后若是……万一……我是说万一啊……万一我跟你们裴先生闹分手了……到时候打起来，你们帮我逃个命什么的……"

星沉："……"

秦欢："……"

两人听完林烟的话，冷汗都下来了。

秦欢惊慌失措道："我的小姑奶奶，您可别做这么可怕的假设！反正若是以后您遇到什么困难，我和星沉都会竭力帮忙，绝不会推辞的！"

星沉闻言，也用力点了点头。

林烟叹气道："好吧，那就这么定了，不过你们也先别着急，我得过段时间，找个合适的机会再开口，不然你们这刚刚才把人惹怒了，我就去说，效果肯定会更糟糕。"

星沉连连点头："一切听林烟小姐您的安排，如果有什么需要，您可以随时联系我。"

"好。"

担心被裴聿城发现他们在这"密谋"，聊完之后，林烟立即让两人离开了。

正好，这会儿醒酒汤也煮好了。林烟把汤盛了出来，自己先尝了一口，酸酸的，还挺爽口，挺成功的。

尝完之后，林烟眨了眨眼睛，心想：反正裴聿城喝不出来味道，好不好喝好像也不重要？

林烟探着脑袋朝着客厅看了一眼，随即端着醒酒汤走了过去。

客厅的沙发上，裴聿城依旧坐在那里。

此刻，裴聿城已经脱下了身上的外套，只穿着一件浅色衬衫，手里的文件也随意地散落着，周围透着一股生人勿近的气息。

林烟苦兮兮地暗自叹了口气，随后壮着胆子端着醒酒汤走上前去。

"裴先生，醒酒汤做好了，您要现在喝吗？"林烟轻声问道。

"好。"

裴聿城正要伸手去端，林烟急忙开口："很烫的，我来吧，我喂你喝。"

裴聿城闻言，眸底划过一抹意外，目光深沉地朝着女孩看去："多谢林小姐。"

"不客气不客气，应该的……"

林烟坐过去，小心地吹凉了一勺汤喂到了裴聿城的唇边。

裴聿城低头，抿了一口。

虽然知道裴聿城喝不出来味道，但林烟还是有些在意对方的评价，看着裴聿城问道："怎么样？"

男人对上女孩期待的目光，薄唇轻启："甜的。"

"……"林烟闻言愣了愣，甜的？

明明是酸的啊？而且，他不是尝不出来味道吗？

"啊？你不是没有……"

裴聿城似乎看出了女孩的疑惑，轻笑一声道："我确实没有味觉。不过，有人说，'甜'是一种令人愉悦的味道。"

所以，他就认为她煮的东西一定是甜的吗？

林烟的小心脏顿时又开始在心房里蹦起了迪。

这个男人失控发飙的时候要命，不生气的时候，也有本事要人命啊！

"您喜欢就好……"林烟双颊微烫，转移话题道，"对了，裴先生，这屋子里的东西，很多我都不知道哪些可以碰，哪些不可以碰。不然，您回头跟我详细说一下哪些东西有什么禁忌，是不可以随便乱碰的，否则，万一我又碰到什么不该碰的东西就不好了……"

裴聿城闻言，推了推鼻梁上的金丝眼镜，缓缓开口："这个屋子里，只要是我的东西，没什么是你不可以随便乱碰的。"

不等林烟说话，裴聿城顿了顿，似笑非笑地继续说道："当然，包括我。"

林烟吓得差点被口水呛到，顿时一阵咳嗽。

随便碰裴聿城什么的……

打住打住！她可没有那种大逆不道的想法好吗！

自从前几天被迫"害怕"，跟他共处一室了一晚上，她就再没有任何逾矩的举动了！

喂裴聿城喝完醒酒汤之后，林烟道了声晚安，然后飞快地回到了屋里。

随后，她做的第一件事情就是分别给裴宇堂和裴南絮发了一条微信，询问他们屋里有哪些东西是他俩的，好避免自己今后再踩雷。

微信刚发过去，裴宇堂就列了一张非常详细的物品清单过来，简直看得林烟眼花缭乱。

这熊孩子，连不小心丢在了沙发下面的臭袜子也写上是什么鬼？她难道会闲得没事做去拿那玩意儿？

更无语的是，她发现裴宇堂的微信头像居然换成了一张上面写着"祝大哥大嫂百年好合，白头到老"的图片。

简直辣眼睛！

然后，不仅是裴宇堂，连裴南絮发过来的物品清单也是相当的详细，甚至还注明了他每天回来的时间，好方便她错开时间，以免撞上。

这兄弟俩的求生欲，是相当的强了！

至于答应星沉的事情，林烟决定，还得等她把裴聿城的好感度再刷一刷然后再提，这样比较安全。

之前星沉给她留了一个QQ号作为联系方式，林烟便给他发了一条消息：等待时机，少安毋躁。

星沉很快便回复了过来：好的！谢谢林小姐！

发完信息之后，林烟无意间扫到了星沉的个性签名，他的QQ签名居然是：聿哥聿嫂海枯石烂，永结同心！

林烟："你们够了啊……"

一般电视剧里，这种灰姑娘跟总裁谈恋爱的剧情，不应该是总裁身边的所有人都出来反对的吗？

现在这是什么诡异的剧情发展方向？

Part19

谈恋爱真的太烧钱了，我不喜欢太物质的男人。

♥

最近几天，网上除了被《棋逢对手》铺天盖地地刷屏，一部赛车题材的致敬片——《赛道故事》也被炒到了极高的热度，并且片方已经给这部纪录片正式更名为：《传奇》。

《传奇》这部电影在国内的取景很多，除了敲定租用了国内几个极负盛名的赛道场，还对外公布，此次赛道死神Yeva确定出镜。

备受瞩目的是，赛道死神Yeva是H国女性，极大可能会从H国的女艺人中挑选。

无论是在H国也好，国外也罢，但凡是与赛道死神Yeva有关的话题，热度必定会被炒至极高。

尤其是最近一段时间，已经有知名圈内人爆料，赛道死神Yeva因伤暂时退役，不接受任何采访，所以选角权将由浪蟒本人负责。

只不过又有消息传出，浪蟒最近因为需要训练备赛，所以派了一名徒弟随《传奇》剧组前往H国，替他负责赛道死神Yeva的角色挑选。

"周桥？"林烟盯着手机上浪蟒徒弟的照片若有所思。

周桥是浪蟒在第三联赛挖掘并且征询过林烟的意见，得到了林烟的同意后，才正式收为弟子的。

周桥的赛车水平本就不错，在得到浪蟒的指导后，已经多次参与全球第二联赛，并取得了不错的成绩。

只不过林烟本人并未见过周桥，所以两人并不相熟。

自从林烟被禁赛后，她回国时便已经与国外的赛车队伍还有几个徒弟断了联系。

林烟本打算彻底告别以前的生活，只不过她发现，想要舍弃曾经，谈何容易。

赛车已经是她生命中必不可少的组成部分。

对于《传奇》这部电影赛道死神Yeva的人选，林烟倒是有些兴趣，自己演自己，总要容易许多。

目前《传奇》中赛道死神Yeva的角色人选，国内有两个女艺人的呼声极大，其中一人是林书雅，而另外一人则是巅峰娱乐艺人经纪部一组的女艺人乔可煊。

巅峰娱乐一共有五个组，每一组的实力各不相同，其中一组的实力目前来看最为强劲，除了有乔可煊这样的实力派，还有许多知名的当红艺人，甚至连裴南絮都在一组待过。

有传闻称，乔可煊背景极深，后台是裴家的人，在巅峰娱乐几乎无人敢招惹她。

对于林书雅，林烟自然不陌生，但乔可煊，林烟并不算熟悉。

之所以林书雅与乔可煊目前热度极高，也是因为《传奇》片方已经确认，这两名H国当红女艺人必定会出演《传奇》中的两个角色，至于赛道死神Yeva花落谁家，目前尚不可知。

目前，《传奇》在国内已开始造势，并拍摄了多条宣传片，电影的宣传活动也是络绎不绝。

不管于公于私，林烟都不希望赛道死神Yeva的角色落在旁人手中。

林书雅自然不用多说，至于巅峰娱乐的乔可煊，林烟也不了解，她可不希望自己的形象被旁人演崩。

方才，林烟查询了关于乔可煊的一些资料，这个巅峰娱乐一组的当红女艺人在未出道之前，竟是国内一家赛车队的女性赛车手。而她进入巅峰娱乐一组之后，正是因为赛车手的身份，巅峰娱乐为其设立了不错的人设，她凭借女性赛车手这一强硬派的人设，一直火到了现在。

所以，就目前而言，网上对于乔可煊出演赛道死神Yeva的呼声直逼林书雅。

不管如何，林烟还是希望能够亲自进入《传奇》剧组来演绎自己的人生。

很快，林烟的电话响起，是赵红绫打来的。

"绫姐。"林烟接通电话。

"林烟，是这样的，关于电影宣传方面，我已经和姜导确认明天上午，具体的时间、地点，我等会儿发短信告诉你。"

"嗯嗯，好的，绫姐费心了。"林烟笑道。

"对了。"赵红绫顿了顿，说，"明天，除了你们这部电影的宣传，还有另外一个剧组也会过来。"

"另外一个剧组？"听闻赵红绫所言，林烟有些疑惑。

"对，而且是一部国外的大制作。"赵红绫道。

"国外的大制作……绫姐，你说的该不会是《传奇》吧？"林烟道。

"看来你也有了一些了解，最近网络上除了《棋逢对手》被刷屏，还有一大热点便是《传奇》，反正你知道就好。还有，明天林书雅和巅峰娱乐的乔可煊都会随剧组出席活动，不过她们的采访时间在我们后面，时间上和我们不冲突。"

赵红绫知道林烟和林书雅之间的事情，所以特意跟她提前说了一下，到时候万一撞上了，让她也好有个心理准备。

"好，我明白了。"林烟点头。

挂断电话后，林烟又翻阅了一些关于《传奇》这部电影的资料。

没想到《棋逢对手》和《传奇》这两部片子的宣传活动会撞到同一天、同一个地点。

当然，这对于她而言并不重要。

翌日晨初时分，林烟很早便起了床，洗漱一番后便前往与赵红绫约定的地点。

到了约定地点后，林烟便随着赵红绫来到后台化妆。

大约一刻钟后，姜一鸣和冯安华等人也相继到场。

"哈哈，林烟，我就说你的实力铁定是稳的，怎么样，我的预料果然没错吧？"

后台，冯安华看着林烟，笑得别提多开心了。

林烟闻言，脸色微黑，瞥了冯安华一眼，他有说过这句话吗？自己怎么没印象？

此刻，蒋思霏正在另一边化妆，面无表情地盯着被众星拱月的林烟。

原本她是打算等林烟彻底凉透了之后，自己再出来做这个好人，让剧组把林烟的戏份删了，然后她再出面为电影重新做宣传。

没想到，她的计划竟然中途夭折，而林烟莫名其妙地就火了！更让她气愤的是，还有不少影迷说剧中的林烟把她这个影后比了下去，无论是颜值还是演技都吊打她，这让她如何能忍？那些影评人难道都是瞎子吗？林烟所饰演的林翩若，到底哪里亮眼了？依靠演技托起整部戏的人明明是她！

不远处，卫徐风仰靠在休息椅上，时不时把目光投到林烟身上，一直未开口。

如今的卫徐风，对于什么电影、宣传片完全没兴致，他就是好奇，那天林烟究竟是如何赢了WW赛队的？

这也太扯了！该不会是打假赛吧？WW那种级别的战队，好歹是国内顶尖赛车队之一，虽然不是最好的，但也不可能输给贺家车队。

卫徐风想走上前去问林烟，却不知从何问起，他总不能直接问，你们是不是在打假赛？

虽然他也想不通WW为什么要配合林烟打假赛，但这是他唯一能想到的可能了。

否则短短的时间内，林烟凭什么将赛车水平提升到击败WW这种赛车队的地步，她真以为她是赛道死神Yeva了？

这时，卫徐风发现林烟的目光时不时朝着自己扫过来，顿时更加不悦了。

"你看我干什么？"卫徐风冷着脸道。

林烟瞥了卫徐风一眼，不紧不慢地开口："你不看我，怎么知道我在看你？"

明明是这家伙肆无忌惮地盯着她在先，她才不得不看过去的好吧？

"你……"卫徐风盯着林烟，咬了咬牙，最终忍不住问出了口，"贺家和WW的那场比赛是怎么回事？你到底玩的什么花样？就算你出生在赛车世家，有点赛车技术，可贺家车队的实力如何，圈子里的人都清楚。你能单枪匹马碾压WW？这绝不可能！"

林烟无奈地耸肩："大概是因为WW太弱了吧。"

卫徐风脸色一黑："WW弱？"

她一个贺家车队的人，居然好意思说WW弱？这女人是在开玩笑吗？

这时，林烟似乎突然想到了什么，扬声道："等等，说起赛车……卫少爷，您是不是忘了什么事？"

卫徐风眉头微蹙，不耐烦地问道："什么？"

"我记得你好像发过一条微博，说要是我赢了，你就裸奔来着？"林烟笑眯眯地说。

林烟话音刚落，卫徐风的脸色顿时黑如锅底："你这个无耻的女人，终于露出马脚了吧！你果然是觊觎本少爷！"

林烟："……"

她家这个小粉丝的被害妄想症好像更严重了呢！

很快，《棋逢对手》的宣传活动开始了，剧组的主创人员陆续上台。

男主裴南絮和女主蒋思霏毫无疑问是C位，也是最先上台的。主持人热情地向他们询问了一些跟电影相关的问题，以及拍摄过程中发生的好玩的事情。

此前，剧组的所有宣传都绝口不提林烟，但是今天主持人的不少问题都有意无意地往比较有话题度的林烟身上引。

因为这次活动是全程现场直播的，所以主持人也在线抽取了很多粉丝在弹幕中的提问。

此刻，弹幕上活跃的大部分是在跟裴南絮告白的粉丝，他们全在问林烟和卫徐风什么时候上台的。

至于女主蒋思霏，几乎无人问津，仅有的少数几条评论也是喷蒋思霏在这部电影中的表现令人失望。

——难道只有我一个人觉得蒋思霏在这部戏中的表现太不符合她以往的头衔了吗？简直把女主演成了一个花瓶！

——楼上你不是一个人！而且以蒋思霏的颜值，她连做花瓶都不够格吧？完全被林烟秒杀了！

——之前我对蒋思霏的印象挺好，一直觉得她挺踏实的。自从她跳槽到新公司之后，我总觉得她的画风一言难尽，好像连脸都变了，像是偷偷整过不少次。她原来的脸多高级啊，现在整得跟网红一样，不知道她怎么想的。

……

蒋思霏的余光扫到手机上那些网友的评论，她刚做过微整还有些僵硬的脸顿时更僵了。

以前她跟着赵红绫的时候，走的是实力派路线，虽然不算大火，但网上对她的评论几乎都是正面的，这是她第一次面对这么多质疑。

"下面要出场的，是你们在剧中最喜欢的一对，林翩若和方灿阳，大家欢迎！"

伴随着主持人的声音响起，卫徐风和林烟从后台走了出来。

现场的粉丝，尤其是那些书粉看到两人顿时激动不已，尖叫了起来，正在观看直播的粉丝也开始疯狂地刷起了弹幕。

今天，林烟穿着一身简单、干练的黑色小礼裙，卫徐风则是和剧中方灿阳相同风格的装扮，白色T恤搭配休闲裤，显得青春阳光。两人并肩走在一起的画面非常养眼。

之前那些拼命抗拒林烟跟卫徐风演恋人的粉丝，有不少人在看过电影之后竟成了CP①粉。

蒋思霏无论如何也没有料到，林烟竟然能凭借一个小小的女四号火起来。

"翩若！翩若女王！今天，我也在为我CP的绝美爱情流泪！"

"这是什么神仙CP啊！我吹爆！"

"这糖我嗑了！谢谢！谢谢！书粉跪谢！"

……

林烟被黑久了，听着现场影迷们激动的欢呼声，还真有点不太习惯。

此刻，弹幕前的粉丝也在不停地刷屏：

——林烟的新造型是谁做的？简直绝了！之前我怎么不知道林烟的颜值

　①CP：观众给自己喜欢的荧屏上的情侣的称呼。

这么能打？她是不是去整容了？

——她混得这么惨，应该没钱整容吧？而且她刚出道的时候，本来就是因为颜值火的啊！你们不记得她当时那张火遍全网的照片了吗？就是靠在车上的那张，看五官应该是没整过。

——不是她这次的造型成功，而是她之前的团队太垃圾了吧？给她塑造得太讨厌了！反而是她最近放飞自我以后，顺眼了不少，随便穿件运动装也挺好看的。

网友的这条评论得到了不少粉丝的附和，接着大家开始期待林烟和卫徐风的出场。

蒋思霏眼看着自己的主场完全被林烟占据，脸色愈加阴沉。

剧组人员全部到齐之后，主持人最先看向导演姜一鸣，笑着问道："姜导，咱们这部戏前期有些曲折，网上的口碑和影院排片都不怎么样，但后来完成了惊人的逆袭，在上映初期，姜导您有过担心吗？"

姜一鸣闻声，点了点头："说不担心是假的，只是我相信观众有品味，好的作品自己会去看。"

"听说当时在巨大的舆论压力下，是姜导您坚持没有删除林烟的戏份，所以才让我们看到了如此精彩的一部电影，想必广大书粉和影迷都非常感谢姜导。其实，包括我自己，前期也并不看好这部电影，直至去电影院看过……昨天我已经三刷了……"主持人道。

随后，主持人将目光投在林烟身上："林烟小姐，在这部电影上映的前后，网上报道了许多关于您的负面言论，有没有让您对这部电影丧失信心？"

林烟听闻主持人所言，笑道："当然不会。在国内，能与我比黑料的艺人不多，而在我被黑到如此境地的情况下，这部电影还能够爆，足以说明它的质量。"

"哈哈，看来林烟小姐还很喜欢自黑，今天我见到林烟小姐本人，发现你与网上那些传闻很不相符。"主持人笑道。

主持人很清楚林烟身上的话题度不仅限于电影，所以到了后面，询问的很多问题都开始针对林烟本身。

主持人："林烟小姐，之前我们征集了很多网友想要询问你的问题，其中一个问题是，最近您似乎特别放飞自我，穿衣风格也越来越随意，请问是什么原因导致的呢？"

林烟垂眸思索了一会儿，随后开口："穷吧。"

主持人："……"

在场的粉丝们："……"

主持人顿时笑出了声，继续说道："林烟小姐真幽默，不过，林小姐你本身的底子好，穿休闲装也很好看。"

林烟笑眯眯道："穿休闲装是挺好的，万一被黑粉追杀，逃命比较方便。"

主持人："……"

众粉丝："……"

主持人："大家都知道，在此之前，因为林烟小姐您的一些绯闻，引来了很多恶评，尤其是在您进了《棋逢对手》之后，很多粉丝都很担心自家偶像被你染指，对此，您怎么看呢？"

这个问题堪称尖锐了，主持人就是为了博话题度，所以连用词都非常大胆。

林烟却不在意地笑了笑，扫了在座的粉丝一眼，随即开口："其实吧，我不太明白那些粉丝在担心什么，到底是对自家偶像多没信心。难道他们还能眼瞎看上我吗？"

主持人："……"

众粉丝："……"

裴南絮："……"

卫徐风："……"

这位主持人也算身经百战，但还是第一次遇到像林烟这样的艺人，每次都堵得她没话说，不过林烟的回答也非常巧妙地化解了危机。

现场的气氛被林烟的几个回答带动了起来，弹幕上的粉丝们也"哈哈哈"笑成了一片。

随后，主持人又从弹幕中挑选了一个问题，现场读了出来：

——林翩若和方灿阳这对CP实在是太好嗑了，只可惜对手戏太少啦，而且两人竟然连小手都没有牵过，拥抱、亲吻更没有了！

林烟："……"

林烟心里在吐槽：呵呵，我男朋友也在看着呢，我还不想死好吗！

"看来大家是真的很喜欢这对CP啊！不知道两位对这个问题怎么看呢？"主持人看向林烟和一旁的卫徐风问道。

这时，姜一鸣站了出来解围："我们也是尊重原著，按照原著来拍摄的，没有删减他们的任何戏份。"

很快，电影的宣传活动顺利结束，《棋逢对手》剧组刚散场不久，自会场入口处突然传来阵阵激动的惊呼声。

"是那个赛车的剧组……"一旁的卫徐风看着缓步入场的众人轻声嘀咕道。

对于《传奇》这部电影的拍摄，卫徐风一直都在关注。

卫徐风本是赛车狂热迷，加上《传奇》这部电影会有赛道死神Yeva的角色，所以他格外关注。

就现阶段而言，《传奇》剧组赛道死神Yeva的角色还未选出，只不过林书雅还有乔可煊很大可能会成为饰演Yeva的人选。虽然乔可煊和林书雅都是圈内很不错的艺人，甚至林书雅跟他还有些交情，但他总觉得，Yeva的角色并不适合她们。实际上，他觉得任何一个人出演Yeva都是对他女神的亵渎。

"你也知道《传奇》这部电影？"此刻，林烟的目光投向卫徐风，轻声问道。

卫徐风听闻林烟所言，没好气道："废话，这部电影有我女神的角色，我当然知道了。"

林烟："……"

好吧，她差点忘记有这茬了。

"这部电影在国外的剧情都已经拍摄完成了，国内的剧情正在拍摄中，目前就剩下饰演Yeva的人选没选出来。"卫徐风盯着林烟说道。

最近一段时间，林烟也在关注《传奇》这部赛车电影的拍摄情况，她大概了解到，电影的进程已经到了后期，只剩下和Yeva有关的剧情还未完成拍摄。

就在这时，一名身着蓝色衬衫，留着寸头的年轻男子，缓步走入了场地。

见到男子后，现场顿时掀起一阵不小的骚动。

浪蟒的徒弟、职业赛车手——周桥。

因《传奇》剧组联系不到Yeva本人，所以联系了浪蟒，希望浪蟒能够给一些关于Yeva选角的意见，只不过浪蟒因为要备赛训练，所以让徒弟周桥代劳，随着剧组一同来到了H国，主要是负责Yeva的选角。

除了周桥，还有两位穿着休闲西服的中年男人，是《传奇》的导演和制片人。

林书雅穿着一件香槟色小礼裙，面带笑意，落落大方，气质极佳。

周桥身旁的另外一个女孩身上披着一件V形领口的米色西装，典雅的小翻领，十分知性。与林书雅不同，乔可煊属于知性加硬派女王范的风格，即便与林书雅同台，气场也丝毫不输。

林书雅的余光投向对面剧组中被众人包围的林烟身上，眸底暗芒闪烁。

不久前，林烟还只是一只她随时可以碾死的蚂蚁，不过一夜之间，她竟然咸鱼翻身了。

"姐姐，好巧啊！"林书雅掩去眸底的阴鸷之色，微笑着和林烟打了个招呼。

不等林烟开口，一旁的卫徐风上前一步道："听说你要参演《传奇》？"

林书雅见卫徐风主动跟自己搭话，姿态亲昵地开口："是啊，基本确定了。"

卫徐风顿时眉头微蹙："确定了？是什么角色？"

林书雅状似为难地开口："目前还不能外透呢……"说着，她又话锋一转，"不过，我跟你说倒是没关系。目前浪蟒女朋友的角色大概确定下来是乔可煊了，我应该会出演另外一个角色。导演的意思是，另一个角色比较适合我。"

林书雅一边说，一边故意朝着林烟的方向看了一眼。她虽然没有明说，但是已经暗示得非常明显了。

《传奇》这部电影一共只有两个华人女性的角色还没定，既然浪蟒女朋友这个角色已经定下来是乔可煊了，那么Yeva这个角色肯定是由林书雅出演了。林书雅虽然没有用绝对肯定的语气，但是听这话应该是八九不离十了。

林烟闻言，眉头微挑，没说什么。

倒是卫徐风的反应比林烟还要大，眉头紧蹙道："如此重要的角色，这么草率就定下来了？他们到底有没有认真研究Yeva的生平？"

林书雅听到卫徐风这话，脸色微变，不过很快便恢复了一贯的大方、优雅，柔声开口："徐风，我知道你很喜欢Yeva，不过你放心，导演组确实很重视这个角色，为此我也做了非常多的准备。如果能拿下这个角色的话，我有信心不会让大家失望。"

林书雅说着，微笑着朝林烟看去："姐姐那么喜欢赛车，应该也很崇拜Yeva吧？我在候选人的名单里，似乎还看到了姐姐的名字，姐姐也想出演这个角色吗？"

林书雅明知道林烟再也不能参加赛车比赛，还故意在她面前提赛车，提赛车圈子里所有人的神话和信仰Yeva，分明就是故意往她心口上下刀子。

"崇拜……"林烟垂眸笑了笑，点头道，"没错啊！我确实很崇拜她，她是我最喜欢、最崇拜、最敬仰的人。"

她是挺崇拜自己的，没毛病。

一旁的卫徐风听到这里，脸色更难看了。

有没有搞错，这个女人居然也想演Yeva？就算是林书雅来演，也好过这女人演吧？不对，谁来演也不行！

卫徐风正想要说话，一旁的助理及时把他拉住了："风哥，风哥，快走吧！我们接下来还有通告呢，来不及了！"

小助理满脸焦急，这位少爷一遇到Yeva的事情就容易冲动，在人家的剧组说人家的不是，还质疑人家的选角，这不是找事吗？

在小助理的阻拦下，卫徐风才不甘愿地哼了一声离开。

林烟正要跟着闪人，林书雅突然压低声音，在她身旁说了一句："对了，姐姐，我听说你的电影大卖，还没来得及恭喜你呢！"

林烟云淡风轻地扫了林书雅一眼："不急，以后你多的是恭喜我的机会。"

林书雅面色微沉："呵呵，姐姐可真是天真……我希望你永远有这样的好运气。"

到了后台，林烟收拾了一下东西，正准备离开，制片人冯安华笑眯眯地朝她走了过来。

"林烟啊，等等再走！"

"冯制片？"林烟停下脚步，"您有什么事情吗？"

冯安华道："林烟啊，咱们的电影能大卖，你功不可没，所以我让财务给你发了一个大红包，回头你查一下你的账户。"

林烟的眼睛顿时一亮："大红包？"

冯安华点点头："是啊。"

林烟感觉眼前的冯安华瞬间高大了起来，笑着说道："谢谢！谢谢冯制片！冯制片您就是我的伯乐、人生导师！要不是您，我怎么能取得今天这样的成就！您实在是太客气了，我不过就是做好本职工作，而咱们这部片子完全是因为有您这样的诸葛孔明一手运筹帷幄才能够票房大卖！"

冯安华呆滞在那里，感觉被林烟这一番马屁拍晕了。

林烟在剧组一向很低调，话也很少，没想到她居然这么会说话！即使他知道她是在故意拍马屁，但还是被哄得心花怒放。

虽然他之前力主删除林烟的戏份，不过林烟对他倒是没什么特别的感觉。冯安华这样的人，处在他的位置上，从来就没有自己的立场，都是利益在哪里，他的立场就在哪里。

林烟很早便已经出来打工赚钱，经历了太多事，她从来不是不懂变通的人，既然如此，她就用相同的态度对待便是。

"哈哈哈哈……"冯安华果然被逗得心情大好，"你这丫头倒是会说话。"

冯安华说完，沉吟片刻，看向林烟道："对了，林烟，你接下来有什么打算吗？我听说你跟启星娱乐已经解约了？那你的工作安排现在是谁在负责？"

林烟回答道："是的，我已经解约了，不过我的经纪人还是绫姐，都是她在负责我的工作。"

冯安华点点头，道："赵红绫确实是圈子里不可多得的良心经纪人，你倒是比蒋思霏目光长远。"冯安华顿了顿，继续道，"不过，现在你和赵红绫已经没有经纪公司了，日后的发展怕是不会顺畅……据我所知，这次我们的电影上映之前口碑之所以会这么差，后面搞鬼的人可是很多，针对你的人也不少……"

"谢谢冯制片提醒，我明白的。"林烟知道冯安华是有意提醒自己，诚恳地道了声谢。

冯安华看着眼前的女孩，突然有点理解姜一鸣惜才的心情了。而且，他总觉得这个女孩不简单，她的脚步不会停留于此，这个时候帮她一把，积累一点人脉，对他而言不过是举手之劳。

于是，冯安华开口问道："对了，林烟啊，你有男朋友了吗？"

冯安华这个突如其来的问题差点闪了林烟的腰，林烟急忙稳住心神，回答道："没有啊。冯制片怎么突然问这个？"

冯安华笑着对林烟道："林烟，你要是还没有男朋友的话，我可以帮你介绍一个啊！"

"……"林烟有些无语，这个冯安华怎么还做起红娘了？

此刻，剧组的其他人已经离开了，林烟和冯安华所在的休息厅内只有他们两人，所以冯安华才能直接和林烟聊这些。

但是他和林烟都不知道的是，在其中一个隔间里，裴南絮的私人化妆间里正坐着一个人。

裴南絮在等林烟，还没有离开，而他化妆间的沙发上，还坐着过来接他大嫂的他的亲哥——裴聿城。

作为专业打掩护的裴南絮，特意将裴聿城带到了自己的化妆间里等林烟，却万万没想到会撞上这样的对话。

此刻，裴南絮生无可恋，无比紧张地朝着沙发上的男人看去。

裴聿城穿着一身休闲装，戴着金丝眼镜，随意而慵懒地靠在沙发上，面上看不出什么表情。

裴南絮下意识地朝着裴聿城腕上的手表看去，生怕它下一秒就会响起来。

万一林烟说出了什么不该说的……无奈他就在大哥的眼皮子底下，根本没办法给林烟通风报信。

因为化妆隔间的隔音效果不算太好，所以林烟和冯安华的声音能够清晰地传过来。

此刻，冯安华跟林烟说道："小丫头，我给你介绍的男人自然不会太差，而且是正当交往。你要知道，在这个圈子里，没点关系和后台可不好混，尤其像你现在这样的情况。你不要以为凭着一个女四号红了一把就高枕无忧了，你能一夜爆红，也能一夜凉透！据我所知，你那个老东家启星娱乐的老板，可不是省油的灯，他之前虽然放你走了，但现在看你这么火，哪能那么轻易地放过你？"

林烟知道，冯安华的这番话是事实。

"谢谢冯制片，我会小心的。那个……男朋友的话就不用了，我现在只想好好工作，没有交男朋友的想法。"林烟婉拒道。

背着裴聿城去相亲，除非她不想活了。

冯安华挑眉道："你这个年纪的小女孩，怎么会有不想交男朋友的呢？何况你的条件这么好，长得好看，选择的余地也很大。你可以跟我说说，你喜欢什么样的，我冯某人虽然别的不怎么样，但是人脉还是宽的，你只要说出你喜欢的类型，说不定我就能给你介绍一个心仪的对象。"

冯安华盛意拳拳，林烟实在有些为难，头疼地开口："那啥……其实吧，什么类型的我倒是没有特别的要求，看感觉吧，感觉对了就行！只要是我喜欢的人，我会对他无条件地信任和付出，但是有一点原则性的问题很重要……"

冯安华："什么问题？你说说看。"

林烟："如果是要我花钱的话，绝对不能超过一百块钱，我不喜欢太物质的男人。"

冯安华："……"

隔间里的裴南絮："……"

冯安华闻言，表情很是难以形容，好半天才回过神来："一般也轮不到你花钱，都是男人花钱的。"

林烟摇摇头，一本正经地分析道："不是不是，如果是交往的话，在男女朋友的关系下，我原则上是一定要ＡＡ制。而且您看啊，如果要出门约会的话，那我肯定是要化妆的吧？隔离、粉底、眼影、假睫毛、口红、腮红、面霜、乳液、精华液肯定是要涂全套的，这出门一次得花多少钱？"林烟说着，一副肉疼的表情，丝毫不像是故意敷衍的，她是真的抠。

冯安华："……"

裴南絮："……"

林烟："冯制片，您看我说得是不是很有道理？所以说啊，谈恋爱真的太烧钱了，我真是一点都不想谈恋爱呢。"

冯安华默默地看了一眼林烟手里挎着的帆布袋。

其实他有想过林烟可能会拒绝，但完全没料到是这个原因。

这个不谈恋爱的理由，真是娱乐圈的一股清流。

最后，冯安华在林烟滔滔不绝的算账声中，暂时打消了给她介绍男朋友的念头。

冯安华离开之后，林烟总算松了一口气。

她刚准备离开，身后突然传来"吱呀"一声，隔间的门开了。

林烟下意识地转身，随即就看到了站在门口的裴南絮以及他身后的裴聿城。

林烟："……"

裴聿城怎么会在这里？

那刚才冯安华要给她介绍男朋友的对话岂不是全部被他听到了？她说一点都不想谈恋爱的话岂不是也被他听到了？

"裴先生，您怎么过来了？"林烟干笑着开口，一副末日来临前的表情。

裴聿城："我过来接你。"

林烟："这也太麻烦您了，其实我自己回去就可以了。"

裴聿城似笑非笑地朝着女孩看去："不喜欢太物质的男人？"

林烟："……"

裴聿城："不想谈恋爱？"

林烟："……"

果然他还是听到了，裴南絮怎么不给她传个信啊？

裴南絮接触到林烟哀怨的目光，无奈地摸了摸鼻子，他哥是什么观察能力，他怎么敢在他哥的眼皮子底下玩小动作。

林烟一脸苦恼，正绞尽脑汁地想着怎么解释。这时，裴聿城看着她，不紧不慢地开口："其实，也不是没有解决的办法。"

"啊？"林烟愣了愣，什么解决的办法？

裴聿城对上女孩迷茫的目光，缓缓道："嫁给我。"

林烟："……"

林烟差点被这三个字吓死："您……您说什么？"

连一旁的裴南絮都惊得连连呛咳。

裴聿城却淡定自若地说："我们结婚之后，便不需要AA制，至于金钱方面自然不分你我，我的财产全部由你保管。"

林烟："……"

大佬，过分了啊！不带这样的！

这样的大佬站在她面前，对她说嫁给他，他的钱全部由她保管，这谁能顶得住？

在如此强大的攻势下，林烟差点被金钱腐蚀，脱口而出一句"我嫁"！还好她在最后一刻清醒了过来，自言自语地碎碎念，让自己冷静："不行不行不行，君子爱财，取之有道，这样不劳而获是不可以的！"

裴聿城听到女孩的喃喃自语，修长的手指轻轻牵住女孩的小手，柔声道："林小姐此言有失偏颇，这笔财富是你正当所得。"

男人的声音充满了蛊惑，让人无法抗拒，林烟刚铸建好的城墙顿时坍塌，瞬间被他洗脑了。

嫁给他的话，那财产确实是正当所得啊。

还好，赵红绫突然打过来的电话打断了这个话题，解救了她。

"有电话，我接一下电话。"林烟如释重负，忙逃到一旁接通电话，"喂，绫姐，嗯嗯，挺顺利的，你不用过来接我，我自己回去就好。"

"最近有不少合作方找上门，我也收到了一些本子，回头整理一下发给你，你看一下。"

"好的好的，没问题，辛苦你了，绫姐。"

与此同时，启星娱乐公司顶楼，杜鹏盛的办公室里。

杜鹏盛看着微博热搜榜，光是林烟一下子就占了好几个，《棋逢对手》的票房也是居高不下，短时间内凭借着口碑迅速逆袭，目前已经冲到了第一位。

林烟的身价自然会跟着水涨船高，不用想也知道，现在肯定有不少合作方找上门。就凭林烟现在这个热度，绝对可以大赚一笔！

杜鹏盛看着林烟突然火了，脸色异常难看，站在办公室中央的高志威和安茜茜脸色同样很阴沉。

"高志威，当初是你拍着胸脯保证林烟绝对火不起来，直接让她解约走人的，现在倒好，直接把一棵摇钱树放跑了！你倒是给我一个解释！"杜鹏盛怒发冲冠，将桌上的一叠报纸砸在了高志威的头上。

此刻，高志威何尝不是肠子都悔青了。

之前若是他没有和林烟解约，那么这会儿林烟还是他手下的艺人，他绝对能凭着林烟现在的人气大赚一笔。

他帮安茜茜牵头搭线，搞了那么多资源，结果还比不上林烟演一个女四号的热度。

安茜茜这会儿自然也是又妒又气。本来她还想让林烟帮她去搞定那个投资商，谁知道一夜之间，林烟居然爆火了！甚至有一个原本找她代言的广告商，中途跑去找林烟了。

杜鹏盛越想越气："七天，就差七天了，早知道等三个月期限到了再说，也不至于弄成这样。高志威，我踢走了赵红绫把你捧上来，这就是你做出来的业绩？我看你连赵红绫的小拇指都比不上，废物！"

杜鹏盛哪里想到，赵红绫手下那个声名狼藉的小艺人居然真的红了起来。

如果当初他们按照赌约约定的三个月期限，以林烟现在的热度，绝对可以帮赵红绫完成三个月内业绩第一这个目标。

　　只可惜高志威迫不及待地要赶走赵红绫，而杜鹏盛也丝毫不把已经没有利用价值的赵红绫和林烟放在眼里，就这么把林烟这棵摇钱树放跑了。

　　几天，就差这么几天。现在，整个圈子的人都在看他的好戏，说他有眼无珠，居然在这个节骨眼跟林烟解约了，让他怎么能不气。

　　偏偏之前他们还大张旗鼓地用官方的账号发了微博，说明公司已经跟林烟解约了，这话想收回都不行。

　　高志威被骂得狗血淋头，一边点头哈腰地赔罪，一边说："杜总，您息怒，息怒，这个林烟就算现在红了又怎么样？她没后台又没背景的，就算想跳槽，也没什么大公司会要她。我想要整治她，那太容易了，一切都在我的掌控之中呢！杜总您放心，我自然有办法让她乖乖回来。"

　　杜鹏盛冷哼一声："最好是这样！"

　　高志威眸底闪过一抹阴鸷之色，林烟这样的艺人他见得多了，别以为火了就能逃离他的手掌心，没门！他可不像赵红绫那么心慈手软，连蒋思霏那样的艺人都能轻易放走。

Part20

再这么同居下去，
她恐怕会架不住糖衣炮弹的腐蚀了。

♥

云间水庄。

林烟问过赵红绫，确定她终于可以上网了。

于是，憋了好几天的林烟在得到允许之后，立即登录微博。

以往林烟每条微博下面的评论大概有几百条，每条都是咒骂、讽刺。

这次微博发出来之后，评论区的画风却是这样的：

——姐姐啊，我们等了这么多天，等你发微博呢。

——我期待的剧照呢？这个时候不是应该趁着热度来一波剧照吗？

——林烟这个号上啥东西都没有，每条微博都是同样的内容。我们骂她，她也只当没看到，从没回复过，甚至之前看到有黑粉咒她一辈子没人要，她都毫无反应。结果，后来有人咒她这辈子都富不了，她立刻跳出来回复了，她回了两个字"反弹"……

——哈哈哈哈，你们有没有发现，林烟自几个月前开始画风突变，简直放飞自我！

——据说之前她的一切行程是她的助理安排的，后来她的助理辞职了，从那时候她才开始转变画风的，也很久没作妖了。而且我看今天电影宣传活动直播里主持人对她做的访谈，其实她本身的性格挺讨喜的，当时是现场抽的问题，也不存在提前准备，都是她自己回答的。

……

因为电影大爆，所以林烟微博下面的评论和谐了不少，以前全部是谩骂，现在多了不少插科打诨甚至倒戈的言论。

当然，还是有一部分固执的黑粉。

——什么鬼啊，林烟不就是演了一个女四号吗？这才几分钟戏份，就被吹成了这样？

——林烟先是拉着裴南絮炒了一波，接着又拉卫徐风炒了一波，然后又拉着韩逸轩炒了一波，这还叫不作妖？狗改不了吃屎好吗！

……

隔壁主卧内。

床头亮着一盏小夜灯，裴丰城静静地站在窗前。

今天，他还是太心急了，得到的越多越贪婪，竟奢望她一声心甘情愿的"我愿意"。

第二天晚上，启星娱乐以之前的解约合同还有些细节需要补充为由，将林烟和赵红绫约到了公司。

高志威的办公室里。

秘书无比热情地招呼林烟和赵红绫坐下，给她们沏茶、倒水、上点心。

相比那天高志威把她们赶出公司的盛气凌人，现在他的态度有了一百八十度大转变。

"林烟啊，坐，绫姐，你也坐，尝尝我这上好的明前龙井。"高志威满脸笑意地开口。

一旁的安茜茜也压着不满，殷勤地站在一旁开口："这些天大家闹了一些不愉快，其实威哥心里也一直不好受，都是一家人，平时吵吵几句是正常的事情。大家在一起工作这么多年了，怎么说还是家里最好不是？"

高志威忙附和道："茜茜说得不错，你们两个女孩子自己在外面单打独斗多辛苦，不如回公司来，这条件嘛好说，咱们都可以谈的。"

林烟和赵红绫对视了一眼，情况跟她们来之前预料的差不多，高志威果然要拉她们回公司。

林烟靠坐在沙发上，慢条斯理地开口："哦，那高总监要给我们什么待遇？"

高志威一听林烟的话，以为有戏，立即笑着说："只要你们回公司，重新跟公司签约，那么林烟你可以直接跟在我这个艺人经纪部总监的名下，至于绫姐，还是按照我们之前谈的，可以做我的助理，工资我按照之前的双倍开。"

林烟听着高志威这一副她们占了大便宜的语气，差点直接笑了出来。

他所谓的条件其实什么都没变，还是要把她揽到自己的手下捞钱，然后让绫姐给他打下手，唯一的区别不过是多给了几千块钱的保底工资。

他说是要跟她们谈谈，却连一丁点儿诚意都没有。

一旁的赵红绫听到高志威的话，脸色微微沉了一些："这是杜总的意思？"

高志威闻言，神色有些不悦："艺人经纪部由我负责，我的意思就是杜总的意思。"

那个杜鹏盛也是个眼瞎的。

启星娱乐刚交到高志威手里没几天，就已经被高志威弄得乌烟瘴气、怨声载道，他居然还把事情全部交给高志威负责。

原本林烟还以为杜鹏盛这次可能会看清一些，请赵红绫回去，没想到杜鹏盛为了所谓的面子，连面都没露，依旧一副高高在上的姿态。

不过也难怪他会这么肆无忌惮，以她现在的情况，虽然暂时爆红了一把，但是之前的名声太差，大公司基本上不会要她，小公司也都在观望中，她们想要重新签约公司，选择的余地很小。他们这是料定了她和赵红绫没地方去，所以才一副大方施舍的态度。

赵红绫看高志威这态度，已经知道没有必要继续谈下去："抱歉，高总监，您所说的我们无法答应。"

高志威闻言，眸底闪过一抹阴鸷之色："怎么，你嫌我给的条件不够好？绫姐啊，你好歹也在圈子里混了这么多年，应该很清楚像林烟这样的艺人，我愿意要她，已经是她天大的运气了。你以为她凭着一个女四号火了一把，就真的可以跻身一线了？绫姐，你不会这么天真吧？网友的关注度转移那么快，没有公司的运作和支持，要不了几天，她就得从哪儿来，跌回哪里去。"

赵红绫并不想跟高志威多争辩，直接道："林烟已经签约了其他公司，很可惜，高总监您晚了一步。"

高志威原本还想继续玩那套恩威并施的把戏，听到这话后，直接愣在了原地："你说什么？林烟已经签其他公司了？"

赵红绫回道："是的。"

一旁的安茜茜也愣住了："这么快？怎么可能？"

林烟跟公司解约才一个多星期，爆红也不过是几天前的事情，她怎么可能这么快就签了其他公司？

签约这种事情，就算是走流程，也至少要走大半个月。

高志威自然不相信："赵红绫，你当我是外行？这么短的时间，你们跟谁签约去？"

"高总监，我们跟谁签约，应该与你无关吧？"林烟笑着开口，随即站起身，挽住了赵红绫的手臂，"高总监，告辞。"

此时，高志威终于彻底撕下了面具："林烟，你别给脸不要脸！你最好想清楚了，别怪我没提醒你，启星娱乐可不是你想来就来，想走就走的地方！"

林烟脚步停都没停，直接挽着赵红绫离开。

赵红绫离开启星娱乐之后，一脸疲惫地捏了捏眉心。

林烟见状，关心地问："绫姐，你没事吧？"

赵红绫摇摇头："我只是有些担心，高志威为人不择手段，我怕他恼羞成怒下会对你做出什么，之前很多艺人想要离开公司，都被他下过黑手。"

林烟不在意地笑了笑："绫姐，你忘了我们新东家是谁了？"

赵红绫闻言一愣，随即失笑："巅峰娱乐，我差点忘了。"

高志威的手段不过就是那些，对付一般的小艺人确实可以，但是今时不同往日，她们签约了巅峰娱乐，高志威的那些手段在巅峰娱乐面前什么也不是。

"回头我给组长打一个电话，报备一下这边的情况，以防万一。"赵红绫开口。

"好的，辛苦绫姐了。"

高志威的黑手比林烟料想中的来得还要快。

第二天晚上，一条关于林烟的八卦迅速上了热搜，而且因为林烟这段时间的热度很高，短短一天里，这条八卦直接被顶上了热搜第一。

起因是启星娱乐的艺人经纪部总监高志威直接用大号发了一条微博。

高志威：林烟小姐，还请自重，本公司以及本人拒绝一切潜规则行为。虽然你现在很红，但是我们启星娱乐签约艺人，不仅是根据人气，也要根据综合素质评判。我言尽于此，你好自为之。

高志威这条微博刚发出来没多久，就有狗仔放出了林烟深夜出没高志威办公室的照片。

然后，高志威的这条微博下面直接炸开了锅。

——我看到了什么？这不是林烟之前所在公司的经纪人吗？他这意思是林烟上门求他？

——哈哈哈，人家这话说得已经很清楚了吧？

——我的天哪！我本来还因为林翩若这个角色对林烟黑转粉了，没想到啊。

——所以我就说啊，这种事情，还真是她能做得出来的！

……

因为林烟之前的名声太差，而高志威又是直接用官方大号爆的料，所以网友们几乎全部一边倒地相信了高志威的说辞。

网友对林烟的观感才好转没多久，又恢复了一片骂声，甚至比之前骂得还要狠。

与此同时，启星娱乐因为秉公办事，倒是赚了一波好口碑。

赵红绫的公寓内。

林烟看着网上那些铺天盖地的骂声，无奈地摇了摇头："唉，我又上热搜了！"

多多气得差点把手机摔了："这个高志威太无耻了吧！烟姐不愿意回去，他就直接下黑手，要直接毁了烟姐！"

赵红绫担心的事情最终还是发生了，她料到了高志威会有所行动，不过她还是低估了高志威的无耻程度。

明明是他想要拉拢林烟回公司，却被林烟拒绝了，没想到他居然如此颠倒黑白，污蔑林烟为了回到公司，不惜上门求他。

"这个安茜茜的采访说的是什么鬼，她居然也助纣为虐！这些人怎么能这么不要脸？"多多点开了一段安茜茜最近的采访视频。

视频中，有记者询问安茜茜对林烟的事情有什么看法。

记者："安小姐，林烟和您的经纪人高志威先生最近发生的事情，您有所耳闻吗？请问网上的那些传言是真的吗？"

安茜茜似乎有些为难，无奈地开口："唉，这种事情我也不好多说什么！林烟其实一直挺想回到公司的，毕竟以她的情况确实很难有公司愿意签她，她大概是有些太着急了吧，我也没想到她会用这种方法。"

安茜茜看似没有回答记者的问题，但这话里话外的意思，其实已经把林烟的罪名钉死了。

安茜茜的这番说辞，无疑让外界更加相信这件事情，网上的骂声高涨，林烟好不容易积累起来的那点路人缘顿时消失得干干净净。

从高志威发微博到狗仔放出照片，再到安茜茜接受采访，这一系列的操作，很显然是高志威有计划有预谋地安排。

林烟正在看自己的八卦，这时，她的手机铃声突然响了起来。

林烟朝着赵红绫看了一眼："高志威的电话。"

赵红绫："你接电话吧，看他说什么。"

于是，林烟接通电话，开了扬声器："喂？"

手机那头立即传来了高志威得意扬扬的声音："怎么样啊，林烟，现在想通了吗？还要不要跟我好好谈谈？"

林烟笑了笑，故作不知："谈什么？高总监，我不懂您的意思。"

高志威轻嗤一声："小丫头，想套我的话，好录音是吗？不用想了，跟我玩，你还嫩着呢！"高志威顿了顿，好整以暇地继续开口，"林烟，我只给你三天时间考虑，别怪我没有给你机会。"说完高志威直接挂断了电话。

高志威的意思很明显，如果林烟同意回公司，那么高志威就为她澄清谣言，假惺惺地出来说只是一场误会。

如果林烟不同意，那么这个污点就要跟着林烟一辈子了。

光是蹭热度、炒绯闻还有扭转的余地，但是对于一个女艺人来说，这种污点是一辈子都洗不掉的。如果高志威不出面澄清，那么林烟这辈子算是毁了。

多多看着被挂断的电话，焦急不已地朝着林烟和赵红绫看去："烟姐，绫姐，事情都闹成这样了，接下来我们要怎么办？你们怎么一点都不着急啊？"

虽然她只是一个小助理，但经历了很多事情，知道这样的谣言对一个女艺人的影响有多大。

高志威这招实在是太阴损了！

林烟轻笑一声，朝着多多看去："因为高志威这招玩得太傻啊！"

多多："啊？"

赵红绫跟多多解释道："高志威对所有人说，林烟是为了回公司才去找他的，但实际情况是，一个星期前，林烟已经签约了巅峰娱乐。试问，一个签约了巅峰娱乐的艺人，为什么要去求着高志威进启星娱乐那样的小公司？"

多多听完赵红绫的话，总算反应过来了："对啊！烟姐现在已经是巅峰娱乐的艺人了，我怎么把这个忘了！"多多顿时激动起来，"难怪烟姐你说高志威这招太傻呢！他绝对不会想到烟姐你已经签了公司，而且还是签的巅峰娱乐。我好期待高志威知道真相之后是什么反应。"

赵红绫为人谨慎，并没有开心得太早："所以，现在我要去巅峰娱乐一趟，跟组长商量一下官宣的事情。只要官宣了林烟已经签约巅峰娱乐的消息，高志威放出的那些谣言便不攻自破了。"

多多连连点头："对对对，没错。"

赵红绫叮嘱林烟和多多："在我跟巅峰娱乐那边确定好方案之前，你们都不要轻举妄动。"

毕竟她刚进巅峰娱乐，对那边的一切不熟悉，和组长迟盛也只见过一次面，她并不确定巅峰娱乐那边对林烟的态度如何。

虽然林烟现在签约了巅峰娱乐，但是巅峰娱乐里高手如云，出名的艺人实在是太多了，她不能肯定巅峰娱乐是否会为了林烟出面。毕竟以她的经验来说，公司都不太喜欢身上有麻烦的艺人，迟盛自己手下的艺人也很多，他精力有限。

"好的，绫姐，没问题，没什么其他事情的话，我就先回去了。"林烟道。

赵红绫站起身送她："好，你路上千万小心，最近几天出门也注意一下。对了，你现在住哪里，确定安全吗？"

林烟轻咳一声："还是原来的小公寓，治安挺好的，绝对安全。"

这个世界上，大概没有比她住的地方更安全的地方了。

赵红绫点点头："那就好，最近你接的通告加上剧组给你的红包，加一起还算可观，你可以考虑买一辆代步车了，这样你自己开车出门也安全一点。"

林烟道："嗯嗯，我正有这个打算呢，回头我就去看车。"

一旁的多多闻言，脸色突然有点难以形容。

让烟姐自己开车？那岂不是更危险？她可没忘记那次被狗仔围追堵截的时候，林烟是怎么飙车的。

林烟跟赵红绫聊完之后，回到了云间水庄。

她刚回到别墅，就看到裴聿城正待在厨房里。

林烟咽了一口吐沫，凑了过去："裴先生，您……您要做饭吗？"

裴聿城："嗯，你回来了，想吃什么？"

林烟："……"

怎么又要做饭啊？苍天啊！为啥裴聿城这么喜欢做饭？

他这样的人，难道不能发展一点别的爱好吗？打打高尔夫球、开开飞机、游艇什么的，多有范儿啊！

结果这些天她住在这边，发现裴聿城平时的生活单调到了极致，只要下了班，绝对是宅在家里。

他在家除了游泳，唯一的爱好只有做饭，研究各种黑暗料理。

果然，这个世界上人无完人，神仙男朋友也有地狱的一面！

更惨的是，裴南絮从来不在晚饭时间回家，经常蹦跶着跑过来串门的裴宇堂也从不在吃饭的时间出现，以至于林烟只能一个人默默地承受一切。

原本她也想跑的，可是她还有任务在身，之前答应了星沉要找机会帮他替那个叫凌月的女孩求情。

没办法，林烟只能硬着头皮回来了，还要"助纣为孽"，去帮着裴聿城打下手。

很快，一桌子"丰盛"的晚餐便准备好了。

所有的菜都端上来后，林烟掏出手机，找了一个比较好的角度，给这满满一桌子菜拍了一张照片。

裴聿城见状，朝着林烟看了一眼。

林烟急忙拿着手机解释："那个裴先生，您做的菜卖相太好了，简直就是艺术品，我要拍下来留念！呵呵……"

林烟说完之后，趁着裴聿城去厨房端汤的空当，果断地把裴南絮和裴宇堂拉到了一个微信群里。

这不是开往幼儿园的车：大嫂，你拉我们进群做什么？

裴南絮：大嫂，出什么事了？

林烟把刚才拍摄的那一桌子菜的照片发到了群里，然后发了一个微笑的表情。

烟城疏雨隔斜阳：（微笑）没啥事，我就是让你们欣赏一下你们大哥的厨艺。

这不是开往幼儿园的车：……

裴南絮：……

裴南絮和裴宇堂大概是心虚，两人一起发了一串省略号。

林烟则是继续发"微笑"的表情。她的意思很明显：你们的良心难道不会痛吗？

大概等了一会儿，她的微信再次响了。

裴宇堂给她发了一个红包，然后发了一句话。

这不是开往幼儿园的车：大嫂您辛苦了！

紧跟着，裴南絮也发了一个红包过来。

裴南絮：大嫂辛苦了。

林烟迅速把两个红包领了，心里才稍许得到一些安慰，算他们还有点人性。

很快，裴聿城端着最后一道汤过来了。

林烟噔噔噔地跑去把电视机打开："我们边看电视边吃饭吧！"

这样好歹可以分散一些注意力，让她吃得没有那么艰难。

裴聿城："好。"

于是，两人和谐地坐在了一起，一边看电视一边吃起了饭。

此时此刻，她待在大别墅里，身边坐着如此颠倒众生的男人，一边吃饭一边悠闲地看电视，简直是人间值得！

只可惜，当林烟咬下第一口红烧肉之后，一切美好的感觉瞬间灰飞烟灭，她觉得自己好像看到了死神扛着镰刀朝她走来。

"昨日，启星娱乐艺人经纪部总监高志威发布了一条微博，控诉女艺人林烟为了进公司，公然求他，却被对方拒绝，此消息刚一公布，立即在网上引起极大轰动……"

林烟还在吃着饭，没想到电视正在播放一则娱乐新闻，这则新闻的主角还是她自己。林烟顿时一阵呛咳。

怎么她随便看个电视看到的都是自己的八卦？

裴聿城似乎也注意到了电视里的内容，目光朝着屏幕移去。

"据悉，艺人林烟之前便与多名男性艺人不断传出绯闻，最近凭借着一部《棋逢对手》获得了不少影迷的喜爱，但没想到才几天，她便故态复萌，曝出如此丑闻。"

现在到处是网络电视，可以直接显示弹幕的，此刻，大屏幕上便飘着不少网友的评论。

只有极少数人在质疑高志威空口无凭，而且狗仔爆料的照片也不过是林烟出入启星娱乐的照片，根本算不上实锤，但是大部分人直接忽略了这些。

——什么空口无凭啊！人家堂堂一个娱乐公司的总监都出来实名指证了，还能冤枉她不成？

——狗仔的照片都已经曝出来了好吗！要不是有鬼，那她深更半夜跑去找高志威干吗？何况连她同公司的艺人安茜茜都已经出来指证了！人证物证俱在，她还想洗白？她到现在都没出来说话，不就是因为心虚默认了吗？

——这女人真是太恶心了！之前我居然还那么喜欢她演的林翩若，她根本就不配演我女神！

……

林烟对这些谩骂早就习以为常，但是此刻，她突然一个哆嗦，脊背上莫名冒了一股冷汗。

林烟下意识扭头，朝着裴聿城看了一眼。

男人的面上是一贯的清冷淡漠，并没有什么特别的情绪，就好像刚才一闪而逝的哆嗦只是她的错觉。

裴聿城状似漫不经心地开口："平时他们都是这么骂你的？"

林烟挠挠头道："其实很多人是抱着吃瓜的心态，人云亦云跟着骂，习惯了就好。"

"高志威是你原公司的高层？"裴聿城盯着屏幕上的一个名字问道。

他居然在过问她这样一个小小的分公司下面的小组里的一个微不足道的小艺人的鸡毛蒜皮的小事，实在是让她有些受宠若惊。

林烟忙开口："是啊，就是他顶替了绫姐的位置，后来我跟绫姐离开了公司。他大概是看我最近火了，所以又想把我拉回来。我现在已经是裴先生您手下的人了，那我当然是不能同意的，直接拒绝了他。他应该是为了逼我就范才这么做的。"

听到这句"我现在已经是您手下的人了"，裴聿城的嘴角扬了扬："那你准备怎么解决？"

林烟回道："其实这件事情特别好澄清，反正我早早便签约了巅峰娱乐，你想啊，我都已经签了巅峰娱乐这个圈子里最牛的经纪公司了，怎么可能还想回到启星娱乐这样一个小小的公司？完全不合逻辑啊！所以，到时候只要巅峰娱乐官宣一下我已经跟公司签约的事情，一切谣言便不攻自破了。"

裴聿城耐心地听着林烟的解决办法，半晌后，点了点头，问道："需要我帮你吗？"

林烟："啊？你帮我什么？"

裴聿城："官宣。"

"噗……"林烟差点被一口饭团噎死。

开什么玩笑啊！让裴聿城帮她官宣？

他怎么官宣？开着他那个认证信息为"JM集团CEO裴聿城的微博大号"去官宣吗？

林烟急忙摆手道："不用不用！您千万别这样做！"

"怎么？"裴聿城微微挑眉。

怎么？他自己心里难道没点数吗？

林烟满脸无奈道："这……我怎么跟您解释呢？"杀鸡焉用牛刀啊！

但是她觉得用"牛刀"来形容大佬太没有格调了。

于是，林烟绞尽脑汁，回道："这就好像拿青龙偃月刀切菜，挥着倚天剑削苹果，用传国玉玺砸核桃，无论如何也不合适啊！就他那样的角色，哪儿配您动手啊！就算是您想帮我，我还舍不得用呢！"

裴聿城听着女孩的这些形容，还有那句"舍不得"，低头轻笑了一声："你嘴上抹了蜜？"

林烟一脸诚恳地说道："没有，绝对没有，我明明是发自肺腑的。"

裴聿城略撑着脑袋，眸底泛着笑意，静静注视着女孩，随后突然俯身，一点点凑近女孩。

最后，在林烟惊讶的目光下，他在女孩的嘴角轻轻落下一吻。

下一秒，男人低哑的声音在林烟耳边响起："明明是甜的。"

林烟："……"

她觉得再这么相处下去，她恐怕会架不住糖衣炮弹的腐蚀了。

不行，她得冷静一点！

林烟赶紧多吃了几口菜，效果果然很强，她瞬间冷静了不少。

三天后。

今天是电影节，《棋逢对手》剧组被提名了最佳导演、最佳男主角、最佳剧本等多个奖项，林烟因为林翩若这个角色热度极高，也受邀在列。

一般到场的嘉宾都是结伴同行，不过以林烟现在的情况，自然没人愿意跟她一起入场。

这时，一旁的裴南絮微笑着开口："这部剧是我们所有人共同努力的结果，不如我们剧组一起进场吧？"

原本裴南絮应该跟蒋思霏这个女主一起进场，但是裴南絮都这么说了，而且他的提议也很合理，众人也没有异议。

裴南絮的提议，冯安华自然要给面子，立即附和："裴南絮说得没错，大家就一起进场吧！"

姜一鸣点点头，表示没意见："可以。"

林烟知道裴南絮是怕她尴尬，但是又不方便陪她一起走，才用了这种方式，于是感激地朝着裴南絮略点了一下头。

蒋思霏阴沉着脸，本还想说什么，见冯安华和姜一鸣都已经开口了，这才闭了嘴。

这时，旁边另一个穿着黄色礼裙的女艺人——剧中的女二号不满地说了一句："干吗要让我们跟这种人一起进场啊？跟她站在一起我都嫌脏。"

蒋思霏一副落落大方的姿态，说道："既然裴南絮都发话了，大家就一起过去吧！"

蒋思霏倒是想通了，跟这女人生什么气，反正她马上就要滚了。

"我真是搞不懂，裴南絮为什么总是这么照顾林烟，这个狐狸精太不要脸了，看到男人都要贴上去勾搭。"女艺人这才不甘愿地跟了上去。

"下面出场的是《棋逢对手》剧组。"

伴随着主持人的报幕，裴南絮和林烟等人一起踩着红地毯走上前来。

几人一起走上台，非常惹眼，引起了周围不少人的议论，其中不少是针对林烟的。

毕竟众人永远对八卦和吃瓜比较感兴趣，尤其还是这种桃色八卦。

"林烟在网上都被骂成那样了，居然还敢出门？！"

"她不是脸皮一贯都这么厚吗？有什么不敢的。啧啧啧，为了求收留，什么都做，她可真做得出来。"

"噗，最搞笑的是她还被人家拒绝了好吗，真是丢死人了。要是我，直接退圈算了，哪还有脸留下来。对了，听说今天启星娱乐的那个总监也到场了，你们说待会儿两人会不会撕起来？"

很快，众人陆续入场。

《棋逢对手》逆风翻盘成为最大的赢家，一举拿下了被提名的所有奖项。

"获得最佳男主角奖的是——"主持人一边看向大屏幕，一边开口，"《棋逢对手》陈敬，恭喜裴南絮。"

与此同时，大屏幕上出现了电影中的一些经典片段。

其中一幕戏占据了大部分的时长，这场戏正是裴南絮跟林烟那场经典的对手戏。

虽然众人都对林烟抱着不屑的态度，但不可否认的是，林烟在这部电影中的表现确实太出彩了，也难怪会火。

无论是跟卫徐风的对手戏，还是跟裴南絮的对手戏，林烟全部表现得无可挑剔。如果她的戏份再多一些，不是女四号，绝对能拿到不少奖项。

看着这幕戏，林烟的心情却是相当复杂。因为这场戏是她"发病"的时候，在没有意识的情况下完成的。

电影出来之后，很多博主剪了片花，给林翩若配了不少CP，最多的是她和卫徐风，站她和裴南絮这对CP的也有不少。

还有一些人把她跟卫徐风的戏份以及她跟裴南絮的戏份单独剪了出来，别说，她看着还挺带感的。

跟裴南絮对戏时的自己简直太酷了，她都要爱上自己了。

很快，颁奖典礼结束，接下来还有采访环节。

林烟刚步出颁奖大厅，走到角落处的时候，突然有个人走上前来。

林烟看着朝自己走过来的高志威，眉头微挑，不动声色地朝着来人看去。

高志威一副一切尽在掌握中的表情，居高临下地扫视着林烟："林烟，怎么样啊，三天时间已经到了，你考虑好了吗？"

看高志威得意的样子，怕是料定了她一定会妥协吧？

毕竟这种情况，除非高志威自己澄清，否则她就是有嘴也说不清。

林烟笑了笑："高总监，该说的，那天在公司的时候已经跟你说得很清楚了，我已经签了别的公司。"

高志威没想到林烟到现在还死鸭子嘴硬，脸色顿时沉了下来："林烟，我早就打听过了，根本就没有公司签你，我看你是不见棺材不掉泪！"

他已经打听过了？林烟想了想，推测他打听的肯定是一些三四线水平的经纪公司，这样的话，他自然打听不到什么消息，以为她还没签公司。

林烟也没解释，微笑着说道："我倒是挺想见见的，就是不知道到时候是谁掉泪呢。"

"你……"高志威的脸色阴沉到底，"好，林烟，你很好！这可是你逼我的，你别后悔！"

高志威"哼"了一声，直接转身离开。

林烟不在意地拍了拍衣服上不存在的灰尘，慢悠悠地继续朝着门外走去。

绫姐那边已经跟巅峰娱乐谈妥了，迟盛那边虽然对她惹出来的事情颇有微词，但还是答应了让公关部发个声明，证明她现在是巅峰娱乐的艺人。

虽然迟盛没有出面，但是由公关部来发这个声明也已经足够了。

颁奖典礼结束后，艺人们也放松了下来，在后台那边趁着等待采访的空当互相寒暄起来。

"之前我听很多人吹林烟在《棋逢对手》中的演技，原本我还不屑一顾，没想到今天看颁奖典礼上的片花，确实是很惊艳啊！难怪最近她这么火呢！"有个男艺人感叹道。

这时，黄裙女艺人神情不屑地开口："只可惜啊，就算她进步再大，演得再好又怎样，人品也太差了！这种人简直是在给我们抹黑！我都不好意思说，我跟这种人在一个剧组里拍过戏。"

黄裙女艺人是《棋逢对手》的女二号，她跟蒋思霏的情况差不多，所有的风头都被林烟抢走了，自然对林烟心存不满。

她知道林烟闹出了丑闻之后，第一个跳出来幸灾乐祸，甚至还转发了高志威的那条微博，感叹世风日下，人心不古，还似是而非地爆料了很多"所谓"林烟勾三搭四的故事。

此时，林烟就站在不远处，然而这个女艺人的声音丝毫没有降低，像故意说给林烟听的。

林烟没有理睬她，只是安静地站在那里。

"我确实听说她喜欢蹭热度、炒绯闻，不过这次是怎么回事？"有不知情的人好奇地问。

"难道你没听说她最近的八卦吗？"

"什么八卦？最近我在剧组闭关拍戏呢，没怎么关注外面的新闻。"

"我跟你说呀，她……"

女艺人顿时滔滔不绝地跟旁边的几个人八卦起来，还拉着一旁的蒋思霏道："林烟在剧组的时候一直很不检点，招蜂引蝶，连裴南絮对她的态度都很不一般。她简直不要脸，不信你们问蒋思霏。"

蒋思霏一脸为难地开口："这个我也不好说，不过裴南絮对林烟的态度确实和对其他人不同。"

连蒋思霏和黄裙女艺人这两个跟林烟同剧组的人都这么说了，其他人自然更加确信了，顿时纷纷朝着林烟投去厌恶的目光。

演技再好，没有艺德，也同样令人不齿。

就在这时，记者们陆续到场。

因为最近林烟和高志威的八卦热度极高，所以记者们直接朝着林烟的方向蜂拥而上。

林烟一下子被记者团团围住，蒋思霏等人则冷眼站在一旁看好戏。

"林烟小姐，对于最近您原公司艺人经纪部总监高志威先生对您的质控，您怎么看？"

"几天前，您深夜去原公司找高志威先生，是否如同他所说的是为了得到合约，故意以色相诱？"

"请问您知道高志威先生是有妇之夫吗？您这样做难道不觉得自己很没有道德吗？"

……

面对记者们七嘴八舌的质控，林烟面色丝毫不变："抱歉，我似乎没有理由这么做。"

记者们一听到林烟回应了，顿时更加激动了。

"人证物证俱在，难道你还想抵赖不成？"

"那请你解释一下狗仔爆料的照片是怎么回事，还有同公司的安茜茜小姐已经作证指控你，难道所有人都在冤枉你吗？"

林烟听着这些话，一脸嘲讽地笑了笑。

人证物证？一张她从公司大楼出来的照片，甚至旁边还有她的经纪人赵红绫，而安茜茜原本就是高志威手下的艺人，她自然会帮着高志威说话了，这样可笑的"证据"，居然也能被当成铁证。

因为外界对她固有的印象，大家就认定她肯定做了这样的事情。

高志威正是认准了这一点，才敢在毫无证据的情况下往她身上泼脏水。

就在这时，有记者看到高志威和安茜茜从后面走了出来，记者们顿时朝着两人的方向挤去。

记者："高总监，方才林烟否认了您在微博上的控诉，请问您怎么看？"

高志威目光阴狠地朝着林烟的方向看了一眼，回道："这种事情，我难道还能冤枉她吗？之前我看在她曾经是我们公司艺人的份上，很多事情都没有详细说，已经够给她面子了，既然她到现在还不知悔改，那就别怪我了。"

既然他得不到林烟，那就直接毁了她。

"详细情况？那天晚上的详细情况是怎么样的？"听到高志威的话，旁边的记者和围观的艺人顿时更加兴奋了。

高志威状似愤慨地开口："那天晚上，她穿着暴露地跑来我的办公室，哀求我，求我收留她，还说就算我有老婆，她也不介意，只要我愿意收留她，她什么都愿意做。"高志威说着，一脸怜悯地看向林烟，"这些事情难道你都忘了吗？"

高志威话音落下的瞬间，全场一片哗然。

天哪，这个惊天大瓜！

这个林烟也太无耻了吧，连这种事情都做得出来。

林烟看着高志威，心想：这男人做经纪人真是屈才了，不如去做编剧做演员好了，这编故事和戏精的能力，简直绝了！

林烟不紧不慢地说："高总监，你确定我说过这些话，做过这些事？"

高志威有恃无恐地说道："当然了，我对我所说的每个字负责，而且当时安茜茜就在我旁边，她也看到了你的行为，就是四天前的事情。"

高志威为了证明自己的话不假，不惜把安茜茜拉下了水。

林烟于是又看向安茜茜："安小姐，是吗？你也在场？"

这个时候，安茜茜自然要挺高志威了，而且她料定了林烟拿他们没办法，于是义正词严道："没错，当时我就在现场，之前是看在同事一场的份上，才没有直接告诉大众，谁知道你居然在这里抵赖！林烟，你实在是太过分了！"

林烟听到安茜茜的话，满意地点点头。

原本林烟没想牵扯安茜茜的，谁知道她直接被自己的经纪人扯下水了。

林烟跟两人确认道："好吧，那我最后问一个问题，我为什么要这么做？"

高志威闻言，冷笑一声，说："林烟，你明知故问，之前你因为品行不端被我赶出了公司，现在你当然是为了回我们启星娱乐了，有什么问题吗？"

说到这里，在场的记者和艺人们已经完全相信了高志威的话。

高志威还想趁着这个机会出名一把，于是看向众人，继续开口："这关系名誉的事情，我怎么可能乱说呢，我早就知道她的人品有问题，即使她现在很红，我也没有轻易答应签下她。谁知道她居然使出那种不入流的手段，我可是有家室的人，怎么可能做这种事情。"

"就是啊，这个林烟真是太无耻了，她以为所有人都跟她一样道德沦丧吗？"周围的人听着高志威的话，顿时一片附和，更加义愤填膺起来，同时也对高志威的人品相当钦佩。

今天，安茜茜参演的一部片子也入围了，不过她是来陪跑的。

但是高志威凭借最近的炒作，倒是赚了不少好名声，现场不少人跟他搭讪，并且表示对他的支持，他趁机拉了不少关系。

高志威见林烟不说话，只当她走投无路，站了出来，假模假样地叹了一口气，说道："其实，我是一个非常念旧情的人，林烟大概也是一时走岔了路，大家别太责怪她，看在昔日的情分上，只要她以后本本分分地好好工作，我也不是不可以签下她的。"

高志威到现在还想压榨林烟的最后一点价值，坏人好人都让他一个人当了。

当所有人在对林烟咒骂不休，而高志威趁机装好人的时候，一旁的入口处突然传来一个声音——

"哟，今天好热闹呀！"

众人下意识地朝着声音传来的方向看去，便看到来人竟是巅峰娱乐的总裁——楚嘉尧。

此刻，楚嘉尧正在几个保镖的护送下走过来，与他同行的还有裴南絮。

众人没想到巅峰娱乐的老板竟然会来今天的电影节，顿时一阵激动。

楚嘉尧可是娱乐圈的大鳄，巅峰娱乐的老总，不仅眼光一流，手段超群，而且还有着完全不亚于艺人的出众外表，即使他跟裴南絮站在一起，气质也丝毫不逊色。

一些记者正想抓住机会堵人，上前采访几句，没想到楚嘉尧正朝着他们走过来。

随后，楚嘉尧面上始终带着淡淡的笑意，目光投向高志威的脸上时顿住，拉长了声音，笑着开口："听说有人想挖我们巅峰娱乐的墙脚？"

听到楚嘉尧的话，现场其他人连带高志威一起愣住了。

众人一时之间还没明白过来楚嘉尧的意思。

有人挖巅峰娱乐的墙脚？谁有这么大的胆子，敢挖楚嘉尧的墙脚？而楚嘉尧口中的"墙脚"又是谁？

Part21

"您"这个字的意思，就是你在我心上。

♥

现场静默了片刻后，终于有记者忍不住小心翼翼地提问："楚总，您方才的话是什么意思？谁挖了您的墙脚？"

楚嘉尧笑着开口："这位高志威先生啊，方才他不是说了吗？"

什么？！高志威？！高志威他刚才说什么了？他说……

高志威也一脸迷茫。

记者们迅速回忆了一下，然后想起来高志威刚才说的是，如果林烟安安分分的，他不是不可以签下她。

天哪！楚嘉尧到底是什么意思啊？他口中的墙脚该不会是……不可能，疯了吧！这怎么可能？

然而下一秒，完全不敢相信心中猜测的众人便听到楚嘉尧说道："实在是抱歉，早在一个多星期前，林烟小姐就已经签约巅峰娱乐，是我们巅峰娱乐的艺人了。"楚嘉尧顿了顿，继续道，"这位高总监当众挖我的墙脚，怕是不太妥当吧？"

楚嘉尧的这番话再次掀起了轩然大波，所有人都惊呆了，高志威更是呆愣当场。

刚……刚才楚嘉尧说了什么？他是不是听觉出现了问题？

"我听到了什么，楚嘉尧……楚嘉尧刚刚说林烟是巅峰娱乐的艺人？"

"你没听错，楚总还说林烟早在一个多星期前已经签约巅峰娱乐了。"

"这怎么可能？那可是巅峰娱乐啊！那是娱乐圈最牛的经纪公司，后台是跨国财阀JM集团，对艺人的要求别提多严苛了，巅峰娱乐怎么可能会签下林烟？"

"可是……这是楚嘉尧，巅峰娱乐CEO说的话还能有假？"

随后，众人顿时陷入一片诡异的沉默中。

巅峰娱乐老板说的话还能有假吗？

这时，一旁的裴南絮扫了一眼众人，开口："林烟确实早在一个多星期前就签约了巅峰娱乐，同时签约的还有她的经纪人赵红绫，公司最近正准备官宣。"

连裴南絮都出来证实了，这是板上钉钉，钉得不能再死了啊！

其实，别说围观的这些人震惊，林烟自己也有些意外，一脸狐疑地朝着裴南絮和他一旁的巅峰娱乐总裁楚嘉尧看去。

什么情况啊？不是说好了，到时候会由公关部发一条微博官宣的吗？怎么变成楚嘉尧这个老总和裴南絮出来官宣了？这官宣的规格是不是太高了一点？

此刻，林烟只能庆幸，还好来的人不是裴聿城，不然真没法收场了。

"裴南絮，您刚才说的是真的吗？林烟真的签约巅峰娱乐了？"记者们顿时七嘴八舌地提问。

裴南絮："自然是真的，稍后公关部应该会正式官宣。"

记者："那么之前有传言说您对林烟特别照顾，今天走红毯的时候还特意为她解围，也是因为她签约了巅峰娱乐？"

"她是同公司的艺人，我自然多照顾了些。"裴南絮直接承认了。

众人："……"

一时之间，众人的目光全部朝着一旁目瞪口呆的高志威和安茜茜看去。

"林烟一个多星期前就签约巅峰娱乐了，那高志威所谓的四天前林烟为了签约启星娱乐，不惜色诱他又是怎么一回事？"人群中有人开口。

"废话，这还用问吗？肯定是高志威污蔑了林烟啊！否则，林烟都签巅峰娱乐了，还用跑去色诱他，求着进启星娱乐吗？她脑子坏了吗？"

"真相原来是高志威从头到尾在自导自演？"

此刻，面对越来越多的质疑声，高志威的大脑已经一片空白，冷汗涔涔。

之前林烟和赵红绫一直跟他说已经签新公司了，可是他不相信，还去调查过，确认她们没有签约别的公司。可是他哪里能想到，林烟签约的公司竟然是巅峰娱乐。

而且早在一个多星期前，她就已经签约了。

这下，他再怎么解释也说不清了。

"天哪！真没想到高志威之前一副义愤填膺的样子，说得有模有样，敢情是在编故事啊！"

"噗，那他可真是够能编的啊！难怪之前林烟说她没有理由这么做呢，她都签巅峰娱乐了，怎么可能会去找高志威。"

"高志威手下那个安茜茜也不是什么好人吧，口口声声帮着高志威圆谎。"

"我算是看明白了，这分明是高志威自己把林烟赶出去之后，看林烟大火了，现在又想把林烟签回去捞钱，结果林烟没同意，他就使出了这么下三烂的手段，颠倒黑白，逼林烟就范，这也太无耻了吧！"

"八成是这样没错了。可谁能想到，林烟签了巅峰娱乐呢！啧啧啧，这脸打得可真够响的。"

……

事到如今，百口莫辩的人成了高志威和安茜茜。

原本他们的证据就站不住脚，现在巅峰娱乐的老总和旗下顶流又出来官宣，瞬间真相大白。

高志威抹着汗，焦急不已地解释："不……不是……不是这样的，其实是误会。那天晚上，林烟找我只是为了谈公事，应该是我误会她了。"

他刚才都已经信誓旦旦地把林烟怎么勾引他的过程说出来了，现在才来说是误会，谁还能信他？

安茜茜这会儿更是悔得肠子都青了，早知道她就不帮着高志威作证了，结果就这么被高志威拉下了水。她这么污蔑同行，以后还怎么在圈子里混？

此刻，更焦灼的还有在一旁准备看好戏的蒋思霏。

蒋思霏甚至直接失控，问出了声："这……这不太可能吧？以林烟的条件，怎么可能签约巅峰娱乐？"

她都被巅峰娱乐拒之门外，只能签约凯胜娱乐旗下的一个分公司——万众传媒，林烟凭什么可以进巅峰娱乐？

楚嘉尧听到蒋思霏的问题，用凌厉的目光朝着她扫了一眼，面上虽然依旧挂着笑容，但没有丝毫温度："我们巅峰娱乐的决策，还不需要跟外人解释。"

要是别人这么说，难免引起质疑，但是巅峰娱乐就是有这个资本嚣张。

毕竟他后台的大老板可是JM集团的CEO裴聿城，他怕谁？

楚嘉尧的这句话同时堵住了其他人的嘴。

蒋思霏脸色惨白地站在那里，气得手脚冰凉。

赵红绫和林烟全部进了巅峰娱乐，这个事实足以让她被嫉恨腐蚀到发疯。

最后，一场闹剧就这么谢幕了。

记者的采访结束不久，巅峰娱乐的官博紧跟着官宣了，并发出声明，保留追究造谣者法律责任的权利。

一时之间，网上众人这才知道了真相。

这一切竟然是高志威颠倒黑白、自导自演的一场戏。

舆论瞬间纷纷倒戈，之前骂林烟的人又骂起了高志威，还有一部分人震惊林烟竟然能进巅峰娱乐。

"没想到真相竟然是这样的，这个高志威怎么能这么无耻啊！"

"其实说起来，之前确实没什么确切的证据，完全是高志威和他手下艺人空口无凭在造谣，结果所有人想都不想就信了。"

"说起来，林烟这次也是挺倒霉的，要不是她早早签约了巅峰娱乐，还真是跳进黄河也洗不清。"

"这次还是站林烟吧！不管她之前风评怎么样，这次确实是被冤枉了。对于一个女艺人来说，这种指控简直是想毁了她啊！得不到就毁掉吗？这也太可怕了。"

与此同时，某高档别墅内，林书雅同一时间得到了这个消息。

"哐啷"一声，手边的杯子被她用力摔在了地上。

"林烟签约了巅峰娱乐？这怎么可能！"林书雅原本不屑出手，她料定高志威肯定会对付林烟，等着看他们狗咬狗，到时候她只需要推波助澜一番就好。

万万没想到，林烟竟然会悄无声息地签约了巅峰娱乐。

如果是其他任何公司都好说，但偏偏是巅峰娱乐。凯胜娱乐再厉害，也不可能跟巅峰娱乐相提并论，林烟若是真的签了巅峰娱乐，日后她再想下手，便是难上加难了。

这时，一旁的贺姗姗殷勤地开口："表姐，你也别太生气了，这个林烟就算走了狗屎运签了巅峰娱乐又怎样，巅峰娱乐那么多厉害的艺人，她算什么啊！再说了，你马上要出演国际大制作了，她还在底层摸爬滚打呢，她连你的裙边都摸不上。"

林书雅听到这里，脸色才稍微缓和了一些："林烟，我倒是小看你了。不过也好，这样才有意思。既然你想再试试从天堂跌落地狱的感觉，我也不介意成全你。"

这一次，她要自己出手。

记者采访结束后，林烟向裴南絮和楚嘉尧道了谢。

"不客气，自家公司的艺人自然要护着。"楚嘉尧倒是一点架子都没有，他极其感兴趣地上下打量了林烟一番，"对了，林小姐，你跟我们家南絮是不是很熟啊？"

楚嘉尧实在太好奇林烟和裴南絮的关系了，所以一逮到机会，立刻八卦起来。

林烟没想到这个老板这么……这么接地气，一时都不知道怎么回答了。

旁边的裴南絮一脸无奈道："楚总，我不是跟你说过了吗？我们就是普通的朋友关系，我跟你推荐林烟，只是觉得她确实有实力。"

楚嘉尧"啧"了一声，满脸"我信你才有鬼"的表情："你当我是第一天才认识你吗？公司的事情你从来不多过问，这可是你破天荒头一次跟我推荐一个艺人，绝对有猫腻。"楚嘉尧的语气相当肯定。

裴南絮无奈地和林烟对视了一眼，照这么发展下去，楚嘉尧肯定要越想越歪。

果然，下一秒便听到楚嘉尧饶有兴致地问："在我这个老板面前，你们俩给我老实交代，你们是不是在谈恋爱？"

"噗……"林烟差点被这话吓死。

她跟裴南絮谈恋爱？怎么可能！

裴南絮也很无语，说："楚总，没有，我们真的不是你想的那样。"

林烟也连连附和："怎么可能呢，这是绝对绝对没有的事情。"

楚嘉尧的目光在两人身上来回扫着："不是谈恋爱，南絮会这么护着你？他虽然看似对谁都很温和，可是一向不会越线，尤其是对待女艺人的时候。"

林烟："……"

林烟算是看出来了，楚嘉尧不仅八卦，而且老奸巨猾，根本没有那么好糊弄，以免他继续胡乱猜测，林烟只能开口："我……我跟裴南絮其实算是亲戚关系。"

"亲戚关系？"楚嘉尧愣了一下，"我怎么不知道裴家有你这样一个亲戚？"

不是楚嘉尧看不起林烟，而且裴家是什么样的背景，自然不可能有林烟这样的亲戚。

林烟轻咳一声，拿出之前应付多多的那套，解释道："就是隔得比较远，也没有血缘关系的那种亲戚，是裴南絮人好，才愿意顺手帮我一把。"

楚嘉尧双眸微眯："我就当你说的是真的吧，那之前南絮怎么不帮你？要等到现在？"

林烟一脸无奈，嘴里小声嘀咕着：那是因为我最近才跟裴南絮的大哥谈恋爱，所以才跟裴南絮成为亲戚的啊。

裴南絮听到林烟的小声嘀咕后，一阵哭笑不得。

"你说什么？"楚嘉尧没听清林烟的话。

林烟忙道："没什么没什么，我是说，我说的句句是真话，绝对不敢欺瞒楚总。如果有假话，我会被天打雷劈。"

楚嘉尧摸着下巴思索道："真的？"

裴南絮无奈地打断了想要继续追问的楚嘉尧，对林烟道："林烟，你先回去吧。"

"哦哦,好,那我先走了。"以免楚嘉尧再追问不休,林烟急忙闪人。

晚上,也不知道裴南絮和裴宇堂是不是因为上次看到她在群里发的"晚餐"图之后良心发现,居然破天荒一起在晚饭时间出现,让她很是意外。

"我回来了,你是不是很感动啊?"裴宇堂一脸邀功地凑到林烟前面。

裴南絮无奈地摇头笑了笑。

林烟白了裴宇堂一眼:"感动个头,有本事你天天回来陪你哥一起吃饭。"

裴宇堂干笑一声:"那怎么好意思呢,我毕竟是一个离家出走的人,这不合适。我看二哥倒是挺合适的。"

裴南絮没想到自己这么被亲弟弟卖了,有些无语。

裴南絮正要开口说话,这时,门口传来一阵脚步声,是裴聿城回来了。

林烟急忙殷勤地过去迎接,一手接过裴聿城的外套,说道:"裴先生,今天您这么早就下班了?"

"嗯,你那边的事情解决了?"裴聿城一边说着,一边极其自然地低头在林烟的额头上亲了亲。

这……这简直就像一对新婚的小夫妻,丈夫回来了,会亲吻自己的妻子。

林烟被自己的这个想法吓到了,赶紧装作无所谓的样子,强装镇定地继续说道:"是……是啊,没想到巅峰娱乐的老板竟然会出来帮我说话,还有裴南絮也跟记者说明了情况。"

裴聿城点头道:"那就好。"

林烟看着裴聿城这副意料之中的表情,下意识地多看了他一眼:"裴先生,这该不会是您安排的吧?"

裴南絮听到林烟和大哥的对话,在一旁解释道:"确实是大哥交代我做的,加上当时我也在场,便直接让楚总陪我一起出面了。"

林烟:"还真是啊。"

"怎么,你不满意?"裴聿城笑了笑道,"你不是觉得我的官宣规格太高吗?"

林烟:"……"

所以,他就贴心地帮她降低了一点规格?不过还是太高了好吗!

哪有她这样的小艺人由公司老板出面官宣的啊!何况还有裴南絮助力!

好吧,对于大佬而言,这种规格已经算很低了吧。

"没……满意,我很满意。"林烟只能弱弱地开口,"谢谢您,裴先生,真的太感谢您了。"

裴聿城听着林烟这一口一个您,双眸微微眯起:"林小姐对我的称呼似乎一直很生疏？”

林烟闻言愣了一下，好像是这样。她对裴聿城向来是一口一个"您"的。

裴宇堂一边拿起桌上的苹果啃，一边开口："就是啊，我之前就想说了，大嫂你这称呼真的太奇怪了。"

林烟瞪了拆台的裴宇堂一眼，随即挠挠头，看向裴聿城道："那个我习惯了，一时改不过来了。叫名字的话，我总觉得是对您不敬。"林烟下意识又说了一次"您"。

她想象了一下自己对裴聿城用昵称的画面，聿城？阿城？天哪！这无论如何也叫不出口，太肉麻了！

"我大哥巴不得你对他不敬呢。"裴宇堂嘀咕。

林烟心想：这熊孩子能不能闭嘴？

最后，林烟的眼珠子转了转，微笑着看向裴聿城道："裴先生，其实吧，我觉得用'您'这个字也挺好的呀。"

裴聿城眉梢微扬，好整以暇地朝着女孩看去："哦，林小姐何出此言？"

林烟轻咳一声，缓缓解释道："'您'这个字的意思啊，就是……就是你在我心上。"

裴聿城："……"

裴南絮："……"

裴宇堂："……"

您——你在我心上——

女孩清脆的声音如同最纯粹的玉石一般，轻轻敲击在裴聿城的心上。

一瞬间，裴聿城只觉得整个世界都在眼前融化，那个原本远远拉开他们之间距离的敬称"您"，一瞬间变得旖旎起来。

裴聿城愣了一瞬，半晌后，他无奈又宠溺地露出一个浅笑，看向眼前的女孩："林小姐真的很会哄人。"

林烟顿时双颊微红，她哪有很会哄人啊，分明是他撩起人来不要命好吗！

一旁的裴宇堂听到大哥的话，点头如蒜，大嫂确实太会哄人了，她这水平简直是舌灿莲花，令他叹为观止，顶礼膜拜。

第二天早上，林烟一觉睡到了自然醒，目前她这边所有的事情都解决了，总算可以放松一段时间了。

接下来，她等绫姐的工作安排就好。

林烟这边刚刚洗漱完毕，裴宇堂的声音便从门外传来。

"大嫂，你在吗？"

"门没锁。"林烟道。

很快，裴宇堂推开房门，大步走了进来。

此刻的裴宇堂与往常有些不同，整个人如同打了鸡血一般，眸底还浮现出一抹兴奋。

"你怎么这么兴奋，车队跑赢了？"林烟坐在沙发上，看着裴宇堂道。

"车队？"听闻林烟所言，裴宇堂整个人微微一愣，旋即回过神来，连忙摇头道，"没赢啊，最近车队的确有几场小比赛，不过输多赢少。对了，我的车队还跟贺家车队跑了一场，唯独赢了贺家车队。"

林烟："……"

他能不能不要跟她刻意强调赢了贺家车队？赢贺家车队不是必然的吗？

不过对于贺家车队，林烟目前并不怎么担心。前段时间，贺家车队已经拉来了不少赞助和投资，队伍的装备也更换了一批。

"我来不是跟你说赢了贺家车队这件事。"裴宇堂朝四处瞧了瞧，旋即神秘地走近林烟。

林烟看着裴宇堂这副神态一脸蒙，这熊孩子撞坏脑袋了？

"嫂子，这件事我就跟你说，你可千万不要说出去，任何人都不要说出去。"裴宇堂小心翼翼道。

"到底什么事弄得这么神秘？"林烟也被裴宇堂勾起了一丝好奇心。

"不行，你得先答应我，绝对不能说出去，否则的话，后果不堪设想。"裴宇堂道。

"那你还是别说了。"林烟耸了耸肩。

听闻林烟此言，裴宇堂微微一愣，他显然没料到林烟会如此不按套路出牌。

"嫂子，你怎么这样啊！算了，我说。"裴宇堂又朝着林烟凑近些许。

"有话快说。"林烟有些不耐烦。

"嫂子，你起码算是一个赛车圈的大神，赛道死神Yeva你应该知道吧？"裴宇堂小声道。

林烟未想到裴宇堂会忽然提及Yeva，并且裴宇堂之前的铺垫和Yeva又有什么关系？

"我听说过，怎么了？"林烟点了点头。

"嫂子，我跟你科普一下啊，赛道死神Yeva是全球第一联赛的卫冕之王，曾经上过巅峰赛道，什么浪蟒啊、屠夫啊，那可都是Yeva手把手教出来的。"裴宇堂一副"我要从开天辟地跟你说起"的表情。

林烟嘴角微微抽动，急忙打断他："这些我都知道，你到底想说什么？"

"嫂子，赛道死神Yeva退役有一段时间了，这段时间内，没有任何消息传出，难道你就不好奇号称地表最快的赛道死神Yeva退役之后去了哪里吗？"裴宇堂的一双眸子死死地盯着林烟。

林烟被裴宇堂这般打量，莫名有些心虚，难不成这熊孩子知道了她的身份？

按理说不应该啊，她什么时候掉的马甲？难不成是祁邵元说的？

"额……她在哪儿？"林烟轻声问道。

"哈哈哈，嫂子，我告诉你一个天大的秘密，赛道死神Yeva出现了，远在天边近在眼前。"裴宇堂满脸激动道。

随着裴宇堂话音落下，林烟终于叹了一口气。

果然，她暴露了，不过裴宇堂究竟是怎么发现她身份的？

"你是怎么知道的，谁告诉你的？"此刻，林烟盯着裴宇堂，眉头微微蹙起。

"是我圈子里的一个朋友。"裴宇堂沉思片刻后说道。

"你圈子里的朋友是祁邵元吗？"林烟问道。

"祁邵元？"裴宇堂觉得莫名其妙，"是谁啊？"

"不是祁邵元？"林烟越发不解，知道她Yeva身份的只有祁邵元一个人，可如果不是祁邵元出卖自己，还能有谁？难道有旁人知晓了她的身份，并且告诉了裴宇堂？

"嫂子，我实话跟你说吧，我和我朋友都接到了邀请，三天后去参加私宴，目前赛道死神Yeva就在D城，不过她从来不在公众面前出现，所以这次只有我们这个比较高的圈子知道这件事。"裴宇堂道。

"啊？"林烟听得一头雾水。

原来刚才她误会了，裴宇堂说的赛道死神Yeva指的并不是自己，而是另有其人。

"我大概懂你的意思了。"林烟看了裴宇堂一眼，缓缓开口，"你是说有个上层的圈子邀请了赛道死神Yeva，并且组织了一个私人宴会，然后邀请你们参加？"

裴宇堂连连点头，道："对对对，嫂子，你太聪明了，我就是这个意思。"

此时此刻，裴宇堂万分激动，可林烟却陷入了沉默。

另外一个赛道死神Yeva……

如果赛道死神Yeva是别人的话，那她是谁？居然有冒牌货跑到这来冒充她，这也太不把她这个本尊放在眼里了，就算她已经退役了，那也不是旁人可以随意冒充的！

"嫂子,我跟你说,我太激动了。你知道吗?赛道死神Yeva可是我的超级偶像,嫂子,你看过全球第一联赛的复播和直播吗?Yeva真的超级帅,玉树临风、风流倜傥,躺着都能主宰全球第一联赛。如果可以见她一面,我宁愿我的车队再输十场。"裴宇堂越说越激动。

裴宇堂见林烟沉默不语,继续道:"怎么样,嫂子,有没有兴趣跟我去见一见赛道死神Yeva?这个机会,多少人挤破脑袋都得不到的,花多少钱都进不去。"

"在哪里举办私人宴?"林烟问道。

"目前还没定下来,有消息会通知我的。邀请到赛道死神Yeva的好像是一个女艺人,叫林书雅,就是她举办了这场私人宴,并且邀请了赛车圈一些有头有脸的大人物。"裴宇堂想了想,说道。

"林书雅。"听闻裴宇堂所说,林烟面色顿时阴沉了下来。

虽然林书雅当年害她被禁赛,但并不知道林烟就是Yeva,而且对于赛车圈,林书雅也不熟悉,仅知道她是一名职业赛车手。

而这次林书雅邀请到了Yeva,倒是有些意思。

旁人或许不清楚,但林烟心知肚明,林书雅邀请的Yeva必然是一个冒牌货。

方才一瞬间,林烟猜想,是林书雅故意找了一个假的Yeva,目的是能够拿到《传奇》电影中Yeva这个角色,但转念一想,林烟又觉得不太现实。

不管怎么说,林书雅在演艺圈也算有头有脸的人物,如果是她找了一个假的Yeva,风险太大,万一曝了出去,后果不堪设想。

如果是林书雅被冒充Yeva的骗子骗了,那倒有一些可能。

当然,林书雅是否被骗与她没有任何关系,她也并不关心,然而有人冒充她,顶着她Yeva的名头招摇撞骗,她绝对无法忍受。

不等裴宇堂继续说些什么,林烟的手机响了起来。

裴宇堂见状说道:"嫂子,你考虑一下吧,你要是想去的话,就跟我说一声,我看能不能再要到一个名额。"裴宇堂说完便溜了。

林烟未管裴宇堂,看了一眼手机来电显示——"ZH1-Z神",当即接通了电话。

"林小姐吗?"电话那头传来Z神的声音。

"是我。"林烟道。

"林小姐,下午有时间吗,出来喝杯咖啡?"

Z神忽然打电话来,让她出去喝杯咖啡?

"Z神,是有什么重要的事吗?"林烟开门见山道。

电话那头传来了Z神的笑声:"的确,其实是关于赛车圈某位传奇人物的消息。"

"哪家咖啡厅？"

没多久，林烟便收到了Z神发来的地址。

眼看时间还早，林烟在手机上翻阅了一些信息。

目前，还没有任何媒体报道Yeva出现在这里的消息。

看来，正如之前裴宇堂所说，Yeva现身这件事目前只有一些圈内人知晓。

既然对方是顶替旁人的身份出来招摇撞骗，自然是要万分低调。林烟当初从不在外人面前展露身份，也很少接受媒体采访，却也被人钻了空子。

下午，林烟前往和Z神约定好的咖啡店。

某包厢内，林烟推门而入。

包厢内有十几位ZH1的队员，看这阵仗，ZH1全员来了。

"林小姐。"

Z神和木木等人见到林烟，站起身来打招呼。

林烟入座后，看向Z神等人，道："是关于Yeva？"

听闻林烟所说，ZH1众人微微一愣。

Z神诧异道："林小姐怎么会知道的？"

林烟的驾驶水平的确没话说，在国内属于顶级的，但不管如何，她还算是贺家车队的一员。像贺家车队这种层次，不可能接触赛车的高层圈子，更加不会被邀请。

所以，林烟知晓Yeva的事，倒是让ZH1众人有些意外。

"裴宇堂告诉我的。"林烟解释道。

"原来如此。"Z神点了点头。

林烟与裴宇堂的关系不错，这一点ZH1众人都比较清楚，如果是裴宇堂告诉林烟的，那倒不奇怪了。

"原来林小姐已经知道了。"Z神看着林烟，轻声笑道，"说实话，我们刚得到这个消息时也很震惊。林小姐应该知道赛道死神Yeva这种级别的人物对我们赛车圈的职业选手来说，已经称得上传奇。"

"之前Yeva因为身体的问题暂时退役了，但没想到她会出现在D城，我们还有幸接到了邀请。"一旁的木木眸内浮现出一抹激动的情绪。

林烟看着ZH1众人的神态，暗暗叹息。

看来，那冒牌货还有点伎俩，否则，像ZH1这种国内顶尖的赛车战队也不会轻易相信。

"Yeva我当然是知道的。"林烟笑了笑。

"不知林小姐有没有兴趣参加几天后的私宴？"Z神看向林烟问道。

"可以啊，正巧这段时间我没什么事情，如果能去开开眼界，当然是最好的。"林烟含笑点头道。

这场私宴和林书雅有关，林书雅自然不可能邀请她，但有着裴宇堂和ZH1战队的关系，她要去私宴的话应该问题不大。

"对了，我还没来得及和林小姐道谢。"Z神站起身来，盯着林烟道，"林小姐，你是我们ZH1的恩人，如果不是林小姐，我们战队今后就有些麻烦。"

林烟明白，Z神指的是ZH1与WW战队比赛那件事。

"客气了，举手之劳。"林烟道。

Z神："……"

木木："……"

ZH1数位队员："……"

WW对于他们来说算是劲敌，可林烟却说是举手之劳。

当初林烟在赛道上的表演的确是完全碾压WW，这一点倒是事实。

以林烟的赛车水平，如果加以培养，再配上一些状态较好的队友，绝对能够成为国内顶尖的战队，甚至有机会进军全球第三联赛。

等ZH1众人离开之后，祁邵元的电话忽然打了过来。

林烟也未多想，接通了电话。

当林烟接通电话的一瞬，祁邵元激动的声音便传了过来："偶像，你居然接了我的电话，天哪！我是不是在做梦？"

祁邵元虽然有林烟的联系方式，但一直以来他都不敢联系林烟。

对于祁邵元而言，林烟属于那种虚无缥缈，只应该出现在世界顶尖联赛上的超级偶像，而他则属于坐在观众席为Yeva加油助威的迷弟，与偶像通话这种事情，他只敢想想。

"老大，真的是你吗？我是不是在做梦啊？"

林烟："……"

"老大，老大，你说话啊！"

"要不你先平复一下心情？"林烟道。

"好，老大，你千万别挂断啊，你等我几秒。"

果然，祁邵元说完，电话那头便没了声音。

大约几秒后，祁邵元的声音再度传出："老大，老大，我能见你吗？我有十万火急的情况要跟你汇报！"

林烟闻声，看了一眼包厢内的饮品和甜点，之前她跟ZH1光谈私宴的事，这些东西都还没动过。

"我在北城的禄鼎咖啡厅，请你喝咖啡，"林烟瞥了一眼桌上的甜点，"还有甜点。"

"哇，真的吗？天哪，如果这是梦的话，请让我永远不要醒过来，老大，你等我啊，我马上就到。"

之前祁邵元帮了她不小的忙，这一桌子的吃食就当她借花献佛了。

祁邵元挂断电话后没多久，便风风火火地推门走入了包厢。

"老大！"祁邵元见到林烟，兴奋得像个孩子一样。

"坐。"林烟指了指一旁的空位。

"老大，你太破费了，点这么多东西，还找了一个包厢。老大，你这么宠粉的吗？"祁邵元坐下后盯着林烟道。

"对了，谢谢你上次帮我圆场啊。"林烟看着祁邵元轻声笑道。

之前如果不是祁邵元，她的马甲早就掉了。

"老大，瞧你这话说的，我可是老大的VIP死忠粉丝一号，老大的风格我都知道，从来不在外人面前暴露身份，也不接受媒体的采访，再说上次的确是举手之劳，没什么好谢的。"祁邵元开口道。

祁邵元面对林烟时，与和卫徐风在一起时的状态完全不一样，在林烟的面前，他完全从一个成熟有内涵的男人变成了一个手足无措的小孩子。

"对了，老大，我要告诉你一件惊天大事！"此刻，祁邵元激动兴奋的神色已经消失不见，脸上挂着愤怒，"老大，你知道吗，有个浑蛋吃了熊心豹子胆，冒充你。"

听闻此言，林烟微微一愣。

方才在电话中，祁邵元也说过，有十万火急的情况要跟她汇报，但没想到也是关于那个冒牌Yeva的事。

林烟忍不住多打量了祁邵元几眼。

初见时，林烟一直以为祁邵元只是某赛事官方的工作人员，但前不久，林烟却发现祁邵元和卫徐风出现在了VIP贵宾厅。

恐怕这名工作人员的身份没有表面上的那样简单。

"不知道是哪个不长眼的居然敢冒充你，做这种丧尽天良的事，她以为她是变色龙啊，想变什么颜色就变什么颜色？"

林烟看着义愤填膺的祁邵元，不由得感叹：这才是真爱粉啊！

"不行，我一定要把这件事曝出去，我要让媒体来揭穿她丑恶的嘴脸！"

林烟：你是一个狠人。

"你冷静点。"

林烟看着祁邵元觉得无语，不知道的人还以为冒充的是他。

"老大，我已经很冷静了。"祁邵元道。

林烟："……"

冷静的时候是这样，那要是不冷静的话……

311

"那个，我的身份是我们两人之间的小秘密，你千万不能说出去啊。"林烟轻声道。

随着林烟话音落下，祁邵元整个人顿时软在了椅子上。

"这是我和老大的小秘密，天哪，我居然和老大有小秘密！"

林烟嘴角微微抽动，这话从他口中说出来，怎么感觉哪里怪怪的？

"老大，你放心吧，我不会说出去的。不过，那个冒牌货应该如何处理？"祁邵元喝了一口咖啡，看向林烟问道。

当即，林烟朝着祁邵元询问了一些关于冒牌货的细节，但祁邵元并不清楚到底发生了什么事。

祁邵元最先是听卫徐风提起，之后自己也收到了私宴的邀请，但是关于冒牌货的具体的细节他并不知情。

Part22

我在的地方，就是世界之巅。

♥

林烟离开咖啡店时，已是傍晚。

对于冒牌货的事，林烟没有多想，反正过几天她就可以随着ZHI和裴宇堂等人前往私宴探个究竟。

当即，林烟打车来到了贺家老宅。

自从林烟赢了WW战队之后，贺家车队的地位也随之水涨船高，最近一段时间拉来了不少赞助和投资。只不过这几天贺家车队与另外一家赛车队的比赛以惨败告终。

林烟到了老宅，敲了敲门。

没多久，贺乐风打开了房门，看到林烟后，满脸惊喜："烟姐，你终于来了！"

这几天，贺乐风给林烟打过几通电话，不过林烟都在忙，所以没有接到。

林烟见贺乐风如此神色，微微一愣，一脸莫名其妙地走入老宅中。

此刻，贺家老宅内大概有十几人，都是贺家车队的领航员还有赛车手。

众人一个个愁眉苦脸，唉声叹气的。

"小烟来了。"老爷子贺定坤见到林烟后，连忙从里屋走了出来。

林烟见到贺定坤，微微颔首。

"你过来也不提前说一声，吃晚饭了吗？"贺定坤看着林烟问道。

"外公，我吃过了。车队那边是出什么事了吗？"林烟见气氛不对，好奇地问道。

按理来说，贺家车队因为上次和WW那场比试胜出，名气提升了一大截，不仅如此，还拉来了赞助和投资，前景一片大好，不应该会出现任何问题才对。

不等老爷子开口，一旁的贺乐风快步走了上来，满脸忧愁道："烟姐，车队这边没出什么事，你放心好了。"

听闻贺乐风此言，林烟嘴角微微抽动，心想：没出什么事的话，你能不能换一副表情？

"贺乐风，车队马上要解散了，你还昧着良心说话？"当即，某个贺家领航员瞥了贺乐风一眼。

不知为何，林烟发现自从自己进入贺家开始，每一位贺家车队成员看自己的目光都十分不善，她甚至看到了厌恶。

"就是，发生了什么事，你实话跟她说就行，没必要这样遮遮掩掩，反正，能做出这种事情来，难道还怕人知道不成？"

听闻贺家车队众人不善的言论，林烟越发莫名其妙，难道贺家车队又出了什么事？并且与她有关？

"闭嘴！"贺乐风的眉头紧蹙，"这些事情跟烟姐没有什么关系，要不是烟姐的话，贺家车队早就解散了。"

"呵呵，就算是解散，那也是光明正大，现在倒好，她自己不干不净做这种事情，却让我们贺家车队的所有成员来背锅，真是恶心。"

"你们……"贺乐风咬牙切齿，可面对七嘴八舌的众人，一时间又不知道应该如何应对。

"小风，到底发生什么事了？"林烟将目光投向贺乐风身上，问道。

贺乐风沉默许久，最终叹了一口气，有些无奈地看着林烟开口："烟姐，就是因为我们贺家车队之前和WW战队的那场赛道比试……"

听贺乐风提及此事，林烟有些无法理解，贺家车队与WW战队的那场比试不是已经赢了吗，还有什么好说的？

"林烟，你当真是有脸问，还不是因为你们串通好了打假赛，ZHI和WW没有任何损失，到头来所有压力都让我们扛着。"一直不曾开口说话的青礼看着林烟，眸内浮现出一抹不屑，冷笑着开口。

随着青礼的话音落下，老爷子贺定坤蹙眉道："好了，你们都别说了，我会想办法处理。"

"处理？"青礼的目光从林烟身上移开，看向贺定坤，"老爷子，这如何处理？林烟是您的孙女，您当然偏向她。还有，她根本就不是赛车圈的人，也不靠这个吃饭，她当然无所谓了，可我们所有人都背负上一个打假赛的骂名，如果贺家车队解散了，还有哪家赛车队敢要我们？"

听青礼所言，不少贺家车队成员纷纷出声附和。

"老爷子，这次青礼说得没错，要不是您这个孙女和别人串通好了打假赛，贺家车队怎么可能会落到这般田地。"

"就是啊，要是早知道会这样，贺家车队不如提前解散算了，这下可好，把我们这些人的职业生涯都毁了。"

"林烟，你好歹是贺家的人，老爷子的亲外孙女，你就这样对待贺家车队，这样对待老爷子，你的良心莫不是让狗吃了？"

"你们说够了吗？想离开贺家车队，走就是了，烟姐可不欠你们什么，就算是打假赛，也跟你们没一毛钱关系。"贺乐风气得满脸通红，朝着贺家车队众人怒声喝道。

打假赛怎么了，跟他们有什么关系？自己实力差劲，离开贺家车队后没有别的赛车队愿意接收他们，那是他们的问题，现在反而怪到烟姐头上？

"小风，到底怎么回事？"林烟面无表情地看着贺乐风。

与WW战队那场赛道比试，是不是打假赛，林烟心中最清楚，如果连与WW那种战队进行比试都需要打假赛的话，她这辈子干脆别碰赛车了。这不仅仅对她是一种侮辱，更是对赛车的侮辱。

当然，林烟也懒得与贺家战队的那些队员去解释什么。

"烟姐……其实最开始只是圈内的一些质疑，说什么贺家战队不可能赢WW，这个结果一定有猫腻，再加上WW庞大的粉丝群带节奏，已经引来了国内赛事官方的调查。"贺乐风朝着林烟轻声解释。

听闻此言，林烟若有所思。

其实，林烟对于这个结果并不意外。换位思考，如果一个普通低级车队忽然之间和全球第一联赛的车队上了赛道，并且还赢了，林烟也不会相信。

毕竟，没有任何人知道她的身份。

原本绫姐要用这件事情挽回一下她的口碑，但是她深思熟虑之后，还是没有把赛车牵扯到娱乐圈里来。

"还有，烟姐，之前我们和WW战队比赛的视频已经有人传出来了，还有许多圈内的名咖对视频进行了逐帧分析。分析的结果是，烟姐你在赛道上的表现根本不是在比赛，完全是一场秀。"贺乐风道。

林烟听后若有所思。的确，她从来没有将WW放在眼中，与WW在赛道上的比试，确实可以称为一场秀。

"所以，很多人乃至赛事官方都认为，烟姐你其实并没有很高的驾驶水平，仅仅是在赛道上以训练后的赛车表演方式赢了WW。说白了，就是和WW战队甚至ZH1战队串通好，故意打假赛。"贺乐风叹了一口气，如果不是当初他领教了林烟的驾驶水平，恐怕连他都会十分质疑。

因为WW是国内战队之一，虽然不是最顶尖的，但也属于一线车队，而像林烟这种连职业赛车手都算不上的人，怎么可能一个人赢了WW全员。

"现在很多圈内人推测，烟姐你是演艺圈的艺人，或许和WW乃至是ZH1串通好了，故意打假赛，以提高自己的知名度。"

林烟听着贺乐风的话，眸内毫无波动。

"最可气的是，面对打假赛的质疑，WW战队那边根本没有回应，就好像默认了一样。现在，所有的骂声都是针对我们贺家车队的，并且因为这件事，我们原本拉来的三个赞助跑了两个，投资人那边也开始犹豫，准备撤回资金。"贺乐风继续道。

"我明白了。"林烟微微颔首。

WW不出声，也在林烟的意料之中。试想，像WW这种国内一线战队，输给了默默无闻的低级车队，本已经颜面尽失，如今出现了假赛的质疑声，这对WW而言是求之不得。再加上贺家车队之后连续输了几场小比赛，这打假赛的帽子已经被扣实了。

WW要做的仅是不出声，既不承认自己打了假赛，也不去反驳自己打了假赛，这等于是WW战队的遮羞布。

"呵呵，我就说她怎么可能有这样的实力，一个人赢了WW整个队，用脑子想也不可能，搞了半天，原来是串通好了打假赛，为了提升自己在演艺圈的知名度，却把我们整个贺家车队推入了火坑。"某个贺家领航员满脸阴沉地盯着林烟。

"林烟小姐如果真有这等本事，还需要在演艺圈摸爬滚打吗？"一旁的青礼冷笑道。

然而林烟并没有理会旁人的冷嘲热讽，像他们这种层次的赛车手和领航员，不值得她去与之争辩。

当务之急是如何解决问题，反正无论她说什么也不会有人相信。

如果有人说你不行，无须与之争辩，你要做的仅仅是用自己的行动证明一切。

"烟姐，目前官方认为打假赛的说法还没有曝出去，等哪天官方发一条声明，那我们贺家车队就真的万劫不复了。"贺乐风道。

"外公，接下来还有比赛吗？"林烟的目光投向贺定坤。

贺定坤点了点头，道："还有几场小比赛。"

目前，贺家车队还属于初级赛车队，所以上赛道的竞技比赛一般是同等级别的比赛。

"贺家车队不能一直输下去了。"林烟沉思片刻后缓缓说道。

以贺家车队目前的水平而言，即使没有被质疑打假赛这件事，一直输下去，赞助和投资也会很快失去。

"烟姐，我们也想赢，只不过我们的实力不如那些车队强，即便在车辆配置差不多的情况下，想赢也很难。"贺乐风叹了一口气。

林烟对于贺家车队的赛车竞技水平十分清楚，让贺家车队凭本事赢比赛，真是有些难为他们。

但是无论如何，贺家车队必须做出改变，否则迟早面临解散。

如果是自身硬实力不足，那就只有更换硬件，将贺家车队自身实力不足的选手全部换掉。

贺家车队需要一批新鲜的血液，林烟的心中其实早有计划。

深夜时分，贺定坤的屋内仅剩下林烟、贺定坤、贺乐风三人。

"烟姐，你说什么？你要把贺家车队的那些队员都换了？"贺乐风神色诧异。

"一个车队，如果队员没有掌控赛道的能力，一直输比赛，那贺家车队就算名气再大，又有什么意义呢。"林烟道。

其实对于林烟的话，贺乐风还有老爷子贺定坤又怎会不清楚，但是他们上哪里去换一批有能力的队员来呢？

且不说他们没有这样庞大的资金，即便有，可如果是自身非常有实力的选手，又怎么会加入贺家车队这种名不见经传的初级小车队呢？

林烟缓缓开口："没有人会拒绝站在世界之巅。"

"世界之巅？"

老爷子贺定坤与贺乐风两人一愣，完全不能理解林烟话中的含义。

"烟姐，哪里是世界之巅？你说的总不会是贺家车队吧？"贺乐风的神色有些尴尬。

贺家车队要是世界之巅的话，那这个世界未免太惨不忍睹了。

"我在的地方就是世界之巅。"林烟漫不经心地说。

等林烟离开后，贺定坤叹了一口气，朝着贺乐风道："小风，以后贺家车队的事情不要和你烟姐说了，说再多也只会徒增烦恼，你烟姐自己的事情都一大堆。"

关于林烟方才说替换掉贺家队员的事，贺定坤全当是玩笑话罢了。

换位思考，如果他是一名年纪轻轻且实力不俗的赛车手，给再多的佣金也不会加入一个毫无名气且毫无前途的初级赛车队伍，这等于是葬送自己的职业生涯。

"爷爷，那我们……"贺乐风蹙眉道。

这一刻，老爷子却陷入了沉默，点燃了一根已戒许久的香烟。

"小风，赛车其实是爷爷的梦想，现如今已经是执念了……但是这么多年下来，每一次的惨败和无力都让爷爷铭记于心，爷爷年纪大了，做了一辈子的梦，或许是做错了梦。"

贺乐风看着老爷子落寞离开的背影，心中有些不是滋味。

贺乐风知道，赛车对于爷爷代表了什么。

这是他坚守了一辈子的梦想，为了这个梦想，他付出了巨大的代价。

现如今，摧垮爷爷的并不是所谓假赛的质疑，而是对于贺家车队看不到希望的绝望。

贺乐风还清晰地记得，这几年，爷爷有多少次以极低的姿态去求赛事官方，去求赞助，去求投资，只是为了贺家车队能够延续下去。

只不过如果延续的只是赛道上的绝望，还不如将一切埋葬于黄土中。

梦想或许的确不是他这个年龄应该追寻的东西了。

云间水庄。

林烟的房内没有开灯，有的只是电脑屏幕上那一丝微弱的光芒。

一声声惊呼与激动的解说自电脑中传出。

电脑屏幕上，正在播放的是赛道死神Yeva比赛的画面。

"赢了！这位默默无闻的新人，居然击败了全球第一联赛的王GD，新王崛起！她的名字是Yeva！"

一瞬间，电脑屏幕上闪过了太多Yeva的比赛画面。

没多久，却迎来了Yeva的首个失败。

巅峰之赛……

"这个人曾经创造过无数奇迹，带领WZ战队冲向巅峰，击败GD，迎来巅峰之赛，新王崛起！"

然而，Yeva却与她的战队WZ在巅峰之赛上迎来了王的终结。

电脑屏幕上，画面清晰可见。

冠军奖杯被捧走，Yeva站在台下看着奖杯，身躯微颤。

随之而来的是，跌入深渊，新王陨落。

她曾发誓，此生必入巅峰之赛，捧获属于她的奖杯。

自从被禁赛后，林烟对于赛车竞技的热爱一度停摆，只不过心中对于巅峰之赛的遗憾从未消失。

许久之后，林烟默默关上了电脑。

贺家车队对于外公而言太过重要，林烟是不会放弃的。

只不过对她而言，也不可能每一场比赛都代替贺家车队上场。既然如此，她或许可以为自己挑选出一批全新的队友，就如同当年自己在全球第一联赛的亲密战队——WZ。

翌日晨初，林烟还未睡醒，便被裴宇堂的电话吵醒。

"嫂子，你起来了吗，我等下去你那儿，我先挂了。"

裴宇堂说完便匆匆挂断电话。

林烟揉了揉未完全睁开的眸子，看着被挂断的电话，神色古怪。

没多久，裴宇堂兴冲冲地来到了林烟的房间。

"嫂子，你吃早饭了吗？"裴宇堂十分随意地坐在沙发上，看着刚刚洗漱完毕的林烟出声问道。

林烟摇了摇头："你觉得呢？"

"这不重要。"裴宇堂微微一笑。

林烟一脸蒙，所以这熊孩子问自己吃没吃早饭，到底有什么意义？

"嫂子，你知道吗，我昨天确认过了，赛道死神Yeva真的到了H国。之前有好几位高层见到了Yeva，据说真人长得很美，而且特别有范，很高冷。"裴宇堂满脸激动，盯着林烟道。

"私宴的时间确定了吗？"林烟问道。

裴宇堂摇了摇头："暂时还没有定下来，不过应该就是这几天。还有，国内的顶尖车队都会出场，听说还要向Yeva请教，在赛道上跑一圈，也不知道哪个赛队会有这么大的福气。"

其实，林烟还是想不明白为什么会有人冒充自己，而对方冒充她的目的又是什么？

"都是无偿的？"林烟随意问道。

"嫂子，怎么可能是无偿的，那些人邀请Yeva来做客，就已经出了天价。还有，想要和Yeva跑赛道，我估摸着也得是天价吧。"裴宇堂想了想，朝着林烟解释。

这边刚说完，裴宇堂无意间朝林烟看去，当即吓了一跳，林烟额头青筋暴起，眸子仿佛要喷出火来。

"嫂子？"裴宇堂一脸蒙，看林烟的表情，好似谁欠了她千百万。

之前，对于有人冒充自己，林烟虽然觉得恶心，但也没有这般动怒。

现在竟有人冒充自己捞金，还是天价，这个她绝不能忍。

她这个本尊穷得叮当响，冒充者却捞得盆满钵满。

"哦，没事。"很快，林烟回过神，将心绪收敛，朝着裴宇堂笑道。

不知为何，裴宇堂总觉得林烟脸上的笑很诡异。

"对了。"林烟忽然话锋一转，朝着裴宇堂道，"你对国内的赛车圈了解多少，有没有那种赛车水平特别好，但是混得很差，很便宜的那种人？"

"啊？"裴宇堂似乎有些不太理解林烟话中的含义。

什么叫赛车技术特别好，但是在赛车圈混得特别差？

裴宇堂低头沉思片刻，眸光一亮："嫂子，还别说，真有！"

"谁谁谁？"林烟好奇地问道。

"你啊。"裴宇堂一本正经地看着林烟，"嫂子，你看，你的驾驶水平特别好，很有实力，但在赛车圈又混得特别差，还是贺家车队那种初级赛车队的。"

裴宇堂发现，林烟方才说的完全是她自己。

"滚！"林烟狠狠瞪了裴宇堂一眼。

"嫂子，你问这些做什么？"裴宇堂笑道。

"我打算招一些实力还不错的赛车手进贺家车队。"对于裴宇堂，林烟倒也没隐瞒什么。

裴宇堂沉默片刻，蹙眉看着林烟道："嫂子，你是认真的？"

给贺家车队招赛车手，还得是有实力的赛车手。

当然，这不是重点，重点是如林烟方才所说，还要便宜的！

这些话如果不是从林烟口中说出，裴宇堂现在只怕得捧腹大笑，这玩笑开得未免太大了。

且不说贺家车队这种最低端、没怎么赢过比赛的初级车队能不能招到赛车手，就算真有人愿意，也不可能有什么实力。退一万步说，即便有人有实力，能让林烟吃白食？还得便宜？

这年头，普通的赛车手薪资都极高好吗！

"严肃点。"林烟道。

"好的，嫂子。"裴宇堂强忍住笑意，装出严肃的表情，"没有。"

林烟："……"

"嫂子，要真有这样的人，你记得告诉我，我去挖过来。"裴宇堂道。

开什么国际玩笑，他自己的战队都是要死不死，要活不活的，赛车职业强者？在哪儿？他要啊！

不等林烟开口，裴宇堂的目光忽然直勾勾盯着林烟，眸内光芒闪烁："烟姐，嫂子……来我的车队吧！"

林烟瞥了裴宇堂一眼："我拒绝。"

"嫂子，贺家车队能有什么前途，我给你出三倍薪资，不……我出五倍，要不要来我的车队？"裴宇堂急忙道。

如果不是林烟提及这个话题，裴宇堂险些忘了，自己身边就有这么一位大神，不挖过来，天理不容啊！

林烟不由得暗暗叹息，她就不该问裴宇堂这些问题。

裴宇堂自己的车队，未必得比贺家车队强到哪儿去，如果把裴宇堂的车队和贺家车队丢到赛道上跑一场，那妥妥叫一个菜鸡互啄。

只不过裴宇堂的车队依然是贺家车队无法相提并论的，就一点，裴宇堂不用为赞助和投资的事发愁，更不怕自己的赛车队被迫解散。

除了资金，论实力，贺家车队和裴宇堂的车队就算上了赛道，那估计是谁也不惧谁。

别的车队都是比谁更强，贺家车队和裴宇堂的车队则完全不同，比的应该是谁更菜。

要自己加入裴宇堂的赛车队伍，林烟宁愿一头撞死。

"嫂子，贺家车队那种弱鸡战队还不如解散算了，之前能赢WW，其实说白了跟贺家车队一分钱关系都没有，全是嫂子你一把屎一把尿地把贺家车队拉扯上去的，贺家车队太菜了，嫂子你在贺家车队不觉得憋屈吗？"

然而林烟的一句话却给了裴宇堂一记心灵重击。

林烟盯着裴宇堂："你的赛车队两个月的战绩，上了赛道十二次，全败，贺家车队两个月的战绩，除WW那次不算，上了赛道十二次，输了十场，赢了两场。如果我没记错的话，败给贺家车队的那支队伍是你的车队吧，那场比赛我看了，打得难舍难分，十分精彩。"

的确，贺家车队是菜到了极致，这话让旁人说完全没问题，可裴宇堂他到底哪里来的勇气说这话啊！

随着林烟将最近两个月的赛程状况说出口，裴宇堂脸上的笑容逐渐僵硬。

至此，裴宇堂才明白过来，他的赛车队的确很菜，甚至还败给过贺家车队。

可是，林烟为什么提及这件事？对于裴宇堂而言，这根本是天大的耻辱，将他的赛车生涯钉在了耻辱柱上。

"大嫂，你听我解释，其实输给贺家车队完全是因为我没有上场。"裴宇堂似乎有些不服气。

林烟："……"

林烟没时间听裴宇堂瞎扯，便把裴宇堂撵出门，随手给ZH1的Z神打了个电话。

电话的内容无非是相同的问题，ZH1属于一线赛车队，对于H国的赛车圈，林烟并不熟悉，所以想向Z神等人问问情况。

最开始，Z神的确答应得很痛快，可当他得知林烟是想为贺家车队招兵买马后，瞬间陷入了沉默。

任何一位有实力的赛车手，且不说潜力、等级如何，就算是一些中等赛车手，也绝对不可能会答应加入贺家这种低级车队，哪怕薪资再高，这完全是拿自己的职业生涯开玩笑。

林烟挂断电话后略显无奈。

Z神说得没错，任何一位有实力的赛车手，几乎都不会愿意加入贺家车队，最多是吸引一些没什么能力的人，就如同贺家车队目前的那些队员。

眼看指望不上旁人，林烟只能在网上搜索一些关于H国赛车圈的消息，关于T1级别的车队在哪里，又或是因为某些事情退役的赛车手。

可林烟搜了半天，除了搜到那些赛车队的总部地址外，并没有什么实质性的进展。

离私宴还有几天，林烟决定自己前往那些车队去碰碰运气，看看能否挖来一些有足够潜力的赛车手。

当然，林烟敢上门挖人，并非没有倚仗。

国内那些赛车队能带给那些顶尖车手的除了高额薪酬，还有极大的名气，只不过这限制在了国内，充其量冲一个全球第三联赛，也只是拿着世界赛的门票去感受一下世界赛的魅力罢了。

而林烟能带给他们的，是国内所有赛车队都无法给予的。

她有能力带那些有实力的职业赛车手进军世界职业赛，而不仅仅是拿着世界赛的门票感受一下世界赛的氛围。

林烟能给予他们的，是带着他们冲入全球第三联赛，全球第二联赛，乃至全球第一联赛。

当然了，这也得看林烟到底能够挖来怎样的选手，如果是贺家车队那样的水平，还是算了吧，她也没这个逆天的本事。

中午，林烟独自来到某老牌赛车队总部。

Dl属于老牌车队，比ZHl更有名气。而且经林烟了解，Dl有很多潜力赛车手，甚至许多年轻的赛车选手退役后，在Dl担任教练一职。

林烟以参观者的身份在Dl待了半天，也找到机会接触了Dl一些年轻的车手，并且以近乎蛊惑的方式撬墙脚。

只不过，林烟这墙脚显然挖得不太成功，几乎所有被林烟挖的墙脚，都以一种关爱的目光看着林烟。

最终，林烟只能灰溜溜地离开，回家吃晚饭。

虽说出师不利，但这也在林烟的意料之中，若是如此轻易就能从那些顶尖车队中挖来实力不俗的赛车手，那也太扯了。

且不说贺家车队在国内赛车圈的地位如何，最重要的是，林烟和贺家车队都很穷，所谓的挖人，其实说白了是林烟想要空手套白狼，先画个大饼摆在那儿，所以林烟才会被人当成傻瓜。

可如果林烟是以赛道死神Yeva的身份游说，别说没有薪资，恐怕H国那些顶尖的赛车手会愿意把全部身家送给林烟，求着林烟让他们进入贺家车队。

首站失败，林烟也不气馁。第二天，她去了另外一家车队，可结果和昨日没什么区别，除了关爱傻瓜的人数增加了几位。

连续两天一无所获，林烟只能沉下心来好好思考对策。

的确，现如今的她没有任何说服力，只能换一种角度去思考。

或许她不应该去那些顶尖的战队挖人，也可以找一些潜力十足的新星车队。

第三天，林烟来到Fire车队总部。

林烟本想按照前两天的计划，充当观光客进入总部参观，结果Fire车队并不开放参观，这次她连门都进不去。

正当林烟打算离开时，一个穿着干净、有些腼腆的年轻男孩，同样坐在Fire的总部外，时不时地偷偷打量林烟。

林烟也注意到了男孩的存在。

没多久，林烟的目光投向男孩身上，一个瞬间，两人四目相对。

当即，男孩迅速移开了目光，并且低下了头。

这男孩看起来年龄不大，二十岁上下，应该是刚出校门。

"你……你是Fire的工作人员吗？"正当林烟准备离开时，男孩忽然朝着林烟问道。

林烟闻声，目光重新投向男孩，旋即摇了摇头："我不是。"

"哦……那你也是来应聘的吗？"男孩似乎对林烟有些好奇。

"也是来应聘的？"

林烟走至男孩身旁，笑道："你是来Fire应聘的？"

"嗯。"男孩点了点头，"不过，我刚刚被拒绝了。"

"你来Fire是应聘什么职位的？"林烟问道。

"我是……是来应聘赛车手的。"男孩的声音不大。

"赛车手？"林烟一愣。

这男孩跑来Fire应聘赛车手？不过看男孩的性格，似乎也不适合开快车啊。

这男孩如果不说，林烟还以为他是来应聘普通职位的。

而且像Fire这种新星赛车队，虽然不是国内顶尖，但对于赛车手的要求也十分严苛，没有一定的名气或实力，Fire不可能会招收。

像这种没有接触过赛道，或者未在赛道上打响知名度，让旁人看到十足可塑潜力的，一般来说，普通车队都不会接纳，更不提像Fire这种新星级赛车队伍。

"你打过比赛吗？"林烟看向男孩轻声问道。

"嗯。"很快，男孩朝着林烟点了点头，"一些友谊赛，都是一些赛车爱好者之间的切磋。"

林烟："……"

友谊赛可算不上正规比赛。

"你也是来应聘的吗？"

很快，男孩有些好奇地盯着林烟，之前他已经问过一次，却没有得到回答。

"我不是。"林烟看着男孩笑道，"我是来招聘赛车手的。"

"啊？"听闻林烟所言，男孩微微一愣，似乎有些出乎意料。

"那你是Fire赛车队负责招聘赛车手的工作人员吗？"男孩继续问道。

"我和Fire车队没关系，我是另外一家车队的。"林烟也未隐瞒。

"另外一家车队是什么车队？"此刻，男孩来了兴趣。

林烟想了想，也不知该如何将贺家车队这四个字说出口。

"那个，我可以看看你的简历吗？"林烟干脆回避了关于赛车队的问题。

"嗯，可以。"男孩打开随身携带的公文包，从里面小心翼翼地拿出一叠文件，旋即轻轻递给林烟。

林烟接过男孩的简历，大致对男孩有了一些了解。

男孩叫云轩，刚毕业没多久，十分喜欢赛车，上学时在校内加入过业余赛车队。

不过由于都是学生，并没有很好的装备，大多是租借，与一些社会低级赛车队也打过友谊赛。

而云轩的成绩在十六场比赛中每次都是第一。并且在云轩的简历中，有着他对赛车的独到理解，甚至是一些领航员极其专业的知识技巧也包含在内。

但是仅凭这样，他就想加入Fire这种新星战队，还是有些不切实际。

任何一家大规模的顶尖战队，招聘的大多是有着耀眼成绩的选手。

林烟看完云轩的简介后，说道："你想加入高级赛车队伍，需要先证明自己才可以。"

无论是国内的赛车战队，抑或是国外的赛车战队，基本都是如此。

"那我应该怎么做呢？"云轩看向林烟。

林烟直言："你先加入一个小战队，打出自己的名气还有成绩，如果你真的有实力，到时候会有很好的车队来挖你。"

"小车队……"云轩有些犹豫，"可我不太想进入那些小车队，不是因为薪资，主要是小车队的实力都太弱了，我根本无法学习到什么。"

林烟看着云轩，神色古怪。

所以说，这个男孩想要加入知名车队，就是为了学习？

知名赛车队的酬金都很高，招赛车手是让你去为他们赢得比赛，不是花大价钱让赛车手去学习的，除非你在初期表现出了惊人的天赋和潜力，一般来说，这种情况十分少见。

"你不在乎薪资，只是想学习？"当即，林烟看着云轩眸光微闪。

"嗯，我……我不在乎钱，"男孩颔首，"但我想学到更多的东西，能超越极限。"

"非常好！"林烟拍了拍云轩的肩膀，语重心长道，"你这种只求突破自身极限，没有任何功利心的态度，是我们战队一直以来十分欣赏的，你还这么年轻，钱是赚不完的，主要还是得趁着年轻多学习。"

云轩盯着林烟："嗯。"

"所以，你要不要来我的赛车队伍？"林烟直奔主题。

"姐姐，你是什么赛车队，可以告诉我吗？"云轩满脸好奇。

"我的赛车队目前属于重组阶段，贺家车队，你听说过吗？"林烟道。

"贺家车队？"云轩的眉头忽然蹙起，"可我没有听说过。"

林烟："……"

的确，像贺家车队这种名不见经传的初级小车队，几乎没有上过什么大赛场，更没赢过多少比赛，很少有人会知晓。

虽说不久之前，林烟代表贺家车队赢了国内顶尖赛车队伍之一的WW，也由于是挑战赛，所以不可能人尽皆知，云轩不知道，也十分正常。

此刻，林烟看着云轩解释道："目前贺家车队和你想加入的这种新星赛车队自然是没办法比的，但进入我们的战队，你可以学到很多知识技巧。"

如果云轩加入战队为的是荣誉、名气乃至金钱，那林烟肯定是无法满足他的，可仅仅是想学习，让自己变得更强，这对于林烟而言并不困难。

"我刚才看了你的简历，只是给你提这么一个建议，以你现在的情况，加入小车队是最好的选择，当然，即便你愿意加入，后期还得进行一些测试，如果你自身条件不达标，就连小车队也不会要你。"林烟开门见山地说。她不给云轩开口的机会，继续道，"当然，如果你能够通过考核，证明自己的确有实力，那我也可以承诺，只要你能够进入我们的战队，你将会得到你想要的，反之，你可以直接离开。"

这一刻，云轩有些犹豫，但他也知晓，林烟所说的话是事实。

这段时间，云轩去了很多家知名赛车队应聘，唯有ZHI给出了与林烟一样的意见，甚至一些知名赛车队直接拒绝了他。

虽说云轩自己并不希望进入小车队，但目前的情况似乎只有这条路可走。

云轩不愿意进入小车队，倒不是因为别的，只是觉得在小车队里会浪费他的青春，消磨他的意志，以他的经验，他并不认为在小车队中能够学到什么。

"姐姐，其实我并不是一个菜鸟……所以，我觉得在初级赛车队伍乃至中级赛车队伍中，我学不到什么有用的东西。"片刻后，云轩看向林烟，如实说道。

听闻云轩所言，林烟嘴角微微上扬，轻声笑道："如果我认为你只是一个菜鸟，也不会邀请你加入我的队伍，还有……"说至此处，林烟微微一顿，目光投向云轩身上，"无论你是怎样级别的赛车手，哪怕你参加过全球联赛，到了我们车队，你都能学到很多东西。你可能认为我口说无凭，但还是刚才那句话，加入车队后，只要你认为自己学不到东西，可以掉头就走，这一点会加入合约。"

林烟已经将话说到这份上，如果云轩还是瞧不上初级车队，那她也没有办法，只能放弃。

然而云轩经过一番思考后，最终朝着林烟点了点头，道："好，如果姐姐你说的话是真的，那我愿意加入姐姐你的赛车队。我不仅会进入车队学习，也会尽全力给车队带来荣誉，这是我的承诺。在加入车队之前，我可以先去车队参观一下吗？"

"当然可以。"林烟看着云轩，"我们先交换一下联系方式，到时候我会告诉你地址和时间。"

林烟与云轩互留电话后，便与他分别了。

对于这个云轩，林烟倒是有些期待，这个男孩对于赛车的理解，林烟还是比较欣赏的，希望他不仅仅是理论知识比较强。

Part23

见面礼必须要有内涵、有档次，让人印象深刻。

♥

此次来到新星战队，倒是让林烟有些出乎意料。

虽说她连新星战队的大门都未能进入，但意外地撞见了应聘失败的云轩，并让云轩加入贺家车队，这算不算是捡漏？

趁着时间还早，林烟也未打算偷懒，前往下一家知名战队。

没多久，林烟来到顶尖战队之一的"KNT"。

KNT属于H国最早一批的赛车战队，实力规模也属于顶尖，可这一届KNT车队老板经营不善，导致最近几年KNT战队的情况不容乐观，甚至已经有四届没有迈入全球第三联赛的门槛。

经过这几天的奔波，林烟意识到以她这种方法找到有实力的赛车手十分困难，因为根本没有人会相信她所说的话，只会把她当成傻瓜。

如果再招不到人，或许她只能换别的方法试试。

如果有必要的话，即便是在少数人面前曝光一下自己Yeva的身份，林烟也会考虑。

"给我滚！"

林烟刚来到KNT的总部门外，便听到一声怒喝。

下意识地，林烟朝着前方望去。一个相貌俊俏的男人被人从KNT的总部推了出来。他身上穿着"KNT"的队员服，留着棕色的头发。

男人跟跄而行，被人推出，似乎满不在乎，脸上挂着一丝自嘲的笑意。

"莫书昀，你的合同已经到期，从今天开始，你被KNT除名了。"站在KNT总部门前，一位西装革履的中年男子看着书昀冷声道。

"是吗？那真是太好了。"莫书昀盯着男人，冷笑一声，"自从去年KNT把所有属于我的荣誉和位置都让给别人的时候，我就已经打算混日子了，这一切都无所谓了。"

听闻此言，中年男人眸内浮现出一抹不屑和厌恶之色："那是你自己的问题，滚吧。"说完，"砰"地一声，KNT的大门被重重关上。

林烟看着KNT大门紧闭一脸蒙，这是什么情况？

当即，林烟的目光投向男人身上。这个男人似乎是KNT的赛车队员，因为身上还穿着KNT的赛队服装，只不过看起来有些落寞，面上带着一抹轻嘲，似乎丝毫不在乎被赶出KNT。

正当林烟打量男人时，男人的目光不经意间也投向了林烟。

男人第一眼看到林烟时，有些疑惑。当他仔细打量林烟片刻后，眸内浮现出一抹惊诧："等下，你……对，就是你！"

男人盯着林烟，下一秒，他快步走至林烟身旁。

林烟见状，满脸莫名其妙。

"等等，你……你不是那个……那个谁来着……那个谁……"男人站在林烟身旁，眉头紧蹙，似乎在努力回想。

"林翩若！"忽然，男人指着林烟尖叫，"对，就是你，你就是林翩若，我不是眼花了吧？你真是林翩若？"

林烟嘴角微微抽动。

自己的大名叫林烟，林翩若只是她出演的一个角色。

"林翩若，我是你的偶像。"男人满脸激动。

林烟："……"

"啊，不对，你是我的偶像。"男人有些兴奋地看着林烟，"我已经五刷了！就是《棋逢对手》，我去电影院整整看了五遍，你演得真是太好了，真的，我发誓！"

林烟看着男人，沉默片刻后开口："你好，我不叫林翩若，我叫林烟。"

"哦，抱歉抱歉，因为你演的林翩若实在太震撼人心了，让我记忆深刻，所以……"男人神色有些尴尬。

林烟轻声一笑，道："我能理解。"

真没想到啊！她居然有粉丝了，还被人认了出来。看来，她是真的开始火了？

"对了，你怎么会在这里，是要去KNT吗？难道你对赛车也感兴趣？哦，对了，最近《传奇》这部赛车电影正在选角Yeva，你是想争取这个角色才来的吧？最近几天，的确有不少明星艺人前来参观车队。"男人说道。

林烟并没有接这个话题，看着男人道："你是KNT赛队的队员吗？"

听闻此言，男人轻声一笑，只不过这笑中带着一丝明显的自嘲："一个小时之前我还是，现在我和KNT已经没关系了。"

方才的事情林烟也看了个一清二楚，但只是大概知道这个前KNT职业赛车手被赶了出来。

"不提这个。林小姐，能交换一下联系方式吗？我可是你的忠实影迷，虽然我只看过你这一部电影，但以后你所有的电影我绝对都会去贡献票房的。"男人道。

"等等……"林烟盯着男人，目光幽幽。

男人看着林烟的神色，瞬间觉得没戏，似有失落，不过也是，哪有艺人会这么随便和粉丝交换联系方式的。

"你现在应该没有加入赛车队伍吧？要不，我们谈谈赛车队的事？"林烟盯着男人，嘴角微微上扬。

随着林烟话音落下，莫书昀微微一愣，觉得莫名其妙：谈赛车队的事？

不过，莫书昀很快便有所明悟。最近这段时间，外国那部赛车致敬片《传奇》在选赛道死神Yeva一角，所以有不少女性艺人主动去接触一些圈内比较有名的赛车队伍，想要竞争赛道死神Yeva这个角色，如果对于赛车一窍不通，那显然不太合适。所以，莫书昀以为林烟方才所说的聊聊赛车队，应该是指这方面。

"如果林小姐想系统地学习赛车知识，我完全可以帮忙。"莫书昀看向林烟出声道。

"啊？"听闻莫书昀此言，林烟有些莫名其妙。

系统地学习赛车知识？她什么时候说要跟莫书昀系统地学习赛车知识了？

方才她只是说聊聊赛车队，这两者根本八竿子打不着。

林烟知晓莫书昀误会了，笑着解释道："你可能误会了，我并没有系统地学习赛车知识的打算。"

"那林小姐是什么意思？"莫书昀不解。

"是这样的。"林烟组织语言，看向莫书昀，"你是KNT的前赛车手，正巧，我这边也有个车队，目前正在重组中，缺少有经验和能力的赛车手，所以，你有没有兴趣加入我们赛车队？"

林烟解释后，莫书昀这才明白了她的意思。

只不过此刻莫书昀似乎对于加入新赛队这件事并没有什么浓烈的兴趣，他直言道："原来是这样，但我这边才离职……"

"那太可惜了。"林烟看着莫书昀摇头道。

"林小姐，我想问下，你这边是什么赛车战队？"莫书昀满脸好奇。

"贺家战队，一个初级赛车队伍。"林烟朝着莫书昀解释。

"贺家战队，"莫书昀的眸内浮现一抹诧异，"等等，是不是那个赢了WW的贺家战队？"

"嗯。"林烟颔首。

莫书昀得到林烟的肯定后，有些难以置信："林小姐，你是那个贺家战队的老板？"

莫书昀身为KNT赛队的职业赛车手，自然知晓前不久WW闹出一个天大的笑话。原本是WW挑战ZH1战队，结果却被ZH1阴了一手，让贺家车队这样的小车队与WW交手。然而令人万万没想到的是，WW败了，败在赛道上，败在了贺家车队的车轮下。

其实，赛道的前半段都在众人意料之中，贺家车队刚起步时，便已经被WW甩开了距离，WW全员领先。然而到了赛道的后半段，令人出乎意料的情况发生了。贺家车队的某位赛车手以一人之力追上了所有WW队员，甚至最终超了WW的队长，帮助贺家车队赢下了这场比赛，而WW则彻底成了笑话。

最近，莫书昀也在关注此事，后来赛事官方介入调查，好像有人举报假赛，以及网上的视频分析出各种不合理现象。至于真相是什么，莫书昀也不清楚。

不过提及这件事，莫书昀好似想到了什么。

"等等，"很快，莫书昀一脸惊讶地看着林烟，"那个跑赢了WW战队的赛车手是你？"

"之前，我的确和WW跑过赛道，是赢了。"林烟没有否认。

贺家战队与WW进入赛道比赛时，《棋逢对手》这部戏还没上线，所以那时候莫书昀没有听说过林烟。

之后他迷上了《棋逢对手》这部电影，又去看了原著小说，这才对扮演林翩若的林烟有了了解，但他没有想到在与WW那场比赛中，贺家那个叫林烟的赛车手。

所以说，他喜欢的女艺人居然是贺家车队那个跑赢了WW战队的林烟？这也太扯了吧！

今天发生的一切，让莫书昀觉得有些可笑。他先是被KNT赛车队除名，随后林翩若的扮演者林烟，他所喜欢的女艺人找到了他，并且邀请他加入她的战队。最后，他还知道了林烟是当初那个赢了WW战队的贺家车队的一员。

"偶像，你现在的赛车队伍是什么情况，能不能和我详细说说？如果你邀请我加入你的赛车队伍，我需要全部了解清楚之后才能做决定。"片刻后，莫书昀看着林烟说道。

对此，林烟没有拒绝。两人在附近找了一家茶社，坐下细聊。

对于贺家车队的情况，林烟对莫书昀并未隐瞒什么，基本是实话实说，包括贺家车队的换血以及重新组建。

"那如果我加入车队的话，一共只有两名赛车手？"莫书昀看着林烟，陷入沉思中。

其实，关于林烟的想法以及处理方式，莫书昀较为认同。之前，WW和贺家车队的那场赛道比赛，莫书昀自然看过。抛去贺家车队与WW本身实力悬殊的前提不谈，贺家车队几乎没有一名队员可以称得上是职业赛车手，甚至连一个初级小队伍应该有的职业素养也没有。如果贺家车队不重新组建换人的话，就算投入再多的资金，换上再好的装备，也是白搭。

"我还有一个表弟，也在贺家车队，不过他的赛车水平……"

提及贺乐风，林烟有些无奈。贺乐风的技术，恐怕连那些混日子的都不如。他想要在职业赛场上走得更远，仅仅是这样绝对不行。除非林烟对他进行针对性训练，但还是得看他的天赋。

"现在是在初级赛车队，只要肯用心，我来教导都行。但如果大换血的话，人数不足，肯定没办法继续上赛道比赛。而且就算找到了赛车手，也得进行一段时间的训练磨合，最起码得培养出队员上赛道后的默契。"

不等林烟继续开口，莫书昀说道："林小姐，要不这样，如果你真想重新组建队伍，赛车手由我来招。"

对此，林烟倒是没有异议。莫书昀好歹是KNT赛车队的前队员，对H国的赛车圈子也十分熟悉，如果莫书昀愿意帮忙寻找赛车手，效率比她自然会高出很多。

"所以，你现在是答应加入贺家车队了？"林烟盯着莫书昀问道。

听闻林烟所言，莫书昀连连点头，笑道："那当然是愿意了，如果贺家车队不重新组建，保持原有的队员，那我肯定不会加入，但重组建的话，则是另外一回事。况且，有翩若女王当我的老板……"

林烟当即打断莫书昀："我只是贺家车队的一员，也有自己的工作，不可能每一场比赛都会上场。"

"林小姐，在我加入贺家车队之前，我需要问你一个问题，希望林小姐能够坦诚相告。"莫书昀盯着林烟。

"什么问题？"林烟道。

莫书昀沉默片刻后，目光投向林烟身上："之前贺家车队与WW的那场比赛，说是车队之间的比赛，但实际情况根本是林小姐你一个人赢了WW整支队伍，而且林小姐那场比赛视频我也看了，整场实在太像一场表演秀了。"

"没关系，请继续。"林烟笑道。

莫书昀点了点头："如果以我的专业来看这场比赛，只有两种可能。"说至此处，莫书昀顿了顿，然后继续道，"第一种可能是WW与林烟小姐串通，或者是与ZH1串通好了，不知出于什么目的打了假赛。第二种可能……"莫书昀看着林烟云淡风轻的笑脸，"是林小姐你的实力完全碾压WW。WW全员的实力与林小姐你相差巨大，所以林小姐才能以赛车表演秀的方式终结那场比赛。"

"所以，你认为是哪一种？"林烟轻声笑道。

"这不好说。"莫书昀摇了摇头，也有些疑惑。

林烟是一个艺人，而WW是国内老牌之一的赛车队伍，甚至新任队长曾在全球第三联赛表现极好。按照正常的逻辑推理，加上比赛时的视频，那应该是打假赛没得跑了，但莫书昀想来想去，就是不知道打这场假赛的目的是什么。WW和ZHl本身是死对头，如果让WW故意输给ZHl指派的替赛队伍贺家车队，似乎不可能，除非是有旁人不可知的内幕或交易。

"所以，林小姐，请你告诉我，贺家车队和WW之间的赛道比试，究竟有没有打假赛？"莫书昀问道。

当即，林烟微微一笑："WW真的那么强吗？强到只要有人赢了它，立马会被认为打假赛？"

莫书昀的眸光微微一闪。

林烟虽然没有明说，但方才的一番话已经暗示得十分明显。

WW对于林烟而言太弱了。

此刻，莫书昀对眼前的女孩更加好奇了，她真的只是一个演员这么简单吗？

"林小姐，我相信你。"莫书昀喝了一口茶后，朝着林烟点头，"关于ZHl和WW的情况以及关系，我都十分清楚。WW不缺钱，而且两家战队的矛盾很深，积怨已久，让他们任何一支赛队去打假赛，输给另外一家，我个人认为都不太现实。"

"谢谢你的理解以及信任。"林烟朝着莫书昀道谢。

"但是，让我加入贺家车队有两个条件。"很快，莫书昀正色道，"第一，进入贺家车队，我无法接受我仅仅是一名队员，以我的能力，且不说初级赛车队，即便是老牌一线赛车队伍，当一名队长也绰绰有余，所以，我需要成为贺家车队的队长。"

听完莫书昀的第一个要求，林烟直接点头答应。正如莫书昀所说，以他的资历与能力，其实当贺家车队的队长已经算大材小用，尤其在贺家车队重组的这段时间，等同是起步阶段，他如果愿意多操心，林烟自然乐意。

"第二个条件？"林烟问道。

莫书昀开口："林小姐，第二个条件，我想要贺家车队的小股份，不用太多，百分之十即可，而我不需要薪酬，并且会带相应的资金进入贺家车队。"

听完莫书昀说出第二个条件，林烟整个人顿时一愣。

她没听错吧？还有这种好事？这人是跟钱有仇？不仅不要薪酬，还自备资金进入贺家车队。

如今贺家车队就是一个初级车队，没赢过几场比赛，根本看不到未来，莫书昀居然想要贺家车队的股份？

"你能告诉我为什么吗？"林烟盯着莫书昀问道。

"哈哈，林小姐，这还不简单吗，根据之前林小姐所说，你们贺家车队与WW没有打假赛，那就只能证明，林小姐你的水平应当能够与全球第三联赛接轨。如果加上我的训练模式，为贺家车队多找来一些较好的队员，我相信要不了五年，贺家车队就有希望成为国内顶尖的赛车队伍之一，最多七年，我们就可以登上全球第三联赛，我要贺家车队的股份，当然是为了赚钱。"莫书昀笑道。

"五年成为国内顶尖，七年登上全球第三联赛吗？"林烟若有所思。

如果真是这样，贺家车队干脆立马解散算了，她何必还费这心思重组赛队。

"林小姐，你不必自我怀疑，我相信自己看人的眼光，我有把握与林小姐一起在五年内让贺家车队成为国内顶尖车队，八年登上全球第三联赛。"莫书昀的眸内浮现出一抹光泽。

林烟盯着莫书昀："刚才你不是说七年吗？"

"那就七年。"

林烟："……"

就这样，莫书昀成功加入贺家车队。

两人约定好明晚去贺家老宅吃饭，顺便现场为莫书昀介绍一下情况，以及贺家车队真正的老板。林烟给云轩也发送了地址，邀请他一同前往。

林烟返回云间水庄后，云轩才回了短信。

"姐姐，人……人多吗？"

林烟看了一眼短信，随手回复："加上你五六个人吧，没多少人。"

许久后，云轩用语音回复道："那好吧，我会准时到的，谢谢姐姐。"

莫书昀给林烟的感觉像一个混迹赛车圈多年，并且有一定实力和见识的老油条。而云轩不同，他是纯粹的新人，对赛车极其喜爱并且感情纯粹，但云轩的性格让林烟觉得他有些不自信。林烟与他短暂接触后，发现他似乎有些怕生，并且十分腼腆。

一般而言，这种性格的职业赛车手很少，赛车手的风格大多与性格直接挂钩，如果性格火爆，在赛道上的风格也会比较暴力，可如果性格稳重，赛道上的风格会趋向平稳求生，各不相同。

而像云轩这种性格的赛车手，在林烟的赛道生涯中，几乎没怎么碰见过，所以对于云轩，林烟也有着一些期待与好奇。

当即，林烟给外公拨通了电话。

片刻后，手机中传来了外公的声音："小烟，这么晚了，找外公有什么事吗？"

"外公，明晚我回老宅吃饭。"林烟道。

"好，你多回老宅看看。"

"外公，明晚我会带两位赛车手过去，其中一人将担任我们贺家车队的队长。"林烟开门见山道。

随着林烟话音落下，电话那头却陷入了沉默。贺定坤原本以为林烟只是想回老宅吃个便饭，不承想她竟找到了赛车手，是带着赛车手回贺家老宅。

"队长？开什么玩笑，随便找个阿猫阿狗当我们车队的队长？"还未等贺定坤开口，手机中传来了贺雄的声音。

林烟看了看时间，现在贺家应该到了晚饭时间，估摸着贺雄与老爷子贺定坤坐在一处，所以林烟说话的内容也被贺雄听了去。

当然，林烟并不在乎。如果莫书昀听见一个初级赛车队的管理人员对他的评价是"阿猫阿狗"，不知作何感想。虽说林烟对于H国的赛车圈并不熟悉，但她知道莫书昀这种赛车手在H国顶尖赛队中或许没什么名气，可如果放在初级赛车队中，应该属于他们高不可攀的大神级人物了。

"小烟，好，我知道了。明天晚上，你把人带回来看看吧。"贺定坤说道。

"好的，外公，那明晚见。"林烟说罢便挂断了电话。

林烟这边挂断电话没多久，裴宇堂便风风火火地推门走了进来。

"嫂子，你跑哪儿去了，我找你一天了，短信也不回我。"见到林烟，裴宇堂急忙开口。

"找我一天？"林烟闻言微微一愣，今天因为云轩和莫书昀的事，她也没时间看手机，所以并不知道裴宇堂找她。

"电话打了两三个，短信发了十几条，你都没回我。"裴宇堂满脸委屈。

林烟："……"

片刻后，林烟盯着裴宇堂无奈道："那你找我到底有什么十万火急的事？"

说至此处，裴宇堂的眸内浮现出一抹激动的情绪，盯着林烟说道："有事啊，天大的事，就是见面礼。"

"见面礼？"林烟一愣，"什么见面礼？"

"就是送Yeva的见面礼啊！"裴宇堂上前，坐在林烟身旁，"嫂子，我这两天就要去私宴见Yeva这种传说级别的大人物，总不能空着手去吧，这太不礼貌了！你说咱们送什么好，必须得名贵，但又不能太掉档次，我本来想直接送钱，又觉得不合适，送一台赛车，似乎也不太好……"

"送赛车？送钱？"林烟满脸惊讶地盯着裴宇堂，这熊孩子不是被他大哥经济限制了吗，手头仅剩的钱也都投到车队了，哪儿来的这么多钱？

当然，这不是重点，重点是他要给那个冒牌货送极为贵重的见面礼！

这怎么能行？！裴宇堂献钱献礼是万万不能的！

裴宇堂见林烟的脸色不对，好奇道："嫂子，你怎么了？"

林烟回过神来，重新看向裴宇堂，深吸一口气，说道："你是不是钱多了，你大哥不是限制了你的经济吗？"

当即，裴宇堂神秘一笑："虽然被限制了经济，赛车队也一直亏钱，但我还有一点私房钱，送贵重的礼物绝对够了。还有，嫂子，什么叫钱多了，那可是赛道死神Yeva。再说了，所有去参加私宴的人，这些天都在挑选见面礼，我不送的话，也说不过去吧。"

林烟瞥了裴宇堂一眼，本尊站在他面前，他不来送礼，非要跑去送冒牌货，这是人干的事吗？

"嫂子，我想了一天都想不到送什么好，你帮我想想。"裴宇堂道。

"我觉得没必要。"林烟沉思片刻后，看着裴宇堂，笑道，"你想想，赛道死神Yeva什么没见过，你要显示出自己的特殊，才能让Yeva记住你。"

"啊？"裴宇堂一脸蒙。

显示自己的特殊？他倒是想，但如何才能显示出自己的与众不同，并且被赛道死神Yeva记住？

"你想想，别人都送了名贵的见面礼，而你不送，这多特殊啊。如果是我，我能记你一辈子，我发誓。"林烟满脸正色地朝着裴宇堂道。

裴宇堂："……"

"嫂子，你别闹了，我是认真的，你这种记法，我宁愿不要。"裴宇堂叹了一口气。

"你是吃了秤砣铁了心，必须要送见面礼对吗？"林烟看着裴宇堂，眉头微微蹙起。

裴宇堂闻言，连忙点头："那是肯定的。我的意思是，送什么礼物比较别出心裁，必须要有内涵、有档次，让人印象深刻。"

林烟有些无奈，这熊孩子怎么就不听劝呢。

片刻后，林烟眼珠子微转："你相不相信我？"

"嫂子，瞧你这话说的，我当然相信你了。"裴宇堂道。

"那这样。"林烟沉思片刻后继续道，"见面礼的事情，你不用费心，我来帮你办，绝对有内涵、有档次，而且一眼看上去就很贵重，如何？"

"真的？"裴宇堂眸光微亮。

说到送礼物，裴宇堂实在不擅长，就算是以前交往的女友，他也基本没送过什么礼物。

"放心，这事交给我办，到时候你把买见面礼的钱打给我就行。"林烟点头道。

"那我就安心了。"裴宇堂长舒一口气。

"对了。"原本打算离开的裴宇堂忽然转身，朝着林烟道，"嫂子，三天后参加私宴，并且有国内顶尖的赛车队跟Yeva进行赛道切磋比试，我给你要了一个位置，到时候咱们一起过去看。"

"好的。"林烟一口答应。

裴宇堂离开之后，林烟若有所思。

从裴宇堂口中透露出来的消息来看，那个冒牌货应该有两把刷子，否则如何敢与H国顶尖的赛车队伍进行赛道切磋？换句话说，这个冒充者有足够的自信能够赢过H国顶尖队伍，否则断然不敢答应进行赛道比试。

可情况到底如何，林烟目前还不清楚，得去了私宴之后才能了解一些。

没多久，林烟躺在床上有些无聊，随手翻了翻微博，没料到卫徐风居然上了热搜。

卫徐风仅发了一条微博，而发布的内容是——"三天后将是我这几年最开心的一天，等着我！"

这条微博评论和转发数已经超过了十万，而网友留言的内容，大多是问到底发生了什么事，三天后为何是他最开心的一天。只不过，他并没有回答。

旁人不知道，林烟却一清二楚。三天后正是冒牌货举办私宴的时间，卫徐风作为Yeva的铁杆粉丝，自然被邀请了。并且，之前通过裴宇堂的口述，林烟也清楚在私宴的这段时间，众人都要签署一份保密协议，因为赛道死神暂时因伤退役，并且平日里十分低调，从不在公众面前露面，也不接受记者采访，所以，任何参加私宴者不得对媒体提及此事，但凡被媒体报道此事，私宴将取消。

被邀请的人几乎都是Yeva的铁杆粉丝，作为Yeva的铁杆粉丝，自然知道Yeva平常的作风和性格，所以，即便不签保密条约，也没有人会将这件事说出去。

林烟想着，林书雅应该是想在私宴结束之后再对外界透出消息，她与赛道死神Yeva有过接触，到时候在《传奇》中拿到Yeva的角色，便成了理所当然的事。

林烟看了一眼卫徐风的微博后，便退出了微博。

三天后，她会给所有人一个惊喜。

林书雅想蹭Yeva的热度，门都没有！

冒牌货想冒充自己吸金，门都没有！

自己这个本尊穷得钱包都已经开始嫌弃她了，冒牌货却在用她的身份捞钱，这比林书雅还要可恶十万倍！

第二天，林烟原本想去约定的地点与云轩还有莫书昀见面，结果云轩身体不舒服去了医院，而莫书昀要处理一些私事，所以他们只能等晚上去贺家老宅再见面。

林烟用手机查询关于Yeva的消息，结果查出的还是老三样。

赛道死神负伤严重。

赛道死神新王败北，WZ战队首败巅峰之赛，遗憾退场。

赛道死神Yeva因伤暂时退役。

不得不说，被邀请参加私宴的铁粉们嘴巴的确很严，没有对外界透露一丁点消息。裴宇堂还有ZHI给自己说这件事的时候，也要她保证，绝对不对外界透露丝毫。

其实，林烟恨不得将这件事传出去，让所有媒体都知道Yeva来了，到时候国内的赛车圈一定会因为Yeva的到来炒至一个巅峰高度，那个冒牌货的身份肯定要被曝出去。

不过仔细想想还是算了，林烟也不希望Yeva的名字继续出现在大众眼中，万一到时候被挖出来自己是因违禁药物被禁赛，丢人的还是自己。

况且对付一个冒牌货，也不需要如此兴师动众。

其实，林烟最怕的是冒牌货有备而来，万一惊动媒体，冒牌货依然可以在短时间内吸金，随后离开，到时候连冒牌货的底细都未必能够被揭露。

当晚，林烟在给莫书昀还有云轩各发了一条短信后，便独自打车前往贺家老宅。

云轩已经在路上了，因为堵车，他可能会迟到几分钟，至于莫书昀，也刚刚从家出发。

云轩是因为今天身体不舒服，去医院看病耽误了时间，而莫书昀是完全没有时间观念。

约定好六点钟到贺家老宅，结果莫书昀六点钟才准时从家里出发。

林烟来到贺家老宅后，卫徐风帮她开了门。

刚进屋，林烟却发现贺家车队的队员全部在，包括贺雄还有贺明凯。

"小烟，来了。"老爷子贺定坤从里屋走出，目光投向林烟身上。

"外公。"林烟点了点头，也未多说什么，坐在一旁。

"怎么，我听说你给我们贺家车队找了一个队长？"

林烟刚坐下没多久，贺雄便朝着林烟看去，阴阳怪气地开口。

"人呢，在哪儿？让我们看看到底是什么妖魔鬼怪。"见林烟未出声，贺雄继续道。

"呵呵。"一旁的青礼冷声笑道，"林烟小姐，只要你不坑害贺家车队，贺家车队还是能够继续生存下去的。队长就不需要了，明凯的实力已经足够了。"

林烟刚坐下没多久，云轩便发来了短信："姐姐，我到了，在门外，麻烦姐姐帮我开门。"

林烟看见短信，连忙起身，将贺家老宅大门打开。

众人的目光旋即朝着门外望去，只见一个略显青涩的俊俏男孩穿着一身休闲装，静静地站在门口。如果他不开口，加上天色较黑，他们甚至以为那是一个安静的女孩子。

"姐姐。"云轩看着林烟轻声喊道。

"云轩，进来。"林烟笑道。

云轩点了点头，脱下鞋子，小心翼翼地走入贺家老宅。

"林烟小姐，你该不会想告诉我们，这个男孩就是你给贺家车队找的队长吧？"青礼见到云轩进屋，忽然冷声笑道。

而随着青礼的话音落下，一众贺家队员纷纷出口讽笑，看着默不吭声的云轩，眸内的不屑与可笑之色毫不掩饰。

这样一个乳臭未干，看起来甚至有些自闭的男孩，别说做什么队长，就算帮他们贺家车队打下手，做一个替补队员，他们也不会同意。

云轩本以为像林烟之前说的，只有几人参加晚宴，但他进屋后，未想到这贺家老宅内居然坐满了穿着贺家车队赛车服的队员，有十数人之多。

云轩本能地站在一旁，没有开口说话。

"你会开赛车吗？不，应该说你会开车吗？"很快，青礼把目光投向云轩身上，噘了噘嘴，冷笑出声。

"会。"片刻后，云轩出声道。

"林烟，你在开什么国际玩笑，随便找个阿猫阿狗，就让他来当贺家车队的队长？"贺雄盯着林烟道，"林烟，我告诉你，别说队长，就算他当一个替补队员都不可能，这种性格的人，根本不适合开赛车。还有，我告诉你，以后你给我远离贺家车队，别仗着老爷子对你的宠爱就无法无天，你想毁了贺家车队？门都没有！"

"爸，你跟这种人说那么多做什么，要是我，直接把他们两个丢出去。"不远处，贺明凯皮笑肉不笑地说道。

贺乐风盯着林烟，似乎想要说些什么，但不知道如何开口。

"哈哈，林烟小姐，就这种人还想进贺家车队，还当队长？"某个贺家车队的领航员瞥了林烟一眼，"我怕你是假酒喝多了吧。"

"闭嘴！"老爷子贺定坤眉头紧蹙，脸上浮现出一抹不悦。

"老爷子，并不是我们愿意多说，只是您这位孙女啥都不懂，带着一个不知所谓的人就想让他加入贺家车队，这不是跟我们开玩笑吗？"青礼道。

忽然又响起了敲门声。

林烟给贺乐风使了一个眼色，当即，贺乐风走上前，打开了门。

只见莫书昀站在门口，脸上挂着笑意，也未理会贺乐风，直接踏入了老宅。

Part 24

谈恋爱应该跟男朋友一起做的一百件事

♥

"偶像，我来了。"莫书昀朝着林烟笑道。

林烟闻言，同样微微一笑："随便坐。"

"好的。"莫书昀将自己购买的礼品放在一旁，旋即扫了一眼众人，面色严肃道，"看来在场的诸位都是贺家车队的队员吧，先自我介绍一下，我之前……算了，之前并不重要，从今往后，我就是贺家车队的队长，你们可以称我为莫队，或者是书队，抑或昀队？"

不等旁人开口，莫书昀摇了摇头，慎重地说道："算了，书队不好，不吉利，叫我莫队吧。"

随着莫书昀话音落下，一众贺家车队成员纷纷大笑。

"你谁啊，脑子被门夹了，还莫队？"

"林烟，你真是太搞笑了！"

"你先是找了一个小男孩，结果又找来一个脑子不好使的，你跟贺家车队究竟有什么深仇大恨啊？"

贺家车队众人话音落下，莫书昀眉头微蹙，他不仅是贺家车队的队长，还是贺家车队的股东。

有这么跟股东说话的吗？他离股东就差一个合约还没签好吧？他们好歹也放尊重点啊！

"你，你，还有你……对，你们所有人都被开除了。"莫书昀指着青礼等人冷声笑道。

莫书昀的话顿时引起了一阵哄笑。

"哈哈哈，这傻瓜说什么，我被开除了？"

"还有我，我也被开除了，笑得我眼泪都快出来了。"

林烟看向莫书昀，说道："莫队，这是我外公，也是贺家车队的老板。"

莫书昀闻言，点了点头，看向贺定坤："老爷子，你好，我叫莫书昀，曾经是KNT的队长，幸会。"

"你好。"贺定坤看着莫书昀轻声道。

此时，从未开口的云轩神色微微一变，终于抬起头，目光投向莫书昀身上："是……真的是你……KNT车队曾经的王牌，我看过……看过你的比赛，很厉害。"

"KNT车队？"

"哈哈哈，吹什么牛，我还是ZHI的队长呢。"

"KNT车队的队长我们都知道，可不叫莫书昀，而且也不长你这样。"

"林烟小姐不愧是演员，找这么一个人来跟我们演戏。"

KNT车队历史悠久，是H国最早成立的赛车队，所以贺家车队众人自然知道KNT车队。

"你们说的是现任队长吗？那是我带出来的徒弟，在前几届，我的确是KNT的队长。"提及KNT的现任队长，莫书昀的眸内浮现出一抹难以言喻的情绪，以及一丝明显的怨愤。

"什么？KNT车队的队长是你带出来的？"

"可以，我佩服，其实我也有一个秘密，浪蟒是我带出来的，别人都不知道。"

"你们就厉害了，我不行，我只带出来一个赛道死神 Yeva。"青礼微微一笑，满脸嘲讽。

莫书昀耸了耸肩，也懒得与贺家车队众人争执，他拿出自己的简历，递给老爷子。

"老爷子，这样吧，去场地看看，顺便试下车技，我这几年因为某些事情，能上场参加高等赛道比赛的机会不多，所以还是靠实力说话。我一个人跑贺家车队全员，两圈制，如果我跑完终点时，有任何一个可以跑完第一圈，我马上离开，反之，贺家车队的蛀虫马上给我拎包滚蛋。"莫书昀淡淡笑道。

其中两个贺家车队队员方才特意在网上搜了资料，看看手机上的图片，又看了看眼前的男人。

他们搜出来的资料显示，莫书昀的确是KNT车队曾经的队长，不过图片上的人看起来十分帅气和精神，但眼前这个男人和照片上的仅有一点相似。而且，照片上这位KNT曾经的队长叫"Ryan"，也不叫莫书昀。

"应该不是一个人吧？"当即，一位赛车手轻声朝着青礼道。

青礼闻言，接过手机仔细打量，旋即冷声道："虽然有一点相似，但显然不是一个人。还有，上面不是说了吗，Ryan不是莫书昀，而且，你认为林烟真能找到KNT车队曾经的队长，跳槽来贺家车队当队长？用脚指头想，现实吗？"

听青礼这般说，几个贺家赛车手彻底放下了心。青礼说得对，的确是他们多虑了，只要是一个有脑子的正常人，都不可能从知名的大车队离开，去加入初级小车队，而且还是一个随时都可能解散的小车队，更何况是大车队的队长。

"老爷子，我说的，你觉得行吗？"莫书昀看向贺定坤轻轻笑道。

"好，可以。"贺定坤思索片刻后，最终点了点头。

其实对于莫书昀的身份，老爷子也有些怀疑，林烟是没有理由欺骗自己，但就怕林烟遇到了骗子。对于KNT车队，贺定坤自然知道，但并不了解。而且，无论这个人是什么身份，总归还是要去场地试车的，他没理由拒绝。

"想去场地试车，当然可以，输了你就给我爬出去。"贺明凯说罢，随后看向林烟道，"还有你，跟他一起爬走，以后不要再让我在老宅看见你，否则后果自负。"

对此，林烟嘴角微微上扬："好啊。"

贺家车队众人想要自取其辱，她当然没什么问题。

莫书昀曾经的确是KNT车队的队长，号称小国王"Ryan"，在赛场上有着十分惊人的统治力，只是那时候国内赛车圈热度并不算高，再加上莫书昀后来因为一些私事，离开了KNT车队两年。等他回归后没多久，就坐上了冷板凳，很少有机会出赛，至于为什么，林烟也不太清楚。

但不管如何，有一点林烟可以肯定，莫书昀闭着眼都能跑赢贺家车队全员。

"我……我觉得……"忽然，林烟身旁的云轩目光幽幽地开口，"我也可以去试……试试。"

"我们一起去。"林烟笑道。

"嗯。"云轩立即开心地点了点头。

提及赛车，云轩体内的细胞仿佛瞬间被激活，一双眸子浮现出激动的情绪。

大约一刻钟后，众人来到贺家车队位于郊区的一处租借赛场，里面停着贺家车队平常用来训练的赛车。

此刻，天色虽然微暗，但对于专业的赛车手而言，无论什么样的天气，他们都能够轻松驾驭。

"队……队长，我……我可以代替你跑赢他们的。"忽然，云轩的目光投向莫书昀，轻声说道，"我昨天晚上看了……看了很多贺家车队的比赛视频，他们太弱了。"

"你说什么！"

随着云轩话音落下，其中一名赛车手勃然大怒，作势要对云轩挥拳。

然而这一拳还没落下，却被站在莫书昀身旁的林烟一把截住了。林烟的力气出奇大，任由那名赛车手如何用力，被林烟握住的拳头根本无法抽出。

"你的嘴巴放干净点。"林烟眸内浮现出一抹寒芒，冷声朝着那名赛车手道，旋即放开了手。

该死的，这女人看起来柔柔弱弱，力气怎么这么大？

"哼，你找两个垃圾冒充高手，我看你们一会儿怎么死！"那名赛车手冷哼一声，摸了摸自己有些疼痛的拳头，随后头也不回地打开车门进入其中。

"别急。"莫书昀的目光投向云轩身上，笑着开口，"等他们滚蛋后，我会测试你，如果你没有足够的实力，也得跟他们一样滚蛋，所以你要有心理准备。"

"好。"云轩认真地点了点头。

在贺家车队的训练场，莫书昀随便挑选了一辆训练车。

"你们准备好迎接自己在贺家车队的最后一场比赛了吗？"莫书昀打开主驾驶座的车门，一只脚踏入其中，却不忘回头看向贺家车队的赛车手。

随着莫书昀话音落下，贺家车队众人冷笑不已。贺家的训练场，没有人比他们熟悉，就算这个人真是KNT赛车队的职业赛车手，在贺家车队的赛车场地内，也不可能跑赢他们。

莫书昀见无人搭理自己，觉得有些无趣，终于进入车内。

很快，数十辆赛车发出轰鸣声。

在得到指令后，贺明凯所驾驶的赛车第一个冲出了起点，紧接着，莫书昀也尾随其后。

短短数秒，贺家车队的赛车便全部驶离起点。

贺明凯所驾驶的车辆速度极快，只不过没多久，在众目睽睽之下，竟被莫书昀轻易反超。

莫书昀所驾驶的车辆驶至贺明凯车辆的正前方，忽然放慢了速度，像是故意等贺明凯。然而当贺明凯追上前去，即将超越莫书昀，却见莫书昀所驾驶的车辆立时提速，以一个极高的技巧戏弄了贺明凯，随之扬长而去。

贺雄见状，面色难看。贺家车队众人就算再傻，此刻也瞬间明白过来，林烟所带来的这个男人有一说一，的确是一个高手。

只是他们想不通，这个男人驾驶水平如此高超，怎么可能会愿意加入贺家车队？

换位思考，如果他们当中任何一人有着这样的驾驶水平，无论贺家车队花多少钱来挖，他们也绝对不会心动。

加入贺家车队这种初级且毫无希望的车队，等同在耗费自己的职业生涯，拿青春和未来开玩笑。

无论是从前途来分析，抑或是酬劳和荣誉，贺家车队只是初级车队，就连一个刚进阶的中等车队也无法相提并论，更不提那些成名的高级车队。

"小烟……"贺定坤走到林烟身旁，眼睛里还浮现着惊诧，"那个莫书昀以前真在KNT车队任职业赛车手，还当过队长？"

林烟微微颔首，说道："外公，是这样的。"

贺定坤在与林烟确认后，还是有些难以置信。因为从逻辑上分析，这个KNT车队的职业赛车手忽然要加入贺家车队，担任贺家车队的队长，根本不可能。

就如同世界首富放着好好的日子不过，非要去当乞丐，宁愿受尽白眼以乞讨为生一样不合常理。

所以，这件事本身就极不合理。

然而如今事实摆在眼前，无论莫书昀是否为KNT车队的职业赛车手，仅从现场展现出的赛道掌控力而言，他的赛车水平也太过于恐怖。

尤其这里是贺家车队的练习场地，赛道情况更是十分复杂，贺家车队的队员长时间在此处训练，已经习惯了，对于每一个赛道转向都了若指掌，可即便如此，莫书昀所驾驶的车辆也将贺家车队全员甩在了后方。

所以，现如今莫书昀到底是不是高级赛车队的职业赛车手，又是否曾经担任队长一职，已经不重要了。重要的是，莫书昀的确是一名赛车驾驶水平极高的高手，绝对不是贺家车队这种初级赛车队伍的水平能够相比的。

"好，很好。"

此刻，老爷子贺定坤的眸内浮现出一抹难以形容的激动，如果有这样的高手加盟贺家车队，那贺家车队将会迎来无限的希望，甚至能够摘掉初级赛车队的帽子。

"对了。"忽然，老爷子的目光投向站在林烟身旁的云轩身上。

对于这个男孩，贺定坤也来了兴趣。他看云轩的年龄不是很大，应该从学校毕业还没有多久。

"老板好。"云轩看向贺定坤，有些腼腆地轻声开口。之前他听林烟介绍过，眼前这位长者正是贺家车队的老板。

"你好，你叫云轩对吗？"贺定坤微微一笑。

"是的。"云轩点点头。

当即，一旁的林烟将云轩的事情跟贺定坤说了一遍。

对此，贺定坤并不意外，许多从校园毕业的赛车爱好者在确定以赛车为职业后，首先想到的几乎是那些有名气的赛车队伍，很少会有想要加入小车队的。

至于云轩的驾驶水平到底如何，贺定坤也不清楚。虽说云轩在学生时期曾取得一些优秀的赛车成绩，但这无法代表他可以成为职业赛车手。

还不等贺定坤继续开口，却听见一声轰鸣传出。

贺定坤等人望去，只见莫书昀所驾驶的赛车已经重新来到起点，跑完了第二圈，而贺家车队众人包括贺明凯在内，早已经被远远甩在后面。

此刻，莫书昀打开车门，缓步从车上走出，动手摘掉头盔，看向贺定坤道："老爷子，咱们贺家车队的这些队员早应该换掉了，全是混日子的，没一个能用的。"

要是刚才莫书昀说这话肯定会被各种嘲讽，但是此刻，在场的没有一个人开口反驳。

对赛车手来说，速度就是一切，赛车圈里，话语权永远在强者手里。

莫书昀这样水平的人能够加入他们这样的车队，简直是想都不敢想的事情。

他们无论如何也没想到这人真的是KNT车队的队长，准确来说，是他们没想到林烟能有本事拉来KNT车队的队长。

好半天之后才跑回终点的贺明凯等人均是灰头土脸，如同落败的公鸡，此刻再也说不出风凉话来。

林烟笑眯眯地扫视了几人一眼，说道："怎么样，现在我们可以好好谈一谈重组车队的事了吗？"

贺明凯和贺雄站在那里，黑着脸，一言不发，其他人均是沉默。

老爷子说："小烟，现在天色不早了，明天我们跟这位莫队，还有云轩小友约个时间，详细谈谈吧！"

现在已经证明了莫书昀的实力，说明林烟真的找到了靠谱的队员，那么测试云轩的事情便不急了。

林烟朝着莫书昀和云轩两人看了一眼。

莫书昀耸耸肩："可以啊，我都没问题，我偶像说了算。"

云轩虽然有些失望今天没办法跑，但是也乖巧地点点头："我也可以的。"

云轩没想到林烟会拉到KNT车队的前队长，难怪她这么自信地跟他保证，在这里一定能学到东西。

林烟："好，那就这么定了。外公，我们改天详谈。"

等林烟忙完车队的事情，回到别墅的时候已经是深夜。

林烟担心会吵醒裴聿城，轻手轻脚地推开门走了进去。她换了拖鞋，刚走出玄关，只见客厅里亮着一盏昏黄的台灯，柔和的灯光下，裴聿城正斜倚在靠背上。

男人摘下了眼镜，随意地放置在摊开的文件上，微阖着眼睛，似乎睡着了。

林烟没料到裴聿城这么晚了还在客厅，呼吸立刻下意识地放轻了些。

裴聿城怎么这么晚还没睡？办公的话为什么不去书房？

裴聿城似乎睡得不沉，几乎是林烟刚一靠近，男人便缓缓睁开了眼睛。

男人的目光略有些飘忽，当他的视线投向林烟身上时，才渐渐恢复了焦距，他伸手拿起放置在一旁的眼镜戴了起来。

"回来了？"

林烟闻言点点头："今天，我跟外公商量事情，所以回来得有些晚了，是不是打扰到您了？"

自从上次林烟说过那句"你在我心上"之后，裴聿城便不再排斥她用"您"称呼他了。

裴聿城捏了捏眉心，站起身道："饿吗？我给你留了饭。"

林烟心头"咯噔"一下，咽了一口吐沫道："谢谢裴先生，不过不用了。晚饭我吃过了，而且您也知道的，我们这行要保持身材，不能吃太多。"

裴聿城闻言，总算没有强求她："嗯，你早点休息。"

林烟连连点头："嗯嗯，好的，裴先生您也是。"林烟说完，又随口多问了一句，"裴先生，您之前是在办公吗？"

"不错，怎么了？"裴聿城问。

林烟挠挠头道："没什么没什么，我就是觉得奇怪，难道您比较习惯在客厅办公吗？而且今天都这么晚了，为什么不去书房呢？"办公的话，坐在书房里怎么也比坐在沙发上舒服一点吧？

她记得自己似乎不是第一次看到裴聿城在客厅的沙发上办公了，而且今天都这么晚了，他还在客厅，她难免有些疑惑。

裴聿城听到女孩的话，眉梢微扬："林小姐是真的不知？"

"啊？"林烟眨了眨眼睛，一脸迷茫，"我……我应该知道吗？"

为什么她会知道？她没有理解裴聿城这个逻辑。

裴聿城见女孩是真的完全迷茫，眸底闪过一抹无奈，抬起那双惑人的眸子，专注地朝着女孩看去，缓缓道："林小姐，我在等你。"

我在等你……林烟眨了眨眼睛，又眨了眨眼睛，好半天才反应过来裴聿城这句话的意思。

裴聿城的意思是说，他在客厅办公，是在等她回家？

不等林烟从震惊中回过神，男人继续开口："我在客厅办公，也并非因为习惯，而是在这可以多看到林小姐。"

林烟："……"

裴聿城这话说得简直不要太直接。

如果林烟连这还听不懂，那就是傻瓜了。

裴聿城发现女孩总算听懂了，眸底终于浮现一抹满意的笑意。

"我这么说，林小姐能听懂吗？"裴聿城非常好脾气地询问。

林烟这会儿已经羞窘得恨不得找一个地洞钻进去，自然赶紧点头如蒜。

懂了懂了！他不要再嘲讽她的情商了！

大佬不愧是大佬，总是能脸不红心不跳地说出这些教科书级别的情话来。

裴聿城见状，停止了继续逗她，轻轻道："早点休息吧。"

林烟松了一口气，连忙回道："好的好的。"

裴聿城走到女孩身前，在她的额头上轻轻落下一吻："晚安。"

"晚安。"

直到裴聿城进了卧室，林烟还愣愣地站在原地。

她住到裴聿城住处的这段时间里，除了刚来那一天裴聿城突然暴走，后来他们一直相安无事，相处得无比和谐。

她也渐渐发现了，只要不触及裴聿城的底线，裴聿城是非常有耐心，且温和好说话的。

平时他们各忙各的事情，相处得非常融洽。

不过经历几次教训之后，林烟已经深刻了解到裴聿城危险的一面，并没有因为这些表面上的和谐敢有丝毫掉以轻心，这也让她至今没有找到一个很好的时机来提答应星沉的那件事。

林烟回到房间之后，一脸痛苦地想着主意。这时候，微信突然响了起来，她被拉进了一个群里。

拉她的人是星沉，因为她不常用QQ，所以把微信号给了星沉。当然，还有一个原因——她实在是不想再看到星沉那个让人无法吐槽的个性签名了。

除了星沉，群里还有另一个人，对方的ID是欢欢喜喜过大年。

烟城疏雨隔斜阳：？

林烟发了一个问号过去。

欢欢喜喜过大年：嫂子，我是秦欢啊！嫂子，你的微信名字实在太好听了，你真有品位！

林烟：……

这个ID也是一把血泪，她并不想提好吗！

星沉：林小姐，不知道那件事情的进展如何？

林烟叹了一口气，随后回了一句：暂时还没找到合适的机会，我实在不知道怎么才能让裴先生心情大好。

星沉：我理解的，没关系，我可以等，反正那么久我都等过来了。

欢欢喜喜过大年：嫂子，怎么会没有合适的机会呢，机会太多了呀！比如你跟聿哥拉拉小手之后，比如你跟聿哥亲亲、抱抱、举高高之后，比如你跟聿哥晚上躺在一起看星星、看月亮、聊人生哲学的时候……

林烟："……"

林烟无奈地发了一句话过去：并没有这样的机会，谢谢。

她和裴聿城的相处发乎情、止乎礼，是非常相敬如宾的好吗，每天最多就早安晚安的时候亲一下额头。

手机那头的秦欢痛心疾首，发了一段语音过来：不会吧，嫂子，你们这进展也太慢了！你们是哪个时代的人啊？谈恋爱这么久了，还是这种蜗牛的进度？你要是实在不会，我们教你也可以啊！

出于尊严考虑，林烟果断回了一句：谁说我不会，我又不是没谈过恋爱，我有经验的好吗！

林烟一脸气愤地跟两人聊了一会儿，反复强调和维护了自己的尊严之后，才放下了手机，陷入沉思中。

难道她真的这么不会谈恋爱吗？不至于吧。

林烟一边思索，一边打开电脑，开始敲击键盘输入：请问谈恋爱应该做些什么事情？怎样才可以哄男朋友开心？怎样才能让男朋友答应自己的要求……

网友的回答五花八门，林烟看得头晕眼花。

什么同吃一个冰淇淋，用两根吸管喝一杯饮料，冬天把手放在他的口袋里，用情侣头像、穿情侣装，吃完了饭一起遛弯，去游乐园玩旋转木马，给他刮胡子，带他去吃麻辣烫，一起去听演唱会……

谈个恋爱而已，哪来这么多事情要做啊！情侣一起做这些无聊的事情有什么意义吗？还不如一起去飙车。这攻略一点都不科学。

林烟一边看一边叹气，想来人生也真是无常，几个月前，她还在搜索"如何才能巧妙地跟男朋友提分手"，如今搜索的问题却变成了"如何跟男朋友谈恋爱"。

林烟看到大半夜，肚子饿得咕咕叫。

距离晚饭时间已经过去很久，加上她的身体消耗比常人大，其实早就饿了，只是裴聿城留的饭，打死她也不敢吃。

还好她这边存了不少零食，她从抽屉里拿出巧克力、糖果、干脆面，还有辣条什么的，边吃边继续搜索，还特意拿出一个笔记本记录下来。这认真的劲头，比得上她当初恶补演技的时候了。

不知不觉已经快凌晨了，林烟这才放下笔，准备洗漱睡觉。

林烟洗了个澡，换上了一套干净的睡衣，随后坐到了书桌前，准备把今天的恋爱功课整理一下就睡觉。

她正整理着笔记本，不知道为何，头突然有些晕乎乎的，如同有一股莫名的引力穿透墙壁朝她袭来。

怎么回事，难道她太累了吗？她困得都犯晕了？

不对，这感觉有点上头，而且极其熟悉。

完蛋了！是……是那色鬼。

林烟扶着脑袋，紧急地想要去一旁拿那把桃木剑，可是她还来不及有所行动，下一秒眼前一黑，直接失去了意识。

当"林烟"重新睁开眼睛的时候，眸子已经一片清明，哪里还有半分困倦之色。

看她那双冰冷的眼睛，就像是完全没有任何感情的人类。

几分钟前，裴聿城正靠坐在床头，准备入睡。

当然，他入睡得并不是那么顺利。无论他在林烟面前表现得多么淡定自若，却无法欺骗自己。一如此刻，他的意识终于冲破了束缚，时隔多日后再次进入林烟的身体。

裴聿城已经习惯了这样的状态，所以这次还算镇定。

不过下一秒，他的目光便彻底乱了。

女孩似乎刚洗完澡，身上满是沐浴后的清香，而正对着他的一面镜子里，只见女孩身上只穿着一件单薄的吊带睡裙，还有些湿漉的发丝垂着水珠，正顺着锁骨一直滚落。

饶是裴聿城沉稳如斯，也没料到自己的意识穿过来之后，遇到的竟是这样的画面。

裴聿城飞速抄起旁边架子上的外套穿上去，严严实实地将林烟的身体遮了起来。

做完这些之后，他的呼吸才稍稍恢复了平稳。

不过，镜子里的女孩因为刚洗完澡，小脸白里透红，头发微湿，却依旧在他眼前晃来晃去。

"啪"的一声，裴聿城直接将镜子反扣了起来。

再这样下去，他恐怕会做出一些冲动的事情。

此刻，出于习惯，裴聿城下意识想要抽烟，他想起自己现在是特殊情况，于是只能作罢，看到桌上一堆花花绿绿的零食袋子，便伸手拿起了其中一块巧克力。

裴聿城想起女孩之前那句"我吃过了，不饿"，她不是不饿吗？

不过，女孩子似乎很喜欢吃零食，真有这么好吃？

他自出生起便没有味觉，从不能理解人类对食物的热情。

裴聿城随手拆开那袋巧克力，漫不经心地掰了一小块放进嘴里。当甜甜的巧克力在唇齿间融化的时候，裴聿城猝不及防地怔忪在了那里。

原本只是随手的一个小举动，却没想到第一次让他感受到了有味觉的感觉。

因为没有味觉，不管吃什么对他而言都是味如嚼蜡，可是现在，他却通过林烟体会到了前所未有的味觉。

这倒是意外的收获。

原来这便是甜味？果然是与她一样的味道。

裴聿城抱着研究的心态，一一尝试了林烟摆放在桌子上的所有零食。

随后，裴聿城的目光随意扫了一眼，便看到了林烟摊开放在桌面上的笔记本，以及电脑屏幕。

裴聿城先是扫到了电脑上林烟的搜索记录——请问谈恋爱应该做些什么事情？怎样才可以哄男朋友开心？怎样才能让男朋友答应自己的要求……

裴聿城眉头微挑，似乎有些意外。他还以为她会搜索"如何跟男朋友分手"，没想到她竟会研究这些问题。

裴聿城自然很清楚，林烟突然如此反常，肯定有什么缘由。不过对他而言，这倒不重要，他喜欢这个结果。

随后，裴聿城又看到林烟摊开的笔记本上，详细罗列着"谈恋爱应该跟男朋友一起做的一百件事"。

同吃一个冰淇淋，用两根吸管喝一杯饮料，冬天把手放在他的口袋里，用情侣头像……

如果林烟此刻是清醒的，一定会被自己惊艳到。

她笑起来怎么可以这么有气质，这么好看！

林烟的笔记本上有不少涂鸦，旁边空白处还写着林烟吐槽式的备注——这也太无聊了吧！谁没事会跑去做这些无聊的事情？用两根吸管喝同一杯饮料是什么鬼？难道是什么神奇的仪式吗？恋爱中的人脑子都这么奇怪的吗？这有什么意义？简直无语！我想不通，完全不懂！

裴聿城失笑，手指轻轻在笔记本上列出来的恋爱小事上点着，喃喃道："你不懂没关系，下次我教你。"

随后，他拿起女孩的手机，指纹解锁屏幕，然后给他自己发送了一条短信：裴先生，这周末有空吗？我想和你约会。

次日清晨。

林烟醒过来的时候，发现自己已经躺在了床上。

因为刚睡醒，林烟还有些迷糊，等想起昨天晚上的事情之后，猛然一个翻身坐起。

完了！昨晚她又"犯病"了！她该不会又做了什么奇奇怪怪的事情吧？

林烟慌慌张张地爬了起来，先是把房间四处打量了一遍，看看能不能发现什么线索。

屋子里的摆设一切跟之前一样，除了……桌上的零食怎么全部不见了？只剩下一堆塑料袋。

林烟看着桌上全部被吃光的零食，满脸震惊。昨天晚上她分明没有吃多少，现在怎么全部吃光了？

该死的，这些零食该不会全部吃进了她自己的肚子里吧？这是要胖死她啊！

怎么回事？这次不闹幺蛾子，变成暴饮暴食了？

林烟再三检查了一下，发现零食真的全部被吃光了。

裴聿城和裴南絮都不会随便进来她的房间，更不可能偷偷跑进来吃她的零食，所以只有一个可能，这些零食肯定是她吃的。一想到回头要累死累活把这些热量减掉，她简直崩溃。

对了，裴聿城，重点是裴聿城有没有被她怎么样？

林烟悄悄地走出了房间，赶紧去查探一下情况。

她这边刚走出房间，没想到耳边"吱呀"一声响，隔壁卧室的门正好推开，裴聿城从屋内走了出来。

"裴先生，早啊。"正探头探脑的林烟赶紧直起身子，强作镇定地打了声招呼。

"林小姐早。"裴聿城微笑着开口。

林烟仔细观察了一下裴聿城的表情，觉得好像没有什么异样的地方。应该没发生什么吧？

踟蹰片刻后，林烟斟酌了一下措辞，小心翼翼地问道："那个，裴先生，昨天晚上有没有发生什么特别的事情啊？"

裴聿城气定神闲地朝着女孩看了一眼："林小姐所指的是什么事？"

林烟挠挠头："啊？没事，没事……我就是问问，随便问问，问下我昨天半夜里没做什么奇怪的事情吧？"

"倒是没有。"裴聿城回道。

林烟闻言，刚松了一口气，紧跟着便听到裴聿城说："除了……"

"除了？除了什么？"林烟顿时神色一紧。

裴聿城："林小姐不记得了？"

林烟更惊慌了："记得什么？"

裴聿城："林小姐半夜里给我发送了一条短信。"

"啥？"林烟头疼不已，赶紧掏出了手机。

她就知道！她就知道要闹幺蛾子！她这大半夜的给人家发什么信息啊！

林烟慌慌张张地点开了短信页面，果然，手机里躺着昨夜她给裴聿城发的一条短信。

短信内容是：裴先生，这周末有空吗？我想和你约会。

林烟："……"

这条肉麻的短信真是她发的？她不相信！

裴聿城神色温柔地道："周末的时间，我会给你空出来。"

林烟心中泪流满面，面上还要欢天喜地："呵呵，好……好呀，太好了。"

难道这又是她内心深处真实的想法？不可能吧！

Part25

♥

　　林烟带着沉重的心情，按约定的时间来到了贺家老宅，莫书昀与云轩正好也到了。老爷子贺定坤站在门外迎接他们。

　　"今天，你们来得挺早。"

　　林烟这边刚下车，便看见莫书昀与贺定坤站在门前聊着什么。

　　"偶像，加入贺家车队真的太幸福了，我每天都能见到你。"莫书昀的目光投向林烟身上，开口笑道。

　　"姐姐。"一旁，云轩也看向林烟道。

　　"小烟，人都来齐了，进去说吧。"老爷子发话。

　　林烟等人也未多言，并肩进入了贺家老宅。

　　今天，贺家老宅的那些队员一个都没见到，只有贺雄两父子，再加上一个贺乐风。

　　贺雄两父子看见莫书昀，神色略微阴沉。他们未想到，在这么短的时间内，林烟居然真的找来一位高手，并且同意加入贺家车队。

　　那晚的试车已经足以说明情况，即便贺雄和贺明凯两父子心中如何不爽，此刻也不好继续多说什么。

　　"莫队长，你好。"贺乐风见到莫书昀后立即起身，朝着他打招呼。

　　"这是我表弟贺乐风。"林烟朝着莫书昀介绍道。

　　莫书昀闻言，点了点头，目光投向贺乐风，开口笑道："乐风兄弟，你表姐林烟小姐经常跟我提起你，说你赛车水平很差。"

　　随着莫书昀话音落下，在场众人都是一愣，包括林烟也是一脸蒙。

　　这莫书昀说话未免太直接了吧！虽说贺乐风的赛车水平的确很差，但态度还是不错的，并且对自己的认识很清晰。他缺点虽然多，但优点也不能被掩盖。

　　此刻，贺乐风的神色有些尴尬，看了林烟一眼后，目光重新转向莫书昀，说道："嗯，烟姐其实没说错，我的驾驶水平的确很差，如果车队不是自己家的，估计我也成不了一名职业赛车手，我要和队长你多多学习。"

莫书昀轻笑一声："乐风兄弟，那你可得加油了，我既然成了贺家车队的队长，就得担起责任。之前我和表姐也说过，我会训练你，但如果你无法让我满意，到时候我可不会让你去打比赛。"

听闻莫书昀此言，贺乐风的眸光微亮："由队长来训练我，那真是太好了。队长你放心，我绝对努力学习。"

"队长？"一旁，贺明凯冷声笑道，"贺家车队的队长是我，你即便进入贺家车队，也最多是一个副队长。"

"哦？副队长？"

莫书昀听了贺明凯的话，看向林烟道："偶像，这个贺家车队混日子的跟你是什么关系？"

"关系？"林烟想了想，旋即道，"好像没什么关系。"

"你说谁是混日子的？"

贺雄的面色一变再变，而贺明凯则瞬间站起身来，冷视莫书昀。

"抱歉，我口误了。"莫书昀盯着贺明凯笑了笑，"你不是混日子的，你在贺家车队连混日子的都算不上，混日子的虽然起不了大作用，起码不会拖后腿。你，包括昨天晚上与我上赛道的成员，都给贺家车队拖后腿了。"

"爸，这个人也太傲慢无礼了，这样的人怎么能让他进入贺家车队当队长？"贺雄看向一旁的贺定坤冷声开口。

"爷爷，爸说得没错，就算他有点实力又怎么样，他要是进贺家车队，咱们贺家车队就要散了！"贺明凯连声附和。

不等贺定坤开口，林烟出声："贺家正是有你们的存在，才会彻底垮掉。"

随着林烟话音落下，贺明凯与贺雄两父子顿时一怒。贺雄喝道："这里哪有你说话的份！"

"这里没她说话的份，难道有你说话的份？"莫书昀盯着贺雄冷声笑道。

"你算什么东西，别说你现在还没进贺家车队，即便你真进了贺家车队，你也得受我管辖！"

随着贺雄话音落下，莫书昀像看白痴一样盯着贺雄："你这是在和贺家车队的股东说话？"

"贺家车队的股东？"

听闻莫书昀所言，莫说贺雄，便是老爷子贺定坤也微微一愣。

"你要入股吗？"贺定坤看向莫书昀问道。

莫书昀轻轻一笑，朝着贺定坤说道："老爷子，我和您外孙女早都说好了，我除了担任贺家车队的队长之外，还会入股贺家车队，股份我不要太多，百分之二十就可以了。"

当即，林烟瞥了莫书昀一眼。最初不是说百分之十吗，现在怎么变成百分之二十了？

"我进入贺家车队担任队长，不需要一分钱的薪资，我会负责处理贺家车队一切关于比赛和队员的事务，并且会进行投资。"莫书昀道。

此刻，老爷子贺定坤的目光投向林烟身上，感觉有些诧异和难以置信。

贺家车队是什么情况，就算莫书昀最开始不清楚，但只要上点心，也能够轻易调查清楚。

目前，贺家车队处于解散的边缘，外界带来的压力也非常大，还有，再过不久，假赛风波即将来到。到了那个时候，贺家车队能否挺过去都是一个未知数，而莫书昀作为如此有能力的赛车手，前知名赛车队伍的队长，不仅来到贺家车队，还打算投资？

对于老爷子贺定坤而言，这根本是难以想象的。

"外公，我和书昀之前就约定好了，的确是这样的。"林烟朝着贺定坤解释。

"以贺家车队目前的情况来看，并不是很乐观，你真打算入股，还要百分之二十？"贺定坤有些诧异地看向莫书昀。

"老爷子，这点就不用你来费心帮我考虑了，投资是我个人的事情，赚了皆大欢喜，赔了我也无怨无悔，我是看中贺家车队的潜力才会出钱拿百分之二十的股份。"说至此处，莫书昀顿了顿，继续道，"当然了，老爷子你是贺家车队的老板，我这能不能入股，还得看您老怎么说，所以，老爷子给一个明确的答案吧，这股我能不能入？"

"当然可以！"贺定坤急忙道，"以书昀你的能力以及人脉，再加上我这么多年的管理经验和圈子里的人脉，我相信我们绝对是强强联手。"

莫书昀微微一笑，这老爷子夸他的同时还不忘夸一遍自己。

"好，老爷子，那咱们就这么说定了，我入股贺家车队，首股是百分之二十，后续的话，我可以考虑加大投资，或许带着朋友一起入股，但我有一个条件，这些人不能用了，贺家车队的情况您应该了解。"莫书昀说道。

"你说什么？"贺雄盯着莫书昀咬牙切齿。

"呵呵。"莫书昀看着贺雄，轻声笑道，"你们的事情我大概听林烟小姐说过，这么多年，你儿子担任贺家车队队长，你担任车队的管理员，事实证明，你和你儿子可能并不适合这一行，我这个人说话很直接，所以我说你们是贺家车队的蛀虫，也希望你们能够理解，我没有恶意。"

贺定坤的神色有些难看，不管怎么说，贺雄是他的儿子，而贺明凯是他的孙子。

但退一万步说，莫书昀指出的问题也是切实存在的。即便将贺明凯放在初级赛车队伍，最多也只能担任一名普通队员。至于贺雄，仅仅因为是自己的孩子，才让他担任贺家车队的管理员。

"外公，既然莫书昀已经入股，以后车队的管理员和队长还是让莫书昀来担任吧，毕竟他在大车队担任过队长，管理也十分有经验。"林烟在一旁开口。

"林烟！"忽然，贺明凯恶狠狠地盯着林烟，"你简直是一只白眼狼，带人来害我们是吗？想毁了贺家车队是不是？"

"混账东西，我早知道你没安好心！"贺雄也怒声道。

然而莫书昀却耸了耸肩，说道："你们要这样说的话，我可以不担任这个队长，也可以不入股，免得害了你们贺家车队。"

"给我闭嘴！"眼看贺雄和贺明凯两人还想说些什么，贺定坤眉头深深蹙起。

林烟怎么可能是想害贺家车队，她挖了一个大车队的队长，这个队长加入贺家车队，不仅不要薪资，还要入股，这对贺家车队而言简直是天大的喜事。

事实如何，贺定坤心中比谁都清楚。

贺雄与贺明凯这般表现，无非是因为莫书昀的忽然加入，给他们的地位带来了动摇与威胁，他们自然不希望莫书昀进入贺家车队。

真正自私的人是谁，贺定坤比任何人都明白。

"明凯，你以后就听莫书昀的，贺雄，你今后就负责车队的后勤。"贺定坤面无表情道。

"爸！"

"爷爷！"

"我说得还不够清楚？"当即，贺定坤拄着拐杖，狠狠地朝着地面敲去。

贺明凯与贺雄见老爷子真要发火，即便心中如何不爽，却也不敢立马表现出来。

"呵呵，贺明凯是吗？你作为老爷子的孙子，我可以留你在贺家车队，不过我的训练是非常严格与辛苦的。如果你不能达标，抑或拖贺家车队的后腿，阻挡贺家车队前进，那么不好意思，我不管你是谁，也不管你是什么身份，你都得给我收拾东西滚蛋。我说话很直接，但没坏心思，你应该不会怪我吧？"莫书昀笑了笑道。

听闻莫书昀所言，贺明凯冷声道："就你，训练我？"

"如果不是看在老爷子和林烟小姐的面子上，我一般情况下都不会训练像你这样的废物。"莫书昀笑道。

"你说谁是废物?"贺雄的额头暴出青筋。

"哦,对不起,你不是废物,是既没有技术,还狂妄自大,认不清自己的人才。"莫书昀改口道。

"凯哥,莫队长训练我们,那是绰绰有余了吧。要不是烟姐和爷爷,以莫队长的水准,估计我们花大价钱请他都不会愿意教我们的。"贺乐风看向贺明凯蹙眉道。

"你看看,你们看看,这多懂事,多会说话,都是姓贺的,差距怎么这样大呢。"莫书昀盯着贺乐风,"你父亲对你的教育一定非常好。"

贺雄闻声,狠狠瞪了莫书昀一眼。他说贺乐风的父亲将贺乐风教育得很好,意思不就是说贺明凯没家教吗?

"老爷子,我这个人说话很直接,但没坏心思,我也是为了贺家车队好,所以在我这里,不存在什么亲属关系,老爷子,相信你能够理解我的。"当即,莫书昀看向贺定坤。

贺定坤颔首,开口:"我理解。没关系,其实你教训得对,贺家车队的确是应该有规矩,没有规矩不成方圆。"

"老爷子说的话,相信你们也听见了,贺明凯还有贺雄,你们两个先去忙吧,车队有事我会找你们,下面是高层谈话,你们留在这里不合适。"莫书昀说道。

"高层谈话,什么高层谈话?"贺雄冷声道。

"你们先下去吧。"还不等莫书昀开口,老爷子贺定坤道。

贺定坤已经发话,贺明凯和贺雄两父子自然不好多说什么,只能有些憋屈地离开。

等贺雄两父子走后,贺定坤准备了一份入股合约,莫书昀也没说什么,在入股合约上签了自己的名字,而关于入股后的一些琐碎事情,此刻倒不忙着去处理。

"偶像,老爷子,让云轩和乐风兄弟去试试车吧。"片刻后,莫书昀道。

贺乐风是什么水平,老爷子自然清楚,但云轩,贺定坤心中却没底。林烟带回来的这个男孩,看起来沉默寡言,文质彬彬,这种性格似乎并不太适合开快车。当然,云轩的驾驶水平到底怎么样,还得先上赛道看看再说。

"试车,现在吗?"贺乐风问道。

"不然呢,明年吗?"莫书昀道。

贺乐风:"……"

"队长,我没问题的,随时都可以。"贺乐风点了点头。

"我也没问题。"一旁，云轩也轻声开口。

林烟看向一直站在自己身旁，像透明人一般的云轩，若不是方才莫书昀提及，她险些都要忘记云轩的存在。这个男孩的确是没有什么存在感，如果不是身上的气质比较独特，相貌也比较出众的话，将他丢在人群中，恐怕没有一丝一毫特别的地方。

"好，去试试，刚好我也想看看云轩小兄弟的水平。"贺定坤笑道。

听闻贺定坤此言，云轩似乎有些紧张。当即，林烟轻轻拍了拍云轩的肩膀，示意他不要紧张。

很快，众人出门，莫书昀开车将众人带去了贺家位于郊区的练习场地。

到了练习场地，莫书昀说："你们自己挑选车辆，然后做赛前准备，可以跑了就跟我说。"

"莫队长，你跑吗？"贺乐风开口问道。

"我跑什么，我当然看着你们跑。"莫书昀叹了一口气，这孩子感觉不太聪明。

"好的，队长，我会加油的。"贺乐风说完，转身去做准备。

"态度不错。"贺乐风离开后，莫书昀点了点头。

他最怕的就是像贺明凯那种人，既没有什么实力，又目空一切，毫无自知之明。这种人如果不认清自己，这辈子驾驶水平也提升不到哪里去。

反观贺乐风，虽然林烟跟他说过对方驾驶水平超级烂，但起码态度很端正，也能认清自己，所以还有很大的提升空间。

"云轩，你不去选车吗？"片刻后，林烟见云轩一直站在自己身旁，好奇地问道。

"姐姐，"云轩看着林烟，轻轻开口，"那天晚上，我们一起来这里的时候，车辆我都观察过了，除了贺明凯的那辆车，其他的都差不多，所以我都可以。"

林烟闻言，点了点头。她倒没看出来，云轩竟然如此仔细，在第一天晚上来到贺家车队的训练场时，便已经将车况记了下来。

大约半刻钟后，云轩和贺乐风两人已经准备就绪。

贺乐风用的是贺明凯之前使用的赛车，而云轩则随意找了一辆。

"准备好了吗？"贺定坤问道。

"爷爷，好了！"贺乐风道。

"随时。"云轩开口。

"等下。"林烟走上前，打开云轩所驾驶的车辆，进入了副驾驶座。

"我跟车。"林烟道。

"嗯……姐姐，我开太快，你会吐的。"云轩见林烟上车，好意提醒。

林烟："……"

别说开赛车，就是开火箭、开潜水艇、开拖拉机，她都不会吐。

"没事。"林烟道。

"那姐姐，我开慢一点好吗？"云轩继续道。

"你别。"林烟连连摇头，"拿出你所有的实力，平常怎么开就怎么开，别故意放慢速度，但也别勉强自己开太快，我要的是你平常的状态，你赛车时的状态，明白了吗？"

"好，姐姐，我明白了。"云轩乖巧地应道。

"烟姐，不带这样的啊！"眼见林烟上了云轩的车，另一边贺乐风却不干了，直接摇下车窗，不满道，"烟姐，你要上车，也是上我的车啊，我才是你弟弟好吗！你怎么这么偏心！不行，你上了云轩的车，我怎么跟他比，你快过来，我们之前合作得不是很愉快吗？"

随着贺乐风的话音落下，林烟一脸蒙：跟他合作得很愉快？

那次贺家的生死比赛，她当贺乐风的领航员，差点被贺乐风气昏了好吗，他居然还认为很愉快。所以，应该是他自己很愉快吧？

"我拒绝。"林烟当场拒绝道，"你什么水平我都知道，放心，我在云轩的车上也不会说话，只是想看看云轩的状态，你自己好好跑。"

贺乐风被林烟毫不留情地拒绝后，一副心碎的表情，嘀咕几句之后，只能重新将车窗摇上。

"你要不要先熟悉一下车辆？"林烟看向驾驶位上的云轩。

此刻的云轩，一对眸子飞速转动，大约过了数秒，说道："姐姐，不用，我已经熟悉了，我在学校的时候，经常租借这种车。"

"加油。"林烟点头。

随着老爷子贺定坤挥动号令旗，贺乐风与云轩所驾驶的车辆几乎同时启动，飞速驶离起点。

当车辆处于行驶状态后，林烟的目光时不时朝着云轩望去。最开始，云轩与往常并无二致，可随着时间的推移，林烟却发现云轩似乎与之前有些不一样了。

他的一双眸内有些疯狂的炙热，在瞬间超越贺乐风所驾驶的车辆后，嘴角却在不经意间微微上扬，勾勒出一抹桀骜的笑意。

"他太弱了。"云轩嘴角微扬时，云淡风轻地开口。

"啊"！

云轩话音落下没多久，所驾驶的车辆已经完成第一圈。而此刻的贺乐风，则在后方猛追。

贺乐风所驾驶的车辆性能比云轩所驾驶的还要好，按理说，他的速度不应该慢于云轩。

然而，贺乐风追不上云轩，却又在情理之中。

无论是训练场上的赛道路面情况、赛道急弯处理，抑或是别的地面障碍处理，云轩的每一个细节点都处理得十分巧妙。

如果这些细节点处理得不好，比别人慢上一秒，那就是天差地别，慢上数秒，基本上就属于连尾气都吃不上的程度了。而贺乐风的赛道处理，就属于连尾气都吃不上的程度。

几个路面障碍与赛道弯道处理下来，贺乐风至少比云轩慢了五秒以上，这五秒就是天与地的差距。

此刻，林烟朝着云轩打量。云轩眸内的炙热比之前要明显，整个人像处于忘我的状态，眼中只剩下赛道，每次的地面障碍与赛场弯道处理，仿佛经过千百次的训练，然而这的确是云轩第一次在贺家车队的训练场进行赛道训练。

甚至，此刻的云轩让林烟产生了一种错觉，眼前这个男孩子甚至与自己其中一个徒弟——赛道屠夫很相似，无论是开车时的状态，抑或是开车时的风格。唯一不同的是，她那个徒弟可不像云轩这样安静，更不是乖巧听话的主，除了自己的师父Yeva，他看谁都不爽，谁都不服，更不将自己的师兄弟放在眼里。他属于林烟徒弟中，最不受其他人待见的一个。

片刻后，云轩所驾驶的车辆在终点前刹住了车。

林烟回过神来，看向云轩："你怎么不开到终点？"

此时，云轩眸内的炙热和桀骜已经消失，恢复了以往乖巧的模样，有些犹豫道："姐姐，我要不要等一下乐风？我快他太多了，这样会不会不太好？"

林烟："……"

这就是差距啊！自己那几个徒弟在终点等人，是为了羞辱对手，云轩在终点等人，是为了照顾对手的心情。

"不用了。"林烟叹了一口气，有些无奈道，"他早被羞辱习惯了。"

"那好吧。"终于，在林烟的劝说下，云轩这才将车辆开至终点。

大约过了三分钟，贺乐风才追了上来。

"天哪，我没看见你有什么惊人的赛道技巧，你凭什么比我快那么多？难道我这辆赛车的性能不如你那辆？"贺乐风看着早已将车子停至终点，与林烟还有老爷子贺定坤等人闲聊的云轩，一脸惊愕。

"抱歉，我也不知道，只是觉得你开得太慢了。"云轩抬起头，轻声朝着贺乐风解释。

贺乐风欲哭无泪，他开得有那么慢吗？

其实正如贺乐风所言，云轩在赛道上并没有展现什么特别的技巧，甚至过赛道弯道也是很正常的过弯，但就是因为细节上的处理，让云轩可以比贺乐风快出很多。

"你比他慢，太正常了。"一旁，莫书昀的目光投向贺乐风身上，"你的赛道路面障碍处理比云轩差了十万八千里，十个你都跑不过云轩。"

"啊？路面障碍处理？"贺乐风有些蒙，他处理得不是挺好的吗？

"不过，云轩，你倒是挺给我惊喜的，你的潜力很大。"莫书昀重新审视起云轩来。

"谢谢队长，和队长比，我还差很多，我希望能够和队长学习，我想进步。"云轩轻轻开口。

"哈哈哈，你说得太好听了。放心，我会好好指导你们的，云轩，你在我这里是过关了。"莫书昀道。

"不错，你开得的确很好，之前贺家车队那些成员没有一个人可以和云轩你相比，以你的情况，直接进入中级赛车队伍进行比赛都不是问题。"贺定坤道。这个叫云轩的男孩，的确给了他很大的惊喜。

"老爷子，你太小看云轩了，就这个赛道路面障碍的处理，云轩如果加以专业训练，会比很多一线车队的普通队员都要好。"莫书昀给了云轩很高的评价。

"哥，云哥，你是怎么跑的，教教我吧。"此刻，贺乐风一脸激动地跑至云轩身旁，"你太厉害了！"

"谢……谢谢，我自己也需要学习……还有很多不足，我们一起努力。"云轩轻声道。

"现阶段，训练的事先放一边，贺家车队目前就我们几个人，其他人我全部让他们滚蛋了，车队得先招人。云轩，你之前接触的年轻赛车爱好者，有没有跑得比较好的？"莫书昀问道。

云轩沉思片刻后缓缓道："他们好像都跑得不是很好。"

"算了，这些事还是我来处理，等多找一些赛车手加入贺家车队后，我带你们一起训练。"莫书昀道。

听莫书昀这样说，贺定坤这才稍微安心。

如今的贺家车队，几乎是重新洗牌，之前的贺家车队队员，这几天就会进行处理。这样一来，贺家车队仅剩下他们几人，找到更多的赛车手和领航员才是当务之急。

"书昀，就是关于薪资这块……"

片刻后，老爷子贺定坤的目光重新投向莫书昀身上，虽然有些难以启齿，但贺家目前的困境还是得说出来才行。

之前贺家车队的那些队员，虽说一个个没什么实力，但正如莫书昀所说的，属于不折不扣混日子的，但薪资不是那么高，所以还能够接受。如果莫书昀招聘那些实力较强的赛车手，薪资这块将是一个很大的问题。

目前而言，就算让他们支付中等车队赛车手规格的薪资，那也承担不起。

莫书昀瞬间听懂了贺定坤的话，当即笑道："老爷子，其实说白了，如果只是靠着薪资就想挖一些有能力的赛车手，恐怕有些不切实际，就算薪资出得再高，估计也招不到人。"

"那……"

贺定坤神色有些诧异，如果按照莫书昀所言，无法靠着高薪资招人，那靠什么？

当然，贺定坤也十分理解莫书昀说的，贺家车队的确很难靠着高薪资去招有水平的赛车手与领航员。

"靠潜力。"莫书昀想了想，轻声道。

除非是有着足够的潜力，那些实力不弱的赛车手才会选择进入贺家车队。

"我相信，贺家车队有队长在的话，一定能够吸引不少有能力的赛车手。"一旁，云轩轻声说道。

莫书昀笑了笑，并未多说什么。说白了，连他也是看中了贺家车队的潜力，才愿意进入贺家车队担任队长，并且出钱入股。

莫书昀相信，以林烟的水平，只要她不抛弃贺家车队，总有一日贺家车队能够大放异彩。

离开贺家老宅后，原本林烟想要返回云水山庄，不过裴宇堂忽然发来了一条短信。

祝大哥大嫂百年好合：嫂子，礼物呢？礼物呢？准备好了没有啊，快没时间了！

林烟看了眼裴宇堂的短信，若有所思。当即，她随手回复信息。

烟城疏雨隔斜阳：正在找……

祝大哥大嫂百年好合：嫂子，这次全靠你了啊，礼物一定要大，要厚重，要有质感，最好再加点内涵，与众不同。

林烟眉头微微蹙起，这熊孩子要求真多。不过，既然裴宇堂都这般要求了，林烟自然也会尽量去满足他。

片刻后，林烟走进一家商店——百年钟表店。

老板是一个中年男人，正坐在柜台内擦拭老旧手表。

"老板。"林烟看向钟表店老板开口。

老板闻言，抬起头看了林烟一眼，旋即道："欢迎光临，您有什么需要吗？"

"我想买面钟，要大的。"林烟道。

"有的有的。"老板起身，走出柜台，指着门前一排看似有些古旧的大钟，说道，"这些都是老货，小姐买钟做什么用？"

林烟微微一笑："送人。"

随着林烟话音落下，钟表店老板一脸蒙地盯着林烟。

难道他听错了，买钟送人？

那不是给人送……送钟，谐音就是送终吗？

"……小姐，等等，我确定一下，您是买表送人，还是买钟送人？"钟表店老板有些不确定。他开钟表店这么多年，还从来没有听过，也从未见过有人送礼送钟的。

"钟，老板你没听错，我送钟。"林烟道。

当即，钟表店老板用一种十分诡异的目光看了林烟片刻。

这小姑娘有点厉害，是一个狠人。

"那美女，你有没有什么要求？"钟表店老板继续问道。

"第一，要便宜；第二，要大，要厚重。"林烟道。

"那就买新钟吧，老钟属于玩物，也很有收藏价值，所以价格不会很低，而新钟会比较便宜，价格上悬殊很大。"钟表店老板解释道。

"那我就买新钟，最便宜的就好。"林烟笑道。

在林烟挑选完钟表，并且付完钱后，钟表店老板看着林烟问道："美女，需要配送吗？"

林烟沉思片刻后，点了点头，说道："老板，我们交换一个联系方式，送的时候我提前告诉你。"

"行。"钟表店老板随口答应，"你提前告诉我地址、时间，我会让人给你准时送过去的。"

当林烟回到云水山庄，裴宇堂已经等待多时。见林烟回来，裴宇堂屁颠屁颠跟了上去。

房内，裴宇堂坐在沙发上："嫂子，怎么样怎么样，礼物的事情搞定了吗？"

林烟看着裴宇堂满脸期待的表情，点了点头："我办事，你放心，都弄好了。"

"够大不？"裴宇堂兴奋道。

"放心，绝对够大。"林烟颔首。

"够不够厚重？"裴宇堂又问。

"非常厚重。"林烟回。

"有没有内涵？够不够独特？"

"很有内涵，特别独特，而且还有艺术气息，你送出去，别人看你的目

363

光绝对金光闪闪，与众不同。"林烟满脸正色道。

裴宇堂有些疑感："嫂子，我怎么感觉你说得有点不靠谱呢？"

"怎么，你还不相信我？"林烟眉头微蹙。

"不不不，我对嫂子你那是千百万个放心，嫂子你这么说，我心里就有数了，这次多亏嫂子你了。"裴宇堂脸上堆着笑意。

"这还像人话，为了你的礼物，我跑了多少路。"林烟白了裴宇堂一眼。

"嘿嘿，嫂子辛苦。那个，礼物呢？拿出来给我看看。"裴宇堂盯着林烟道。

"急什么，像你说的，又要大，又得厚重，我难道随身带着？"林烟道。

"行吧，嫂子，你到底买的什么礼物，先跟我说呗，我好有个心理准备。"

"你急什么，等到时候送过去你就知道了，现在和你说，哪里还有惊喜感。"林烟微微一笑。

听闻林烟所言，裴宇堂重重点了点头："行吧，礼物多少钱，我转给你。"

林烟沉思片刻后，笑道："不着急，东西还没送到呢，等私宴结束后，你再把钱给我。"

"对了，嫂子。"裴宇堂刚打算离开，似乎想起了什么，顿时停下脚步，转身看向林烟。

"怎么了？"林烟问道。

"明天，国内顶尖战队会和Yeva有一场比赛，你过去看吗？"裴宇堂道。

听闻裴宇堂所言，林烟立即点头："好啊，我可以去看看。"

"那说好了，我们明天一起过去。"说完，裴宇堂转身离开。

这边，裴宇堂走了没多久，Z神等人像约定好的一般，几乎同时给林烟发来了短信。他们告知林烟，明天早上，在郊区的赛道，Yeva会现身，将和国内最强的赛队有一场友谊赛，并且邀请林烟去观看。

林烟当然不会拒绝，而且之前她也和裴宇堂说好了，她会准时前往。她倒要看看，那个冒牌货究竟是何方神圣。

既然对方有胆量和国内排名第一的赛车战队进行友谊赛，那足以说明这个冒牌货的驾驶水平不会太差，否则的话，不会有这样的胆量。

对于明天的私宴，林烟倒是十分期待。

晚上，莫书昀建了一个群，把林烟、云轩还有贺乐风都拉到了群内。

冷血男孩：hello！

追风小将：冷血男孩？我还阳光男孩呢，这谁啊？网名还活在二十年前。

冷血男孩：我是莫书昀。

追风小将：哦哦，莫队长啊，这网名挺不错的，我是贺乐风。

冷血男孩：你的网名比我好到哪里去了？

云轩：……

开车高手：谁改了我的群昵称？

林烟拿着手机，一脸蒙地看着自己的昵称，开车高手？

冷血男孩：偶像，是我啊，我改的，你不喜欢吗？

林烟二话不说，当即把自己的群昵称改了回来。

烟城疏雨隔斜阳：别改我名字！

她这名字可是保命的东西，是能乱改的吗？

冷血男孩：好的，偶像，收到。

云轩：……

冷血男孩：通知一下，明天我会带两个小将去训练场，贺乐风还有云轩，你们两个都过来，几个人先一起训练训练，培养一下默契。

云轩：好的，队长。

追风小将：哇，这么快就找到两个赛车手，实力怎么样？

冷血男孩：肯定比你强。

追风小将：……

烟城疏雨隔斜阳：我明天可能没时间，莫队长你先辛苦一下，等我把手上的事情办完先。

冷血男孩：好的，偶像，暂时也不需要你，到时候你有时间过来看看新人就行。等再找几个人，就可以接着比赛了。

烟城疏雨隔斜阳：辛苦了！哦，对了，还有个重要的事。

冷血男孩：什么事，偶像？

烟城疏雨隔斜阳：群主，发一个红包吧！大吉大利！

冷血男孩：……

第二天晨初，林烟早早就起了床，然而微信却有几千条群消息。

林烟打开手机，一脸蒙。莫书昀和贺乐风几个人聊了整整一夜，半小时之前才结束。

烟城疏雨隔斜阳：你们今天不是要去训练场吗？

等了半天，没一个人回复。

这三个人聊了一夜，估摸着不到晚上是起不来了。林烟有些无奈，这莫书昀也太不靠谱了。

"嫂子，嫂子，你起来了没啊，嫂子？"

林烟刚洗漱完，裴宇堂便站在门外扯开嗓子大喊。

林烟打开门，看着打扮得人模狗样的裴宇堂，吼道："别喊了。"

"嫂子，你不好好打扮一下吗？我们可是去见Yeva啊！"裴宇堂见林烟一身休闲装，忍不住开口。

"怎么，你有意见？"林烟面无表情地看着裴宇堂，"我这样不得体？"

裴宇堂闻言，连连摇头："怎么可能，嫂子你怎么样都非常得体，简约而不简单。"

大约一个小时后，裴宇堂开车带林烟来到郊区的某私人赛道场。

下车后，林烟四处打量，发现一个人都没有。

"怎么没人？"林烟的目光投向裴宇堂身上，神色诧异。

"那当然了。"裴宇堂微微一笑，朝着林烟道，"嫂子，约定好的是九点半，现在才七点半，怎么会有人呢？"

随着裴宇堂话音落下，林烟微微一愣，那他来这么早干吗？

"你提前两个小时到？"林烟盯着裴宇堂，嘴角微微抽动。

"嫂子，我们第一个到，这样就会显得我们比较重视。"裴宇堂说得理所应当。

林烟闻言，只能有些无奈地叹了一口气，恨不得一巴掌狠狠拍在他那张嘚瑟的脸上。

他就算是重视，也没必要提前两个小时到，这里一个人都没有，重视给谁看啊？

林烟和裴宇堂坐在车里，等了一个多小时，才陆陆续续有人开车过来。

"林烟小姐，这么早。"ZH1的木木下车后，走至林烟身旁，嘴角挂着一丝笑意。

哪里是这么早，是比他想的还要早好多。

"你们队长呢？"林烟好奇地问道，四周没有发现Z神的身影。

"他应该很快就到了。"木木回道。

话音刚落，其中一辆车子停靠在路边，Z神从车上走了出来。

"林烟小姐。"Z神见到林烟，心情似乎还不错。

"ZH1就你和木木吗？"林烟好奇道。

"是的。"Z神点了点头，"除了K1，别的战队只有一两个名额。"

K1战队目前是H国最强的赛车队伍，冒牌货今天的友谊赛，正是和K1战队进行比试。

"真没想到，赛道死神Yeva居然会来H国，并且我们还能够见到她，好不真实。"一旁，木木连声感叹。

"的确。"Z神笑了笑，"K1战队这次真是下了血本，才能和Yeva交手，只可惜都是圈内人，而且没有媒体，否则的话，一定十分轰动。"

"能和Yeva进行比试，这够K1吹一辈子的了。"裴宇堂道。

可惜他的经济大权被控制起来了，否则，他也能让自己的战队和Yeva去赛道比试，可如今他只能眼睁睁地在赛道外看着。

此刻，一辆银色超跑驶来，停靠在了路边。

卫徐风戴着墨镜，缓步从车上走了下来。他刚下车，便看见了林烟。

"林烟，你怎么也来了？"

对于林烟的出现，似乎在卫徐风的意料之外，甚至有些难以置信。

林烟有些莫名其妙地看向卫徐风，片刻后，她才开口："你都能来，我为什么不能来？"

"你……"卫徐风的眉头微微蹙起，似乎想要说些什么。

然而不等卫徐风开口，不远处的祁邵元却缓缓走来，一把拉住卫徐风，别有深意地瞥了卫徐风一眼，说道："小风子，你管得也太多了，我看你这架势是要上管天、下管地，你管人家爱来不来，跟你有毛线关系？"

卫徐风闻言，摇了摇头，看向祁邵元："别人我都能理解，但是林烟……"

"需要你理解做什么，你是主人吗？咱们不都是被邀请的宾客吗？你别把自己当成主人了啊。"祁邵元略微嫌弃道。

卫徐风："……"

对于祁邵元的话，卫徐风也不好去反驳什么。但让卫徐风觉得奇怪的是，没有什么特殊情况和例外的话，能够见到Yeva的全部是圈子里有头有脸的人，按照逻辑来说，林烟是绝对没有资格的，不，她甚至连Yeva来了的事情都不应该知晓才对。

卫徐风时不时地朝着林烟打量，这女人到底怎么回事，为什么他在哪里，这个女人就会出现在哪里？她先是不停地模仿自己的女神，现在又来参加女神的私宴……

林烟面对卫徐风的目光，倒是没在意。看来，祁邵元倒是信守承诺，没有跟任何人透露她的身份。否则，如果卫徐风知道这个Yeva是冒牌货，指不定会将事情闹大，但光看卫徐风如今的表现，他应该还不知道真相。

过了片刻，聚集的人越来越多，但凡是能够来到此处的人，在圈内都属于有头有脸的，包括空军的队伍，还有H国一些顶尖赛车队伍，几乎到齐了。

林烟甚至还发现了WW战队的身影，不过WW的队长见到林烟，似乎有些尴尬，所以看见也当作未看见。

"嫂子，我太激动了，一会儿就能见到Yeva上赛道，这也太刺激了吧！"一旁，裴宇堂神色兴奋地看向林烟道。

"这就激动了？"林烟瞥了裴宇堂一眼，心想：激动的事情还在后面呢，就怕他的心脏难以承受。

"嫂子，晚上就是私宴，礼物的事情搞定了没有啊？"裴宇堂再三和林烟确认。

"放心，一切已经准备就绪，晚宴的时候，礼物会提前送过去的。"林烟看向裴宇堂道。

"嫂子，那我太期待了！"裴宇堂嘿嘿一笑。

林烟别有深意地看着裴宇堂，嘴角微微上扬："其实我也蛮期待的。"

正当林烟和裴宇堂说话时，一支车队缓缓从前方开往此处。

为首的车队众人倒是不陌生，正是此次赛道死神要与之跑友谊赛的顶尖车队——K1。

而在K1的车队后，还有一辆巨大的保姆车，四周还有不少安保人员。

"Yeva一定就在那辆保姆车里面。"裴宇堂伸长了脖子，急忙说道。

不用裴宇堂说，林烟也知道冒牌货肯定在保姆车内，只是保姆车四周的安保人员是什么鬼，这简直是侮辱Yeva好吗！

她自己就是最强安保，一打十轻轻松松，平时都是她保护别人，还需要别人来保护她？这阵仗未免太大了一些。而除了保姆车附近的安保人员，K1更像Yeva的贴身护卫队，这马屁拍的！

Part26

正所谓萤火之光，岂能与皓月争辉？

♥

见到保姆车缓缓驶来，原本坐在一旁的卫徐风瞬间站起了身，神色有些复杂地看向保姆车，有些激动，还有些紧张。

"你紧张吗？"

此刻，卫徐风的目光投向一旁的祁邵元身上。

祁邵元似乎有些心不在焉，一直朝着林烟的方向看去，直至被卫徐风叫到第三遍，这才回过神来。

"怎么了？"祁邵元不解地问道。

"马上要见到老大了，你紧张吗？"卫徐风问。

祁邵元闻言，冷笑一声，淡淡道："有什么紧张的，我可不紧张。"

卫徐风有些诧异，这祁邵元怎么像变了性子，以往提及Yeva，他可绝对不是这种状态，更何况是即将与Yeva碰面。

"麻烦让一个位置出来，不要在这里围着。"

很快，K1全队下车，走在最前方，其中一名K1的队员轻声开口。

听闻此言，在场众人立即朝着后方退去，给K1全队以及后方的保姆车让出了位置。

K1在国内赛车圈内的地位极高，十分有分量，如ZH1和WW这样的赛车战队，见到K1也只有靠后站的份，虽说同属于T1级别的战队，但差距还是很大，几乎没有什么可比性。

国内能和K1赛车战队相比的屈指可数，也有一两个老怪物级的赛车战队，不过最近几年没有什么比赛动作，所以让K1战队暂时成了H国的NO.1。

此次，K1战队旗下一共有三个队伍，来了数十人之多，除了队员，还有三名队长也都如数到场。

"K1战队的三位队长同时出现，还真是少见啊。"一旁，裴宇堂朝着林烟轻声说道。

林烟当即瞥了裴宇堂一眼："不熟悉。"

随着林烟话音落下，裴宇堂顿时一愣，一副难以置信的口吻："嫂子，不会吧，目前H国首屈一指的超级战队K1你都不知道？"

林烟想了想，回道："不知道。"

裴宇堂："……"

"嫂子，凭你对咱们国内这些战队的熟悉程度，如果我不是见过你的实力，肯定不相信你会开赛车。"裴宇堂叹了一口气。不等林烟开口，裴宇堂继续道，"不过嫂子，也没关系，等我有时间给你慢慢科普国内赛车队伍的级别情况。其实，K1战队目前虽说是顶尖的，但其实还有那么两个老怪物级别的赛车战队实力比K1强太多了，只是最近几年没什么动静，不知道在筹备什么。"

对于裴宇堂的热情，林烟倒是不太好拒绝，只不过对这些国内的赛车战队，她的确提不起太多的兴趣。

"嫂子，我跟你说，你看见那个留着寸头，穿着休闲衫，一脸生无可恋的男人了吗？那个是K1赛车队三队的队长。另外一个，小黄毛，是二队的队长。最后那个女孩，长得还不错，就是看起来有些高冷的那个，是K1赛车队一队队长。"裴宇堂朝着林烟介绍道。

林烟闻言，朝着K1车队的人群扫了一眼，旋即道："哦，我知道了。"

"嫂子，K1车队一队队长实力可强了，估计比嫂子你还要厉害，算是国内少有的顶尖女性赛车手之一。"裴宇堂朝着林烟继续道。

听闻此言，林烟一脸莫名其妙地看向裴宇堂："你为什么一直拿我和别人作比较？"

"嫂子，那当然得拿你作比较了。首先，K1队长是国内少有的女性赛车手，刚巧嫂子你也是女性，而且赛车驾驶的水平也很高，不跟你比，跟谁比？"裴宇堂理所当然道。

"你怎么不拿她去和Yeva比。"林烟道。

随着林烟话音落下，裴宇堂顿时一愣，满脸惊诧地看着林烟："跟谁去比？Yeva？嫂子，你是认真的？正所谓萤火之光，岂能与皓月争辉，那两人完全是两个次元的存在，根本就没有任何可比性。虽然说Yeva也是女性，但这已经不是性别的问题了吧！"

林烟歪着脑袋瞥了一眼裴宇堂。

所以，K1的女性队长和赛道死神Yeva没有任何可以相比的可能性，却能够与她相比，还比她强？这逻辑，真是神奇！

"老……林烟女士。"

还不等裴宇堂开口说话，忽然，不远处的祁邵元不知什么时候走至林烟身旁，满脸堆着讨好的笑意。

"干什么？"裴宇堂见状，眉头微蹙，顿时拦下了准备靠近的祁邵元，将林烟挡在身后。

"你挡我做什么？"祁邵元见裴宇堂挡在前面，莫名其妙地问道。

"你看你笑得那么猥琐，你有什么事直接说，别往里面硬凑。"裴宇堂不耐烦道。

开什么玩笑，林烟可是他正儿八经的嫂子，看眼前这男人满脸谄媚的笑意，他断定这是一朵没皮没脸的桃花。大哥不在，他有责任和义务帮大哥把这些桃花掐了，这是他作为弟弟最能讨好大哥的方法了。

"我是老大……我是林烟女士的朋友。"祁邵元解释道。

"朋友？"祁邵元有些嫌弃地看着祁邵元，"那更不能靠近了，听话，一边去。"

"起开。"林烟捏了捏眉心，看向裴宇堂道。

裴宇堂闻言，满脸严肃地盯着祁邵元："听见没有，你口中的林烟女士让你起开呢。"

"我说你呢。"林烟站在裴宇堂身后，用手指戳了裴宇堂一下。

裴宇堂："……"

"你可不能这样啊，我哥还没死呢。"裴宇堂哭丧着脸。

林烟："……"

祁邵元："……"

"林烟女士，这傻……这位仁兄是您朋友吗？"祁邵元好奇地问道。

"我亲戚。"林烟微微一笑。

祁邵元一脸蒙，盯着林烟，旋即又十分惊奇地朝着林烟前方的裴宇堂打量。

"亲戚？"祁邵元咽了咽口水。

"幸会幸会，这小少爷长得可真俊。小少爷，你叫什么名字？"祁邵元看着裴宇堂满脸笑意。

裴宇堂："……"

林烟："……"

林烟方才只是随便开了一个玩笑罢了，谁能想到，这脑袋只有一根筋的祁邵元竟然当真了。

"小少爷，你能让让吗？"见裴宇堂未开口，祁邵元继续笑道。

"你怕是有毛病吧，你见过这么大的小少爷吗？"裴宇堂指着祁邵元的鼻子骂道，并朝着自己的身形比画了一下。

在裴宇堂听了林烟的话，去了一旁后，祁邵元的神色有些尴尬。

"老大，刚才真的是吓死我了，我还真以为……"祁邵元盯着林烟，松了一口气。

他绝对没办法接受自己的老大居然有这么大的一个儿子，没办法接受的不是老大嫁人和有儿子，而是他这样的死忠粉完全不知道！

"刚才我开了一个玩笑，他是我的一位好朋友。"林烟笑道。

祁邵元闻言如释重负："老大，我可不是蠢，主要是太相信老大了，老大你说什么我都信，我就是这么愚忠。"

林烟闻言，一副我懂你的表情。他蠢是不蠢，或许是智商稍微有一些缺欠，但她能理解。

"老大，那冒牌货太嚣张了，场面居然摆这么大！"祁邵元盯着前方缓缓驶来的保姆车咬牙切齿，"老大，你知道吗？我们这些参加私宴的客人还得每人准备一份见面礼，对方真是想钱想疯了！"

"你准备礼物了？"林烟盯着祁邵元问道。

"准备了。"祁邵元点了点头，"卫徐风那傻瓜硬是让我去买，我也没办法，就准备了。"

"你准备了什么礼物？"林烟眉头蹙起。

"老大，你就放心吧，我暂时不方便跟你说，等晚宴开始你就知道了。"祁邵元笑道。

听祁邵元这般说，林烟便彻底放下了心，她就怕祁邵元也傻乎乎地去准备贵重的礼物。

"老大，你看K1车队那些人狗腿子的样，真恶心！"祁邵元继续道。

不等林烟开口说些什么，保姆车终于停了下来。

当即，在场所有人带着一丝激动，朝着保姆车打量。

很快，为首的安保人员上前，将车门打开。下一秒，穿着打扮十分得体的林书雅与韩逸轩互相搀扶着走下了保姆车。

"林书雅小姐，我经常在电视上看见你，这次见到真人，你比电视上还要美艳动人。"其中一个知名车队的队长朝着林书雅道。

林书雅闻言，微微一笑，看向这位队长："沈队长客气了，我们也在赛车节目上经常看沈队长的比赛。"

"呵呵，沈队长在国内的赛车圈是十分出名的，而且驾驶水平也十分高超。"林书雅继续道。

沈姓队长闻言，脸上满是笑意地说："谢谢林书雅小姐的夸奖。"

"这位应该就是林书雅小姐的未婚夫韩逸轩先生吧？两位真是郎才女貌，才子佳人。"

"这次，赛道死神 Yeva 之所以能够被邀请出现，除了林书雅小姐的努力之外，和韩逸轩先生也有很大的关系。他们能够邀请到这样重量级的人物，真是太不简单了！"WW战队的队长看向韩逸轩，笑着寒暄道。

当即，韩逸轩嘴角微扬，气场十足："其实，一直以来，我对于赛车也有着强烈的热爱，赛道死神是我最喜欢的赛车手，不仅是Yeva，包括她的几位徒弟，如浪蟒、屠夫……我都视之为偶像，而能够邀请到Yeva这种级别的超级偶像，更是我和书雅莫大的荣幸。"

"我呸，真是虚伪，要请就请个真的，现在竟然请个冒牌货。"林烟身旁，祁邵元冷笑一声。

其实，林烟认为倒不是林书雅和韩逸轩故意去请冒牌货，无论如何，这两人怕是都没这个胆量，所以，林书雅和韩逸轩应该也是被骗了。

当然，他们是否被骗，这和林烟没有任何关系，只能说，恶人自有恶人磨，仅此罢了。

"哈哈，韩逸轩先生，你不仅仅是当今娱乐圈的当红实力演员，更是韩氏家族的继承人，以韩逸轩先生这样的身份，加上又是Yeva的超级粉丝，能够邀请到Yeva本人也在情理之中。"

一旁的祁邵元闻言，不屑地冷笑。

林烟看见祁邵元的神色，好奇问道："怎么了？"

"老大，你就听这些人吹吧……想当年，连司铭泽邀请老大，老大你一点面子都不给，这韩逸轩跟司铭泽有什么可比性，给人家擦鞋的资格都没有。"祁邵元道。

"司铭泽？"林烟一愣，旋即想了想，但还是没想起来这号人。当年在国外，邀请她的人太多了，什么人都有。

"老大，不是吧，司铭泽你都忘了？国外那个超级财团的巨头啊，我听说他还和JM集团的裴聿城打过擂，那裴聿城是什么人，也是一个怪物啊。"

然而林烟却未听闻祁邵元的喋喋不休，因为保姆车上，女人已经缓缓走下车，露出了真面目。

"赛道死神……Yeva！"

也不知是谁惊呼了一声，没多久，所有人的目光全部朝着女人打量。

从保姆车上走下来的女人身上穿着银色赛车服，长发及腰，眸内仿佛藏着寒冰，气场十分强大，仅仅是站在远处，却给人一种生人勿近的感觉，高冷到了极致。

"Yeva……老大……"

此刻，卫徐风呆呆地盯着从保姆车上走下来的女人，双眸看直，连呼吸都放轻了许多，生怕这只是自己的幻觉。

这个看似冷若冰霜的女孩，就是他心心念念的女神——赛道死神Yeva！

"哟，长得还不错啊。"一旁，祁邵元看向女孩喃喃。

当祁邵元感受到林烟的目光后，发出一声冷笑："她长得虽然还行，但是比我们家老大差了不止一个层次，这种人冒充我家老大，对我家老大真是一种侮辱！"

林烟："……"

这"彩虹屁"功力，不愧是她的粉丝。

"诸位。"不等在场众人开口说些什么，韩逸轩微微一笑，走至女孩身旁，"这就是鼎鼎大名的赛道死神Yeva女士。这次是Yeva女士首次在圈内露面，但如我们之前说的那样，希望大家遵守书面协议和口头承诺，不要对Yeva女士进行拍照以及录像，谢谢大家配合。"

听闻此言，在场众人连连点头，这规矩他们自然是明白的。

"韩逸轩先生请放心，我们这些人在圈子里是有身份和地位的，什么该做，什么不该做，大家也十分清楚。韩逸轩先生担心的事情，绝对不会发生。"WW战队队长朝着韩逸轩正色道。

韩逸轩闻言，点了点头。

当即，众人诧异地发现，传奇人物赛道死神Yeva竟然和韩逸轩、林书雅交头接耳，私语些什么。

"老大和林书雅还有韩逸轩的关系有这么亲密吗？"

卫徐风见状，先是微微一愣，旋即眸内浮出一抹毫不掩饰的妒色。

凭什么林书雅和韩逸轩可以和老大Yeva这般亲近？

如果连林书雅他们都行，自己为什么不可以？无论是圈内的名气、地位，抑或是世家背景，他哪点不如林书雅和韩逸轩？

很快，卫徐风冷静了下来。

老大绝对不可能是这种人，绝对不会只看身份和地位，否则，当年司铭泽那样身份和地位的大佬邀请她，她也不会果断拒绝。

虽说卫徐风对国外并不算太了解，但是司家这样的豪门还是清楚的。

很快，卫徐风摇了摇头，自己没事想这些做什么，这次能够看见老大的真容，且如此近距离地站在老大身旁，他应该心满意足了。

"你好，你就是卫徐风？"

正当卫徐风低头沉默时，忽然之间，女孩站在了卫徐风身前，原本如寒冰一般的气场也似乎融化了一些，脸上带着一丝淡淡的笑意。

"啊！"

卫徐风抬起头，有些呆滞地看着心目中的女神。当他看见女孩一双眸子投向自己，且面带笑意时，大脑瞬间一片空白。

卫徐风简直不敢相信眼前的现实，老大居然主动找到他，跟他说话！

"书雅一直跟我提起你，说你是我的死忠粉。"女孩笑道。

卫徐风闻言，急忙连连点头："老大，我是！"说完，卫徐风看向不远处的林书雅，目光万分感激。他没想到，林书雅居然会特意帮忙在Yeva面前提及他。

"书雅，谢了。"卫徐风的神色有些激动，朝着林书雅谢道。

听闻此言，林书雅轻声一笑，朝着卫徐风看去："徐风，这有什么好谢的，我知道你是Yeva女士的忠实粉丝，Yeva女士还未退役时，她的每场比赛你都会去观看，甚至推掉所有的事情，所以我认为，Yeva女士应该认识一下你，她应该会很开心有你这样的粉丝。"

"呵呵……"当即，站在卫徐风身旁的女孩含笑朝着林书雅望去，旋即开口，"书雅，谢谢你的介绍，他挺可爱的。"

"啊……"随着女孩话音落下，卫徐风整个人如触电一般微颤。

老大刚才说他什么？挺可爱的。

此刻，他如梦似幻，好似真实与不真实互相交融。

卫徐风曾经无数次幻想自己与老大互相交谈的场景，可怎么也未想到，老大会当着他的面说他可爱。这一刻，他原本白皙的面容有些泛红。

祁邵元看着不远处的卫徐风，恨不得一巴掌拍死他。这小子真是一个彻头彻尾的假粉。

卫徐风对着老大真人爱答不理，对着冒牌货恨不得把整个人奉献给人家，彻底没救了啊！不行，他还是给火葬场打一个电话，直接让人拉过去火化了吧！

"大神！"忽然，裴宇堂不知什么时候走至最前方，来到卫徐风身旁，满脸崇拜地盯着女孩。

"你好。"女孩的目光从卫徐风身上收回，投向裴宇堂。

"大神，你还收徒吗？要不要考虑收我为徒？"裴宇堂满脸期待地看着女孩。

"收徒？"听闻裴宇堂所言，女孩微微一愣。

"嗯嗯，收徒。"裴宇堂重重点头，旋即满脸严肃道，"大神，我的赛车天赋惊人，我相信你只要收我为徒，以后我的驾驶水平不说一定会超过浪蟒和屠夫那些人，但应该不会比他们差的。当然了，只要大神愿意收我为徒，什么条件我都能满足。"

裴宇堂扬着脑袋，一双眸内浮现光泽，就好似在宣告我有的是钱！

虽说裴宇堂的要求似乎过分了，但林书雅和韩逸轩没有多说什么。他们并不清楚裴宇堂的身份，然而他是圈内一位举足轻重的大佬介绍过来的，身份定然不会简单。

还不等裴宇堂继续开口，他就被林烟一把拉了回来。

"嫂子，你干什么？这可是我人生的转折点、莫大的机遇！"裴宇堂看着身后的林烟，略微有些不解，轻声道。

林烟闻言，瞥了裴宇堂一眼：你想要花钱拜冒牌货为师，想都别想！拜师行，花钱不行。

"你信不信我跟你哥说。"林烟朝着裴宇堂轻声道。

此时此刻，林烟仿佛在威胁他"你信不信我告诉你妈"。

原本裴宇堂气势汹汹的，可随着林烟话音落下，他瞬间像泄了气的皮球，再也没了一点脾气。

裴宇堂想起自己的大哥，不由得打了一个寒战。不行，说什么都不能让大哥知道，如果被大哥知道了这件事，自己的腿都会被打断的。

"哈哈，嫂子，你瞧你说的，我刚才不是开玩笑吗，我怎么可能会去拜师呢？有您愿意传授我赛车技巧，那已经绰绰有余了，根本不需要别人来教我。"裴宇堂赔着一张笑脸，轻声朝着林烟开口。

林烟一脸嫌弃地摇了摇头："我拒绝。"

"啊？"裴宇堂一愣，"拒绝什么？"

"拒绝教你。"林烟丝毫不留情面。

裴宇堂："……"

"你怎么在这里？"

方才因为林烟上前拉回裴宇堂，所以她被韩逸轩和林书雅发现。此刻，韩逸轩的目光投向她身上，眉头微微蹙起。

还不等林烟开口，韩逸轩冷声道："你到底是怎么混进来的，到现在居然还不死心，一定要对我和书雅死缠烂打，甚至今天还来骚扰我们的贵客。"

见状，在场不少人的目光纷纷朝着林烟投去。

当即，林烟朝着韩逸轩扫了一眼，神色有些困惑，这家伙的优越感到底是从哪里来的？

"逸轩，你冷静点，姐姐可能只是偶遇……"林书雅轻轻抓住韩逸轩的胳膊，开口劝道。

韩逸轩眉头皱了皱，看向林书雅："书雅，这个女人今天虽然不知道如何混进来的，但一定有她的目的，她偏偏在我们邀请到Yeva女士的时候前来，怎么可能这么巧？"

此刻，一旁的Yeva目光有些清冷地投向林烟，随后朝着韩逸轩道："韩先生，这位不是被邀请的宾客吗？"

"不是。"韩逸轩摇了摇头。

听闻此言，Yeva的目光冷了下来："韩先生，你们应该知道，我早已经说过，只会见自己的粉丝与圈内的同行，你怎么可以随便让人来到这里？"

"对不起，Yeva女士，这是我们的疏忽，我会马上解决。"韩逸轩看向女孩，满脸歉意。

"赶出去！"很快，韩逸轩有些厌恶地瞥了林烟一眼，又朝着附近早已经围上来的安保人员说道。

"这人谁啊，你跟他很熟吗？"此刻，裴宇堂立即朝着林烟压低声音问道，"该不会又是绯闻男友之一吧？"

林烟："……"

不是绯闻男友，是前男友。

"不是很熟，他叫韩什么来着？"林烟低头作沉思状。

对于不是很重要的人，她的记忆一直不是很好。

"你谁啊，在这里充什么大尾巴狼呢，信不信小爷我削你？"裴宇堂朝韩逸轩冷声喝道。

开什么玩笑，嫂子居然被这种人呵斥，他还要让保安赶她出去？吃了他的熊心豹子胆！这要是让大哥知道，大哥那一口牙还不得都碎了？

他惹谁不好，非要招惹阎王的女人？当然了，作为裴阎王的弟弟，大哥不在，自己必须得保护好大嫂，不然到时候大哥知道了，恐怕遭殃的是自己。

"这位先生，请你让开，这与你无关。"韩逸轩面无表情地看向裴宇堂道。

"与我无关？怎么就与我无关了？你知道我是谁吗？你知道她是谁吗？你知道她是我的谁吗？你知道我是她的谁吗？"裴宇堂大声喝道。

韩逸轩闻言，眉头微蹙，这男人怎么有些疯疯癫癫的，说话语无伦次，莫名其妙。

虽说韩逸轩也知晓眼前这男人的身份不会如此简单，之前裴宇堂的名字进入邀请名单时，他们也曾去调查过。然而调查的结果是，裴宇堂经营着一家实力极弱的初级赛车队伍，除此之外，这个男人的身份仿佛成了谜，怎么也调查不出来。

"我倒很好奇，你究竟是什么身份？"韩逸轩面无表情地看着裴宇堂。

"你也配知道我的身份？"裴宇堂冷哼一声。

虽然他很想自曝身份，可大哥明令禁止他在外面惹是生非，尤其是顶着裴聿城弟弟这个身份。所以裴宇堂的身份，外界几乎没有人知道，即便有少量的人知晓，也绝对不敢泄露出去。不仅旁人不敢泄露，裴宇堂自己也不敢。

"你放心吧，我是男人，有我在，保证没人敢欺负你。"当即，裴宇堂满脸正色地朝着林烟道。

"嗯嗯！"林烟闻言，连连点头，满心感动，更是无比欣慰。

"所以，"裴宇堂正色道，"一会儿打起来，你要记得保护我。"

林烟："？"

林烟的战斗力裴宇堂可是一清二楚，就这些安保，肯定不够她打的，再保护一下自己，绝对绰绰有余。

林烟看向裴宇堂，原本心中还有些感动，可随着裴宇堂转头说的这句话，感动的情绪烟消云散，这熊孩子！

"把她给我赶出去。"此刻，韩逸轩终于不耐烦了。

"我看谁敢！"忽然，一直待在林烟身边的祁邵元冷着一张脸站了出来。

"祁少，你这是？"韩逸轩见状，略微不解。

"林烟小姐是我邀请来的，你们敢动手？"祁邵元冷声道。

不等韩逸轩继续开口，ZHI的木木和Z神却大步走了过来。

"韩先生，你这是什么意思，林小姐是我们ZHI邀请的，你就以这样的态度对待她？"Z神看向韩逸轩。

"Z神也邀请了老……林烟小姐？"祁邵元道。

"是的，正好我们多一个名额，所以就将名额给了林烟小姐。"Z神道。

"懂了。"祁邵元颔首。

所以说，老大是被好几个有头有脸的人邀请到了这里，然而韩逸轩竟如此无礼。

此刻，卫徐风有些诧异地看向祁邵元，祁邵元什么时候和林烟勾搭到一块去了？甚至不惜忤逆老大的意，为林烟出头，他疯了不成？

韩逸轩有些诧异地看向裴宇堂、祁邵元，还有Z神等人。

这怎么可能？林烟跟这些人是什么关系？

林烟不是偷偷溜进来的，而是被这三个人同时邀请来的？甚至这三人不惜在这样的场合下与他这位私宴的发起人产生正面冲突，就是为了帮林烟出头？

所以，这些人究竟和林烟是什么关系？

韩逸轩不由自主地朝着身旁的林书雅看了一眼。

此刻，林书雅若有所思。对于Z神的出面，她并不意外。这段时间，她为了获得《传奇》大制作中赛道死神Yeva这个角色，恶补了很多赛车知识，包括国内赛车圈的许多赛事都有观看。

在《棋逢对手》这部电影上映之前，WW曾对ZHI发起一场挑战赛，不知怎么回事，最终贺家车队代替了ZHI与WW上了赛道，而贺家车队靠林烟也赢了WW。

虽说林书雅以前就知道林烟在国外的职业是赛车手，但她未想到林烟的赛车水平并不低，连WW这种国内的一线车队都能跑赢。

所以，ZH1的队长Z神，与林烟一定认识。然而让林书雅未想到的是，除了ZH1的Z神，居然还有祁邵元，甚至是一个来历十分神秘的裴宇堂也为她出头。

林书雅的目光投向林烟身上，嘴角微微上扬，暗暗冷笑一声。她还真是小看了自己这个姐姐，居然同时能和三个男人勾搭在一起，着实不简单。

"Yeva女士，这位是我的姐姐，而且我姐姐也不是圈外人，是一个小车队的。"林书雅看向一旁冷若冰霜的女孩轻声开口。

女孩闻言，面无表情地瞥了林烟一眼，旋即有些清冷地开口："我不管她是什么人，是哪个小车队的，我只希望这种事情不要出现第二次。"

"Yeva女士，我们保证不会出现意外情况，刚才只是有一点误会而已。"林书雅后方的女性助理走上前，向女孩保证道。

"小Z，不是我说你，今天是什么日子，我们和Yeva女士要举行友谊赛，而且之前大家都说好了，不会邀请闲杂人等，你现在带这个人过来，还惹得大家不愉快，这可不太好。"K1赛车战队某位队长看了一眼Z神，有些不耐烦地道，并且面带不屑地看了林烟一眼。

"林烟小姐是我的好朋友，也是一位实力不俗的赛车手，什么叫闲杂人等？"Z神淡淡开口。

"呵呵，什么意思……实力不俗的女性赛车手？"此刻，K1赛车队唯一的女性队长看向Z神冷笑出声，"国内有实力的女赛车手，我几乎都认识，可这位，很抱歉，我真的不知道。"

"你自己是女性赛车手，居然还瞧不起女性赛车手，Yeva女士不也是女性赛车手吗？"林烟满不在乎地笑道。

K1赛车队女队长顿时一愣，旋即冷冷地看向林烟道："你不需要在这里偷换概念，我的意思是，国内知名且有实力的女性赛车手，我都认识，而我并不认识你。"

林烟点了点头道："真巧。"

"什么意思？"

林烟："刚好我也不认识你。"

K1赛车队女队长听闻林烟所说后，眸内浮现出一抹寒光。

眼前这个女人的反讽倒是有趣极了，K1赛车队女队长不屑地冷笑道："不管你认不认识我，我都是H国顶尖车队一队队长，而你只是一个小车队的吧，如果不是和这些男人勾搭上了，恐怕连见Yeva女士一面的资格都没有。"

"你怎么说话呢？"不等林烟开口，裴宇堂首先站了出来，看着K1赛车队伍一队队长，"我记得你叫周媛吧，今天出门没刷牙吗？嘴巴这么臭，我烟姐的驾驶水平或许你还比不上呢。"

对于裴宇堂前半句，周媛不以为意，只是听闻后半句后，嘴角微扬，冷笑道："上了赛道，我即便闭上眼，她也追不上。"

"的确。"林烟点了点头，风轻云淡地说道，"睁着眼就未必了。"

"周媛，算了。"不等周媛继续开口，Kl车队二队队长上前，看向周媛，"在这种场合，和这种小车队的队员争吵有意思吗？别让旁人看笑话。"

周媛闻言，微微一愣，这话也不是没道理。

"进场吧，我们马上就要和Yeva女士跑赛道了。"

片刻后，Kl赛车队众人前呼后拥着自己心中的偶像Yeva女士，走入了会场。

"老大，这群人真是欠抽！"祁邵元跟在林烟身旁，满脸愤然之色，"这些人要是知道老大你才是Yeva，真不知作何感想，Kl那几个队长真傻。"

祁邵元话音刚落，林烟轻声一笑，却也没有多说什么。对于林烟而言，在赛车圈中，什么身份、地位都是虚的，唯有自身实力才是王道。即使她永远丢弃了Yeva这个名字，可如果给她一些时间，她依然能够成为一个全新的Yeva。

"对了，老大，你说那冒牌货真的能跑赢Kl赛车队吗？"祁邵元看着林烟，神色有些古怪。

"老大，Kl赛车队毕竟是H国顶尖的赛车队伍，如果冒牌货跑输了，那身份岂不是要暴露？"祁邵元问道。

"如果一点实力都没有，她应该不太敢冒充我。"林烟淡淡开口。

"也是。"祁邵元点了点头，不过依然好奇，"但如果那个冒牌货真有跑赢Kl的实力，也没必要来冒充老大捞钱吧？除非这个冒牌货有着别的什么目的，但就目前的情况来看，她好像真的是来捞钱的。"

对于祁邵元的分析，其实林烟也有些疑惑。正如祁邵元所说，如果冒牌货真的能够以一己之力跑赢整个Kl赛车队，她的确不需要靠着冒充别人捞钱，随便加入一个国际大车队，也能赚个盆满钵满。

或许被祁邵元说中了，那个女人冒充自己或许有别的目的，当然，也或许她根本没有跑赢Kl的实力。

可如果是后者的话，那一切都可以解释得通，而即将开始的友谊赛，一定不会顺利开始。

"不用着急，我们就当看猴戏。"林烟轻声笑道。

祁邵元盯着林烟，使劲点了点头："老大说得太对了，咱们就当看猴

戏，反正真的假不了，假的真不了。"祁邵元朝着四周望了望，确定没人能
听到后，这才朝着林烟轻声道，"老大，不过我实在是无法理解，明明老大
你才是Yeva本人，为什么不能把身份公布出来呢？老大你看一队队长那嚣
张、瞧不起人的样子，Yeva本人在她眼前都认不出来，甚至还出言嘲讽，反
而对一个冒牌货毕恭毕敬，老大这也太憋屈了吧。"

祁邵元恨不得现在就将林烟是Yeva的事情告诉全世界。如果今天林烟没
到场，没在旁边看着他，他估摸着会忍不住说出来。

林烟微微一笑："有什么好憋屈的，等晚上的私宴开始，你应该就不会
那么憋屈了。"

祁邵元闻言，眸光顿时一亮，兴奋地看着林烟："老大，难道私宴的时
候，你要说出自己的身份？不不不，如果你要说的话，请一定把这个任务交
给我，我去买一个电动大喇叭。"

林烟："……"

"老大，到底说不说啊，我都快急死了！"祁邵元道。

"你认为我说我是Yeva，会有人信吗？"林烟笑着问道。

"啊？"随着林烟话音落下，祁邵元顿时愣在原地。

"那怎么不信，为什么大家不会相信老大你是Yeva？"祁邵元回过神
后，满脸莫名之色。

"如果我让你现在去告诉卫徐风，林烟才是Yeva，他会信吗？"林烟看
向祁邵元反问。

"不会。"几乎没有任何思考，祁邵元本能地回答。

"卫徐风就是一个傻瓜，就算我说了，估计他也不会相信。老大，
我跟你说，其实卫徐风一直认为你想接近他，为了接近他甚至刻意去模仿
Yeva。"

林烟："……"

林烟倒没有感觉意外，卫徐风的确是这样认为的。

"身份这种事，解释起来的确很麻烦。"林烟耸了耸肩道。

"不行，老大，你本来就是Yeva，就算有人不信，没关系啊，谁不服，
上赛道，比到他服。"祁邵元激动道。

"嗯，这倒是一个好方法。"林烟托着下巴笑盈盈地说。

"哈哈，怎么样，老大，我聪明吧？老大你可是世界赛车界的传奇，
谁不服，那就上赛道，把他们全送出跑道，我看谁敢不服。"祁邵元越发激
动，双手不停地比画。

"我考虑一下。"林烟轻笑一声。

"老大，还考虑什么，我看着他们就来气。对了，今晚的私宴会从国外
来一个大人物，也是老大你的超级死忠粉，我看今天晚上肯定会十分热闹，

不如就趁这个机会……"

祁邵元说至此处，抬起头，却发现林烟已经走到了前方，而卫徐风正面色不善地朝着林烟走去。

"林烟。"卫徐风走至林烟身旁，眉头已然蹙起。

"说。"林烟开口。

"你到底想干什么？"卫徐风冷声道。

林烟看着卫徐风来者不善的架势，目光投向卫徐风身上，问道："怎么了？"

"林烟，平常我在哪儿，你就出现在哪儿，这就算了，今天你要是乱来，小心引火上身。"卫徐风朝着林烟冷声开口。

不远处，祁邵元无奈地摇了摇头，这卫徐风又开始犯傻了。

在祁邵元眼中，卫徐风这完全是作死行为，且现在作得越爽，以后付出的代价越大。万一哪天卫徐风知道林烟就是老大的话，他要如何自处？会不会恨不得一头撞死，一了百了？

"林烟，我告诉你，我不管是谁邀请你来这里的，但如果你敢乱来，我让你吃不了兜着走。"卫徐风盯着林烟，丢下一句狠话。

"小风子。"忽然，祁邵元快步走上前，目光投向卫徐风，冷声道，"你有完没完，人家好好的又没招惹你，你没毛病吧。"

随着祁邵元话音落下，卫徐风朝着祁邵元看去。

今天，祁邵元的表现落在卫徐风的眼中显然十分反常，他并不知道祁邵元为什么要这么做。祁邵元不仅邀请了林烟，还处处护着林烟，照理来说不应该啊。

"祁邵元，你怎么回事？"卫徐风盯着祁邵元，眉头微微蹙起。

"什么我怎么回事，我才要问你，你怎么回事？"祁邵元反问道。

"你该不会真和她勾搭到一起了吧？"卫徐风神色诧异。

祁邵元闻言，嘴角微微抽动，他也想啊，但可能吗？而且，他对老大是纯粹且毫无杂质的崇拜和喜欢好吗，什么叫勾搭在一起了？

"你少在这里扯，老……林烟小姐是我的偶像好吗，我特别喜欢林烟小姐演的电影，尤其是饰演的那个叫什么……林……林翩翩的角色。"祁邵元沉思片刻，努力回想。

林烟："……"

"是林翩若。"林烟纠正道。

祁邵元一看就是工作没有做到位。

"哦，对，是的，就是林翩若，"祁邵元重重点了点头，"特别好！"

"祁邵元，你不是从来都不看电影的吗？"

当初《棋逢对手》上映，卫徐风送他票他都不去看。

"那能一样吗，以前我不看不代表现在不看，以后只要是林烟小姐参演的电影，我都看一百遍。"祁邵元道。

听闻祁邵元此言，卫徐风的神色越发疑惑。对于祁邵元，他再了解不过，所以他哪里会相信祁邵元现在的满口胡话。

"林烟，我告诉你，离我还有我的朋友远点。我不管你用了什么手段让祁邵元这样护着你，但我还是那句话，不要挑战我的忍耐极限。"卫徐风的目光冷了下来。

"当然可以。"林烟微微一笑，转头看向祁邵元，"对吧？"

"不对，当然不对了，离他远点就行。"祁邵元急忙道。

"小风子，你真是没救了，你会后悔的，想撞死自己的那种。"无奈之下，祁邵元别有深意地朝着卫徐风道。

祁邵元憋着一肚子火，这卫徐风当真是纯傻瓜，自己这是在救他，他居然看不出来，甚至认为自己和老大勾搭在了一起，只怕是彻底没救了。卫徐风种下的苦果，今后还是由他自己吃了吧。

"林烟，你别以为我不知道你来这里做什么，但是我告诉你，如果你打扰到Yeva，我绝对不会放过你。还有，你除了想接近我，还有一个目的……你就算想要争夺Yeva这个角色，你完全可以光明正大的，而不是利用我的朋友，求着他带你来这样的场合，甚至是用这样的方式来博取眼球。"卫徐风盯着林烟冷声道。

听闻卫徐风所说，林烟满脸蒙，她恨不得跳起来给卫徐风鼓掌，这家伙的想象力实在太丰富了，仅在演艺圈当一名演员简直太屈才了。

"我觉得你应该换一个职业。"林烟看着卫徐风，笑道，"你不应该当演员，以你的想象力，应该去当一位作家。我觉得，作家这个职业对你来说更加有前途。"

当即，卫徐风冷哼一声："你少在这里跟我鬼扯，我说的话你最好记住。"

说罢，卫徐风一把将祁邵元拽了过来："你跟我走，从现在开始，你就待在我身边。"

"我不！谁要待在你身边，我要留在林烟小姐的身边，一刻都不分开！哎，你别拽我啊，你小子……"

看着祁邵元被卫徐风拽走，林烟略微有些无奈地摇了摇头，的确，正如之前祁邵元说的那样，这卫徐风，是有些不太聪明。

可要说他不聪明吧，他的想象力还挺丰富，还能够按着自己的逻辑去推敲出一些稀奇古怪的剧情发展。

"嫂子，刚才又怎么了，那小子干吗呢，要不要我帮你教训他？"片刻后，裴宇堂走至孤身一人的林烟身旁。

"算了吧。"林烟瞥了裴宇堂一眼，"真要出什么事，我还得保护你。"

"嫂子，瞧你这话说的，咱们这关系，你保护我不是很正常的事情吗？以后我们可以明确分工，谁惹咱们，嫂子你就负责揍他。"裴宇堂说道。

林烟闻言，微微一愣，一脸莫名其妙道："我负责揍……那你呢？"

裴宇堂笑出声，看模样似乎有些不太好意思："我……我就负责骂好了。"

林烟："……"

真看不出来，裴宇堂居然会是裴丰城的弟弟。

别说裴丰城，如果不知道他们的关系，说裴宇堂是裴南絮的弟弟，林烟也绝对不会相信。

这哪能是兄弟，差距实在是太大了。难怪裴宇堂在外面混迹了这么久，从来没有人怀疑过他的身份。他这种性格，当真是自然界最好的伪装了吧。且不说被人发现，就算她明着告诉大家，裴宇堂是裴南絮或裴丰城的弟弟，只怕也没有人会相信。

林烟盯着喋喋不休的裴宇堂，莫名有些心疼。看来裴父和裴母真是有些偏心了呢。

Part 27

除非这个Yeva是假的，
否则林烟小姐你绝对不可能赢！

　　大约过了半刻钟，林烟跟着裴宇堂和祁邵元等人来到赛场。

　　赛场的面积很大，而且设施十分完善，这里的赛道属于H国顶尖赛队的专用比赛场地。

　　赛场上停放着十数台专用赛车，其中一辆银色的赛车尤为有辨识度。

　　林烟的目光投向那辆银色的赛车上，一脸若有所思的表情。看来，林书雅还有韩逸轩倒是用了心，车子模仿了自己当年在WZ战队那辆专属赛车的外形。

　　此刻，大家众星捧月一般将冒牌货围在中间。

　　"Yeva女士，我们可以开始了吗？"

　　K1战队某位队长走至Yeva身旁，满脸笑意。

　　冒牌货闻言，目光投向那位队长身上，沉思片刻后道："换一个形式吧。"

　　"啊？"

　　听闻冒牌货所言，在场众人都是一愣。

　　"Yeva女士，换一个形式是什么意思？"K1赛车队三队队长有些不解地问道。

　　"之前，我已经和书雅小姐说过了，最近几天我太过于奔波，所以旧伤复发，目前的状态可能并不太适合进行友谊赛的比试，所以最好换一个形式。"冒牌货淡淡开口。

　　"这……"K1赛车队众人显然没有想到，约定好的友谊比试会临时有变。

　　"怎么，有问题？"

　　当即，冒牌货的眉头微微蹙起，眸内浮现出的光泽好似在说，我能跟你们上赛道就已经是你们天大的荣耀，不要给脸不要脸。

"呵呵，希望大家能够体谅一下Yeva女士。Yeva女士之所以暂时退役，也是因为旧伤复发。我们邀请到Yeva女士来，但最近她奔波劳累，所以以她现在的状态，确实不太适合进行友谊赛了。"林书雅笑道。

"那好吧，其实怎么样都没关系，能够和Yeva女士一同上赛道，对于我们而言已经是很荣光的事情了。"K1赛队某位队长站出来笑道。

此刻，林烟嘴角微微上扬，勾勒出一抹莫名的笑意。看来，的确让自己猜中了。

这个冒牌货的确有些实力，但她的真实实力恐怕并不能支持她胜过顶尖的赛车队伍K1，所以此刻发生的事情也在情理之中了。

"那请问Yeva女士，具体是如何操作呢？"K1赛队三队队长好奇问道。

"难得今天赛车圈的半壁江山都来了，既然如此，就来一场表演赛吧。"冒牌货轻声开口。

"表演赛？"

听闻此言，K1赛车队众人若有所思。表演赛的话，也不是不可以，他们K1赛车队肯定没什么问题。

"老大，表演赛……不知道老大的几个赛道神技会不会秀出来？"当即，卫徐风满脸期待地看向冒牌货。

冒牌货闻言，目光投向卫徐风身上，轻轻笑道："你想看吗？"

"当然想了！"卫徐风连连点头。

Yeva的那些赛道神技可不是随时随地想看就能看到的，一般而言，唯有Yeva在赛道上感受自己受到了威胁后，才有可能会出现。

听闻冒牌货会在赛道上表演自己的一些赛道神技，在场众人瞬间欢呼了起来。

此刻，林烟却是越发好奇，这冒牌货敢说出这种话来，难道真打算在赛道上秀一把Yeva的技巧？

"装什么蒜。"一旁，祁邵元轻声朝着林烟道，"这冒牌货说自己能秀老大你的赛道技巧？这怎么可能！"

其实，林烟对此也十分好奇，也有了一丝期待。她倒要看看，冒牌货能不能如自己所说那般，在赛道上兑现自己的承诺。

没多久，K1赛车战队全员走上了赛场，并进入赛车中。十数辆赛车几乎同时启动。

虽说冒牌货临时变卦，让K1赛车战队众人有些措手不及，事先也没有针对表演赛进行排练，但毕竟是国内顶尖赛车战队，配合还是十分默契。

从K1赛车战队上场直至结束，大概用了一刻钟，虽然在表演上有些瑕疵，但在没有任何排练的情况下有这种表现，也足以证明这支战队并不简单。

等K1赛车战队结束赛车之后，冒牌货在众人的拥簇下缓步走上了赛场。

片刻后，赛场上仅剩下冒牌货一人。她穿着一身银色的赛服，背对众人，右手边是那辆银色的战车。

不得不说，这冒牌货戴上头盔之后，与林烟的相似度足以以假乱真。此刻即便是林烟，也有一种正在看自己比赛的错觉。

卫徐风等人的目光一刻都未从赛场上的冒牌货身上移开，眸内浮现出浓烈的期待与兴奋。

不提卫徐风，便是祁邵元也凑上了前，目不转睛地盯着冒牌货。唯一不同的是，祁邵元仅仅是好奇，想要看看冒牌货到底是如何秀出林烟在赛场上的赛车技巧的。

很快，冒牌货打开车门，坐上银色的赛车，将车辆启动、运转，一气呵成。

"唰"！几乎瞬间，那辆银色的赛车如同脱缰的野马瞬间飞驰而去。

"她还真有一套。"祁邵元喃喃道。

不得不说，这冒牌货为了冒充自家老大，当真做足了功课，连开车门的方式也与林烟在赛场上如出一辙，如果不是祁邵元知晓本尊是谁，恐怕也会像卫徐风一样，被这冒牌货蒙蔽了双眼。

林烟站在裴宇堂身旁，盯着赛场上的银色赛车若有所思。

这还真是一场较为专业的模仿秀，从每一个细节，甚至大的节奏点来观察，这个冒牌货近乎做到了天衣无缝，模仿得惟妙惟肖。

"嫂子，你看，太牛了！"一旁，裴宇堂头也不回地喊道，"嫂子，你看看，果然是赛道传奇人物，这弯道的处理，这节奏的掌握，简直无敌啊！太强了！我要是有这十分之一的功力，那我也无敌了！"

不等林烟开口，在赛场其中一个弯道，银色赛车来了一次漂亮的侧翼横漂。

当卫徐风看见这侧翼横漂的弯道收尾方式后，整个人更是激动得无以复加。

"这……这是我当年第一次去现场看老大比赛时，老大经典的收尾动作，我还记得解说员说的一句话——惊为天人。"卫徐风朝着一旁的祁邵元激动道。

祁邵元闻言，瞥了卫徐风一眼，有些不屑道："是吗？可我怎么觉得她跑得有点诡异，没有当年流畅？"

听闻祁邵元所言，卫徐风微微一愣，神色诧异道："没有当年流畅？不会，这和当年没什么区别，我没看出来。"

"呵呵,你没看出来说明你不够专业,这显然没有当年万分之一的水准好吗,跟当年的老大相差了十万八千里。唉,太让我失望了。"祁邵元冷笑着摇头。

卫徐风见状,盯着祁邵元,眉头微蹙:"祁邵元,你什么意思?你是认为老大实力不如以往,所以要脱粉?"

随着卫徐风的话音落下,祁邵元嘴角微微抽动,像看傻瓜般盯着卫徐风。

还脱粉,到底是谁在脱粉啊,卫徐风这个彻头彻尾的假粉!

此刻,赛道上,冒牌货瞬间又做出几个Yeva的经典动作,即便平常在比赛中,这些动作Yeva也很少做。现场爆发出阵阵欢呼。

卫徐风见状,也懒得搭理祁邵元,跟着众人一同激动。

"还不错。"赛道一侧,林烟盯着银色赛车轻轻一笑。

这冒牌货的确是下足了功夫,对于她所掌控的几个技巧,模仿得的确很有水准。只不过即便模仿程度达到百分之百,差距也显而易见。

当年林烟在赛道上做出这些动作可不是为了表演,更不是为了这几个看似花里胡哨的东西,让众人记住她。她所做的一切仅仅是为了节省时间、赢取比赛,仅此而已。

众所众知,在赛道上晚一秒,就等同输了十万八千里。然而冒牌货为了更好地将这种技巧模仿出来,却是本末倒置,花费了更多的时间去完成。可比赛是这样的话,这些赛道技巧究竟还有什么意义?

模仿的确很难,但如果将其最终目的忘却,这样的模仿本身就毫无意义。

"嫂子,你看啊,你看到了吗?太牛了,嫂子你学学啊,你学会了手把手传授给我。"等冒牌货的表演结束后,裴宇堂转身看向林烟道。

"这不是很容易吗?"林烟朝着裴宇堂开口。

"容易?"裴宇堂闻言,愣在原地,满脸诧异,"怎么会容易,没搞错吧,那可是Yeva的赛道技巧啊!"

林烟叹了一口气,却也没有过多解释。

仅仅是模仿这些动作当然容易,但如果放在实战中,并且能够大幅度减少时间,那才叫技巧。

"并不是所有的模仿都叫作赛道技巧。"林烟笑着开口。

模仿?赛道技巧?裴宇堂被林烟一句话说得有些莫名其妙,什么叫模仿?

"林烟,你刚才说什么?"忽然,卫徐风走至林烟身旁,面无表情地盯着她。

"你又怎么了？"林烟看向卫徐风，这家伙怎么阴魂不散的，所以到底是谁在纠缠谁？能不能搞清楚自己的定位？

"你刚才说Yeva的赛道技巧很简单？"卫徐风的目光幽冷，好似自己的偶像被人侮辱，难以忍受。

"那动作很难吗？我上我也行。"林烟微微一笑，耸动双肩。

"你上你也行？"

随着林烟话音落下，卫徐风却笑了起来，他仿佛听见了全世界最好笑的笑话。

"天哪，林烟小姐，你也太能吹了吧！"不给卫徐风开口的机会，一旁的祁邵元急忙道，"你以为刚才那个女人是谁，那可是赛车界传奇Yeva，你居然说Yeva的赛道技巧很简单。"

此刻，卫徐风重新看向祁邵元，终于觉得祁邵元正常了一些。

"还有，你说什么，你上你也行？哈哈哈，我要笑死了，天大的笑话。好啊，来，你上，你有本事你就上，你有本事你就跟我们老大Yeva现场比试一下，你敢吗？你肯定敢，来啊，上啊，比试啊！"祁邵元大声喊道。

林烟："……"

"和老大上赛道，她还真没这个资格。"卫徐风朝着祁邵元道。

"对，小风子，你说得太对了，她的确没这个资格，不过我们一定要让她和老大比一场，让她知道自己的狂妄是多么的愚蠢，让她知道老大就是一座不可逾越的天堑。"祁邵元连声道。

此刻，冒牌货带着林书雅和韩逸轩走了过来，似乎要与卫徐风说些什么，刚巧听到几人的对话。

"老大。"卫徐风见到冒牌货，瞬间将对林烟的愤然忘到了九霄云外。

"老大，你先听我说，我是你的超级死忠粉，也是卫徐风的好朋友，我叫祁邵元。"祁邵元的目光投向冒牌货身上，抢先卫徐风一步出声。

"你好。"冒牌货点了点头。

"老大，你知道吗？刚才你的表演有人非常不屑，还说她上她也行，甚至她觉得你在赛道上的表现很一般，名不副实。老大，我作为你的死忠粉，绝对无法忍受。老大，你跟她比一场吧，让她知道什么才是真正的速度。"祁邵元道。

听闻此言，冒牌货的目光却投向林烟身上，自那双冷漠的眸内浮现出一抹毫不掩饰的不屑，旋即淡淡道："难道什么人让我和她上赛道，我都要去吗？"

"老大，话是这么说没错，但我觉得有些人你就得给她点颜色看看。再说了，老大虐她，那不是手到擒来的事吗？"祁邵元道。

"祁少，如果是这样的话，Yeva女士恐怕一年四季都在赛道上应付那些挑战者了。"K1车队女队长开口。

"开什么玩笑，一个在小车队混日子的，让Yeva女士上赛道跟她跑？"

"哈哈，她是想炒作吧，就算真的上了赛道，Yeva女士闭着眼都能随便虐她吧。"几位车队的队长同时笑道。

"林烟，你到底想干什么？你闹够了没有，知道这位是什么人吗？"站在冒牌货身旁的韩逸轩盯着林烟厉声呵斥。

"姐姐，Yeva女士是赛车界的传奇，姐姐你只是一个初级小车队的队员，这样真的不太好。"林书雅也是一副劝阻的口吻。

"不行，我就看不惯这样瞧不起人的，必须要让老大跟她上赛道，狠狠地教育她。"祁邵元连声道。

当即，祁邵元的目光投向卫徐风身上："我说风子，你什么意思，老大被这个女人挑衅，你居然不让老大教训她？这次如果不跟她上赛道，这个女人以后肯定逢人便说，赛车界传奇Yeva徒有虚名，都不敢跟她上赛道，我绝对无法忍受老大被这样侮辱！"

卫徐风："……"

祁邵元的话似乎有些道理，可仔细一想，又经不起推敲，毕竟Yeva是什么人，全世界都知道，她需要跟一个初级车队的队员去证明自己？

"晚宴不是开始了吗？先去晚宴吧。"卫徐风沉默片刻后开口。

"姐姐，你要回家吗？我让人开车送你回去。"很快，林书雅一副温柔体贴的姿态朝着林烟说道。她言下之意已经很明显，林烟并没有资格参加这场私宴。

林烟却笑道："今天，我就是来蹭吃蹭喝的，为什么要回去？三个人邀请了我，如果我走，不太合适吧？"

"就是啊，肯定不能走，她一天不服Yeva，一天不能走，必须要和我老大上赛道。"祁邵元点头道。

裴宇堂有些为难地看着林烟。虽说裴宇堂知道林烟的驾驶水平很强，可那个人是Yeva啊！挑衅Yeva，要和Yeva上赛道，这件事本身就是一个笑话！

只不过林烟是自己的嫂子，这种话裴宇堂自然不能说。

"你要去参加晚宴？"韩逸轩面无表情地看着林烟，似乎有些不悦。但的确有三个男人邀请了林烟，他也不太方便把林烟赶走。

"是啊，我们还买了厚重的礼物呢，我怎么能走。"林烟笑道。

晚宴在赛场附近的一家庄园内举行。

今天晚上，Yeva自然是主角。

众人来到庄园后，林书雅和韩逸轩等人便配合冒牌货去换装，其他人则在庄园内等待。

"嫂子，礼物怎么还没送来？"裴宇堂的目光投向林烟身上。

此刻，众人的礼物都已经到场，唯独裴宇堂的礼物还未现身。

"别急，已经在路上了。"林烟朝着裴宇堂道。

"嗯嗯，我太期待了，哈哈哈。"裴宇堂连连点头。

没多久，祁邵元将林烟拉至一旁，看四下无人后，轻声道："老大，一定要和那个冒牌货上赛道啊！"

林烟闻言，微微一笑："人家大人物，不屑跟我跑，我也没办法。"

"大人物？"祁邵元微微一愣，"还大人物，哪门子大人物，冒充大人物才是。"

"别着急，好戏才刚开始，先吃饱喝足比什么都重要。"林烟不以为意道。

晚宴即将开始前，林书雅和韩逸轩出门了，据说是迎接一位从国外专程赶来的大人物。

没多久，韩逸轩和林书雅带着一名眉清目秀、贵妇打扮的女子缓步踏入庄园内。

"我的天哪！"

"这个女人不是好莱坞著名演员安戴吗？"

"真的假的，就是好莱坞第一部赛车致敬片里的女主吗？"

"真是她！"

见到女人后，人群一阵沸腾。

这个女人目前是好莱坞炙手可热的著名演员。

"她居然也是Yeva的死忠粉！"

"没什么奇怪吧，Yeva的死忠粉很多，就算安戴是Yeva的粉丝，好像也不奇怪。"

随着众人的议论，林书雅和韩逸轩已经带着女人走入了庄园。

"我给各位介绍一下。"林书雅轻轻一笑，看了一眼身旁有些冷漠的女人道，"这位相信大家都不会陌生，好莱坞著名演员安戴女士，并且还是国外Yeva粉丝协会的会长。"

"Yeva粉丝协会？"卫徐风闻言一愣，他怎么不知道有这个协会？

当即，林书雅解释道："只是一个小协会，这样的协会很多的，不仅是Yeva女士，很多人都有这样的协会，包括徐风你，就有类似私人组建的后援团。"

卫徐风听了林书雅的解释，这才明白过来，难怪他不知道。

"大家好，很高兴认识大家。"安戴以流利的中文朝着众人打起招呼。

对于安戴，卫徐风并不陌生，美籍华裔，中文说得很好，在好莱坞是出了名的性格直爽。

"你好，安戴女士。"

很快，众人纷纷上前开始自我介绍。

然而安戴对众人的自我介绍似乎并没有什么兴趣，甚至不经意间，眸内还浮现出毫不掩饰的不耐烦之色。

"书雅，请问老大什么时候好？"安戴看向林书雅，神色有些急迫。

当年安戴在国外，Yeva还未退役，她曾不止一次花费精力托人找关系，想要邀请Yeva共进晚餐，然而每一次都遭到了WZ战队的拒绝。

而这次林书雅联系到了安戴，并告知自己邀请了Yeva，设了一场私宴。安戴得知消息后，万分感激林书雅，当日推掉所有工作，订了最近的机票赶赴这里。

"对了，安戴姐姐，这位是我们的同行，卫徐风。"林书雅介绍道。

"你好，我看过你的电影《棋逢对手》，很好看。"安戴朝着卫徐风笑道。

"谢谢。"卫徐风礼貌地点头示意。

"这位是……"忽然，安戴的目光投向林烟身上，"《棋逢对手》里的林翩若是吗？"

"你好，安戴女士。"林烟颔首道。

"没想到，你们也是老大的粉丝。"安戴道。

"安戴女士，这位林烟小姐可不是什么粉丝，人家是来踢馆的。"K1的某位赛车手不屑道。

"踢馆？"听闻此言，安戴的眉头顿时蹙起。

"哈哈，可不是吗，我跟你说一个笑话，她认为Yeva的实力很一般，不如她，所以她想和Yeva比试。"

林烟看了眼讽笑的众人，有些无奈。这句话明明是出自祁邵元的口，跟她有什么关系……不过，就算是旁人这样认为，她也无所谓，实在不行的话，那就上赛道试试好了。

不等安戴开口说话，一身便装的冒牌货此刻缓步走入了庄园。

安戴见到女孩，眸光微微一亮。安戴并没有见过Yeva真正的面容，所以也不敢确定这个女孩究竟是不是Yeva。

"Yeva女士，我跟您介绍一下。"林书雅见状，微微一笑，拉着安戴迅速上前。

"怎么了？"冒牌货开口。

"这位是安戴女士，她也是您的超级铁杆粉丝，之前很多次想要邀请您吃饭，都被您的战队拒绝了。"林书雅道。

"哦，你好。"女孩当即朝着安戴伸出了手。

"老……老大。"此刻的安戴神色激动，这个女孩居然真是Yeva。

安戴立即与冒牌货握了握手。

"书雅，真是太感激你了，如果没有你，我根本见不到老大，没想到你居然能够邀请到老大，并且还把她请来了这里。"片刻后，安戴朝着林书雅道。

林书雅闻言，轻声笑道："安戴姐，你太客气了，我非常喜欢你，说不定以后我也会进军好莱坞，我们还有合作的机会呢。"

"嗯，一定会的。"安戴点了点头。

众人正说着，山庄外却响起了一阵嘈杂声，众人同时朝外看去。

"私人场地，请离开。"安保人员的声音传来。

"我是来送货的，不就是这个地址吗？"

林烟闻言，微微一笑，看向裴宇堂道："你的礼物来了，还不去接。"

"让他进来。"裴宇堂大声喊道。

没多久，由于裴宇堂的出面，两个男人抬着一个包装豪华的大木箱走了进来。

"轻着点，这东西可贵重了。"裴宇堂满脸小心翼翼道。

两个送货的男人闻言，有些怪异地看了一眼裴宇堂。他们将箱子轻放在地上后就离开了。

"Yeva女士，这是我和我朋友送您的见面礼，还请您收下。"裴宇堂看向台上的Yeva笑道。

"嗯，谢谢裴先生，先叫人抬下去就好了。"冒牌货道。

裴宇堂闻言，连连摇头："别，你先拆开看看啊，我这是花费了巨大的人力、财力、心力准备的，钱都是小事，主要是时间，为了这个礼物，我花了多长的时间啊！"

"对了，这是我和林烟小姐一起送您的礼物。"裴宇堂加了一句。

林烟："……"

不得不说，这熊孩子倒挺有心的。

冒牌货拗不过裴宇堂，只能让人将木箱打开。

裴宇堂方才夸大其词的说法吸引了众人的目光，他们倒要看看，这里面究竟是什么贵重的礼物。

然而当一座大钟出现在众人的视线时，全场瞬间安静了下来，一片死寂。

Z神看了一眼裴宇堂，神色有些尴尬。他虽然知道裴宇堂的智商不太高，但也不至于送人礼物选一座大钟吧？

此刻，山庄内所有人的目光投向了大钟和裴宇堂的身上。

他们从来没有听说过送人送钟的。

"牛啊，兄弟！"一旁，祁邵元回过神来，立即给裴宇堂竖起了大拇指。

裴宇堂看着眼前的大钟，全身寒毛乍立，大脑一片空白。

为什么会是一座钟？谁送礼送钟啊！

"送……送错了？"裴宇堂有些不确定地看向林烟道。

林烟闻言，摇了摇头："没有啊，就是这个。"

"那为什么会是钟啊？不是说好了厚重，有沉淀感，还得大吗？"裴宇堂身躯微颤。

林烟眉头微蹙："不厚重吗？"

裴宇堂："……"

林烟："没沉淀感吗？"

裴宇堂："……"

林烟："这还不大吗？"

裴宇堂："……"

"并且很有艺术气息。"林烟笑了笑。

"嫂子，你……你玩我啊！"裴宇堂欲哭无泪，这的确是很大、很厚重、很有沉淀感，但这是钟啊！送人送钟，那不是给人送终吗？

"裴先生，你这是什么意思？"当即，韩逸轩的面色冷了下来。

先是祁邵元送了一个价值不菲的奢侈品包包，结果是低仿，他们也不好说什么，或许是祁邵元被人骗了。可裴宇堂送个钟是什么意思？

裴宇堂咳了两声，掩饰自己的尴尬后道："请大家不要用世俗的眼光去看待这个礼物，这座钟其实很有来历的，非常具有历史价值，这沉淀感，这材质，这厚重……对不起，我编不下去了。"

裴宇堂恨不得一头撞死一了百了。

"这座钟是我送给Yeva女士的。"忽然，一旁的林烟笑着开口。

随着林烟话音落下，众人的目光迅速从裴宇堂身上移开，转而投向林烟身上。

听闻此言，裴宇堂瞬间回头，满脸感动地盯着林烟。她居然这样为自己背锅。

不过他转念一想，那座钟就是她买的好吗！

"姐姐，你怎么可以这样，就算你恨我，也不应该这样对待我们的贵客啊。"林书雅满脸委屈地看向林烟。

然而林书雅的眸底却浮现出一抹笑意，这可是林烟自寻死路。她这样挑衅Yeva，还给Yeva送钟，以Yeva的影响力，她只怕再也没有任何出头的机会了，是她把自己作死了。至于作为邀请者的自己，只要坚定好自己的立场即可。

一旁的韩逸轩见状，眸内寒光闪烁不已："林烟，你真是想找死吗？"

"哇，你这个女人真的太狠毒了！"祁邵元指着林烟"怒"声喝道，"老大不接受你的挑战，你居然给老大送钟，有种上赛道，谁输了谁把这座钟吃掉！"

"我觉得可以。"此刻，安戴目光冰冷地看向林烟，"你想挑衅Yeva，得掂量自己是什么东西。我可以给你机会上赛道，但如果你输了，就把钟吃掉。"

卫徐风眉头微蹙，虽然他挺烦林烟的，但如果真的上了赛道，这些人肯定说到做到，一定会让她把钟吃了。

"她不配，让她滚吧。"卫徐风瞥了一眼林烟，旋即开口。

林烟却不以为意地说道："吃钟吗？没问题。"

"吃钟？"裴宇堂不停地给林烟使眼色。对于林烟的赛车水平，裴宇堂自然是知道的，而且也对林烟的水准非常自信，但此刻，林烟挑衅的是谁？她以为那个女人是谁？

Yeva，号称赛道死神，保持着地表最快纪录的传奇女性赛车手。

平时他们这些人连想要见Yeva一面的资格都没有，而现如今，林烟居然去挑衅这样的传奇，甚至约定了谁输谁吃钟！

如果不是因为对林烟十分了解，裴宇堂定然也会认为，林烟之所以又是送钟，又是谁输了谁将钟吃掉……想想这也太可怕了！

不给林烟继续开口的机会，裴宇堂瞬间将林烟拉至一旁，一脸惊恐地看着林烟问道："你到底在做什么？"

裴宇堂万万没想到，林烟来参加私宴竟然会搞出这么多事情来。最重要的一点，林烟根本不可能赢，难道最后真的把自己送的大钟吃了不成？

林烟原本想要说些什么，可瞬间又被裴宇堂打断："嫂子，难道你真想借这个机会炒一把热度？但这样只能炒来骂名吧？"

林烟："……"

其实对于裴宇堂的说辞，如果换位思考，林烟也能够理解。

"是啊，我就是想炒作。"林烟朝着裴宇堂轻声一笑。

"啊？"闻声，裴宇堂一脸蒙。

万物皆可炒？

"怎么样，如果你输了，就把钟吃掉。"很快，安戴的目光投向林烟身上，神色不耐烦地朝着林烟开口。

"安戴女士，我刚才不是说了吗，可以的。"林烟笑着点了点头，"其实，我并没有故意挑衅的意思，只是单纯地认为，我的赛车水平也很强，或

395

许真的能够赢了传说中的赛道死神Yeva也未可知。"

Kl战队三队的女队长盯着林烟，却是冷声一笑："这是我今年听过最好笑的笑话，你只是一个最低级赛车队伍的队员，到底是谁给你的自信，让你误认为自己的赛车驾驶水平很高？"

"有自信是好事，过度的自信叫无知！"

"哈哈，什么无知啊，这女人本来就是娱乐圈的，可能大家不知道，她之前就是靠着炒绯闻火了一段时间，没想到现在不炒绯闻，改碰瓷了，而且等级还不低，直接朝着Yeva女士来碰。"

"对，我之前也听说过，这女人就是靠炒作吃饭的。"

对于众人所言，林烟始终淡笑应对。而且他们说得也没错，早期，她还真是靠炒作绯闻出名的，虽说不是自己的本意，但这是事实。

"你输了，把这钟吃掉，如果Yeva老大输了，钟我来吃掉。"安戴盯着林烟，面无表情地开口。

"安戴女士，这样不太好吧？"此刻，卫徐风眉头微蹙，朝着安戴说道。

林烟这女人的确很过分，直接将她赶走就好了，没必要闹得这么大。

在卫徐风看来，林烟输是必然的，吃钟的赌注是她自己答应的，就算输了要将钟吃掉，似乎也是罪有应得。但她真把那钟吃掉，不死也得掉层皮，却也不至于如此。

虽然他对林烟没有什么好印象，林烟之前刻意模仿Yeva，甚至是今日在这样的场合里做出这种举动来，或许都是为了引起他的注意，但他与林烟共事许久，也不想看林烟自食恶果。

"唉，我说小风子，你该不会是一个假粉吧？"不等卫徐风继续开口，祁邵元却忽然站了出来，走至卫徐风身旁道，"有人这样挑衅老大，你居然还护着她？这种人能惯着？就得让老大上赛道，狠狠地教育她，让她为自己的狂妄和无知付出代价，在我看来，吃钟都是轻的，应该吃……算了，有点恶心，我说不出口。"

卫徐风闻言，一脸奇怪地看了祁邵元一眼。林烟能够出现在这样的场合里，不也是祁邵元邀请的吗？而且，之前韩逸轩赶林烟离开，祁邵元甚至直接翻脸，只为了给林烟出头。然而就现在的情况看来，祁邵元翻脸和翻书一样快，之前死保着林烟，现在又巴不得林烟去死。这人脑子到底是怎么想的？他认识的祁邵元可不是这种两面三刀的人。

"祁邵元，你之前不是还力挺林烟吗？"卫徐风疑惑开口。

当即，祁邵元连连摇头："之前是之前，现在是现在，之前林烟又没挑衅老大，现在她居然敢挑衅老大，我岂能饶她，这是两码事。倒是你，墙头草两边倒，对老大一点也不死忠，你连老大你都认⋯⋯罢了，反正你是一个假粉。"

卫徐风懒得与祁邵元瞎扯，直接看向身后的林烟，冷声道："林烟，你现在向老大，向所有人道歉，然后离开，今天这件事，我们可以当作没有发生过，吃钟的赌注也作罢，别说我没有给你机会。"

"不行，我不同意，谁冒犯老大，就得付出代价！"祁邵元急忙道。

"不错，祁少的话很有道理，犯了错就应该自己去承担，而不是一句道歉就能解决的。"

"是她自己答应输了吃钟，没人逼她，她不是想要炒作吗？就让她炒好了，只要输掉吃钟，我们都可以接受。"K1战队三队女性队长冷笑道。

"林烟，你还不道歉？"卫徐风并未搭理旁人，只是朝着林烟冷声喝道。

难不成，这女人为了炒作，连自己的命都不要了？

"可以开始我们的比赛了吗？"林烟笑道。

卫徐风狠狠地盯着林烟："你！"

当即，卫徐风咬牙切齿，她想作死，他也拦不住。

可怜之人，必有可恨之处！

"Yeva女士，十分抱歉，这人是我的姐姐，姐姐对我们一直都有误会，姐姐知道是我们邀请了Yeva女士，所以才来故意挑衅、捣乱，真的对不起。Yeva女士可以完全不用搭理，姐姐犯的错，一切都由我来承担。"林书雅满脸委屈地看向女孩。

不等冒牌货说些什么，一旁的安戴却轻轻地拍了拍林书雅的肩膀，道："书雅妹妹，你完全不必自责，我们全程在场，所以也知道这和书雅妹妹你没有一点关系。她身为你的姐姐，居然故意挑妹妹的局，实在是不配当一个姐姐。"

"书雅，你就是太善良了，我早就跟你说过，林烟的心眼究竟有多坏，到了这种时候，你还要护着她？"一旁，韩逸轩蹙眉道。

安戴闻言，微微颔首："是的，书雅妹妹，你完全没必要为了她犯的错误去承担苦果，你的确很善良，这样恶毒的姐姐，我曾经也见过，这种人心性已经完全扭曲，你越是善良，她越是肆无忌惮。今天，她招惹的不仅仅是你，还有Yeva老大，她必须要付出代价。"

"可让姐姐吃钟⋯⋯这⋯⋯"林书雅的神色看似有些痛苦。

"放心吧，我们不会真让她把整座钟吃掉，但吃还是要吃一点的，这件事你没必要继续管了。"安戴道。

"书雅，安戴女士说得对，林烟就是看你善良心软，所以才一直不放过你，你听安戴女士的，不要再管了。"韩逸轩朝着林书雅摇了摇头。

此刻，林书雅表面虽然很痛苦，眸底却浮现出一抹冰冷的笑意。

当即，林书雅看向林烟，满脸纠结道："姐姐，算我求你了，你给Yeva女士道个歉，然后离开吧，可以吗？如果实在不行，我来承担这个后果。"

林书雅暗笑，她就是要让谁都下不了台，林烟既然想搞事，那就让她去好了，她倒要看看，林烟输了比赛后要如何把钟吃了。

然而让林书雅万万没想到的是，林烟在沉默了片刻后，居然点头答应了下来。

"好啊，那你把钟吃了，我现在就离开。"林烟笑着看向林书雅。

随着林烟话音落下，林书雅整个人微微一愣。

一旁的安戴忽然站出来，冷冷地盯着林烟："我从来没有见过像你这样恶毒的姐姐，你根本不配做一个姐姐。今天，这赛道你上也得上，要是不上，就自己把钟吃了！"

"唉……"此刻，林烟有些无奈地叹了一口气，"我头发都等白了，现在可以开始了吗？"

祁邵元急忙走至冒牌货身旁，向安戴和冒牌货说道："老大，快去教育这个恶毒的女人吧！她一个初级小车队的队员，在小车队里都是混日子的，听说还是自己家的小车队。要不是自己家的车队，她连成为小车队队员的资格都没有，这样的人，老大你闭着眼都能随便赢！"

"是吗？"终于，冒牌货有了反应。

"是的，Yeva小姐。那是我外公家的车队，不过一直以来，车队没有跑出什么成绩，可能近期也要解散了。"林书雅在一旁轻声道。

"我知道了。"冒牌货点了点头后，冰冷的目光投向林烟身上，冷声道，"原本我可以当你是空气，现在却很好奇，你的胃能消化你送来的钟吗？"

林烟笑了笑，看向冒牌货，回道："我的胃不行，但是牙好，问题不大的。"

"去赛道。"冒牌货开口。

随着冒牌货一声令下，众人跟在冒牌货身后，朝着赛场走去。

一旁，卫徐风狠狠地看了林烟一眼。他根本不明白这个女人到底在搞什么鬼，难道真要吃掉自己送来的钟才甘心？

林烟不是和任何人过不去，她根本就是和自己过不去。

只是此刻，卫徐风不会再说什么，无论最后结果如何，都是这个女人咎由自取。

人群中，Z神走至林烟身旁："林烟小姐，你这到底是……"

对于林烟在私宴的举动，Z神和木木两人根本无法理解。林烟的实力他们当然认可，对他们而言，她已经算是大神的范畴，但那个人可是赛道死神Yeva，此生唯一的败绩，还是在巅峰赛道上……

所以，林烟究竟是如何想的，还说输了吃钟？

林烟看向Z神，笑道："或许我能赢了Yeva也说不定呢。"

Z神："……"

"赢Yeva？"木木神色惊诧，"林烟小姐，我这样告诉你，除非这个Yeva是假的，否则，林烟小姐你绝对不可能赢，不是林烟小姐的赛车驾驶水平不强，而是Yeva真的太强了！"

林烟笑盈盈地说："唉，说不定她就是一个假的呢，我总要期待奇迹的降临吧，我可不想吃钟。"

片刻后，众人来到赛道场地。白天用来进行表演赛的赛车还在原地没有移动。

冒牌货直接上场，进入专属的银色赛车内。

在众人看猴戏的目光下，林烟也走到赛道上，随便挑选了一辆赛车。

林书雅看着林烟上了赛车，眸底的笑意更浓了。她这个姐姐还真是愚蠢至极，自己还没来得及去找她麻烦，她倒是自己送上门来，要把她自己逼死。

"书雅，你完全没必要再去管她，就让她自生自灭好了。"韩逸轩道。

"可她毕竟是姐姐。"林书雅轻声道。

韩逸轩见状，叹了一口气："你就是太善良了。"

不等韩逸轩继续开口，赛道上已传来了阵阵轰鸣音。

"哈哈，我真的特别好奇，等下那女人吃钟的时候是什么表情。"

"这种人吃什么都是活该。"

"她挑衅谁不好，挑衅Yeva，真是找死。"

裴宇堂表情纠结，等会儿林烟输了后，他到底应该如何救场？要不要打电话给大哥？

不行，要是大哥知道嫂子是他带过来的，他的腿会被打断。

可如果不告诉大哥，等下嫂子被逼得吃钟可怎么办？如果嫂子真的吃钟了，他可就不是被打断腿那么简单了吧？

Part28

狮子和狗的比赛

♥

随着号令旗挥动，银色赛车和林烟所驾驶的红色赛车瞬间冲出起点。

随着比赛开始，在场众人再也没有人开口说话，而是全神贯注地看着这场狮子和狗的比赛。

冒牌货所驾驶的银色车辆速度极快，在第一时间便要超过林烟的红色车辆。

然而当车辆超越的一刹那，赛道上的红色车辆瞬间一个左漂，死死卡在了银色车辆的正前方。林烟坐在红色赛车内，斜眼看向后视镜，嘴角微微上扬，勾勒出一抹莫名笑意。

不得不说，冒牌货的确有一些实力，接近ZH1赛队的实力，如果只是普通车队的赛车手，到了赛道上，想要跑赢这个冒牌货，的确不太现实。也难怪冒牌货这般自信，尤其是听闻林书雅所说，她只是一个小车队的队员后，丝毫没有犹豫，直接便与她上了赛道。

但谁能想到身为小车队队员的她还有另一层身份——赛道死神Yeva本人。

"唰。"

几乎没有任何停顿，冒牌货所驾驶的银色车辆想要超车，却被林烟死死挡住，不给银色车辆任何一丝能够超越她的机会。

赛场上，原本看热闹的众人此刻神色也有了一些变化。

如果是刚起步，冒牌货的车辆稍慢一些，被林烟所驾驶的红色车辆超越，这还能够理解。可到了现在，林烟所驾驶的车辆依然死死地挡在冒牌货的正前方，并且这个距离还在不断地拉大。

对于林烟而言，这场比试完全是在虐菜。冒牌货的实力不错，那仅仅是相对而言，冒牌货的实力甚至无法同K1这种顶尖的赛车队伍相比，遇到真正的Yeva，连还手的余地也没有。

赛场上方，祁邵元瞥了一眼卫徐风和安戴等人，忽然扯着嗓子喊道："咦，怎么回事，老大的车辆居然被林烟死死地压制着，太可恶了吧！林烟这个不识好歹的女人，居然敢故意挡在老大的前方，她凭什么？"

随着祁邵元话音落下，在场不少人的眉头微微蹙起。

"这是怎么回事？"

安戴盯着赛道上距离越来越远的两辆赛车，正前方的红色赛车为林烟所驾驶的，而处于后方的银色赛车由那个冒牌货驾驶。

在众人看来，这场比赛本应该毫无悬念地以Yeva碾压的姿态获胜，但就目前而言，赛道上的情况并非如此。他们心中的赛道死神Yeva不仅没能以摧枯拉朽的方式碾压获胜，反而在此刻落入了下风。

"怎么会这样？我绝对不相信林烟那女人的实力居然这么强，比老大还强！"见众人没有任何反应，祁邵元继续大声喝道。

"对啊！"忽然，不远处的裴宇堂走了过来，看向祁邵元，"烟姐的实力居然强到这个地步，连Yeva都跑不过烟姐！"

祁邵元闻言，嘴角微微抽动。裴宇堂完全没明白他到底是什么意思。

"怎么可能……"

卫徐风神色诧异地看着在赛道上风驰电掣的红色赛车，眸内浮现着难以置信的光泽。

林烟即便有一些实力，也不可能跑得过他老大。这完全不是处于同一个次元的存在，蚂蚁岂能击败老虎？

"难道是Yeva女士故意放水？"

林书雅的眉头微微蹙起，她虽然对赛车不太了解，但最近也恶补了很多关于赛车的知识，能够看明白这场比赛。

韩逸轩若有所思道："放水吗？好像是有这个可能，毕竟以Yeva女士的地位，怎么可能会和林烟这样的人在赛道上全力比试。"

"对啊，老大一定是放水，老大不会输的。"一旁，祁邵元连连点头，笑道，"老大可真伟大，为了不欺负林烟这样的小角色，不惜放水，甚至有可能输掉比赛去吃钟。"

在场众人面色又变了变。这祁邵元说的话完全没有逻辑可言，Yeva和林烟本来就不是什么友谊赛，是林烟挑衅在先，Yeva要出手教训她，谈何故意放水？

况且输了这场比赛，那可是要吃钟的，谁会傻到明明有碾压的实力，却要故意放水输掉比赛，然后去吃那座钟？

"会不会是因为老大的伤势？"卫徐风有些不确定地开口。

Yeva之所以暂时退役，大家十分清楚，就是自身伤势导致的。而且，之前林书雅和韩逸轩两人也说了，Yeva千里迢迢赶至H国，舟车劳顿，时常奔波，导致伤势复发，所以今天才没有和K1战队去比赛。

"以林烟那种初级赛车队伍的实力，老大就算伤势复发，闭着眼也能够跑赢林烟吧？人们不都常说，瘦死的骆驼比马大吗？不，林烟连马都算不上，应该说，瘦死的骆驼怎么也比蚂蚁大吧？"祁邵元故意大声说道。

还不等众人说些什么，祁邵元又连声道："不不不，我刚才说得不对，老大如果输掉比赛，一定是因为伤势复发，或者是别的什么原因，只要是老大输了，那肯定是各种突发情况导致的。"

裴宇堂看了一眼祁邵元，有些尴尬地问道："兄弟，你……你这是高级黑吗？"

"啊？"祁邵元转过头盯着裴宇堂，"你说什么呢，谁高级黑？我是真爱粉！真爱粉！"

裴宇堂若有所思地说："嗯，粉转黑才是最可怕的。"

"老大就算负伤，也不可能会输给小车队队员。"终于，一直未开口的安戴臂眉道。

此刻，Z神和木木对视一眼，林烟是什么水平，他们两人心中自然清楚，可即便如此，哪怕林烟的实力能够媲美K1战队，甚至有着几个老怪物级别战队队员的实力，可面对旧伤发作的Yeva，也不可能胜出的。

所以，木木和Z神两人对于目前赛道上的赛况也很疑惑。

"哼，我不管，老大是不可能输的，除非那个人不是老大，是冒牌货！"祁邵元大声喝道。

眼下，赛道上的情况已经越发明朗，林烟所驾驶的红色车辆已经到达了终点，然而她没有继续朝前开，而是在终点处停住了。

众人只见穿着一声休闲装的林烟打开车门，在终点线旁绕车一周，似乎正在检查车况。

众人看着林烟的动作，神色古怪。这林烟完全是赤裸裸地羞辱Yeva，到了终点不开进去，反而下车检查车况。到了这个时候，还有什么好检查的？

只需要踩一脚油门，林烟所驾驶的红色车辆便会驶入终点，赢下这场比赛。

直至后方冒牌货驾驶的银色车辆追上来时，林烟才慢悠悠地打开车门，重新进入驾驶座，轻轻踩了一脚油门，车子瞬间越过终点线。

在红色赛车越过终点线的一瞬间，全场除了两辆赛车的轰鸣声，再也没有了一丝一毫的声音。

卫徐风呆若木鸡地看着越过终点线的两辆赛车。

他老大赛道死神Yeva输给了林烟，这种事情有可能发生吗？

可眼见为实，赛道上的情况又如何解释？

比赛结束后，林烟未看停靠在一旁的银色车辆一眼，走下赛车后，回到了比赛场地。

"烟姐，哇，你到底是怎么做到的，你居然赢了赛道死神 Yeva！我不是在做梦吧，太夸张了吧！"看见林烟返回，裴宇堂满脸激动，急忙朝着林烟喊道。

林烟闻言，微微一笑："就是啊，我就随便跑跑，没想到赢了赛道死神Yeva这样的传奇人物。看来，我应该是万年难出一个的赛车奇才。"

"哼，你绝对不可能赢我老大，除非下面那个人是假的！"忽然，祁邵元看向林烟道。

当即，林烟嘴角微微上扬，露出莫名笑意："其实，道理很简单，无非就两点。"

"哪两点？"裴宇堂问道。

"第一点，我的确赢了赛道死神Yeva，我比Yeva要强，我是赛车奇才。"林烟道。

"第二点呢？"祁邵元问。

"第二点？"林烟耸了耸双肩，"下面那个是假的呗，要么我比Yeva强，要么我赢了一个假的Yeva，难道还有第三点解释吗？"

"假的？"

很显然，在场众人在经过短暂的错愕之后，更加倾向于林烟所谓的第二点解释。要说眼前这个女人比赛道死神Yeva强，那可真是一个国际笑话。

但下面那个Yeva的确输了比赛，这点是事实，无可争辩，如此一来，那她一定是一个冒牌货！

"林书雅，到底怎么回事？"忽然，卫徐风的目光投到林书雅身上。

"不，不是这样的，那位的确是Yeva女士，请大家听我解释！"林书雅蹙眉道。

林烟闻言，点了点头，道："别着急，请大家给她一个机会狡辩。"

祁邵元："……"

裴宇堂："……"

此刻，林书雅眸底浮现出一抹寒光。

难道那个Yeva真是一个冒牌货？否则，她怎么可能跑不赢林烟？

但很快，林书雅再度冷静下来。即便那人真是冒牌货，她也有补救的办法。只要冒牌货打死不认，说是因为旧伤复发的……

当即，林烟朝着终点处的银色赛车喊道："Yeva女士，我们已经报警了，我们怀疑你根本不是Yeva，希望你能够解释清楚。"

随着林烟话音落下，冒牌货瞬间踩动油门，一眨眼的工夫，银色赛车竟然冲出了会场。

林书雅见状，面色顿时大变。林烟则是眸底含笑。

林书雅的想法究竟如何，林烟岂能不知。就算Yeva是假的，只要林书雅偷偷接近冒牌货，让冒牌货死不承认，推给自己的旧伤，依然能够蒙混过关。所以，她便干脆一些，直接说自己报了警。

果不其然，冒牌货一听她报了警，干脆驾车逃离了会场。

冒牌货这一跑，真相便已经大白。如果是真的Yeva，也的确是因为自己旧伤复发才输掉比赛，那她怎么可能驾车逃跑？

冒牌货驾驶的银色赛车驶出视线范围，在场众人再度陷入了沉默中。

"不会吧？"祁邵元一副"我不相信"的神色，满脸"震惊"地开口，"老大居然驾车逃跑了！难道她真是一个冒牌货？"

"如果她没跑，或许是因为别的原因输掉比赛，例如旧伤复发……但此刻她跑了，那就是冒牌货吧，没得说了吧？"裴宇堂分析道。

"嗯，之前我就觉得奇怪，以赛道死神Yeva的水平，就算在比赛的时候旧伤复发，也不可能输给林烟小姐才对，原来是一个冒牌货。"木木轻声开口。

说罢，木木又看向林烟，尴尬地笑道："林烟小姐，你不会怪我这么说吧，毕竟，如果是真的Yeva，林烟小姐是绝对不可能有丝毫胜算的。"

"没事没事。"林烟笑盈盈地说。

"我们先报警，然后一切等回庄园后再说。"此刻，安戴出声，瞥了身旁的林书雅和韩逸轩一眼。

众人回到庄园后，已是深夜时分。

银色赛车虽然找到了，但冒牌货早已经不见踪影，不知去向。

庄园内，众人聚集在大厅外。卫徐风冷冷地看着林书雅和韩逸轩两人。

因为林书雅和韩逸轩有一定的地位和身份，所以众人对于他们邀请到了赛道死神Yeva这件事根本没有怀疑。

然而谁能想到，这个Yeva居然是假的！

"愿赌服输，对不起，之前是我错了。"安戴的目光投到林烟身上，"我说过，你只要赢了，我就吃钟。"

安戴说罢，没有丝毫犹豫，大步朝着那座钟走去。

林烟见状，一把拉住安戴。安戴有些疑惑地看向林烟。

"安戴女士，你可能弄错了，这个赌约的前提是那个人真为Yeva，但很可惜，她是一个冒牌货，所以这个赌约根本就不成立。"林烟笑道。

安戴闻言，微微一愣，瞬间明白了林烟的意思。林烟这是在给她台阶下。

"谢谢。"安戴朝着林烟点了点头，目光中带着一丝感激。

"我就说那个Yeva不对劲，否则怎么会输给这样的人？"忽然，K1战队三队的队长出声。

"的确，连一个初级赛队的队员都跑不过，怎么可能是真的Yeva。"

"不说顶尖战队，随便挑一个初级赛队的赛车手上赛道，也能随便跑赢这个女人吧。"K1车队的女队长笑道。

林烟闻言，似笑非笑地看着她："要不你来试试，反正这钟还没人吃呢。"

"和你上赛道？"当即，K1战队的女队长瞥了一眼林烟，不由得一声冷笑，"可我觉得完全没有必要。"

"你不会怕吧？"林烟笑道。

"你要这么认为也没关系。"女队长不以为意地说道，"可不是什么阿猫阿狗都能跟我上赛道比试的，你要真觉得不服气，完全可以把你那个贺家车队抬起来，让贺家车队有资格和我们K1上赛道，只不过这辈子都没这样的机会吧。"

林烟闻言，微微一笑："贺家车队击败K1赛队，不是迟早的事吗？"

随着林烟话音落下，在场众人神情古怪地看向林烟。这女人的脑子莫不是有什么问题？贺家车队是什么级别的赛车队伍？K1赛车队又是怎样的赛车队伍？这两者之间，难道有可比性吗？

初级赛车队伍，且不说要在赛道上战胜K1赛车队，即便是和K1赛车队旗下任何一支分支队伍上场比试的资格也没有。

且不说旁人，即便是ZH1和WW这样的赛队，在明知道林烟实力的情况下，也觉得林烟这番话根本是天方夜谭。

片刻后，安戴看了一眼不远处的林书雅和韩逸轩，不由得冷声道："你们两个最好给大家一个合理的解释。"

随着安戴话音落下，林书雅和韩逸轩对视了一眼。

此刻，林书雅暗暗咒骂那个冒牌货当真是害惨了她。如果那冒牌货的心理素质再好一些，完全有办法应对，这样一来，《传奇》这部电影赛道死神Yeva的角色一定是她的！可惜就这样让冒牌货跑了。

现在的情况让林书雅十分被动，如果这件事传出去，她想要争取到Yeva的角色，会更加有难度，不仅如此，原本拉拢到的安戴现在必然会记恨她。

林书雅眼珠微转，正在思考对策，无论如何，这件事绝对不能够与她扯上任何关系。

"林书雅，你们难道打算这样一直沉默下去吗？我接受你的邀请，千里迢迢赶来，难道就是为了看这样一个冒牌货？"安戴的目光越发凌厉。

在赛道死神Yeva面前，安戴没有丝毫架子，完全是一个小迷妹的状态。

但当她知道那个女人是冒牌货后，气场瞬间变强。

很快，林书雅的目光投向安戴身上，她刚想开口，一名安保人员却快步走了进来，附在林书雅耳边轻声说什么。

听闻此言，林书雅的眸光微变。

"诸位，安戴姐……还有徐风，我想，刚才的一切只是误会。"林书雅忙开口解释。

"误会？"

听闻林书雅所言，在场众人皆是一愣。那冒牌货先是输给了一个初级赛车队伍的普通队员，随后驾车逃离，这还能有误会？

"林书雅，你最好把话说清楚，你所谓的误会到底是什么意思？"安戴盯着林书雅，语气没有丝毫的客气。

林书雅微微颔首，朝着安戴解释道："真相是怎么样，我也不清楚，但有一点我可以告诉大家，刚才驾车离开的Yeva女士已经自己回来了。"

"哦？"安戴神色一愣。

回来了？她不是已经驾车逃跑了吗，为什么还会回来？

不仅是安戴，卫徐风及一众战队队长也十分好奇。如果对方真是冒牌货的话，应该早已跑得无影无踪，怎么可能会回到庄园，这不是自投罗网吗？没有哪个骗子会如此愚蠢吧？

真相到底如何，仅仅靠着他们在这里胡乱猜测，没有丝毫意义。那女人回来得正好，当场对质，看看这葫芦里到底卖的什么药。

不等林书雅再说些什么，身着银色赛车服的女孩脸色苍白，看似十分虚弱地走进了庄园。

"你还敢回来？"安戴看着女孩，眸内寒光闪烁，这骗子冒充谁不好，居然敢冒充他们家老大，当真是活腻了。

此刻，林烟的目光也投向缓步走来的女孩身上。不仅是旁人好奇，连林烟也感到十分意外，这冒牌货居然还真有底气像没事人一样回来。

"各位，很不好意思，因为之前出了一些特殊情况，所以没办法提前告知大家。"女孩看向众人开口。

"冒牌货，你还有什么好解释的？"安戴看着女孩冷声开口。

女孩顿时一愣，眉宇间带着一丝疑惑。

一旁的林烟见状，忍不住给这女孩拍手叫好，这戏演得未免也太好了，就这演技，当什么骗子，去当演员，得奖也有希望吧。

"你还想狡辩？"安戴根本不吃这一套。

"安戴姐，你先别着急，我觉得可能真有什么误会，不如先让她说清楚，如果能够拿出证明自己身份的证据，一切都好说，如果不行的话，我们该怎样处理就怎样处理。"林书雅看向安戴轻声道。

"好啊。"安戴冷声道，"那就让她先说说，刚才到底是怎么一回事。"

"Yeva女士，十分抱歉，还请你和我们大家解释一下，刚才到底发生了什么，你为什么会输给一个初级赛车队伍的队员，而且在听闻报警后驾车逃离？"Z神道。

女孩闻言，神色十分冷静，淡淡开口："我觉得，我完全没有必要向你们解释吧。"

安戴刚想动怒，冒牌货继续开口："算了，既然你们想知道，我就告诉你们。"

"说，我们听着。"卫徐风一脸冷漠道。

"刚才在赛道上，我的旧伤发作。不仅如此，车辆也处于半失灵的状态，最后我将车辆开到终点，它已经完全制动失灵，方向失控，冲出赛场。当车辆得到控制后，我又因伤痛难忍，打车去了附近的医院。"冒牌货扫了众人一眼，云淡风轻地解释着。

"我解释得足够清楚了吗？"见在场众人沉默，冒牌货道。

当即，裴宇堂一脸难以置信地盯着冒牌货："大姐，你该不会把我们在场这些人当成傻瓜了吧？你就算要狡辩，起码找一个好点的借口。你好好想想，组织组织语言，逻辑合理性什么的。"裴宇堂第一次觉得自己的智商受到了莫大的侮辱。

"完了？"祁邵元看着冒牌货，一脸蒙，"你在这儿糊弄鬼呢？还车辆失灵，车辆失灵咋没把你撞死？还去医院，去医院看你那发育不健全的大脑啊？"

林烟："……"

不得不说，祁邵元毒舌的功力的确达到了化境。

"怎么，你们觉得很难相信？所以我也说了，我似乎没必要跟你们去解释什么。"冒牌货看向众人漫不经心地开口。

此刻，林烟盯着冒牌货，神色有些疑惑，这女人模仿自己当年在WZ战队时的语气和表情，还真是惟妙惟肖。

"哦，对了。"冒牌货继续开口，"你们要是不信的话，可以去检查一下刚才我驾驶的那辆银色车辆，也可以去附近的医院收集一下信息，看看我说的可是实话。"

"好。"安戴点了点头，"你既然这样要求，我们就满足你。"

"我去办。"林书雅急忙开口。

"不必。"安戴看了林书雅一眼，"这件事，我们大家一起去办。"

林烟看向安戴，这人智商倒是不低，一旦心生怀疑，绝对不会被轻易骗过去。

安戴心中也知道，这人是林书雅和韩逸轩请来的，这么关键性的证据怎么可能让他们两人去处理，谁知道他们和这个冒牌货究竟是不是一伙的。

"行吧，你们去调查，但是我现在要休息了。"冒牌货道，"你们不必担心我会逃走，要真如你们所想的那样，我就不会回来了。"

"我留下，在真相没大白之前，我会负责看着Yeva女士。"ZH1的木木开口。

半个小时后，众人叫来专业人员进行检查，可检查的结果令人大跌眼镜。

车辆的确存在极大隐患，刹车系统失灵，方向系统失灵，并且车辆轮胎的气压过高。

"难道真的是误会？如果那个女人真是Yeva，刹车系统和方向系统失灵，车辆能够开到终点已经算是奇迹了，这得有多高的驾驶水平才能够做到啊！输给那个初级赛队的队员，也根本没什么好说的。"K1战队的女队长道。

"去医院。"安戴蹙眉道。

很快，众人来到冒牌货口中的医院，找到了为冒牌货治疗的医生，并且调取了监控录像。

按照时间来推算，那个女人的确没说谎，她是第一时间来到了医院。

从监控视频上观察，冒牌货进入医院后状态十分虚弱，能够看出是腿上有伤。而且诊断的结果，医生也原原本本地说了出来，的确是腿部伤患复发。

"这怎么可能？"祁邵元一脸蒙，眸内浮现出难以置信的情绪。

如果祁邵元不是早就知道真正的Yeva就是眼前的林烟，恐怕也会认为这真的是一个误会。

但按照道理来说，完全不应该啊，哪里会有这么巧合的事情？

那冒牌货说刹车系统和方向失灵，他们将车辆仔细检查了一遍，还真是如她所说。冒牌货说腿伤复发到医院就诊，结果也是和冒牌货说的完全一致。所以，这到底是怎么回事？

一时间，在场众人面面相觑，难道真的是误会了？

就这么巧，Yeva和林烟在赛道比试时腿伤复发，甚至刹车系统和方向失灵，所以车辆才失控地冲出了赛场？在车辆平稳后，Yeva又因为伤痛难忍，没有第一时间返回山庄，而是来到了医院？再加上今天早上Yeva拒绝K1赛道比赛的理由，也是奔波劳累，旧伤复发……这一切都可以解释得通了。

"难道我们真的误会Yeva女士了？"K1车队某位队长神色诧异。

"的确，我们也都来调查了，情况和她说的完全一致，也能够解释得通。"

"你们说，如果这个Yeva真是假的，怎么可能还会回来，那不是找死吗？"

这一刻，即便是安戴也有些动摇。

"费那么多事做什么，想知道她的身份难道还不简单？"忽然，祁邵元灵机一动，说道。

众人闻言，目光纷纷投向祁邵元身上。

"我们虽然没有见过Yeva本人，但总有人见过Yeva吧，例如浪蟒大神、屠夫大神……让她随便给一个徒弟打电话，发视频！"祁邵元激动道。

"对对对，太对了！"裴宇堂连连点头，"如果是真的Yeva，这很容易办到吧！发视频最靠谱，我们没见过Yeva，难道还没见过浪蟒和屠夫那些大神吗？"

"嗯，这个办法的确是好。"安戴沉思片刻后也点头赞同。

此刻，林书雅的心中瞬间没了底，谁知道那个女人到底是真的Yeva，还是冒牌货……如果是真的，皆大欢喜，可如果是假的，这一招可以瞬间戳穿她。

"我也觉得这个办法可行。"很快，卫徐风也点头赞同道。

众人确定辨别真假的方法后，再次返回了庄园。

"老大，这个办法你不反对吧？"趁着四下无人时，祁邵元看向身旁的林烟问道。

"随便吧。"林烟无所谓地开口。

那个冒牌货并不简单，如果不用这个办法戳穿她的身份，恐怕还得浪费一些时间。

"嘿嘿，我倒要看看那个冒牌货这下怎么装！"祁邵元冷笑一声。

片刻后，大厅内，冒牌货被请了出来。

"你们调查清楚了吗？"冒牌货面不改色道。

"正如你说的那样，没什么问题，但我们觉得不放心，就请你随便给你的一个徒弟视频通话。"卫徐风道。

沙发上，冒牌货扫了众人一眼，旋即冷冷地开口："我觉得没有这样的必要。"

"没有必要？"听闻此言，安戴面无表情道，"这是能够证明你身份最直接的方法，如果你认为这样会打扰到几位大神，你也可以出示你的赛车驾照。"

"我认为还是没有这个必要。"女孩淡淡开口。

"你当我们是傻瓜吧。"祁邵元看向冒牌货，"让你随便给一个徒弟视频通话，你做不到；让你拿出驾照你也做不到，你怎么证明自己的身份？"

此刻，林书雅眉头微蹙，如果是这样的表现，那眼前这个女孩十有八九是一个冒牌货，不可能是Yeva本人。

女孩坐在沙发上，看不出有心事的模样，甚至没有丝毫情绪波动。

女孩不给众人继续开口的机会，笑了笑："孙烁然，怎么样？"

"孙烁然？"卫徐风和祁绍元等人对视一眼。

孙烁然他们当然不会陌生，Yeva的徒弟之一，当年在全球联赛的名气也极大。

"当然可以。"安戴道。

在众人的注视下，女孩取出手机。片刻后，一个年轻男人的面容出现在女孩的手机屏幕上。

"师父，这么晚找我，有什么事吗？"

男人似乎刚洗完澡，披着一条浴巾。

"烁然，你在哪儿？"女孩笑着问道。

"我刚下飞机没多久，来这有点事。"男人解释。

"那么巧，你也在这，要不要过来聚一聚？"冒牌货道。

视频中的男人闻言，微微一愣："师父也在这吗？我目前在D城，师父的位置是？"

"我发给你。"说罢，冒牌货将电话挂断。

此时此刻，在场众人看着挂断的视频目瞪口呆。

那个男人他们自然认识，正是Yeva徒弟之一的孙烁然，绝对不可能有错。"不会是提前合成的吧？我感觉不像真的。"祁邵元看了林烟一眼后开口。

"我知道你们会这么说，所以我不是让孙烁然过来了吗？"冒牌货面无表情地开口。

"这视频不是合成的。"某个战队队长解释，"我对这方面有点研究，如果是合成的，我一定能够看出来，刚才那人绝对是孙烁然本人，而且视频方式也没有任何问题。"

"真是误会？"安戴神色诧异，心里有些不安。

所以，说白了，眼前这人的确是货真价实的Yeva老大，而刚才在赛道上的表现，也的的确确是巧合导致，是他们错怪老大了，还对老大如此无礼……

"视频的确不是假的。"卫徐风说道，"如果刚才那个视频是合成的，我也能够看出来，我为我说的这句话负责。"

此时此刻，在场众人多多少少有些心虚。刚才他们对Yeva的态度，可不是那么友好。

"那么，我能够证明我的身份了吗？"很快，坐在沙发上的冒牌货问道。

"老大，之前实在是太巧了，而且……"卫徐风蹙眉解释。

冒牌货闻言，摇了摇头："我能理解，如果换位思考，我是你们的话，也可能会怀疑，就像你们刚才说的那样，确实太巧了，但无论是怎样的巧合，我就是我，不可能变成别人。"

"老大，真对不起，刚才是我冒犯老大了。"安戴有些不安地看向冒牌货。

"没关系。"冒牌货道。

"这是怎么回事？"

眼下，祁邵元满脸莫名其妙。有卫徐风和另外一个车队队长证明，刚才的视频不太可能是提前合成的，可如果是真的话，孙烁然作为Yeva的徒弟，不可能没见过自己的师父吧？怎么可能会认错？

"嫂子，你摊上大事了，我们快溜吧！"裴宇堂将林烟拉至一旁，急忙说道。

这事最开始可是林烟挑起来的，现如今真相大白，之前的一切根本是误会，等一会儿，只怕众人就得找林烟算总账了！

"不着急。"林烟轻声一笑。

裴宇堂："……"

"这都火烧眉毛了还不着急？"裴宇堂叹了一口气，也不知道该说什么了。

"老大，你的伤怎么样了？"卫徐风朝着沙发上的女孩望去。

"没事，你不用担心。"冒牌货道。

林书雅和韩逸轩这才彻底放下了心。方才经过视频的验证，足以证明眼前这个女孩就是Yeva本人，不会再有什么变故了。

"姐姐，我知道你恨我，但Yeva女士是我和逸轩请来的贵客，姐姐你怎么可以这样污蔑Yeva女士？你想和Yeva女士上赛道，她也答应了姐姐，甚至忍着伤痛……"林书雅满脸"委屈"地看向林烟。

随着林书雅话音落下，在场众人的目光纷纷朝着林烟投去。

"对啊，仔细想想，的确是这个女人先把事情挑起来的，她到底安的什么心？"

"一个初级赛队的队员，十八线不入流的小演员，这样无法无天？冤枉Yeva女士是假的？真是一个白眼狼，亏Yeva女士还自降身份跟她上赛

411

道。"K1战队的女队长冷笑道。

"有一说一，这压根不关林烟小姐的事吧？当Yeva输给林烟小姐后，你们就已经开始怀疑她的身份了，现在这样甩锅，过分了吧？"祁邵元看向众人道。

"的确，这跟林烟小姐没什么关系。"一旁，Z神也附和着开口。

"不管怎么说，林烟是我的姐姐，请大家不要怪姐姐，要怪就怪我，我向大家道歉。"说罢，林书雅朝着众人深深鞠了一躬。

"书雅，跟你没关系，你完全没必要护着她，早上你也说过，Yeva女士有伤在身，所以才没有和K1战队比赛，林烟也在场，知道这件事，所以她才会挑衅Yeva女士。今天她来的目的，根本是想捣乱。"韩逸轩看向林书雅道。

"是啊，书雅小姐，就算她是你姐姐，可她的过错凭什么要你来承担，这种人配当姐姐吗？"K1战队的女队长道。

"林烟，真没想到你是这种人。"一旁，卫徐风看了林烟一眼，眸内满是失望。

"这女人到底是谁邀请的，我不希望看见这样的人，麻烦叫工作人员请她离开。"冒牌货眸内浮现出一抹毫不掩饰的厌恶之色。

裴宇堂本想为林烟说话，可思来想去，也不知道该如何开口。

祁邵元也一脸愤恨，但事情发展到现在，已经完全超出了他们可以控制的范围。

"你们说够了？"

忽然之间，一直沉默的林烟嘴角微微上扬，漫不经心地出声。

"林烟，请你向Yeva老大道歉！"卫徐风冷声道。

"给一个冒牌货道歉，我总觉得不太合适。"林烟笑道。

"你说什么？"

"这女人脑子到底有什么毛病？到现在还说Yeva女士是冒牌货？"

"碰瓷的。"

"林烟，你说Yeva老大是假的，你有什么证据？"卫徐风冷冷地看向林烟。

"证据？"林烟摇了摇头，并不在意旁人的目光，"我说她是假的，她便是假的，我说的话就是证据。"

"开眼了，世上居然还有这么不要脸的人。"K1某队长啧啧出声。

"呵呵，林烟小姐，以你的身份，连和Yeva女士交谈的资格都没有。今天，你能够看见到Yeva女士，甚至和Yeva女士上了一次赛道，你不仅不感恩，还多次出口污蔑Yeva女士，我觉得祁少和Z神他们应该是交错了朋友。"说罢，K1某队长看向Z神，"Z神，你居然邀请这种人来参加Yeva女士的私宴，这以后传出去，ZHl的名声也该臭了吧。"

此刻，Z神和木木的神色有些尴尬，他们两人完全无法明白林烟的所作所为。

裴宇堂本想开口说些什么，但林书雅那边接到安保人员的通知，一个叫孙烁然的年轻男人拜访。

"孙烁然先生已经来了。"林书雅朝着众人道。

众人说话间，一身西装革履的孙烁然已经大步走入庄园。

"烁然。"冒牌货见状，站起身来，脸上堆着笑意，无视林烟，直接朝着大厅外走去。

"师父，好久不见。"孙烁然看向冒牌货轻声笑道。

"果然是孙烁然！"

卫徐风等众人见到孙烁然出现，已经完全确定那个女孩是Yeva，不会有错。

当即，卫徐风冷冷看了一眼林烟后，也跟在女孩身后。

"你看到没有啊，孙烁然真的来了，那女人不是假的！"裴宇堂急忙朝着林烟道，"趁现在，我们快点溜吧！"

林烟朝着男人看去，倒是没错，这男人，她自然认识，自己的徒弟之一——孙烁然。

只可惜孙烁然没有看见林烟，否则此刻孙烁然脸上的表情应该十分精彩。

"孙烁然先生，我冒昧地问一句，这位真是Yeva本人？"祁邵元上前蹙眉问道。

孙烁然看了一眼祁邵元，旋即轻声笑道："你这是什么话，难道还有第二个Yeva吗？"

"孙烁然先生，实不相瞒，之前Yeva女士的身份遭到了一个初级赛战队队员的质疑。"Kl的女队长说道。

"哦，还有这样的事？那真是太有趣了。"孙烁然不以为意道。

"那个林烟呢，让她过来！"Kl的女队长冷声喝道。

裴宇堂闻言，叹了一口气，这下完了，他们想溜都溜不掉了。

"现在咱们怎么办啊？"裴宇堂看向身旁的林烟。

此刻，林烟的脸上依然带着淡淡的笑意，没有丝毫慌乱。

"你怕什么，去会会孙烁然。"林烟道。

裴宇堂："我感觉今天晚上我会被你坑死。"

说话间，林烟已经朝着前方走去，裴宇堂只能跟在林烟身后。

夜已深，山庄内有些昏暗，孙烁然只见一道黑影缓步走来，却无法看清

413

面容。

"就是这个人吗？"孙烁然淡淡开口。

"是的，孙烁然先生，就是这个女人一直捣乱，并不停地挑衅Yeva女士。"K1赛队女性队长点头道。

"呵呵，孙烁然先生，以您和Yeva女士的身份，不必和这种小角色有任何交集，完全可以直接叫安保把他们赶走的。"

"我觉得林烟小姐应该是对Yeva女士有什么误会，没必要叫安保人员。"Z神蹙眉开口。

"孙烁然先生，Yeva女士，实在对不起，请不要怪罪我姐姐，要怪就怪我好了，这件事我会一力承担。"林书雅上前。

"书雅，这和你没关系，你的诚意，你对林烟的心意，大家都看见了，可林烟真的太过分了，应该让她自己承担。"卫徐风看向林书雅道。

"书雅，我早就跟你说过，林烟这种人心肠歹毒，居心叵测，你迟早会被她害死！"韩逸轩将林书雅拉至身旁。

"这场戏的确不错。"面带笑意的林烟进入众人的视线中。

"孙烁然先生，你觉得呢？"林烟嘴角微微上扬，勾勒出一抹莫名的笑意，一双眸子看向正在揉着双眼的孙烁然。

Part29

林小姐误会了，我说的重要，是指送文件的人。

♥

"这女人到底是从哪里冒出来的，孙烁然先生是什么身份？她先是挑衅Yeva女士，现在又跟孙烁然先生这样说话？"某个战队队长说道。

"林烟，你这是在自掘坟墓。"卫徐风冷冷地盯着林烟，眸内的厌恶之色已经不再有任何掩饰。

然而林烟完全无视卫徐风等人，一双含笑的眸子始终看向孙烁然。

此刻，孙烁然的面容上浮现出难以置信的神色。眼前这个女人，他如何会不认识！

孙烁然神色震惊，甚至身躯已经开始微微发颤。

"你这女人还不快滚，难道真让安保人员用粗暴的手段请你离开？"K1战队的女队长冷声喝道。

"给我闭上你的臭嘴！"忽然，孙烁然看向K1战队的女队长，怒声骂道。

"啊？"

K1战队女队长神色诡异：孙烁然是在跟她说话？

"孙烁然，你跟我说说，这女孩到底是不是你师父Yeva？"林烟盯着孙烁然轻笑着开口。

孙烁然看着一脸淡笑的林烟，额头已有冷汗渗出，他无论如何也想不到，自己的师父Yeva居然会出现在这样的私宴上。

此时此刻，在场众人有些不解地看向孙烁然，根本不知发生了什么事情。

"林烟，你到底……"

卫徐风盯着林烟，然而未等卫徐风将话说完，却见孙烁然摇了摇头，缓缓地说："不……不是。"

"不是？"

415

随着孙烁然话音落下，全场陷入诡异的寂静中，安静得仿佛能够听见身旁人的心跳声。

孙烁然这句"不是"到底什么意思？

"孙烁然？"冒牌货见状，眉头蹙起，朝着孙烁然望去，眸内浮现出一抹惊诧之色。

旁人不清楚发生了什么，一旁的祁邵元却心知肚明。

当即，祁邵元盯着孙烁然笑了笑，只怕是孙烁然没料到会在这里撞见Yeva本人。

"孙烁然先生，你刚才的话是什么意思？"安戴看向孙烁然，有些无法理解。

然而现在，孙烁然哪里还有心思去理会旁人，他的心中万分忐忑。

"你跟我过来。"林烟头也不回地朝着大厅走去。

让众人难以置信的是，孙烁然居然跟着林烟去了大厅。

原本K1战队和安戴等人也想跟着，却被祁邵元拦住了去路。

"祁少，你这是？"K1战队的某个队长一脸疑惑地问道。

"人家有事情要说，跟你们有什么关系，还想偷听别人说话？"祁邵元冷笑道。

K1战队的某个队长有些尴尬，也没多说什么。

"队长，好诡异，林烟小姐和孙烁然居然认识！而且看孙烁然的态度，不太对……"木木走至Z神身旁，悄悄开口。

Z神闻言，点了点头。木木说得没错，他也十分好奇孙烁然和林烟的关系。

"别说话，我们偷偷跟过去看看。"很快，Z神轻声道。

"好。"木木点了点头。

木木和Z神看着祁邵元和众人扯皮，趁着夜深天黑，悄悄融入了黑夜中。

大厅内，林烟坐在沙发上，似笑非笑地盯着孙烁然。

眼下，孙烁然站在林烟身旁，高昂的头早已低了下来，像个做错了事的孩子正在等待家长的惩罚。

"孙烁然，没什么想说的吗？"许久后，林烟盯着孙烁然开口。

孙烁然闻言身躯微震，眉头已是深深蹙起："师父，我……"

"师父？"林烟微微一笑，"刚才那个女孩应该才是你师父吧。"

"不，师父，我是有苦衷的，师父你听我解释行吗？绝对不是师父你想的那样。"孙烁然有些焦急地说道。

"行，我听你狡辩。"林烟道。

"师父，不是狡辩，是解释。我知道我这样做不对，但师父，那个女孩几个月前就开始冒充师父，第一次是被我戳穿了……"孙烁然叹息一声，开始对着林烟解释。

然而此刻，躲在门外的Z神和木木愣在了原地，两人的眸内浮现出难以置信的情绪。

庄园大厅内，林烟坐在沙发上听着孙烁然的解释，并没有出声打断他。

许久后，等孙烁然说完，林烟这才抬眼重新看向孙烁然："所以你的意思是，那女孩第一次冒充我的时候，是你揭穿的，结果你还喜欢上她了？"

这一点让林烟有些出乎意料，这是什么神仙操作？

"师父，我真的没办法。"孙烁然叹了一口气，"我之前就告诫过她，不准她继续行骗，更不能冒充师父，但没想到，这次她又做出这种事情……她打电话告诉我，自己再次行骗，身份被人戳穿，十分危险，我一时没考虑周全，出于私心，这才帮她圆谎。"

"之前那辆银色的赛车……"林烟盯着孙烁然，一脸若有所思。

"是我做的。事后她开车逃离，然后打电话给我。正巧我也在这，距离她的位置不远，所以赶了过去，帮她想了应对的方法，也是我将那辆赛车动了手脚，所以你们检查时刹车系统失灵，方向盘失灵……至于腿的伤，那是原本就有的。"孙烁然解释道。

"难怪。"林烟点了点头。

如果是孙烁然出面帮忙的话，那一切都能够解释得通了。

难怪那冒牌货敢去而复返，有这般大的底气，靠的不是别人，正是孙烁然这张底牌。

"师父，我求求你了，你原谅我这一次。"孙烁然见林烟一直未开口，神色有些焦急。

如果这件事传出去，他如何面对自己那些师兄弟？

帮助别的女人冒充他们的师父到处招摇撞骗，他也不用继续混下去了。

"你当真喜欢她？"林烟有些好奇，"我记得你不是喜欢高冷女王范吗？"

孙烁然："……"

"也……也不是，其实是有好感，她也不知道我喜欢她，她还以为我也缺钱，还承诺骗来的钱给我一半……师父你知道的，我根本不缺钱……我只是……唉……"孙烁然满脸无奈道。

对于这件事情，林烟彻底哑口无言了。孙烁然都将话说至这个份上了，她还能说什么。

"仅此一次，下不为例，如果再让我发现……"林烟别有深意地看着孙烁然。

"师父放心，您绝对不可能发现！"孙烁然信誓旦旦。

"什么？"林烟闻言，面色一冷。

"不……师父，我的意思是，绝对不会有下一次，所以师父不可能会发现。"孙烁然急忙道。

"这还差不多。"林烟点了点头。

"师父，你不生我的气了吗？"见林烟的神色缓和了许多，孙烁然大着胆子问道。

"看你以往那么孝顺的份上，这次就算了。但如果再被我发现第二次，我让你吃不了兜着走。"林烟笑道。

"谢谢师父。对了，师父，那……那个女孩……"孙烁然目光闪烁地盯着林烟。

"看在你的面子上，这次我也不追究了，你出去跟大家说明她真正的身份，然后带她离开。"林烟想了想，吩咐道。

听闻林烟此言，孙烁然这才彻底放下心来。

此刻，大厅外，Z神和木木两人已经彻底呆滞。

很快，木木回过神来，难以置信地看向Z神："队长，我的天啊……孙烁然称呼林烟小姐为师父！还说冒牌货冒充的就是她！"

Z神的神色同样震惊："我们是不是听错了？"

木木连连摇头："怎么可能！队长，听错一句可能，哪能句句都听错？"

Z神深深地吸了一口气，惊诧地盯着木木："也就是说，林烟小姐她是……"

"林烟小姐才是真正的赛道死神Yeva！"木木的额头渗出一丝冷汗。

"我们不是在做梦吧，队长？天哪，难以置信，赛道死神Yeva居然是林烟小姐！她还和我们关系不错，还和我们吃过饭、喝过茶，还帮我们跑过比赛，我要疯了！"木木抓了抓自己的头发。

"难怪了，难怪！"Z神好像想起什么。

"队长，什么难怪？"木木回道。

"你仔细想想，林烟小姐一个初级赛车队的队员，却拥有着如此高超的驾驶水平，这根本不合理，跑赢WW，跑赢Speed除了空军之外的所有队员，这合理吗？"Z神蹙眉道。

"不……不合理啊！"木木回道。

"我终于知道了，难怪当初Speed的空军见到林烟小姐后神色不对劲，并且坚决不跟林烟小姐上赛道，很有可能空军见过Yeva的真容，所以那天空军认出了林烟小姐。"Z神道。

木木恍然大悟："对对对，就是这样的！队长这么一说，我想起来了。"

"还有，林烟小姐以领航员的身份带着自己的表弟胜出的那场……如果是Yeva的话，那就太简单了。Yeva那种级别的赛车手，本身就应该是顶级的领航员。"Z神继续道。

"天哪，贺家那群人真的是太蠢了，林烟就是Yeva，他们居然不知道！不过队长，Yeva为什么要隐藏自己的身份？她退役后回国我能理解，毕竟家在这里，可怎么跑去当演员了？"木木摸不着头脑。

"不知道。"Z神摇了摇头，"可能Yeva喜欢演戏吧。至于隐藏身份，她一直以来都是那样啊，她每次出现不都戴着头盔吗，从来不接受采访，也不在公众场合抛头露面，我也不清楚。"

"队长，会不会和Yeva的退役有关系？又或者以Yeva的身份去当一名十八线的演员，这不太适合，所以只能隐藏自己的身份？"木木猜测道。

"我怎么知道。"Z神白了木木一眼，"我又不是Yeva，你问我，我去问谁？"

木木："……"

"真的，队长，大千世界无奇不有啊，这种事情居然会发生在我们身上，天哪，我们居然让Yeva替我们ZH1去打WW，我们和Yeva还一起作战过，我是Yeva的死忠粉啊！"木木满脸激动。

听闻此言，Z神想了想，旋即道："我也是。"

"难怪祁少今天的表现这么反常，他会不会知道林烟小姐就是赛道死神Yeva？"木木若有所思道。

不等Z神继续开口，一道黑影却将两人笼罩。

Z神抬起头，却发现林烟正在弯着腰打量他们。

木木："……"

Z神："……"

"Z神，木木，你们两个蹲在这里干什么呢？"林烟看着两人，一脸好奇。大半夜鬼鬼祟祟的，着实令人费解。

"我……林烟小姐……我真的没想到……你居然……"Z神话至嘴边，忽然觉得哪里不对劲。

如果现在把话说开了，那不是间接表明他和木木在这里偷听吗？

"嗯？"林烟眉头微蹙。

"哦，我真没想到，林烟小姐居然和孙烁然先生认识。"Z神有些心虚地笑道。

林烟点了点头："对啊，之前我们就认识了，对吧，孙烁然？"

一旁的孙烁然闻言，急忙道："对的，我和林烟小姐是好朋友。"

当即，木木和Z神对视一眼。不得不说，这两个人演得还真像啊，尤其是

419

林烟，不愧是一个演员，全身上下都是戏。明明她就是Yeva，孙烁然就是她徒弟，还装什么朋友。

"你们什么时候过来的？"很快，林烟看向Z神道。

"我们……我们刚刚才过来，想看一下到底怎么回事，还没进门你们就出来了。"Z神强装镇定。

以往他们和林烟像朋友那样交谈，十分自然，可现在不同了。

他们之前可不知道林烟赛道死神Yeva的身份啊，现在却觉得有些压力了。

"走吧，孙烁然会证明那个女孩是一个冒牌货的。"林烟道。

"啊，真是冒牌货啊！"木木满脸"惊讶"。

孙烁然点了点头："是的，她的确是冒牌货，我一开始都没认出来……长得很像，加上天色比较暗……"

木木憋着笑，却不敢笑。

你糊弄谁呢，明明就是喜欢那个骗子，帮那个骗子圆谎，没想到自己的师父居然出现在这里，被当场戳穿，还说什么天黑没认出来。

"可以理解，自己的师父认不出来很正常的。"木木也未多想，随口说道。

随着木木话音落下，孙烁然的神色有些尴尬。

"不对，我的意思是，天比较黑，没认出来很正常，因为长得比较像嘛，连声音都很像。"木木补充道。

的确，那个女人的声音与林烟真的很像，只是根本没人朝这方面想罢了。

很快，林烟和孙烁然回到了庄园中。

此刻，众人还在远处。木木看向K1战队，不由得暗暗冷笑，尤其是那个K1的女队长。那女人如果知道林烟就是Yeva本人，不知此刻会是什么样的表情？

林书雅看了一眼林烟和孙烁然，眉头深锁，林烟和孙烁然认识？这怎么可能！

当年林烟在国外，应该只是一个不入流的车手罢了，怎么可能会认识孙烁然这样的人？

而且，之前孙烁然不是承认了那个女人就是Yeva吗？现在到底怎么回事？

"烁然，怎么回事？"冒牌货看向与林烟站在一起的孙烁然，脸色已经相当不悦。

此刻，孙烁然面上哪里还有半分方才的傲然，整个人如同遭受了狂风暴雨的小树苗，身体微微颤抖着，面上满是惶恐之色，甚至连余光都不敢往林烟的方向多瞄一眼。

师父已经失踪很久，就算是上面那几位大佬师兄也联系不上师父，所有人都说师父已经彻底退圈，不可能回来了，所以他才敢冒险帮了这女人。打死他也不可能料到，他背着师父帮别人圆谎冒充她，竟然会碰到师父本人！

此时此刻，孙烁然想死的心都有了。

师父虽然不在意这些虚名，但若是这件事情被那几个师兄知道，他绝对会死无葬身之地，怪只怪他色迷心窍。

"孙烁然……"见孙烁然不回话，冒牌货更加不满了。

"你给我闭嘴！"孙烁然想到这里，顿时厉声呵斥了一句，目光凌厉地朝着冒牌货看去，"你是哪里钻出来的冒牌货，竟然连我师父都敢冒充，找死吗？"

伴随着孙烁然这一声怒斥，在场所有人呆愣当场，KI战队那个女队长脸上看好戏的表情也完全僵在了那里。

什……什么，孙烁然说这个"Yeva"是冒牌货？

林书雅也愣住了，随即面色微变："孙先生，您是不是弄错了什么？方才视频通话的时候，您明明还……"

孙烁然见林书雅哪壶不开提哪壶，脸色更加难看了，他极其小心地朝着林烟的方向瞄了一眼，随后，咽了一口吐沫，近乎焦急地解释道："不知道这个冒牌货是从哪里弄到我的手机号码，方才是天色昏暗，我没有看清，若不是我过来一趟，倒是真要被她骗了。"

那个女人显然没料到孙烁然会突然反水，面上终于浮现出一抹慌乱："孙烁然，你知道你在说什么吗？"

孙烁然冷声道："怎么，我这个徒弟还能认错师父不成？"

孙烁然的成就虽然不算高，甚至在Yeva的徒弟当中可以算是垫底的，但是对于在场这些人而言，已经算是非常厉害的了，他的话绝对不可能有假。

"这女人真是假的？"KI战队某队长满脸不可思议地喃喃。

"孙烁然都说是假的了，那还能是真的吗？肯定是假的啊！做徒弟的怎么可能认错师父！"

"居然真被那个林烟说中了！"

随后，众人下意识地朝着一旁满脸事不关己的林烟看去。

可是林烟到底是怎么知道的？为什么她能确认这个女人是冒牌货？

孙烁然跟着林烟出去一趟后，回来就突然反水了，弄得那个冒牌货措手不及。周围那些异样的目光和窃窃私语顿时将她包围，如同硫酸一般，一点一点腐蚀了她华丽的伪装和外衣。那靠着Yeva这个名字而堆砌的赞誉和推崇顿时如同年久的城墙轰然坍塌，露出了原本的不堪。

女人再次看向孙烁然，虽然她不知道这个叫林烟的小艺人到底给孙烁然灌了什么迷魂汤，但是她知道，现在的结果已经无法挽回。她清楚地知道，不管是因为什么，只要孙烁然不帮她圆这个谎，她就彻底完了！

而这种时候，她也不敢把孙烁然拉下水，那只会让她连着孙烁然也一起得罪，于是她只能趁着人群喧闹混乱的时候仓皇逃离。

"别让那个冒牌货跑了！"有人大声喊道。

随即便是众人呼叫保安去追人的混乱声音，掺杂着林书雅和韩逸轩的道歉，以及安戴愤怒的斥责。

林烟百无聊赖地看着这混乱的一幕，打了个哈欠，跟还在继续看热闹的裴宇堂说了一声，随即便慢悠悠地转头离开了。

此刻，韩逸轩已经焦头烂额："孙先生，实在太抱歉了，我们真的不知道那个Yeva是假的，更不可能跟她是一伙儿的。"

原以为这个冒牌货跟孙烁然视频通话了，那肯定是板上钉钉没有问题了，谁能料到事情会毫无征兆地大逆转。

一旁，林书雅也来不及多想，此刻只能打落牙齿往肚里吞，满脸歉意地赔罪道："孙先生，还有戴安小姐，以及在座的各位，真的非常抱歉，我们绝对没有任何对Yeva女士不敬的意思，我们也是被欺骗的，这种行为实在是太恶劣了，请诸位放心，我们一定会抓到那个冒牌货，给大家一个交代。"

"让开！"此刻，孙烁然哪里有心情听林书雅推荐责任，一看林烟走了，赶紧将拦在周围的人全部推开，慌里慌张地飞快追了出去。

大门口无人处。这会儿祁邵元正兴奋不已地跟林烟吐槽冒牌货被揭穿时的精彩画面："哈哈哈，老大，你不知道刚才那个冒牌货的脸色有多难看，就算她想破脑袋，也不可能会知道孙烁然为什么会突然反水。"

祁邵元这边正说着话，只见一个黑影飞快地追了上来，拦在了他们的面前。紧接着，下一秒，"扑通"一声响，祁邵元看到孙烁然竟直接跪在了林烟的跟前，一把抱住了她的腿，然后开始哭喊起来："师父……师父，我已经揭穿那个女人了，我真的知道错了，我下次再也不敢了，求您千万不要把我逐出师门。万一……万一被师兄他们知道，他们会弄死我的。"

"……"祁邵元嘴角抽搐地看着众人心中的大神就这么一把鼻涕一把泪地抱着林烟大腿，跪在她跟前，即使他知道她就是Yeva，脸色还是有些难以形容。

林烟嘴角微抽："起来。"

孙烁然哭得更伤心了："不，师父如果不原谅我，我就一辈子不起来。"

别说祁邵元，连林烟也看不下去了："你一个大男人，跪在这里像什么样子？这么多年了，半点长进都没有？"

孙烁然抽泣着说道："那有什么，师父这样的仙女，就算让我跪一辈子我也愿意。我生是师父的人，死是师父的鬼，求师父不要赶我走。"

林烟："……"

林烟满脸无奈地看着眼前的小徒弟。在她所有徒弟里面，孙烁然是实力最弱的，而且还有个致命的弱点，特别容易被女孩子骗。她已经记不清这熊孩子多少次被女人骗财骗色，搞得倾家荡产，还半点记性都不长。这次更好，居然连这么色令智昏的事情都能做出来。

只是这熊孩子拍"彩虹屁"的本事倒是青出于蓝而胜于蓝，嘴甜又特别会哄人，年纪又小，也是让林烟最没办法的徒弟。

对待这样的小徒弟，老实说，有时候林烟确实难免偏心了一点，也导致其他徒弟对孙烁然颇有意见。

正如孙烁然所说，要是被其他几人知道了孙烁然做的破事，他绝对会被揍死。

"师父，这次我是真的知道错了！我发誓，我以后再也不会随便相信女人了！不，我发誓我这辈子都不交女朋友了！我要一辈子陪在师父您的身边！"

这话听得林烟的脸色黑如锅底："这就算了，你还是别了吧。"

孙烁然一听到这话，顿时脸色惨白，如同受到了天大的打击："为什么？师父，您……您难道真的不要我了吗？"

林烟白了他一眼，忍无可忍地打断准备继续哭嚎的孙烁然："不为什么，因为你师父的男朋友会吃醋。"

孙烁然先是一呆，随即瞪圆了眼睛："师父你交男朋友了？"

"怎么，我交男朋友就这么令人震惊吗？"林烟无语了。

之前她跟韩逸轩交往的时候很低调，知道的人很少，加上她对外一直是一个工作狂的形象，所以"谈恋爱"这种事情确实跟她有些不搭。

之前甚至有媒体预测Yeva把终身奉献给了赛车，恐怕这辈子都不会恋爱结婚了。

孙烁然闻言，急忙轻咳一声，连连摆手道："不是不是，我的意思是说，徒弟实在是难以想象什么样的男人才能配得上我仙女一样的师父，这简直是不可能的事情啊！"

"老……老大，你居然有男朋友了！"死忠粉祁邵元听到这个消息，简直如同晴天霹雳。

他的女神居然有男朋友了！他不相信！

但是他一想到自己应该是第一个知道老大这个秘密的粉丝，而卫徐风那个傻瓜至今连老大是谁都不知道，心里莫名又平衡了一些。

祁邵元也连连附和："没错没错，我也感觉没有男人配得上老大。"

林烟捏了捏眉心，随即看向孙烁然："你再不起来，真的可以滚出师门了。"

孙烁然一听到这话，顿时眸光一亮，一骨碌爬了起来："师父，你真的不赶我走了？"

祁邵元想着师徒两人应该很久没见面了，肯定有事情要说，非常识相地跟林烟说了一声，便先离开了，让两人单独相处。

"老大，你们聊，我就先走了。"

"好，路上小心，你早点回去休息。"

祁邵元走后，孙烁然立即兴奋地围着林烟："师父师父，你知道你离开之后，师兄他们有多惦记你吗？我这就给他们打电话，他们肯定会立刻赶过来的。"

林烟闻言，面色微变："不行，你不要对任何人透露我的消息。"

孙烁然闻言，顿时蹙眉道："为什么？是因为被禁赛的事情吗？谁不知道那是有人陷害你的！你在赛场上从没输过，用得着吃那种药吗？那些傻瓜也知道说出去根本没人信，所以都不敢对外公布这件事情！他们不过是想利用这件事情逼你退出赛场而已！"

林烟自然很清楚其中的利害关系。她制霸赛场太久，是很多人的眼中钉、肉中刺，那些人好不容易抓到了这个机会，怎么可能轻易放过。

"师父，只要你站出来把事情说清楚，大家肯定会相信你的。"孙烁然焦急地开口。

林烟轻叹一声："烁然，你把事情想得太简单了，无论如何，我服用禁药是事实，他们一句按照规章制度办事，便可以打消所有人的质疑。"

孙烁然紧紧握着拳头："就算是这样，师父你忍心丢下我们所有人不管吗？大家都特别想你，想你回来。"

林烟微笑着看向小徒弟："烁然，我能教你们的都已经教过了，你们早已经可以独当一面，而接下来是属于我自己的战斗，只能由我独自走下去。"

孙烁然似懂非懂地看向林烟："师父，你的意思是……"

林烟微微仰起头，看向头顶的星空，缓缓道："之前那段时间发生了很多事情，我心灰意冷，也确实想过要彻底退出这个圈子。不过现在，我改变主意了。"林烟看向一旁的小徒弟，微笑着道，"放心，有朝一日，我会重回巅峰之赛的赛场，与你们团聚。"

Yeva的字典里，没有失败，只有战死。

孙烁然听到这话，眸子里顿时燃起了小火苗："真的？太好了，师父，我一定好好努力，再也不贪玩了，我要去巅峰之赛等你。"

林烟瞅着小徒弟叹气："你能长点心别再被骗，我就谢天谢地了。"

孙烁然又开始泪眼汪汪："师父，我发誓，我从此以后真的不近女色了。"

林烟："……"

拜托，你要注意措辞。你师父我还想多活几年呢！

林烟正要说话，这时，手机短信铃声响了起来，提示收到一条新的短信。

竟然是极少联系她的裴聿城发过来的：我有一份文件落在了书房第二个抽屉，你可否帮我送到公司？

与此同时，庄园内。

宾客已经散尽，韩逸轩忙着安排人手去抓那个冒牌货，林书雅则是费劲口舌，挨个跟人赔罪道歉。

今天来的人全部是圈子里有头有脸的人物，因为那个冒牌货，她的脸算是丢尽了。

原本林书雅一方面是想结交人脉，另一方面是想要通过这件事情拿到Yeva那个角色，可是现在，她反而得罪了一圈赛车圈的大佬，连安戴都得罪了个彻底。

卫徐风虽然没说什么，但临走的时候脸色也异常难看。

现在冷静下来，林书雅越想越觉得事情有蹊跷。孙烁然前后的态度很是奇怪，那个女人明知道自己是假的，怎么还敢把孙烁然本人叫到场，这不是找死吗？更奇怪的是，林烟是怎么如此肯定那个女人是冒牌货的？甚至胆敢说出"我说她不是，她就不是"这种话来。

无论如何，现在她只能尽量委婉地让宾客们不要把这件事情说出去。还好，那些宾客自己也不想外人知道这件事情。

花了大价钱，结果见到了一个假货，说出去岂不是被人笑话？

深夜，酒吧内。

祁邵元刚离开没多久，就接到了卫徐风的电话，对方约了他去酒吧喝酒。

想必是今晚的事情对他造成了不小的打击，卫徐风一杯接一杯地灌酒，满脸颓丧："我以为这次真的可以见到老大，还特意花了好几天时间准备礼物……"

祁邵元拍了拍卫徐风的肩膀："节哀顺变！"

卫徐风没好气地白了他一眼："你难道一点都不失望，一点都不难过吗？你这个假粉，根本就不配喜欢老大！"

祁邵元满脸疑惑："什么？我是假粉？"他这贼喊捉贼也是厉害了。

"你不是假粉是什么？你给老大准备的礼物是什么？居然是一个高仿包！"卫徐风控诉道。

祁邵元一脸无奈，给"高仿"送高仿，有什么问题吗？

只可惜卫徐风不会知道，他一开始就知道那家伙是一个冒牌货。

祁邵元也不解释，一脸同情地朝着烂醉如泥的卫徐风看了一眼，道："其实吧，你一点都不亏的，该见到的都见到了。"

这次的邀请会上，那些贵客们其实全部见到Yeva真人了，没毛病！

林烟费了半天工夫才把孙烁然那个黏人精打发走，然后飞速赶回了云间水庄。

按照裴聿城所说的，林烟从抽屉里找到了那份文件，然后赶到了JM集团。

晚上，公司大楼里已经没什么人了，楼下，早已经等在那里的程默领着林烟上了顶楼。

"这么晚了，裴先生还在加班？"林烟问。

程默点头："是的，这段时间公司比较忙，林小姐这边请。"

两人边说话边走出电梯，朝着走廊尽头的办公室走去。

"咚咚咚——"

程默敲了敲办公室的门："裴总，林小姐来了。"

"进来。"办公室内传来男人低哑好听的声音。

林烟跟着程默走了进去。

林烟推开门的瞬间，映入眼帘的是一面巨大的落地窗，窗外是万家灯火，霓虹闪烁。窗内，一盏昏暗的台灯前，男人随意而慵懒地坐在办公桌前，身后的椅背上挂着西装外套，袖子随意地往上卷了一道，桌面上是各种各样的文件。

林烟是第一次来裴聿城的办公室，也是第一次看到在公司里忙碌的他。

难怪人家都说工作中的男人最性感，此刻，林烟实在是有些为自己的未来担忧。裴聿城这么毫无底线地拉高男友水平，这以后等她跟裴聿城分手了，还怎么继续谈恋爱啊！

男人看到女孩过来，这才从一堆文件中抬起头，修长的手指放下了手中的钢笔，摘下面上的金丝眼镜，捏了捏眉心道："抱歉，林小姐，深夜叨扰。因为文件很重要，所以只能交付你。"

林烟回过神来，急忙摆手道："不叨扰，不叨扰，不过是小事而已。"

林烟一边说一边赶紧拿着文件走过去："裴先生您看一下，是这份文件吗？"

裴聿城只随意地扫了一眼，便放到了一边。

林烟见状有些不放心，开口道："这么重要的东西，裴先生您还是打开确认一下吧，万一我拿错了呢？"

裴聿城："不会错。"

林烟确定，裴聿城刚才连看都没有看一眼那份文件。

她正想继续说话，这时，一旁的程默扫到那份文件之后，下意识地开口："这不是那份已经作废的文件吗？裴总，您为何要这份文件？"

林烟闻言蒙了："啊？作废的？"

别说林烟，程默也是一头雾水，但是他此刻才意识到，自己应该是多话了。

"可是，裴先生明明说文件很重要啊！"林烟不解道。

裴聿城抬起头，朝着眼前的女孩看了一眼："林小姐误会了，我说的重要，是指送文件的人。"

林烟眨了眨眼睛："啊？"

"我不过是想见林小姐，所以无论林小姐拿什么过来都是一样的。"裴聿城继续说道，眸子如同落地窗后迷离的夜色一般蛊惑人心。

裴聿城深知对待林烟绝对不能迂回，所以丝毫没有隐藏自己的用意。

果然，这次林烟终于懂了，顿时一阵呛咳。

裴聿城这也太直白了吧，就算她差不多习惯了，也还是有些吃不消。他就不能……不能迂回一点吗？

好吧，要是他太迂回了，她恐怕还真的听不懂。

至于一旁原本还在各种思索老板用意的程默，此刻默默地埋着头咽了一口狗粮。亏他绞尽脑汁想了这么久，万万没想到，老板还真是非常有深意了。

林烟下意识地摸了摸发烫的脸，觉得自己实在太没出息了。好歹他们交往这么久了，她只不过是来公司探个班而已，这不都是恋爱的正常行为吗？

何况她现在身负星沉的嘱托，还得刷好感度呢。

于是林烟深吸一口气，让自己镇定下来，随即微笑着开口："裴先生，您要是想见我，其实直接跟我说就行了，我也挺想您的，我就是怕来您的公司不方便。"

裴聿城似笑非笑地朝着女孩看了一眼："不会，随时欢迎。"

程默摸了摸鼻子，心中暗想：当然不会了，就算是不方便，我也完全相信老板会直接让JM集团暂停营业制造方便的。

"对了，裴先生，您还有多久忙完？不然我等您吧，待会儿我们可以一起回家。"林烟开口。

听到这句"一起回家"，裴聿城怔松了一瞬，他似乎没料到林烟今天居然会这么主动，目光带着一丝灼人的温度，投向女孩身上。半晌后，他才低哑道："好。"

程默见裴聿城竟然答应了，不由得有些诧异，待会儿的行程安排明明是他们还要去机场赶飞机啊。

下一秒，他已经被裴聿城一个目光吓得赶紧把话咽了回去，再不敢多话。

他能待在老板身边最主要是因为他话少，所以他还是努力保持自己的优势吧，看破不说破。

Part 30

情人节有什么好过的,
是啤酒不好喝, 烤串不好吃, 还是游戏不好玩?

♥

林烟没有等多久, 裴聿城便结束了工作, 拿起椅背上的外套, 和她一起离开了办公室。

黑色的车子里, 两人并排坐在后座, 随意地聊着天。

"最近还顺利吗?"

"挺顺利的,《棋逢对手》上映之后, 我的口碑多少好转了一些, 工作邀约也多了, 毕竟我现在可是巅峰娱乐的艺人, 有裴先生的JM集团撑腰, 就算是凯胜娱乐也没办法封杀我。不过这段时间我的热搜太多, 绫姐说这样下去会引起路人反感, 所以才特意暂时没让我接通告, 过几天就要正式开工了。"

裴聿城斜支着额头, 安静地倾听着, 时不时附和一两句, 就好像林烟说的不是什么无关紧要的琐事, 而是重要到一个字都不能错过的要紧事。

"你这几天似乎很忙。"裴聿城开口。

林烟一听, 顿时心头一紧, 小心翼翼地回道: "最近, 我在我外公那边的车队打打下手, 所以稍微有点忙。"

"有需要帮忙的吗?"裴聿城问道。

林烟顿时眨了眨眼睛: "裴先生, 您不是讨厌赛车吗?"

虽然上次裴聿城去看她比赛了, 但是他对赛车厌恶的态度她还是非常清楚的, 难免有些担心。

裴聿城闻言倒也不否认: "我确实不喜欢。"

果然。

林烟咽了一口吐沫, 正紧张着, 却听到裴聿城说: "不过, 我可以爱屋及乌。"

林烟: "……"

前方开车的程默："……"

当车子快开到别墅的时候，裴聿城突然开口："你要下来走走吗？"

林烟先是一愣，随即点头："好啊！"

程默将车子停靠在路边，随后下车拉开后座的车门，林烟和裴聿城下了车。

夜晚静悄悄的，月光下，林烟和裴聿城一起并肩缓缓走在林荫小道上。

林烟深吸一口新鲜空气后，抬头看着头顶枝叶缝隙间的星空，兴奋道："哇，这边晚上出来走走感觉还挺好的。"

"嗯。"裴聿城一边缓缓踱步，一边自然而然地伸出宽大的手掌，牵住女孩微凉的小手。

林烟愣了一下，低头看了眼被牵住的手，双颊有些发热。

夜晚有些凉，一阵冷风吹拂过来，林烟下意识打了个寒噤。

裴聿城看了女孩一眼，将女孩的手放进了自己的口袋里。

林烟只感觉微凉的手瞬间被属于裴聿城的温度包裹，那股暖洋洋的感觉顺着手掌一直蔓延到了心里，随后化作了剧烈的心跳。

林烟的脑海中不由自主地浮现出她之前在网上看到的"谈恋爱应该跟男朋友一起做的一百件事"，她记得其中一条便是"冬天把手放在男朋友的口袋"。

当时她还觉得挺傻的，放别人的口袋干吗，她自己难道没有口袋吗？现在，她猛然有种开窍的感觉。

裴聿城看了眼女孩面上那变幻不定的表情，眸底浮现一抹不易察觉的笑意。

不过，他那笑意很快便淡了一些。

这段路不长，两人很快便走到了别墅门口。

林烟正要进屋，可是裴聿城突然顿住了脚步。

"怎么了？"林烟下意识地回头。

"临时出差，我现在需要去赶飞M国的飞机。"裴聿城开口。

林烟闻言顿时愣住："啊！你赶着要去国外出差？早知道我一个人回来了，这样你就可以直接赶去机场！几点的飞机？现在还来得及吗？你怎么不早说呢！"

难怪之前她看程默欲言又止的，神情好像有些焦急。

裴聿城揉捏着女孩柔软的手指，叹息一般开口："林小姐的提议令人无法拒绝。"

林烟："……"

啊？她的提议？

她提议啥了？不就说了一句，等他忙完了一起回家吗？然后他就不惜绕道这一趟再去机场，也要跟她一起回来？

林烟想到这里，还未降温的双颊顿时更烫了。

"抱歉，明天是周末，但是我恐怕要爽约了。"裴聿城说道。

林烟这才想起来，之前"她"似乎擅作主张约了裴聿城周末约会的。

"没关系，反正以后有得是机会，我们随时都可以去的。"林烟回道。

裴聿城听到林烟的话，眸底的淡漠似乎消散了不少："好。"

"那你快去赶飞机吧，别耽搁了。"林烟忙催促道，她怕耽误了裴聿城的行程。

"嗯，你进去吧，早点休息。"

"嗯嗯，好的。"

林烟站在门口，目送着裴聿城离开。

夜色中，男人略显寂寥的颀长身影渐渐与之融为一体。林烟看着裴聿城的背影，欲言又止。

她从来没有过这种感觉，总觉得自己应该做些什么。

直到男人已经走到了车边，打开车门，林烟终于忍不住开口："等等。"

随后，她一路小跑着追了上去。

裴聿城看到女孩追上来，顿住脚步："怎么？"

林烟挠挠头，犹豫半天，突然踮起脚，飞快地在裴聿城的嘴角亲了一下："没……没什么，你路上小心。"女孩说完，赶紧一溜烟跑了，只剩下裴聿城愣在原地，面上满是错愕。

唇边一触即离的温热触感，仿佛是幻觉，却又是真真切切存在的。

男人看着女孩逃进屋的背影，眸中的错愕化作了一抹铺天盖地的暗色。片刻后，他无奈地叹息一声。

他向来冷静自持，没有任何事情能够影响他的决策和步调，却生平第一次理解了何为"色令智昏"。

去机场的路上，裴聿城一路无言，路过一处商场的LED大屏幕时，余光无意间扫到了屏幕上正在播放的广告。

"这个情人节，与你的另一半一起浪漫度过吧。"

情人节？裴聿城低喃道："明天是情人节？"

前面正在开车的程默点点头："好像是的。"

裴聿城双眸微眯，周围的气压陡然低了好几个度。

程默顿时知道自己失职了，赶紧慌慌张张地开口："抱歉裴总，我……我应该提前提醒您的。"

主要是他还没反应过来自己的老板已经恋爱了这件事，以至于忘了提醒老板这个重要的日子。

完了，老板不会真的要做一回昏君，直接取消这么重要的行程吧？

卧室内。

林烟挠着头发，来来回回地在屋里走来走去。

刚才她是鬼迷心窍了吗？明明只是逢场作戏，她怎么还真人戏了？

不，不对，这件事情肯定跟她没关系，刚才她八成是被那个"色鬼"附身了，所以才会做出这种事情来，一定是这样没错。

甩完锅之后，林烟赶紧上线，准备打几把游戏冷静一下。

她点开游戏，汪景阳也在线，并且邀请了她组队。她点了接受，两人直接在游戏里聊了起来。

汪景阳：我好久没看你上线，最近忙什么呢？

林烟：还不是在忙我外公车队的事情，别废话了，赶紧开一局，你玩什么位置？

汪景阳：我给你打辅助吧，正好我最近想上分。

林烟：行，开！

林烟干净利索地答应了，让汪景阳很是惊讶：你这么容易就答应？上次我找你带我，你不是还说你玩一局很贵，陪玩得收钱吗？

林烟：哦，你提醒我了，待会儿记得给我打钱。

汪景阳：……

于是，林烟选了射手，汪景阳辅助，两人开始在游戏里各种大杀特杀，汪景阳的分段开始噌噌噌往上飙。

其中一局，对面射手被林烟针对，虐得死去活来，一开始对方是站在泉水里破口大骂，最后直接被虐得没了脾气。

对方好奇地看着直接从他身边走过去却没有杀他的林烟，疑惑地问道。

——对面到底是哪位大佬，太牛了吧！

——大佬，你是不是在带妹子？

——大佬，大佬，你怎么不理我？

——哎，奇怪，大佬你为什么不杀我了？

……

对方一直在碎碎念，林烟完全没搭理他，这时才不耐烦地敲了一行字过去：你太便宜了。

对面射手：……

一个角色被杀太多次之后，获得的金钱奖励会越来越少，因为被杀了太多次，所以他已经不值钱了。

这简直是赤裸裸的嘲讽！

汪景阳：林烟，你什么情况，今天火气有点大啊！怎么这么暴力？

林烟：我什么时候不暴力了？

汪景阳：好吧。

可是，他还是觉得她今天怪怪的。

打完最后一局后，对面的汪景阳发了一行字过来。

汪景阳：那个，林烟，明天晚上你有空吗？

林烟：干吗？

汪景阳：你要是没什么事情的话，那就陪我上分吧！

林烟：没空。

汪景阳：没空？明天情人节，你一个单身的人怎么会没空？

林烟愣了一下：明天是情人节？

汪景阳：对啊，你来不来？

林烟：不打，没空。

汪景阳：一局五十块。

林烟：不打。

汪景阳：不是吧！给钱都不打？

林烟：明天是情人节，得加钱。

汪景阳：……

打了半夜游戏，又接了汪景阳这个大单子之后，林烟心情舒畅了不少，总算安心躺下入睡了。

半夜里，林烟是被左腿的伤疼醒的。

完了，她这几天开心过了头，碰赛车的次数有点多，恐怕是旧伤复发了。

这种陈年旧伤没有太好的办法解决，只能打点消炎针。不过，林烟从来没有去打过针，基本都是硬熬过去，她这辈子最怕的就是打针，每次看到针管这种东西都特别恐惧，就算是疼死她也不愿意打针。

林烟硬是熬到了天亮。原本她以为疼痛应该能有所缓解，但是这次可能确实是最近开车次数太多，有点严重，直到天亮腿上的疼痛依旧没有丝毫缓解，反而更加剧烈了。

林烟左腿钻心一般疼痛，额上冷汗涔涔，可是她转念一想，疼就疼吧，再疼也比让她去打针好受。她的身体恢复能力一向很好，顶多就是多熬几天。

林烟拿起手机搜索着新闻八卦，好转移一下自己的注意力。

结果她一打开手机，铺天盖地都是与情人节相关的信息，还有一对圈子里的艺人官宣了恋爱关系，满屏都是狗粮。

这都有啥好秀的？太无聊了吧！

全是情人节，连瓜都没得吃。难道自从她这段时间退出江湖之后，圈子里就没有可以吃的瓜了吗？真是太让她失望了。

裴宇堂不知道跑去哪里浪了，今天没过来。裴南絮今天也有好几个通告，屋子里空荡荡的，只剩下林烟一个人待在家里。林烟一边揉着腿，一边百无聊赖地翻着手机。

太无聊了，她还是找点事情做吧！

林烟点开APP，叫了一堆外卖和啤酒，然后溜达到裴宇堂最喜欢蹭玩的游戏室。

林烟看了一下，这游戏室确实相当高级，市面上最新款的游戏设备一应俱全，还有VR头盔，墙边的灯一开，居然还是炫彩的，开个音乐，直接就能在里面蹦迪了。

林烟捣鼓了半天，顿时被吸引了注意力。

她真想不通那些人怎么想的，谈什么恋爱啊，是外卖不好吃，酒不好喝，还是游戏不好玩？

宅在家里吃吃好吃的，玩玩游戏，蹦蹦迪，简直不要太开心好吗！

何况还有这么大的房子任由她浪，要是腿不疼就完美了。

除此之外，林烟的脑子里总是莫名闪现裴聿城的身影。平时裴聿城不在家的时候，她都会比较轻松自在，可是今天不知道为啥，居然好几次会想到他，大概因为今天是情人节吧。虽然她跟他算是演戏，不过好歹他也是自己名义上的男朋友。

饱暖思淫欲，这句话果然很有道理！

这边林烟正在开开心心地嗨着，另一边，大洋彼岸。

裴聿城刚到达目的地，因为时差，那边正是夜里。

这会儿国内应该已经是第二天了。

裴聿城正站在偌大的落地窗前看着窗外的夜色。这时，他的手机突然响了起来，是裴宇堂打过来的。

"大哥，你出差了？"手机那头传来裴宇堂激动的声音。

裴聿城："有事？"

裴宇堂忙道："当然有事了！你不知道今天是什么日子吗？今天可是情人节！可是你居然去出差了，把嫂子一个人留在家里，嫂子得多难过啊！"

裴聿城沉默着。

"这可是你们在一起的第一个情人节，嫂子就算没说什么，心里肯定也会失落吧？嫂子这么惨，身边又没什么朋友，在今天这样热闹的日子里，男朋友又不在，她该多伤心，多脆弱……"

此时此刻，正在唱歌、喝酒又蹦迪的林烟："……"

手机那头，裴宇堂一直在碎碎念，他简直为了亲哥的恋爱操碎了心。

"你很闲？"裴聿城淡淡开口。

这冷飕飕的一句话顿时听得裴宇堂一阵发毛："我这不是关心你吗？"

不等裴宇堂继续说话，裴聿城已经挂断电话。

此刻，正在国内的裴宇堂急得团团转，果然大哥还是一如既往不近人情，他这个样子恋爱怎么能谈得顺利？

要是大哥恋爱谈得不顺利，那他去哪里找大嫂这么好的靠山？

要是没了大嫂这座靠山，他的好日子岂不要到头，他要重回地狱了吗？

这时，裴聿城的酒店门外，"咚咚咚"的敲门声响起。

程默小心翼翼地走了进来："裴总……"

裴聿城一边看文件一边开口："说。"

程默轻咳一声："裴总，我是跟来您确认一下行程，接下来一切照旧吗？"

裴聿城抬起头，一双清冷的眸子看着他："否则呢？"

"没……没什么。"程默急忙开口，"我只是想再确认一遍，以免有误。"

他还不是担心明天情人节，老板会突然订机票回国，放下工作回去陪女朋友吗。

现在程默听到老板的回答，看着老板认真工作的模样，他深深地为自己方才的想法感到愧疚。看来，是他以小人之心度君子之腹了。

"那我现在就去准备了。"程默确认好之后，立即离开了房间。

程默离开之后不久，裴聿城便开始专注地浏览明天开会需要用到的文件和各种复杂的资料表格。

不过三秒钟之后，正斜倚在休息椅上看文件的男人只感觉一阵熟悉的晕眩传来，下一秒，便彻底失去了意识。

当裴聿城再次醒来的时候，眼前的场景已经彻底变了。

他下意识地动了动手指，将手抬了起来。随即便看到了一双纤细白皙的属于女孩的手。

裴聿城很快便反应过来。

男人的眸底闪过一抹无奈之色，看来，就算骗过了所有人，还是骗不过自己。

裴宇堂之前在电话里说的那些话，虽然当时他并未说些什么，也看似不在意，但终于还是不放心。

但一瞬间，震耳欲聋的音乐猛地灌入耳中，随即他便看到头顶是炫目的灯光。眼前的大屏幕上，是正在急速奔跑的赛车，似乎是裴宇堂之前很喜欢玩的一款赛车游戏。而林烟手边散落着好几个已经空了的啤酒瓶，小龙虾、扇贝、花甲、鸭脖子、花生米……各种吃的堆了满满一桌子。

嫂子得多难过啊……

嫂子就算没说什么，心里肯定也会失落吧！嫂子这么惨，身边又没什么朋友，在今天这样热闹的日子里，男朋友又不在，该多伤心、多脆弱……

多伤心……多脆弱……

裴聿城回想着之前裴宇堂说的那些话，然后看着眼前的这一幕。

很显然，此时此刻的林烟并没有半分伤心和脆弱，相反，她似乎还挺开心的。

——Game Over。

因为突然中断操作，游戏结束后，游戏屏幕上出现了失败的字样。

林烟原本正在专心致志地玩赛车游戏，眼见着就要通关了，万万没想到，突然就眼前一黑失去了意识。

过了一会儿，等她再次清醒过来的时候，便看到眼前的游戏已经结束。

就剩最后一关了！

本来林烟还以为自己是不小心晕了，但是当她醒来，下意识便要暴躁地摔了游戏手柄，结果这时候才发现，出现了一种诡异而又熟悉的状况。

她的身体不受她的控制了，不管她怎么努力都没用，就好像她的身体不是她的。

而她的意识和之前几次一样，如同被关在一间存在于她的识海深处的小黑屋里，成了第三人的视角。

难怪刚才她突然失去意识。

不同的是，这一次她自己的意识似乎是清醒的，但是因为身体被侵占了，她没办法控制自己的身体。

正想到这里，让她惊悚的事情发生了，她的身体突然发出了声音。

"没心没肺的女人。"

她的身体说话了！但是绝对不是她说的，这也完全不是她说话的语气。

"又是你！"

"是你这个色鬼对不对？"

"你居然还没走？"

林烟的意识大概存在于自己脑海深处，只是没办法控制自己，当她的意识在脑海中也处于苏醒状态的时候，裴聿城立即捕捉到了她的存在。

"醒了？"裴聿城讶异地开口。

毕竟他的意识太过强大，当他控制林烟的时候，林烟大部分都是处于昏睡状态的。

不过，也不排除会出现意外情况。

"你还没回答我的问题呢！这都多少次了，你到底想做什么？上次偷偷把我的零食全部吃掉的人是不是你？也是你约裴聿城出去约会的吧？"林烟顿时开始控诉起来。随即她不知想到了什么，恍然大悟道，"哦，我知道了，我终于知道了！是你约裴聿城的，所以你现在跑过来，其实是想自己跟裴聿城约会是吗？"

裴聿城没有回答林烟的疯狂脑补，只幽幽问了一句："他不在，你很开心？"

林烟愣了一下，这才反应过来那家伙问的是裴聿城。

"关你什么事？我不能开心吗？"林烟道。

裴聿城："今天是情人节，他却不能陪你。"

林烟在脑海中吐槽：情人节有什么好过的，是啤酒不好喝，烤串不好吃，还是游戏不好玩？

裴聿城略扬了扬眉梢，半晌后，声音慵懒地开口："那是裴聿城长得不好看，身材不够好，还是他不够让你心动？"

林烟："……"

裴聿城似乎看透了林烟一般，淡淡地开口："别说谎，我会知道。"

林烟："……"

她好像忘了这家伙可以直接摄取她的意识和想法。

对方可以随意知道她的想法，就跟有读心术一样，简直逆天开挂！

然而她却连对方到底是什么都不知道，这也太不公平了吧？一点隐私都没有了。

"或者……"裴聿城顿了顿，随即继续开口，"我换一个问法，是他长得不好看，身材不够好，还是他不够有钱？"

林烟："……"

最后一条犯规了吧？

话说这家伙到底怎么回事，怎么这么了解她？

林烟赶紧排除一切杂念，当机立断用意识回应道："裴先生长得好不好看，身材好不好，有没有钱，跟我有什么关系。你以为我是那种看脸、看身材、看外表、看人家有没有钱的人吗？我才不是那种肤浅的人好吗！"

裴聿城听着女孩这一番义正辞严的话语："是吗？"

林烟："当然了！"

就在林烟斩钉截铁如此回应的瞬间，她的潜意识同时浮现了出来：我太是这种人了好吗！裴聿城这样有颜、有身材、还有钱的男朋友，谁能顶得住？

裴聿城："男朋友？"

当听到自己轻笑一声开口，林烟顿时惊呆了："你还真能读取我的想法……"

"看来，你应该感谢我。"裴聿城开口。

林烟立即道："感谢你个大头鬼！你知道我被你害得有多惨吗？你知道我现在过的都是什么水深火热的日子吗？我每天都在生死的边缘徘徊好吗！"

与此同时，林烟的潜意识：每天喝酒、蹦迪又唱歌不要太开心哦！偶尔还能见到我偶像，男朋友不发病的时候，脾气也是超级好，这简直就是神仙日子！说起来，我好像确实应该感谢那家伙。

裴聿城点点头："不客气。"

林烟："……"

她的想法又被读取了！

林烟气急败坏："我才没有谢你！凭空从天上掉下来一个裴聿城这样的男朋友，我吓都要吓死了好吗！"

林烟的潜意识：这种天上掉馅饼的好事，怎么就轮到我了？

裴聿城："……"

此时此刻，林烟已经快要崩溃了。

潜意识这种东西，完全是无意识的情况下冒出来的，就算是林烟自己也很难控制。

裴聿城好整以暇地靠坐在沙发上，感受着脑海中女孩的抓狂，沉默片刻后，突然缓缓开口："那林小姐你动心了吗？"

裴聿城用自己的身体说出"林小姐"这三个字时的语气，让林烟莫名觉得熟悉。

林烟一阵愣怔，下一秒，她陡然反应过来，绝对不能继续被这家伙牵着鼻子走，不然真是一点隐私都没有了！

下一秒，林烟赶紧让自己不要胡思乱想，随后灵机一动，迅速背起了课文："永和九年，岁在癸丑，暮春之初，会于会稽山阴之兰亭，修禊事也。群贤毕至，少长咸集……"

裴聿城："真的不喜欢？"

林烟："此地有崇山峻岭，茂林修竹，又有清流激湍，映带左右，引以为流觞曲水，列坐其次。虽无丝竹管弦之盛，一觞一咏，亦足以畅叙幽情……"

裴聿城："当然，不想负责任的那种喜欢也算。"

"你够了啊！舍利子，色不异空，空不异色，色即是空，空即是色，受想行识亦复如是……"林烟吓得连《心经》都冒出来了。

裴聿城正要继续开口，下一秒，突然眉头紧蹙，目光朝着林烟的左腿看去。

从刚才起他便觉得左腿似乎有些不对，大概是酒精麻痹了部分疼痛，此刻稍微酒醒了一些，疼痛便瞬间涌了上来。

这种疼痛深入骨髓，如同一条毒蛇般往骨头里钻，连他都难以忍受，更不用说林烟一个女孩子。

这么剧烈的疼痛绝对不是刚刚才发作的，至少持续了很久。

裴聿城扫了眼满地的啤酒罐，还有对面的游戏大屏幕，脸色渐渐阴沉了下来。

她是为了麻痹神经和分散注意力，才喝酒、打游戏的？

裴聿城的语气几乎瞬间就变了："你为什么不去医院？"

以这种疼痛程度，换个人估计早就痛晕过去了，她居然还能在这里喝酒、打游戏，不去医院。

"去医院？我干吗要去医院？"林烟的意识抽离之后，是无法感知身体疼痛的，所以一时没有反应过来裴聿城的意思。

裴聿城强忍了怒气，目光冰冷地迅速站起身，拿起了沙发上的外套和包包。

林烟见对方起身往外走，顿时急了："喂，你干吗？你又要去哪儿？"

裴聿城："带你去医院治疗。"

"什……什么，去医院治疗？"林烟这才想起了腿上的伤，顿时急了，"不要！我不去！我不去医院！我不要打针！"

裴聿城面色微冷："为什么？"

林烟恶狠狠地说："没有为什么，小爷就是不要打针不行吗？"

与此同时，林烟的潜意识：不打针不打针，不要打针，打针好可怕！人家最怕打针了……

裴聿城脚步微顿，神色有些错愕："你害怕打针？"

林烟："……"

"我怕打针又怎样，不可以吗？"被戳穿的林烟硬汉人设崩塌，顿时跳脚。

裴聿城的声音似乎放缓了一些，道："现在要打针的人是我，不是你，你怕什么？"

林烟闻言顿时傻住了。

好像……好像是，现在她也没有感觉，连左腿的疼痛都丝毫感觉不到，就等于疼是那家伙疼，打针也是那家伙在打，吃药也是那家伙吃，跟她没关系。

林烟想着：没想到还有这么好的事情，不然让这家伙趁这机会多打几针吧！最好药也帮我吃了！

同时读到了心声的裴聿城："……"

很快，裴聿城打了一辆车赶到医院。

到了医院后，医生给林烟的身体检查了一番，随后将她骂得狗血淋头。

"腿不想要了吗？这么长时间才来？难道你的主治医生没跟你说过恢复期间绝对不能做剧烈运动？你们这些年轻人，也太不拿自己的身体当回事了……"

"我的错。"裴聿城一句都没有还口，从头到尾认错态度非常好。

林烟有种奇怪的感觉，他好像是真心认错的，不是以"林烟"这个身份，而是以他他自己的身份在认错。

裴聿城按照医嘱打了针，吃了药，接着开始打点滴。

林烟神奇地发现，原来还有这种好处，虽然看到针还有点怕，但是打在身上一点感觉都没有，吃药、打针也完全不用自己来，腿上钻入骨髓的疼痛也完全感受不到。

不过林烟看着头顶的吊瓶，还是觉得有点虐，她好像有点惨，好好的情人节，又是旧伤复发，又是犯病，现在还要躺在医院里……不知道为什么，此刻她的脑海中不受控制地浮现出裴聿城的身影。

下一秒，林烟的耳边传来自己说话的声音："你在想他。"

闻言，林烟顿时吓了一跳："你又来！先帝创业未半而中道崩殂，今天下三分，益州疲弊，此诚危急存亡之秋也。然侍卫之臣不懈于内，忠志之士忘身于外者……"

有没有搞错啊，她随便想点什么，都会被这家伙知道，万一她不小心想点什么少儿不宜的东西，岂不是全部被看透了吗？

裴聿城："少儿不宜，你指什么？"

林烟："我什么也没指！我就随便想想！你能不能别读我的想法了？"

裴聿城："抱歉，这并不受我控制。"

林烟："时维九月，序属三秋。潦水尽而寒潭清，烟光凝而暮山紫。俨骖騑于上路，访风景于崇阿。临帝子之长洲，得天人之旧馆……"

这日子真是没法过了！

林烟趁着自己意识清醒，急忙问正事："喂，你还没有回答我的问题呢，你是不是我的第二人格？"

裴聿城饶有兴致地听着："林小姐倒是很有想象力，不妨继续猜。"

"继续猜？我实在是猜不到了，大佬！"林烟抓狂道，"不管你到底是什么，总之我真是快被你害死了！你自己惹出的麻烦你自己解决，求你赶紧跟裴聿城分手吧！这三天两头的，我一醒来不是在他的沙发上，就是在他的床上，我都要吓死了好吗？谁知道我下次醒来又会是什么情况？"

空气静默了一瞬，随后裴聿城缓缓开口："你想分手？"

林烟："我当然想分手了！你这不是废话吗？"

裴聿城："既然如此，你可以自己去分。"

林烟："为什么？人是你招惹上的！"她倒是想自己去分呢，结果差点没办法活着回来，她哪里敢再来一次。

裴聿城："是我，不过想分手的人是你。"

林烟："我……"

她居然无法反驳。

"可……可是你多少尊重一下我本人的意见吧，凭什么随便做一些莫名其妙的事情，万一以后我有自己喜欢的人怎么办？"林烟气呼呼地说道。

裴聿城："自己喜欢的人？"

林烟忽然觉得此刻自己身体发出的声音听起来有些吓人。

林烟："对啊，有……有什么问题？"

毕竟裴聿城原本就不属于她，她不过是想一切恢复原位而已。

昨天晚上，裴聿城突然要去出差，临走之前，她突然返回去，亲了一下裴聿城，害得她到现在都有些心神不宁。她跑去打游戏、喝酒，其实也是因为心绪有点乱。

林烟想到这里，顿时义愤填膺地质问道："昨天晚上，你居然还无耻地跑去主动亲人家，我当然想赶紧离人家远一点了。不然谁知道你会再对人家做出什么？"

裴聿城的眸底闪过一抹疑惑，面色有些难以形容，半晌后，开口："你认为昨晚的人是我？"

林烟斩钉截铁道："当然是你了，不是你难道还能是我吗？我能做出这种事情吗？"

"……"

听到自己身体突然发出一声轻笑，林烟莫名有点慌："你笑什么笑？"

真是见鬼了，她怎么老觉得这家伙说话的语气跟裴聿城有点像？

"林小姐，昨天晚上的人不是我。"

"你还狡辩！你别骗人了，肯定就是你。"

"你认为我有骗你的必要？"裴聿城好整以暇地反问。

林烟莫名觉得这家伙不是在说谎。

这家伙已经做了那么多无耻的事情，何必否认呢？那到底是怎么回事？

昨天晚上，她的脑子真的晕晕乎乎的很不清醒，难不成昨晚做出那种事情的人真是她自己？

不可能！这绝对不可能！

林烟强装镇定道："就算……就算是我，那也是你的错！你没听说过监守自盗吗？放着这么一个男人在身边，谁能顶得住？我坚持到现在，只做出了这么一个小小的出格举动，像我这样坐怀不乱的人，已经非常难能可贵了！"

裴聿城眉梢微扬："其实你倒是不必坐怀不乱。"

林烟："住口！你自己图谋不轨就算了，不许把我带歪！裴先生做错了什么，要被你这样欺骗、玷污，请你做个人吧！"

林烟正咆哮着，突然觉得一阵虚弱、昏沉。

不等林烟反应过来，她已经陷入一片昏沉中。

脑海中突然安静下来，裴聿城知道，林烟陷入了昏迷中。

"睡吧……"裴聿城也跟着缓缓闭上了眼睛。

Part31

来，在边儿跟我一起画个龙，
在你右边儿画一道彩虹……

♥

等林烟再次醒来的时候，是在一辆出租车上。

林烟立即试探着动了动身体，结果发现身体依旧不受控制，那家伙还在！

林烟刚苏醒，还有些虚弱，挣扎着问道："喂，你要带我去哪儿？"

裴聿城："回家。"

林烟一听立即拒绝："不要，我不回去，这大过节的，时间还这么早，回家多无聊。"

家里就她一个人，她不想回去。

裴聿城："你想去哪儿？"

林烟："我要去蹦迪，你带我去蹦迪。"

裴聿城："……"

裴聿城："去了你也玩不了。"

林烟："没事没事，你帮我蹦也行的。"

裴聿城似乎有些无语，略显无奈道："你腿上有伤。"

林烟："是哦，不过也没关系，就算我蹦不动，去酒吧感受一下氛围也是好的。"

说话间，出租车已经在别墅门口停下了。

林烟立即催促道："反正我要出去玩，我要出去玩，你带我出去玩……"

裴聿城："……"

"你需要休息。"

"不休息，我就要出去玩！你快带我出去玩！这大过节的，难道你要让我一个人在家里独守空闺吗？太残忍了吧！你不能无视我的意愿，你要是不

443

带我去玩，我就一直吵。"

"心里的花，我想要带你回家，在那深夜酒吧，哪管它是真是假，请你尽情摇摆，忘记钟意的他，你是最迷人噶，你知道吗……来，左边儿跟我一起画个龙，在你右边儿画一道彩虹……"

林烟开始碎碎念，甚至还直接唱了起来。

裴聿城："……"

林烟在他面前的时候，向来极其乖巧，这似乎是他第一次看到林烟的另一面。

裴聿城正头疼着，这时，身后的裴宇堂不知道什么时候从屋子里走了出来。

"大嫂，大嫂，你去哪儿了？我找你半天了，打你电话也不接，担心死我了。"裴宇堂看到林烟，总算安心了下来。

"你怎么来了？"裴聿城朝着裴宇堂看了一眼。

"今天不是情人节吗，我大哥去出差了不在家，我怕你一个人在家会伤心难过，胡思乱想，所以我特意来陪你的。"裴宇堂一脸谄媚地开口。

裴宇堂一边说话，还一边小心翼翼地观察了林烟的表情："大嫂，我大哥有时候确实有点不近人情，不过你千万别伤心，他只是工作太忙了而已……"

裴聿城扫了裴宇堂一眼，此时，他已经快被林烟不停循环的歌洗脑，最终还是迈步离开了别墅。

"哎，大嫂，大嫂。"裴宇堂见状，急忙上前几步，"大嫂，你这刚回来又要去干吗？"

"林烟"面无表情地开口："蹦迪。"

裴宇堂："……"

这情人节的，嫂子单独去酒吧蹦迪，这不是往狼窝里跳吗？

裴宇堂吓得半死，赶紧跟了上去："大嫂，你冷静一点！大嫂……等等！这大晚上的，还是情人节，你长得这么好看，一个人去蹦迪太危险了啊！"

最后，裴宇堂只能将林烟送到了酒吧，又当起了贴身护卫。

到了门口，裴宇堂依旧不死心："你真要去啊？万一被我大哥知道了怎么办？"

裴聿城没说话，却听见他脑海中的林烟嘀咕着回道：你大哥又没规定我不许蹦迪。

裴宇堂见林烟不说话更急了："要不我去找点别的娱乐项目，比如开车，我们去开车好吗？"

林烟闻言，顿时心动了一下，不过最后还是打消了念头：算了，我还是好好养着我这腿吧，不浪了。

眼见林烟已经要进去了，裴宇堂大喊一声："这么高档的夜店，收费很贵的！"

林烟瞄了眼店门口的活动牌子，心想：是很贵，可是今天女孩子入场免费，这么大的便宜，我为什么不占？

裴聿城："……"

林烟现在好歹是一个公众人物，不过这家酒吧在圈子里很有名气，私密性也特别好，不用担心被偷拍，何况大家都在嗨，也没什么人会注意到她。

从裴宇堂的视角看，今天林烟似乎特别高冷，跟她说话都不搭理他。

果然，大嫂还是因为他哥丢下她一个人伤透了心，所以跑来酒吧买醉了。

进了酒吧之后，震耳欲聋的音乐、喧闹的人潮、炫目的灯光，顿时冲散了林烟脑子里那些纷乱的思绪。

林烟顿时开心地喊道："快快快，帮我点一杯血腥玛丽，或者曼哈顿也行。"

裴聿城没有理会林烟的要求，看向吧台的调酒师开口："一杯橙汁。"

调酒师闻言，一脸尴尬："抱歉，这位小姐，我们酒吧不提供橙汁。"

裴聿城伸出手，从身旁亦步亦趋跟上来的裴宇堂口袋里掏出钱包，抽出一张现金，递给了调酒师。

调酒师顿时回道："稍等，我可以让人去外面帮您买。"

突然就被摸走钱包的裴宇堂："我的钱。"

裴聿城看了他一眼，他立即道："没事没事，我的钱就是你的钱，你随便用。"

看到鸡尾酒变成了橙汁，林烟："……"

有没有搞错，来酒吧让她喝橙汁？

"我说过，你的身体并非你一个人的。"裴聿城淡淡开口。

林烟一听更气了："你还这么理直气壮？"

裴聿城："别胡闹。"

裴宇堂突然听到"林烟"好像莫名其妙地说了一句话，不由得有些蒙："大嫂，你刚刚说什么？"

裴聿城："我没跟你说话。"

裴宇堂："……"

可这里也没别人啊！

真是奇怪了，明明这里只有嫂子一个人，大哥都不在，他怎么还有一种自己在做电灯泡的既视感？

很快，调酒师给林烟端了一杯橙汁上来。

热闹疯狂的酒吧里，面前放着一杯橙汁，不喝酒也不跳舞，仿若遗世独立一般的林烟简直是太格格不入了。

连裴宇堂都想不通了："大嫂，你……你来酒吧到底是干吗的？"

本来他还担心大嫂会玩嗨了，万万没想到会是这样一种诡异的情形。

与此同时，林烟也在吐槽：就是啊！你来酒吧到底是干吗的？迪不能蹦，酒不给喝，坐着一动不动，甚至连帅哥也不看一眼。

裴聿城双眸微眯："你想看帅哥？"

林烟："怎么，为啥我不能看帅哥？"

裴聿城没有说话，拿出林烟的手机，翻开通讯录，随即找出了自己的手机号码。

见对方点开了裴聿城的手机号码，林烟顿时吓了一跳："你……你干吗？"

裴聿城："告诉你男朋友，你正在做什么。"

林烟："太过分了，你居然威胁我！"

虽然她之前说得理直气壮，但要是真让裴聿城知道她大晚上一个人跑去蹦迪还想看帅哥，她还有命在吗？

裴聿城微不可察地扬了扬眉："你这么怕他？"

林烟正要继续控诉，这时，旁边突然走来一个穿着黑色休闲装的年轻男人。

男人手里端着一杯龙舌兰，微笑着看向"林烟"开口："这位小姐，一个人吗？"

被搭讪的裴聿城："……"

林烟很正经地在脑海中回了一句：你说我现在到底算是一个人还是两个人？加上你，应该算是两个人吧？

对于林烟这完全不在重点的关注点，裴聿城有些无奈。

她被搭讪了却完全不在乎，也算是好事？

不等裴聿城有所反应，一旁裴宇堂已经率先炸毛："你眼瞎啊！没看到我这个大活人在吗？识相的快闪一边去！"

男人挑着眉头上下打量了一眼裴宇堂，嗤笑一声道："恕我直言，这位小姐应该不是你的女朋友吧？"

来这种地方的人大多是人精，自然一眼看出了林烟和裴宇堂不是情侣关系。

裴宇堂："不是又怎样？"

"所以，我想你应该没资格让我离开。"男人不屑一顾地开口，随即他朝着林烟的方向看去，"这位小姐，冒昧打扰，自我介绍一下，我叫赵彦凯。"

裴宇堂听到这个名字，莫名觉得很耳熟，但是又想不起来到底是谁，狐疑地喃喃："赵彦凯？"

"哼，我管你是谁！我告诉你，这女孩是我大嫂，你知道我大哥是谁吗？要是被他知道你招惹我大嫂，我大哥一根小指头就能捏死你！"裴宇堂恶狠狠地威胁。

赵彦凯闻言，直接嗤笑出声，完全把裴宇堂当成了唬人的毛头小子。

"在这里，我赵家虽然算不上顶流，但我赵彦凯也是无人敢招惹的，你居然随口说出你大哥一根小指头就能捏死我这种话来……"赵彦凯冷笑道，"既然你大哥这么厉害，不妨叫他出来，我倒是想看看，他是怎么捏死我的。"

"你……"裴宇堂看着对方嚣张的模样，气得半死，差点想直接自爆马甲。

赵彦凯顿了顿，随即反问了一句："小子，你知道裴氏集团的总裁裴聿城是我什么人吗？"

裴宇堂突然听到大哥的名字，愣了一下："我大……裴聿城是你什么人？"

赵彦凯："他是我爷爷。"

裴宇堂差点被自己的口水呛到："你说什么？"

别说裴宇堂，连林烟都吓了一跳："这人说啥呢？裴聿城什么时候有个这么大的孙子？"

裴聿城沉吟："这个问题，他自己应该也不清楚。"他确实不记得有这么一号人物。

裴宇堂直接大笑出声："裴聿城是你爷爷？那我还说他是我大哥呢！你做梦吧！"

赵彦凯哼了一声，一副看乡巴佬的表情："小子，这里谁不知道裴聿城是我赵彦凯的表爷爷？你要是不信，大可以出去随便打听打听。"

裴宇堂这时候才终于想起来了。

这个赵彦凯该不会是威远集团的大少爷吧？如果是的话，好像还真有那么一回事。

赵家跟裴家确实沾了点亲，虽然是八竿子打不着的那种远房亲戚，不过赵家一贯挺会来事的，为了维持这份关系，对外总是让赵彦凯对大哥一口一个爷爷地叫，也不怕不要脸。而大哥估计早就想不起来还有赵彦凯这么一号人。

裴宇堂这才想起这层关系，顿时满脸无语的表情。

这小子还在这里得意扬扬呢。

你知道你现在调戏的人是谁吗？她可是你奶奶。

林烟听到这里，也很惊讶："裴聿城是他爷爷？那按照辈分，我岂不是他奶奶？"

对于林烟这个说法，裴聿城倒是挺赞同："嗯，可以这么说。"

赵彦凯看着裴宇堂震惊的模样，以为他被自己吓到了，于是没有再理会他，径直走到了林烟面前。

"这位小姐，开始我就已经留意到你了，你真的很特别，身上有种迷人的气质，所以我忍不住想要认识你，交个朋友，希望没有打扰到你。"赵彦凯一副翩翩公子的模样开口搭讪。

林烟打量了一下眼前的年轻男人，打扮得挺时尚，穿的也是奢侈品牌，光腕上一块手表大概都是一套房子的价钱，看起来有些浮夸，不过人倒是挺有礼貌的。

林烟正想回话，下一秒，她便听到自己慵懒而漫不经心地说了一个字："滚。"

林烟："哎，你干吗骂人？我看这小哥人挺不错的。"

裴聿城："不错？我倒是不知道你的眼光这么差。"

林烟："你说话就说话，好端端的，干吗要人身攻击？他刚还夸我呢！哦，不对，他夸的应该是你，夸你很迷人……这小哥是不是看上了你，在跟你搭讪？你怎么又给我招惹麻烦！你是不是又想勾搭男人了？"

裴聿城："……"

此刻，赵彦凯的神情有些错愕，似乎没想到林烟在知道他身份的情况下还敢对他这种态度。更让他惊讶的是，林烟那一瞬间的眼神居然吓得他脚软，甚至有种毛骨悚然的感觉。

不过，赵彦凯只是短暂的惊愕，没有愤怒，在他回过神之后，眸底反而升起更加浓重的兴趣："我没有看错人，你果然很特别。"女人，你已经成功引起了我的注意。

"如果我没认错的话，你应该是前阵子很火的艺人林烟吧？林烟小姐，我们会再见面的，下一次，我相信你绝对不会拒绝我。"赵彦凯一副势在必得的表情。接着他顿住脚步，转身道，"对了，林烟小姐，你今天的花费都算我的。"

装完大款后，赵彦凯便潇洒地转身离开。

没隔多久，酒吧里传来DJ的声音："今天这位小姐全场的消费，由赵公子买单！"

全场都是女人兴奋激动的尖叫声，林烟却满心鄙夷："这人是不是有毛病？请什么请，我就点了一杯橙汁，还是裴宇堂掏的钱。"

裴聿城朝着赵彦凯的方向看了一眼，掩去眸底的冷意："玩够了吗？"

林烟有些不开心地咕哝："这么快？时间还早呢。"

裴聿城："还是说你想让我今晚把这酒吧里的男人都招惹一遍？"

林烟："……"

林烟听到这句威胁，吓得赶紧在脑袋里哀号："回家回家回家！我要回家！大佬，请你冷静！我跟裴聿城还没分手呢，你是想要我的命吗？"

裴聿城听到这一句，脸色有些难以形容。

她这意思是分手了就可以？

此时此刻，一旁的裴宇堂看着"林烟"的表情已经满是惊悚。

完了完了，大嫂怎么一直自言自语，是不是伤心过度，受到的刺激太大了？

裴聿城这一次逗留的时间似乎格外久，直到到家了，依旧没有离开。

林烟忍不住埋怨道："为什么你还不走？我都跟你说了裴先生在国外呢，不可能跟你一起过情人节的，你就死心吧！"

这时，林烟的手机突然不停地响动起来。

狗子：林烟，你怎么还不上线？我等你半天了，说好的情人节陪我一起过的呢？你该不会要放我鸽子吧？

情人节一起过。

裴聿城双眸微眯，看了眼这个昵称"狗子"，头像上的照片有些眼熟，是之前住在林烟隔壁的朋友。

这时，汪景阳又发了一段话过来——

狗子：林烟，你不会昨晚刚答应的就忘了吧？行行行，我知道了，情人节，你要加钱是吗？一局两百块可以了吧？快开游戏，我拉你，今天晚上我要冲钻石。

裴聿城这才明白，这丫头今天不仅唱歌、蹦迪、吃烤串，似乎还抽空接了一个私活赚钱。看样子，她的生活非常充实了。

这时候林烟才想起汪景阳："对了，我差点忘了这么重要的事情！现在可怎么办，你这不是耽误我赚钱吗？"

林烟一副天都要塌下来的架势，急得团团转。

"这位神仙姐姐，你会不会打游戏？"林烟期待地追问。

裴聿城："姐姐？"

林烟："对啊，有什么问题？难道你年纪比我小？不管是姐姐还是妹妹，大佬你今晚必须得帮我。"

林烟已经下意识默认对方是一个女的，不然怎么会跑去撩裴聿城。

裴聿城："……"

狗子：快上线快上线快上线！

汪景阳在那头不停地催促。

林烟也跟着催促："姐姐，你快上线！先上线再说！要是不会的话，大不了我教你。"

"裴聿城"走进客厅，在沙发上坐了下来，茶几上有烟，他下意识抽出了一根。

他刚要点燃烟，手指微顿，想起这是林烟的身体，于是随手将烟扔在了茶几上。

裴宇堂已经观察"林烟"半天了，见她今天晚上又是去夜店蹦迪，又是失魂落魄地自言自语，现在还差点想借烟消愁，这分明是伤心到了极致。

"嫂子，你没事吧？"裴宇堂小心翼翼地凑上前，关心地问了一句。

结果，他的余光看到林烟居然在打这段时间很热门的一款手机游戏。

"咦，嫂子你也玩这个啊，太好了，我最近也在玩，不如我陪你一起吧！"裴宇堂顿时高兴了起来。

玩游戏好啊，至少在家玩游戏还是比较安全的。

随后，裴宇堂瞄了眼林烟的ID："林发财，嫂子，你这ID挺吉利……挺吉利的。"

"啊咧，嫂子你的段位居然还挺高！"

裴宇堂正激动着，结果发现林烟被拉到了一个队伍里，拉她的ID是"狗富贵"。

"林发财，狗富贵……"裴宇堂念叨了几次，顿时惊悚了，"这该不会是情侣ID吧？"

怎么玩个游戏也能碰到挖墙脚的？

林烟闻言有些无语，什么情侣ID，是队友ID好吗！

赚钱要紧，她还是赶紧想办法把今晚的大单子拿下来才行。

"神仙姐姐，你这么聪明，打游戏肯定也很厉害，对不对？你帮我打几局吧！今天过节，一局可是双倍！你看，我的钱就是你的钱，对不对？这笔钱咱们得赚啊！"林烟苦口婆心地劝着。

"嫂子，快加我加我！"裴宇堂催促，他绝对不能让这两个人在游戏里单独相处，他必须好好地发光发热！

"裴聿城"看到右下角的消息，点了同意，并将他拉进了房间。

狗富贵：林烟，这是谁啊？

这是开往幼儿园的车：我是她小叔子。

裴宇堂立即表明身份。

狗富贵：林烟，你够了，之前你说你有男朋友，现在连小叔子都冒出来了。

这是开往幼儿园的车：我嫂子本来就有男朋友好吗！她男朋友就是我大哥。

狗富贵：行行行，林烟，你有男朋友，还沦落到情人节跟我这个单身打游戏，我真的信了行了吗？咱到底还开不开了？时间就是金钱。

林烟看到这句"时间就是金钱"立即催促："神仙姐姐，快开始，别跟这两个笨蛋瞎扯了，我赶紧先教你一下基本的游戏规则。"

裴聿城："好。"

林烟见对方似乎很配合，顿时放心了，然后开始噼里啪啦给对方做紧急培训："这个游戏分上中下三路，上路是抗压路，中路法师，下路是射手和辅助，待会儿你跟狗子一起走下来，你玩射手，他给你辅助，裴宇堂最好能拿到他擅长的分路……"

"我觉得吧，我的身体好歹也是有记忆的，你应该不会打得太烂，而且狗子的技术还挺好的，你们对付这个段位的足够了，还有你……"

林烟正教着，突然觉得自己的意识越来越遥远，她的精力透支，似乎有些支撑不住了，没说完就已经陷入了昏迷。

大概在林烟昏迷过去的下一秒，裴聿城精挑细选了一个蔡文姬。

进入游戏后，他操控着辅助蔡文姬，摇摇晃晃地飘进了野区，开始打野。

这天晚上，汪景阳和裴宇堂两人深刻体会到了什么叫生不如死。

狗富贵：林烟，你怎么选了辅助？

狗富贵：你一个辅助跑野区做什么？这是什么特别的策略吗？

狗富贵：我死了我死了我死了！我就在你脚边，你倒是帮我一下啊！别戳那只鸟，我比它值钱！

这是开往幼儿园的车：别去别去别去，回来，你打不过他的啊！回来啊……

这是开往幼儿园的车：嫂子，别去别去别去，回来，你才三级，你单挑不过大龙的，回来啊……

这是开往幼儿园的车：嫂子，别别别，我求你了，你怎么又选蔡文姬，别选蔡文姬了！我现在看到她在我面前有点晕。

狗富贵：林烟，你要报复社会麻烦别拉上我好吗！

这是开往幼儿园的车：我不想打了……

林发财：再来一局。

狗富贵：……

这是开往幼儿园的车……

次日清晨。

林烟醒来的时候，发现她已经躺在了自己卧室的床上。她猛地睁开眼睛，第一反应是挣扎着翻身坐起来。

太好了！她回来了！

她中途好像昏迷过去了，这么长时间，希望那家伙可别做出什么让人匪夷所思的事情。

林烟急忙起身，活动了一下身体。还好昨天她打了针，吃了药，左腿上的疼痛已经缓解了不少。

她打量了一下房间，确定没有异常，然后走出了屋子。

林烟刚走到客厅，就看到裴宇堂躺在客厅沙发上睡着了。

裴宇堂听到脚步声后，吓得惊醒过来。

"嫂子，你醒了啊……"裴宇堂就好像被人蹂躏了一晚上，顶着一对巨大的黑眼圈坐了起来，迷迷糊糊地揉了揉眼睛。

下一秒，当他看清眼前的人是林烟后，吓得差点从沙发上滚下去，惊慌失措地摆着手道："嫂子，我不打了不打了，求你饶了我吧！你要是实在想上分，我花钱……我花钱给你找几个陪练好吗？求你放了我。"

林烟看着裴宇堂这副痛哭流涕的模样，一脸迷茫："三少，你这是干吗？什么陪练？给我找陪练？我自己就是做这一行的，要什么陪练？"

裴宇堂闻言，露出惊悚的表情："大嫂，你逗我开心吗？你做陪练？"

林烟蹙眉："是啊，怎么了？"

裴宇堂咽了一口吐沫："不会吧，别人陪玩要钱，你陪玩这是要命啊！"

裴宇堂原本对那个狗富贵充满了敌意和警惕，然而在经历了这样一个晚上后，他对狗富贵已经只剩下同情。

林烟听到裴宇堂的话，莫名有种不太好的预感，急忙掏出手机，翻看昨天晚上的战绩。

十二连跪……

当从无败绩且每局都是MVP的林烟看到"江山一片血红"的战绩后，差点站立不稳，直接晕过去。

这……这是什么鬼！

昨天晚上，她不是跟那家伙说得很清楚了吗？为啥他要选蔡文姬，还选了一晚上？

好吧，对于新手来说，蔡文姬确实很合适。但是那家伙到底是怎么有本事把蔡文姬玩得死成这样的？

林烟瞥了眼旁边瑟瑟发抖的裴宇堂，默默扶额，也难怪把人家孩子吓成这样。

林烟看完战绩之后，点开微信，想找汪景阳解释一下。

烟城疏雨隔斜阳：狗子啊，在吗？

狗子开启了好友验证，你还不是他（她）好友。请先发送好友验证请求，对方验证通过后，才能聊天。

林烟："……"

裴宇堂偷瞄了一眼林烟的手机屏幕，然后发现林烟似乎被人家拉黑了。

啧啧啧，亏他还担心这么久呢，万万没想到，这朵桃花还没盛开就已经凋零。

就在这时，林烟的微信突然弹出了视频通话邀请，是裴聿城发来的。

旁边的裴宇堂看到在最重要的一天缺席了的亲哥总算打电话过来关心林烟了，简直激动得泪流满面。

"嫂子，是我哥，你快接快接！"

林烟赶紧接通视频，清了清嗓子，柔声道："喂，裴先生，您那边还顺利吗？"

视频中，裴聿城似乎在一间酒店房间里，随意地穿着一身睡衣。

"嗯，很顺利。抱歉，昨天是情人节，我却没办法陪你。"裴聿城有些抱歉地开口。

林烟急忙道："没事没事，工作要紧，我没关系的。"

"昨天你都做了些什么？"裴聿城状似不经意地问了一句。

林烟的眼珠子飞速转动了一下，一副极其乖巧的语气，迅速回答道："昨天……昨天我一整天都待在家里看书学习啊，还抽空练了一下毛笔字。"

裴宇堂："……"

林烟立即把镜头对准裴宇堂："不信你问三少。"

躺着也中枪的裴宇堂一脸蒙，只能苦着脸对着林烟递过来的手机开口："是是是，嫂子昨天一整天都在家看书、学习、练毛笔字……"

他长这么大，从没在大哥面前说过谎。他说完，便战战兢兢地站在一旁，生怕被他哥发现什么。

手机那头，裴聿城轻笑一声，意味深长地朝着女孩看去："这么乖？除了这些呢，你没做别的？"

裴宇堂心虚不已，在旁边吓得心脏都要提到嗓子眼了。

林烟轻咳一声，回道："别的？有……有啊，除了这些，还有想你。"

裴聿城："……"

裴宇堂："……"

厉害了！

视频内，裴聿城眉梢微扬，这丫头，若不是昨天他一整天都在，倒是真要被她骗了。

不过现在，他依旧心甘情愿被骗。

此时此刻，裴宇堂总算明白了一件事情，他似乎太高估他哥的智商了，或者换一个说法，他哥在嫂子面前是完全没有智商的，随便一句甜言蜜语居然都信了。

果然，恋爱中的人智商都为零。

挂了视频后，林烟又跟裴宇堂确认了，她昨天晚上除了拿着蔡文姬把他和汪景阳坑得死去活来，没有再做什么其他事情，这才彻底安下心来。

危机解除之后，裴宇堂也放心闪人了。

林烟坐在沙发上，倒了一杯水，习惯性地刷了一下手机，关注了一下最新资讯。

林烟盯着手机，《传奇》剧组大概在两个小时前发出了一则公告。大概意思是，死神Yeva最后角色人选，近期便会有结果，并且试镜也会在最近几天结束。

而下方的评论区留言，绝大部分网友都表示非常期待，林书雅的呼声却是最高的。

最近一段时间，为了能够得到Yeva这个角色，林书雅的确下足了功夫，参加各种赛事官方活动，并且成了国内某知名一线车队的荣誉队员和赞助。在林书雅的官方微博上，几乎每天都在转发各种赛事的比赛，以及一些看似独到的见解。

如果不是之前邀请了冒牌Yeva的事，这个角色林书雅怕是早已拿到手，即便如此，却也是早晚的事。

只不过Yeva这个角色，林烟绝对不会轻易让给旁人，尤其是林书雅，更加不可能。

林烟翻箱倒柜地找出一张名片，看着名片上的电话号码，顺手拨了过去。

"喂，您好。"略微带着一丝磁性的声音从电话那头传出。

"是马克先生吗？"林烟笑道。

"是我，我是马克。"

"马克先生，是这样的，我打算去试试Yeva的角色，不知道有没有时间聊聊？"

随着林烟话音落下，电话那头的人沉默了片刻。

"哦，这样啊，只是很可惜，我现在改行了，转做金融服务……如果是试镜的话，我可以给你地址和联系方式。对了，小姐您怎么称呼，对金融有没有兴趣？"

林烟："……"

挂断电话后，林烟记下了试镜地址，以及目前负责试镜的负责人。

很快，林烟联系了赵红绫。

附近的一家咖啡厅，赵红绫已经提前到了。

"你想进《传奇》剧组，争取Yeva这个角色？"

赵红绫得知了林烟的想法后有些诧异。

《传奇》这个剧组可不是什么小剧组，在国内，像林烟之前参演的《棋逢对手》已经算是大制作，而相比《传奇》，还是小巫见大巫，这已经属于国际大IP。

对于《传奇》这部最近最受期待的大制作电影，赵红绫自然不陌生，赛道死神Yeva这个角色虽说出场很少，却是这部电影最为核心的灵魂，这个传奇人物贯穿了所有剧情，并在最后时刻登场，与自己的徒弟进行了一场被称为"世纪对决"的赛道大战。

不管电影中男主角和女主角的戏份有多少，排场有多大，咖位有多强，剧情有多顺，但观众最关注、最为期待的依然是赛道死神Yeva。

赵红绫甚至能够想到，如果赛道死神Yeva这个角色没有演好，将承受多少舆论压力。

"绫姐，你觉得怎么样？"林烟看向陷入沉思中的赵红绫轻声问道。

"很难。"许久后，赵红绫回过神来，重新看向林烟道。

赵红绫其实并不想泼林烟冷水，但事实就是如此。

其实，这个角色无论谁去演绎，都是一个烫手山芋，哪怕演技再好，都会被挑出刺来。并且以林烟目前的状态，想要和林书雅去争这个角色，似乎也不太现实。

"这个角色的粉丝实在是太多了，除非是Yeva本人来出演，否则不要轻易去尝试这种角色，太具有挑战性了。"赵红绫朝着林烟分析道。

林烟闻言，若有所思地点了点头。

要是这么说的话，那就完全没问题了，她就是本人啊。

"而且，林书雅对这个角色似乎志在必得。"赵红绫继续分析道，"如果《传奇》剧组考虑到市场，那么林书雅对于他们而言，的确算是比较好的选择，其他人想要争这个角色，除非演技让他们惊艳。"

对于赵红绫的分析，林烟也十分认同。林书雅对于Yeva的角色的确属于十拿九稳，上次邀请冒牌Yeva的举动，也属于自我和角色上的造势，只可惜运气不好，请了一个假的。

"当然了，你如果真的很想要争取这个角色，我也会支持你，但最好不要抱有太大的期望，我这边有些渠道，可以安排你去试镜。"赵红绫看向林烟道。

林烟闻言，点了点头："那我就去试试吧，万一有戏呢？"

两天后，果然有《传奇》剧组的工作人员联系了林烟，让林烟准时前往试镜地点。

林烟早早起床，梳洗一番后，化了个淡妆，穿着一身休闲服，然后让裴宇堂开车送她去《传奇》的试镜地点。

"嫂子，我没听错吧，你要去争取Yeva这个角色？"裴宇堂看向副驾驶座上的林烟，满脸诧异。

"你别看我，看路。"林烟开口道。

"哦哦哦……"裴宇堂赶忙转移视线，专心开车。

"嫂子，《传奇》我早就关注了，我超级期待这部电影上映。嫂子，你要真能把Yeva这个角色拿下，我保证包一场电影，不，包十场……但说归说，我感觉嫂子你好像不太适合Yeva这个角色。"裴宇堂道。

"为什么不适合？"林烟有些不解。

"我也不知道，我就觉得除非是Yeva本人来演，否则的话，谁演都不适合。嫂子你想啊，Yeva的名气和影响力在赛车圈有多大，只要不是Yeva，我觉得任何人来演这个角色，对于Yeva都是一种亵渎。"裴宇堂道。

林烟："……"

"嫂子，Yeva可不是虚构出来的人物，那可是有据可查的，各种比赛视频、行事作风，稍微演得有些出入，都会引起粉丝的反感，嫂子你可得有心理准备。"

不得不说，裴宇堂的脑子倒也不笨，他说的的确在点子上。

正是因为Yeva真实存在，且个人风格过于深入人心，演绎这种角色几乎属于地狱级难度。

所以，林烟压根没打算用演技来征服谁，本色出演就对了。

大概半个小时，裴宇堂将车开到一处大厦左侧，靠边停车。

"嫂子，到了。"

林烟打开车门下车，看向驾驶位上的裴宇堂轻声一笑："辛苦了，等我晚上回去，带你打排位。"

随着林烟话音落下，裴宇堂面色"唰"地一变，连应也未应林烟半句，当即一脚油门踩到底，车辆爆发出迷人的声音。

不过几秒，裴宇堂所驾驶的车辆已经完全消失在林烟的视线中。

林烟见状，脸上的笑意有些僵硬。她堂堂一个王者级陪玩代练，居然被裴宇堂这种菜鸡嫌弃了！

很快，林烟走进大厦。

这座大厦一共有八十多层，《传奇》剧组财大气粗，临时租下了六层作为试镜办公地。

电梯内已经人满为患，林烟不经意地打量一眼，看见不少熟悉的面孔。其中几个精心打扮过的女孩，林烟记得，应该是二线女艺人，还有几位是热门综艺的常驻嘉宾。

当林烟进入众人的视线后，其中一个女孩盯着林烟眸光微微一闪。

"你是林烟？"女孩朝前走了两步，有些兴奋地盯着林烟，"真是林烟！"

"啊……是我。"一瞬间，林烟还有些未回过神来。

说话的女孩，林烟在不少综艺上见过，如果林烟没记错的话，她应该叫作王葳娜。

"太好了，真的是你啊，我太喜欢你演的林翩若了，没想到居然能在这里看见你本人！"女孩朝着林烟笑道。

"谢谢，谢谢！"林烟朝着女孩礼貌一笑。

"林烟姐，最近忙什么呢？《棋逢对手》有没有计划拍摄第二部？我之前都没看过原著，就是因为你演的林翩若，我特地把原著都看完了。"王葳娜盯着林烟道。

此刻，林烟倒是有些不适应了，自己还是第一次因为演戏感受到来自粉丝的热情。

然而未等林烟开口，王葳娜继续道："哦，对了，林烟姐，我叫王葳娜，是你的小迷妹。"

"我认识你，非常喜欢你的综艺节目。"林烟笑道。

王葳娜闻言，笑道："真的吗？那真是太好了，林烟姐，快，加个微信。"

面对女孩的热情，林烟也不好拒绝。

"林烟姐，你怎么会在这里？"王葳娜盯着林烟好奇地问道。

"我是来试镜的。"林烟也未隐瞒。

"《传奇》剧组？"王葳娜满脸好奇。

"嗯。"林烟微微颔首。

"我们全是来《传奇》剧组试镜的，林烟姐是试哪个角色？"

"Yeva。"林烟笑道。

此刻，随着林烟话音落下，电梯内的众人面色大多有些怪异，甚至有几人神情古怪地朝着林烟看去。

王葳娜蒙了："林烟姐，你说的是赛道死神Yeva？"

"是啊。"林烟点了点头。

当即，电梯内的几个女孩笑出声来。

"Yeva这个角色可不是随随便便想试就能试的，想要演这个角色，必须外形够好，演技惊艳，还得有着丰富的赛车理论知识以及实践能力。"

"就是，Yeva这个角色虽然戏份少，但是《传奇》这部戏的灵魂。"

"你叫林烟是吗，我觉得你完全没有必要去浪费这个时间，Yeva的角色，林书雅已经定了。"

她们这些人，大多也是来《传奇》剧组试镜的，但极少有人去试镜Yeva。

她们有自知之明，尤其是林书雅宣布对这个角色势在必得后，便更加没了想法。

"还真别说，最近几天，没自知之明去试镜Yeva的演员有不少，有些甚至连赛车都没接触过就敢去碰运气。"

此时电梯已经停了下来，到了众人要去的楼层。

从电梯中走出的除了王葳娜，还有三个女孩，同样是来《传奇》剧组试镜的。

"林烟姐，我是来试镜《传奇》中一个叫余涵的角色，是WZ赛车战队的队员，和Yeva都是H国人。"王葳娜轻声朝着林烟道。

"啊?"林烟一脸蒙，看向王葳娜。

余涵的确是WZ战队的队员，不过是一个男人，一看这王葳娜的功课就未做足。

"余涵是男人。"林烟看了王葳娜一眼，开口提醒。

"不会吧? 我之前在网上搜索过，我记得是女孩啊，难道我搜错了?"王葳娜神色一变。

林烟："……"

"林烟，谁是林烟，林烟来了没有?"

一道清脆的声音从前方响起。

当即，林烟举起手说道："我在这儿。"

"这是你的号码牌。"当即，负责人递给林烟一张号码牌，数字是十一。

林烟接过号码牌后，被叫去了化妆间等待。

最近来试镜的演员特别多，试镜相同角色的都会被安排在同一个化妆间。在化妆间内，可自行补妆、换装，等待工作人员叫到号码牌即可去试镜。

林烟所在的化妆间内，已经有不少人在等待试镜，每一个都穿着银色赛车服，抱着银色战盔。

林烟差点没反应过来，还以为自己误入了某赛车队的备赛间。

此刻，林烟在这些人面前显得有些与众不同，没有银色的赛车服，也没有银色的战盔，只是穿着一身休闲服装，看起来有些格格不入。

　　几个穿着银色赛车服的女孩并未搭理林烟，各自安静地坐在一旁等待着。

　　大约半刻钟后，负责人一连叫了不少号码，而林烟的十一号也在其中。当即，林烟跟着众人离开了化妆间，朝着前方试镜场走去。

Part32

失败不可怕，可怕的是，你体内流淌的热血还有战意。

♥

　　试镜场内十分安静，几乎没有任何声音。

　　几名面试官分别由《传奇》剧组的导演和编剧等人担任，而浪蟒的徒弟周桥正坐在C位。

　　此刻，周桥拿起桌上的杯子，面无表情地喝了一口水，旋即眸光缓缓地扫过众人。

　　"按顺序开始吧，每个人一分钟，自由发挥。"周桥淡淡道。

　　"自由发挥？"

　　随着周桥话音落下，不少来试镜的艺人眉头微微蹙起。

　　这些前来试镜的演员为了赛道死神Yeva这个角色，都下了不少功夫，几乎对Yeva的每一场比赛录像都做了研究，但她们没想到，这场试镜周桥会让她们自由发挥。

　　她们所了解的赛道死神Yeva大多是从比赛录像上观看的，而且在《传奇》这部电影中，Yeva的戏份大多是和赛车有关联，对于Yeva的生活状态，很少有人知道。既然如此，她们如何自由发挥？

　　"三号。"周桥低着头，拿起一份试镜资料，"莫熏是吗，你先来。"

　　随着周桥话音落下，其中一个穿着银色赛车服的女孩有些紧张，深吸了一口气，平复心绪后，这才点了点头，朝着前方走去。

　　此刻，在场众人彻底安静，纷纷朝着女孩看去。

　　女孩大概酝酿了十数秒，才有了动作。

　　众人只见女孩身子半蹲，好似模拟Yeva在赛道上比赛的场景。

　　"停。"忽然，周桥朝着女孩开口，"行了，你先回去等通知吧。"

　　随着周桥话音落下，女孩神色微微一变，她这还没开始进入表演……

　　然而周桥话已经说得很明白，女孩也没有多言，只是点了点头，旋即离开了试镜场。

在场众人心中明白，周桥的意思其实已经十分明显，方才那女孩没有继续表演下去的必要，因为周桥和导演等人压根没看上。

"九号，李训欣，准备开始表演，自由发挥。"

……

前来试镜的演员中没有一个能够将一分钟演完的，少的上场七八秒，多的也只是撑了十几秒。

如此严苛的条件，让剩下的数位演员眉头紧蹙，心中不由得万分疑惑，《传奇》剧组这样的选角面试，当真不是在敷衍吗？

这已经完全不能用地狱级的表演难度来形容了，即便众人为获得赛道死神Yeva的角色下足了功夫，但了解最多的仅仅是Yeva比赛时的情况，所以，她们仅能够表演且模仿Yeva在赛道比赛时的姿态。

然而方才离开的这些人，一旦以这样的形态开始表演，最多十数秒便会被叫停。

"我看，赛道死神Yeva的角色根本已经定下了，就是林书雅，所以剧组根本不会再考虑别的人选，之所以还在试镜，完全是距离他们宣布试镜结束的时间还没到而已。"某个女演员小声说道。

对于这个女演员的话，众人倒是十分赞同，否则之前那些人还未演满一分钟就被匆匆叫停，根本不合理。

"六号，韦雨童，到此为止，回去等通知吧。"周桥喝了一口水，朝着台上的女性演员说道。

作为六号表演者的女演员韦雨童立即停止了表演，冷冷地看着周桥道："很抱歉，有些话我不得不说，既然你们已经确定好了Yeva角色的人选，就完全没有必要再让我们过来试镜，我认为这对我们这些演员很不尊重。"

随着韦雨童话音落下，不少女演员心中都十分赞同，虽然她们不像韦雨童敢将这种话说出口。

《传奇》剧组的导演和制片人闻言，对视了一眼。从来到H国试镜开始，还从没有人说出这种话来。

"韦雨童小姐，对吧。"此刻，周桥的目光投向韦雨童身上，淡淡一笑，继续开口，"你以为赛道死神Yeva的试镜表演，仅仅是让你们模拟赛车动作这样简单？"

"难道不是吗？"韦雨童有些不服气。

"真有意思。"周桥冷笑一声，"如果你只是这样理解，那很抱歉，你更加不可能是这个角色的合适人选。按照你的逻辑来推理，我们找一名女性赛车手来演绎这个角色，岂不是更好？为什么要找身为演员的你们去模拟赛车动作？还是说，你认为自己比专业的赛车手更强？"

周桥的一番话，却是怼得韦雨童哑口无言。

的确，周桥说得没有任何问题，只是演绎赛车模拟动作，他们完全可以找一名专业的女性赛车手来完成。

"行了，回去等通知吧。"周桥有些不耐烦地挥了挥手。

看着韦雨童离开，剩下的女性演员心中越发忐忑，她们只看过Yeva的比赛视频，如果自由发挥，也只能按照视频中的状态进行模仿表演，如果是生活常态，她们哪里知道Yeva是什么样的？

"十一号，林烟，准备进行表演。"大约半刻钟后，周桥出声。

当即，林烟朝着场地中心走去。

周桥等人看着林烟一身休闲装，倒是十分好奇，将林烟丢在一众银色赛服的女性演员中，倒也算与众不同。

周桥是浪蟒的徒弟，按照辈分，是林烟的徒孙，只不过周桥不曾有机会见到Yeva，所以更加不清楚眼前站着的林烟竟会是Yeva本人。

"你看我做什么，开始吧。"周桥道。

林烟并未开口，而是闭上眼睛，陷入沉默。

多年前，浪蟒首次登场全球第一联赛，而在比赛结束后，却差点被她骂哭。

正当台上众人有些不耐烦时，林烟这才重新睁开双眸。这一瞬间，眼前的女孩像变了一个人，之前眸底那一抹柔光也在这一秒烟消云散，此时的她就如同站在世界之巅，蝉联卫冕的王。

林烟气势的转变，让周桥和导演的脸上罕见地浮现出一抹兴趣。

"你在怕什么？"此时，林烟看向空无一人的拐角，面色冷峻到了极致，"告诉我，我是怎么教你的。"

"你太让我失望了。"林烟动作极轻地摇了摇头，脸上的失望之色非常明显。

"未战先怯。"林烟冷声开口，"你战队的战友拼劲全力，将你送入全球第一联赛的战场，而你甚至不如一个逃兵，或许你的战友此生该以你为耻。"说完，林烟继续陷入沉默，仿佛在聆听着什么。

剩下的几个女演员神色皆是一变。

如果不是面前空无一物，以林烟目前的状态，她们还真以为站在前方表演的女孩就是货真价实的Yeva，并且正在训斥自己的徒弟。而且，最令人难以置信的是，这并不像在演戏，而是让人感觉真的正在发生，或者曾经发生过。

"你说得不错。"忽然，沉默片刻后的林烟继续开口，"在全球第一联赛的每一位敌人都过于强大，你只败了一场，失败不可怕，可怕的是，你体内流淌的热血还有战意。"

"如果你有渴望，希望为梦想战胜这一场，从今日起，在这全球第一联赛，愿你化身为蟒。"

林烟再度陷入沉默，大约几个深呼吸后，她看着拐角处，嘴角微微上扬，双臂轻轻上提："欢迎来到这如修罗荒芜的地狱竞技场。"

"以我之名，横扫那些豺狼虎豹。"

"或许有朝一日，你将与我一同进入更残酷的巅峰之赛，同铸登峰造极境，向失败复仇！"

直至林烟表演结束数十秒，全场依然鸦雀无声，所有人的目光都集中在林烟身上，似乎还在等着她继续。

"没了吗？"

良久之后，《传奇》剧组的导演才忍不住出声问道。

"是的，我刚才已经说了结束。"林烟笑道。

"抱歉，我以为你说的结束只是表演中的一句台词。"导演回过神道。

"林烟小姐的表演方式真是与众不同，迄今为止，林烟小姐是在这个场上表演时间最多的一位。"制片人看了看手表，"五分多钟。"

"周桥先生，您作为Yeva的徒孙，不妨来评价一下。"导演看向身旁的周桥。

"林烟小姐，你刚才的表演是Ycva和浪蟒？"周桥诧异道。

林烟闻言，微微颔首："是的。"

"请问林烟小姐，你是如何想到这样的表演形式的？"周桥好奇问道。

"据我所知，浪蟒先生当年首次登场全球第一联赛时，曾有过一次败北的记录，其实，我只是按照自己的设想，脑补了一下。首次登场全球第一联赛时的紧张不安，甚至是怯场行为，而我作为浪蟒先生的师父，赛道死神Yeva，我应该会如何对待那时的徒弟，所以才有了这场表演。"

"我师父当年的确经历了这个，但我认为Yeva女士可不会那么凶。"周桥笑道。

林烟："……"

"不过，林烟小姐的表演的确很不错，甚至在表演的过程中一度欺骗了我的感官，让我以为这是真实发生过的事情，真的很棒。"周桥称赞道。

"谢谢夸奖。"林烟道。

客套就不必了，倒是把Yeva的角色给她啊！

"林烟小姐，是这样，即便你最后没有得到Yeva的角色，我们这边也可以给你一个女性赛车手的角色。"周桥想了想，说道。

其实之前六号演员韦雨童说的没错，无论是何种表演都无法得到Yeva的角色，因为这个角色已经在前几天定下了，将在《传奇》中演绎赛道死神Yeva的女演员正是林书雅。

但林烟的表现的确让周桥等人觉得不错，所以，他们打算让林烟进入《传奇》剧组，并饰演其中一个还未有合适人选的女性赛车手。

此刻，场上剩下的数位女演员略微羡慕地看向林烟，即便她没有得到Yeva这个角色，也可以进入《传奇》剧组，甚至出演一个角色，已经十分难能可贵。

对于旁人而言，如果能够得到《传奇》剧组中任何一个角色，都可以让自己的职业生涯更上一个台阶。

"林烟小姐，你觉得如何？"此刻，《传奇》剧组的导演看着林烟，轻声笑道。

听闻此言，林烟却是毫不犹豫地摇了摇头，轻声道："抱歉，我今天前来是为了赛道死神Yeva这个角色，对于这部电影中的其他角色，我没有丝毫的兴趣。"

随着林烟话音落下，在场众人的神色皆是一变，尤其后方那些还未能试镜的女艺人，都难以置信地盯着林烟。

她们没听错吧？这个林烟竟然在这种场合下直接拒绝了周桥，更是拒绝了《传奇》这部国际大制作的导演和制片人。

她方才说，自己来这里只为了能饰演赛道死神Yeva这个角色。

这个林烟是不是在开玩笑？

只饰演Yeva，不考虑任何角色，究竟是谁给她的勇气。

"只饰演赛道死神Yeva这个角色？"

听闻林烟所言，周桥的眉头忽然蹙起。他来到H国选角这么多天，还是头一次遇到这样的情况，更没有遇到过像林烟这样的女演员。

"林烟小姐，您确定自己没有开玩笑吗？"制片人盯着林烟问道。

林烟闻言，十分笃定地点了点头，轻声笑道："没错，我没有开玩笑，我只要Yeva这个角色，至于《传奇》这部电影中任何别的角色，我都不考虑，也没有任何兴趣。"

当即，周桥饶有兴趣地盯着林烟打量，说实话，像这样有性格的女演员，他来到H国这些天的确没有见过。而且，她到底是哪里来的自信，认为自己非常适合，且能够演好Yeva？

要知道，在《传奇》这部电影中，赛道死神Yeva的戏份虽然不是特别多，但却是最难以演绎的角色，而且，即便是演员的演技再好，全世界的赛车爱好者也未必会买账。

"林烟小姐，你有把握能够演绎好赛道死神Yeva这个角色？"周桥看着林烟出声问道。

林烟微微颔首，一双眸内满是自信："的确，我相信除了我，再也没有任何演员能够演好Yeva，仅仅是演绎Yeva，没有任何一位演员可以跟我相提并论。"

导演和制片人相视一笑，林烟方才演得的确不错，但这种话对于他们而言实在是过于夸张，乃至狂妄自大。

眼下，便是后方还未能试镜的几个女性演员眉头也纷纷蹙起，有些不太友善地看向林烟。

"我刚才没听错吧，除了她，没人能够演好Yeva，她当自己是谁，是Yeva本人亲临吗？"

"这种没水准的话，的确听着不舒服，什么叫只有她能演好赛道死神Yeva？她之前那部《棋逢对手》，林翩若这个角色演得的确还不错，但演技比她好的人也太多了吧，就名气和演技来说，她能和林书雅还有那些一线演员相比？"

"我看她也就是逞逞口舌了。"某个女性演员冷笑一声，"实话实说，刚才她演的我觉得根本不怎么样，就是换了一个形式罢了，要是让我们上去演，肯定演得不比她差。周桥先生能给她一个角色，已经是她天大的福气，没想到她竟然这样不识抬举，还说什么只演赛道死神Yeva，真是笑死人了。"

……

"林烟小姐，这样，你先回去等通知吧。"

片刻后，《传奇》剧组的制片人有些不耐烦地挥了挥手。他还从未见过这样的演员，都已经跟她说得那么明白，她并不适合饰演Yeva，给她一个别的角色，她居然还不满意。

"好，我等你们的好消息。"林烟看向周桥和导演等人，微微一笑，旋即转身离开了试镜场。

云间水庄。

裴宇堂正坐在沙发上玩游戏，林烟走近一看，裴宇堂的战绩惨不忍睹。

"你们需不需要王者级陪玩？保证带你上分。"林烟坐在裴宇堂身旁，笑眯眯地问道。

裴宇堂闻言，这才回过神来，目光瞬间投向林烟身上，旋即连忙摇头："不不不，嫂子，我觉得游戏嘛，开心就好，能不能上分并不重要。"

裴宇堂发誓，他再也不会和林烟一起打游戏了，还王者级陪玩呢，倒给他钱他都不愿意。

裴宇堂永远无法忘记，林烟的一手打野蔡文姬。别人打游戏都是5V5，那天晚上压根是4V6，林烟应该算是对面派来的奸细。

裴宇堂不给林烟开口的机会，话锋一转，看向林烟，急忙问道："嫂子，你那边试镜结束了吗，怎么这么快就回来了？"

"嗯，已经结束了。"林烟点了点头道。

"怎么样，没戏吧？"裴宇堂满脸好奇。

林烟："……"

这熊孩子可真会聊天。

"应该没戏。"林烟想了想，十分诚实地说道。

"对吧，嫂子，你看，我早就说了，你去试镜赛道死神Yeva这个角色肯定是没戏的，你这根本就是在浪费时间，你要是有这个时间，还不如……"

裴宇堂话还没说完，林烟就笑盈盈地开口："有这个时间，还不如陪你打一会儿游戏？"

随着林烟话音落下，裴宇堂身躯微颤，满脸惊悚："不不不，我的意思是，嫂子你有这时间，完全可以去喝喝茶，刷刷剧，玩游戏那不也是在浪费生命吗？"

林烟瞥了裴宇堂一眼，懒得与裴宇堂多废话，起身回到了自己的房间。

其实，林烟今天去试镜，压根没想过自己能够靠试镜得到Yeva这个角色。

大家都心知肚明，赛道死神Yeva的角色已经给了林书雅，而在前不久，《传奇》官方也发布了声明。如果没有特殊情况，那么赛道死神Yeva这个角色绝对不可能会落入旁人的手中，只会是林书雅的。

首先，林书雅的演技还算不错；其次，这段时间林书雅花了大价钱赞助了国内某一线车队，还成了荣誉队员，并且恶补了很多赛车知识；最后，林书雅在国内的名气很高，人美心善那是公认的，尤其是最近一段时间，媒体疯狂宣传林书雅的各种善举，譬如天使之家的创始人等。

如今，就是在这样的造势下，林书雅饰演赛道死神Yeva这个角色已经算是最为合适的，没有之一。

即便如此，林烟也没有丝毫沮丧，对于这个角色，林烟依然势在必得，任何人都无法与她争抢。

大约半个小时后，林烟登录了许久未用的社交账号。

账号名：Yeva。

头像是一位号称战神的女性动漫角色，短发，黑衣，嘴角微微上扬，左眼戴着黑色的眼罩，腰间是一把巨大的佩剑。

林烟刚刚登录软件，数千条消息已经跳出。

熊孩子-屠夫："师父，老二在第一联赛故意别我的车，师父你管管他！这个孽障，师父你快点把他逐出师门吧！"

熊孩子-屠夫："师父，老二那个孽障在第一联赛比试开始的时候对我竖手指，啊！"

　　熊孩子-屠夫："师父，你人呢？电话怎么都关机了？"

　　以你之名-蟒："师父，师父，老二那个家伙比赛的时候故意别我和屠夫的车。"

　　以你之名-蟒："师父，老二他又拿了第一，他是踩着我和屠夫的身体上去的，这个孽障，他还说请我们吃饭，结果吃到一半人跑了！"

　　以你之名-蟒："师父，你到底怎么回事？屠夫说你电话很久之前就打不通了，师父？"

　　林烟看着这数千条信息，绝大部分是几个徒弟发来的轰炸消息，还有一些是WZ战队的队员，甚至是一些想要进行商业合作的垃圾消息。

　　霄纪："在？"

　　林烟看到这个名字一脸惊悚，她早就把他删了，怎么又加上了？她记得她删了十几次了吧？

　　当即，林烟几乎没有任何犹豫，将霄纪这个账号从她的联系人里再一次删除，确定彻底删除后，这才放了心。

　　没多久，林烟点开以我之名-蟒的对话框：呵呵。

　　大约过了数秒。

　　以我之名-蟒：师父，是不是你啊，到底怎么回事，你的电话一直关机，发消息不回，我们都急死了。

　　Yeva：我看没我的管束，你们开心得很。

　　以我之名-蟒：师父，别闹了，你到底在哪儿呢，你跟我说，我来找你。

　　Yeva：我在国外有事要忙，近期回不去。

　　以我之名-蟒：哦哦哦，那师父你到底什么时候回来？

　　Yeva：这个以后再说，我有个事情问你，近期是不是有个叫《传奇》的电影要拍摄，你负责Yeva的选角？

　　以你之名-蟒：嗯，好像是的，就是一个电影而已，我哪有时间搞这些破事，这事我交给一个徒弟了。

　　Yeva：好，你告诉《传奇》剧组，Yeva的角色我要去选，没有我的允许，任何人不可以饰演Yeva。

　　以你之名-蟒：师父，没问题，我跟周桥说下就行了，其实之前这部电影的片方也是这个意思，想让师父您挑选饰演Yeva角色的演员，但这不是联系不到您吗，别说他们了，连我们都联系不到师父您。

　　Yeva：你让《传奇》的负责人跟我这个账号联系就行，让他们把所有试镜演员的视频资料都发到我这个账号上。

　　以你之名-蟒：师父，我知道了。不过，师父，能视频一下吗，万一你被盗号了呢？

不等林烟回消息，浪蟒的视频已经发了过来。

当即，林烟接通了视频。

"师父，真的是你！"浪蟒盯着林烟，声音不平稳。

"是我，是我……"林烟无奈地回道。

此刻，林烟看到视频中浪蟒正戴着战盔，穿着赛服，吊儿郎当地坐在车上，开口："你在比赛呢？"

全副武装的浪蟒点了点头："一场友谊赛，那边跑得太慢了，我在终点前等等别人，唉，不说了，他们追上来了！师父，等我这场比完我们再聊，我有很多事想问师父您呢！师父您可千万别再闹失踪了！"说罢，浪蟒急匆匆地挂断了视频。要不是怕林烟骂他，他估计这会儿连比赛都不想继续了。

林烟有些无语，这家伙居然在比赛的时候给她回消息，还跟她视频通话？

Yeva：我这边还有事呢，别忘了我跟你说的，尽快和影片方那边联系，Yeva的角色必须由我挑选。

林烟给浪蟒发了一条信息过去，随后重新看向自己账号上的几千条消息，原本想一条条回复，不过觉得工作量太大，林烟十分干脆地退出了账号。

这边她刚刚将账号退出，赵红绫的电话便打了过来。

"林烟，试镜完了吗？"

"早就试完镜了。"林烟笑道。

"结果怎么样？"赵红绫对林烟这次的试镜压根没抱什么希望。

"还行吧。"

林烟也未隐瞒，将试镜场上的事都告诉了赵红绫。

"什么？"赵红绫听林烟说完，明显有些激动，"你拒绝了《传奇》剧组的邀请，不愿意去演其他赛车手？"

之前，赵红绫从未想过林烟能够进入《传奇》剧组，更加没有想过林烟不仅得到了一个角色，还被她拒绝了。

《传奇》这部电影的影响力绝对不是《棋逢对手》能够相比的，这种国际大制作，就算只是一个小角色，对于林烟而言，能够带来的好处也是无法估量的。

赵红绫在电话那头沉默了许久后，才出声问道："林烟，如果能够进入《传奇》剧组，哪怕是参演一个龙套角色，那么对你以后的职业生涯都会有巨大好处，我想知道，既然你已经能够拿到《传奇》剧组的角色，为什么又会选择拒绝？"

以赵红绫对林烟的了解，赵红绫不太认为林烟会无缘无故做出这样的事情来，所以她需要知道林烟的想法。

"因为我只对Yeva这个角色有兴趣，别的角色我也未必能演得很好。"林烟笑着回答。

"就这样？"听闻林烟的解释，赵红绫神色诧异，有些难以置信。

林烟拒绝《传奇》剧组的原因，仅仅是她想要Yeva这个角色，就不考虑Yeva以外的任何角色。

林烟的这个理由，让赵红绫有些无言以对。

"林烟，你应该知道，Yeva的角色早已经是林书雅的囊中之物，不太可能会出现什么变动，退一万步说，即便目前Yeva的角色依然没有合适的人选，你想得到也是难如登天的。"赵红绫语重心长地向林烟分析道。

赛道死神Yeva这个角色，是《传奇》这部电影中绝对的灵魂角色，以林烟目前的人气、资历，抑或演技，都不太可能靠实力得到这个角色。

所以，赵红绫的意思已经很明显，希望林烟能够进入《传奇》剧组演一个角色，哪怕是一个不起眼的小角色，却也足够了。

"红姐，你放心，我知道了，我会进《传奇》剧组的。"林烟轻声笑道。

"嗯，你不用着急，以后机会还有很多。"赵红绫朝着林烟安慰道。

其实，对于赵红绫的想法和建议，林烟自然能够理解，如果换位思考，她是赵红绫的话，也会如此。

挂断电话后，林烟换了一套衣服，打车去了贺家老宅。

因为没有提前联系，林烟到了贺家老宅后却扑了个空，家里根本没人。

当即，林烟给外公打了一个电话，这才知道外公和莫书昀等人都在贺家车队的郊区场地。

林烟只能离开贺家老宅，赶往郊区场地。

林烟刚进训练场，就听见了车辆的轰鸣声。

在贺家训练场，林烟看见了不少陌生的年轻面孔，这些年轻人都穿着贺家车队的队服。

之前莫书昀也说过，他找了一批新鲜的血液进入贺家车队，让林烟有时间过来看看，只不过林烟最近比较忙，所以拖到了今天。

林烟刚刚走入训练场，便吸引了不少年轻男孩的目光。

"哎，是林烟！"

其中一个留着寸头的男孩指着林烟惊讶开口。

"《棋逢对手》你们看了吗？这就是扮演林翩若的林烟。"

"林烟怎么会来我们这里？"

"有什么好奇怪的吗，林烟是老爷子的外孙女，贺家车队就是林烟他们家开的。"

"林烟小姐，你好！"

几名年轻队员壮着胆子朝着林烟走了过去。

"你们好。"林烟看了几名年轻队员一眼，笑着开口。

"你们都是刚加入贺家车队的队员吗？"当即，林烟好奇地问道。

其中一个年轻男人连忙点了点头，道："是的，我们都是莫书昀队长找来的。"

"欢迎加入贺家车队。"林烟颔首道。

林烟问道："对了，你们队长呢？"

某个年轻队员朝着场地内侧看了一眼，回答道："莫队长在训练呢……不过，这一轮应该结束了。"

话音刚刚落下，场地内一辆银色赛车停靠在了林烟附近。

车门打开，戴着一副墨镜的莫书昀缓步从赛车上走了下来，并将手套摘掉。

"稀客啊，今天吹的什么风，把您这样的大忙人吹了过来？您的到来，真是让我们贺家车队蓬荜生辉。"莫书昀盯着林烟笑道。

林烟："……"

这莫书昀才进入贺家车队多久，说话已经一套一套的。

"最近有点忙，一直没能抽出时间来。"林烟解释道。

"我跟你开玩笑呢。"莫书昀笑了笑，"最近这段时间，我找了一些还算不错的赛车手加入贺家车队。"

"我看到了。"林烟点了点头。

不得不说，莫书昀的工作效率的确很高。

说话间，老爷子贺定坤也从场地内走了过来。

如今的贺定坤比以往精神了许多，剪了短发，甚至将之前有些花白的头发染成了炭黑色。

"小烟，什么时候到的？"贺定坤盯着林烟道。

"外公，我也是刚刚到。"林烟开口。

贺定坤轻笑一声："小烟，看看咱们现在的贺家车队，怎么样？"

林烟闻言，朝着训练场四处打量，旋即轻声笑道："改头换面，充满朝气。"

如今的贺家车队，的确比以往精神了许多，看起来更像一个职业赛车队伍。

"一周后，贺家车队将会迎来重组后的第一场战役。"许久后，莫书昀看着林烟，神色严肃道。

对于贺家车队而言，重组后的第一战，至关重要，如果落败了，或许贺家车队将永远无法翻身。

首先，资金就是一个巨大的问题，即便莫书昀已经给贺家车队投了不少，但也十分有限。众所周知，赛车本身就极度烧钱，没有源源不断的赞助，光凭某个人根本不可能一直很好地运营维护下去。

对于资金问题，林烟比任何人都清楚。

贺家车队重组后只是刚刚起步，而贺家车队想要真正成为能够很好地维持下去的赛车队伍，只有不断赢得比赛，并且不断地提升赛车队等级层次，除此之外，没有别的办法。

"等会儿，我们一起看下车队的等级划分，以及近期需要对战的对手。"莫书昀说道。

林烟闻言点了点头，她目前的确需要了解一下贺家车队以及H国车队的数据情况。

"大家先停下手上的事情，都过来。"很快，莫书昀朝着四周看去，拍了拍手道。

"队长，怎么了吗？我们这边刚打算上车练习呢。"某位队员道。

"别废话，让你小子过来就过来。"莫书昀不耐烦道。

大约数秒后，不少年轻的队员纷纷从训练场内跑了出来，安静地站在一旁。

"姐姐，你来了……"云轩看向林烟，轻声道。

"姐，你什么时候过来的？"贺乐风也好奇道。

"别说话。"莫书昀分别瞥了贺乐风和云轩两人一眼。

当即，两人急忙站好，不敢继续多说。

"这里很多人刚刚加入贺家车队，对于贺家车队的情况，应该还没有那么熟悉。"见众人彻底安静下来，莫书昀才开始发话。

"我们贺家车队，之前仅仅是一个初级赛车队伍，但目前属于重组阶段，要不了多久，贺家车队的第一场战役就会打响，而这第一场战役，关乎车队的级别评定，都给我记住，我不管你们没加入车队之前有多牛，也不管你们多能吹，如果未来一周的训练没有达到让我满意的程度，就给我卷铺盖滚蛋。"莫书昀面无表情道。

穿着贺家车队队服的众人闻言面面相觑，心中也没什么底。

初级赛车战队，他们不会放在眼里，可如今贺家车队重组，需要重新定义车队的级别层次，这一场比赛会遇到什么级别的赛车队伍，谁也不知道。

"还有，这位女士，大家也有必要认识一下。"忽然，莫书昀话锋一转，朝着林烟看去。

"这不是林烟吗？《棋逢对手》里面饰演林翩若的女演员！"某位队员

神色诧异道。

"是的。"莫书昀点了点头，"林烟小姐是我们贺家车队的灵魂，更是贺家车队最强的赛车手，曾经战胜过WW全队。"

"我听说那是打假赛……"某队员小声嘀咕道。

"莫队长，我们大家都是看在您的面子上才加入贺家车队的，您是什么实力，不用说大家都清楚，但这样胡乱吹捧林小姐，似乎没什么意思吧。"

此刻，某个队员看向莫书昀，说道："林小姐是一位演员，演技非常好，而且林小姐是老爷子的外孙女，会一点赛车，这也没什么，可说林小姐一个人赢了WW全队，这……如果让我去相信的话，那我只能昧着自己的良心了。"

"哈哈哈，就是，莫队长，林小姐可以当我们的啦啦队嘛，我们一看到林小姐，立马精气神十足，什么样的强敌也能碾压了，林小姐真的太好看了！"

"林小姐，您本人比电视上还要好看。"

"林小姐，我是你的忠实粉丝，莫队长说林小姐在贺家车队，我才加入的。"

林烟："……"

听着众人的议论，林烟哭笑不得，她到底是应该开心还是难过？

"林小姐，等车队等级赛制开启的时候，您一定要过来给我们加油助威啊！"

一帮年轻的熊孩子盯着林烟，双眸放光。

莫书昀："……"

莫书昀有些无奈，这些人完全没把他的话听进去。

"算了，你们都滚去训练吧。"莫书昀捏了捏眉心道。

等众队员离开后，贺定坤与林烟还有莫书昀等人进入了休息室。

当即，莫书昀取出一叠资料放在桌子上，面色凝重地看着林烟道："情况远比我之前预想的更加严峻。"

"怎么了？"林烟有些不解地问道。

"是关于定级赛事制度。"莫书昀解释道，"一周后，赛车制度改革，所有车队都开启了定级制度，无论是顶尖车队，还是三流车队，都需要重新定级，也就是说，如果我们运气不好，很有可能连第一场比赛都没办法取胜。"

"一共有几场赛事？"林烟问道。

"三场。"莫书昀蹙眉道。

"你的意思是，这三场我们遇到顶尖赛车队的概率……"林烟若有所思。

"很高。"莫书昀道。

"今年参与定级赛的车队有哪些？"林烟想了想问道。

贺定坤闻言，翻开资料："但凡参加定级赛制的，都是去年同等级比赛有过失利的队伍，顶尖车队很多，以K1为首，还有WW赛队等，一共有十几个高等级队伍，初、中级车队有六十多家。"

"这样看下来，我们遇到顶尖车队的概率不是很大。"林烟分析道。

"不。"莫书昀摇了摇头，盯着林烟，"从理论上分析不是很大，但六十多个初、中级车队，我们抽签到的数字特别尴尬，五十二。"

随着莫书昀话音落下，林烟若有所思。

一共六十多个初、中级赛队，贺家车队抽到的数字是五十二，意味着他们需要等前面五十一个车队比完后才能上场。而五十一家初、中级车队，一旦遇到高等级车队，必然没有获胜的可能，早早被淘汰。

如果是这样，等轮到贺家车队上场后，遇到顶尖车队的概率将会大幅度提升。但凡运气不好，贺家车队定级重组后的第一场比赛就会被淘汰。一旦这样的情况发生，对于贺家车队的打击将是毁灭性的。

"那天你和我上场。"林烟道。

然而莫书昀摇了摇头，蹙眉道："全队都得上场，全新定级赛制的规矩是接力赛，每次随机抽取几位选手，如果抽不到你或是我……"

倒不是莫书昀悲观，而是的确很有可能发生这样的情况。不仅如此，一旦遇见如K1这样的H国顶尖车队，即便同时抽取到了林烟和他，似乎也没有任何胜出的希望。

"这对我们实在是太被动了，以我们的实力，万一抽取到顶尖级车队，后果不堪设想。"莫书昀神色凝重。

"譬如K1吗？"林烟问道。

"是的，那将是最残酷的比赛。"莫书昀道。

"嗯，或许真会挺残酷的。"林烟朝着莫书昀笑了笑，"没必要这么悲观，比赛不是还没开始吗？"

"不是我悲观，新的定级赛制度真的是众生平等，无论你是顶尖车队还是初级车队，都有可能撞上，如果是刚刚建立的普通车队，或者是财力雄厚的车队，那也就罢了，但贺家车队现在的情况，你应该也很清楚，绝不允许再有任何的失利。"

莫书昀的目光落在林烟身上，他有些无法理解，如此严峻的情况，已经分析给她听了，按理说，林烟也应该能做到心中有数。

然而，莫书昀未从林烟的眸内看到一丝的不安，仿佛，这定级赛事制度，对于她而言，和以往的没有任何区别。

"你可能对新的定级赛制度不太了解，我举个例子，就好像是比武大会，我们就是一个小门派，但很有可能要面对武林盟主，有可能会被一拳打死，再也没有翻身的余地。"莫书昀朝着林烟道，"而原本我们只是需要和同级别的门派比武就行。"

在莫书昀看来，林烟的主要职业还是一位演员，可能对于赛车圈的一些比赛规则不太了解，但自己这样举例，相信她更容易理解。

"嗯，我明白。"林烟想了想，旋即点头道。还不等莫书昀开口，林烟继续说道，"挺好的。"

莫书昀心说：就这还挺好的？她是认真的吗？

"你想一下，我们赛队刚刚重组，就遇到这样盛大的定级赛事，说不定一下就定成一个高级赛队呢，这多好。"林烟笑道。

莫书昀闻言，嘴角微微抽动，此刻他已经不知道该说些什么。

即便林烟是一位很优秀的赛车手，即便能够赢下WW这样的赛车战队，然而，WW战队并不是顶尖的，能够完虐WW车队的还有不少。如果是遇到和K1车队一样级别的赛车队伍，就算他和林烟同时被抽中出场，几乎也没有任何还手的余地，这就是现实。

"你还真是乐观。"莫书昀忍不住叹了一口气。

"不然呢，"林烟反问，"就地解散车队吗？"

莫书昀："……"

"我们没有能力去修改规则，既然规则如此，那我们就只能坦然接受，总不能未战先怯吧。"林烟笑道，"再说了，你之前的目标不是全球联赛吗，这仅仅是国内赛事，你就开始怕了？"

"目标我总得慢慢实现啊，哪能一口吃个胖子。"莫书昀有些尴尬。

"比赛什么时候开始？"林烟问道。

"大概一周后，但还需要等待赛事官方通知。"莫书昀道。

老爷子贺定坤与莫书昀对于这场赛事的态度都十分不乐观，但对于林烟而言，这赛事与平时没有任何区别。

的确，谁来对林烟都没有区别，这才是真正的众生平等。

林烟唯一担心的，就是无法抽中自己上场。至于那所谓的目前国内最强的K1车队，她压根没有放在眼中。

(第二册 完)

《余生有你，甜又暖3》敬请期待！